国家出版基金项目
NATIONAL PUBLICATION FOUNDATION

中外文学交流史

钱林森　周宁　主编

中国 － 东南亚卷

郭惠芬　著

山东教育出版社

本书为 2011 年度教育部人文社会科学研究规划基金项目

"中国－东南亚文学交流史"（11YJA751016）成果

目 录

总序

一

中外文学关系的研究，是中国比较文学学术传统最丰厚的领域，前辈学者开拓性的建树，大多集中在这一领域的研究，如范存忠、钱锺书、方重等之于中英文学关系，吴宓之于中美，梁宗岱之于中法，陈铨之于中德，季羡林之于中印，戈宝权之于中俄文学关系的研究，等等。20世纪中国比较文学研究前后两个高峰，世纪前半叶的高峰，主要成就就在中外文学关系研究上。20世纪后半叶，比较文学在新时期复兴，30多年来推进我国比较文学学科发展的支撑领域，同时也是本学科取得最多实绩的研究领域，依旧在中外文学关系研究。中外文学关系研究所获得的丰硕成果，被学术史家视为真正"体现了'我们自己的比较文学'的特色和成就"[1]，成为我国比较文学复兴发展的一个重要标志[2]。

学术传统是众多学者不断努力、众多成果不断积累而成的。在中外文学关系研究领域，从20世纪80年代中期开始，先后已有三套丛书标志其阶段性进展。首先是乐黛云教授主编的比较文学丛书中的《中日古代文学交流史稿》（严绍璗著）、《近代中日文学交流史稿》（王晓平著）、《中印文学关系源流》（郁龙余编）。乐黛云教授和这套丛书的相关作者，既是继承者，又是开拓者。他们继承老一辈学者的研究，同时又开创了新的论题与研究方法。

其次是20世纪90年代初，北京大学和南京大学联合推出《中国文学在国外》丛书（10卷集，乐黛云、钱林森主编，花城出版社），扩大了研究论题的覆盖面，在理论与方法上也有所创新。再其后就是经过20年积累、在新世纪初期密集出现的三套大型比较文学丛书：《外国作家与中国文化》（10卷集，钱林森主编，宁夏人民出版社）、《跨文化沟通个案研究》丛书（乐黛云主编，北京出版社）、国别文学文化关系丛书《人文日本新书》（王晓平主编，宁夏人民出版社），这些成果细化深化了该研究领域，在研究范式的探究和方法论革新方面，也取得较大进展。

从某种意义上说，中外文学关系研究带动了整个中国比较文学研究。从"20世纪中国文学

---

[1]. 王向远：《中国比较文学研究二十年·前言》，南昌：江西教育出版社，2003年版。

[2]. 王向远教授在其28章的大著《中国比较文学研究二十年》中，从第2章到第10章论述国别文学关系研究，如果加上第17、18"中外文艺思潮与中国文学关系"、"中外文学关系史的总体研究"两章，整整占11章，可谓是"半壁江山"。

的世界性因素"的讨论，到中外文学关系探究中的"文学发生学"理论的建构；从中外文学关系的哲学审视和跨文化对话中激活中外文化文学精魂的尝试，到比较文学形象学与后殖民主义文化批判……所有这一切探索成果的出现，不仅推动了中国比较文学学科深入发展，反过来对中外文学关系问题的研究，也有了问题视野与理论方法的启示。

二

在丰厚的研究基础上，如何进一步推进中外文学交流研究，成为学术史上的一项重要使命。2005 年 7 月初，南京大学比较文学与比较文化研究所与山东教育出版社在南京新纪元大酒店，举行《中外文学交流史》丛书首届编委会暨学术研讨会，正式启动大型丛书《中外文学交流史》的编写工作，以创设一套涵盖中国与欧洲、亚洲、美洲等世界主要国家及地区的文学交流史。

中外文学交流史研究既是一项研究，又是关于此项研究的反思，这是学科自觉的标志。学者应该对自己的研究有清醒的问题意识，明确"研究什么"、"如何研究"和"为何研究"。

20 世纪末以来，国际比较文学研究一直面临着范式转型的问题，不同研究范型的出现与转换的意义在于其背后问题脉络的转变。产生自西方民族国家体系确立时代的比较文学学科，本身就是民族国家意识形态的产物。影响研究的真正命题是确定文学"宗主"，特定文学传统如何影响他人，他人如何从"外国文学"中汲取营养并借鉴经验与技巧；平行研究兴盛于"冷战"时代，试图超越文学关系的外在的、历史的关联，集中探讨不同文学传统的内在的、美学的、共同的意义与价值。"继之而起的新模式没有一个公认的名称，但是和所谓的后殖民批评有着明显的关系，甚至可以把后殖民批评称为比较研究的第三种模式。这种模式从后结构理论吸取了'话语'、'权力'等概念，致力于清算伴随着资本主义扩张的帝国主义和殖民主义，尤其是其文化方面的问题。这种批评的所谓'后'字既有'反对'的意思，也有'在……之后'的意思。""后殖民批评的假设前提是正式的帝国 / 殖民主义时代已然成为历史。在第二次世界大战之后这一点已经成为普遍的共识，当时不同政治阵营能够加之于对方的最严厉的谴责莫过于'帝国主义'了。这种共识是后殖民批评能够立于不败之地的先决条件。"[1]

1. 陈燕谷：《比较文学与"新帝国文明"》，载《中国社会科学院院报》，2004年2月24日。

伴随着后殖民主义文化批评在1970年代后期的兴起，西方比较文学界对社会文本的关注似乎开始压倒既往的文学文本。翻译、妇女、生态、少数族裔、性别、电影、新媒体、身份政治、亚文化、"新帝国治下的比较研究"[2]等问题几乎彻底更新了比较文学的格局。比如知

2. 陈燕谷指出："现在我们也许有理由提出比较研究的第四种模式，也就是'新帝国治下的比较研究'。……当'帝国'去而复返……自然意味着后殖民批评不再具有不证自明的有效性。今天这种情况正在发生，比较研究必须在新帝国条件下重新界定自己的任务和方向。"陈燕谷：《比较文学与"新帝国文明"》。

名文化翻译学者苏珊·巴斯奈特在1993年出版的专著《比较文学批评导论》（*Comparative Literature：A Critical Introduction*）中就明确指出："后殖民"用最恰当的术语来表达，就是近年来出现的新跨文化批评，而"除此之外，比较文学已无其他名称可以替代"。[3]

3. Susan Bassnett, *Comparative Literature：A Critical Introduction*, Oxford and Cambridge：Blackwell, 1993, p.10.

本世纪初，比较文学的学科理论建设工作似乎依然徘徊在突围西方中心主义的方向和路径上。2000年，蜚声北美、亚洲理论界的明星级学者G.C.斯皮瓦克将其在加州大学厄湾分校的"韦勒克文学讲座"系列讲稿结集出版，取了个惊世骇俗的名字《一门学科的死亡》（*Death of A Discipline*），这门学科就是比较文学。其实斯皮瓦克并无意宣布比较文学的终结，而是在指出当前的欧美比较文学的困境，即文学越界交流过程中的不均衡局面，以及该学科依然留存着欧美文化的主导意识并分享了对人文主义主体无从判定的恐惧等问题后，希望促成比较文学的转型，开创一种容纳文化研究的新的比较文学范型，迎接全球化语境的文化挑战。[4]

4. Gayatri C. Spivak, *Death of A Discipline*, New York：Columbia University Press, 2003.

然而，我们也要清楚地看到，后殖民主义文化批判试图颠覆比较文学研究的价值体系，却没有超越比较文学的理论前提。因为比较研究尽管关注不同民族、不同国家文学之间的关系，但其理论前提却是，不同民族、国家的文学是以语言为疆界的相互独立、自成系统的主体。而且，比较文学研究总是以本国本民族文学为立场，假设比较研究视野内文学之间的关系是一种自我与他者的关系，只不过影响研究表示顺从与和解，后殖民主义文化批判强调反写与对抗。对于"他性"的肯定，依然没有着落。

坦率地说，中外文学关系研究仍属于传统范型，面临着新问题与新观念的挑战。我们在第三种甚至第四种模式的时代留守在类似于巴斯奈特所谓的"史前恐龙"[5]的第一种模式的研究

5. Susan Bassnett, *Comparative Literature： A Critical Introduction*, p.5.

领域，是需要勇气与毅力的。伴随着国际学术共同体间的密切互动与交流，北美比较文学的越界意识也在20世纪末期旅行到了中国。虽然目前国内比较文学也整合了文化批评的理论方法，跨越了既往单一的文学学科疆界，开掘了许多富于活力和前景的学术领域，但这些年来比较文学领域并不景气：一方面是研究的疆界在扩大也在不断消解，另一方面是不断出现危机警示与

研究者的出走。在这个大背景下，从事我们这套丛书写作的作者大多是一些忠诚的留守者，大家之所以继续这个领域的研究，不是因为盲目保守，而是因为"有所不为"。首先，在前辈学人累积的深厚学术传统上，埋头静心、勤勤恳恳地在"我们自己的比较文学"领地里精心耕作，在喧嚣热闹的当下，这本身就是一种别具意味的学术姿态。同时，在硕果纷呈的比较文学研究领域，中外文学关系问题始终是一个基础但又重要的问题，不断引起关注，不断催生深入研究，又不断呈现最新成果，正如目前已推出的这套丛书所展示的，其研究写作不仅在扎实的根基上，对中外文学交流史的论题领域有所拓展，在理论与方法探索上也通过积极吸收、整合其他领域的成果而有所推进。最后，在中国作为新崛起的世界经济大国的关键历史节点上重新思考中外文学关系问题，直接关涉到中外文学关系研究的学科自觉。这事实上是一个如何在世界文学图景中重新测绘"中国文学"的问题，也即当代中国文学如何在世界中重新创造自己的身份和位置。通过中外文学关系研究，我们可以重新提炼和塑造中国文学、文化的精神感召力、使命感和认同感，在当代世界的共同关注点上，以文学为价值载体去发现不同文化之间交往的可能和协商空间，进而参与全球新的世界观的形成。

三

中外文学关系研究，就学科本质属性而言，属实证范畴，从比较文学研究传统内部分类和研究范式来看，归于"影响研究"，所以重"事实"和"材料"的梳理。对中外文学关系史、交流史的整体开发，就是要在占有充分、完整材料的基础上，对双向"交流"、"关系""史"的演变、沿革、发展作总体描述，从而揭示出可资今人借鉴、发展民族文学的历史经验和历史规律，因此它要求拥有可信的第一手思想素材，要求资料的整一性和真实性。

中外文学关系研究的开发、深化和创新，离不开研究理论方法的提升与原理范式的探讨。某种新的研究理念和理论思路，有助于重新理解与发掘新的文学关系史料，而新的阐释角度和策略又能重构与凸显中外文学交流的历史图景，从而将中外文学关系的研究向新的深度开掘。早在新时期我国比较文学举步之时和复兴之初，我国前辈学者季羡林、钱锺书等就卓有识见地强调"清理"中外文学关系的重要性和必要性，把它提到中国比较文学特色建设和拥有比较文

学研究"话语权"的高度。[1] 30 年来，我国学者在这方面不断努力，在研究的观念与方法上进

行了深入的探讨。钱林森教授主持的《外国作家与中国文化》丛书，曾经就中外文学关系研究

中的哲学观照和跨文化文学对话的观念与方法进行过有益的尝试与实践。其具体思路主要体现

在如下五个方面：

1）依托于人类文明交流互补基点上的中外文化和文学关系课题，从根本上来说，是中外

哲学观、价值观交流互补的问题，是某一种形式的精神交流的课题。从这个意义上看，研究中

外文化、文学相互影响，说到底，就是研究中外思想、哲学精神相互渗透、影响的问题，必须

作哲学层面的审视。2）考察两者接受和影响关系时，必须从原创性材料出发，不但要考察外

国作家、外国文学对中国文化精神的追寻，努力捕捉他们提取中国文化（思想）滋养，在其创

造中到底呈现怎样的文学景观，还要审察作为这种文学景观"新构体"的外乡作品，又怎样反

转过来向中国文学施于新的文化反馈。3）今日中外文学关系史建构，不是往昔文学史的分支

研究，而是多元文化共存、东西哲学互渗时代的跨文化比较文学研究重构。比较不是理由，比

较中达到对话并且通过对话获得互识、互证、互补的成果，才是中外文学关系研究学理层面的

应有之义。4）中外文学和文化关系研究课题，应以对话为方法论基点，应当遵循"平等对话"

的原则。对研究者来说，对话不止是具体操作的方法论，也是研究者一种坚定的立场和世界观，

一种学术信仰，其研究实践既是研究者与研究对象跨时空跨文化的对话，也是研究者与潜在的

读者共时性的对话，通过多层面、多向度的个案考察与双向互动的观照、对话，激活文化精魂，

进一步提升和丰富影响研究的层次。5）对话作为方法论基点来考量的意义在于，它对以往"影

响研究"、"平行研究"两种模式的超越。这对所有致力于中外文学关系的研究者来说，都是

一种富有创意的、富有挑战性的学术探索。

　　从学术史角度看，同一课题的探讨经常表现为研究不断深化、理路不断明晰的过程。中外

文学关系史研究在中国比较文学界已有多年的历史，具有丰厚的学术基础。《中外文学交流史》

丛书是在以往研究基础上的又一次推进，具有更高标准的理论追求。钱林森主编在 2005 年编

委会上将丛书的学术宗旨具体表述为：

　　　　丛书立足于世界文学与世界文化的宏观视野，展现中外文学与文化的双向多层次

　　交流的历程，在跨文化对话、全球一体化与文化多元化发展的背景中，把握中外文学

---

1. 20 世纪 80 年代初，钱锺书先生就提出："要发展我们自己的比较文学研究，重要的任务之一就是清理一下中国文学与外国文学的相互关系。"季羡林在《资料工作是影响研究的基础》一文中强调："我们一定先做点扎扎实实的工作，从研究直接影响入手，努力细致地去收集材料，在西方各国之间，在东方各国之间，特别是在东方与西方之间，从民间文学一直到文人学士的个人著作中去搜寻直接影响的证据，爬罗剔抉，刮垢磨光，一定要有根有据，决不能捕风捉影。然后在这个基础上归纳出有规律性的东西。"他明确反对"那些一无基础、二无材料，完全靠着自己的'天才'、'灵感'，率而下笔，大言不惭，说句难听的话，就是自欺欺人的所谓平行发展的研究"。参见王向远：《中国比较文学研究二十年》，第 9 页，南昌：江西教育出版社，2003 年版。

相互碰撞与交融的精神实质：1）外国作家如何接受中国文学，中国文学如何对外国作家产生冲击与影响？具体涉及到外国作家对中国文学的收纳与评说，外国作家眼中的中国形象及其误读、误释，中国文学在外国的流布与影响，外国作家笔下的中国题材与异国情调等等。2）与此相对的是，中国作家如何接受外国文学，对中国作家接纳外来影响时的重整和创造，进行双向的考察和审视。3）在不同文化语境中，展示出中外文学家就相关的思想命题所进行的同步思考及其所作的不同观照，可以结合中外作品参照考析，互识、互证、互补，从而在深层次上探讨出中外文学的各自特质。

4）从外国作家作品在中国文化语境（尤其是 20 世纪）中的传播与接受着眼，试图勾勒出中国读者（包括评论家）眼中的外国形象，探析中国读者借鉴外国文学时，在多大程度上、何种层面上受制于本土文化的制约，以及外国文学在中国文化范式中的改塑和重整。5）论从史出，关注问题意识。在丰富的史料基础上提炼出展示文学交流实质与规律的重要问题，以问题剪裁史料，构建各国别语种文学交流史的阐释框架。

6）丛书撰写应力求反映出国际比较文学界近半个世纪相关研究成果和我国比较文学 20 多年来发展的新成果。

四

在已有成果基础上从事中外文学关系史研究，要求我们要有所反思与开辟。这是该丛书从规划到研究，再到写作，整个过程中贯穿的思路。中外文学关系研究，涉及基本概念、史料与研究范型三方面的问题。

首先是基本概念。

中外文学关系，顾名思义，研究的是"关系"，其问题的重心在中国文学的世界性与现代性问题。在此前提下进行细分，所谓中外文学关系的历史叙述，应该在三个层次上展开：1）中国与不同国家、地区、语种文学在历史中的交流，其中包括作家作品与思潮理论的译介、作家阅读与创作的"想象图书馆"、个人与团体的交游互访等具体活动等。2）中外文学相互影响相互创造的双向过程，诸如中国文学接受外国文学并从与外国文学的交流中获得自我构建与自我确认基础，中国文学以民族文学与文学的民族个性贡献并参与不同国家、地区、语种文学创造等。3) 存在于中外文学不同国家、地区、语种文学之间的世界文学格局，提出"跨文学空间"的概念，并将世界文学建立在这样一种关系概念上，而不是任何一种国家、地区、语种文学的普世性霸权上。

中外文学关系研究"中外文学"的关系，另一个必须厘清的概念是"中外文学"：1) 中外文学关系不仅是研究"之间"的关系，更重要的是研究不同国家、地区、语种文学各自的文学史，比如研究法国文学对中国现代文学的影响，真正的问题在中国现代文学，反之亦然。2) 中外文学关系在"中"与"外"二元对立框架内强调双向交流的同时，也不能回避中国立场。首先，中外文学研究表面上看是双向的、中立的，实际上却有不可否认的中国立场甚至可以说是中国中心。因此"中外文学"提出问题的角度与落脚点都应是中国文学。3) 中国立场的中外文学关系研究的理论指归在于中国文学的世界性与现代性问题。它包括两个层次的意义：中国在历史上是如何启发、创造外国文学的；外国文学是如何构筑中国文学的世界性与现代性的。

中外文学关系基本概念涉及的最后一个问题是"史"。中外文学关系史属于文学史的范畴，它关系到某种时间、经验与意义的整体性。纯粹编年性地记录曾经发生过的文学交流事件，像文学旅行线路图或文学流水账单之类，还不能够成为文学交流史。中外文学交流史"史"的最基本的要求在于：1) 文学交流史必须有一种时间向度的研究观念，以该观念为尺度，或者说是编码原则，确定文学交流史的起点、主要问题、基本规律与某种预设性的方向与价值。2) 可能成为中外文学关系史的研究观念的，是中国文学的世界性与现代性问题。中国文学是何时、如何参与、如何接受或影响世界文学的，世界性因素是何时并如何塑造中国文学的。3) 中外文学交流史表现为中国文学在中外文学交流中实现世界性与现代性的过程。中国文学的世界化分两个阶段，汉字文化圈内东亚化与近代以来真正的世界化，中国文学的世界化是与中国文学的"现代化"同时出现的。

其次是史料问题。

史料是研究的基础。研究的成败，从某种意义上说，取决于史料的丰富与准确程度。史料是多年研究积累的成果，丰富是量上的要求；史料需要辨伪甄别，尽量收集第一手资料，这是对史料的质上的要求。史料自然越丰富越好，但史料的发现往往是没有止境的，所以史料的丰富与完备是相对的，关键看它是否可以支撑起论述。因此，研究中处理史料的方式，不仅是收集，还有在特定研究观念下剪裁史料、分析史料。

没有史料不行，仅有史料又不够。中外文学关系史研究在国内，已有多年的历史，但大多数研究只停留在史料的收集与叙述上，丛书要在研究上上一个层次，就不能只满足于史料的收集、整理、叙述。中外文学关系的研究与写作应该分为三个层次：第一个层次，掌握资料来源并尽量收集第一手的资料，对资料进行整理、分析、阐释，从中发现一些最基本的"可研究的"问题。第二个层次是编年史式资料复述，其中没有逻辑的起点与终点，发现的最早的资料就是起点，该起点是临时的，随着新资料的发现不断向前推，重点也是临时的，写到哪里就在哪里结束。第三个层次是使文学交流史具有一种"思想的结构"。在史料研究基础上形成不同专题的文学交流史的"观念"，并以此为线索框架设计文学交流史的"叙事"。

最后，中外文学交流研究的第三大问题是研究范型。学术创新的途径，不外乎新史料的发现、新观念与新的研究范型的提出。

研究范型是从基本概念的确立与史料的把握中来的。问题从何处来，研究往何处去。研究模式包括基本概念的确立、史料的收集与阐发、研究方法的选择等内容。任何一项研究，都应该首先清醒地意识到研究模式，说到底，就是应该明确"研究什么"和"如何研究"。研究的基本概念划定了我们研究的范围，而从史料问题开始，我们已经在思考"如何研究"了。

中外文学交流作为一个走向成熟的研究领域，必须自觉到撰写原则或述史立场：首先应该明确"研究什么"。有狭义的文学交流与广义的中外文学交流。狭义的文学交流，仅研究文学与文学的交流，也就是说文学范围内作家作品、思潮流派的交流，更多属于形式研究范畴，诸如英美意象派与中国古典诗词、《雷雨》与《俄狄浦斯王》；广义的文学交流史，则包括文学涉及的广泛的社会文化内容，文本是文学的，但内容与问题远超出文学之外，比如"启蒙作家的中国文化观"。本书的研究范围，无疑属于广义的中外文学交流。所谓中外文化交流表现在文学活动中的种种经验、事实与问题，都在研究之列。

但是，我们不能始终在积极意义上讨论影响研究，或者说在积极意义上使用影响概念，似乎影响与交流总是值得肯定的。实际上，对文学活动中中外文化交流的研究，现有两种范型：一种是肯定影响的积极意义的研究范型，它以启蒙主义与现代民族文学观念作为文学交流史叙事的价值原则，该视野内出现的问题，主要是一种文学传统内作家作品与社团思潮如何译介、传播到另一种文学传统，关注的是不同语种文学可交流性侧面，乐观地期待亲和理解、平等互惠的积极方面，甚至在潜意识中，将民族主义自豪感的确认寄寓在文学世界主义想象中，看中国文学如何影响世界。我们以往的中外文学关系研究，大多是在这个范型内进行的。另一种范型关注影响的负面意义，解构影响中的"霸权"因素。这种范型以后现代主义或后殖民主义观念为价值原则，关注不同文学传统的不可交流性、误读与霸权侧面。怀疑双向与平等交流的乐观假设，比如特定文学传统之间一方对另一方影响越大，反向影响就越小，文学交流往往是动摇文学传统的霸权化过程；揭示不同语种文学接触交流中的"背叛性"因素与反双向性的等级结构，并试图解构其产生的社会文化机制。

中外文学关系研究的开发、深化和创新，离不开研究理论方法的提升与原理范式的研讨。某种新的研究理念和理论思路，有助于重新理解与发掘新的文学关系史料，而新的阐释角度和策略又能重构与凸显中外文学交流的历史图景，从而将中外文学关系的"清理"和研究向新的深度开掘。以往的中外文学交流研究，关注更多的是第一种范型内的问题，对第二种范型内的问题似乎注意不够。丛书希望能够兼顾两种范型内的问题。"平等对话"是一种道德化的学术理想，我们不能为此掩盖历史问题，掩盖中外文学交流上的种种"不平等"现象，应分析其霸权与压制、他者化与自我他者化、自觉与"反写"（Write Back）的潜在结构。

同时，这也让我们警觉到我们的研究范型中可能潜在着的一个矛盾：怎能一边认同所谓"中国立场"或"中国中心"，一边又提倡"世界文学"或"跨文学空间"？二者之间是否存在着某种对立？实际上在中国文学的世界性与现代性问题前提下叙述中外文学交流，中国文学本身就处于某种劣势，针对西方国家所谓影响的"逆差"是明显的。比如说，关于中国文学对西方文学的影响，我们可以以一个专题写成一本书，而西方文学对中国现代文学的影响，则是覆盖性的，几乎可写成整部文学史。我们强调"中国立场"本身就是一种"反写"。另外，文学史述实际上根本不存在一个超越国别民族文学的普世立场。启蒙神话中的"世界文学"或"总体文学"，包含着西方中心主义的霸权。或许提倡"跨文学空间"更合理。我们在"交流"或"关系"这一"公共空间"内讨论问题，假设世界文学是一个多元发展、相互作用的系统进程，形成于跨文化跨语种的"文学之际"的"公共领域"或"公共空间"中。不仅西方文学塑造中国现代文学，中国文学也在某种程度上参与构建塑造西方现代文学。尽管不同国家、民族、地区的文学交流存在着"不平等"的现实，但任何国家、民族、地区的文学都以自身独特的立场参与塑造世界文学，而世界文学不可能成为任何一个国家、民族或语种文学扩张的结果。

我们一直在试图反思、辨析、确立中外文学交流研究的基本概念、方法与理论范型，并在学术史上为本套丛书定位。所谓研究领域的拓展、史料的丰富、问题域的明确、问题研究的深入、中外文学交流整体框架的建构，都将是本套丛书的学术价值所在。我们希望本套丛书的完成，能够推进中国比较文学界中外文学关系研究领域走向成熟。这不仅是个人研究的自我超越问题，也是整个比较文学研究界的自我超越问题。

五

钱林森教授将中外文学交流研究的问题细化为五大类，前文已述。这五大类问题构成中外文学交流史的基本问题域，每一卷的写作，都离不开这五大类基本问题。反思这套丛书的研究与写作，可以使我们对中外文学交流史的研究范型有一个基本的把握。在丛书写作的过程中，钱林森教授不断主持有关中外文学关系史的笔谈，反思中外文学关系研究的基本问题与理论范式，大部分参与丛书写作的学者都从不同角度发表了具有建设性的思考，引起了国内学术界的关注。

其中，王宁教授从国家文化战略的高度理解中外文学关系史研究，认为："探讨中国文化和文学在国外的接受和传播，应该是新世纪中国比较文学学者研究的一个重要课题，通过这一课题的研究，不仅可以从根本上打破中外文学关系研究领域内长期存在的西方中心主义思维定势，使得中国学者的民族自尊心和自豪感大大地提升，而且也有助于中国文化走出去战略的实施。在这方面，比较文学学者应该先行一步。"王宁先生高蹈，叶隽先生务实，追问作为科学范式的文学关系研究的普遍有效性问题，他从三个方面质疑比较文学学科的合法性：一是比较文学的整体学术史意识，二是比较文学的思想史高度，三是比较文学作为一门具体学科的"文史根基"与方寸。葛桂录教授曾对史料问题做过三方面的深入论述：一是文献史料，二是问题域，三是阐释立场。"从比较文学学科的传统研究范式来看，中外文学关系研究属于'影响研究'

范畴，非常关注'事实材料'的获取与阐释。就其学科领域的本质属性来说，它又属于史学范畴。而文献史料的搜集、鉴辨、理解与运用，是一切历史研究的基础性工作。力求广泛而全面地占有史料，尽可能将史料放在它形成和演变的整个历史进程中动态地考察，分辨其主次源流，辨明其价值与真伪，是中外文学关系研究永远的起点和基础。"缺少史料固然不行，仅有史料又十分不够。中外文学关系研究"问题意识"必不可少，问题是研究的先导与指南。葛桂录教授进一步论述："能否在原典文献史料研究基础上，形成由一个个问题构成的有研究价值的不同专题，则成为考量文学关系研究者成熟与否的试金石。在文学关系研究的'问题域'中进而思考中外文学交往史的整体'史述'框架，展现文学交流的历史经验与历史规律，揭示出可资后人借鉴、发展本民族文学的重要路径，又构成中外文学关系研究的基本目标。"

文献史料、问题域、阐释立场是中外文学关系研究的三大要素。文献史料的丰富、问题域的确证、研究领域的拓展、观念思考的深入，最终都要受研究者阐释立场的制约。中外文学关系研究，理论上讲当然应该是双向的、互动的。但如要追寻这种双向交流的精神实质，不可避免地要带有某种主体评价与判断。对中国学者来说，就是展现着中国问题意识的中国文化立场。"中外文学"提出问题的出发点与归宿都指向中国文学。这样看来，中外文学关系研究的理论关注点，在于回答中国文学的世界性与现代性问题。也就是，中国文学（文化）在漫长的东西方交流史上是如何滋养、启迪外国文学的；外国文学是如何激活、构建中国文学的世界性与现代性的。这是我们思考中外文学交流史的重要前提，尤其是要考虑处于中外文学交流进程中的中国文学是如何显示其世界性，构建其现代性的。

六

乐黛云先生在致该丛书编委会的信中，提出该丛书作为中外文学关系研究的"第三波"的高标："如果说《中国文学在国外》丛书是第一波，《外国作家与中国文化》是第二波，那么，《中外文学交流史》则应是第三波。作为第三波，我想它的特点首先应体现在'交流'二字上。它不单是以中国文学为核心，研究其在国外的影响，也不只是以外国作家为核心讨论其对中国文化的接受，而是要着眼于'双向阐发'，这不仅要求新的视角，也要求新的方法；特别是总的说来，中国文学对其他文学的影响多集中于古代文学，而外国文学对中国文学的影响却集中于现代文学。如何将二者连缀成'史'实在是一大难点，也是'交流史'能否成功的关键。"

本套丛书承载着中国比较文学百年学术史的重要使命，它的宏愿不仅在描述中国与世界主要国家的文学关系，还在以汉语文学为立场，建构一个"文学想象的世界体系"。中外文学交流史的研究要点在"文学交流"，因此研究的核心问题是"双向阐发"，带着这个问题进入研究，中外文学关系就不是一个简单的译介、传播的问题，中外文学相互认知、相互影响与创造才是问题的关键。严绍璗先生在致主编钱林森的信中，进一步表达了他对本丛书的学术期望，文学交流史研究应该"从一般的'表象事实'的描述深入到'文学事实'内具的各种'本相'的探讨和表达"：

> 我期待本书各卷能够是以事实真相为基础，既充分展现中华文化向世界的传播，又能够实事求是地表述世界各个民族文化对中华文化和中华文明丰富多彩性的积极的影响，把"中外文学关系"正确地表述为中国和世界文化互动的历史性探讨。"文学关系"的研究，习惯上经常把它界定在"传播学"和"接受学"的层面上考量，三十年来比较文学的研究，特别是中国比较文学研究，事实上已经突破了这样一些层面而推进到了"发生学"、"形象学"、"符号学"、"阐释学"和"叙事学"等等的层面中。在这些层面中推进的研究，或许能够更加接近文学关系的事实真相并呈现文学关系的内具生命力的场面。我期待着新撰的《中外文学交流史》各卷，能够从一般的"表象事实"的描述深入到"文学事实"内具的各种"本相"的探讨和表达。

2005 年南京会议之后，丛书的编写工作正式启动，国内著名学者吕同六、李明滨、赵振江、郁龙余、郅溥浩、王晓平等先生慷慨加盟，连同其他各位中青年学者，共同分担《中外文学交流史》丛书的写作。吕同六先生曾主持中意文学交流卷，却在丛书启动不久仙逝，为本丛书留下巨大的遗憾。在丛书编写过程中，有人去了有人来，张西平、刘顺利、梁丽芳、马佳、齐宏伟、杜心源、叶隽先生先后加入本套丛书，并贡献出他们出色的成果。

在整个研究写作过程中，国内外许多同行都给予我们实际的支持与指导，我们受用良多。南京会议之后，编委会又先后在济南、北京、厦门、南京召开过四次编委会，就丛书编写的具体问题进行讨论，得到山东教育出版社的一贯支持。丛书最初计划五年的写作时间，当时觉得已足够宽裕，不料最终竟然用了九年才完成，学术研究之漫长艰辛，由此可见一斑。丛书完成了，各卷与作者如下：

（1）《中国 - 阿拉伯卷》（郅溥浩、丁淑红、宗笑飞　著）

（2）《中国 - 北欧卷》（叶隽　著）

（3）《中国 - 朝韩卷》（刘顺利　著）

（4）《中国 - 德国卷》（卫茂平、陈虹嫣等　著）

（5）《中国 - 东南亚卷》（郭惠芬　著）

（6）《中国 - 俄苏卷》（李明滨、查晓燕　著）

（7）《中国 - 法国卷》（钱林森　著）

（8）《中国 - 加拿大卷》（梁丽芳、马佳　主编）

（9）《中国 - 美国卷》（周宁、朱徽、贺昌盛、周云龙　著）

（10）《中国 - 葡萄牙卷》（姚风　著）

（11）《中国 - 日本卷》（王晓平　著）

（12）《中国 - 希腊、希伯来卷》（齐宏伟、杜心源、杨巧　著）

（13）《中国 - 西班牙语国家卷》（赵振江、滕威　著）

（14）《中国 - 意大利卷》（张西平、马西尼　主编）

（15）《中国 - 印度卷》（郁龙余、刘朝华　著）

（16）《中国 - 英国卷》（葛桂录　著）

（17）《中国 - 中东欧卷》（丁超、宋炳辉　著）

本套丛书的意义，就在于调动本学科研究者的共同智慧，对已有成果进行咀嚼和消化，对已有的研究范式、方法、理论和已有的探索、尝试进行重估和反思，进行过滤、选择，去伪存真，以期对中外文学关系本身，进行深入研究和全方位的开发，创造出新的局面。

钱林森、周宁

前言

　　"东南亚"是第二次世界大战后期出现的一个新的地区名称，它包括亚洲东南部的越南、老挝、柬埔寨、泰国、缅甸、马来西亚、新加坡、文莱、印度尼西亚、菲律宾等国，而明清时期的中国则将目前东南亚各国所在地的马来群岛、中南半岛等地称为"南洋"。虽然"东南亚"是二战后较为通行的名称，但"南洋"这个称呼至今依然与"东南亚"并行不悖。

　　自古以来，中国与东南亚在地理位置、民族关系、政治外交、经济贸易、文化宗教和文学艺术等方面都有着深厚的地缘、血缘、政缘、商缘和文缘，而本书研究的正是中国与东南亚在漫长的历史进程中所产生的"文缘"。

　　自 20 世纪中叶以来，一些国内外学者、作家在研究东南亚文学时，已注意到中国与东南亚文学之间的互动与交流关系，其完成的部分研究成果也或多或少涉及这方面的问题，这些学者、作家包括法国的克劳婷·苏尔梦，新加坡的方修、杨松年、林万菁、姚梦桐、李庆年、叶钟铃、王润华、廖建裕、丘柳川、赵戎、林锦、苗秀、骆明、朱成发，印尼的耶谷·苏玛尔卓、林万里，菲律宾的王礼溥，马来西亚的谢诗坚、林春美以及旅居台湾的黄锦树、钟怡雯，泰国的巴尔、曾心、陈小民、王苗芳，缅甸的黄绰卿，中国香港的黄傲云、犁青，中国台湾的李瑞腾，中国大陆的庄钟庆、赖伯疆、饶芃子、陈贤茂、孔远志、黄万华、周宁、梁立基、孟昭毅、罗长山、刘玉珺、李奎、郭惠芬等人。

　　然而迄今为止，海内外学术界尚未出现一部从整体上研究和描述中国与东南亚文学相互交流的史类研究成果，因此本书立足于跨越疆域、民族、语种、文化、文学交流的比较视域，试图在前人研究的基础上对中国与东南亚文学交流史进行整体性的研究和描述，进而初步勾勒出中国与东南亚文学交流史的整体框架及其历史脉络。

　　本书主要分为上、下两编。上编为"中国传统文学与东南亚文学（古代至今）"，本部分在中国与东南亚民族、政治、经济、文化交往的大背景下，着重考察和研究古代迄今的中国传统文学与东南亚文学相互交流的状况，其中包括东南亚的神话传说、马来班顿、越南汉喃文学、新马华文旧体文学与中国传统文学的关系，以及中国传统文学被翻译成各种东南亚民族语言（如泰文、拉丁化越南文、柬埔寨文、马来文、爪哇文、望加锡文、巴厘文、马都拉文等）在当地传播和移植的情形；下编为"中国现当代新文学与东南亚文学（1919 年至今）"，本部分着重考察 1919 年以来中国与东南亚在新文学方面相互交流的状况，其中包括中国五四新文化运动、无产阶级革命文学运动、抗战文艺运动、"文化大革命"文艺思潮对东南亚文学的影响，中国现当代作者、南下作者与东南亚文学的关系，以及东南亚留中作者、归侨作者、其他民族语种作者的文学交流活动等。

本书的结语部分旨在总结中国汉语文学与东南亚华文文学、东南亚其他民族语种文学之间跨越国家疆域的交流所具有的重要价值和意义。

本书的附录部分为"中国 - 东南亚文学交流大事记"，其中包括 1919—2009 年两地作家互访、作品出版、文学研究、文学奖项等与文学交流有关的事项。

此外，本书还附插 48 幅反映中国与东南亚文学交流的珍贵图片，其中大部分来自早期的东南亚华文报章副刊资料。

本书的整体框架没有采用国别体的体例，主要是基于两方面的考虑：一是缅甸、越南、柬埔寨、菲律宾、印尼、文莱等国与中国文学交流的现有资料和研究成果较少，因而无法以国别体的形式独立成编；二是第二次世界大战之前的东南亚大多并非主权独立的国家，期间各地的文学交流并未受到疆域概念的严格束缚，即使是二战结束后东南亚各地建立起独立的新兴民族国家，但各国之间的文学交流和文化渗透往往超越国家主权的辖制范围，如新加坡、马来西亚、文莱和印尼，越南和柬埔寨等，而中国与东南亚的文学交流实际上具有历时性与共时性的特点，因此双方的交流和互动也往往不限于东南亚某一地或某一国。不过，本书在整体上论述中国与东南亚文学相互交流的过程时，也会在各个章节中具体分述新加坡、马来西亚、泰国、缅甸、越南、柬埔寨、菲律宾、印尼、文莱等国与中国文学交流和互动的情形。本书采用这种研究架构的目的，是希望在勾勒出中国与东南亚文学交流史的整体框架和历史脉络时，也能够通过对每个具体个案的复合研究来揭示中国与东南亚文学双向交流的动因、过程、形态、特质、价值和意义。

本课题属于比较文学影响研究的经典课题，必须以大量的事实材料作为研究和论述的依据。笔者先前在新加坡国立大学中文系攻读硕士和博士学位时，在这方面受益于杨松年师的严格训练，而新加坡国立大学中央图书馆的东南亚特藏库、收藏东南亚报刊资料的缩微胶片室，以及新加坡友人的私人收藏等，都为笔者所从事的新马华文文学研究提供了丰富的第一手研究资料。此外，厦门大学图书馆、南洋研究院资料室所收藏的与东南亚研究相关的书刊，也进一步丰富了本书的资料来源。因此，本书中有关中国与新马华文文学的交流情况，越南和柬埔寨的"文革潮"文学，中国与东南亚之间的作家互访、作品出版、文学奖项等与文学交流有关的情况，其研究资料大都来源于中国和东南亚的原始报刊资料以及东南亚当地出版的书籍，并以此为基础进行研究和论述。

此外应该说明的是，东南亚各国在历史上各有其称谓，如泰国为"暹罗"，越南为"安南"，印度尼西亚为"荷属东印度"，新加坡和马来西亚合称为"英属马来亚"等，而本书在论述过程中大多数只采用东南亚各国的现行称谓。

由于本书涉及的时间、空间跨度较大，研究范围较广，加上不少东南亚国家文学的相关研究资料较难搜集，可借鉴的研究成果也较为有限，因此即使笔者在相关研究方面有一定的学术积累，但以一己微薄之力承担这样的研究课题，难免会有许多疏漏和不足之处，希望本书出版后能够得到专家学者的批评指正。

本课题还于 2011 年获教育部人文社会科学研究规划基金立项资助（项目名称为"中国－东南亚文学交流史"），特此申谢。

上编　　中国传统文学与东南亚文学

（古代至今）

概述

一

在中国与东南亚漫长的交往史中，中国与东南亚在民族血缘、政治外交、经济贸易、文化宗教和文学艺术等方面存在着密切的关系。

早在四千多年前，中国与当时称为"交趾"的越南即有联系，秦始皇统治时期设置的象郡就包括现今的越南北部和中部。东汉时期，柬埔寨首次以"扶南"国名出现在中国史籍中，其后扶南国派遣使者与三国时期的吴国进行朝贡贸易。老挝的主体民族原为中国古代西南百越民族中泰族的一支，被称为"哀牢夷"或"哀牢"，后来哀牢王贤栗向汉朝请求内属，被汉光武帝封为君长，由此与汉朝建立了朝贡关系。缅甸在汉武帝时代就与中国有着贸易往来，其后缅甸境内的掸国国王雍由调派遣使者向东汉朝贡。泰国的主体民族泰族原先居住在中国西南地区，后迁移至泰国。明朝初年，暹罗斛国派遣使者向明朝朝贡，明太祖朱元璋赐"暹罗国王"印，定国号为"暹罗"。中国商人自汉代开始赴马来半岛经商，三国时期东吴交州刺史吕岱派朱应、康泰出使扶南国时，朱应、康泰曾抵达马来半岛上的一些古国。南北朝时期，中国史籍中称为"婆利"国的文莱国王派遣使者向梁朝朝贡。印度尼西亚群岛上的一些国家在东汉时期遣使赴中国朝贡，到印度取经的东晋高僧法显在回程时到过印尼的爪哇，明朝郑和7次下西洋时也到过印尼群岛上的爪哇、苏门答腊、巨港等地。中国在唐宋时期就与菲律宾有过人员往来和商业贸易，后来菲律宾群岛上的吕宋、苏禄诸国于明朝初年多次派遣使者赴中国朝贡。从中国与东南亚的交往史来看，两地的这种官方往来和民间交往也从古代一直延续到现代。

从民族渊源上来看，东南亚的大部分民族都迁徙自亚洲大陆，他们与中国东南沿海的百越民族和西南地区的少数民族存在着血缘关系。泰国的主体民族泰人为中国南部古代掸人、壮人、僚人等族的子孙。越南的主体民族越人（京人）为中国古代百越民族中的骆越人后裔，其他民族如侬人、岱人及其分支土佬、高栏、帕基，以及拉祜人、苗人、瑶人等，也分别与中国的壮族、拉祜族、苗族、瑶族有着亲缘关系。缅甸的主体民族缅人是从中国的西藏迁移过去的，其他民族掸人、克钦人也与中国的傣族、景颇族血脉相通。老挝的山地泰人与佬人也是从中国云南移入的。柬埔寨的主体民族高棉人被认为来源于中国的康藏高原。马来西亚、新加坡、文莱、印尼、菲律宾等地的马来人也来自中国大陆，其中印尼的登格尔人、巴达克人、达雅人等属于第一批南迁的原始马来人后裔，第二批南迁的新马来人则与苏门答腊当地的小黑人混血后形成棕色的马来民族。

此外，东南亚地区的三千万华人也源自中国移民及其后裔。华人在两千多年前已南下印尼，公元前 1 世纪开始移居中南半岛，此后陆续进入老挝、缅甸、越南、柬埔寨、泰国，以及马来半岛、印尼群岛、婆罗洲、菲律宾等地。19 世纪下半叶至第二次世界大战期间，来自中国广东、福建地区的华人大量移居东南亚，有的还与当地民族通婚，由此促进中国与东南亚民族的融合，如泰国的华泰混血儿、印尼亚齐人、菲律宾民族中的中国血统成分等。

伴随着中国与东南亚之间的地缘、政缘、族缘和商缘关系，中国与东南亚的文化和文学交流也日益频密。东南亚各国的部分神话传说反映了中国与东南亚血脉相连的民族关系，其中有的描述了两地民族共同的起源，有的反映出两地民族由于相互通婚而促进血缘融合的现象。如越南的神话传说《骆龙君的故事》、《瑶人的祖先》、《各种语言的来历》描述了越南民族越人、瑶人、苗人与中国的民族渊源，缅甸的神话《三个龙蛋》、《神妃》也反映出中国与缅甸民族之间血脉相连的关系，新加坡的《帆船的由来》讲述了中国商人在新加坡落地生根的传说。而越南的《少数民族的来历》、菲律宾的《苏禄群岛及其初民的诞生》，以及马来西亚、文莱、新加坡的《中国王子和南洋珍珠》、《三王子出世》等神话传说，则反映出中国与东南亚民族由于通婚而出现血缘融合的现象。此外，东南亚的神话传说还反映了中国与东南亚在政治、经济、宗教、文化等方面的交往，如新加坡的《刚直不阿的国王》、缅甸的《妙香国的佛牙》和《当比翁神仙会》，以及印尼的"三宝太监与爪哇公主的爱情"等。与此相关的是，在中国神话传说的影响下，东南亚也出现"龙的族源神话传说"、"谷物起源神话"、"洪水后兄妹 / 姐弟再殖人类神话"等神话传说类型，由此显示出中国与东南亚之间的民族渊源及其文学交流状况。

印尼、马来西亚、新加坡等地流传的马来民歌——马来班顿也在某种程度上反映出中国与东南亚的民族交往及其文学交流情形。马来班顿作为一种广泛流传于马来民族之间的通俗歌谣，不仅为马来社会各阶层人士所喜闻乐见，也受到熟谙马来语的土生华人的喜爱，中国侨生也把中国的文化和民歌传统融入马来班顿之中。在 20 世纪二三十年代，中国南下作者曾玉羊等人致力于马来班顿的翻译和介绍工作，马来西亚华人作者温梓川也尝试以乐府民歌中的"子夜歌"形式来翻译马来班顿，中国南下作者冷夫还模仿马来民歌的曲调创作出汉语《薤露歌》。

二

在中国与东南亚的文学交流过程中，中国传统文学也通过政治外交、文化交流、人员迁徙等途径传播到东南亚地区，由此推进了越南汉喃文学、新加坡和马来西亚华文旧体文学的产生与发展。

中国传统文学系指以文言文（以及小部分文言与白话相混杂的汉语）创作的中国旧文学，包括传统的文言散文、旧体小说以及诗、词、曲、赋、对联等，其体裁形式体现出鲜明的民族风格与审美品格。早在公元前 3 世纪，中国文学经典《诗经》和《尚书》已随着中国汉文化的传播而输入越南，越南汉文文学也在中国汉文化的传播与影响下应运而生。越南汉文作者大多数为具有汉文化知识背景的越南官员、文人和僧侣，以及喜爱汉文文学的越南君主。越南汉文诗词赋的体制基本上从中国借鉴而来，其散文的既定效用、篇章结构、语言形式无不与中国传统散文类同，其汉文志怪小说、传奇小说、历史演义等也深受中国传统小说的影响。由于受中国传统文学"文以载道"及"诗言志"观念的影响，越南汉文文学往往承载着忠君报国、仁政爱民、忠孝仁义、纲常伦理等儒家文化思想，充分发挥了文学的教化功能和社会作用，而越南历代汉文诗人也往往以诗歌作为寄托个人情志的表现方式。由于古代时期的越南可征历史尚短，其民族书面文学及雅文化传统又正在生成之中，因此许多越南汉文作家在创作过程中经常摄取、袭用中国传统文学的内容和材料，并且广泛汲取中国传统文学的表现形式和艺术手法，如李济川的《粤甸幽灵集》、陈立法等人的《岭南摭怪》、邓陈琨的长篇七言乐府诗《征妇吟曲》等。从 13 世纪开始，越南产生了自己的民族文学喃文文学，不过其文学发展仍然离不开中国传统文学的影响，如越南的喃文韩律诗与中国唐诗有着密切的关系，喃文六八体诗也是在汉语七言诗的影响下产生的，其部分诗传（喃传）更是脱胎于中国的各类著作及民间传说，如阮攸的《金云翘新传》即改写自中国明末清初青心才人的同名小说。

从 19 世纪下半叶的晚清开始，中国传统文学也随着中国汉文化的南往而传播到新加坡和马来西亚，并促进了新马华文旧体文学的产生与发展。与越南汉文文学不同的是，20 世纪中叶之前的新马华文旧体文学的创作主体绝大多数为中国南下官员及文人，因为根据清朝和中华民国国籍法，20 世纪 50 年代之前旅居或定居英属马来亚的华人移民及其后裔均属于中国籍民。中国南下新马的官员作者有清政府派驻新加坡的领事左秉隆、总领事黄遵宪、领事馆翻译兼书记杨云史，以及广东政府委派的丘逢甲、戊戌变法失败后流亡新马的清朝遗臣康有为等。中国南下新马的文人作者数以百计，其中有南洋第一份华文日报《叻报》总编辑叶季允，清代书法家、篆刻家、诗人卫铸生，新加坡早期诗坛领袖、诗社"丽泽社"创办人邱菽园，新加坡《新国民日报》主笔兼总编辑张叔耐，槟城"鸿庐诗社"社长郭碧峰，《槟城新报》副刊《诗词专号》主编、"蕙风诗社"发起人曾梦笔，新加坡著名书法家、诗人潘受，以及中国现代著名小说家、散文家、诗人郁达夫等。

中国南下官员及文人作者既是中国传统文学的传播者，也是中国传统文学影响下的新马华文旧体文学的创作者。中国南下作者在新马从事文学创作时，总是自然而然地运用其在中国习得的传统文学形式，中国文言散文、旧体小说、诗词、对联等文学形式由此对新马华文旧体文学产生了深刻的影响，如新马华文古体诗《七洲洋放歌》、《番客妇吟五古五首》，近体诗《秋兴八首用杜韵》、《星洲竹枝词》，笔记小说《杨生》，通俗小说《绿窗珠泪记》，游记散文《隆游纪略》等。与此同时，中国传统文学所传承的忧患意识及爱国精神，以及"文以载道"、"诗言志"的文学观念也对新马华文旧体文学产生了深刻的影响，为此近代以来的新马华文旧体文学展现出强烈的伤时忧国色彩，许多作者不断发出要求中国执政当局变法图强、抵御外侮、振兴民族的呼声，如丘逢甲的《病中赠王桂山四首》、邱菽园的《叠韵赠姜君之行》、康有为的《遣人北寻幼博墓携骸南归》、郁达夫的《祝中兴俱乐部两周年纪念》等。

从另一方面来看，中国传统文学在与越南、新加坡和马来西亚文学的交流过程中，也丰富并拓展了自身的内涵和外延。如唐朝诗人杜审言、沈佺期在流放越南期间创作的《旅寓安南》、《度安海入龙编》等，就丰富了唐代诗歌的社会和文化内涵，而 19 世纪末至 20 世纪上半叶黄遵宪、康有为、邱菽园、郁达夫等人在新马创作的文学作品，也以其独特的主题、内容、题材拓展了中国传统文学的内涵和外延。

三

中国传统文学在东南亚传播的过程中，还通过翻译、改译等方法，以泰文、拉丁化越南文、柬埔寨文、马来文、爪哇文、望加锡文、巴厘文、马都拉文、缅甸文等译本形式在东南亚移植和传播，并对泰国、越南、柬埔寨、印尼、新加坡、马来西亚等地的社会文化和文学艺术产生了广泛而深刻的影响。

在泰国方面，最早被译成泰文的是《三国演义》，其泰译本为1802年出现的《三国》。此后历经曼谷王朝一世王至六世王统治时期，中国传统通俗小说共有30余部被译成泰文，如《封神演义》、《东汉通俗演义》、《罗通扫北》、《乾隆游江南》、《西游记》、《包龙图公案》、《武则天》、《五虎平北》等。这些中国小说的泰译本最初以手抄本形式流传，不过自1865年泰译本《三国》被批量印刷后，中国小说泰译本大都被印刷发行，其中《三国》曾多次重印。

20世纪二三十年代，由于泰国报业的快速发展，泰文报也出现译介中国传统小说的高潮。当时泰文报上刊登的中国小说译本有《金瓶梅》、《梁红玉》、《孟丽君》、《彭公案》等，这股译介和连载中国小说的热潮一直持续至二战期间泰国报馆被封后才终止。二战结束后，泰译本的中国小说《三国》、《聊斋志异》、《金瓶梅》、《红楼梦》、《宋江》等相继出版发行，并获得泰国文学界的高度重视及广大读者的欢迎和喜爱。

中国传统小说在泰国译介和移植的过程中，也对泰国文学艺术产生了巨大影响。泰国著名诗人昭披耶帕康在主持翻译《三国》时形成了一种特有的"三国文体"，这种文体随即受到泰国读者及作家的喜爱和欢迎，并蔚然成风，在相当大程度上推动了泰国文学从古典文学向现代文学的转化。《三国》也对泰国文学艺术产生了多方面影响，如作家銮披玛皮莫以《三国》故事为素材，用格仑素帕诗体创作了《吕布戏貂婵》和剧作《三英战吕布》。

在越南方面，19世纪末的越南已出现用拉丁化越南文翻译的中国书籍《三字经国语演歌》、《三千字解音》、《四书》等。20世纪初，中国古典名著《三国志演义》、《水浒传》、《儒林外史》、《红楼梦》、《聊斋志异》等均被译成拉丁化越南文，其中最早的《三国演义》、《水浒传》越译本分别于1907年、1906—1910年在西贡出版。在20世纪20年代之前，为数不少的中国历史小说被译成越南文，如《西汉演义》、《东汉演义》、《三国志演义》、《后三国演义》、

《说唐演义》、《北宋演义》等，这显示出越南译者和读者对中国历史故事的强烈兴趣。

20 世纪二三十年代，越南对中国传统小说的译介达到最高潮，其中武侠小说深受越南读者的喜爱，被译成越南文的中国武侠小说有《风尘剑客》、《风尘三剑》、《风月侠义》、《江湖女剑侠》等，这与当时中国大城市读者喜爱武侠小说的风气一脉相承。以徐枕亚为代表的中国鸳鸯蝴蝶派小说也被大量翻译成越南文，如徐枕亚的《玉梨魂》、《余之妻》、《雪鸿泪史》，这与当时上海鸳鸯蝴蝶派小说的流行趋势也有密切关系。总的来看，20 世纪上半叶以越南文译介和移植的中国文学作品以通俗小说为主，有历史小说、才子佳人小说、武侠小说、鸳鸯蝴蝶派小说等。

二战结束后，除了上述历史小说和武侠小说外，中国古典名著《三国志演义》、《水浒传》、《儒林外史》、《红楼梦》、《西游记》、《聊斋志异》的越译本也修订再版，或重新翻译出版。此外，由著名翻译家南珍等人翻译的《诗经》、《楚辞》、《唐诗》、《宋词》，以及李白、杜甫、陆游等人的诗歌译本也纷纷出版，胡浪等人合译的《中国话本集》也于 1964 年出版。

在拉丁化越南文被广泛传播使用后，中国通俗文学作品也被视为越南翻译文学遗产中珍贵的一部分，这些被译成越南文的中国文学作品对越南现代文学的发展产生了相当大的影响。

在柬埔寨方面，19 世纪中叶的柬埔寨出现了以柬文翻译或改译的中国古代故事"许汉文和白蛇、青蛇的故事"、"昭君公主的故事"、"狄青的故事"、"西汉的故事"等手抄本。至20 世纪 20 年代，柬埔寨出现了一种深受中国影响的新型通俗喜剧"巴萨克戏剧"，其上演的剧目有改编自中国传统文学作品的《三国》、《昭君》、《哪吒》、《薛仁贵》和《狄青》等。

20 世纪 20 年代后期，随着柬埔寨的都市化和城市资产阶级的兴起，以及印刷术这种新技术所带来的新型传播方式，柬埔寨报章杂志开始刊登中国小说的译文，如 1936 年底《那尕拉哇塔》（Nagara vatta）杂志连载了根据中国古典名著《三国演义》改编的故事。

20 世纪五六十年代，来自香港的武侠电影开始进入柬埔寨市场，一些在北京出版的以法文翻译的中国文学作品也充斥着柬埔寨的中国书店，并受到柬埔寨读者的欢迎。当时在报纸上连载中国作品成为一种时尚，如法文日报《柬埔寨电讯》、高棉文日报《和平岛》《祖国报》均连载译成法文或高棉文的中国小说。此外，一些柬埔寨作家开始把卖座的中国电影改写成通俗小说发行，如中国电影《梁山伯与祝英台》被改编成柬埔寨文小说在报刊上连载。

中国传统小说在柬埔寨移植和传播的过程中，还对柬埔寨现代文学产生了影响。一些讲汉语的华裔柬埔寨作家开始大胆地创作明显带有中国作品影响色彩的小说，中国小说的某些风格也和柬埔寨文学的特点混合在一起，如20世纪60年代以来出版的柬埔寨长篇小说带有"传奇小说"的一般倾向和说教的性质，这可能是受到中国文学作品的某些影响。

在印度尼西亚方面，印尼土生华人翻译家不仅以华人马来文翻译中国文学作品和民间故事，还以爪哇文、望加锡文、巴厘文和马都拉文等翻译、移植和改写中国文学作品。

第一部被译成马来文的中国小说是《海公小红袍全传》中的最后几章，该译本于1882年在巴达维亚出版。此后，中国传统小说《三国演义》、《列国志》、《三宝太监下西洋》、《水浒传》、《西游记》、《封神演义》、《梁山伯与祝英台》、《陈三五娘》等被陆续翻译成马来文，其中以1924—1942年为翻译高峰期，其译作多达320种。1941年底太平洋战争爆发后，印尼群岛被日本军队占领，译介工作也被迫中断，至二战结束后才恢复。20世纪60年代以后，老一代华人翻译家和作家退出文坛，以华人马来语译介中国文学作品的翻译工作也随即终止。

除华人马来语译本外，19世纪中叶的印尼土生华人也根据中国小说《薛仁贵征西》节译了爪哇文译本《李世民》。此后，中国小说《五虎平西》、《梁山伯与祝英台》、《三国志演义》、《薛仁贵征东》、《杨家将》等被陆续翻译成爪哇文，其中《梁山伯与祝英台》、《三国志演义》等被多次重译，显见这些中国小说受印尼读者欢迎的程度。

中国传统小说还被印尼土生华人翻译成望加锡文、巴厘文、马都拉文等，其中如望加锡文译本《三宝太监西洋记》，以及巴厘文和马都拉文的梁山伯与祝英台故事等。

中国传统文学在印尼移植和传播的过程中，也对印尼的文学艺术产生了深远的影响。如梁祝爱情故事被改编成"斯坦布尔戏"、"鹿特鲁剧"、"列农剧"、"吉多伯拉剧"、"马扎巴特"诗歌体、"阿里雅舞"等，《李世民游地府》、《西游》等故事被编入印尼的迪迪哇扬戏或皮影戏演出剧目中。此外，中国传统文学还对印尼近代文学的转型产生了一定的影响。

在新加坡和马来西亚方面，19世纪末至20世纪50年代是马来亚土生华人以峇峇马来语译介中国传统文学的主要时期，其中以20世纪三四十年代为译介高潮。中国小说的峇峇马来语译本有《三国故事荟萃》、《杏元小姐与梅良玉的故事》、《凤娇与李旦》、《商辂后母秦雪梅》、《王昭君和番》、《孟丽君》等。二战结束后，随着英文和华文在新马华人社会中的日益普及，这种与现代标准马来语有着一定差异的峇峇马来语逐渐衰落，而以峇峇马来语翻译中国小说的热潮也于 20 世纪 50 年代宣告结束。

20 世纪 20 年代前后，中国自清末民初以来掀起的武侠小说热潮也传播到东南亚地区。

印尼自 20 世纪 20 年代开始译介和移植中国武侠小说，约有 40 位中国武侠小说作者的作品被译成马来文，如还珠楼主、平江不肖生、王度庐、杨尘因等人的作品。二战结束后，印尼再次掀起译介和移植中国武侠小说的高潮，港台新派武侠小说家梁羽生、金庸和古龙的作品被大量翻译成印尼文，如梁羽生的《白发魔女传》、《冰川天女传》，金庸的《碧血剑》、《射雕英雄传》，古龙的《绝代双骄》、《欢乐英雄》等。

在中国武侠小说热潮的影响下，一些印尼华人作家和土著作家也纷纷模仿这种小说体裁进行创作，并将武侠小说本土化与印尼化，其中较为著名的有华人作家许平和、土著作家明达尔查、柏拉帝托、阿思威恩铎的印尼文武侠小说，如许平和的《满者伯夷大危机》、明达尔查的《爪哇宝剑》、柏拉帝托的《马打蓝王朝之锣》等。

泰国在 20 世纪 30 年代初期也受到中国武侠小说热潮的影响，当时的泰文报章热衷于翻译和连载中国武侠小说。50 年代后期，以金庸作品为代表的港台新派武侠小说再次激发起泰国的"武侠小说热"，金庸的《射雕英雄传》、《神雕侠侣》，梁羽生的《白发魔女传》，卧龙生的《玉钗盟》，古龙的《多情剑客无情剑》等相继被译成泰文出版发行。

中国武侠小说也对泰国文学产生了多方面的影响。如泰国翻译家沃·纳孟龙在翻译中国武侠小说时创造的"武侠文体"即对泰国文坛产生了很大的影响；一批 20 世纪 80 年代后出生的泰国新生代作家也开始模仿泰译本武侠小说进行创作，并创立"泰国武侠小说"，如李小凤的《千字真经传奇》、干机拉的《布衣太子之雄霸天下》、德文民的《剑圣之情》等。

越南在 20 世纪 20—40 年代翻译的中国武侠小说多达 60 余部，有《火烧红莲寺》、《七侠五义》、《小五义》、《一枝梅大侠士》等。从越南大量翻译和出版中国武侠小说的情况，可以看出越南读者欢迎和喜爱中国武侠小说的情形。

20 世纪 60 年代以后，香港武侠电影开始进入柬埔寨市场，而中国武侠小说的柬文译本可能是从越南文转译过去的，一些柬埔寨作家也开始从中国武侠小说中寻求创作灵感，如 1966 年以后出版的一些柬埔寨长篇小说就是依据中国作品改编的。

由上可见，中国传统文学与东南亚文学有着漫长的交流史，而中国传统文学对东南亚文学的影响也是十分广泛而深刻的。

第一章　　中国与东南亚的民族渊源及其文学反映

　　自古以来，中国与东南亚在民族血缘、政治外交、经济贸易、文化宗教和文学艺术等方面都有着密切的关系，其交往历史之悠久，人员往来之频密，血缘关系之密切，以及文化影响之深厚，都展现了两地之间源远流长的地缘、血缘、政缘、商缘和文缘。

　　由于世界各国习惯上将越南、柬埔寨、老挝、缅甸、泰国五国称为东南亚的"半岛国家"或"陆地国家"，而将马来西亚、新加坡、印度尼西亚、文莱、菲律宾五国称为东南亚的"海岛国家"或"海洋国家"，因此本章将分别介绍古代中国与东南亚的半岛（陆地）国家和海岛（海洋）国家之间的交往情形、两地人民之间的血脉渊源，以及神话传说和民间歌谣（马来班顿）所反映的两地民族关系及其文化和文学方面的交流状况。

第一节 古代中国与东南亚的交往

中国与东南亚在地理位置上同属于亚洲东部，其中越南、老挝、缅甸在陆地上与中国接壤，菲律宾、马来西亚、越南等国在水域上与中国相邻。东南亚也是中国与印度交通的重要水陆通道，唐代贾耽曾在《古今郡国道县四夷述》中记载自安南经缅甸、老挝、泰国、柬埔寨前往印度的陆上通道，以及自广州沿中印半岛航行，穿过马六甲海峡去印度的海上通道，其中马来西亚、新加坡、印度尼西亚等国是中国前往印度洋的海上必经之地。由于地缘、政治、经济、宗教、文化和民族等多方面的关系，古代中国与东南亚从官方到民间都有着密切的联系和往来，只是随着近代西方列强的入侵以及中国国势的衰微，中国与东南亚在政治上的联系才被削弱，但两地之间的民间往来仍然源源不断，文化方面的交流也生生不息。

一、 古代中国与东南亚半岛国家的交往

中国与东南亚半岛国家的越南、柬埔寨、老挝、缅甸和泰国在地缘上十分接近，在漫长的历史进程中双方有着密切的交往。

（一） 古代中国与越南的交往

越南在历史上有过越裳氏、西瓯越、南越、大瞿越、大越等称呼。中国在夏、商、周时称之为交趾，三国时称交州，唐代改称安南。1804 年，清朝嘉庆皇帝封阮福映为越南国王，越南名称即起于此时。

早在四千多年前，越南就曾来中国朝贡。到周成王时，又来周朝朝贡。公元前 214 年，秦始皇设置南海、桂林、象郡三郡，其中象郡包括现今越南北部和中部，越南从此直接归属秦朝管辖。

秦朝灭亡后，南海郡尉赵佗于公元前 207 年自立为南越武王，统治南海、桂林、象郡之地。公元前 196 年，汉高祖刘邦派陆贾出使南越，册封赵佗为南越王。赵佗后来自立为南越武帝，

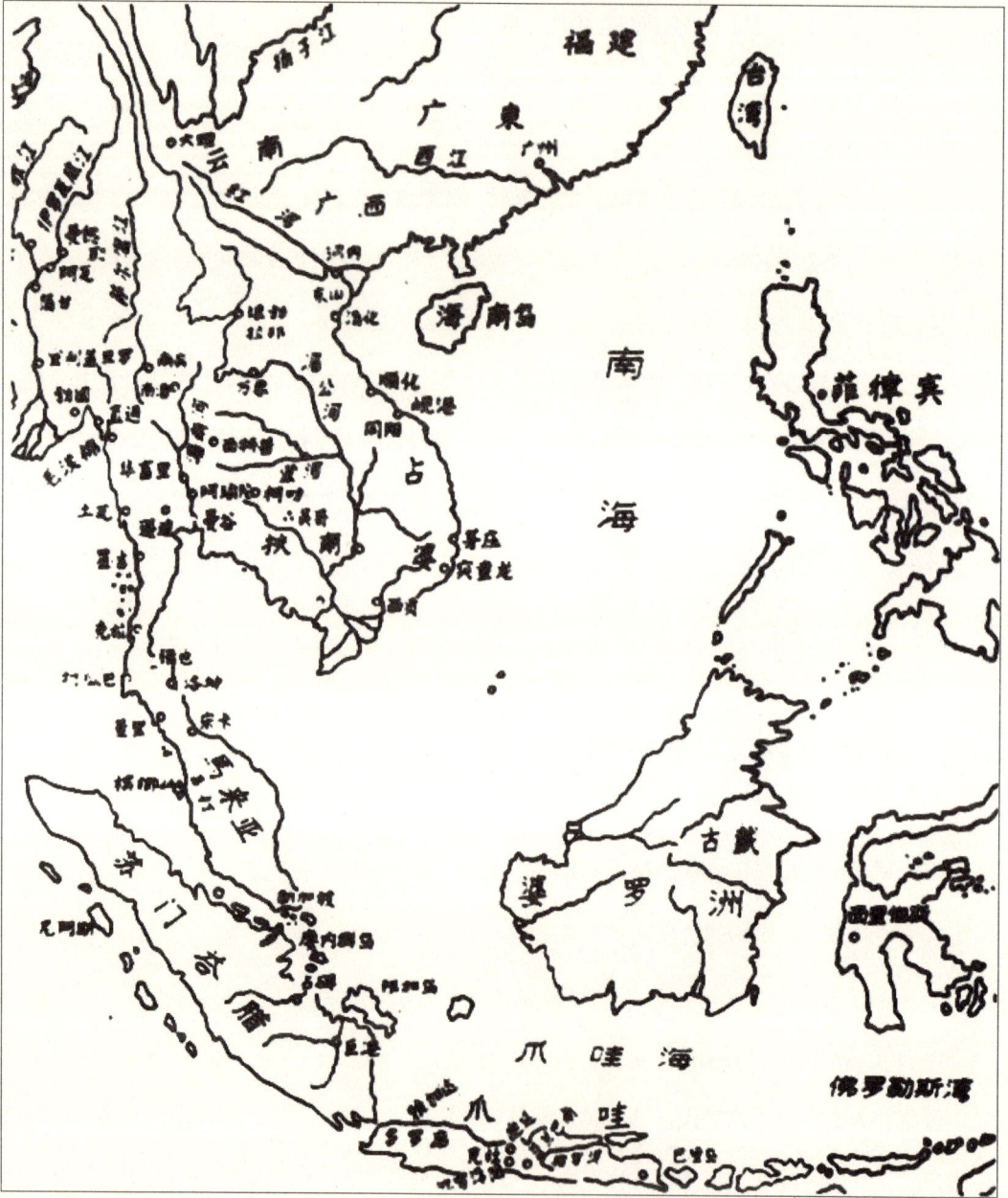

图 1   中国与东南亚（早期联系图）[1]

1. 本图片截取自 [英] 丹·乔·艾·霍尔著、赵嘉文译注、张家麟校订《东南亚史（古代部份）》中的《东南亚，印度和中国（早期联系图）》，昆明：
云南省历史研究所，1979 年版。

成为越南首位君主。

汉武帝时代，南越王国相吕嘉反叛汉朝。汉武帝平定南越，于公元前 111 年置南海、合浦等九郡，其中交趾、九真、日南三郡就在越南境内，越南重新纳入中国版图。此后一千多年间，越南成为中国行政区域的一部分，即越南历史所称的北属时期。中国统治阶层除了派遣官员治理外，还将其作为犯人的流徙地，一些获罪文臣被流放至当地，由此促进了汉文化在越南的传播和发展，而两地人口的互徙与杂处，也有助于文化和血统的融合。

公元 939 年，越南吴朝的吴权自立为王，开始脱离中国的统治。到了丁朝，丁部领于公元968 年称帝，建立大瞿越国。公元 975 年，宋太祖封丁部领为交趾郡王，两国正式建立宗藩关系。此后历经丁、前黎、李、陈、后黎、阮各朝，中国与越南一直保持宗主国与藩国的关系，两国在政治、文化和人员等方面的往来都很密切。

到了近代，随着西方列强势力的东扩，中越两国的政治关系发生了变化。1885 年，清政府被迫与法国签订《中法会订越南条约》，承认法国拥有越南的宗主国地位，由此结束了中越两国之间长达两千多年紧密的政治关系。

（二） 古代中国与柬埔寨的交往

柬埔寨在汉代被称为扶南，其国名在东汉杨孚的《异物志》中首次出现，此后历代又称真腊、吉篾、阁茂、水路真腊、真里富、占腊、甘孛智等，明代则称柬埔寨。

公元 225 年，扶南国派使者与三国时代的吴国进行朝贡贸易。孙权也派遣宣化从事朱应和中郎康泰出使扶南以建立邦交。扶南王范寻热情接待，并接受吴国使者的建议，下令全国男人一律披上"横幅"，遮盖下身，由此改变了原有的裸体之俗。此后数百年间，扶南国政权出现更替，而且彻底印度化，但始终与中国保持着友好关系，有时也称臣朝贡，两地之间的贸易往来也很频繁。公元 6 世纪时，佛教兴盛，中国南朝的齐帝曾派遣沙门赴扶南迎佛发。

公元 627 年，扶南国被北方的属国真腊吞并。从隋朝伊始，真腊向中国朝贡。吴哥王朝也曾多次派使者赴中国，并获宋朝皇帝封号。此后直至近代，柬埔寨与中国一直保持着友好关系。

（三）　古代中国与老挝的交往

老挝的主体民族在中国古代被称为哀牢夷或哀牢，原为中国西南百越民族中泰族的一支，曾建立大蒙国，唐代时改称南诏国，五代时称为大理，后逐渐南移至现在的老挝、泰国、柬埔寨、越南等地。

公元 51 年，哀牢王贤栗向汉朝请求内属，汉光武帝封其为君长，此后每年都向汉朝朝贡。公元 738 年，其王皮逻阁被唐玄宗赐名归义，封为云南王。公元 750 年，云南王阁逻凤造反，建立大蒙国，统治云南等地，向吐蕃称臣，后于公元 794 年复归唐朝。

1253 年，忽必烈征服大理，泰族中的一支南移至老挝琅勃拉邦，建立老挝侯国，曾先后隶属过柬埔寨的吉篾王朝和泰国的素可泰王朝。1353 年，藩甘创建兰珊王国，并与中国有着友好关系。明成祖朱棣于 1405 年设置老挝军民宣慰使，两国的关系更加密切。

（四）　古代中国与缅甸的交往

缅甸与中国的云南接壤，两国山水相依，汉武帝时代已有两国商人之间的货物贸易。公元 97 年，缅甸境内的掸国国王雍由调派遣使者向汉朝朝贡。公元 120 年，又遣使朝贺献乐及幻人（魔术师）。公元 121 年，汉安帝封雍由调为汉大都尉，赐印绶。

唐德宗时期，缅甸境内的骠国（缅史称德耶克达雅王国）王雍羌于公元 800 年和 802 年两次派遣使者来唐朝朝贡，并请求册封。唐德宗分别授予雍羌父子为太常卿和太仆卿封号，此后两国一直保持着密切关系。

至缅甸蒲甘王朝时代，忽必烈遣使访问蒲甘，谕其归附元朝，后又武力征讨，并置缅甸行省。1297 年，缅王峤苴受元成宗册封为缅甸国王。至明代，缅甸国王也受明朝皇帝册封。清朝乾隆年间，两国发生战争，后缅王求和，又接受册封，并向清朝朝贡。

（五）　古代中国与泰国的交往

泰国原先称暹罗，其主体民族泰族与中国有着深厚的民族渊源。泰族原先居住在中国西南地区，公元 69 年，哀牢王柳貌率领 77 名泰族酋长向汉明帝朝贡。公元 76 年，哀牢王类牢叛变，汉朝派军队将其击败。泰族开始向南迁移，其中一部分移居至缅甸北部掸邦。公元 225 年，蜀国丞相诸葛亮南征，七擒泰族首领孟获，更多的泰族迁徙至泰国。1253 年，忽必烈灭大理，泰族中的一支遂移居泰国。

1377 年，暹罗斛国遣使向明朝朝贡，明太祖赐"暹罗国王"印，定国号为"暹罗"，其国号至 1939 年才改为"泰国"。泰国历经素可泰、阿瑜陀耶、吞武里和却克里（曼谷）四个王朝，中国都与其保持着宗藩关系，并维持着友好往来。

二、 古代中国与东南亚海岛国家的交往

东南亚中属于海岛国家的有马来西亚、新加坡、文莱、印度尼西亚、菲律宾五国，古代中国与这些海岛国家也有密切的交往。

（一） 古代中国与马来西亚、新加坡、印度尼西亚和文莱的交往

马来半岛位于太平洋和印度洋之间，为东西交通的海上必经之道。在古代的马来半岛上，曾经有过众多的古国，如中国史籍中记载的丹丹、盘盘、狼牙修、单马令、彭坑、吉兰丹、丁家庐、满剌加、柔佛等国。

三国时期，东吴交州刺史吕岱派朱应、康泰出使扶南国，后者曾到达马来半岛上的一些古国。自汉代以来，一直有中国商人前往马来半岛从事商业贸易活动，甚至定居于当地。

公元 734 年，室利佛逝王子俱摩多赴唐朝贡献方物，后受唐朝册封为大将军及宾义王。唐代高僧义净到印度求经，回程中曾留居室利佛逝研究佛法和翻译佛经，总计在当地居住的时间长达 10 年以上。

14 世纪下半叶，在爪哇东部崛起的满者伯夷进攻三佛齐首都占碑。1376 年，三佛齐王位继承人遣使向明朝求援，明太祖封其为三佛齐王，不过因明朝驰援不及，三佛齐终为满者伯夷所灭。

1403 年，明成祖派中官庆尹出使马来半岛上的马六甲王朝。1405 年，马六甲国王拜里美苏剌遣使奉金叶表向明朝求助，明成祖诏封其统治的王国为马六甲王国，封拜里美苏剌为国王，并御赐国玺、紫袍和黄伞。明朝郑和七次下西洋，出使东南亚各国时主要以马六甲为大本营。马六甲王国奉伊斯兰教为国教，郑和及其下属多信奉回教，因此马六甲与中国的关系更为紧密，

而马六甲也成为当时中国与东南亚贸易的中心。此后，马六甲王朝在 100 多年的统治期间曾先后 23 次派遣使者朝觐明朝皇帝，其国王 5 次亲率妻子和陪臣来华，而明朝也 14 次派遣使者前往宣慰。

马来半岛最南端的新加坡，在中国古籍中称为淡马锡、单马锡等，早期华人多称之为石叻坡、息力、星加坡、星洲等。

1819 年，英国人莱佛士登陆新加坡。英人殖民政府统治新加坡期间，鼓励华人移殖开垦，马六甲和廖内群岛的华人纷纷移居当地。19 世纪下半叶至 20 世纪上半叶，中国福建和广东的一些人也相继前往谋生，华人逐渐成为当地最主要的居住者。清政府于 1887 年在新加坡设立领事馆，胡亚基任首任领事，近代中国遂与东南亚的殖民地政府建立了官方关系。

文莱位于婆罗洲（今称加里曼丹岛）北部，中国史籍称之为婆利、渤泥、勃泥、浡泥、佛尼、婆罗、文莱、文来等。

公元 522 年，婆利王频伽遣使向梁朝朝贡。此后历经中国隋、唐、宋、元、明各个朝代，文莱均遣使朝贡，臣服于中国，两国之间也多有贸易往来。

印度尼西亚与中国的交往也很早。东汉时，印尼群岛上的一些国家曾遣使来华朝贡。三国时代，吴国的宣化从事朱应、康泰到过爪哇。东晋高僧法显到印度求经，于公元 412 年由海道回国时到过印尼的爪哇。元朝时，忽必烈曾出兵征伐爪哇，但以失败告终，其后爪哇遣使朝贡，两国关系又得以修复。

明朝郑和 7 次下西洋，到过印尼群岛上的十多个国家，如爪哇、苏门答腊、巨港、麻逸洞（今勿里洞）、南渤列（今亚齐）等，对当地产生了广泛的影响。在印尼的雅加达、三宝垄、井里汶、泗水等地，至今还有与郑和相关的庙宇。

1777—1884 年，华人罗芳伯在婆罗洲西部创建的兰芳共和国，政治上实行民主制度，经济上从事开矿和种植，成为华人在东南亚开创民主国家的历史绝响。

（二） 古代中国与菲律宾的交往

中国在唐宋两代就与菲律宾有了往来，其中包括商业贸易，这从当地发现的唐宋瓷器可以见出。乐史在《太平寰宇记》中记载公元 977 年勃泥王遣使来华朝贡之事时首次提及的"麻逸"，即今日菲律宾的岷多诺岛。在明朝之前，中国与菲律宾的交往多为民间层面的商业贸易，中国商人从福建泉州港乘船前往菲律宾贸易，菲律宾也有商贾随中国船舶来泉州经商，而当时的中国人也以尊长之礼待之。

明朝时期，由于郑和下西洋的影响，菲律宾开始与中国有了官方交往。从 1372 年开始，菲律宾群岛上的吕宋、苏禄、冯嘉施兰诸国多次遣使来华朝贡。

16 世纪，菲律宾成为西班牙殖民地。由于清政府与西班牙签订条约，中国商船可以自由入港，华人获得最惠国条约的待遇，因此中菲之间的商业贸易仍然不断，留居当地的华人也逐渐增多起来。

综上可见，在中国与东南亚漫长的交往史中，古代中国与东南亚各国大都保持着密切友好的关系，即使曾经发生过冲突或战争，但总体上仍以和平、友好和互利为主流。古代中国曾经是亚洲最强大的封建帝国，东南亚大部分国家长期向中国称臣纳贡，其中越南在北属时期还纳入中国的政治版图，但这并不意味着中国对这些国家实行殖民统治和经济掠夺，各国前来中国请求册封和称臣朝贡，实际上是寻求中国对其统治政权的支持与保护，其遣使朝贡一方面是出于外交礼节，另一方面则是以贸易为目的，因为中国朝廷的回礼或赏赐往往超越贡品本身的价值。[1] 从总的方面来看，古代中国与东南亚各国除了民间自发的交往外，官方的政治往来也进

1. 参见朱杰勤：《东南亚华侨史》（外一种），第 24—25 页，北京：中华书局，2008 年版。

一步促进了两地之间的经济、文化和宗教交流，以及人口的迁徙和民族的融合。中国与东南亚之间的文学交流，也是在这种漫长的政治、经济、宗教、文化、民族相互交往的大背景下形成的，

2. 本节除已注明的参考资料出处外，另参见宋哲美：《东南亚建国史》，香港：东南亚研究所，1976 年版；陈鹏：《东南亚各国民族与文化》，北京：民族

并且一直延续至今。[2]

出版社，1991 年版。

第二节　中国与东南亚的民族渊源

中国与东南亚不仅有着源远流长的民间与官方往来，而且还有着深厚的民族渊源。东南亚是个多民族的地区，其中大部分民族均来源于亚洲大陆，这些民族大多与中国东南沿海的百越民族和西南地区的少数民族存在血缘上的关系，如越南的越人与中国东南沿海的越族，缅甸的

克钦人与中国的景颇族，马来民族与中国大越族等。近代以来大量移居当地的华人移民，则主要来自中国东南地区的福建与广东两省。

一、 中国与东南亚半岛国家的民族渊源

中国与中南半岛的泰国、越南、缅甸、老挝、柬埔寨互为比邻，历史上交往也十分密切，由此促进了两地之间的人口迁徙和人员往来。

（一） 中国与泰国的民族渊源

泰国的主体民族泰人是中国南部古代掸人、壮人、僚人等族的子孙。泰国的泰族和越南的汰族都源自中国岭南，与今日岭南的壮族关系尤其密切。其实泰族、汰族与掸族、壮族、佬族等同源，泰语和壮语目前仍然大致相通。泰国的开国明君法弄即唐朝云南南诏国的第十一代君主酋隆。宋仁宗时期，广西侬智高叛乱，后被狄青、余靖所败。侬智高率部逃入大理，从行的壮人很多。后来侬氏部下壮人子孙中的一部分沿南乌江和湄公河进入泰国北部，建立兰象和兰那两省，即壮语"象场省"和"田场省"。这些壮人子孙后来又进入湄南河上游，建立素可泰王朝。今日广西的壮人，是泰国小泰人最近的亲属。其实整个粤民族也与泰国的泰人有着非常密切的关系。[1] 此外，泰国境内属于藏缅语族的阿卡人（哈尼人）、傈僳人和拉祜人，其民族

1. 参见徐松石：《东南亚民族中的中国血缘》，第132—139页，香港：东南亚研究所，1974年版。

主体部分均生活在中国，即中国的哈尼族、傈僳族和拉祜族。[2]

2. 陈鹏：《东南亚各国民族与文化》，第39—40页，北京：民族出版社，1991年版。

（二） 中国与越南的民族渊源

越南的主体民族越人（亦称京人）为中国古代百越民族中的一支，即骆越人的后裔。另一民族芒人与越人不仅语言近似，来源上也同样出自骆越人。[3] 直至今日，越南人还承认他们的

3. 陈鹏：《东南亚各国民族与文化》，第8页，第6页，北京：民族出版社，1991年版。

始祖雄王是神农炎帝四世孙泾阳王鸿庞氏的孙儿。有学者认为，越南人与浙江会稽之"越"、温州之东瓯、福建之闽越、广东广西之南粤（即越）人，均同属于越族，即古代中国百越之一，故越南人与中国人同种。[4] 越南有传说可据的居民，是由中国的湖南和岭南移入的，今日的越

4. 参见朱杰勤：《东南亚华侨史》，第6页，北京：高等教育出版社，1990年版。

南族，与今日越南的少数民族如汰人、僚人、龙人（侬人）、沙人、掸人、瑶人、苗人等，都

隶属于广大的越民族系统内。[1]越南的侬人、岱人及其分支土佬、高栏、帕基，都与中国南部

1. 参见徐松石：《东南亚民族中的中国血缘》，第 79 页，第 140—146 页，香港：东南亚研究所，1974 年版。

的壮族有亲缘关系，其中侬人从公元前 1 世纪开始由中国南部迁入越南，至 17 世纪迁徙过程

才停止。越南侬人还使用在中国汉字结构基础上形成的文字，即侬喃字。越南岱族和侬族的农

姓族谱表明他们是广西壮族侬智高的后裔，在这两个民族中广泛流传着有关侬智高的神话传说，

侬智高也被其视为民族英雄和保护神。越南高栏人也曾用汉字创造了一种记录口语的文字，称

为"sika"，意即"合成字"，这种高栏喃字在造字原则上与越人喃字基本相同。高栏人日常

讲自己的民族语言，其文学语言则用广东土语。山尤人的先民据说在许多世纪前来自中国广东，

其语言和文化与广东汉人近似。越南拉祜人则来自中国云南。越南苗人早在公元 7—8 世纪即

开始由中国迁入，大批移入则于 15—16 世纪。越南瑶人也来自中国。从前瑶人没有学校，青

少年跟随老年人学习中国汉字（读音用瑶语），并用汉字记录民歌、农事和礼仪。此外，居住

2. 参见陈鹏：《东南亚各国民族与文化》，第 87—89 页，第 90—93 页，第 95—103 页，北京：民族出版社，1991 年版；范宏贵：《同根生的民族——壮泰

在越中边境的瑶人也都懂广东话。[2]

各族渊源与文化》，第 63—64 页，北京：光明日报出版社，2000 年版。

（三） 中国与缅甸的民族渊源

缅甸的主体民族缅人主要分布在伊洛瓦底江流域的广大地区，有学者认为缅人乃古时从西藏

移入的。缅甸的掸人和克钦人与中国也有民族渊源。掸人的故居即中国古书中所谓的产里或产国。

自春秋战国时期以至西汉，掸人已经逐渐将势力扩张至今日缅北的萨尔温江两岸。掸人语言与佬

语、小泰语、僰语、壮语大同小异，一律属于广义的泰语。[3]从历史文献和现代民族学资料看，

3. 徐松石：《东南亚民族中的中国血缘》，第 146—147 页，香港：东南亚研究所，1974 年版。

掸人与中国的傣族尽管在族称上不同，但他们之间血脉相通，实际上是一个实体。[4]克钦人主要

4. 范宏贵：《同根生的民族——壮泰各族渊源与文化》，第 242 页，北京：光明日报出版社，2000 年版。

分布在缅甸北部克钦邦内。克钦人亦称景颇人，除缅甸外，还分布在中国、泰国、老挝及印度东

北部。多数学者认为，克钦人的先民基本上是于公元 13—19 世纪由北方移入缅境的。[5]

5. 陈鹏：《东南亚各国民族与文化》，第 14 页，第 95—103 页，北京：民族出版社，1991 年版。

（四） 中国与老挝、柬埔寨的民族渊源

老挝的主体民族佬人（亦称寮人）与泰国湄南河上游和呵叻高原的佬人属于同族。佬人与

中国的傣族、壮族、布依族，泰国的泰人，缅甸的掸人，以及越南的越人等，在历史上有着密

切的关系，都同源于中国古代的百越民族。一般认为，老挝的山地泰人与佬人一样，也是从中

国云南迁入的，时间大约在公元前 10 世纪至公元 5—6 世纪。山地泰人到达老挝今天的住地后，

部分人继续迁徙，进入泰国境内，部分人与当地崩龙佤语族的原居民接触和融合。[1]

1. 陈鹏：《东南亚各国民族与文化》，第 48 页，第 57 页，北京：民族出版社，1991 年版。

柬埔寨的主体民族为高棉人，其来源有两种说法，一是来自印度半岛，一是来自中国西南

2. 陈鹏：《东南亚各国民族与文化》，第 67 页，北京：民族出版社，1991 年版。

地区的康藏高原。[2]另有学者认为柬埔寨的居民多为吉蔑人、佬人和小泰人的混种。[3]

3. 徐松石：《东南亚民族中的中国血缘》，第 140—141 页，香港：东南亚研究所，1974 年版。

（五）　来源于中国的华人移民及其后裔

中南半岛各国的数百万华人都渊源于中国。华人先民移居中南半岛始于公元前 1 世纪。华

人进入老挝大致是公元初年的事。缅甸的华人是在不同历史时期来自中国南部和东南部的不同

省份和地区。南宋赵汝适在《诸蕃志》中提及古代缅甸的蒲甘国有诸葛武侯庙，可见当时已有

华人移居当地并建立祭祀诸葛亮的庙宇。南宋灭亡后，一些宋朝遗民不愿接受元朝的统治而流

寓越南等地。从 13 世纪起，移居越南的华人越来越多。元朝周达观在《真腊风土记》中记载

宋元时期的中国商人和水手与真腊（今柬埔寨）当地人民通婚杂处的情形。不过柬埔寨的华人

大多于 19 世纪下半叶至第二次世界大战期间分批来自中国东南沿海的广东、福建，以及新加

坡和马来亚地区。泰国的华人也是 19 世纪下半叶至 20 世纪 30 年代期间大批移入的。今天的泰

国华人多为华泰混血人，混血华裔多数融合于泰人之中。[4]

4. 参见陈鹏：《东南亚各国民族与文化》，第 39 页，第 62 页，第 24 页，第 94 页，第 74 页，北京：民族出版社，1991 年版。

二、　中国与东南亚海岛国家的民族渊源

中国与东南亚海岛国家的马来西亚、新加坡、文莱、印度尼西亚和菲律宾在民族关系方面

也有深厚的渊源。

（一）　东南亚的马来民族等与中国的民族渊源

在东南亚海岛国家的各民族中，人口最多者为马来人。广义的马来人包括东南亚所有讲南

岛语系印尼语族语言的 200 多个民族，如马来人、爪哇人、马都拉人、他加禄人等。不过马来

人传说自己的祖先不是东南亚的土著，而是从海上迁移过去的。多数学者也认为，马来民族并

5. 参见陈鹏：《东南亚各国民族与文化》，第 119 页，北京：民族出版社，1991 年版；徐松石：《东南亚民族中的中国血缘》，第 10 页，香港：东南亚研究所，

非当地土著居民，而是古代从亚洲大陆南部迁入的蒙古利亚种族，在与当地原住居民融合后，

1974 年版。

由此形成了马来族群。[5]

古代马来人的南迁分为两大批。第一大批被称为原始马来人，大约在公元前 1500 年左右，由于战争和自然灾害等原因从亚洲大陆南部迁出。其迁移路线大致有两条：一条是从中国云南一带经暹罗、中南半岛、马来半岛，越过马六甲海峡，进入苏门答腊后向东分散至印尼其他一些岛屿；另一条是从中国闽粤一带经台湾岛和菲律宾群岛，至加里曼丹、爪哇等岛屿。如今爪哇勿苏基州的登格尔人、苏门答腊的巴达克人、加里曼丹的达雅克人、苏拉威西的托拉查人、马鲁克群岛上的阿尔弗腊人等，都属于原始马来人的后裔。[1]

1. 孔远志：《中国印度尼西亚文化交流》，第 6—7 页，第 12 页，北京：北京大学出版社，1999 年版。

第二大批南迁的马来人被称为新马来人或续至马来人。有学者认为，马来族的前身是中国的大越族，浙江、江苏、福建是他们最初居住的地方。今日的苗人、瑶人、蜑人与马来族祖先关系最为密切。苗、瑶、蜑三族最初是中国东部沿海地区的民族，大禹王时的大越国是以苗、瑶、蜑族为骨干的，而马来人的祖先以苗、蜑族为骨干，所以他们是大越族。公元前 334 年，楚威王杀越王无疆，尽取故吴越地，越国遂亡，越族分散于江南海上。大约当时的大越移民，大批乘船出海，漂流到苏门答腊岛。他们逼走当地的颇利尼西亚人（今多译为波利尼西亚人），又征服当地的小黑人，混血后遂形成了一个棕色的马来民族。于是一部分马来人再经由林邑而与中国岭南的居民接触。[2]

2. 参见徐松石：《东南亚民族中的中国血缘》，第 2—9 页，香港：东南亚研究所，1974 年版。

数千年以来，从中国大陆南迁的原始马来人和新马来人所形成的马来民族，已经遍布东南亚的海岛国家，甚至在中南半岛的缅甸、泰国等地也居住着他们的种族。

此外，印尼亚齐人的族源中也混有中国人的成分[3]，菲律宾民族有十分之一的中国血统，

3. 陈鹏：《东南亚各国民族与文化》，第 169 页，北京：民族出版社，1991 年版。

如菲律宾国父黎刹和第一个领导独立革命运动的民族英雄阿吉纳兰道等都有中国血统[4]。

4. 宋哲美：《东南亚建国史》，第 48 页，香港：东南亚研究所，1976 年版。

（二）　来源于中国的华人移民及其后裔

在东南亚的海岛国家中还居住着数以千万计的华人。有学者认为，远在两千多年前，中国人已漂洋过海踏上印尼国土，有的可能在万丹定居下来。公元 1 世纪初，中国商人到达马来亚。公元 3 世纪，前往马来亚经商的中国人逐渐多起来。15 世纪初，马来半岛已有中国商人的基地，有的中国人定居当地，自成村落，垦荒种地，促进了当地经济的发展。绘于 1613 年满剌加（马六甲）城市图就标有中国村、漳州门和中国溪三个地名，可见中国移民已在当地聚居。文莱与中国交往很早，外来民族中以华人最早，宋代之前已有华人到达，至宋代时有华人留居当地。

菲律宾在 7 世纪时开始有华人移入，主要来自中国福建和广东两省。新加坡在 1819 年莱佛士开

埠之前已有华人定居，至 19 世纪中叶华人已超过当地总人数的一半。不过，海岛国家的大部

分华人是在 19 世纪下半叶从福建、广东等地移入的，他们与当地的其他民族共同为东南亚的

1. 参见朱杰勤：《东南亚华侨史》，第 8 页，第 27 页，北京：高等教育出版社，1990 年版；陈鹏：《东南亚各国民族与文化》，第 124 页，第 135 页，第 139 页，

开拓和发展做出了贡献。[1]

第 150—152 页，第 255 页，北京：民族出版社，1991 年版；宋哲美：《东南亚建国史》，第 16 页，第 32—32 页，香港：东南亚研究所，1976 年版。

　　综上可见，中国与东南亚的大部分民族有着血脉相连的亲缘关系，正是这种深厚的民族渊

源，使得中国与东南亚除了地缘、政缘和商缘外，还存在血浓于水的族缘，以及文化与文学交

流方面的文缘。

第三节　从神话传说看中国与东南亚的民族渊源及其文学交流

　　神话传说起源于原始初民或古代人民对世界起源、自然现象及社会生活的原始理解。由于

中国与东南亚特殊的民族渊源和源远流长的文化交往，两地的神话传说也经由民族的迁徙、交

往与融合而产生最原初的文化和文学交流。

一、　神话传说反映的中国与东南亚的民族渊源

　　东南亚各国的部分神话传说反映了中国与东南亚血脉相连的民族关系。概括起来说，这类

神话传说有的反映了两地民族共同的起源，有的则反映出两地民族由于相互通婚而促进血缘融

合的现象。

（一）　神话传说反映的中国与越南的民族渊源

　　早在 13 世纪，越南陈立法的神话传说集《岭南摭怪》中的《鸿庞氏传》即称越南的开

国君主为神农氏炎帝的后代。这个神话传说的另一个版本《貉龙君的故事》，以及《瑶人的

祖先》和《各种语言的来历》等其他传说，都反映了越南与中国共同的民族起源。《貉龙君

的故事》[1]中的越南开国君主雄王的父亲貉龙君，即为炎帝神农氏第四世孙鸿庞氏之子。鸿

庞氏名禄续，为明帝南巡五岭时与所娶的婆仙之女所生。禄续生得眉清目秀，聪明异常，深

得明帝喜爱。明帝有意立禄续为储君，但禄续不愿与长兄宜争位，因此明帝将江山一分为二，

让长子宜治理北方，封小儿子禄续为泾阳王，治理南方的赤鬼国。泾阳王水性很好，娶洞庭

湖龙王女儿为妻，生子名崇缆，封貉龙君。貉龙君长大后继承王位，治理赤鬼国。貉龙君因

是水族，故常返回水府居住。后来宜帝携女儿妪姬南巡赤鬼国，貉龙君爱慕美丽的妪姬而与

其成婚。一年后妪姬生下一个肉胎，内有 100 只蛋，每只蛋各产下一个男婴。这 100 个男婴

长大后成为英俊出众、智勇双全的小伙子。因貉龙君久居水府不归，妪姬渐生乡思，于是率

百子北归，却被北国的黄帝轩辕氏封锁边境，妪姬只得带着百子返回南国。后来貉龙君对妪

姬说："我是龙族，是统领水族之长；而你是仙族，惯于生活在陆地之上。你我二人阴阳之

气结合，才生有百子。但我们水火相克，不能长久生活在一起。我们不如从此分手，百子一

分为二，我带五十子回归水府，各划水域，分而居之。剩下的五十子跟你住在陆地上，各自

也划分地域居之。我们现在就各领五十个儿子上山、入水吧。以后有事相互通报，保持联系。"

于是两人各带 50 个儿子离去。妪姬与 50 个儿子住在峰州，众子推举长者为王，称雄王，国

号文郎国，雄王下面有貉将、貉侯等，越南和中国古籍中记载的雄王即源于此。百蛋生百男，

百男被视为岭南百越之始祖，今日的越南人称自己是雄王的后代，亦称自己为"龙子仙孙"、

"龙与仙的传人"或"龙子貉孙"，也是出于这个神话。

　　《瑶人的祖先》和《各种语言的来历》也反映出越南瑶人、苗人与中国的民族渊源。据学

者研究，燧人氏、伏羲氏、女娲氏和神农氏都是苗、瑶、壮、蜑的远祖。瑶族的发祥地在浙江

南部和福建北部。瑶族和苗族都奉盘古为始祖，而实际上盘古就是伏羲。[2]《瑶人的祖先》讲述

盘古的儿子盘武协助中国皇帝平息中国南方的动乱，因而得到中国皇帝许诺的半壁江山和三公

主，而盘武和三公主所生的孩子就是今天瑶人的祖先。《各种语言的来历》传说苗人原先居住

在天边一个十分寒冷的地方，后来逐渐迁移到湖南、九州、云南以及越南的西北地区，一部分

后来又迁移至老挝。

　　《少数民族的来历》则是关于中越两国人民经由通婚而促进血缘融合的神话传说。人类最

初只有居住在抗热那埃山脚下的一男一女，男人叫括特，女人叫豪。两人结为夫妻后，生下一

1. 《貉龙君的故事》，见张玉安主编：《东方神话传说（第六卷）·东南亚古代神话传说（上）》，第 40—44 页，北京：北京大学出版社，1999 年版。此外，本节所引用的神话传说除特别注明其他出处外，其余均引自张玉安主编的《东方神话传说（第六卷）·东南亚古代神话传说（上）》和《东方神话传说（第七卷）·东南亚古代神话传说（下）》，恕不另行注明出处。

2. 徐松石：《东南亚民族中的中国血缘》，第 2—3 页，香港：东南亚研究所，1974 年版。

个名叫昆的男孩和一个名叫高的女孩。昆和高就成为今日越南少数民族的祖先。昆和高及其子
孙因不堪忍受猛虎的袭击，只得离开原住地，先后迁到沿海地区和海岛。待脱离危险后，昆和
高又设法返回大陆，但那里已有中国人和占人居住，于是他们带领子孙前往内地的山林寻找住
地。其后代中男人个个健壮又勇敢，女人个个漂亮又灵巧，中国人和占人都非常喜欢他们，经
常前来做客，并从其后代中选择美丽的姑娘做妻子。

（二）　神话传说反映的中国与泰国的民族渊源

泰国的神话传说也反映了中国与泰国的民族渊源，如其中有个古老的神话传说讲述道：在
很久很久以前，雷神印特拉和魔鬼弗里特拉在天上激烈搏斗的时候，弗里特拉将一把斧子掉到
昆隆（中国南部）和舒麦拉（印度）之间的大地上，可是斧子不见了，却见到一个金色的国家
（素旺那奔）。大地似乎有点害臊，急忙给这块地方盖上厚厚的一层绿茵。在北方和南方，东
方和西方，渐渐出现了山岳，一条静静的大河流向大海。印特拉从印度的德干高原把他的信徒
派到这儿来，他们起初叫高棉人。中国皇帝一知此事，也忙从云南把泰族人送来。从那以后，
印特拉和皇帝的信徒之间就开始了无休止的战争。在这场斗争中，泰族人取得了胜利，因此金
色的大地大部分成为泰族人的家园。[1] 另一个传说也讲述道：公元 7—14 世纪是泰人的迁徙时期，

1. [泰] 小民：《谈泰国文学翻译》，载泰国《泰华文学》，2007 年第 1 期。

泰人从中国南部跋山涉水，穿行热带丛林，击退当地部落的袭击，最终来到泰国并定居下来。[2]

2. 范宏贵：《同根生的民族——壮泰各族渊源与文化》，第 226 页，北京：光明日报出版社，2000 年版。

上述两个古老的神话传说反映出中泰两国泰人源自同一血脉的亲缘关系，也基本符合中国
泰族迁入泰国后与其他民族冲突和斗争的历史，因为在泰族到达泰国之前，当地已有其他种族
居住，最早的是小黑人，其次是从印度北部移入的猛·高棉人，再次是从西藏高原东部南下的
西藏缅甸族。泰族于 13 世纪中叶开始大量移入，当时泰国属于柬埔寨人的势力范围，后来泰
人推翻其统治，建立了自己的王国，此后 700 多年来一直统治着泰国。[3]

3. 宋哲美：《东南亚建国史》，第 67—68 页，香港：东南亚研究所，1976 年版。

（三）　神话传说反映的中国与缅甸的民族渊源

缅甸的神话传说《三个龙蛋》讲述伽拉那伽龙王的孙女赞底公主与太阳神之子结为夫妻后
生下三个龙蛋，其中一个金蛋在摩谷、贾宾一带变成宝石矿藏，一个青蛋漂到妙香国（中国）
生出一位公主，另一个白蛋沿着伊洛瓦底江漂到良鸟，生出一位神通广大、才智过人的神童，

后来成为缅甸有名的国王骠苴底。另一个神话传说《神妃》讲述英高瓦马冈大神创世后，娶母鳄鱼巴兰为妻，但不久后巴兰即去世。英高瓦马冈大神想娶巴兰的妹妹们为妃子，但她们都不愿意，并纷纷出逃。其中一个妹妹英工莉（意为线团）逃到掸邦，就在那里去世，于是掸邦出现了许多线团；另一个妹妹萨高辛莉（意为长辫子）逃到中国，在中国境内去世，于是汉人都留有长长的、漂亮的辫子；另一个妹妹绍都（意为猪油）最后也死在中国，于是汉人就特别喜欢吃猪油；还有一个妹妹穿马蒂最初逃到中国，一路上洒下许多汗珠，每颗汗珠落到地上便长出一朵蘑菇，穿马蒂每吐一口唾沫，当地就出现一口温泉，每撒一次尿，地上就出现一口盐井。《三个龙蛋》反映了中国与缅甸民族的血缘关系，因此缅甸人称中国人为"胞波"，意即"同胞兄弟"。《神妃》中巴兰的妹妹们为了逃婚而逃入掸邦和中国等地，也从侧面反映出中国与缅甸民族之间的同胞关系。此外，《神妃》中有关中国汉人留长辫子、喜吃猪油，以及蘑菇、温泉、盐井等事物的来历，实际上也映照出缅甸人眼中的部分中国形象，以及他们对中国的了解与想象。

（四） 神话传说反映的中国与马来西亚、新加坡、文莱的民族渊源

在马来西亚、新加坡和文莱的神话传说中，也有关于中国人与当地民族通婚的故事。神话故事《中国王子和南洋珍珠》讲述了一个传说：在很久以前，一条巨龙住在北婆罗洲的基纳巴卢山洞里，它的嘴里有一颗巨大美丽的珍珠。中国皇帝得知此事，决定派两个儿子前往婆罗洲。聪明的小皇子施展妙计，乘坐扎好的大风筝飞上高耸入云的基纳巴卢山顶，将点燃的灯笼放在洞里，然后偷走巨龙的珍珠，次日清晨又用炮弹把追来的巨龙炸沉，顺利地将珍珠带回中国。不料大皇子却当众撒谎，将一切功劳据为己有。小皇子又伤心又气愤，于是乘船离开了中国。在文莱苏丹的挽留下，小皇子决定留在文莱，并娶苏丹的一位公主为妻。此后他一直协助苏丹治理国家，深受百姓的尊敬和爱戴。苏丹逝世后，臣民们一致拥立他继位为苏丹。另一则神话故事《三王子出世》讲述道：小王子尼拉·乌塔玛与印尼巨港国的公主万·森达丽成婚，并成为巨港国王。在其统治下，巨港国泰民安，繁荣富强，乌塔玛国王也为此深受臣民拥戴，名扬四海。中国皇帝得知此事后，立即派使者前往巨港求亲，乌塔玛国王同意把施里·黛葳公主嫁给中国皇帝做皇后，从此两国频繁往来，关系十分密切。

新加坡的一些神话传说也反映了中国商人在当地落地生根的情况，如《帆船岛的由来》讲

述道：中国商人和船员乘坐一艘大帆船，从印度满载货物回国，途经新加坡暂时停留时，受到新加坡国王的盛情邀约和宴请，可是当晚停泊在伯拉尼岛岸边的大帆船却遭到海盗的偷袭和劫掠。在众海神和新加坡国王派遣的将士们的帮助下，猖獗一时的海盗被击败了，可是大帆船因为海神的咒语变成了一座海岛，中国商人无法回中国，只好在新加坡定居下来，成为新加坡国王忠实的臣民。

（五）　神话传说反映的中国与菲律宾的民族渊源

在菲律宾的神话故事《苏禄群岛及其初民的诞生》中，达布人说苏禄群岛的第一个男人是由一只栖息在该岛北端的大鸟用鸟蛋孵出来的，此时一位中国国王的船只碰巧在该岛抛锚，国王的女儿被神仙偷走后藏在竹节中，这时岛北端的那个男人在鸟妈妈的带领下，来到南部的一棵巨大的竹子前，用刀劈开竹子，发现了被藏在竹子里的中国公主，于是他们结为终身伴侣，一直住在那个孤岛上，据说这对神奇夫妇的女儿就是苏禄王的祖母拉米苏丽。

二、　中国影响下的东南亚神话传说

由于中国与东南亚之间的民族迁徙、文化交流和宗教传播，中国神话传说也因而对东南亚神话传说产生了影响，如"龙的族源神话传说"、"谷物起源神话"和"洪水后兄妹 / 姐弟再殖人类神话"等类型。[1] 东南亚普遍流行的"葫芦神话"与中国许多民族的此类神话基本相同，

1. 参见梁立基、李谋主编：《世界四大文化与东南亚文学》，第 51—65 页，北京：经济日报出版社，2000 年版。

应该也与中国神话的影响有关。此外，东南亚还产生了一些与中国相关的神话传说，如创世神话和民间神话等。

（一）　龙的族源神话传说

龙作为中华民族的象征，起源于远古的龙图腾崇拜。龙民族在古代中国占有绝对优势，不仅华夏民族是龙族，南方苗、越，北方匈奴，东方诸夷，西方羌族，以及后来转化为龙族的北狄、西戎、盘瓠等民族，也都是龙的直系或旁系后裔。[2] 东南亚许多民族与中国同祖同源，加

2. 参见梁立基、李谋主编：《世界四大文化与东南亚文学》，第 57—58 页，北京：经济日报出版社，2000 年版。

上文化宗教方面的传播交流，因此也流传着关于龙的神话传说。

越南的《貉龙君的故事》、老挝的《九龙的故事》、柬埔寨的《王子与龙女》、缅甸的《三个龙蛋》这几则神话传说都与龙有关，故事中的国王或后裔都是龙的传人。在《貉龙君的故事》中，越南的开国君主雄王的父亲貉龙君就是炎帝神农氏第四世孙鸿庞氏与洞庭湖龙公主的爱子，因此越族人把自己视为"龙子仙孙"或"龙子貉孙"。《九龙的故事》传说湄公河流域居住着一个部落，其中一位名叫迈宁的妇女下水捞鱼时，因受蛟龙感应而生下第九个男孩，遂取名为九龙。九龙聪明过人，力大无比，被人们拥戴为部落首领。后来九龙与他的八个兄长成为老挝民族的祖先。《王子与龙女》传说在很久以前，印度因陀巴达波里王国的王子在谷特牧岛（柬埔寨）与美丽绝伦的海龙王女儿一见钟情。龙王同意了这门亲事，并在岛上为这对新人举行婚礼。《三个龙蛋》中的缅甸国王骠苴底是伽拉那伽龙王的孙女赞底公主和太阳神之子的后代，因此缅甸人和老挝人、越南人一样，都称自己为龙的传人。

（二）　谷物起源神话

中国河姆渡是世界上有大量物证的最早的水稻产地，河姆渡文化是中国稻作农业的发源地，其作为中心，向四周扩散，向东北越海传到朝鲜和日本，向南传到东南亚地区各国。

中国流传的谷物起源神话中以飞来型谷物起源神话最具代表性，这类神话有一个共同的母题，即古时候的稻谷颗粒很大（像鸡蛋或萝卜一样大），而且会自动飞到各家的谷仓，后来谷粒被一个懒妇用木棒之类的东西打碎或赶跑，才变成今天这样小，而且也不会飞了。这类神话见于中国的云南、贵州、广西，也见于东南亚的柬埔寨、缅甸、老挝、泰国、越南、马来西亚和菲律宾等国。东南亚的飞来型谷物起源神话与中国流传的神话在母题和情节上大体一致[1]，

1. 参见梁立基、李谋主编：《世界四大文化与东南亚文学》，第60—62页，北京：经济日报出版社，2000年版。

如越南的《稻子的来历》讲述道：玉皇大帝创造出动物和人类后，才考虑创造稻子和棉花，以使世间人和动物有吃有穿，不致挨饿受冻。起初，为了使人类不受田间劳作之苦，玉帝让稻子自生自长，稻粒成熟后自动走到人们的房屋中去，不用人们耕种和收获。据说有一个妇人好吃懒做，在稻子成熟时没有把屋子打扫干净，腾出地方。当成熟的稻粒冲开房门进屋时，妇人恼怒起来，抄起扫帚拼命抽打稻粒，还边打边骂，打得稻粒碎渣乱飞。玉帝得知此事，非常生气，于是改变了原来的安排，从此稻粒变小了，成熟后也不再自行走进人们的屋子了，这样人们必须耕种收割，备受辛苦。

（三） 洪水后兄妹／姐弟再殖人类神话

中国的西南部和东南部的许多少数民族，以及汉族居住的大部分省、市、区，存在一种"洪水后兄妹／姐弟再殖人类神话"，其主要由"洪水灭世"和"兄妹／姐弟结婚再殖人类"两个母题组成，即洪水泛滥灭绝一切生灵，灾后仅存的兄妹／姐弟或听从神命或通过某种方式而解除心理障碍，从而结为夫妻，繁衍后代。这类神话并不仅限于中国境内，还扩展到东南亚地区。东南亚的这类神话在母题和主要情节上完全和中国的神话相同，在某些细节上也惊人的相似。[1]

> 1. 参见梁立基、李谋主编：《世界四大文化与东南亚文学》，第49页、第62—65页，北京：经济日报出版社，2000年版。

缅甸的《毁灭地球的雨》、越南的《越南民族的起源》、老挝的《老挝民族的祖先》等都属于这类神话。缅甸的《毁灭地球的雨》写大神受恶魔欺骗而大发雷霆，让整个世界连降大雨，当时除了一个名叫暴波南悲的人和妹妹生存下来外，世上其他人都被这场大雨吞噬了，兄妹俩由此成为人类再殖的祖先。越南的《越南民族的起源》讲述洪水淹没大地，冲走人类，只剩下姐姐阿梅和弟弟阿乌。在神仙老人的劝说下，阿梅和阿乌打破同胞姐弟不能成亲的规矩而结为夫妻，并生下一大群孩子。每个孩子的后代都组成了一个民族，如巴那族、色当族、赫耶族、占族、京族等，各民族同胞都是兄弟姐妹，他们世世代代友好相处。老挝的《老挝民族的祖先》中的姐弟俩因被父母藏在葫芦里而在洪水中幸存下来，这时一只鹧鸪鸟劝说他们结为夫妻，姐弟俩十分生气，于是扔石子把鹧鸪鸟打死。后来因为很长时间不见任何人到来，他们决定结为夫妇。妻子怀孕后生下一个奇怪的葫芦，从里面走出老挝三大民族老听、老龙、老松的祖先。葫芦是先民母体崇拜、祖先崇拜的象征物，中国有20多个民族流传着葫芦神话，东南亚一些民族可能和中国一样产生过葫芦崇拜，所以在上述的老挝神话中也有葫芦生人的传说。

（四） 创世神话、民间神话及其他相关神话

东南亚还有其他与中国影响相关的创世神话、民间神话，以及反映两地之间政治、商贸和宗教往来的神话等。

1. 创世神话与民间神话

越南的《天柱神创世》与中国的盘古开天辟地神话有些相似之处。中国的盘古神话描述道："天地混沌如鸡子，盘古生其中。万八千岁，天地开辟，阳清为天，阴浊为地。盘古在其中，一日九变，神于天，圣于地。天日高一丈，地日厚一丈，盘古日长一丈。如此万八千岁，天数

极高，地数极深，盘古极长。后乃有三皇。"又说："（盘古）垂死化身，气成风云，声为雷霆。左眼为日，右眼为月，四肢五体为四极五岳，血液为江河，筋脉为地理，肌肉为田土……"越南的《天柱神创世》讲述道：在天地一片混浊阴暗的古代，一位高大无比的巨人用头把天顶起来，然后开始挖土掘石，砌起一根撑天石柱。天柱越来越高，天被石柱顶着，渐渐升到像现在这样高了，从此天和地才被分开。后来不知为什么，巨人又将撑天柱推倒，并把倒塌下来的泥土和石块向四处抛撒，于是落下来的巨石变成山峰，泥土变成土丘和高原，巨人挖土掘石后形成的大坑变成大海，巨人则成为掌管天地间一切事物的天神，人们称其为玉皇大帝。越南人把玉皇大帝当成创世天神，这与中国盘古开天辟地的神话不太一样，但是其中如天柱神最初用头把天顶起来，以及天柱倒塌后化为山地、丘陵和高原，这都与盘古创世神话有神似之处。由于越南与中国的民族渊源，以及长期处于汉文化圈内，因此盘古开天辟地的神话极有可能对《天柱神创世》产生了影响。

越南的《女娲与四象》[1]和《织女和牛郎》也与中国神话传说有关。女娲是中国古代神话

1.《女娲与四象》，见罗长山：《越南传统文化与民间文学》，第185—186页，昆明：云南人民出版社，2004年版。

中的人类始祖，传说她抟土造人，炼石补天，治理洪水，杀死猛兽，使民安居。《女娲与四象》中出现女巨人女娲，并且与求婚者男巨人四象比赛堆山的本领，这应该与中国神话中女娲征服自然的超强能力有关。越南神话中的女娲被描述成具有超大性器官的女性，说她的阴户足足有三亩地那么大，并且当四象的迎亲队伍掉入河里时，女娲将浑身湿透的落水者一个个放入自己庞大的阴户内取暖，这除了表明越南民族对原始生殖力的崇拜外，应该也与中国神话的影响有关，因为中国神话另有一种传说，即人类是由女娲和伏羲兄妹成婚而产生的，因此作为人类始祖的女娲在越南神话中被描述成具有强大生殖力的女巨人，其庞大的女阴也被当做人类/男性生命的诞生地和庇护所而加以夸张式的崇拜。越南神话《织女和牛郎》虽然在某些情节和细节方面与中国流传的民间故事"牛郎织女"有些不同，但整个故事框架与中国神话大体相似，如织女下凡到人间，与牛郎成婚并生子，后来返回天庭，牛郎则携子上天见织女，但只被允许每年七月初七相会一次等。

2. 其他相关神话传说

东南亚的一些神话传说也反映了东南亚与中国的政治、商贸、宗教和文化关系。

新加坡的《刚直不阿的国王》、缅甸的《妙香国的佛牙》和《当比翁神仙会》是关于中国

与东南亚在政治和宗教方面交往的神话传说。《刚直不阿的国王》讲述道：新加坡的皮克拉马·威拉国王因无法抵御暹罗人的南侵而向中国元朝皇帝请求援兵，可是远水解不了近渴，新加坡人只能依靠自己的力量鼓起勇气进行抵抗。一天，恰巧有几艘中国巨型帆船载着元帝国使节远航他国而途经新加坡，暹罗人获知这一消息后，生怕被强大的中国船队击毁，立即以最快的速度撤离。暹罗人撤离后，新加坡百姓欢呼雀跃，奔走相告，接着城门大开，男女老少涌出城外感谢他们的保护神。这则神话传说反映了古代中国与一些东南亚国家所建立的宗藩关系，以及中国在当地的政治影响力和威慑作用。

在缅甸的《妙香国的佛牙》中，缅王阿奴律陀听说妙香国（中国）有一颗神圣的佛牙，便想向妙香国乌帝发（缅甸史书上称南诏王或中国皇帝为乌帝发）索得这颗佛牙，以使缅甸民众顶礼膜拜，使佛教在缅甸更加弘扬光大，善男信女也将在佛教长存的五千年间受益无穷。为此阿奴律陀王率领全国兵马分水陆两路向妙香国开进，乌帝发则紧闭城门将其拒之门外。阿奴律陀王派人深夜潜入乌帝发宫中，在熟睡的乌帝发身上画了三道白线，然后在墙上留言警告。乌帝发醒后震惊不已，于是亲自带着礼物来见阿奴律陀王，表示如果佛牙愿意巡幸缅甸的话，阿奴律陀王只管迎去。自此，两王交谈投机，关系愈加亲密融洽，乌帝发每日用金银制作的锅盆爵盏款待阿奴律陀王。阿奴律陀王也每日向佛牙上供，虔诚膜拜达三个月之久。阿奴律陀王屡次头顶宝盘，虔诚求拜，但佛牙始终云游天空，不肯降于盘中。天帝释见阿奴律陀王为此十分悲伤，知道他将成为虔诚的信徒，便取一尊碧玉佛像，使其跟随佛牙一起云游天际，然后降落在阿奴律陀王头顶的宝盘中。天帝释显身后对阿奴律陀王说，佛陀预言佛法将在妙香国长存五千年之久，也曾预言佛陀前额骨舍利将由阿奴律陀王供奉，现前额舍利已安放在阿奴律陀王修建的大佛塔内，让他回缅甸迎回供奉。阿奴律陀王大喜，一再叮咛乌帝发的国师每日将乌帝发款待自己用的金银爵盏和盆碗盛斋饭供奉佛牙，并与乌帝发愉快亲切地话别，随后带着天帝释赠予的碧玉佛像回国。另一个与此有关的是《当比翁神仙会》，故事中的蒲甘国王渴望得到佛牙舍利，于是兴兵到犍陀罗国（又称妙香国，即中国）征讨。蒲甘国王的两个侍卫潜入犍陀罗国，历尽千辛万苦将佛牙弄到手，国王在象背上用花篮迎请佛牙时，佛牙腾飞上天不肯降临，最后国王只能将犍陀罗给予的金额带回国。这两则神话传说除了涉及古代中国与缅甸在宗教方面的交流外，也折射了古代中国与缅甸的政治交往和官方关系。

新加坡、马来西亚的《帆船岛的由来》和印度尼西亚的《巴赫迪雅尔传》分别涉及到中国与新加坡和印尼的经贸往来。在《帆船岛的由来》中，中国商人在与印度人商贸往来时，将新加坡作为中途避风港和停靠站，而新加坡国王得知中国商船停泊当地的消息时，也立刻邀请中国贵宾到王宫中宴饮，并派得力的勇士保护中国商船。《巴赫迪雅尔传》是一个在印尼（马来）地区家喻户晓的古老传说，故事中的王子巴赫迪雅尔受奸臣陷害被判处死刑，他在临刑前给国王讲述多个具有劝谕性质的故事，并最终洗清自己的冤屈。在其讲述的一个关于钓鱼人的故事里，钓鱼人把一瓮用盐腌过的鱼眼交给一位准备去中国经商的船长，请他代为献给中国皇帝，并请求中国皇帝回赠一只狒狒和一把雕刻用的小刀。船长抵达中国后，听说有孕在身的中国皇后想吃稀罕的腌鱼眼，连忙带上那瓮腌鱼眼进宫朝见皇后。皇后打开瓮盖后没见到鱼眼，却见到满瓮的稀世珍珠，高兴得打消了吃鱼眼的念头。后来中国皇帝请船长带上一把雕刻用的宝刀和一只神狒狒给钓鱼人作为回礼，而这两件来自中国的礼物后来为钓鱼人晋升为驸马和国王立下了大功。这个看似荒诞的故事实际上反映出中国与印尼（马来）地区在经贸、物质和文化方面的相互交流及其互惠互利的关系，如海岛地区的南洋珍珠与代表中国高度精神文明和物质文化的神狒狒和宝刀之间的交流。

此外，印度尼西亚、马来西亚等国还流传着三宝太监郑和下西洋的各种神话传说，其中如"三保太监与爪哇公主的爱情"讲述道：据说郑和在爪哇访问期间，在泗水附近的谏义里与满者伯夷王朝特胡兰的国王勃罗维佐约的女儿黛维·基里苏芝公主萍水相逢，郑和被公主的花容月貌所倾倒，而公主也看中英俊威武、才智超人的三保太监。公主在接受郑和的求婚时提出一个条件，即要求郑和用黄金将她的饭锅填满。郑和派人把船上的黄金运来时，不巧装运黄金的袋子均已穿孔，沿途掉下来的黄金堆成了一座金山（即现今爪哇著名的格曼邦金山），而公主的饭锅却始终无法填满。郑和只得向公主致以诚挚的歉意，公主为郑和的真心诚意所感动，决定嫁给他。不过他们婚后不能像普通人那样同居，只能在格曼邦金山的斯罗曼伦·格罗多这个地方，通过坐禅而谋求精神上的幸福和满足。这个爱情故事感人肺腑，可是据历史记载，黛维·基里苏芝是爱尔朗加国王的女儿，属于11世纪的人物，与郑和访问爪哇相隔了四个世纪。[1] 然而这个美

1. 孔远志：《中国印度尼西亚文化交流》，第100页，北京：北京大学出版社，1999年版。

丽的传说却包含着多方面的历史和文化信息：一是郑和下西洋在东南亚产生了广泛深远的影响，因此当地人民用神话故事纪念这位来自中国的使者；二是当地人民明知郑和的太监身份，却流

传着他与黛维·基里苏芝公主的爱情故事，实际上是对郑和作为中国男性身份的肯定，同时也希望借助郑和与公主的联姻而增进两地官方和民间的友好关系。

　　尽管东南亚的许多神话故事是以变形或曲折的形式来反映中国与东南亚的民族渊源，以及政治、经济、宗教和文化等方面的交流关系，但是透过这些充满稚拙之美的神话传说，我们仍然可以见及中国神话传说在类型、母题、情节等方面对东南亚神话传说的影响，欣赏到中国与东南亚的民族交往及其文化交流所展现出来的文学风貌。

第四节　从马来班顿看中国与东南亚的民族交往及其文学交流

　　东南亚海岛地区的马来人和华人不仅与中国有着血缘上的渊源，在文化和文学方面也有着交流和联系。在印度尼西亚、马来西亚、新加坡的马来民族之中，广泛流传着一种古老的马来民歌——马来班顿。马来班顿不仅是马来社会各阶层人士喜闻乐见的通俗歌谣，而且也受到东南亚当地熟谙马来语的土生华人的喜爱。这种古老的马来民歌不仅反映了古代中国与东南亚马来人在政治、经济、民族、文化和宗教等方面的交往，而且在发展和流传的过程中，也与中国传统文学及文化相互碰撞和交流，如马来班顿受到中国《诗经》等传统民歌的影响，中国南下作者和南洋侨生以传统五言诗和"子夜歌"的形式译介马来班顿，以及以马来班顿的形式推介中国翻译小说等。

一、　马来民族古老和重要的民歌形式——马来班顿

　　马来班顿（Pantun Melayu）是一种古老的马来民歌，它最先只是在马来民族的口头传唱，直到 15 世纪才首次以文字的形式出现在《马来纪年》里。

　　关于马来班顿的由来及其特点，马来西亚华文作者温梓川于 20 世纪 30 年代在其辑译的《马来恋歌选》中即指出："马来恋歌，原是马来人所称为'班顿'（Pantun）的民谣，格式几乎

都是一样的，是四句。"[1] 另一位马来西亚学者吴天才在《脞论马来班顿》中认为，马来民歌

1. [马] 温梓川：《马来恋歌选·译者序》，载新加坡《南洋商报》副刊《狮声》，1935年2月1日。

原名叫马来班顿（Pantun Malayu），班顿最初是用一种譬喻的方式表达某种思想感情的韵文，

后来才变成了"转喻式"的"四行诗"的专有名词。它是在"卡美娜"（Carmina）或闪电班

顿（Pantun Kilat）的古老诗歌形式上发展起来的。[2] 中国学者许友年在《马来民歌研究》中也

2. [马] 吴天才 (Goh Thean Chye)：An Introduction to Malay Pantuns, p.2, Kuala Lumpur, Malaysia: Department of Chinese Studies, University

指出，班顿发源于苏门答腊中部的米南加保（Minangkabau），后来逐渐流传到印度尼西亚群

of Malaya, 1980，转引自许友年：《马来民歌研究》，第1页，香港：南岛出版社，2001年版。

岛各地以及海峡对岸的马来半岛，成为马来社会各阶层人士喜闻乐见的通俗歌谣。它既是群众

性娱乐和交际的媒体，同时还是各种仪式上不可或缺的内容。从托人说媒、求婚直到结婚典礼，

甚至国王就职典礼等重要场合，都要吟唱班顿。难怪英国学者威尔金森（R.J.Wilkinson）和

温斯德（R.O.Winstedt）公开说："只有了解班顿，才能真正了解马来人的思想感情。"[3]

3. 转引自许友年：《马来民歌研究》，第1—2页，香港：南岛出版社，2001年版。

马来班顿在结构和形式上有这些方面的特点：班顿大多为四行诗，一般每句四五个词，共

8—12个音节；其诗行为高低式，即一、三行为齐头式，二、四行为空格式；韵脚为 ABAB 式，

即一、三行押 A 韵，二、四行押 B 韵。如下面这首马来班顿：

> *Dari mana punai melayang?*　　青鸠从哪儿来？
>
> 　*Dari paya turun ke padi;*　　　从沼泽飞进稻田；
>
> *Dari mana datang sayang?*　　爱情从哪儿来？
>
> 　*Dari mata turun ke hati.*　　　从秋波传入心田。[4]

4. 许友年：《论马来民歌》，第84页，福州：福建人民出版社，1984年版。此外，本节所引用的马来班顿除特别注明其他出处外，其余均引自许友年《论马来民歌》，恕不另行注明出处。

班顿一般采用"譬喻"的表达方式，就是诗的前半部为"喻"（即"暗示"或"小引"），

后半部为"意"（即真正要表达的意思）。如：

> 榴连（梿）将熟，
>
> 红毛丹也结子。
>
> 昨夕的枕边人，
>
> 今日不知何处去了？[5]

5. 韩朝：《马来民歌选》，载马来西亚《南洋时报》副刊《南洋的文艺》，1930年2月26日。

其中一、二句"榴连（梿）将熟，/ 红毛丹也结子"，隐喻或暗示男女的爱情即将成熟或结果，

从而引出下面三、四句"昨夕的枕边人，/ 今日不知何处去了？"所要表达的意思：然而眼看

将要成功的爱情却无处寻觅了。这种"譬喻"的表达方式是马来民歌极为显著的特征，因为马

来民族的特质是"谦虚"、"害羞"和"含蓄"，他们不喜欢直接坦白地说出某件事情，在谈

话中更愿意采用相比、比拟和比喻的方式。[1] 另外，有的学者认为班顿的形成过程经历了用实

1. 参见 [马] 碧澄：《马来班顿》，第 44—45 页，吉隆坡：联营出版有限公司，1992 年版。

物传情达意的阶段（即以实物的用途来表情达意），到后来发展为用实物的谐音来表意，如用

树叶的谐音来传达情意，PAHU 叶谐 AU（我），MARDULANG — DULANG 叶谐 BULAN（月

亮），久而久之，人们就不再使用实物，而是使用语言来传情达意。[2] 马来班顿形成的这种过程，

2. 许友年：《马来民歌研究》，第 71—73 页，香港：南岛出版社，2001 年版。

使它一般上由"喻"和"意"两部分组成，因为班顿大都不会直接表白作者的心意，而是必须

采用比喻、比拟的方式进行表达，这使得马来班顿呈现了独特的色彩和韵味。

二、 马来班顿反映古代中国与东南亚马来民族的交往

在中国与东南亚漫长的交流史中，马来班顿这种古老的马来民歌也记载或传达出与中国相关

的人和事。印度尼西亚国家图书出版局出版的《马来民歌》共收马来民歌 1 575 首，其中就有 38

首涉及到中国的人和事以及中国的风俗习惯，甚至包括中国人与当地人谈情说爱的内容。[3]

3. 许友年：《论马来民歌》，第 135 页，福州：福建人民出版社，1984 年版。

马来班顿中与中国相关的民歌，反映了两地人民在政治、经济、民族、文化和宗教等方面

的交往与相互影响。其中有的班顿描述了古代中国与东南亚马来民族之间的官方往来，以及由

此带来的物质交流和商业贸易。如：

> 缠着镶嵌宝石的头巾，
>
> 　宝石上雕的是中国图形。
>
> 国王陛下头戴的王冠，
>
> 　也是中国大陆的制品。

这首班顿描写马来国王头上戴着"中国大陆制造"的"王冠"，头巾上的"宝石"雕着"中

国图形"，虽然历史上的马来国王不一定真的戴着这种王冠和头巾，但古代东南亚的一些马来

国王确实曾经亲赴中国朝贡求封，并获得中国皇帝的大量赏赐。如明成祖于 1405 年封拜里美

苏剌为马六甲国王，并赐国玺、紫袍、黄伞等象征王权的物品，1411 年又赐金龙衣、麒麟衣以

及金银帷幔衾等大量物品。因此，这首班顿在某种层面上反映了古代中国与东南亚一些马来王

国所建立的宗藩关系，以及两地之间的商贸往来和物质交流的情形。

有的马来班顿描述了古代中国人因为航海、经商或其他原因而途经或驻留东南亚，并与当

地马来女子发生热烈恋情的情形。如：

> 由日本去中国港口，
>
> 　停靠在新加坡码头；
>
> 盛开的花儿谁家栽，
>
> 　我想把鲜花采下来。

> 中国运来绣花纱，
>
> 　青玉装在宝盒里；
>
> 哪怕天地全崩塌，
>
> 　我的心里只有你。

> 鸽子在柚树上栖息，
>
> 　中国青年贩卖布疋；
>
> 我养你直到老死，
>
> 　发誓不变心另娶。

上述第一首班顿表现了古代中国人在中国、日本和东南亚之间从事商贸航运活动，并在停靠新加坡港口时邂逅美丽的马来姑娘而产生爱慕之心的情形。第二、三首班顿中的"中国运来绣花纱"、"中国青年贩卖布疋"，都点明中国商品在东南亚贸易和交流的情况，其中"绣花纱"和"青玉"都是具有中国工艺特色的物品。第二首班顿以"青玉"和"宝盒"为譬喻，引出后面马来姑娘忠贞的爱情表白："哪怕天地全崩塌，我的心里只有你。"第三首以"鸽子在柚树上栖息"的比喻，引出中国男子愿意与马来姑娘白首偕老、永不变心的誓言。在这两首表现中国人与马来姑娘热烈恋情的班顿中，能够看出中国物质与文化的某些影响，如中国的"绣花纱"是以美丽的物质形象出现的，"青玉"所象征的坚贞品格显然与中国的玉文化影响有关。

有的班顿在抒写中国青年与马来女子恋情的同时，还能见及中国与马来民族之间不同宗教文明的相互影响以及和谐相处的情形。如下面两首班顿：

> 有一只灰羽鹭丝鸟，

> 　　脖子有烟囱那么长；
>
> 他一旦向大伯公祷告，
>
> 　　可以把大船推向远方。

> 海蜇成对盘中放，
>
> 　　戒指戴在指头上；
>
> 一个墓穴葬你我，
>
> 　　妹在右来我在左。

　　第一首班顿中的"灰羽鹭丝鸟"是马来姑娘给中国青年起的绰号，虽然马来民族都是伊斯兰教信徒，但诗歌中却以马来姑娘的口吻提到中国青年向"大伯公"（即东南亚华人民间信仰中的土地神）祷告，而且相信"大伯公"能够显示神力"把大船推向远方"。第二首班顿以青年男子的口吻发下女右男左同葬一个墓穴的誓言，明显属于中国人的风俗习惯，而且显然创作于 15 世纪之前，因为这种丧葬方式并不符合 15 世纪伊斯兰教传入印度尼西亚和马来半岛之后马来民族的丧葬规制。[1] 这显示了中国与东南亚马来民族经由异族婚恋而带来不同文明和宗教

1. 许友年：《论马来民歌》，第 138—139 页，福州：福建人民出版社，1984 年版。

之间的相互影响，并形成和谐共处的情形。

　　不过，也有马来班顿表现出漂洋过海到东南亚谋生的中国侨民，因为身份贫贱而无法获得马来姑娘青睐，只好黯然引退的情形。如：

> 从中国驶来远洋船，
>
> 　　船上满载着细小铁钉；
>
> 贫贱的流浪汉抵贵邦，
>
> 　　你是这样地白眼相迎。

> 中国青年切冬瓜，
>
> 　　黄牛死在鹿角下；
>
> 贫贱的我应知趣引退，
>
> 　　你好跟本族青年相会。

因为从世俗婚姻的社会价值角度来看，贫贱的中国侨民并不符合一般女性的择偶条件以及对现实婚姻的期待，因此诗中"贫贱的流浪汉"和"中国青年"自然无法得到马来姑娘的芳心。

另外，有的马来班顿也透露出中国古代戏剧和民间艺术在东南亚演出和传播的讯息。如：

> 中国戏子演大戏，
>
> 台上演场打斗戏。
>
> 如果说我不爱你，
>
> 现在敢向你发誓。
>
>
> 打锣敲鼓响咚咚，
>
> 中国小孩拉水泵。
>
> 相貌好看口袋空，
>
> 徒有其表有何用？[1]

1. [新] 林焕文：《马来班顿三百首》，第106页，第152页，新加坡：创意圈出版社，2006年版。

印尼华裔诗人曾经专门为闹元宵出版了一本《元宵节班顿集》（*Pantun Tjapgomeh*），其中所收集的马来班顿全部是描写1941年太平洋战争爆发前雅加达闹元宵时狂欢之夜的各种文娱活动，如在华侨住宅里表演的舞龙、舞狮、演戏、杂耍以及各种化装游行、载歌载舞等。[2]

2. 许友年：《论马来民歌》，第133页，福州：福建人民出版社，1984年版。

上述班顿可能就是东南亚的华侨在节日或酬神活动中延请戏班表演中国戏曲和其他民间艺术形式的侧面反映，而这种具有中国文化特色的艺术表演活动显然给马来人留下了深刻的印象。

三、 马来班顿与中国传统民歌的相互交流

马来班顿作为一种广泛流传于马来民族之中的通俗歌谣，不仅为马来社会各阶层人士所喜闻乐见，同时也受到当地熟谙马来语的中国侨生的喜爱。从马来人与中国源远流长的民族、文化、宗教、经济等交流史来看，马来班顿在发展和流传的过程中确实受到中国传统文学的影响，二者之间也存在着相互交流的关系。如学者许友年认为：

> 从文化交流的角度看，大量的事实证明，马来民歌是接受了中国民歌传统的影响，

除了史前马来人种南迁时带去的影响外，主要还是通过后来的中国东南沿海的移民，特别是闽南人带过去的。其根据是印度尼西亚语和马来语中吸收的汉语借词，百分之九十以上是闽南方言，而一百多年来对印度尼西亚、新加坡和马来西亚的文学曾起过广泛和深远影响的华裔文学的作家或翻译家也多为闽南人。印度尼西亚群岛和马来半岛的中国侨生几百年来不仅是马来民歌热心的即席创作者，而且有不少还是创作马来民歌的里手，毋庸置疑，必然要把中国的文化和民歌传统带到马来民歌中去。[1]

1. 许友年：《论马来民歌》，第 115 页，福州：福建人民出版社，1984 年版。

许友年引述各种材料，从内容、结构、押韵、修辞、赋比兴的表现手法等方面入手，将马来班顿与中国古老的诗歌《诗经》，以及福建、广东、广西、云南、江苏、海南、台湾等地流传的民歌进行多方对照比较，认为马来班顿的四言句式结构形式与中国古老的《诗经》相似，《诗经》大多采用赋比兴的表现手法，与班顿首两句以"比喻"来起兴有相似之处。此外，班顿与中国福建和广东客家山歌同样都用兴句，而班顿与台湾民歌除了语言上的差别外，从结构到内容直至修辞手法等几乎是一模一样的。如下面几首中国南方民歌：

番薯好食泥里生，

泥里结子泥里行；

当面开花暗结子，

妹要恋郎莫扬声。

——闽西情歌《妹要恋郎莫扬声》

红竹开花样样红，

哥你交关有别人；

新娘交来旧娘放，

迎新去旧不是人。

——台湾情歌《红竹开花样样红》

由于中国民歌与马来班顿有许多相似和神似之处，许友年由此认为："由《诗经》中的《周南》、《召南》到《楚辞》，由《越人歌》到南朝的乐府民歌，由南方的山歌到马来民歌，显然有一条脉络可寻，这些材料可以充分说明马来民歌的确是源远流长，它跟我国民歌显然是有着悠久而又密切的血肉关系。"[1]

1. 许友年：《论马来民歌》，第 148 页，福州：福建人民出版社，1984 年版。

英国学者温斯德也认为马来班顿与中国《诗经》以及马六甲的中国侨生的影响有关，"马来班顿像中国《诗经》一样，在头两行中'以独特的自然景色，众所周知的事情或偶发事件作引子'"，"而马六甲出生的中国侨生又十分喜爱马来班顿，他们是创作这种民歌的里手，因此，完全有能力使马来班顿变得更加完美"。马来西亚的阿卜杜尔·卡林姆也同样认为，从第一次出现在《马来纪年》上的班顿来看，"其形式与中国《诗经》形式很相似"，因此"很有可能当时侨居马六甲的中国人曾参与促成班顿的这种模式"。[2]

2. 转引自许友年：《论马来民歌》，第 153 页，福州：福建人民出版社，1984 年版。

从 1927 年 1 月印度尼西亚雅加达出版的荷文刊物《中国杂志》（De Chineseche Revue）第一期上发表的一组马来班顿来看，其确实与中国《诗经·召南·摽有梅》有着惊人的相似之处：

Soeda digontjang si poehoen doekoe,	杜古果摇落满地，
tinggal lagi boeanja toedjoe;	树上还剩十之七；
Toean jang pande hendakken dakoe,	有心于我的君子，
Sekarang ada oentoeng jang soenggoe.	这正是天赐佳期。
Soeda digontjang si poehoen doekoe,	杜古果摇落满地，
tinggal lagi boeanja tiga;	树上还剩下三分；
Toean jang pande hendakken dakoe,	有心于我的君子，
Sekarang ada waktu ketika.	这正是吉日良辰。
Soeda digontjang si poehoen doekoe,	杜古果摇落满地，
boeanja masoek bakoel sarata;	用筐儿把它收尽；
Toean jang pande hendakken dakoe,	有心于我的君子，
djikaloe hendak, baek berkata.	你只要开口就行。

《诗经·召南·摽有梅》的原诗如下：

　　摽有梅，其实七兮。

　　求我庶士，迨其吉兮！

> *摽有梅，其实三兮。*
>
> *求我庶士，迨其今兮！*

> *摽有梅，顷筐塈之。*
>
> *求我庶士，迨其谓之。*

许友年将上述马来班顿与詹姆斯·利格于 1871 年用英语翻译的《摽有梅》进行全面比较后，认为它们毫无疑问是从英译本转译过去的，由此看出马来班顿接受了中国最古老的民歌传统的影响。[1]

1. 许友年：《论马来民歌》，第 148—152 页，福州：福建人民出版社，1984 年版。

从另一方面来看，马来班顿这种古老的马来民歌也引起一些从中国南下新加坡和马来西亚的华文作者与具有中国文化教育背景的南洋侨生的兴趣和喜爱，他们尝试将马来班顿与中国传统文学相结合。

早在 20 世纪二三十年代，一些旅居新马的中国作者和南洋侨生就很重视马来人的文化，如中国南下作者曾玉羊等人曾以华文译介马来班顿，并刊登在新加坡和马来西亚的华文报章副刊上，其中有的译诗就是采用中国传统五言诗的形式。如曾玉羊译述的《马来民歌选》中表现马来女子被喜新厌旧的男性所抛弃的诗歌：

> *今日吃甘蔗，*
>
> *明日吃榴连（梿）；*
>
> *既获新衫着，*
>
> *旧衫任弃捐。*[2]

2. 玉羊：《马来民歌选》，载新加坡《南洋商报》副刊《压觉》，1930 年 12 月 29 日。

图 2　新加坡《南洋商报》副刊《压觉》上刊登的《马来民歌选》（曾玉羊译述，1930 年 12 月 29 日）

另外，在马来西亚本地出生的温梓川曾试用广东客家山歌翻译马来班顿，但没有成功，后来经过摸索、比较和实践后，决定采用乐府民歌中的"子夜歌"形式来翻译马来班顿，因为形式上基本为五言四句、以歌咏男女爱情为主的"子夜歌"，与四行诗形式的马来班顿较为契合，这显示出马来班顿与中国传统民歌之间确实存在某些相通的质素，而温梓川通过翻译将它们结合在一起，再次印证二者之间确实具有深厚的民族和文学渊源，同时也是两地

图 3　新加坡《南洋商报》副刊《狮声》上刊登的温梓川以"子夜歌"形式翻译的《马来恋歌选》（1935 年 2 月 1 日）

民族和文学之间的一次新交流。以下是温梓川辑译的《马来恋歌选》中的两首班顿：

> 新造木兰舟，
>
> 初次浮大海；
>
> 一朝始相识，
>
> 铸成永恩爱。
>
> 榴莲已上市，
>
> 香味处处闻；
>
> 风自彼姝来，
>
> 汗香沁心门。[1]

1. [马] 温梓川：《马来恋歌选》，载新加坡《南洋商报》副刊《狮声》，1935 年 2 月 1—2 日。

还有中国南下新马的作者直接模仿马来民歌的曲调创作诗歌，并将中国传统文学和文化融入其中。如冷夫的《薤露歌》[2]：

2. 冷夫：《薤露歌》，载马来西亚《南洋时报》副刊《海丝》，1927 年 12 月 3 日。

> 朝露的人生呀！朝既晞，
>
> 蜉蝣的寿命呀！暮已死？
>
> 行乐当及时呀！母（毋）失机！
>
> 唉呀！唉呀！！噫嘻！！噫嘻！！！

人道循环呀！往复之；

生老病死呀！谁能避？！

行乐当及时呀！母（毋）蹰踟！

唉呀！唉呀！！噫嘻！！噫嘻！！！

呱呱坠入地呀！死之"废"；

溘然长逝呀！生之"倪"。

行乐当及时呀！毋待来兹！

唉呀！唉呀！！噫嘻！！噫嘻！！！

月之方中呀！忽既西；

月之方光呀！影已翳。

人生行乐呀！当及时！

唉呀！唉呀！！噫嘻！！噫嘻！！！

　　这首反映人生短暂、当及时行乐的诗歌，作者在诗前有段说明文字："（中华民国）十六年十一月十七日下午六时，饭后在校门散步，闻有合唱的歌声自山中来，询之左右，知为马来友之口葬歌，已惊且叹，因仿佛其调，作是歌。"这说明冷夫这首诗是作者在听了马来葬歌后，精神受到震动，"已惊且叹"，于是模仿马来人的葬歌调子而创作的。当然，这首诗的内在仍是传统的中国文学和文化。其标题"薤露歌"为汉乐府旧题，原为古代的丧歌，郭茂倩《乐府诗集》录其古辞曰："薤上露，何易晞。露晞明朝更复落，人死一去何时归。"崔豹《古今注》曰："《薤露》《蒿里》，泣丧歌也。……言人命奄忽，如薤上之露，易晞灭也。"[1]冷夫在

1. 郭茂倩：《乐府诗集》，第 396 页，北京：中华书局，1979 年版。

诗中所用的诗句"朝露的人生呀！朝既晞"明显脱胎于汉乐府旧题，而诗中的朝露人生、蜉蝣寿命、当及时行乐等，也有庄子哲学思想的影响，因此这是一首将马来民歌曲调与中国内在传统文学和文化相结合的民歌体诗。

四、　马来班顿与中国传统小说的传播

　　事实上，马来班顿与中国传统文学和文化的相互交流并不止于上述方面，它所涉及的范围还更为广泛。据梁友兰《印度尼西亚华裔文学》一书记载，印度尼西亚雅加达的阿尔伯勒特有限公司于 1897 年出版了一本《消遣娱乐性的班顿集》（作者署名茉莉花），其内容大量取材于中国的旧小说，如班顿集第一部分的《李旦之歌》，这是从《武则天女皇传奇》中摘引出来的，另外还有《二十四孝之歌》、《山伯—英台之歌》和《陈三五娘之歌》等。此外，当地华侨在推销中国翻译小说时，也大量使用班顿这种形式，他们专门为中国小说书目编了一套班顿《已译成马来文的中国小说之歌》（*Sair dari adanja Boekoe Tjerita Tjina njang sudah disalin bahasa Melajoe*），把每本小说的精彩内容及其译者的情况逐个加以介绍。[1]

　　1．[印尼] 梁友兰：《印度尼西亚华裔文学》，1962 年版，转引自许友年：《论马来民歌》，第 133—134 页，福州：福建人民出版社，1984 年版。

　　由此可见，古老的马来班顿不仅与中国的民歌传统有着深厚的渊源和密切关系，而且对于中国传统文学在当地的传播也产生了积极的作用，由此促进了中国与东南亚之间的文学和文化交流。

第二章　　中国传统文学在东南亚的传播与影响

　　中国传统文学是中国传统文化中的重要组成部分，它除了在中国本土纵向传承与自我发展更新外，还通过政治外交、文化交流、人员迁徙等途径辐射、传播到东南亚地区，由此促进了越南汉喃文学以及新加坡和马来西亚华文旧体文学的产生与发展。

　　中国传统文学在东南亚的传播与影响，与中国和东南亚的政治、经济、民族、文化等方面的交往有着密切的关系，更与东南亚当地社会和文化发展的内在需要，以及东南亚人民对中国汉文化与传统文学的孺慕和接受密不可分。

第一节　中国传统文学与越南汉喃文学

越南从秦汉时期开始使用汉字，至 20 世纪中叶拉丁化越南文成为官方唯一的正式文字为止，使用汉字的历史长达两千多年，其大部分文学作品也以汉字作为书写文字。从 13 世纪开始，越南出现了以本民族文字字喃（喃字）创作的喃文文学，直到 19 世纪下半叶至 20 世纪初拉丁化越南文兴起时，喃文文学才逐步被取代。纵观越南汉喃文学发展的历史，中国汉文化一直是一股重要的影响力量，越南汉喃文学的出现与发展，离不开包括中国传统文学在内的汉文化在当地的传播与影响。

一、　中国汉文化在越南的传播

越南自古以来就与中国有着深厚的民族、政治和文化渊源。从民族血缘来看，越南的主体民族越人（京人）来源于中国东南沿海百越民族的骆越人，其他一些少数民族也与中国南方的某些少数民族有着血缘关系；从政治关系来看，从秦汉到公元 10 世纪的北宋时期，越南曾经作为中国的行政区域直接隶属于中央王朝管辖，即使到宋代开始脱离中国而独立，但仍然与中国维持了近千年的宗藩关系；从文化方面来看，越南长期处于东亚汉文化圈内，两千多年来深受中国传统文化的浸濡与影响。

中国古籍很早就有关于远古时代越南的记载，如《墨子·节用》中提及"古者尧治天下，南抚交阯"[1] 之事，其中的"交阯"就是现在的越南北部。《尚书大传》还记载"交阯之南，

<small>1. 孙怡让：《新编诸子集成》（上），第164页，北京：中华书局，2001年版。</small>

有越裳国"，"周公居政六年，越裳以三象重译而献白雉"。[2] 越南历史典籍《大越史记全书》

<small>2. 伏胜：《尚书大传》，第86页，上海：商务印书馆，1937年版。</small>

也有尧命羲氏"定南方交阯之地"的记载，并提及大禹时期"百越为扬州域，交阯属焉"，以及成周时"始称越裳氏，越之名肇于此"等。到秦始皇时代，越南北部和中部成为秦朝的郡县之一——象郡，并直接归属中央政权管辖。然而，史书曾记载这一地区尚处于落后蒙昧的状态："人如禽兽，长幼无别，项髻徒跣，以布贯头而著之。"[3]

<small>3. 范晔：《后汉书》，第2 836页，北京：中华书局，1965年版。</small>

秦朝灭亡后，来自中原地区的统治者和地方长官不仅对越南实行政治统治和行政管辖，而

且开始推行以儒学教育为中心的教化，中国汉文化也因此在越南得到传播和推广。公元前 207 年建立南越割据政权的赵佗，为了教化南越国的民众，于是"以诗书而化训国俗，以仁义而固结人心"[1]。汉代的锡光、任延在分别担任交阯和九真太守时，有意识地推广中华农耕知识以

1.［越］黎嵩：《越鉴通考总论》，见［越］吴士连等编修：《大越史记全书》，卷首，越南内阁官版正和十八年（1697）重印本，转引自刘玉珺：《越南汉喃古籍的文献学研究》，第 21 页，北京：中华书局，2007 年版。

提高农业生产，教导中华礼乐文明以使当地民众脱离蒙昧落后状态，并以儒家经义来开启民智：

"乃教其耕犁，使之冠履；为设媒官，始知聘娶；建立学校，导之经义。"[2] 三国时代的交阯

2. 陈寿：《三国志》，第 925 页，北京：中华书局，1999 年版。

太守吴士燮在当地开办教育，"教取中夏经传"，使人民"始知习学之业"[3]。

3. 严从简：《殊域周咨录》，第 236 页，北京：中华书局，1993 年版。

东汉末年，中原地区动乱频仍，吴士燮治理下的交阯地区相对安定，数以百计的中原士大夫和文人南下交阯避乱，其中有汉代经学大师刘熙及儒林名士许靖、许慈、邓子孝、袁沛、牟博等。他们有的开课授徒，有的专心治学，促进了汉文化在越南的推广与传播。

唐朝时期，中央政府派往越南的官员大多重视文教、爱好诗文，如初唐著名诗人王勃的父亲王福畤任交阯令时就在当地大兴文教。而一些熟谙汉文化的安南儒士和僧侣也北上与中原文人互相交流，如交州进士廖有方与唐朝诗人柳宗元、韩愈交往密切，赴内地研习佛法的安南僧侣与杨巨源、张籍、贾岛、皮日休等诗人也有交往。

此外，古代越南地处南陲，路艰途远，因而成为中国皇朝流放罪人的重要地区。许多遭到流放的罪人具有较高的文化素养，如三国时期的顾谭、虞翻，唐代的褚遂良、杜审言、李友益、沈佺期、卢藏用等人。他们有的在当地发奋著述，吟诗抒怀，留下名篇佳作；有的授徒讲学，

4. 参见饶芃子主编：《中国文学在东南亚》，第 8—13 页，广州：暨南大学出版社，1999 年版；刘玉珺：《越南汉喃古籍的文献学研究》，第 23—24 页，北京：

振兴文教，由此推进了汉文化及传统文学在越南的传播和发展。[4]

中华书局，2007 年版。

从公元 939 年开始，越南逐渐摆脱中国的政治统治而进入独立时期，但历代君主仍以儒学作为统治的精神支柱，举凡一切政令、建制、律典均效法中国，各种公私文牍皆依据中国文体。他们大力推广汉字并规定其为全国通用文字，汉字也由此被长期借用为越南官方文字。越南统治者建文庙，塑周公、孔子及四配像，兴建国子监、国子院，诏天下学子入院学习四书五经，还仿照中国科举形式开科取士，其科目用中国唐诗、古体赋、汉体诏、四六体制、表等。[5] 越

5. 参见梁立基、李谋主编：《世界四大文化与东南亚文学》，第 71 页，北京：经济日报出版社，2000 年版。

南历代科举推崇经义，讲究诗赋，其诗赋试法严格规定必须采用"唐律"、"汉体"、《骚》《选》体或"李白体"等。[6] 这种自上而下的全面推行方式，也为中国汉文化在越南的传播创

6. 参见饶芃子主编：《中国文学在东南亚》，第 17 页，广州：暨南大学出版社，1999 年版。

造了有利条件。

另一方面，从公元前 3 世纪末开始，汉文书籍就通过汉文化教育的方式传入越南。汉文书

籍的输入主要有几种方式：一是政府委派官员到中国采购书籍，二是中国文士的赠予，三是作为宗主国的中国政府颁赐书籍等。有学者查找到至今尚存的 514 种安南本中国书籍，计有经部 39 种、史部 18 种、子部 406 种、集部 51 种，包括四书五经、医家数术、宗教经书、诗文小说等。其中文学书籍有诗集《楚辞》和《唐诗合选详解》，章回小说《雷锋塔》（《新编雷峰塔奇传》），传奇《金云翘传》，笔记小说《世说新语补》等。[1] 另外，输入越南的文学书籍还有文言小说《山海经》、《搜神记》、《幽怪录》、《太平广记》、《剪灯新话》、《剪灯余话》、《聊斋志异》、《亦复如是》、《听雨纪谈》、《群谈采余》、《坚瓠集》等，通俗小说《三国演义》、《西游记》、《包龙图判百家公案》、《杏花天》、《桃花影》、《二度梅传》、《玉娇梨》、《平山冷燕》等。[2] 这类汉文学书籍受到越南读者的喜爱，也引起越南士人的模仿兴趣，并对越南汉喃文学的发展产生了重要影响。

1. 参见刘玉珺：《越南汉喃古籍的文献学研究》，第 25—40 页，北京：中华书局，2007 年版。

2. 参见任明华：《越南汉文小说研究》，第 370 页，上海：上海世纪出版股份有限公司、上海古籍出版社，2010 年版。

二、 中国传统文学对越南汉文文学的影响

在中国汉文化的传播与影响下，越南汉文文学也应运而生。越南汉文作者大多是具有汉文化知识背景的官员、文人和僧侣，以及喜爱汉文文学的越南君主。据越南学者陈文理统计，从公元 10 世纪至 1945 年，共有 850 名作家见于越南的历史记载，其中汉文作家 735 名[3]，占作家总数的 86.5%，由此可见汉文作家及汉文文学在越南文学史上的重要地位，以及中国汉文化对越南汉文文学的重大影响。

3. 此数据来源于 [越] 陈文理统计，原载《越南作家传略》，越南社会科学出版社，1971 年版，参见刘玉珺：《越南汉喃古籍的文献学研究》，第 363 页，北京：中华书局，2007 年版。

早在公元前 207 年赵佗建立南越割据政权时，中原儒家文化思想已被推广到当时的象郡，中国诗书典籍《诗经》和《尚书》也随着儒家文化的传播而输入越南，并且发挥着"化训国俗"的教化作用。至汉代三国时期，交趾太守锡光和吴士燮在当地建立学校，教导儒家经义，可以推测当时一部分越南人通过学习掌握了包括《诗经》在内的汉文化知识，并且能够以汉字作为书写工具，甚至能够从事汉文文学创作。

在越南北属时期，中越实际上融为一体，两地人员也互有往来，而且是在一个国家内部迁徙和流动，因此汉唐时期中原士大夫或文人在越南当地创作的文学作品，如三国时期被流放到交州并卒于当地的顾谭，其在交州发愤著述的《新言》20 篇，以及唐朝诗人杜审言、沈佺期等

人在寓居越南期间创作的诗歌《初达驩州》、《驩州南亭夜望》、《度安海入龙编》、《旅寓

安南》、《题椰子树》、《九真山净居寺谒无碍上人》、《三日独坐驩州思忆归游》等，一方

面无可置疑地归属于中国文学，另一方面也可以视为越南早期汉文文学。[1]

有唐一代，唐王朝专门设置"南选使"，越南每年可以选送进士和明经到唐朝中央任职。唐朝在推崇经学的同时，也很讲究诗歌辞赋，科举考试中进士科还得考诗、赋各一篇，这种文教和科举制度有利于培养越南的文学人才。被称为"安南三贤"的爱州日南（今越南清化省安定县）士子姜公辅、姜公复兄弟和交州名士廖有方都到中原学习并举进士，姜公辅官至唐朝宰相，姜公复任唐朝太守，廖有方任唐朝校书郎。姜公辅能文善诗，其代表作《白云照春海赋》以细腻流丽的文笔极力铺陈白云映照春海的美景，将诗赋的特色发挥得淋漓尽致，而且极富音律之美，另一篇《对直言极谏策》也曾名噪一时，享有盛誉。廖有方与著名诗人柳宗元唱和诗篇，其创作的唐诗被柳宗元赞誉为"有大雅之道"和"世之所罕见"（《送诗人廖有方序》），今存《题旅梓》一首七言绝句，收于《全唐诗》内。[2]姜公辅、廖有方等人的汉文诗赋本身就

是汉文学直接影响的产物，他们创作的诗文也同样具有双重属性，即一方面归属于唐朝文学，另一方面属于早期越南汉文文学。

越南于公元 10 世纪结束北属时期，此后中越建立起近千年的宗藩关系。伴随着中越之间政治关系的改变，以及越南政府以藩属国的身份连续不断地派遣使臣到中国求封、进贡、谢祭、告哀等，越南汉文文学出现了一种新的文学现象和新的作品，即越南的"北使诗文"与"燕行记"。"北"和"燕"为越南人用来指代中国的两个词语，"北使"指出使到中国，"燕行"则意为中国之行，"北使诗文"指的是越南使臣在出访中国过程中所作的各体诗文。从丁部领遣使入宋以求结好开始，至越南沦为法国殖民地之前，每一朝越南君主都曾频繁地遣使燕行。由于越南的最高统治者对诗赋外交极为重视，将吟诗作赋与事关国体的政治事件等而视之，很多帝王甚至亲自参与外交的诗文唱和，因而派遣的使臣都是越南国内最优秀的学者和诗人，也由此产生了一大批北使诗文和燕行记。

在越南现存的北使诗文中，有 82 种北使诗文，8 种燕行记，其中如：

阮忠彦（1289—1370）：《介轩诗稿》等。

冯克宽（1528—1623）：《冯使臣诗集》、《梅岭使华诗集》、《使臣华笔手泽诗》

等。

阮公基：《湘山行军草录》、《使臣日录》等。

黎贵惇：《北使通录》、《赏心雅集》等。

李文馥（1785—1849）：《闽行杂咏草》、《粤行吟草》、《三之粤杂草》、《镜海续吟》等。

阮述：《往津日记》、《每怀吟草》等。

潘清简（1796—1867）：《使臣诗集》等。

阮宗奎：《使华丛咏》等。

上述阮忠彦的《介轩诗稿》为现存最早的北使诗文专集，收录作者北使中国时所作的81首诗；冯克宽的《使臣华笔手泽诗》等收录作者北使途中所作的咏物诗与唱和诗等，其《冯使臣诗集》广为流传；阮公基的《湘山行军草录》收录作者于1715—1716年北使时与友人的赠答诗，以及行经广西、江西、河北等地所作的歌咏风景名胜、历史事件的诗作324首；黎贵惇的《北使通录》写于1780年，此本燕行记记录作者于1760年北使的行程、使团成员、所携贡品、朝见礼仪、与清臣的交往、清朝官员的诗文等，《赏心雅集》收录作者与清朝文士的唱和诗；李文馥共有8种北使诗文传世，为个人创作北使诗文集最多者，其中《闽行杂咏草》、《粤行吟草》、《镜海续吟》等收录作者于1831—1839年出使中国福建、广东、澳门等地时所作诗文；阮述的《往津日记》收录作者于1882年前往天津公干时所写日记，《每怀吟草》为其使华过程中所作的诗歌；潘清简的先祖为中国人，《使臣诗集》收录作者于1832年北使时题咏、即景、自叙、怀古、唱和等各类诗147首；阮宗奎的《使华丛咏》写于1742年，书中有中越两国文人的序言，诗歌内容包括饯送使团宴席上的酬应诗、北使途中题咏名胜古迹之诗，以及与正使阮翘的唱和诗等。在现存使节文献中，阮宗奎的北使诗文集版本最多，流传最广。

与越南其他汉文作者不同的是，越南使臣在北使过程中还与中国有着地理、文化和社会等方面的近距离接触，因而北使诗文除了在文化内涵上深受汉文化的影响，在时空上也常常与中国的自然山水和人文景观紧密相联，如阮忠彦《介轩诗稿》中的《岳阳楼》在抒写作者登临岳阳楼的感古怀今之情时，就化用了北宋文人范仲淹的名篇《岳阳楼记》中"先天下之忧而忧，后天下之乐而乐"的语句和寓意："猛拍栏杆一朗吟，凄然感古又怀今。上浮鳌背蓬宫杳，水接龙堆海藏深。景物莫穷千变态，人生能得几登临。江湖满目孤舟在，独报先忧后乐心。"

越南使臣在北使期间往往与中国士大夫和文人有着直接的交往，其大部分北使诗文集收录的不仅是越南使臣的作品，还有不少中国官员或文人的诗文，应该说是中越两国诗人共同创造的成果。越南流传最广的北使诗文集《使华丛咏》收录了不少阮宗奎与中国士人的唱和诗，如作者与淮阴文人李半村在金陵聚晤时相与酬唱的诗歌。越南汝伯仕与李文馥、黄健齐等人出使广东时，与当地名流唱酬属和，由此产生了北使诗集《粤行杂草》。而唱和诗也成为北使诗文中最主要的部分，并受到中国文人的关注，如武林人缪艮编辑的《中外群英会录》主要收录中国文人与李文馥、汝伯仕、阮文章等越南使臣的唱和诗。中越士人也往往在赠答唱和中同气相投，结下深厚情谊，如中国文人盛庆绂在给越南使臣裴文禩的信中赋诗道："诗先客到情无尽，我后归春感不禁。此去长沙试垂听，汨罗激激咽寒音。"

越南使臣还通过请序题词、鉴赏评点和书信笔谈等方式与中国官员或文人进行文学方面的交流。据学者初步统计，至少有 16 种越南诗文集载有中国官员所作之序，如清朝使臣劳崇光为越南诗集《南国风雅统编》所作的序文，就被越南各种诗集反复刊载，流传颇广，以至于越南从善王阮绵审特意请人将自己的《仓山诗钞》送往广西，请已经任广西巡抚的劳崇光作序。劳崇光在《南国风雅统编序》中认为越南汉文诗歌"清奇浓淡，不拘一格。或抒写性灵，或流连景物，或模山范海，论古怀人，佳句好篇，美不胜收"，并认为其中杰出的作品已"登中华作者之一，而浸浸入于古"。不过，由于汉文在越南只是官方正式文字，并非越南人的母语和日常生活用语，尽管越南使臣具有高度的汉文化素养和文言书写能力，但大多数越南文人无法用日常汉语与中国官员直接交流，因此两国使臣和官员在进行文学交流时往往借助书面笔谈，如越南使臣裴文禩与中国官员杨恩寿于重阳节前夕在停泊的船上相见时，两人以笔谈的形式互诉友情，裴文禩还请杨恩寿为其诗集作序，临别时"命酒痛饮，即席成长歌，泪潜之随笔下"。由于中越两国使臣对汉文诗歌的共同爱好，因而双方能够超越国界而成为文学知音，并结下深厚的跨国情谊，而越南使臣在与中国士大夫和文人的交往中，也进一步受到中国传统文学的浸濡和影响。

学者刘玉珺认为，作为诗赋外交的产物，北使诗文同样反映了汉文化向越南辐射的深度和广度。越南使臣作为越南官方文化的代表，不仅是汉文化最主要的传播者和创造者，也是越南学习汉文化的前沿性人物。他们通过与中国官员和文士赠答酬唱、请序题词、鉴赏评点、书信笔谈等方式进行诗赋外交，虽然其最初的主要功能是服务于政治外交，却成为越南古代文学最宝贵的财富之一，是越南汉文文学发展的强大助力。北使诗文作者的数量在越南文学史上至少占有七分之一的比重，其创作的北使诗文在越南诗文类的汉文作品中更占有五分之一的比重。就是说，在越南的古代作家中，使臣是一支蔚为壮观的队伍，缔造了一宗丰厚的文化遗产，同时也为中越两国的文学交流作出富有意义的贡献。[1]

1. 本部分关于越南"北使诗文"和"燕行记"的资料参见刘玉珺：《越南汉喃古籍的文献学研究》，第293—367页，北京：中华书局，2007年版；孟昭毅：《东方文学交流史》，第215—216页，天津：天津人民出版社，2001年版。

从总体上来看，越南汉文文学的形成和发展与中国汉文化和传统文学的影响密不可分，其表现主要有如下方面：

（一） 仿效与借鉴中国传统文学的体裁形式

中国古代文体大致分为"散文"和"韵文"两大类。在现代以前，越南的文学体裁绝大多数是由中国输入的，其中包括"大散文类"中的诏、谕、制、令、诰、表、章、奏、檄、策、箴、铭、书、传乃至论说、辨议、哀祭、祝祈、序跋等体式，从既定效用、篇章结构到语言形式无不与中国类同。另外，"韵文类"中的诗、词、赋的体制也基本上是从中国借鉴而来，如黎贵惇在编排《全越诗录》时，即根据中国"古体诗"与"近体诗"的划分方法，并模仿《全唐诗》的体例来编排该书：

> 汉魏齐梁，四言五言六言七言，歌行乐府，谓之古体。唐以来，五言七言律绝，谓之近体。古取流动，律取偶对。古贵高峭而畅达，近贵清远而秀丽，格局态度，迥不相同。昔人云，律可杂古，古不可杂律。今依《全唐诗》，分古近二欵，以便观览。
>
> 其近体先七言排律，次五言排律，次六言，次七言绝句，次五言绝句。

由此可见越南汉诗是如何仿效和套用中国古代诗歌的体裁形式的。[2]

2. 参见饶芃子主编：《中国文学在东南亚》，第42—43页，广州：暨南大学出版社，1999年版。

除散文与韵文类外，越南汉文小说也源于中国传统小说的影响。中国传统意义上的小说如杂俎、志怪、笔记、传奇、章回体等书籍伴随着汉文化的传播而输入越南，其中有《智囊》、《千古奇冤》、《封神演义》、《南游记》、《北游记》、《说铃》、《锦香亭》、《山海经》、《贪欢报》、《列仙传》、《搜神记》、《幽怪录》、《太平广记》、《剪灯新话》、《剪灯余话》、《聊斋志异》、《亦复如是》、《听雨纪谈》、《群谈采余》、《坚瓠集》、《三国演义》、《西游记》、《包龙图判百家公案》、《金云翘传》、《杏花天》、《桃花影》、《二度梅传》、《玉娇梨》、《平山冷燕》等。志怪小说很早就传入越南，如武琼的《岭南摭怪序》（1492 年）曾提及东晋干宝的《搜神记》和唐朝的《幽怪录》。越南现存最早的由李济川所著的汉文小说《粤甸幽灵集》大都记载物精神怪、鬼魂灵应之事，还有由陈世法、武琼、乔富所著的汉文小说《岭南摭怪》中的《鱼精传》、《狐精传》、《夜叉王传》等也记载物精神怪，与中国的志怪小说极为相似。中国的传奇小说起源于汉魏六朝的杂传记和志怪，至唐代臻于成熟，也传入越南。《岭南摭怪》中的大部分篇章属于越南较早的传奇小说，后来的越南传奇小说常常运用唐传奇的典故，甚至直接模仿瞿佑的《剪灯新话》。阮屿成书于 16 世纪二三十年代的《传奇漫录》，从书籍卷次、篇目结构、故事情节到语言形式等，都全面模仿和学习《剪灯新话》，由此掀起越南创作传奇小说的风气，出现《续传奇》、《传奇新谱》、《新传奇》、《外传奇录》等以"传奇"命名的小说集。中国的章回小说起源于宋元时代，至明清时期出现历史演义、神魔、公案、才子佳人、世情、艳情、英雄传奇等类型。受中国章回小说的影响，越南出现历史演义、公案、艳情、英雄传奇等章回体汉文小说，其中历史演义数量最多、艺术成就最突出，如无名氏的《皇越春秋》，阮榜中的《越南开国志传》，吴俦、吴悠、吴任的《皇黎一统志》，吴甲豆的《皇越龙兴志》等，而《皇越春秋》、《越南开国志传》等明显受到《三国演义》的影响。学者陆凌霄认为，越南汉文历史小说大都仿效《三国演义》，由此显示出越南读者喜欢《三国演义》的程度，这也是越南历史小说得以形成和发展的基础。[1]

1. 参见陆凌霄：《越南汉文历史小说研究》，第 14 页，北京：民族出版社，2008 年版。

　　越南汉文小说几乎全部采用典雅精致、富有韵味的文言，即使是章回体的历史演义，也是采用传统的文人话语。据学者统计，在近百部越南汉文小说中，已经考知的作者有 36 人，其中武琼、阮尚贤、黎纯甫、吴任等 10 人为进士，另有翰林院东阁大学士阮柄、吏部尚书阮榜中及著名文人高伯适、潘佩珠等。这些汉文小说的作者均受过良好的儒家教育，深谙中国传统

2. 参见任明华：《越南汉文小说研究》，第 370 页，第 2—7 页，第 368—369 页，上海：上海世纪出版股份有限公司、上海古籍出版社，2010 年版；刘玉珺：

文化，因而更喜欢运用传统文言来创作小说，由此形成了越南汉文小说文言气息浓厚的特色。[2]

《越南汉喃古籍的文献学研究》，第 277—280 页，北京：中华书局，2007 年版。

（二）　接受与秉承中国文学"文以载道"和"诗言志"的传统观念

　　中国传统文学有两个重要的文学观念，即"文以载道"和"诗言志"，这两个文学观念很

3. 参见饶芃子主编：《中国文学在东南亚》，第 40 页，广州：暨南大学出版社，1999 年版。

早就传入越南，并受到越南文人的高度重视。[3] 越南文学研究者陈义在《越南古代文学中的文

以载道观念揆说》中指出："回顾古代越南文学批评史，我们看到存在着两个主要的文学观念：

1.［越］陈义：《越南古代文学中的文以载道观念揆说》，载［越］《文学杂志》，1970年第2期，转引自饶芃子主编：《中国文学在东南亚》，第40页，

'文以载道'即著文以传播道义和'诗言志'即赋诗以表达自己的志向。"[1]

广州：暨南大学出版社，1999年版。

　　由于"文以载道"观念的影响，许多越南汉文文学承载着忠君报国、仁政爱民、忠孝仁义、纲常伦理等儒家文化思想，充分发挥了文学的教化功能和社会作用。越南汉文历史小说《皇越春秋》、《越南开国志传》、《皇黎一统志》等往往从中国及越南历代王朝的历史兴亡总结出为政以德与民心向背的重要性，其中贯穿着"得民心者得天下，失民心者失天下"的观念[2]，如《皇

2. 参见陆凌霄：《越南汉文历史小说研究》，第30页，北京：民族出版社，2008年版。

越春秋》中黎朝的开国君主黎利"心忧黎庶，辗转不寐"，被塑造成刘备式的仁君形象。有论者认为："中国儒家所创导的的忠孝节义思想以及杀身成仁、舍生取义的精神，同样成为越南知识分子的理想气节并在其汉文小说里得到一如它在中国古代小说中的张扬。在这些小说中，其正面人物的特点也就在儒家的道德总体——忠孝节义，而'富贵不淫、威武不屈、贫贱不移'的精神则成为小说中理想人物的标准，同样，专横残暴、弑君犯上、祸国殃民的行为则成为小说所要鞭挞的对象。"[3]越南的部分汉文散文、诗歌等也同样承载着仁政、爱民等儒家传统思想，

3. 转引自任华明：《越南汉文小说研究》，第374页，上海：上海世纪出版股份有限公司，上海古籍出版社，2010年版。

如阮廌在被称为"千古雄文"的《平吴大诰》中即开宗明义阐明"仁义之举，要在安民，吊伐之师，莫先去暴"，在诗歌《海口夜泊有感》中耿耿于心的仍是"平生独抱先忧念"，"国恩未报老堪怜"。

　　"诗言志"的文学观念也被越南文人视为作诗的重要准则，如越南15世纪文史家潘孚先在《新刊〈越音诗集〉序》中写道："心有所之必形于言，故诗以言志。"越南历代汉文诗人也往往将诗歌作为寄托个人情志的表现方式。越南名将范伍老在《述怀》中借用武侯诸葛亮来表达自己渴望建功立业的壮志："横槊江山恰几秋，三军貔虎气吞牛。男儿未了功名债，羞听人间说武侯。"直至近代以来，越南著名的文学家、政治活动家潘佩珠（1867—1940）、潘周桢（1872—1926）等人也以汉文诗表达自己反抗法国殖民统治的民族主义精神，其中如潘周桢的诗："累累枷锁出都门，慷慨悲歌舌尚存。国土沉沦民族悴，男儿何必怕昆仑。"越南国父胡志明（1890—1969）的《狱中日记》收录了作者在1942—1943年被国民党关押在广西监狱时创作的100首汉文诗，其中《秋感》一诗抒写了作者为民族解放事业而不惜牺牲个人自由的崇高精神："去岁秋初我自由，今年秋首我居因。倘能裨益吾民族，可说今秋值去秋。"[4]

4.［越］胡志明：《狱中日记》，第88页，河内：越南外文出版社，1960年版。

（三）　广泛吸收与借鉴中国传统文学的材料、内容、表现形式和艺术手法

在儒家学说和中国文学传统浸润下走上创作道路的越南作家，由于本国可征历史尚短，民族书面文学及雅文化传统又正在生成之中[1]，因此许多汉文作家在创作过程中常常自觉或不

1. 饶芃子主编：《中国文学在东南亚》，第 50 页，广州：暨南大学出版社，1999 年版。

自觉地摄取和袭用中国传统文学的内容和材料。越南国土大部分处于热带，没有明显的春夏秋冬四季循环，有些汉文诗却摄取中国传统文学中常见的意象或景物入诗，如黎圣宗（1442—1497）的《平滩夜泊》中"红叶山林龙雨霁"的"红叶"，阮廌的《题黄御史梅雪轩》中的"梅"与"雪"等。李济川的《粤甸幽灵集》和陈世法等人的《岭南摭怪》中相当一部分篇章内容源自中国古籍中的故事，如《越井传》改编自唐代裴铏《传奇》中的《崔炜》，《金龟传》模仿我国《华阳国志》中古巴蜀国建龟城的故事，《白雉传》根据《韩诗外传》所载"有越裳氏重九译而献白雉于周公。道路悠远，山川幽深，恐使人之未达也，故重译而来"等内容附会而成，《鸿庞氏传》改写自唐传奇《柳毅传书》的故事。[2] 邓陈琨（1710—1745）那首被誉为"千古绝唱"

2. 参见任华明：《越南汉文小说研究》，第 95 页，上海：上海世纪出版股份有限公司、上海古籍出版社，2010 年版。

的长篇七言乐府诗《征妇吟曲》，则被认为是全部采用"中国典故"以及拣摘中国"古典诗文"以拼联成曲的"集古"之作，如诗句"妾有汉宫钗"、"妾有秦楼镜"、"何啻姮娥妇，凄凉坐广寒"、"回首长堤杨柳色，悔教夫婿觅封侯"等，其中袭用最多的是李白的诗句，如"今朝汉下白登城，明日胡窥青海曲"就来源于李白的"汉下白登道，胡窥青海湾"。[3] 另外如阮

3. 参见饶芃子主编：《中国文学在东南亚》，第 49 页，第 56—57 页，广州：暨南大学出版社，1999 年版。

尚贤（1868—1925）的诗句"补天填海虽难事，破釜沉舟自壮心"，也化用了中国神话"精卫填海"和项羽"破釜沉舟"的故事。

越南汉文作家还广泛吸收中国传统文学的表现形式和艺术手法。越南汉文小说的体制、结构深受中国古代小说的影响，如文言短篇小说通常先交代人物的姓氏、籍贯、出身，然后再叙述其事迹和结果，近于史书传记，这明显受惠于中国的传奇小说；越南传奇小说在叙事过程中常常穿插众多诗歌词赋，其少数诗词有助于刻画人物性格，但多数诗词则游离于故事之外，纯粹是作者的炫才心理在作怪，而这种叙事风格和体制与《剪灯新话》和明代的中篇传奇小说极为相似；越南章回小说每回均有标题，每回开头常常有"话说"、"却说"，回末则以"未知此事如何，且听下回分解"等作结，上下回之间故事连贯，这种体制深受中国通俗章回小说的影响。此外有的以佛教前生、今生和来生的三世轮回思想结构小说，以此构成小说的主体，如《会真记》和《桃花梦》等，这种艺术手法与中国清初西周生的《醒世姻缘传》等小说可谓如

出一辙。[1]

1. 参见任华明：《越南汉文小说研究》，第 382 页，上海：上海世纪出版股份有限公司、上海古籍出版社，2010 年版。

总而言之，中国传统文学对越南汉文文学的影响十分广泛而深远，即使 20 世纪初以后汉字不再成为越南的官方文字，但越南爱国志士和革命家潘佩珠、阮尚贤、潘周桢、黄叔抗（1876—1947）等人仍然以汉文创作了一批投枪、匕首式的作品，越南国父胡志明也于 20 世纪 40 年代创作了汉文诗集《狱中日记》。正如越南学者所指出的那样，在越南民族还没有自己的文字（或者说还没有自己的正式文字）时，越南人用汉字表达自己的思想感情，其中大部分对民族意识、国计民生、文学发展有影响的重要文学作品都是用汉字写成的。[2] 可以说，在越南汉文文学产

2. 参见饶芃子主编：《中国文学在东南亚》，第 46—47 页，广州：暨南大学出版社，1999 年版。

生和发展的过程中，中国汉文化和传统文学产生了深巨的作用。

三、 中国传统文学对越南喃文文学的影响

在 13 世纪之前，越南人都是借用汉字进行书面交流，至 13 世纪时，产生一种在汉字基础上创造出来的文字，即"字喃"（或称"喃字"）。汉字在越南是传播儒学的最本质的工具，所以汉字又被称为"儒字"、"圣贤的字"，但汉字毕竟是外来语言文字，与越南人的语言不相一致，这就导致越南人的书写文字和语言与现实生活和日常用语产生严重脱节的现象。随着越南社会的发展，尤其到 13 世纪越南陈朝时，由于政治上取得巨大成就，越南人民的民族意识大大增强，人们迫切要求用适合自己民族语言的工具来记录语言，以便流畅地表达自己的思想感情，在这样的历史条件下，越南渐渐形成了自己的民族文字——字喃。

字喃是在汉字的基础上，运用形声、会意、假借等方式形成的越南民族语言文字。字喃是一种复合体的方块字，每个字的组成都需要一个或几个汉字，其中一部分表音，另一部分表意，如汉字的"天"字，字喃写成"芺"，上半部的"天"是表意部分，下半部的"上"是表音部分。还有些字喃是借音字，只借用汉字的音，不用其意，如汉字的"塘"字被字喃借用来表示"路"的意思，已失去汉字原本的意义。字喃是越南人民对汉字的一种改造和利用，它虽然已经成为越南的民族语言文字，但与汉字还是有密切的关系，因为如果不先懂得汉字，就无法认识字喃。与汉字相比，字喃显得笔画繁多、组合繁复、结构复杂，唯一的优点就在于它能够与越南的民族语音相契合。

有学者认为，"喃"实际上是汉字"南"的越化字，包含有"通俗"的意思，而喃文文学的创作主要兴起于易于口头记诵的韵文体裁即诗歌当中。越南正史中关于喃文文学创作的最早记载，当属《大越史记全书》中所载的陈仁宗绍宝四年（1282 年），"时有鳄鱼至泸江，帝命刑部尚书阮诠为文投之江中，鳄鱼自去。帝以其事类韩愈，赐姓韩。诠又能国语赋咏，我国赋诗多用国语，实自此始"。因此阮诠成为传说中第一个以越南"国语"（即"字喃"）赋诗的喃文作家，而越南诗人"赋诗多用国语"的局面也由此开始。

从 13 世纪末以后的数百年间，越南出现大量以字喃进行创作的作家及其作品。13 世纪末期，喃文文学的代表作家和作品有阮诠的《飞砂集》、陈光启的《卖炭翁》、阮士固的《国音诗集》。15 世纪有《苏公奉使传》、《白猿孙恪传》（又名《林泉奇遇》）、《鲶鱼与蛤蟆》、《贞鼠》等，其中《白猿孙恪传》是一部由 150 首共 1 200 句国音诗组成的长篇叙事诗，写一位被贬谪到凡间的仙女与书生孙恪结为夫妇的传奇故事。16 世纪有阮秉谦的《白云国语诗》，其中收录 100 首七言八句国音律诗，其诗作多抨击道德败坏、趋炎附势的利禄小人，感叹社会的炎凉世态，其中也渗透着儒家与道庄思想。

18—19 世纪是喃文文学全盛时期。西山王朝时期（1778—1802），阮惠钦定字喃为越南全国通用文字，诏书、敕令全用字喃书写，科举考试也改用字喃，因而促进了字喃的推广和应用，也促进喃文文学的进一步发展。这时期出现许多喃文作家和作品，除了黎贵惇、阮嘉韶、阮辉似、阮攸、阮廷炤、胡春香、清关夫人等代表作家及其作品外，还出现许多无名氏的作品，如《石生》、《范公菊花》、《宋珍和菊花》、《贫女叹》、《女秀才》、《观音氏敬》、《潘陈》、《二度梅》、《芳华》等。这些作品歌颂真善美，抨击假丑恶，具有强烈的现实性和浓厚的生活气息，有些还取材于中国小说或民间说唱文学，如《潘陈》和《二度梅》分别出自中国明代传奇《玉簪记》和清代章回小说《忠孝节义二度梅全传》。阮嘉韶（1742—1798）的代表作是《宫怨吟曲》，作者在这首长达 356 句的六八体长诗中，通过一位宫中美人的倾诉，哀婉缠绵地表达出深宫中的女子因色衰爱驰而遭到君王冷落的酸楚与痛苦，颇为动人心弦，被称为是"继《征妇吟曲》之后道出这个时期妇女痛苦的第二部作品"，在越南文学史上占有一席之地。阮辉似（1743—1790）的著作很多，但流传至今的作品只有一篇以六八体创作的长篇叙事诗《花笺传》。该诗取材于中国明代小说《花笺记》，内容叙述宰相之子梁芳洲与武将女儿杨瑶仙的爱情故事，在越南成书时只有 1 500 余行的诗句，后经阮善、武大问先后修改润饰，成为 1 800 行的长诗。作品中人物形象鲜明，情节曲折复杂，结构起伏有致，读来引人入胜。虽然由于作品中引用过多的汉音和典故影响了它的传播范围，但在越南的文学史上仍占有一定的地位。阮攸（1765—1820）为越南最有代表性的古典诗人，其最负盛名的是《金云翘传》。《金云翘传》又名《断肠新声》或《金云翘新传》，俗称《翠翘传》、《翘传》或《翘》，长达 3 254 句，为作者取材于中国明末清初青心才人的同名小说而创作的一部六八体长诗，书名从三位主人公金重、王翠云、王翠翘的姓名中各取一字连缀而成。长诗围绕主人公王翠翘 15 年的坎坷命运和流离生活展开故事情节，表面上叙述的是发生在中国明朝嘉靖年间的爱情故事，实际上反映了越南封建社会走向衰败而面临变革的时代历史和各种社会力量之间的矛盾与冲突。阮廷炤（1822—1888）的代表作是六八体长诗《蓼云仙传》。这部长达 2 076 句的诗传深受越南南方人民的喜爱，其地位影响堪比越南北方的《金云翘传》。《蓼云仙传》讲述青年学子蓼云仙的传奇经历以及他和乔月娥的爱情故事，其主题是歌颂正义和真挚的爱情，揭露社会的衰败和人性的沦丧。在法国殖民统治期间，这部长诗因为歌颂"正义"的主题被赋予新意，因而深受人们的喜爱并广为传诵。

　　这一时期出现了两位著名的女诗人胡春香和清关夫人，她们都是推动中国唐律诗体成功越化的主要贡献者。胡春香被尊称为"女诗圣"，著有《荡秋千》、《菠萝蜜》、《元宵》、《咏扇》、《夜织》等喃文诗，诗人将越南民间成语和歌谣运用到唐律诗中，对虚伪的封建礼教和道德加以揭露和嘲讽，取得强烈的艺术效果，广受越南人民的喜爱和欢迎，并受到越南学术界的充分肯定和高度评价。清关夫人原名阮氏馨，现存 10 多首诗歌，多为字喃唐律诗，最著名的诗作有《升龙城怀古》、《访镇国寺》、《过横山》、《日暮思家》等。其诗反映了社会变革时期贵族阶层中某些人依然思念故国的怀旧心理和感情，因而她被称之为"怀古诗人"。清关夫人的喃文诗具有较高的艺术性和鲜明的民族特色，对促进字喃唐律诗体民族化的形成和发展做出了历史性的特殊贡献。[1]

从总的方面来看，越南喃文文学的发展与中国传统文学的影响有着密切的关系，其表现主要有如下方面：

1. 本部分有关越南喃文文学的发展脉络主要参见下列文献：梁立基、李谋主编：《世界四大文化与东南亚文学》，第 90—91 页，第 94—105 页，北京：经济日报出版社，2000 年版；刘玉珺：《越南汉喃古籍的文献学研究》，第 283—288 页，北京：中华书局，2007 年版；罗长山：《越南文化与民间文学》，第 259—279 页，昆明：云南人民出版社，2004 年版。

（一）　越南喃文诗学习与借鉴中国诗歌的格律形式

越南传统文学形式主要有韩律诗、六八体与诗传等，其中韩律诗、六八体都受到中国诗歌形式的影响。

韩律诗又称唐律诗，与中国唐诗有着密切的关系。据说 13 世纪陈朝的刑部尚书阮诠以字喃写了一篇文章投给江中的鳄鱼，因此事与中国唐朝文学家韩愈写《祭鳄鱼文》相类似，所以陈仁宗赏赐阮诠与韩愈同姓，而改姓后的阮诠（韩诠）则创造出一种喃文律诗体，因此这种诗体即被称为韩律诗。实际上韩律诗并非如传说般为阮诠所独创，而是越南诗人仿效中国唐诗格律而成的。越南学术界一般认为，今日仍被称为韩律（唐律）的喃文诗体，首先是由黎朝末期至阮朝初期著名的女诗人胡春香所创，后经与她同时代的女诗人清关夫人进一步发展完善。由于这种诗体在长期使用越南本民族语言创作的过程中最终得到了彻底的越化，所以一直为越南人民所乐于接受，并被视为本民族传统诗歌的主要体裁之一。有学者把胡春香的喃文七言韩律（唐律）诗《游看春台》与中国唐朝诗人李商隐的七言唐律诗《无题》进行比较，发现二者从结构形式到主体格律都是相一致的，因此越南人在把这种诗体称为韩律诗的同时，又注称之为唐律诗。[2] 有越南文学评论家曾言：　"在越南从李朝（1010—1225）起，我们祖先对唐诗就接

　　2. 参见罗长山：《越南文化与民间文学》，第 280—282 页，昆明：云南人民出版社，2004 年版。

受了很多。不论作汉诗还是喃诗，我们古代诗人都用唐律诗。唐诗一旦在我国生根发芽，就茁壮成长与发展，并且取得很大的成就，胡春香、秀昌、阮劝等人的诗就是例证。"[3]

　　3. 转引自孟昭毅：《东方文学交流史》，第 213 页，天津：天津人民出版社，2001 年版。

六八体喃文诗是越南民族文学韵文文体的典型代表，也是越南民间流传最为广泛的一种文学体裁。六八体以六言八言相间为主要句式，讲究平仄声更换，采用腰韵和随韵相结合的押韵方式。这种诗体分为两种主要形式：一是六八六八体，又称为"翘体"，即以越南古典名著阮攸的《金云翘传》为代表，其特点是上句六言，下句八言，每句第六字与前一句最后一字押韵，四句三韵，构成一小段；二是双七六八体，又称"宫怨体"，以阮嘉韶的《宫怨吟曲》为代表，其特点是首两句为七言，第三句为六言，第四句为八言。

六八体也是在汉语七言诗的影响下产生的。越南乔莹懋（1854—1911）在《琵琶国音新传》的序中指出："我国国音诗始于陈朝韩诠，继乃变七七为六八，而传体兴焉。"六八体不仅在越南古典抒情叙事诗中常见，在传统民歌中也被广泛采用，是最能体现越南民族诗歌语言韵律特点的主要诗体之一。据越南国家人文社会科学中心阮春径《歌谣作诗法》统计，在越南民间

文学中，有 90% 的歌谣作品是用六八体创作的。[1]

1. 以上参见罗长山：《越南文化与民间文学》，第282—286页，昆明：云南人民出版社，2004年版；刘玉珺：《越南汉喃古籍的文献学研究》，第253—256页，北京：中华书局，2007年版。

六八体喃文诗发展成熟后，这种诗体形式还被应用于越南汉语文学创作之中，如潘佩珠的汉文诗《思友吟山意卫寒欲放梅》就是采用双七六八体的诗歌形式创作的："梅花早春来不再，酌三杯静待君候。云山一枕床头，归来蝶梦相求相游。徘徊月夜同孤，三更想象江湖散人。"

（二） 越南部分诗传（喃传）摄取与袭用中国传统文学的题材和内容

诗传是具有越南本土传统的叙事文体，它往往以人物的传奇经历为叙述单元，因此也被称为"事迹传"，其最主要的形式是六八体喃诗传，因此又被称为"喃传"。

诗传是一种适合于口头传播的讲唱文体，而不少诗传演绎的是中国明清以来的戏曲小说。如学者刘玉珺经过较为全面的考察后，发现至少有如下作品脱胎于中国的各类著作和民间传说：

越南诗传		所本的中国典籍或传说	
作品名称	作者或编者	作品名称或故事来源	作者或编者
《苏公奉使传》	［莫］佚名（？）	汉代苏武出使匈奴的历史故事	/
《花笺传》	［黎］阮辉似	木鱼书《花笺记》	/
《金云翘新传》，又名《断肠新声》、《金云翘广集传》	［阮］阮攸	小说《金云翘》	［明］青心才人

续表

越南诗传		所本的中国典籍或传说	
《二度梅传》，又名《改译二度梅》	［阮］邓春榜编译	小说《忠孝节义二度梅全传》、木鱼书《二度梅》，又名《杏元和番》	［清］惜阴堂主人
《二度梅演歌》，又名《梅良玉》、《二度梅润正》	［阮］惟明氏		
《二度梅精选》	双东吟雪堂		
《云仙古迹新传》，又名《陆云仙传》、《云仙传》	［阮］惟明氏订正		
《玉娇梨新传》	［阮］李文馥	小说《玉娇梨》	/
《西游传》	［阮］李文馥	小说《西游记》	［明］吴承恩
《平山冷燕演音》	［阮］范美甫	小说《平山冷燕》	［清］荻岸散人
《白猿孙恪传》，又名《林泉奇遇》	/	唐传奇《袁氏传》	［唐］顾夐
《西游传》	/	小说《西游记》	［明］吴承恩
《再生缘传》	［阮］朱玉芝	弹词《再生缘》	［清］陈端生
《好逑新传演音》	［阮］武芝亭	小说《好逑传》	［清］名教中人
《宋志传》	/	小说《北宋志传》	［明］熊大木编

越南诗传		所本的中国典籍或传说	
《军中对传》	［阮］阮翘	小说《隋唐演义》	［清］褚人获
《昭君贡胡书》， 又名《昭君新传》、 《昭君贡胡传》	［阮］惟明氏	汉代王昭君出塞和亲的历史事件	/
《琵琶国音传》、 《琵琶国音新传》	［阮］乔莹懋	南戏《琵琶记》	［元］高明
《潘陈传》	/	南戏《玉簪记》	［明］高濂
《潘陈传重阅》	/		
《芙蓉新传》	竹林编撰	拟话本《顾阿秀喜舍檀那物　崔俊臣巧会芙蓉屏》	［明］凌濛初
《刘元普传》	阮仪鸿喃译	拟话本《李克让竟达空函　刘元普双生贵子》	
《女秀才新传》	/	拟话本《同窗友认假作真　女秀才移花接木》	

续表

越南诗传		所本的中国典籍或传说	
《齐宣传》	/	战国齐宣王及其子齐烈王的故事	/
《李公新传》	杨明德	李公与公主相爱遭匈奴王破坏的故事	/
《刘阮入天台新传》	/	刘晨、阮肇入天台山之事	
《沈子虚传》	/	中国吴郡书生沈子虚与魏寒黄的情缘故事	/
《刘京传话本》	/	刘京和妻子秀英的故事	
《唐高都护渤海郡王诗传》，又名《东湖总公总亭神迹》	/	唐人高骈任安南都护使、平南诏建立统治的经历	/
《云中月镜新传》	/	宋代云中雁、杨水月、镜花的传奇故事	/
《芳花传》	/	《花柳良愿龙图宝卷》	/
《南海观音佛迹传》，又名《观音注解新传》	/	《全像观音出身南游记》，又名《南海观音全传》	/

续表

越南诗传		所本的中国典籍或传说	
《黄秀新传》	/	长安人黄秀与玉昆的故事	/
《西杨列妇传》	/	刘平、杨礼深厚友谊的故事	/
《刘平杨礼新传》	/		
《宋珍新传》	/	寒士宋珍与富家女相知相爱的故事	/

（注：上表采自刘玉珺：《越南汉喃古籍的文献学研究》，第 257—260 页，北京：中华书局，2007 年版。）

不过，上述诗传在借用中国文学题材和故事内容时，则是以具有越南本土特色的文体进行艺术改造，有的还渗透着作者对越南社会现实的思考与关怀，因而显示出与其所本的中国文学作品绝然不同的艺术形式。阮攸的诗传《金云翘传》取材于中国明末清初青心才人的同名小说，内容基本上与原作相同，但并非照搬小说原作，而是重新进行艺术加工与再创造。青心才人的原作是 10 万多字的章回体小说，阮攸将它改写成 3 254 句的六八体长诗，将越南 19 世纪初的社会现实融入其中，并在人物形象、故事情节、语言形式等方面发挥自己的艺术创造性。长诗中翠翘一家被官吏敲诈勒索的情形，正是越南阮朝社会现实的折射与写照，而翠翘这位善良美丽女子的不幸遭遇，反映出封建时代女性是如何处于被侮辱与被损害的弱势地位，由此激发人们对不合理社会的质疑与否定。诗中对徐海这位黄巢式的英雄好汉的赞许和推崇，则表现出人们对统治阶级和封建强权的反抗与斗争精神。阮攸是一位具有高度中国古典文学修养的诗人，他善于吸取中国古典文学的精华来提升诗传的意涵和艺术境界，如翠翘在与金重的新婚之夜弹奏的《薄命曲》，就化用了唐代诗人李商隐《锦瑟》的意象与诗意："那可是蝴蝶，/还是庄生本人？/那是什么琴声，/充满了悠扬而激荡的春情？/那可是蜀帝的魂灵，还是杜鹃的正身？/多么

清澈啊，/那洒落在泛着月光水面的晶莹泪滴！/多么温暖啊，/那蓝田里新凝成的熠熠生辉的

碧玉！"[1] 可以说，阮攸的诗传《金云翘传》是对青心才人的《金云翘》的创造性利用与改造，

1. 参见罗长山：《越南文化与民间文学》，第 264—274 页，昆明：云南人民出版社，2004 年版。

由此创造出越南文学史上最具影响力的经典作品。

从实际情形来看，中国传统文学对越南汉喃文学的影响是综合而多维的，如唐诗对越南

文学的影响不仅限于韩律诗的格律形式，许多越南诗人还经常引用和借鉴唐诗中的题材、典

故、语言等，甚至有越南学者指出阮攸《金云翘传》中"有三十处将中国古诗全句翻译过来，

二十七处借用中国古诗的语汇、句意，四十六处借取《诗经》用语，五十处语、意源自中国其

2. [越] 张政：《我们的前辈是怎样为纯洁和丰富民族文学语言而努力的》，载《语言杂志》，1972 年第 2 期，转引自刘玉珺：《越南汉喃古籍的文献学研究》，

他经传典籍"[2]，这都印证了中国传统文学对越南汉喃文学影响的广度与深度。

第 364—365 页，北京：中华书局，2007 年版。

四、　中越文学交流下的中国文学新景观

中国传统文学在与越南文学相互交流的过程中，不仅对越南汉喃文学产生了极大的推动作

用，同时也丰富并拓展了自身的内涵和外延。

唐代是中国诗歌高度发展的时代，唐朝诗人杜审言、沈佺期等人在流放越南期间，以自己

的文学创作或文学活动促进了汉文学在当地的传播和发展，同时由于不同的情感体验和审美感

受创作出反映旅居生活的新诗篇，而这些诗作也成为中国文学的组成部分，如杜审言的《旅寓

安南》、沈佺期的《初达驩州》、《度安海入龙编》、《题椰子树》等均被收入《全唐诗》，

由此丰富了唐代诗歌的社会和文化内涵。

中国与越南两国使臣间的文学交流活动，不仅推动了越南汉文文学的发展，为其保存了丰

厚的文学遗产，同时也为中国留下了不少的使交诗文集。从宋代开始，中国即派遣使臣出使越

南，宋朝官员李度出使越南时著有《奉使南游集》，可惜未编撰成书。宋朝之后历代的中国使

交诗文集有：元朝张立道的《安南录》、李克忠的《移安南书》、徐明善的《安南纪行》、陈

孚的《交州稿》、萧泰登的《使交录》、文矩的《安南行纪》、智熙善的《越南行稿》、傅与

砺的《南征稿》等，明朝张以宁的《安南纪行集》、王廉的《南征录》、林弼的《使安南集》、

吴伯宗的《使交集》、任亨泰的《使交稿》、黄福的《奉使安南水程日记》、黄谏的《使南稿》、

钱溥的《使交录》、吕献的《使交稿》、张弘至的《使交录》、鲁铎的《使交稿》、孙承恩的

《使交纪行》、徐孚远的《交行摘稿》等，清代吴光的《奉使安南日记》、李仙根的《安南使事纪要》和《安南杂记》、杨兆杰的《日南记事》、周灿的《使交纪事》和《使交吟》、邓廷喆的《皇华诗草》、亏香的《越南竹枝词》、宝清的《越南纪略》、劳崇光的《奉使安南诗稿》等。[1] 这些记录中国使臣在越南的政治、社会和文学活动的诗文集，以及越南"北使诗文"和"燕

1. 参见刘玉珺：《越南汉喃古籍的文献学研究》，第 315—337 页，北京：中华书局，2007 年版。

行记"中所保存的中国士大夫和文人的诗文等，共同构筑了一道中国文学的新景观。

第二节　中国传统文学与新加坡、马来西亚华文旧体文学

中国传统文学除了对越南汉喃文学产生影响外，还通过文化传播与文化移动而影响到新加坡和马来西亚的华文旧体文学。与越南相比，中国传统文学在新马传播的时间较晚，主要从 19 世纪下半叶的晚清开始。此后，中国传统文学对新马华文旧体文学的影响长达一个多世纪，而这与新马独特的政治、社会、民族与文化态势密不可分。

一、　马来亚华人社会的形成与中国汉文化的传播

在 20 世纪 50 年代马来西亚、新加坡独立或自治之前，新马同属于英国殖民政府管辖的英属马来亚。19 世纪下半叶新加坡和马来西亚华文旧体文学的出现，与新马华人移民社会的形成和中国汉文化的跨界传播有着直接的关系。

（一）　马来亚华人社会的形成

中国人大量移居新马的现象始于近代，但中古时期已有中国人抵达新马地区。据学者研究，唐代的婆罗洲（今加里曼丹岛）已有中国商人的足迹，当时有很多福建泉州人到婆罗洲北部和西部一带贸易，其中有些人可能因为贸易或等候季候风的需要而在当地停留或居住下来。宋元时期已出现中国人侨居新马的文字记载。至 1613 年，葡萄牙人埃雷迪亚（G.de Eredia）绘制

的马六甲城市图已有"中国村"、"漳州门"和"中国溪"三个地名，当时马六甲的中国人大

多来自福建闽南地区。[1] 不过，19 世纪之前移居新马的中国侨民人数并不多。

<small>1. 参见林远辉、张应龙：《新加坡马来西亚华侨史》，第 29 页、第 32 页、第 51 页、第 54 页，广州：广东高等教育出版社，1991 年版。</small>

19 世纪下半叶至 20 世纪初期，福建和广东两省的中国人大量移居新马，并形成了一个颇

具规模的华人社会。至 1911 年辛亥革命前夕，英属马来亚华人计 915 883 人，占当地总人口的

34.94%。[2] 中国人移居新马的内在动因主要源于国内政局不稳、农村经济崩溃以及有利的出洋

<small>2. 吴凤斌：《东南亚华侨通史》，第 552 页，福州：福建人民出版社，1994 年版。</small>

条件等，因为清朝末叶，时有战乱，而中国人口极多，粮食不足，人民应付不了苛捐杂税，再

加上闽粤两省濒临中国海，地近南洋，因此闽粤人民被情势所逼时，便会远走南洋；其外在动

因源于南洋当地采矿业、种植业等对劳工的大量需求，还有航运工具的发达以及南洋殖民地政

府宽待华工的措施等。[3]

<small>3. 参见 [马] 林水檺、[马] 骆静山：《马来西亚华人史》，第 2—3 页，吉隆坡：马来西亚留台校友会联合总会，1984 年版。</small>

（二）　中国汉文化在新马华人社会中的传播

伴随着中国闽粤华人的南下以及近代以来新马华人移民社会的形成，中国汉文化也在当地

得到传播，并强化了新马侨民对中国政治和文化的认同。中国汉文化的传播与新马华人的私塾

教育、晚清政府派驻新加坡的领事官员、新马华文报章的出现等有着密切的关系。

1. 新马华人私塾教育对中国汉文化的传播

早期中国人移居新马后，他们之中有些男性华人与当地土著妇女通婚，并繁衍数代，其中

虽颇有"置田园，长子孙"者，然大都"言华言，服华服，守华俗"[4]。不过诚如时人所言，早

<small>4. 黄遵宪：《图南社序》，见 [新] 叶钟铃：《黄遵宪与南洋文学》，第 81 页，新加坡：新加坡亚洲研究学会，2002 年版。</small>

期"海外华民流寓，率皆食力服贾者流"[5]，这些华人移民主要从事采矿业、种植业和商贸行业，

<small>5. 林癸荣李：《恭送黄公度观察大人德政文》，见 [新] 叶钟铃：《黄遵宪与南洋文学》，第 83 页，新加坡：新加坡亚洲研究学会，2002 年版。</small>

其文化水准也相对较低，因而华人移民及其后裔所坚守的中国文化传统，实际上更多的是由中

国民间传统习俗和信仰构成的文化"小传统"。

不过，18 世纪末叶至 19 世纪初期，新加坡、槟城等地出现华侨创办的私塾，包括文学、哲学、

历史和艺术在内的中国文化"大传统"也借由私塾教育而在当地获得传播。

这一时期创办的华侨私塾教育基本上与中国一样，主要分为三种：一是"自请儒师"，即

富裕的华侨延请教师至家教育子弟的家塾；二是"自设讲帐"，即由教师假借庙堂或临时场所

开设的私塾；三是"义塾"，即由华侨共同设立以招收贫穷子弟的学塾。华侨私塾中较著名并

有碑文可考的是 1849 年和 1854 年先后于新加坡创办的崇文阁和翠英书院。华侨私塾除了讲授

幼儿启蒙读物外，还传授中国传统儒家经典，其中包括《三字经》、《百家姓》、《千字文》、《幼学琼林》、《孝经》、《大学》、《中庸》、《论语》、《孟子》等。此外，有的私塾还规定："每逢朔望日，业师须将圣谕十六条款，并忠君孝亲敬长诸事，明白宣讲，令其身体力行。"[1]

1. 参见林远辉、张应龙：《新加坡马来西亚华侨史》，第488—491页，广州：广东高等教育出版社，1991年版。

2. 清朝领事官员对中国汉文化的传播

在中国汉文化的传播过程中，清政府派驻新加坡的领事官员左秉隆、黄遵宪等人也发挥了重要的作用。

清政府直接派驻新加坡的首任领事左秉隆（1850—1924）于1881—1891年任职期间，对新马华人的文化教育事业十分重视，并大力倡办私塾学校。当时开办的私塾学校有培兰书室、毓兰书室、乐英书室、养正书室、广肇义学等。他还支持王会仪、童梅生等人创办的诗社"会吟社"，并担任该社联对比赛的评定工作。此外，左秉隆还设立文社"会贤社"，每月出课题一次，亲自批改学生课艺，常至深夜不寐，并把自己的薪俸捐作奖金，以奖掖勉励学子。会吟社、会贤社的创立及文学活动对新马华人学子影响很大，学子们无不以道德文章相砥砺，一时文风丕振。左秉隆还创办英语雄辩会，争取受英文教育的侨生华人关心、注意中国的事物。[2]

2. 参见林远辉、张应龙：《新加坡马来西亚华侨史》，第196—200页，广州：广东高等教育出版社，1991年版。

清政府派驻新加坡的首位总领事黄遵宪（1848—1905）也致力于新马华人社会的文化教育事业。黄遵宪于1891年上任后，延续左秉隆的做法，继续为会吟社每月举行的征联比赛出题，并担任10期的评选工作。而会吟社每期比赛的咏题、优胜作品和得奖人名单都刊登在新加坡《星报》上，在新加坡及邻近地区的华人社会中产生了广泛的影响。

黄遵宪还将左秉隆创设的会贤社改名为"图南社"，乃取用庄子《逍遥游》中"鹏之徙于南溟也，风之积也不厚，则其负大翼也无力，而后乃今将图南"之意以命名该社，其意在推动海外华人社会的文化学术教育，以加强海外华人对中国的认同及效忠意识，为国家培养和储备有用之才。他在1892年1月1日发表于新加坡《叻报》上的《图南社序》中道：

> 新嘉坡一地，附近赤道，自中国视之，正当南离，吾意必有蓄道德、能文章者应运而出，而寂寂犹未之闻者，则以董率之乏人，而渐被之日尚浅也。前领事左子兴（左秉隆）观察，究心文事，创立社课，社中文辞，多斐然可观。遵宪不才，承乏此间，尤愿与诸君子讲道论德，兼及中西之治法，古今之学术。窃冀数年之后，人才蔚起，有以应天文之象，储国家之用，此区区之心，朝夕引领而企盼者矣。

而当时舆论界也认为图南社的兴起具有"尊王"、"重道"及"体恤寒畯"的作用[1]，即该社的文化学术活动对促进

1.《读总领事黄大人图南系之以说》，见［新］叶钟铃：《黄遵宪与南洋文学》，第48页，新加坡：新加坡亚洲研究学会，2002年版。

华人的中国认同以及"圣人之教"均有助益，而且流寓当地的中国文人寒士也可以得到图南社的奖赏之资以补贴生活之用。

图南社成立后，黄遵宪亲任督学，按月出课题，其形式类似中国传统书院的习例。所拟课题包括诗、文两大类。在文题类中，黄遵宪一方面注重传播儒家文化思想，如其中的"四书文（题）"（八股文）就取自儒家经典著作，并渗透着儒家修身、齐家、治国、平天下的教化思想，有《为人谋而不忠乎，与朋友交而不信乎？》（《论语》）、《凡有气血者莫不尊亲》（《中庸》）、《柔远人则四方归之》（《中庸》）等，另一方面则将重点放在华侨事务上，其论题涉及商业、教育、风俗、医疗等，如《南洋各商宜仿西法设立商会议》、《论生长南洋华人宜如何教养以期进益》、《新加坡风俗优劣论》、《拟新嘉坡捐建同济医院叙》、《拟请派海军保护出洋华民论》等。在诗题类中，有些题目明显带有中国传统文化特色，如《赋得满城风雨近重阳》、《赋得每逢佳节倍思亲》，有些则有意突出南洋色彩，如《新加坡竹枝词》、《新加坡草木杂诗》等。与会吟社一样，图南社的每期课题和得奖名单也几乎每月见报，其中得奖者多达数百人次，黄遵宪也捐出部分俸银奖掖获奖者。

黄遵宪对华侨文化教育事业的重视及对文学社团的大力扶持，使新马华人社会的文化活动得到刺激和振兴，各界人士纷纷为图南社捐资助学。图南社的影响甚至远及中国："其拔取前茅者，粤之中西报，上海之沪报，辗转钞刻，

图4 叶钟铃的论著《黄遵宪与南洋文学》（2002）封面

互相传诵，南离文明，于兹益信。"[1] 当黄遵宪于 1894 年 11 月卸任返回中国时，其图南社门生

1. [新] 叶钟铃：《黄遵宪与南洋文学》，第 52 页，新加坡：新加坡亚洲研究学会，2002 年版。

潘百禄誉之为"文起八代之衰"的韩愈：

> 移风易俗赖维持，皆为公胸有热血。
>
> 冰操既励复怜才，图南文社广陈设。
>
> 捐廉奖赏勉寒士，培育甄陶补残缺。
>
> 遂令蛮貉文明开，无异岭表韩公来。[2]

2. 潘百禄：《送黄观察公度夫子返国》，第 85—86 页，见 [新] 叶钟铃：《黄遵宪与南洋文学》，新加坡：新加坡亚洲研究学会，2002 年版。

新加坡《星报》的相关报道也肯定了黄遵宪在推广汉文化及促进新马社会文化发展方面所作的贡献：

> 南洋各埠为荒徼之区，狉狉獉獉，杳不知礼义廉耻为何物。自我华人帆樯南渡，西人轮舶东来，开辟经营，蔚然为繁华乐土。然使无中国圣人之道以教之，其伤人败俗之事，何可胜道。黄公以易俗移风为己任，思以诗书之化，养其固有之心，于是兴修书院，创设图南社课，自捐廉俸，筹集公款，以培育人才。虽创行未久，功效未彰，然苟接其任者能善继其后，将见涵濡渐染之既久，每在海滨不成为邹鲁哉。然则，公之爱人以德，为国育才之政治，其大有造于我南洋之华人，殊非浅鲜矣。[3]

3. [新] 叶钟铃：《黄遵宪与南洋文学》，第 56 页，新加坡：新加坡亚洲研究学会，2002 年版。

3. 新马华文报章对中国汉文化的传播

从 1881 年第一份新马华文日报《叻报》诞生后，新马华文报章在传播中国汉文化、推动新马华文旧体文学的发展方面一直扮演着重要角色，如 19 世纪末叶的新加坡《星报》、《叻报》就积极参与黄遵宪传播和推广中国汉文化的活动，其中包括刊登会吟社和图南社的课题、得奖者名单、诗文等。

在 1919 年新马华文新文学诞生之前，新马华文报章基本上都设有刊登文言散文、旧体诗词及旧体小说的栏位，如《社论》、《评论》、《时评》、《诗章摘录》、《诗稿照登》、《文苑》、《诗界》、《诗丛》、《诗坛》、《词苑》、《说丛》、《小说界》等。即使是在 1919 年之后新马华文新文学逐渐占据文坛主流的情况下，新马华文报章仍然辟出一些栏位或版面来刊载旧体文学作品，栏目如《叻报》的《诗界》，《新国民日报》的《诗词界》，副刊如《槟城新版》的《诗词专号》，《总汇新报》的《杂碎馆》、《狮呻》，《星洲日报》的《繁星》、《游艺场》等。其中《槟城新报》的《诗词专号》从 1931 年 1 月至 1936 年 9 月共出版 337 期（有

两期原版重刊）旧体诗词，其作者除了新马文人外，还有远在中国的诗人。二战结束后，新马华文报章《星洲日报》的《晨星》、《繁星》、《星云》，《总汇新报》的《文汇》，《南洋商报》的《和平》、《南洋诗坛》，以及《南侨日报》、《光华日报》等都刊载一些旧体诗词作品，其中《南洋商报》的《和平》从 1946 年 7 月至 1950 年 9 月集中了战后许多著名的旧体诗歌作者。[1]

1. 参见 ［新］李庆年：《马来亚华人旧体诗演进史》，第 9—25 页，第 545—546 页，上海：上海古籍出版社，1998 年版。

二、 中国南下官员及文人——新马华文旧体文学的创作主力

在 20 世纪中叶之前，新马华文作者绝大部分为中国籍民，因为根据清朝和中华民国国籍法，20 世纪 50 年代之前旅居或定居英属马来亚的华人移民及其后裔均属于中国籍民。19 世纪末叶至 20 世纪中叶的新马华文旧体文学，其创作主体绝大部分为中国南下官员及文人，只有极少数为新马土生华人。新加坡著名诗人邱菽园在 1899 年出版的《五百石洞天挥麈》中介绍其于 1896 年创办的文社"丽泽社"时，也指出中国"流寓"文人为该社文学活动的主要参与者这一史实：

星洲丽泽社，丙申始创，不过诗联、诗唱等题，继乃兼课制义，帖括、词章、时务，前后钞存，将来汇刻，传诸其人。星洲椎鲁无文，仅此亦足为后之志艺文者筚路矣。

丙申余来星坡，蒙内地流寓君子委校文艺，继左（秉隆）、黄（遵宪）二领事会贤、图南社后，创兴丽泽一社，以便讲习。无论诗、古文、辞、时文试帖、策论、杂体，皆可分课，各自成卷，仿粤东学海堂例也。凡期月而一课之，冀可蝉联不辍。余初颇难其成，窃意南荒僻陋，岛屿林立，流寓文士散而不聚，声气难通；土著人材童则失于正蒙，壮且溺于货利。求有一二心通其意，思能洽我同源，响我宗教者，已戛戛难之，况求其干城我，金兰我耶？而诸君子文兴正豪，坚持必行之说，乃以季秋举办初课，一时闻风奔辏，得卷千四百有奇。揭晓流寓十之九，土著十之一，亦云盛矣。嗣有增无减，丹黄雨下，犹难日给，始议为间月一课，或季以为期。

如邱菽园所言，其所以继左秉隆、黄遵宪之后创兴丽泽社，是"蒙内地流寓君子委校文艺"，而丽泽社文学活动的参与者大部分为中国流寓新马的文人，因为 19 世纪末叶的新马土生华人（即

邱菽园所谓的"土著")"童则失于正蒙，壮且溺于货利"，幼年时期缺失正规的中国传统文化启蒙教育，成年后又汲汲于经商营利，其汉文化修养显然无法与中国流寓文人相比肩，因而在当时"南荒僻陋"、"岛屿林立"、"椎鲁无文"的英属马来亚，中国流寓文人构成了新马华文旧体文学的创作主力。

（一） 中国南下新马的官员作者

中国南下新马的官员作者有清政府派驻新加坡领事左秉隆、总领事黄遵宪、领事馆翻译兼书记杨云史，广东政府委派的丘逢甲，还有戊戌变法失败后流亡新马的清朝遗臣康有为等，他们在履任或流亡期间留下不少诗文作品。以下简略介绍之：

左秉隆（1850—1924），字子兴、紫馨，号炎洲冷宦，祖籍辽宁沈阳，生于广州，清代隶汉军正黄旗人。1881—1891 年受清廷委派为新加坡领事官，在当地创办文人社团会贤社，致力于中国传统文化的传播与推广活动。1907 年受委为新加坡兼辖海门等处总领事官。1910 年辞职后寓居新加坡和沙捞越。1916 年回广州，1924 年辞世。著有《勤勉堂诗钞》7 卷，收录诗歌 711 首，其中 318 首为新加坡任职期间所作，如《柔佛王宫早眺》、《题佘乃孚别墅》、《谢事后隐居息力作》、《息力》、《游廖埠》、《游吉隆坡石岩》、《雪兰莪途次作》、《别新嘉坡》、《咏蕉》、《槟榔》等。其中《息力》在描绘新加坡的地理风貌时，也蕴蓄着诗人寓居海外的漂泊之感："息力新开岛，帆樯集四方。左襟中国海，西接九州乡。野竹冬仍翠，幽花夜更香。谁怜云水里，孤鹤一身藏？"

黄遵宪（1848—1905），字公度，号人境庐主人、法时尚任斋主人等，广东嘉应人，近代著名诗人、外交家、政治家、教育家。1891—1894 年为清廷派驻新加坡兼辖海门等处总领事官，在新马华人社会中大兴中国传统文化教育。1892 年创设并主持图南社，目的是为国家培养和储备有用之材。在新马创作的诗歌收录在《人境庐诗草》卷七、卷八中，有《夜登近海楼》、《新嘉坡杂诗十二首》、《以莲菊桃杂供一瓶作歌》、《眼前》、《寓章园养疴》、《养疴杂诗》、《番客篇》等。《夜登近海楼》写诗人在夜色中登楼远眺所触发的历史兴亡之感，其中"烂烂斗星长北指，滔滔海水竟西流"隐喻近代以来中国与西方强弱互易的政治格局，表现了诗人深沉的忧患意识。《新嘉坡杂诗十二首》描写新加坡的地理位置、历史沿革、马来民族、文化宗教、饮食物产等，展现了 19 世纪末叶英国殖民统治下的新马社会风貌。《以莲菊桃杂供一瓶作歌》以莲花、菊花和桃花比喻新加坡的多元种族，指出华人、白人、马来人、印度人外表虽然有黄、白、黑之分，实际上各种人种却是同出一源，因而希望各民族能够和谐共处。最为人们所称道的是《番客篇》，这是一首反映 19 世纪南洋华人社会生活的五言长诗，共 480 句，计 2 400 字。诗歌在突出南洋华人富户奢华婚宴的同时，也表现出华人在衣食住行等方面受到马来人和西方民族影响而产生的文化混杂性，并展现了南洋华人的奋斗史和创业史，以及对中国文化和政治的认同。

杨云史（1875—1941），原名朝庆，后改鉴莹，又改圻，字云史，江苏常熟人。1909 年为清廷派驻新加坡领事馆翻译兼书记，辛亥革命后回国。著有《江山万里楼诗钞》、《江山万里楼词钞》，其中有 171 首诗、68 首词作于新加坡，如《南洲行》、《庚戌六月复偕妻子载图书南渡星洲卜居东林之麓楼馆数楹苍然水木抱琴卧山左右秋色成杂诗一束》、《星洲山池晓起》、《喜左子兴来山舍清话竟夕》、《南溟感怀》、《哀南溟》、《星洲春感》、《长相思》（南溟山居池兴）、《菩萨蛮》（新加坡暑夜山园即事）等。其中《九月十五日海峡望月感怀》流露了诗人感怀故国的哀伤情怀：“梦远迷诸国，诗哀动九秋。何人风月夜，高咏海山楼？关塞无终极，星河一气浮。客心三万里，直北是幽州。”

丘逢甲（1864—1912），字仙根，又字吉甫，号蛰庵、仲阏、华严子，别号海东遗民、南武山人、仓海君，祖籍广东嘉应，生于台湾彰化，近代著名诗人、爱国志士、教育家。甲午战争后组织义军反抗侵台日军，失败后内渡潮汕等地兴办教育，倡导新学。1900 年受广东政府委派前往南洋调查侨民，兼事联络。在新马创作的诗歌大都收录在《岭云海日楼诗抄》中。有些诗歌具有浓烈的家国情怀，如《星洲喜晤容纯甫副使阏即送西行》、《答叶季允见赠》、《赠林文庆》、《病中赠王桂山》、《迷哀答伯瑶》、《答丁三叔雅》等，其中《星洲喜晤容纯甫副使阏即送西行》写道：“七十尚如此，吾徒愧壮年！排云扣阊阖，救日出虞渊。异域扶公义，神州复主权。束之原未老，终仗力回天。”

康有为（1858—1927），字广厦，号长素、明夷、西樵山人、游存叟、天游化人，广东南海人，人称康南海。近代著名政治家、思想家、社会改革家、书法家、诗人和学者，晚清变法维新运动的领袖人物。1898 年戊戌变法失败后流亡海外，1900 年 2 月受邱菽园的邀请和资助前往新加坡避难。至 1911 年 5 月，共 7 次旅居新马，逗留时间约 42 个月。1903 年 7—8 月向马来亚华侨发表 8 次演说，宣传"爱国"、"忠君"、"竞争"、"合群"等思想，由此激发华侨的爱国忠君热情，对当地华侨社会产生了一定的凝聚作用。其《南海先生诗集》中的《大庇阁诗集》、《南兰堂诗集》和《憩园诗集》共收录其流亡新马期间创作的 300 余首诗歌。其中不少诗歌抒写作者伤时忧国、感怀身世的情怀，如《己亥十二月廿七日偕梁铁君汤觉顿同富侄赴星坡海舟除夕听西女鼓琴时有伪嗣之变震荡余怀君国身世忧心惨惨百感交集》、《庚子二月四十三岁初度星坡之恒春园一楼名曰南华梁铁君汤觉顿为吾置酒话旧慰余琐尾》、《戊申除夕祭先帝后望海独立思旧感怀》、《己酉除夕前二日酬梁任公弟寄诗并电问疾六章》、《立春槟榔屿校定诗集毕携㫋理倚亭栏望海雾雨迷濛凄然有怀》、《庚戌除夕居星加坡海滨丹容加东与㫋理步海沙攀松石长椰夹道夕照人家接目皆巫来由吉宁人去国十二年伤存念亡云物凄凄遂有浮海居夷之感》等。其《己亥十二月廿七日偕梁铁君汤觉顿同富侄赴星坡海舟除夕听西女鼓琴时有伪嗣之变震荡余怀君国身世忧心惨惨百感交集》写道："天荒地老哀龙战，去国离家又终岁。起视北辰星暗暗，徒徙南溟夜濛濛。乱云遥接中原气，黑浪惊回大海风。肠断胡琴歌变徵，怒涛竟夕打艨艟。"

此外，近代著名政治活动家、思想家、文学家梁启超（1873—1929）也曾于 1900 年和 1903 年两次前往新马，不过逗留期间并未留下作品，只是从外地寄去一些诗稿，如从日本横滨寄给新加坡邱菽园的诗《寄怀大岛七郎样》："雨打风吹余子尽，似君豪俊更何人？论交肝胆明如月，经世文章笔有神。瀛海波澜谁砥柱？中原车马自风尘。鲲鹏变化南溟阔，休向蒿莱老此身！"诗中的"大岛七郎"为邱菽园与保皇党人书信往来时所用的化名。

（二） 中国南下新马的文人作者

中国南下新马的文人作者有的在当地华文报界工作，有的在华校担任教职，有的从事政治社会活动，有的投亲访友或观光旅行。无论他们是暂时客居当地或终老于斯，最终均以其文学活动推进了新马华文旧体文学的发展。中国南下新马的文人作者数以百计，其中有：叶季允、卫铸生、邱菽园、萧雅堂、力钧、梁伯衡、郑文治、冷眼热肠人（陈亦奇）、王恩翔、李济琛、许南英、王桂山、黎树勋、热血人（徐季钧）、芬陀利室主人（黎俊文）、天南叟（胡伯骧）、林鸿荪、霍朝俊、康研秋、吴兴季子（尤列）、黄景棠、黄伯耀、黄世仲、谢兆珊、伍宪子、颜凤歧、蒋南山、高梦云、李铁民、吴钝民、符雄、刘党天、蔡毓麟、洪鉴湖、韩立中、吴海涂、郑钟奇、王星若、曾觉民、陈元光、郭碧峰、郭志卿、方云幻、蔡松涛、张恨生、刘楚楠、林其华、杨剑雄、谭云珊、黄玉垣、钟沛然、刘善群、剑华、柯梦仙、曾青苹、吴炎汉、辜凡、梁春雷、郑苍亭、何心谷、张笏臣、钟鉴衡、崔子安、张叔耐、林穉生、啸崖、饶艺农、张克明、范自白、陈辉农、蔡悟生、蔡凤山、王复卿、刘正杰、杨抱冰、李西浪、曾梦笔、郑文通、张明慈、郑墨云、李词佣、饶百迎、王海若、曾心影、胡寄尘、阮痴石、李少岳、丘晓楼、骆世生、陈弋人、潘衣虹（潘受）、胡迈、何畅秀、刘思、管震民、刘楚材、谢文华、王春华、郁达夫、谢云声、陈宗岳、陈汝桐、陈文旌、马宗芗、吴得先、郑子瑜、姚紫、张济川等。由于篇幅所限，以下简介其中部分作者：

叶季允（1859—1921），名懋斌，号永翁、过去痴尊者、惺噩生，安徽人，南洋第一位华文日报总编辑。幼年随父移居广东，成年后在香港《中外新报》编辑部任职，1881 年受新加坡《叻报》创办人薛有礼聘请为该报总编辑。至 1921 年辞世时，共计主持《叻报》笔政 40 年。叶季允多才多艺，精通诗、文、音乐、医学、篆刻、书法等，其诗文散见于《叻报》，有《奉读铸丈寿荣华即句戏成四绝调之》、《中原书事四首即用颜君凤歧韵》、《忆梅》等 81 首。著有《师汉斋印稿》，惜未传世。《赠友谭彪》中的部分诗句抒写了作者的文人情怀：“万里逍遥志，千秋著述身。襟怀狭瀛海，踪迹悔风尘。吟兴老逾健，辩才穷始新。传衣图画在，吾欲补斯人。”《中原书事四首即用颜君凤歧韵》则热情歌颂辛亥革命，如“大将旌旗建武昌，鼓鼙声里奋鹰扬”，“会当扫荡功成后，同醉青天白日旗”。

卫铸生，又名卫铸，字铸生，江苏常熟人，清代书法家、篆刻家、诗人。1889 年 9 月应左秉隆邀请前往新加坡游历，前后历时 4 个月，与左秉隆、叶季允、李清辉、黄渊如、吴俊等人互相酬唱应答，成为新加坡诗坛上的一次雅集。在新马创作的诗歌有《甫抵息岛漫赋俚言三律录请诸大吟坛斧藻题》、《呈左子兴都转四律》、《子兴都转又赐和章窃欣引玉复叠以酬》、《寿荣华酒楼即句》、《三叠左都转见惠元韵》、《李清辉吟长惠示和章仍用前韵奉酬》、《题南生园二首》、《书怀二律》等。其《呈左子兴都转四律》中有称颂左秉隆教化新马华人的诗句：“十年化育开文教，无愧头衔叠荷迁”，“领导标新恢远略，移风易俗仗星轺”。

邱菽园（1874—1941），初名徵兰，后易名炜菱，字萱娱，号菽园，另有啸虹生、星洲寓公等别号，福建漳州海澄县人，新加坡唯一的举人、南洋早期新闻界杰出人物、新华文坛领袖、著名诗人。1881 年初至新加坡，1888 年随父母返乡，1894 年参加乡试，考中举人。1895 年赴北京参加会考，初识康有为，并积极参与康有为等人的"公车上书"行动。1896 年赴新加坡继承父亲遗留的产业，此后长居新加坡，亦商亦文。1896 年 10 月创设丽泽社（后改名乐群文社），在新马华人中传播和推广中国传统文化。1898 年 5 月独资创办《天南新报》，宣传康有为、梁启超的改良维新思想，以及刊载传统诗词等。1900 年 2 月出资迎接康有为到新加坡避难。著有《庚寅诗存》、《菽园赘谈》、《五百石洞天挥麈》、《挥麈拾遗》、《啸虹生诗钞》等。其中《五百石洞天挥麈》为新马罕见的论诗巨著，对晚清的诗派源流、诗歌风格、诗歌作法以及作品的高低等给予评析，并保存不少中国南下诗人和流寓之士的作品及活动资料。诗歌《喻事变》、《岛上春日感怀乡国》、《送友人返国》、《戊庚重九止园座上同赋时局感怀》、《东滨小阁春兴四首》、《感时》、《闻播音机战士鼓吹步伐之声感而作》等表达了作者强烈的感时忧国情怀，如《闻播音机战士鼓吹步伐之声感而作》写道："振耳如闻军令声，抚身恨不着征衫。西山无地将采薇，东海何人把石衔。病骥眼中驰万马，断桅舟畔越千帆。道人痴对音机语，犹有雄心未脱凡。"康有为在《啸虹生诗钞》跋文《跋菽园诗后》中肯定了邱菽园的诗歌成就："菽园所志诗，欲与前朝诸名家敌，今已至其境矣。"

管震民（约 1880—1962），原名望涛，字浅白，浙江台州黄岩路桥人。20 世纪 20—30 年代南下缅甸、马来亚等地，为北马教育家，有"槟城诗翁"雅称。早期槟城诗社"槟榔吟社"的中坚分子，与许晓山、苏铁石、陈少苏、周漫沙等酬唱往来。抗战时期创作长篇七古诗《七古五十韵》赠送前往槟城举办筹赈画展的中国画家徐悲鸿，诗中写道："我国名画输海外，全恃先生为沟通。大师艺术真无愧，徐熙之后有悲鸿。悲鸿鸿悲名符实，为悲鸿嗷振困穷。不辞险阻来星岛，画开展览豁双瞳。一纸一缣人争宝，慷慨解囊乐由衷。实至名归称名手，得其真相首巨公。"著有诗文合集《绿天庐诗文集》（1955）等。

张叔耐（1891—1939），原名张尔泰，字九思，江苏松江人。精通诗、书、画，曾领衔当时松江的"松风诗社"，并成为柳亚子担任社长的"南社"社员。1919 年南下新马，任职于新加坡《国民日报》，同年 10 月出任《新国民日报》主笔兼总编辑，同时兼编该报副刊《新国民杂志》。兼擅新旧文学创作，为多产作者，在《新国民日报》的"社论"、"时评"上发表文言散文 380 篇，诗词 12 首。其文言散文大多属于政论和时事评论，不少篇章抨击辛亥革命后中国的黑暗政局，或呼应中国五四新文化运动提倡科学与民主的时代潮流，表达了振兴国家、解除黎民疾苦的热切愿望，有《非生非死之中国》、《弹力果能穿其面颊否》等。

林穉生（1892—1954），原名林克谐，原籍海南文昌。壮岁时南下新加坡，1919—1921 年任新加坡《叻报》编辑。擅长文言散文创作，在《叻报》"社论"、"时评"上发表 78 篇文言散文，大多针对中国政治、经济、文化教育和民生等问题而发，也涉及新马华侨的生活与教育问题，其中饱含强烈的爱憎情感与忧患意识，有《瓜分》、《同是护法奚必相残乃尔》、《中国果真贫耶？》、《是之谓大丈夫》、《现有男女日校亟宜附设星期义学及夜义学》等。后人辑录的《林穉生政论集》（1970）收录其早期创作的文言散文。

郭碧峰（1900—1946），原名孝先，笔名晕、郭幻禅等，福建惠安人。少年时期南下马来亚。擅长散文、新诗、旧体诗词创作。担任过槟城最早期的诗社"鸿庐诗社"社长，与苏铁石、陈少苏、周漫沙、管震民、许晓山等互相酬唱应答。战前遗稿全部毁于日军入侵新马的战火。遗留在新马报刊上的诗歌有《感时》、《哀满洲》、《旅感》、《留别雪鸿诗社诸前辈》等，其中《哀满洲》抒发了作者面对国土沦丧时的深沉忧伤："神州烽火有余哀，倭寇暴侵重叠来。绣丽屏藩成丧地，繁华都市怅飞灰。三边战骨风霜凛，百却山河锁钥开。太息钱塘千万弩，射潮终负越往才。"

曾梦笔（1903—1977），字曼陀，笔名有觉生、大觉生、哑夫妇、罗亚、亚罗、乐天、古松梅、幽吟居士等，福建惠安人。幼年南下新马，后任《槟城新报》、《南洋时报》等华文报章编辑。1931 年 1 月至 1936 年 9 月主持《槟城新报》诗词副刊《诗词专号》，为新马传统诗坛的一大创举。该刊共出 337 期（其中两期原版重刊），投稿者除新马本地作者外，尚有中国、菲律宾、印尼、英国、加拿大、锡兰、美国、朝鲜作者。1931 年在该刊上连载诗集《梦窗吟草》，首开新马个人诗集在报章上连载的风气。1932 年通过《诗词专号》发起组织"蕙风诗社"，其《组织蕙风诗社征求吟侣简章》道："同人为提倡风雅，保存国粹起见，特联合海外骚人墨客，组织斯社，共遣旅兴；专以吟诗为宗旨，不涉其他。"此后该刊常登载蕙风诗社的作品，另外也刊载庞星群（度）的《绮葱楼诗集漫存》、李词佣的《嚼椰啖榔集》、张少云（梨云）的《荃蹄诗草集》、谢锡铭（又新）的《梦草轩诗存》、新加坡"南溟诗社"的《星洲南溟吟榭集》，以及新加坡诗社"檀社"的诗歌等。1935 年 9 月将个人诗集《耐庵诗集》连刊于《槟城新报》副刊《无线电台》上，共刊出 103 期。

李词佣，福建诏安人，文学研究会会员。父亲为诏安宿儒。曾就读于诏安县立师范学校。20 世纪 20 年代南下新马，为北马著名作家，擅长新旧文学创作。1934—1935 年间，其《嚼椰啖椰集》在曾梦笔主编的《槟城新报》副刊《诗词专号》上刊载。1939 年春，受郁达夫影响，勤奋写作，出版词集《槟榔乐府》。日军侵华期间，在新马发表抗战爱国言论。太平洋战争爆发后，被入侵马来亚的日军逮捕杀害。

潘受（1911—1999），原名潘国渠，字虚之，号虚舟，早期笔名衣虹，福建南安人，新加坡著名诗人和书法家。1930 年 3 月南渡新加坡，担任《叻报》副刊《椰林》编辑，后从事教育事业。抗战期间担任南洋华侨筹赈祖国难民总会主席陈嘉庚的主任秘书，并率领南洋华侨回国慰劳团慰劳中国抗战军民。太平洋战争爆发后，辗转到重庆避难，抗战胜利后返回新加坡。著有新诗、散文、小说、旧体诗等，在中国古典文学和书法方面有精深造诣。著有《海外庐诗》（1970）、《潘受行书南园诗册》（1970）、《潘受诗集》（1997）等，其中《潘受诗集》收录作者 1937—1997 年创作的 1 000 余首旧体诗词。中国福州海峡文艺出版社于 1987 年精装影印出版《海外庐诗》。其诗作反映了作者所经历的时代风云与世事变迁，具有"强烈的历史感、正义感与世界感"，而且"寄兴深远，属词雄古，大似少陵"，"出神入化，浑然天成"，受到中外文艺界名家章士钊、叶恭绰、徐悲鸿、吉川幸次郎、赵朴初、潘伯鹰、陈兼与、俞平伯、梁披云

图 5　潘受的旧体诗集《潘受诗集》（1997）封面

等人的赞誉。

刘思（1917—2012），本名刘世朝，笔名高云、方达，广东潮安人。1935 年南下新加坡。抗战期间担任新加坡抗战诗歌团体"吼社"总务，积极推动新马抗战诗歌运动。擅长新旧文学创作，除新诗、散文外，亦创作旧体诗，有《歼仇曲》、《回春曲》、《听义勇军进行曲》、《闻道故乡壮丁队假道江西北上杀敌》、《祖国空军颂》等。其中《闻道故乡壮丁队假道江西北上杀敌》写道："东江自昔著斯文，猛士如今尽义军。灵气南移珠海壮，黄花冈上党人魂。"著有《刘思诗词集》（1982）、新旧诗合集《诗家刘思》（2000）、《双星集》（2003）等。

郁达夫（1896—1945），原名郁文，字达夫，浙江富阳人，中国现代著名小说家、散文家、诗人。1938 年 12 月南下新加坡，主编多种新马华文报章文艺副刊，如新加坡《星洲日报》的《晨星》、《文艺》等。1942 年日军南侵新马时避难印尼苏门答腊岛，1945 年 8 月 29 日或 30 日被日本宪兵秘密杀害。旅居新加坡期间发表 71 首旧体诗词，有《题徐悲鸿画梅》、《赠曾梦笔》、《题姚楚英诗册》、《星洲旅次有梦而作》、《月夜怀刘大杰》、《游金马仑见芦花之作》等。其诗歌表达了作者深重的忧国怀乡之情与复杂的个人情感，如《月夜怀刘大杰》写道："青山难望海云堆，戎马仓皇事更哀。托翅南荒人万里，伤心故国梦千回。书来细诵诗三首，醉后犹斟酒一杯。今夜月明春似水，悄无人处上高台。"

谢云声（1900—1967），原名谢文龙，笔名春泥，祖籍福建南安，少时随父亲迁居厦门。毕业于福建厦门省立十三中学，后入广州中山大学研究院专门研究民俗学。曾任厦门《江声报》副刊编辑部主任。1937 年南下新加坡。为 20 世纪 30 年代中期马华诗人，1958 年成立的新加坡"新声诗社"发起人之一及首任社长。擅长诗词、书法，战后以旧体诗词著称，著有诗集《海外集》（1967）。

姚紫（1920—1982），原名郑梦周，生于福建泉州。1947 年南下新加坡，担任过报刊编辑、教师等职务。擅长新旧文学创作，除小说、杂文等作品外，著有旧诗词集《郑梦周诗词集》（1989）。

张济川（1926—2001），号神州客等，广东潮安人。早年在广东汕头从事新闻工作，任《宇宙光报》社长。后南下北婆罗洲从事教育事业，并主持"婆罗洲诗坛"、"神山吟苑"、"北婆国风吟苑"等诗歌团体，大力发扬中华文化。1963 年移居新加坡后，在"新声诗社"主持诗词班，培养不少旧体诗词创作学员。曾任新加坡中华诗词学会理事、新声诗社社长，以及广东、

浙江等 20 多个海内外诗社顾问。已出版《神州客诗词集》，与他人合编《新加坡新声诗社诗

1. 本部分"中国南下官员及文人——新马华文旧体文学的创作主力"主要参见 [新] 李庆年：《马来亚华人旧体诗演进史》，第 93—111 页，第 205—212 页，

词选集》等。[1]

第 171—192 页，第 134—135 页，第 65—69 页，第 128—130 页，第 14 页，第 512 页，第 13 页，第 405—422 页，第 494—495 页，第 509 页，第 520—521 页，

　　综上可见，19 世纪末叶以降的中国南下官员和文人在传播和推广中国传统文化的同时，也

上海：上海古籍出版社，1998 年版；[新] 张克宏：《亡命天南的岁月：康有为在新马》，第 64—75 页，第 227—228 页，吉隆坡：华社研究中心，2006 年版；

成为新马华文旧体文学的创造者，其筚路蓝缕之功，推动了新马华文旧体文学的发展。

[新] 王志伟：《丘菽园咏史诗研究》，第 74 页，第 138—139 页，新加坡：新社，2000 年版；[马] 马崙：《新马文坛人物扫描（1825—1990）》，第 395 页，第 112 页，第 223 页，第 113 页，第 421 页，第 182 页，Skudai, Johor：书辉出版社，1991 年版；[新] 姚梦桐：《郁达夫的旅新生活与作品研究》，第 194—205 页，新加坡：新社，1987 年版；[新] 潘受：《潘受诗集》，第六〇八页，封底，新加坡：新加坡文化学术协会，1997 年版；郭惠芬：《中国南来作者与新马华文文学》，第 25 页，第 35 页，第 231—236 页，厦门：厦门大学出版社，1999 年版。

三、　中国传统文学对新马华文旧体文学的影响

　　作为中国汉文化重要组成部分的中国传统文学，也随着汉文化的传播以及中国南下官员和

文人的文学活动而传播到新马华文文坛，并对新马华文旧体文学产生了深刻的影响。

（一）　中国传统文学体裁形式对新马华文旧体文学的影响

　　中国传统文学的体裁形式是中华民族在数千年的文学发展过程中逐渐演变形成的，体现了

鲜明的民族风格和审美品格。中国南下官员及文人在新马从事文学创作时，自然而然地运用他

们在中国习得的传统文学形式如散文、小说、诗、词、曲、赋、对联等，因而他们既是中国传

统文学的传播者，也是中国传统文学影响下的新马华文旧体文学的创造者。此外，还有部分土

生华人如陈省堂、李清辉等由于自幼接受私塾教育，深受汉文化浸濡，因此也能以流畅的华文

创作旧体文学。

　　以下简论中国传统诗歌、小说、散文等对新马华文旧体文学的影响。

1. 中国传统诗歌对新马华文旧体诗的影响

　　旧体诗是新马华文旧体文学中数量最大、作者最多、持续时间最长的一种文学形式，其出

现于近代，并一直绵延至今。

　　马来亚《槟城新报》的主笔力钧在 1891 年成书的《槟榔屿志略·艺文志》中载有槟城的

诗文书目 31 种，其中与旧体诗有关的 11 种，即李灼的《秩轩诗草》1 卷、童念祖的《槟城杂咏》

1 卷、邱显承的《诗钞》1 卷、林紫雾的《学哤莺诗钞》2 卷、谢兆珊的《宿秋阁诗草》2 卷、

吴春程的《澄怀诗钞》2 卷、林振琦的《退省别墅诗钞》1 卷、林屏周的《书隐庐诗钞》1 卷、

林载阳的《槟城竹枝词》1 卷、僧心光的《槟城游草》1 卷、李开三的《退省庐题咏》1 卷。不

过由于上述作者大多处于"流寓"状态，加上新马印刷业尚不发达，因此上述诗文集未能刊印保存下来。[1] 为此，19 世纪末叶至 20 世纪上半叶创刊的各种新马华文报章，即成为刊载和保存

1. 参见 [新] 李庆年：《马来亚华人旧体诗演进史》，第7—8页，上海：上海古籍出版社，1998年版。

新马华文旧体诗的重要园地。

与中国传统诗歌的体裁形式一样，新马华文旧体诗也分为"古体诗"和"近体诗"两大类。黄遵宪在为图南社出课题时，其诗题就有古体诗和近体诗两类，古体诗类有《拟韩昌黎谴疟鬼诗》（五古）、《东征歌》（五古或七古）等，近体诗类有《新加坡竹枝词》（七绝）、《新加坡草木杂诗》（五绝或七绝）、《夜登近海楼》（七律）等。

中国古体诗在字数、行数、韵脚等方面都较自由，如杜甫的《茅屋为秋风所破歌》、岑参的《白雪歌送武判官归京》等。新马华文古体诗同样是字数、行数、韵脚相对自由灵活的诗歌，如潘伯禄的《七洲洋放歌》就以歌行体形式描绘作者南渡七洲洋[2]时的惊险情景，同时抒写作者如"飘

2. "七洲洋"指位于台湾海峡西南至海南岛东北之间的海域，自宋代以来，即为中国泉州到南洋各岛的海上必经之地，尤其以凶险而著称。

蓬"般转徙于越南、息力（新加坡）等地却事业无成、功名未就的漂泊之感：

> 昆仑过，旅客贺，此际船如天上坐。由此而南逐海流，巨浪漫天天亦愁。黑云已
> 渺风微扇，鼠尾龙云不再见。飞渡横来激箭浮，尚须数日始方休。忽犯万里之长沙，
> 石塘千里乱如麻。舟师至此皆惕息，水线毫厘不敢忒。有时飓风陡翻起，有似洋名惊
> 黑水。不然天色放新晴，漾洄又似绿波迎。计往南洋岛各异，非经斯路不能至。今我
> 涉长溟，平昔目未经。浩浩乎渺苍海于一粟，身世蜉蝣溷尘俗。从此羁栖海角身，永
> 作蓬飘梗断人。或云男儿志多放，愿得乘风与破浪。争如事业迄无成，与俗浮沉立未
> 名。昔我越南去，今又息力往。徒令海道熟往来，不使骥足展骥材。无已入海甘雌伏，
> 一去不返师梅福。[3]

3. 潘伯禄：《七洲洋放歌》，见 [新] 李庆年：《马来亚华人旧体诗演进史》，第133—134页，上海：上海古籍出版社，1998年版。

另外，萧雅堂的《番客妇吟五古五首》、黄遵宪的《番客篇》、管震民的《七古五十韵》等也分别采用五古或七古的形式。萧雅堂的《番客妇吟五古五首》主要描述中国沿海地区侨乡妇女中的"南洋番客妇"之悲苦命运。近代以来，中国东南沿海地区的人们往往将那些漂洋过海到南洋谋生的男人称为"番客"。有的番客从南洋返回家乡娶妻成亲，千金散尽后只得再次"过番"，从此与妻子长期分居两地，有的甚至在南洋另娶番婆，留下家乡的妻子在漫长的等待中虚度青春年华。《番客妇吟五古五首》最后一首写道：

> 生是贫家女，嫁为番客妇。贪财配老婿，倡随乎何有？番银已无多，海外复奔走。

薄命失姑嫜，归宁依父母。父母相继亡，良人况辜负。教妾难为情，万事独消受。螟

蛉亦有子，鸳鸯自成偶。思量远寻郎，来书道曰否。岁岁误妾期，不觉春秋久。报道

薰砧归，头白已成叟。入门不交谪，犹得其箕帚。妾亦颜色衰，相对嗟老丑。¹

1. 萧雅堂：《番客妇吟五古五首》，见 [新] 李庆年：《马来亚华人旧体诗演进史》，第 158 页，上海：上海古籍出版社，1998 年版。

这组五古诗沿袭中国古乐府着重叙事的特点，把记人、叙事、议论、抒情融为一体，将中国传

统诗歌形式与底层民众的俗世生活完美地结合起来，为此深受好评。新加坡《天南新报》的编

辑评论道：“以文言道俗情，悱恻动人之处，令人有抛离家室，不知归去之思，较之唐诗‘悔

教夫婿觅封侯’一首尤为真挚。盖彼虽含毫蕴藉，固不若此浅近人人也。我华人之南来作客者，

不下数百万人，其有此间乐不思蜀，不顾家室之计者乎？寄语远游人，尚其三复斯吟也！”²

2. 萧雅堂：《番客妇吟五古五首·本馆附志》，见 [新] 李庆年：《马来亚华人旧体诗演进史》，第 157 页，上海：上海古籍出版社，1998 年版。

新马华文近体诗分为绝句和律诗两种，其字数、平仄、韵脚、对仗等格律，也完全取自中

国近体诗形式，如丘逢甲的七绝《病中赠王桂山四首》之三、邱菽园的五律《叠韵赠姜君之行》

之二：

所须药物是当归，有客天南叹式微。

未报国仇心未了，枕戈重与赋无衣。³

3. 丘逢甲：《病中赠王桂山四首》，见 [新] 李庆年：《马来亚华人旧体诗演进史》，第 187 页，上海：上海古籍出版社，1998 年版。

皇图廿世纪，新运四千年。

独击中流楫，能回落日渊。

帝心遗北老，民气望平权。

风雨相离合，精诚欲问天。⁴

4. 邱菽园：《叠韵赠姜君之行》，见 [新] 李庆年：《马来亚华人旧体诗演进史》，第 197 页，上海：上海古籍出版社，1998 年版。

近体诗形成于唐代，而唐代诗人也为后世留下大量经典之作，其中包括杜甫的许多诗作。

由于近代以来的许多中国南下文人与安史之乱时期的杜甫有着相似的忧国忧民情怀，因而有些

南下文人有意学习、模仿、借用杜甫的诗歌，如痴鸠（张叔耐）的《秋兴八首用杜韵》就刻意

模仿杜甫《秋兴八首》的韵字，而其感时伤世之情与杜甫也有共通之处。以下是其中两首《秋兴》

诗的对比：

昆明池水汉时功，　　　　还我河山不世功，

武帝旌旗在眼中。　　　　一天凉露月明中。

织女机丝虚夜月，　　　　杜陵此日吟秋兴，

石鲸鳞甲动秋风。	汉祖当年歌大风。
波漂菰米沉云黑,	漠北已伤磷火碧,
露冷莲房坠粉红。	江南会见水流红。
关塞极天唯鸟道,	怆怀时事何能已,
江湖满地一渔翁。	头白秋江一钓翁。
（杜甫《秋兴八首》）	（痴鸠《秋兴八首用杜韵》）[1]

1. 痴鸠（张叔耐）：《秋兴八首用杜韵》，载新加坡《新国民日报》副刊《新国民杂志》，1919 年 10 月 7 日。

而潘受的《避寇归国卜居渝州嘉陵江滨春日多暇感时抚事集杜少陵句成五言律诗五十首》则全部集自杜甫的诗句，如其中第五首分别集自杜甫《春望》、《江亭》、《草堂即事》、《薄暮》、《寄董卿嘉荣十韵》、《夔府书怀四十韵》、《送司马入京》、《别崔潗因寄薛据、孟云卿（内弟潗赴湖南幕职）》诗中的句子：

国破山河在，长吟野望时。

寒鱼依密藻，宿鸟择深枝。

猛将宜尝胆，苍生可察眉。

向来论社稷，但取不磷缁。[2]

2. ［新］潘受：《避寇归国卜居渝州嘉陵江滨春日多暇感时抚事集杜少陵句成五言律诗五十首》，见［新］潘受：《潘受诗集》，第七一页，新加坡：新加坡文化学术协会，1997 年版。

从另一方面来看，潘受这种成诗方式显然也是沿袭中国传统诗人的做法，因为中国传统诗人往往有集录他人诗句而成诗的习惯。

此外应该提及的还有受中国"竹枝词"影响的新马"竹枝词"。宋人郭茂倩在《乐府诗集》中道："《竹枝》本出于巴渝。唐贞元中，刘禹锡在沅、湘，以俚歌鄙陋，乃依骚人《九歌》作《竹枝》新辞九章，教里中儿歌之，由是盛于贞元、元和之间。"[3] 竹枝词又称竹枝、竹枝歌、

3. 谭国清主编：《中华藏典·传诗文选：乐府诗集》（三），第 690 页，北京：西苑出版社，2003 年版。

棹歌等，具有"志土风而详习尚"的特点，唐代文人竹枝词的题材就以模仿民歌表现乡村青年男女的爱情生活和描写地方风物、风俗为主。[4] 对于中国南下作者而言，新马地区有着独特的

4. 参见严奇岩：《竹枝词中的清代贵州民族社会》，第 1—2 页，成都：四川出版集团巴蜀书社，2009 年版。

自然风貌和人文景观，因此黄遵宪于 1892 年 3 月为图南社出课题时，就曾以《新加坡竹枝词》为七绝的诗题。有些新马华文诗人也以"竹枝词"形式创作了不少诗歌，如萧雅堂的《星洲竹枝词》、《锡江竹枝词》，邱菽园的《十六夜即事竹枝词》、《星洲竹枝词》、《抗战韵语》（以竹枝词形式创作），梅宋博的《星坡竹枝词十五章》，曾梦笔的《关仔角月夜竹枝词》、《怡保竹枝词》，林鸿陆的《槟城元宵竹枝词》，漂泊生的《国难竹枝词》，袁公的《星洲竹枝词》等。

与中国竹枝词一样，一些新马竹枝词也有"志土风而详习尚"的特点，而邱菽园的《星洲竹枝词》在运用竹枝词形式描述南洋风土人情时，还特意参杂马来语、汉语方言和英语，显示出浓郁的南洋风情，如其中两首描写南洋热带植物橡树和马来民族婚姻习俗的竹枝词：

古橡今文是树桅，无缘杜甫慰朝饥。满园橡子当锄草，本义由来唤象皮。（树桅：闽语树胶。——原注）

单吹铜笛奏咿呀，新婿临门赘妇家。再世传宗观念易，丈人遗产得瓜沙。（瓜沙：kuasa 承继。——原注）[1]

1．邱菽园：《星洲竹枝词》，见 [新] 李庆年：《马来亚华人旧体诗演进史》，第463页，上海：上海古籍出版社，1998年版。

2．中国传统小说对新马华文旧体小说的影响

新马华文旧体小说主要有笔记小说和通俗小说两大类，也沿袭、模仿或借鉴中国传统小说的形式。

新马笔记小说主要以传闻或人物佚事加以渲染铺张而成，而这与中国"志怪"、"传奇"的小说传统以及近代以来中国报刊笔记小说的影响有关。如新加坡《叻报》上刊载的新马笔记小说《说鬼两则》、《左道门术》就分别提及东晋干宝的《搜神记》以及宋代的《太平广记》；还有的则是由中国笔记小说拼凑而成，如新马笔记小说《山海志奇》中的内容就是由《元中记》、《剧谈录》、《集异记》、《广异记》中的某些内容杂糅改编而成。[2] 中国报刊在近代与小说

2．参见李奎：《新加坡〈叻报〉小说初探1887—1919》，第44—45页，第47页，上海师范大学硕士学位论文，2010年。

的关系十分密切，如早期《申报》上常刊登一些类似笔记小说的奇闻逸事，而根据学者研究，1907—1919年新加坡《叻报》上刊登的128篇笔记小说中，就有35篇来自中国同时期报纸上刊登的小说。[3]

3．参见李奎：《新加坡〈叻报〉小说初探1887—1919》，第31页，上海师范大学硕士学位论文，2010年。

早期新马华文报章《叻报》、《星报》、《槟城新报》等均载有笔记小说，如邱菽园在《星报》上连载的"菽园赘谈"中的一些人物故事就类似笔记小说。力钧的《槟榔屿志略·艺文志》中记载槟城的诗文书目计31种，其中类似笔记小说的有《槟城故事录》、《槟城异文录》、《槟城佳话录》，可惜未见成书。由于中国传统上往往将小说当成"稗官野史"，致使传统小说无法与处于正统地位的诗文相比肩，这也使得新马笔记小说只能将新闻与怪谈杂糅在一起，以供读者猎奇娱乐。新马笔记小说内容取材很广，举凡过番、卖猪仔、娼妓、赌博、抽鸦片、逃婚、

4．参见 [新] 李庆年：《马来亚华人旧体诗演进史》，第30—31页，上海：上海古籍出版社，1998年版。

鬼怪、拐骗、重逢、报应、孝道等，皆包罗其中，可说是应有尽有。[4] 如厚禄《啸斋随笔》中的《杨

5．厚禄：《啸斋随笔·杨生》，载新加坡《新国民日报》副刊《新国民杂志》，1919年11月12日。

生》[5] 讲述了一个才子与名妓的爱情悲剧：鹭江《漳泉日报》编辑杨延年与名妓阿青郎才女貌、

两情相悦，阿青"以终身托之"，杨生遂为之赎身脱籍，岂料不久后阿青竟然仙化，杨生因而"寂然无欢、郁郁不乐"，但杨生对妓女阿青的这份痴情却不为时人所理解，被认为"太痴矣"。

　　新马笔记小说虽有将新闻与怪谈相互杂糅的一面，但在某种层面上却反映出东南亚的社会景观及民众的生活情形。1890 年 3 月 27 日新加坡《星报》上刊登的笔记小说《起死回生》讲述青年寡妇陈氏因夫家无以为养，只好到新加坡投靠做佣工的母亲，但海天茫茫，无从寻觅母亲踪迹，陈氏因思成疾，病入膏肓。此时有位邻妇提及新加坡牛车水观音堂的先生擅长岐黄之术，精医内外各症，于是延医就诊，最终痊愈。小说描述了中医师高超的医术："先生察其形症，审其脉理，拟方丸药数投，日泻恶水数斗，腹渐消而各症亦渐愈矣。"小说结尾处是中国式的大团圆结局："（陈氏）步出街衢，适逢母面，悲喜交集，各诉前因。"这篇小说反映了中国人背井离乡远赴南洋谋生的情景，包括中国妇女南下新加坡做佣工以及投靠亲友的情形，还有中医的诊治疗效等，展现了 19 世纪末叶新加坡华人的生活风貌。不过，新马笔记小说大多在人物刻画、情节结构、环境描写等方面乏善可陈，与现代意义上的小说相去甚远。

　　另外一类是受中国传统小说和清末民初通俗小说潮流影响的新马通俗小说。中国近现代通俗小说主要继承中国古典小说中志怪、传奇、话本、讲史、神魔、人情、讽刺、侠邪、侠义等小说门类，但也随着时代的进展而加以改良和发展，并进行新的探索。[1] 其中较为著名的有李

1. 参见范伯群：《中国现代通俗文学史》，第 1—2 页，北京：北京大学出版社，2007 年版。

伯元的谴责小说《官场现形记》，杨尘因的历史演义《新华春梦记》，徐枕亚的哀情小说《玉梨魂》、《雪鸿泪史》，张春帆的侠邪小说《九尾龟》，赵焕亭的武侠小说《奇侠精忠全传》，程小青的侦探小说《霍桑探案》等。在当时的新马华文报章上，也出现一些中国通俗作家的作品或译作，如楚卿（狄葆贤）的言情小说《恋爱与名誉》，周瘦鹃翻译的侦探小说《亚森罗宾之劲敌》、《怪客》等。此外，中国通俗小说家姚鹓雏于 1918 年 1 月南下新加坡担任《国民日报》编辑后，也在该报连载其创作的长篇言情小说《宾河鹣影》，而该篇小说曾于 1916 年刊登在姚鹓雏于中国创办的《春声》月刊上。

　　与中国清末民初的通俗文学潮流相呼应，新马华文报章也出现冠以"社会小说"、"家庭小说"、"黑幕小说"、"讽世小说"、"报应小说"、"侠义小说"、"述异小说"、"言情小说"等各种名目的通俗小说，如曾厚禄的"社会短篇"《侠丐》、"奇情短篇"《嫩馨复仇记》，李铁民的"言情短篇"《怪鸟语》，蔡梦蕉的"哀情小说"《绿窗珠泪记》，鸥侣的《情

天遗恨录》，黄青萍的《蕙诗泪史》，剑秋的"滑稽小说"《博学大家》，兰卿的"哀情小说"《情恨》，蔡悟非的"哀情小说"《媚闺泪史》，滁烦的"滑稽侦探"《勃朗林》等。曾厚禄的"社会短篇"《侠丐》叙述跛足侠丐阿浓目睹一位女子被嫂嫂以恶辣手段百般虐待，遂路见不平，将其嫂嫂刺死，之后为免于连累该女子，又自行赴官府自首，而县令对其侠义行为颇为欣赏，非但没有治其罪，反而赏之以金钱。作者在小说结尾处特意说明写作《侠丐》的目的："厚禄曰：阿浓，一跛足丐耳，本靡足纪，然迹其行事，虽古之大侠，曷以加诸，故余著为是篇，以为托钵沿途者，放一异彩焉。呜呼！我国万恶家庭中，其与某妹同其境遇者，正不知凡几也，恶得阿浓其人者出，一一而平之哉！"[1] 这种由作者跳出来现身说法的结尾方式，显然深受中国传统小说如蒲松龄《聊

1. 曾厚禄：《侠丐》，载新加坡《新国民日报》副刊《新国民杂志》，1920 年 2 月 3 日。

斋志异》的影响。此外，1914 年刊登在《叻报》上的新马通俗小说《新官场现形记》（作者署名"一手五先生"），也明显模仿李伯元的谴责小说《官场现形记》。[2]

2. 参见李奎：《新加坡〈叻报〉小说初探 1887—1919》，第 51 页，上海师范大学硕士学位论文，2010 年。

　　在中国小说的影响下，新马通俗小说在故事的铺排、情节的曲折、结构的完整等方面，均比笔记小说进步不少。蔡梦蕉的"哀情小说"《绿窗珠泪记》连载 12 期，作者采用倒叙的笔法叙述一位青春女性被专制家庭和不良社会所吞噬的悲剧：广东梅江的书香门第之女菊芳自幼饱读诗书，稍长后在某女校肄业，岂料势利的父亲"欲得一金龟之婿"，逼迫其嫁给豪商刘铁汉。因丈夫粗鄙丑陋、放浪形骸，婆婆百般刁难折磨，菊芳过着十分痛苦的婚姻生活，最终积郁成疾，香消玉殒。小说对人物的刻画较为细腻，情节也有一定的起伏，对封建礼教和金钱势力的揭露也入木三分，如小说中平日将菊芳视为掌上明珠的慈父，在金钱诱惑下却假借礼教名义逼迫女儿就范：

　　　　侬骤聆是语，色微愠曰："昏聩哉爹也！刘以千金之躯，下偶寒贱者，涎儿之才

　　色耳。况以色事人者，色衰则爱驰，女子遇人不淑，中道捐弃，不旋踵而及于儿身。"

　　侬父怒曰："痴妮子，弗恤我言，不识伦常礼教耶！婚姻等事，父母主之，女儿家焉

　　能识别好歹？慎毋喋喋，惹口笑尔不孝也！"语竟拂袖而去。[3]

3. 蔡梦蕉：《绿窗珠泪记》，载新加坡《新国民日报》副刊《新国民杂志》，1921 年 9 月 9 日。

　　另外，不武的白话小说《乐昌镜》在 1918 年 3 月的《叻报》上连载 5 期，长达 4 000 多字，其篇幅远远超过一般笔记小说，故事内容也颇为迂回曲折，而且十分贴近新马华人的现实生活。小说中的某乙原生活在中国福建闽南某郡，因家乡水灾，一家人无法度日，只好到马来半岛和婆罗洲等地做契约劳工。5 年期满后，某乙却迷上当地"番妇"，散尽辛苦赚来的千金，最后

流落到新加坡。其家乡的妻子因丈夫音讯杳然，遂与某甲私奔到新加坡。不料某甲做工的米厂少东因觊觎某乙之妻的美色，于是将某甲推入海水中溺死。后来某乙夫妇在海边重逢，米厂少东深感罪疚，遂赠送千金让他们夫妇回国。小说以"乐昌镜"为题，应是借取南北朝时期乐昌公主与丈夫"破镜重圆"的寓意。

图 6　新加坡《叻报》副刊《叻报坿张》上刊登的通俗小说《乐昌镜》（不武作，1918 年 3 月 13 日）

20 世纪 20 年代以后，随着新马华文新文学的诞生与崛起，传统的笔记小说与通俗小说逐渐式微。不过，对于绝大部分劳工阶层或知识程度低落的华人民众而言，他们更喜欢传统的历史演义和神魔剑侠故事。在 1941 年太平洋战争爆发前，许多华人喜欢听说书艺人"讲古"，而"讲古"中的故事大多来自中国传统小说故事如《封神演义》等[1]，许多华人读者也很喜爱那些讲述神魔侠义的通俗文学作品，有的书店售卖的书籍甚至百分之九十以上是"神怪武侠"的连环图书[2]。加上有的新马华文作者长期受到中国传统小说的濡染，因此即使在新文学占据文坛主流的背景下，新马传统通俗小说也并未完全绝迹，如 1925 年李西浪在新加坡《新国民日报》副刊《新国民杂志》上连载的中篇小说《蛮花惨果》，就是传统的章回体小说。这部中篇小说有六七万字，内容讲述中国传统知识分子范秋明远赴南洋婆罗洲谋生的经历，展现了早期婆罗洲的自然地理与社会风貌，以及华校的教育和华工的境遇等情况。与中国章回体小说一样，该小说每回都有对联式的回目，如"穷谷哀歌凄音发愁士　深宵啜茗细雨话奇闻"，每回末尾也有"欲知后事如何，且听下回分解"的传统套语。1937 年抗战爆发后，新马华文文艺界为了响应中国抗战文艺通俗化运动，

1. 参见金丁：《抗战文艺讲座》，见［新］方修：《马华新文学大系·理论批评二集》，第 34 页，香港：世界出版社，2000 年版。

2. 参见金丁：《对于南洋文艺通俗化运动应有的几个基本认识》，见［新］方修：《马华新文学大系·理论批评二集》，第 121 页，香港：世界出版社，2000 年版。

最大限度地动员新马华人的抗战热情，也采取"旧瓶装新酒"的方法，出现陈南的《老将报国记》、《金叶琼思君》等反映海内外中国人共同抗日御敌的章回体小说。《老将报国记》讲述中国退役老将军李福林精忠报国的事迹，《金叶琼思君》描述新马华人支援祖国抗战救亡的故事。1940 年，中国作者侯曜受邵逸夫邀请从香港南下新加坡拍片时，也曾以章回体形式撰写小说《民族英雄三宝公外传》连载于新加坡《星洲日报》副刊《繁星》上，作者希望借助通俗小说的方式将三宝公郑和的丰功伟绩广为流传，可惜该小说只连载不到一回就中断了。[1]这类小说由于

1. 参见唐歌、侯曜著，［新］关辰整理：《宝船搜海记、民族英雄三宝公外传》，第 13—16 页，新加坡：网络学堂天际制作私人有限公司，2005 年版。

采用新马华人民众所喜闻乐见的章回体形式，因而受到华人读者的喜爱和欢迎。

3. 中国传统散文对新马文言散文的影响

新马文言散文主要有政论、时评、游记等，也与中国传统散文一脉相承。作者有叶季允、张叔耐、邱菽园、黄世仲、黄伯耀、王会仪、徐季钧、何应源、李焕燊、陈省堂等人。此外还有大量政论和时评作者，但无从考察其姓名。

新马政论与时评散文深受中国传统散文影响，其议论时政、抨击时弊时往往引经据典、广征博引，以此增强文章的说服力与感染力。1885 年，清政府与法国签订《中法会订越南条约》，承认法国对越南的保护权，为此有新马作者作《论越南近事》一文，以中国历史上"存邢救卫"的美谈批评清政府"学郑被楚围而晋不至"，由此感叹积弱之国饱受外强欺凌的颓靡国势：

> 嗟夫，国有义民则亡而不亡，其关系原非浅鲜。独惜中国以数百年之属国，痛痒不肯相关，徒拘睦邻之名，不为之救难。夫存邢救卫，千古美谈，乃不仿而慕之；竟学郑被楚围而晋不至。廷有韩、范，阃外有颜、牧，而犹不能保全一越南，殊属令人难解，非得刘源亭凉山之战，则越裳之地属法矣。中国积弱，于此可见，又何怪与国相欺至于如是！[2]

2.《论越南近事》，见［新］李庆年：《马来亚华人旧体诗演进史》，第 52 页，上海：上海古籍出版社，1998 年版。

黄遵宪于 1894 年 5 月为图南社所出的文题为"论生长南洋华人宜如何教养以期利益"，而首奖获得者黄启让在论及如何教养南洋土生华人时，先是引用孟子的言论为立论依据，然后提出论述观点："吾闻用夏变夷者，未闻变于夷者也。南洋诸华人亦庶矣哉。然善教养之，则能用夏变夷；不善教养之，则反变于夷。"这篇散文层次分明、条分缕析地阐述作者的观点，如以并列论述方式提出 5 种施教南洋生长华人的方法："一曰多建书塾"，"一曰广延名师"，"一曰多购经籍"，"一曰变通课程"，"一曰勤考优劣"。在阐述如何区别对待贫、富两类华人

子弟的教养与生活问题时，也以并列论述方式提出解决问题的方法：

> 一则有者宜使常保其有也。富厚之家，基业饶裕，务使训饬其子弟，使之勿耽于
>
> 怠惰，勿狎于冶游，勿沉于饮博，惟永敦此克勤克俭之素，而家业日起，无忧中落矣。
>
> 一则，无者勿使终窭于无也。方今失业者众，弊窦丛生，当速为之代图一饱之谋；或
>
> 仿照西国多联建公司，使若辈有所执役；或仿照中邦，倡立各行工作，使彼得以计工

1. 黄启让：《论南洋生长华人宜如何教养以期利益》，见［新］叶钟铃：《黄遵宪与南洋文学》，第164—168页，新加坡：新加坡亚洲研究学会、

而食，则饔飧有给，无忧失所矣。[1]

2002年版。

新马文言游记作品多记载东南亚各地的风土人情和社会制度，颇有史料价值，有些文笔清新流畅，可读性高，如陈省堂的《越南游记》、李清辉的《东游纪略》、谢静希的《碧天洞记》、卓云涵的《望加锡风俗志略》、古梅钝根生的《游吉隆记》、布隐子的《越南风俗记》等，其中以陈省堂的作品最多。[2]

2. 参见［新］李庆年：《马来亚华人旧体诗演进史》，第10—11页，上海：上海古籍出版社，1998年版。

　　陈省堂（1862—？），名陈恭三，字省堂，号敏求斋主人，原籍福建漳州，生于新加坡（另一说马六甲），为新加坡华文文学史上第一位大量抒写游记的作者。其在《越南游记自序》中自称"素好游历"，恨不能遍览"五洲三岛之奇"与"福天洞地之胜"。因在商行任职，有机会遨游四方，遂其所愿，故而创作许多游记作品，为百余年前的南洋风土保存了历史性的面貌。著有游记散文《越南游记》、《日落洞记》、《游苏门答腊记》、《游峰山寺记》、《加东海浴记》等。《越南游记》于1888年5月刊于新加坡《叻报》，同年6月由叻报馆出版成书，被视为新马现存最早的华文文学单行本。其散文叙事形象生动，文笔清新流畅，显示出作者较为深厚的中国传统文学功底。中国先秦散文常杂有大量韵语，这些韵语部分也大多是语言旋律最自然、音乐性最强烈、词意最精粹的部分[3]，如《周易·系辞》中的"君子之道，或出或处，或默或语。

3. 参见游国恩等主编：《中国文学史》（一），第18—19页，北京：人民文学出版社，1963年版。

二人同心，其利断金。同心之言，其臭如兰"。陈省堂《隆游纪略》中关于吉隆坡华人社会奢侈腐靡之风的描述，也同样参杂着不少韵语，而这些韵语也是最为鲜活生动、最富音乐性的部分：

> 街衢人积，铺屋蝉联，车马喧哗，尘头四起；而俗尚奢侈，屋宇窗户，每喜雕刻
>
> 禽鱼花鸟，金碧交辉。男子身上器用皆以金，即子女命名，亦多以金字，金之世重也
>
> 如此。镇中有宝马街，呼卢喝雉，人尽登场，几无隙地；钟鼓管弦，声不绝耳，使人

4. ［新］叶钟铃：《陈省堂笔下的东南亚华人社会》，见［新］杨松年、［新］王慷鼎：《东南亚华人文学与文化》，第22—23页，新加坡：

心摇意动，斯非游子之福也。[4]

新加坡亚洲研究学会、南洋大学毕业生协会、新加坡宗乡会馆总会，1995年版。

此外，辜守谦的《翠岚园记》、萧庆祺的《游胡氏豆蔻园记》、陆子初的《养怡轩宴会记》、

梅天石的《宴养怡轩小记》和《养怡轩宴集再记》、吉云的《宴养怡轩杂记》等，也都是颇具欣赏价值的游记散文。

此外应该提及的是，中国传统文学对新马华文旧体文学的影响并不止于上述文学形式。如由王会仪、童梅生等人创办并受到左秉隆和黄遵宪大力支持的诗社"会吟社"，其吟题及联句比赛形式均仿自中国。黄遵宪在为会吟社得奖者的联句撰写评语时，也明确指出它们与中国传统文学的血肉联系。例如陈熙亭的"学问都从磨杵进，生涯大半钓船多"（评语："清新雅稳似南宋，诚斋放翁一派句子"），侣鹤氏的"试问春光能有几，寻常酒债莫嫌多"（评语："即从杜诗化出，妙于脱胎"），浩如的"鱼堪同对鸥知己，梅可为妻竹主人"（评语："韩昌黎诗"少长聚嬉戏，不殊同队鱼"，戛戛生新，不衫不履，别饶风趣"）。[1]

1. 参见 [新] 叶钟铃：《黄遵宪与南洋文学》，第 20—22 页，新加坡：新加坡亚洲研究学会，2002 年版。

（二）　中国传统文学精神及文学观念对新马华文旧体文学的影响

中国传统文学的一个重要精神特征就是强烈的忧患意识和爱国精神。中华民族历来就有一种报效国家、伤时忧民的爱国精神，而这种爱国精神也在传统文人的笔下得到充分的展现，并成为中国传统文学的重要特征，如屈原、岳飞、文天祥等人分别以其充满爱国主义精神的《离骚》、《满江红》、《正气歌》等激励着中国历代文人和读者，由此传承着中国传统文学中的民族精神和浩然正气。

19 世纪下半叶至 20 世纪上半叶，正是近代中国处于内忧外患、国弱民危的时期，英属马来亚的中国人也无法不在西方殖民统治下感受到弱国子民的悲哀，尤其是那些自幼受到儒家文化思想浸濡的中国南下官员和文人，更是充满修身、齐家、治国、平天下的道德修为与政治理想。当他们作为海外的中国人在新马从事文学创作时，就不再只是把文学当成茶余饭后的消遣品和吟风弄月的个人呻吟，而是以此承载中国传统知识分子深重的忧患意识和强烈的爱国激情，以及"以天下为己任"的担当意识。

另一方面，20 世纪上半叶之前的新马华文旧体文学作者也大多受到中国传统文学"文以载道"和"诗言志"观念的影响。在中国汉文化和传统文学中，"文以载道"所承载的往往是儒家文化思想之道，中国南下官员和文人也大多受到忠孝仁义、纲常伦理等传统观念的深刻影响，他们的文化活动和创作活动也不可避免地承载了忠君爱国、济世扶危、传承文化的实际功用。

如清政府派驻新加坡的领事官员左秉隆、黄遵宪等人在新马地区创设学校和文社时，都不忘向新马华人灌输忠君爱国等孔孟之道，黄遵宪创设 "图南社" 的目的也是为国家培养人才："窃冀数年之后，人才蔚起，有以应天文之象，储国家之用，此区区之心，朝夕引领而企盼者矣。"即使是在新马本地出生的一部分华人后裔，由于其父祖辈对中国文化传统的坚守以及他们自幼接受中国传统文化教育的背景，因而也在潜移默化中深受儒家文化思想的熏陶。因为早期新马私塾的塾师均聘自中国，其讲授的也大多是四书五经等儒家文化经典，向华侨子弟灌输的也是 "忠君孝亲敬长" 等儒家思想观念，而且有些华人富商为了使子女受到更好的传统文化教育，甚至把子女送回中国接受正规的儒家文化教育。如新马作者陈省堂虽为土生华人，但自幼承受儒家传统学风熏陶，被《叻报》主笔叶季允、何渔鼓赞誉为 "不忘祖国"、"重儒道、读儒书"、"敦品励行，不染洋派"，能够 "力究华文"，"以诗文" 和 "中国士大夫" 相投赠的 "叻产（新

加坡出生）华人中有志之士"。[1]

1. 参见 [新] 叶钟铃：《陈省堂笔下的东南亚华人社会》，见 [新] 杨松年、[新] 王慷鼎：《东南亚华人文学与文化》，第 13 页，新加坡：新加坡亚洲研究学会、南洋大学毕业生协会、新加坡宗乡会馆总会，1995 年版。

近代以来，伴随着中日甲午战争、戊戌变法、辛亥革命、军阀混战、中日全面战争、国共内战等政治、军事和社会变局，以及中华民族日益严重的生存危机，新马华文旧体文学展现出强烈的伤时忧国色彩，许多作者不断发出要求中国执政当局变法图强、抵御外侮、振兴民族的呼声。不过，新马华文作者的 "文以载道" 并非单纯承载儒家的忠孝仁义之道，而是深受儒家文化思想浸濡的海外中国人对国家民族的忧患意识，以及 "以天下为己任" 的担当意识，他们的 "诗言志" 也往往与富国强民、振兴中华的理想愿望联系在一起。也因为如此，从 19 世纪末叶至 20 世纪上半叶，新马华文作者纷纷以旧体文学创作表达作者感时伤世的情怀与振兴国家民族的理想愿望。

19 世纪末叶，满清王朝内忧外患，风雨飘摇，而执政当局却颟顸无能，腐朽透顶。中国南下新马的作者刘楚楠在《秋日客感》中表达了 "剑老风尘报国心"、"手斩奸雄恨始消" 的心愿：

北望金台万里遥，越云胡树雨潇潇。山河夙怨秦长脚，花草空怜楚细腰。湘水有

情悲贾谊，玉关生入泣班超。书生许乞楼兰剑，手斩奸雄恨始消。

南来吊古倦登临，重九携壶上翠岑。日落星沉秋水阔，云归帆卷海门阴。袖沾关

塞思亲泪，剑老风尘报国心。遥忆戍楼今夜月，照他征客倚骚吟。[2]

2. 刘楚楠：《秋日客感》，见 [新] 李庆年：《马来亚华人旧体诗演进史》，第 62—63 页，上海：上海古籍出版社，1998 年版。

有的新马华文作者强烈要求清政府参照日本明治维新的成功经验，学习西方的长技以兴利

除弊，使国家转危为安、化弱为强、变贫为富：

> 尝深思远虑求中国不振之故，而筹所以救补挽回之方，盖非尽祛积习，大兴新法，必不能使此日之中国转危为安，化弱为强，变贫为富也。……顾彼小国也，乃能纵横如竟若此；我大国也，凡事事逊彼，步步让人，果何为哉！其中成败得失之由，夫亦大可思矣。彼国自维新之后，朝野上下，事无大小，无不效法泰西，虽不免有过于舍旧图新之病，任人废己之讥，而其明效大验，足以与西国相颉颃而傲倪我中国者，固卒不可掩也。今为我中国计，固不必如彼岛国之所为，但当舍我之短而师西国之长，俾通国之耳目焕然一新，然后百利可兴，百弊可除也。[1]

1.《中国亟宜变通新法论》，见［新］李庆年：《马来亚华人旧体诗演进史》，第118—119页，上海：上海古籍出版社，1998年版。

晚清的维新派领袖康有为在《遣人北寻幼博墓携骸南归》诗中也表达了"誓起义师救圣君"、"报汝仇愤开维新"的理想愿望：

> 茫茫漠北何山寺？青山埋骨尚无处。清明节到雨纷纷，一尺断石三尺坟。纸钱麦饭送无人，大仇不报负英魂，星坡北望泪沄沄。杜鹃啼血断燕云，鲸鲵横波斜日暾。
>
> 誓起义师救圣君，魂兮杀贼张吾军，吁嗟伤季肝酸辛。[2]

2. 康有为：《遣人北寻幼博墓携骸南归》，见钟贤培、陈永标、刘伟森：《康南海诗文选》，第65—66页，广州：广东高等教育出版社，1988年版。

抗日战争全面爆发后，中华民族陷入空前的民族危机，新马华文作者的爱国情绪更为高涨。管震民在《感事》诗中希望华夏子孙众志成城，共纾国难：

> 乾坤劫未了黄尘，又听烟迷湘水滨。山雨欲来风亦大，鱼龙争自奋鬐鳞。
>
> 豆萁何事苦相煎，忍见沧桑日变迁？国难未纾仇未复，成城惟仗众心坚。[3]

3. 管震民：《感事》，见［新］李庆年：《马来亚华人旧体诗演进史》，第420页，上海：上海古籍出版社，1998年版。

中国南下作家郁达夫在积极投身于抗战救亡宣传工作时，也在诗中表达了深沉的爱国情感及抗战必胜的坚定信念，他在《祝中兴俱乐部两周年纪念》中写道：

> 国祚阽危极此时，中兴大业赖扶持。两年辛苦功初见，一体忠诚众自知。
>
> 楚必亡秦原铁谶，哀能胜敌是奇师。黄龙痛饮须臾事，伫待南颁报捷辞。[4]

4. 郁达夫：《祝中兴俱乐部两周年纪念》，见郁达夫：《郁达夫文集》，第10卷，第422页，广州：花城出版社，1985年版。

在儒家仁政爱民思想的影响下，有的新马华文作者也对西方殖民统治暴政加以抨击，对助纣为虐的华人富豪进行批评。陈省堂在《重游越南记》中描绘了法国殖民统治下的各种苛政，如"重征厚敛，剥蚀子民脂膏"，"旧例则改，新例屡增，反复无常，莫能一定"，以及对"入居其地"的外来移民"宛然以敌人看待"等，同时批评一些"旅越华人之势位素豪者"不但没有"为群黎请命，兴利除弊，以抚柔斯民，而恰舆情"，反而"教猱法人，如何设法，如何限制，以行其诂妄之术"，有的还"改公行私，鱼肉婆民，汗滴饱其私囊"。作者还在《游苏门达腊记》中描述了苏门达腊亚沙汉、峇贮抛捞、实牙捞湾等地荒凉萧条的境况，以及殖民统治者在当地实施烟酒赌饷码制以麻痹和剥削华工的伎俩等，这些都使陈省堂的游记散文并非只是单纯意义上的风景游记。

四、 中国与新马文学双向交流的意义

从中国与新马文学的双向交流过程可以看出，19 世纪末叶至 20 世纪上半叶的新马华文旧体文学具有双重属性，即它们在属于中国文学的同时，也属于新马本地文学。

从 19 世纪下半叶至 20 世纪 50 年代之前，新马并非独立的主权国家，而是英国统治下的殖民地，而按照清朝和中华民国国籍法，侨居新马的华人均属于中国籍民，而且当时绝大部分新马华文作者也视自己为海外的中国人，因此从中国文学史的角度来看，19 世纪下半叶至 20 世纪上半叶的中国南下官员和文人所创作的文学作品，当属于中国传统文学在海外的延伸部分。即使是专门研究新马华文旧体诗的新加坡学者李庆年也不讳言这一点，也认为从文学史的角度来看，马华旧体诗的演进历史是中国文学史的一个延伸部分 [1]，故此叶季允、黄遵宪、康有为、

1. 参见 [新] 李庆年：《马来亚华人旧体诗演进史》，第 2 页，上海：上海古籍出版社，1998 年版。

邱菽园、郁达夫等人在新马期间创作的文学作品，应当属于中国文学的组成部分，并且以其独特的主题、内容、题材而丰富了中国传统文学的内涵与外延。

另一方面，新马地区从英国政府管辖下的殖民地最终成为新兴的独立国家，新马华人也从中国海外侨民最终成为新兴独立国家的公民。从新马华文文学发展史的角度来看，中国南下官员及文人也成为新马华文文学发展历程中极为重要的参与者，他们在当地的文学创作也成为新马华文文学不可或缺的组成部分，他们的一些作品也反映了新马的土地、人民、风俗、习惯、文化和历史。因此，这些南下作者在旅居或定居新马期间的文学与文化活动，也对中国汉文化的传播以及新马华文文学的开拓发展作出积极的贡献。他们之中的左秉隆、黄遵宪、康有为、卫铸生、杨云史、吴钝民、张叔耐、何心谷等人虽然陆续回归了中国，但他们在新马期间为当地文学所作的贡献已载入史册。而在日军占领新马和印尼期间英年早逝的李词佣、饶百迎、郁达夫等人，也为新马华人社会留下了宝贵的文学与精神遗产。此外，他们之中的林㻐生、曾梦

笔、曾心影、潘受、胡迈、何畅秀、刘思、管震民、谢云声、姚紫、张济川等人最终落地生根，成为新兴独立国家的公民，在保存、发扬中华文化与推进新马华文文学的发展，以及促进中国与新马华文文学的相互交流方面作出了贡献。

第三章　　中国传统文学在东南亚的移植与影响

中国传统文学在东南亚传播的过程中，除了对同一语种的越南、新加坡、马来西亚等汉语／华文文学产生影响外，还通过翻译、改译等方法，以泰文、拉丁化越南文、柬埔寨文、马来文、爪哇文、望加锡文、巴厘文、马都拉文、缅甸文等译本形式在东南亚移植与传播，并对泰国、越南、柬埔寨、印度尼西亚、新加坡、马来西亚等国家的多元民族、多元文化和多元社会产生深刻而广泛的影响。

在东南亚以当地民族语言译本形式传播的中国传统文学，有历史演义、英雄传奇、神怪小说、言情小说、武侠小说、诗词曲赋等。应该指出的是，中国武侠小说具有悠久的历史和文化传统，尽管 20 世纪五六十年代在香港和台湾兴起的新派武侠小说吸收了不少西方文学的艺术技巧，尤其是古龙等人的武侠小说，但这种文学形式毕竟与传统文学一脉相承，因此本章将港台新派武侠小说也纳入传统文学的范畴来介绍其在东南亚的移植与影响情形。

第一节　中国传统文学在泰国、越南、柬埔寨的移植与影响

东南亚半岛地区的泰国、越南、柬埔寨与中国在地缘上十分接近，由于两地在政治、经济、民族、文化等方面的长期交往，因此中国传统文学在这些地区也得到移植和传播，并对这些国家的文学艺术，以及当地人民的文化思想、社会生活产生了广泛而深远的影响。

一、　中国传统文学在泰国的移植与影响

泰国原先称暹罗，如本书第一章所述，其主体民族泰族与中国有着深厚的渊源关系。在东南亚的半岛国家中，泰国是最早译介和移植中国传统小说的国家。

（一）　中国传统文学在泰国的移植

泰国与中国的文化交流有着悠远的历史。早在泰国素可泰王朝（1238—1349），中国的陶瓷文化艺术即已输入当地。阿瑜陀耶王朝（1349—1767）前期，泰国直接派遣留学生前来中国学习先进的文化艺术，《续文献通考》卷 47《学校考》中就有明太祖洪武（1368—1398）初年暹罗诸国留学生来华学习，明朝中央政府给予厚赐的记载。公元 16—17 世纪初，中国民间戏剧闽粤古剧在泰国南部的商业中心北大年和国都大城（阿瑜陀耶）演出，剧中演员多来自中国广东和福建两地，其表演的戏剧艺术颇受欢迎。不仅当地的暹罗人喜爱中国喜剧俳优，暹罗朝廷对闽粤古剧也极为喜爱，甚至连驻京的西方人士也请中国戏班前去演戏。此后数百年来，中国戏剧均受到泰国历代朝野的欢迎和喜爱，甚至还经常出现泰人和潮州人同台演出潮州戏的动人情景。此外，暹罗朝廷有着重用中国文人的传统，如 18 世纪后期谢清高在《海录》中的"暹罗条"就记载暹罗朝廷"颇知尊中国文字，闻客人有能作诗文者，国王多罗致之"。

在阿瑜陀耶王朝时期，随着中国人的移入、中国戏班在当地的演出以及中国文人的旅居与入仕，中国传统小说也传播到暹罗并流入宫廷。由于宫廷中设有汉文进修班，因而王室中有些人能够直接阅读中文版的中国传统小说。

到 19 世纪初，泰国曼谷王朝一世王帕佛陀约华（1782—1809 年在位）御令当时的财政大臣、最负盛名的诗人昭披耶帕康负责主持《三国演义》的翻译工作。其实在此之前，三国故事已经随着中国移民的迁入在泰人的一些范围内流传，并深受泰人的喜爱。一世王帕佛陀约华选择翻译《三国演义》，与泰国当时的社会需要有很大关系，因为《三国演义》描述了三国之间的政治、军事和外交斗争，其中展现的政治军事智慧和人物的谋略，都可以使新兴的曼谷王朝从中学习到治国安邦的各种策略和方法。一世王帕佛陀约华又命王侄摩帕叻差汪朗负责主持《西汉通俗演义》的翻译工作。

财政大臣昭披耶帕康（1750—1805）为福建人后裔，精通中泰两国文字。由于当时缺乏同时精通中泰两种书面文字的华人和泰人，因此翻译工作只能由双方合作完成，即先由华人口译成泰语（其华人译者为泰籍华人乃汉），再由泰人整理记录稿，最后由文学造诣深厚的昭披耶帕康编辑、修饰和定稿。《三国演义》原本有 120 回，但泰译本只有 87 回，取名《三国》。泰译本多采用意译的方法，并对原著进行压缩和删削，如大量删减故事开头和结尾部分，舍弃那些难译或泰国人难以理解的诗词曲赋和议论，突出赤壁之战前后扣人心弦的政治和军事斗争等，其中人名和地名按潮州方言音译。泰文版《三国》约于 1802 年完稿，开始时以手抄本形式流传，受到读者的喜爱和欢迎。1865 年，法国传教士柏拉雷的印刷厂首次将该书印刷发行，全书共 4 册，流传范围由此扩大，三国故事变得家喻户晓，妇孺皆知。

《西汉通俗演义》的泰译本名为《西汉》，约于 1806 年完稿，也以手抄本形式流传，至 1874 年首次印刷发行，全书共 2 册。

曼谷王朝二世王帕佛陀律哈拉纳帕莱（1809—1824 年在位）也很重视中国传统文学的译介和移植工作，其赐颁成立一个拥有 12 名泰中学者的翻译局，专门负责《东周列国志》等中国历史小说的翻译工作。二世王帕佛陀律哈拉纳帕莱在位时期组织翻译的中国历史小说还有《封神演义》、《东汉通俗演义》。这 3 部小说的泰译本分别命名为《列国》、《封神》和《东汉》。《列国》于 1819 年译成泰文，1870 年首次印刷发行，全书共 5 册，《封神》和《东汉》于 1876 年首次印刷发行。

到曼谷王朝四世王玛哈·蒙固（1851—1868 年在位）时期，朝中公爵大臣颂勒昭帕耶母隆玛哈是素里益旺、昭帕耶蒂帕功旺、昭帕耶帕努翁等成为中国古典文学翻译工作的支持者和赞助者，而翻译中国历史小说的主要目的是为了供朝野娱乐，因此这时期成为译介中国传统小说最多的时期。以下是四世王在位时期 12 部中国历史小说被译介的情况：

中国小说原著	泰译本名称	译者	译作年份	印行年份
《五虎平南演义》	《五虎平南》	多	1857	1886
《西晋演义》	《西晋》		1858	1873
《南北宋演义》	《南北宋》	万全	1865	1880
《五代演义》	《五代》		1866	1868
《说岳》	《说岳》	多、翁万安	1867	1869
《水浒传》	《宋江》		1867	1879
《南宋演义》	《南宋》		1871	
《东晋演义》	《东晋》		1877	
《明朝演义》	《明朝》			1871
《五虎平西演义》	《五虎平西》			1878
《万花楼》	《万花楼》			1880
《隋唐演义》	《隋唐》	万昌、真平		

曼谷王朝五世王朱拉隆功（1868—1910 年在位）在位期间，有多达 13 部中国传统小说被翻译成泰文：

中国小说原著	泰译本名称	译者	译作年份	印行年份
《大红袍》	《大红袍》	銮披猜瓦里	1869	1889
《薛丁山征西》	《薛丁山》	多	1869	1904
《明末清初演义》	《明末清初》	銮披猜瓦里	1870	1878
《罗通扫北》	《罗通》		1870	1881
《小红袍》	《小红袍》	銮披猜瓦里	1870	1902
《开天辟地》	《开辟》	銮披披攀披占	1877	1881
《岭南轶事》	《岭南》			1878
《英烈传》	《英烈传》			1879

《乾隆游江南》	《乾隆》			1879
《包龙图公案》	《包龙图》	乃镛译		1898
		天·旺那坡编		
《隋唐演义》	《隋唐》			1903
《薛仁贵征东》	《薛仁贵》			1903
《西游记》	《西游记》	乃丁译		1906
		天·旺那坡编		

到曼谷王朝六世王瓦栖拉兀（1910—1925 年在位）在位期间，由于西方文化思想的传播和影响，读者大多阅读西洋小说，此时译介的中国小说数量明显减少，朝廷及大臣不再组织和支持翻译工作，而是由印刷厂老板和报社负责人从商业角度进行这项工作。这时期翻译的中国历史小说有如下几部：

中国小说原著	泰译本名称	译者	译作年份	印行年份
《唐朝演义》	《唐朝》	坤津博波里瓦		1915
		（苏勒志）译		
		拍耶乌隆逢平沙越		
		（巴允·伊沙拉莎亲王）编		
《元朝演义》	《元朝》	瑞天·陈威军		1921
《武则天》	《武则天》	《沙炎叻报》		1922
《五虎平北》	《五虎平北》	《沙炎叻报》		1922

20 世纪 20 年代后半期，泰国的西洋小说热开始降温，中国传统小说的泰译本重新获得读者的欢迎和喜爱。同时，泰国印刷业和报业的快速发展，也促进了中国小说的广泛流传。

泰国印刷业出版中国传统小说泰译本始于 1865 年，当时一家由法国传教士柏拉雷开设的"冒叻莱印刷所"首次批量印刷《三国》，共印 95 部。到曼谷王朝五世王时期，曼谷三家大印刷所中就有两家在印刷中国传统小说的泰译本。后来还出现一家由泰国人经营的专门印行中国传统小说的"乃贴印刷所"。上述曼谷王朝一世王至六世王时期翻译的 30 多部中国传统小说手抄本，绝大部分都是在 19 世纪下半叶至 20 世纪初期被印刷所印刷发行的。到曼谷王朝六世王时期，泰国印刷业和教育业得到发展，读者的大量需求使得中国传统小说泰译本被大量印刷发行，如泰译本《三国》就多次重印。1935—1940 年间，以描写孙权、刘备与曹操斗智的赤壁之战为内容的书就重印几次，发行数量达 25 万册。

20 世纪 20 年代泰国报业的快速发展，也为中国传统小说的大量译介和传播提供了条件。据泰国有关资料统计，曼谷王朝五世王后期（即 20 世纪初），全国各种报刊只有 59 种，到曼谷王朝六世王时却激增到 165 种，其中除 2 种报刊外，其余各报刊都竞相连载中国传统小说，以迎合读者日益增长的阅读需求。

1922—1935 年是泰文报译介中国传统小说的高潮时期。最早译介中国传统小说的泰国报刊是《华暹新报》（1907—1929）。该报为支持孙中山革命的一份华文报，由肖佛成任社长，附设有泰文版。辛亥革命之后，其泰文版经常译介中国历史小说，有《岳飞》、《大郎杨胥》（肖佛成译）、《年家尧》、《八大仙》、《包龙图》等。其他刊登泰译中国传统小说的泰文报有《沙炎呐日报》、《国柱日报》、《曼谷政治报》、《诗军日报》等。这些泰文报每天都会刊登 1—3 篇泰译中国传统小说，这种比例高于泰国小说和西洋小说，因为是否刊载中国小说的译本已经成为泰文报能否畅销的关键。如《沙炎呐日报》能够成为当时销路最多、读者最喜欢阅读的报纸，主要原因是该报有读者喜爱的中国小说，其中最受读者欢迎的小说有《元朝》、《双太子》、《万孝忠》、《安邦定国志》、《唐楚智》、《左维明》、《晋皇后》等。《国柱日报》（1927 年创刊）也大量刊载中国小说译本，有《金瓶梅》、《梁红玉》、《红莲寺》等。该报还组织翻译中国武侠小说《火烧红莲寺》、《沈碧霞》、《七剑十三侠》等，由此开创泰文报章译载中国武侠小说之先河。该报颇受读者欢迎的泰译中国小说有《金瓶梅》、《沈碧霞》等。《曼谷政治报》（1923 年创刊）虽是十分注重政治性质的报章，但也译载中国小说，有《秦始皇》、《商朝》、《四太子》、《金龙生》、《陈耿明》、《肖德成》、《高秀荣》、《节鸿基》等，其中最受欢迎的是《秦始皇》。《诗军日报》刊载的中国小说有《左维明》、《孟丽君》、《彭公案》和《宋陵君》等，不过有些小说是从其他泰文报转载的。因为各家泰文报竞相刊载中国小说而导致稿源供不应求，有些泰文报只好转载其他泰文报译载过而又深受读者欢迎的中国小说。那些受到读者欢迎的小说在报章上连载后，很快被结集成书发行，有些甚至多次再版，以满足读者的需求。这种报刊争先连载中国小说的热潮一直持续到泰国被卷入第二次世界大战，报馆受到封闭才告结束。

　　1941 年初，曾经毕业于燕京大学文学系而后在北京图书馆工作多年的泰籍华裔女作家陈燕英，在丈夫素·古拉玛娄希（泰国著名文学家）和朋友合办的《奕甲冲日报》上开辟"中国小说栏"，刊登她翻译的一些中国短篇小说《白蛇传》、《杨贵妃》等，并开始重译《水浒传》。其翻译的部分《红楼梦》译本，也从 20 世纪 40 年代末至 60 年代左右在泰文杂志《沙炎沙迈》上连载，轰动泰国文坛。

　　第二次世界大战结束后，泰译本《三国》、《聊斋志异》、《金瓶梅》、《红楼梦》(摘译本)、《宋江》（《水浒传》的编译本）等中国传统小说相继出版发行，并获得泰国文学界的高度重视和广大读者的欢迎和喜爱。其中《宋江》编译本于 1960 年由曼谷格森班那吉出版社出版，共两卷，由泰国美术家、作家披军·通内编译并绘插图。披军·通内也是《三国演义》的编译者，其文笔精炼优美，显示出译者本人充分运用现代泰语的才华。此外，有些过去已经出版和发行过的中国历史小说如《列国》、《左维明》等又再版发行。一些出版社还刊登求购中国古典小说泰文版旧本的启事，希望能够借此再版，使新一代读者也能阅读到更多的中国古典文学。

　　20 世纪 70 年代以来，中国古典名著《三国演义》和《红楼梦》被重新译成泰文。《三国》是泰译中国文学作品中再版次数最多的一部，从 1865 年首次印刷发行以来，至 1972 年已重版 15 次。不过，由于 87 回的泰译本《三国》只是《三国演义》的改译本或节译本，为了让泰国读者能够阅读到这部中国历史小说的全貌，泰国作家万那瓦将 120 回的《三国演义》全译出版。

　　1980 年，泰国汉学家畦拉安·台吉高在曼谷出版 40 回的《红楼梦》摘译本，这是根据王际真的 40 回英译本转译的。由于摘译本删除大量难译和难懂的诗词曲赋歌谣谏谚等，以及小说中许多配角的故事情节，使人难以了解原著的整体结构和艺术风貌，因而大大损伤了《红楼梦》的思想价值和艺术价值。为弥补这一缺憾，泰国当代著名诗人他威·瓦拉迪洛和他毕业于北京大学的妻子正在合译全译本《红楼梦》。

（二）　中国传统文学在泰国的影响

　　从 19 世纪初《三国演义》被译成泰国文字以来，中国传统小说在泰国译介和传播的过程中，也对泰国文学艺术产生了巨大的影响。

1. "三国文体"的形成及影响

"三国文体"是泰国著名诗人昭披耶帕康主持翻译《三国》时产生的。泰译本《三国》是泰国文学史上第一次用散文形式而不是用诗歌形式撰写与翻译的文学作品。在泰国古典文学中,诗歌是最重要的文学形式,其中又多是叙事诗或故事诗,而且多取材于印度文学中的《本生经》、《罗摩耶那》、《大史诗》等故事,散文体的文学作品则很不发达。与小说相比,叙事诗在追求情节的曲折、细节的生动、环境和心理的描写等方面都明显处于弱势。《三国》所展示的魏、蜀、吴三国之间波澜壮阔的政治和军事斗争,在泰国文学和印度文学中都是难以见及的。昭披耶帕康主持翻译的《三国》是以散文体翻译的,译文简洁明快,结构紧凑,故事性强,叙事深入浅出,比喻生动,富于哲理色彩,而且带有一种特殊的中国韵味,因而形成一种特有的"三国文体"。

在第二次世界大战之前,"三国文体"在泰国文坛十分流行,对泰国文学的发展产生过重大影响。自《三国》手抄本首次于1802年问世后,这种文体即受到读者及作家的欢迎和喜爱,并蔚然成风,在泰国形成一种前所未见的散文体,在相当大程度上推动了泰国文学从以诗歌为主体的古典文学向以散文为主体的现代文学的转化。

"三国文体"还被泰国作家用于仿作中国历史小说和创作泰国历史小说,如泰国著名作家克立·巴莫以这种文体编译了蜚声文坛的《慈禧太后》,并创作了以泰国历史为题材的小说《哥沙立》(1928)等。

1914年,泰国皇家研究院所委任的委员会遴选出泰国7部最优秀的文学作品,《三国》即荣膺其中一部。曼谷王朝六世王瓦栖拉兀倡议成立的文学俱乐部所评选的8部"文学作品之冠"中,《三国》被评为散文故事之冠。

第二次世界大战之后,从泰译本《三国》进一步衍生出一系列《三国》改编本,即被泰国人称之为"泰国的《三国》"。这类作品有雅鹄的《说书本三国》、克立·巴莫的《资本家版三国》(又名《永恒的宰相——曹操》)、雅可的《乞丐版三国》、乃温惠的《咖啡馆版三国》等。其中雅鹄的《说书本三国》按照《三国》中的个别人物分章进行单线叙述,以使读者能了解小说中单个人物的全貌,如《明瞭宇宙玄机者——孔明》、《人人咒骂的董卓》、《休教天下人负我的曹操》、《来自常山的赵子龙》、《朝天吐唾沫的周瑜》等。

《三国》也对泰国文学艺术作品产生多方面的影响。作家銮披玛皮莫以《三国》故事为素材,用格仑素帕诗体创作了《吕布戏貂婵》和剧作《三英战吕布》。《三国》中的一些故事也被改编成歌舞剧，并深受广大观众的欢迎和喜爱，如《貂婵诱董卓》、《董卓迷貂婵》、《吕布除董卓》、《献帝出游》、《周瑜决策取荆州》、《周瑜吐血》和《孙夫人》等。此外还产生了不少以《三国》为题材的戏曲和说唱文学。

2. 对泰国文学艺术、文化思想及社会生活的广泛影响

中国传统小说的译介和移植不仅促进了泰国古典文学的繁荣，而且为泰国文学从古代向近代和现代的发展提供了有益的滋养。泰国古代文学最主要的文体是诗歌，没有出现具有杰出艺术成就的散文作品，中国历史小说的译介和移植，使泰国文学在诗歌这种韵文文学之外，另外开辟了散文文学这种艺术形式。可以说，没有散文文学的发展，就没有泰国近代文学和现代文学的到来。

泰国文学对中国传统小说的学习、模仿和借鉴是多方面的。在诗歌创作方面，泰国诗圣顺吞蒲 (1786—1855) 于 1828 年完成的叙事长诗《帕阿派玛尼》吸收了《三国演义》"不以细腻见长，而以粗笔勾勒见功"的角色描写手法，塑造了男女主人公帕阿派玛尼和娘瓦里的形象。长诗中的帕阿派玛尼与泰国传统战争作品中勇武善战的王子大不相同，他有着善良、仁厚、懦弱的性格和不谙战争的弱点，这与《三国演义》中的刘备有相似之处；帕阿派玛尼以吹笛瓦解敌军斗志，这与《西汉通俗演义》中张良通过吹箫瓦解楚军的士气可谓异曲同工……这些都可见及中国传统小说对该长诗的影响。在小说创作方面，20 世纪二三十年代还出现一批泰国作家模拟中国历史小说的作品。这类被泰国文坛称之为"模拟中国古代通俗小说"的作品，在题材、主要人物、主要地点等方面都取材于中国传统小说或中国史籍，而且从内容到形式都是在模仿中国传统小说的基础上虚构而成的。其中最有名的两部仿作小说是泽民的《钟皇后》和芳良·初巴干的《田无貌》，它们将中国东周列国的历史故事与暹罗神话传说和古代风情糅合在一起，并让泰中混合主角在混合环境中混合唱答，使小说平添许多谐趣，因而深受泰国读者的欢迎和喜爱。另一位作家素越·奥腊里洛创作了《魔王》、《百胜将军的败北》和《楚霸王》三部模仿中国历史小说的作品，其中《魔王》写的是孟姜女哭倒长城的故事。素越·奥腊里洛还将这些作品改编成话剧，并取得良好的演出效果，受到观众的赞赏。至 20 世纪 70 年代，泰国作家乃卡差创作了在表现手法上颇受《三国》影响的长篇小说《广阔的暹罗国土》，在泰国《国旗报》上连载后轰动泰国，这使得泰国学者对该作品与中国传统小说之间的各种渊源关系进行探讨与研究。在戏剧创作方面，剧作家帕那玛特叻赛将中国传统小说故事改编成舞剧《姜子牙金台拜相》、《摘星楼纣王自焚》、《废汉帝陈留践位》、《灵帝建造毕圭苑》、《宋司空守义拒婚》、《隋主起兵伐陈》，另一位剧作家功帕叻差波窝维根据中国传统小说改编的舞剧有《兀术攻打璐安州》、《沙密后效忠广因王》等。

还需指出的是，中国传统小说在泰国的传播与移植，不仅对泰国文学艺术产生深刻的影响，而且还对泰国人民的文化思想和社会生活产生广泛的影响。由于泰国几代人长期阅读中国古典和通俗小说，不少泰国人养成喜爱观赏中国古装戏剧和影视的审美习惯。20 世纪 80 年代以来，由小说原著改编拍摄而成的中国电影或电视剧《红楼梦》、《西游记》、《三国演义》等开始涌入泰国的各个电视频道，并受到观众的喜爱。《三国》在泰国人的心中不仅是一部雅俗共赏、百读不厌的古典名著，还是一部能够获得知识和智慧的宝书，泰国人长期以来从《三国》中得到很多与战略、哲学、心理以及日常生活等方面相关的知识。[1]

1. 本部分"中国传统文学在泰国的移植与影响"参见饶芃子主编：《中国文学在东南亚》，第 79—110 页，广州：暨南大学出版社，1999 年版；[泰] 白拉宾·马诺麦维波：《泰译中国文学作品》，见 [法] 克劳婷·苏尔梦编著，颜保等译：《中国传统小说在亚洲》，第 237—239 页，北京：国际文化出版公司，1989 年版；孟昭毅：《东方文学交流史》，第 269—282 页，天津：天津人民出版社，2001 年版；王丽娜：《中国古典小说戏曲名著在国外》，第 52 页，第 71 页，上海：学林出版社，1988 年版；栾文华：《泰国文学史》，第 56—61 页，第 118 页，北京：社会科学文献出版社，1998 年版；梁立基、李谋主编：《世界四大文化与东南亚文学》，第 119—121 页，北京：经济日报出版社，2000 年版。

二、 中国传统文学在越南的移植与影响

从秦汉开始，越南使用汉字的历史长达两千多年，其间创作的文学作品也大部分以汉字作为书写文字。从 13 世纪开始，越南出现以本民族文字字喃创作的文学作品。到了 19 世纪，法国在对越南进行军事侵略和殖民统治时期，开始逐步推动越南文字拉丁化的进程。1865 年，法国殖民者创办的第一张用越南国语（拉丁化越南语）印刷出版的报纸《嘉定报》在西贡问世，此后不少拉丁化越南文报刊陆续出版，不少越南作家也开始用越南拉丁化国语进行创作。从 19 世纪下半叶开始至 20 世纪初，越南字喃文学逐渐被拉丁化越南语文学所取代。

对于当时的越南人而言，拉丁化越南语是一种新兴的越南文字，虽然比汉字和字喃易学易懂，但缺乏大量可供阅读的以拉丁化越南语书写的作品，因此当越南拉丁化国语被普遍推广之后，越南学者认识到应该把中国作品大量翻译成越南文的必要性，这就出现了 20 世纪上半叶译介中国小说的热潮。

（一）　中国传统文学在越南的移植

19 世纪末，越南已出现用拉丁化国语翻译的中国书籍，如张永记（1837—1898）翻译的《三字经国语演歌》（1884）、《三千字解音》（1887）、《四书》（1889）、《明心宝鉴》（1891）等书，不过，以拉丁化越南文翻译的中国文学作品直至 20 世纪初才出现。

中国古典名著《三国志演义》、《水浒传》、《儒林外史》、《红楼梦》、《聊斋志异》等在 20 世纪均被译成越南文。越南是先有三国故事戏，然后才有《三国演义》小说译本的。《三国志演义》有多个越译本，最早的译本由阮莲锋翻译并于 1907 年在西贡出版，此外还有阮安居、潘继柄、阮文咏、丁嘉欣（景炎）、武甲、严春林、贤良、武熙苏、胡海浪人等人独译或合译的其他译本，先后于 1909—1918 年、1928—1930 年、1931—1933 年、1934—1935 年、1937 年和 1952 年分别在河内、西贡、海防和法国巴黎等地出版，其最早的全译本是著名汉学家和翻译家潘继柄（1875—1921）于 1909 年在河内出版的译本。《水浒传》的越译本名为《水浒演义》，目前所知的最早译本是阮安姜翻译的，1906—1910 年在西贡出版，另有阮政瑟（1869—？）、阮杜牧（1866—1948）、武明智、罗辰等人的译本，分别于 1911 年、1933 年、1953 年和 1960 年出版，其中较著名的是罗辰附有插图的 70 回节译本，1960 年由河内出版社出版。《儒林外史》的越译本由潘武和汝成合译，1961 年由河内文学院文化出版社出版，共 55 回。《红楼梦》越译本前 80 回由武培煌、陈允泽翻译，后 40 回由阮育文、阮文煊翻译，1962—1963 年由河内文化出版社出版，共 6 册，卷首有越中友好协会会长裴杞(1887—1960)所写的"前言"。《聊斋志异》的越译本最早由阮政瑟翻译，1916—1918 年在西贡出版。另有玄墨道人、阮克孝和阮活的不同译本，分别于 1933 年、1939 年和 1959 年出版，其中阮克孝（1889—1939）的译本于 1939 年 11 月在河内出版，内容包括《任秀》、《张诚》、《赵城虎》、《红玉》、《鲁公女》等 18 篇作品，集为《聊斋志异》第 1 卷，1957 年由河内明德出版社重印。

总的来看，20 世纪上半叶以越南文译介和移植的中国作品以通俗小说为主，有历史小说、才子佳人小说、武侠小说、鸳鸯蝴蝶派小说等，有学者整理出《中译越通俗小说书目对照一览表》[1]，其中多达 316 部的中国古典与通俗小说被翻译成越南文。

在 20 世纪 20 年代以前，中国作品的越译本有不少为历史小说，如《西汉演义》、《东汉演义》、《三国志演义》、《后三国演义》、《说唐演义》、《残唐演义》、《反唐演义》、《北宋演义》，

1. 颜保著，卢蔚秋译：《中国小说对越南文学的影响》，见 [法] 克劳婷·苏尔梦编著，颜保等译：《中国传统小说在亚洲》，第 208—236 页，北京：国际文化出版公司，1989 年版。

这显示越南译者和读者对中国历史故事的强烈兴趣。另有部分译本是帝王将相、英雄传奇、神怪小说和公案小说等，如《乾隆下江南》、《岳飞传》、《大红袍海瑞》、《五虎平南》、《五虎平西》、《薛仁贵征东》、《薛丁山征西》、《杨文广平南》、《水浒演义》、《封神演义》、《龙图公案》等。这些译本有的直接从中国作品翻译过去，有的则是把用字喃韵文形式移植过去的中国小说转写成拉丁化越南文。译者主要是一些当过教员、殖民地政府官员或商人的知识分子，如《薛丁山征西》和《大红袍海瑞》的译者陈丰稿为新安学校的汉语教师，《水浒演义》和《杨文广平南》的译者阮政瑟为《农古抎谈报》的主编。

20世纪二三十年代，随着越南城市化的进程及城市人口的增长，以及印刷事业的空前发展，中国传统小说的译介达到最高潮，《中译越通俗小说书目对照一览表》所收录的316部越译本的中国小说中，就有200多部是在这个时期翻译的。其中武侠小说深受越南读者的喜爱和欢迎，被译为越南文的武侠小说有《大鹏侠》、《少林女侠》、《飞龙剑二娘三侠》、《风尘剑客》、《风尘三剑》、《风月侠义》、《江湖女剑侠》、《江南剑侠》、《救苦剑》、《九洲神剑》、《火烧红莲寺》、《昆仑五剑客》、《台湾女剑客》、《烈女剑》等，这与中国当时的大城市读者喜爱武侠小说的风气是一脉相承的。不过，这时期汉文已被法国殖民政府管辖的学校排除在课程之外，这些译者主要为中国人和华裔越南人，如华人李玉兴翻译了《江湖义侠》、《龙形怪客》、《蓬莱侠客》、《漂流侠士》、《青天大侠》等16部武侠小说。

第二次世界大战前，以徐枕亚为代表的鸳鸯蝴蝶派小说也被大量译介成越南文，如徐枕亚的三部小说《玉梨魂》、《余之妻》、《雪鸿泪史》，而这与当时上海鸳鸯蝴蝶派小说流行趋势的影响有着密切的关系。这时期的译者有阮杜牧、吴文篆、丁文斗、丁嘉欣等人，其中阮杜牧为《中北新闻》（1913年创刊）的新闻记者，在1922—1935年间翻译了不少中国作品，包括《爱舟青海》、《百子金丹》、《窗前孤影》、《东周列国》、《儿女造英雄》、《平山冷燕》、《双凤奇缘》、《水浒演义》、《再生缘》和《续再生缘》等不同内容和形式的言情小说、历史演义和武侠小说等。

第二次世界大战结束后，抒情小说开始让位给经久不衰的历史小说和武侠小说。早期的一些译本如《后三国演义》（名儒译）、《北宋演义》（陈文献译）、《岳飞演义》（阮政瑟译）、《包公正史义侠奇书》（阮春梅译）、《七剑十三侠演义》（范文耀译）等分别于20世纪五六十年代出版重印本。此外也出版一些新译作，或者是旧译作经过修改后加上新译者名字的译本，如《包公出世》（陈鸿銮译）、《包公奇案》（陈文平译）、《东游八仙》（八怪译）、《东周列国》（武鸣智译）、《罗通扫北》（苏缜译）、《魔衣女》（八怪译）、《三合宝剑》（青锋译）、《五虎平西》（苏缜译）等。

除了上述历史小说和武侠小说外，中国古典名著的译本也重新修订再版或出版新译本，如前面所述的《三国志演义》、《水浒传》、《儒林外史》、《红楼梦》、《西游记》、《聊斋志异》等。由潘继柄翻译、裴纪校订的《三国志演义》全译本于 1959 年由河内普通出版社再版，1962 年再版，其校订者裴纪为越南著名科学家，他依据北京人民文学出版社出版的《三国演义》对潘继柄的译本作了不少修改，并附上他翻译的人民文学出版社的《三国演义·前言》。潘武和汝成根据北京人民文学出版社 1959 年出版的《儒林外史》合译了《儒林外史》全译本，于1961 年由河内文学院文化出版社出版。译者还在《序言》中对《儒林外史》及其作者进行了介绍和分析。瑞定的越译本《西游记》于 1961 年出版，其依据北京作家出版社 1957 年的排印版《西游记》译成。该书中附有多幅根据上海人民美术出版社出版的画册拍摄的插图，并附有 4 篇由北京人民出版社提供的、专门介绍和研究《西游记》及其作者的文章：《吴承恩的思想、生活及其〈西游记〉的来源》、《〈西游记〉的思想意义》、《〈西游记〉的艺术成就》、《〈西游记〉的评论与研究》。由陶贞一、阮阔各自选译的《聊斋志异》分别于 1950 年、1959 年出版，阮春和与阮文早合译的《聊斋》选译本于 1954—1956 年由河内大学与专业中学部综合大学文学系出版。此外，由著名翻译家南珍（1907—1967）等人翻译的《诗经》、《楚辞》、《唐诗》、《宋词》，以及李白、杜甫、陆游等人的诗歌译本也纷纷出版。胡浪等人合译的《错斩崔宁》、《杜十娘怒沉百宝箱》、《卖油郎独占花魁》、《吴保安弃家赎父》等十余则宋元著名话本和拟话本也结成《中国话本集》于 1964 年出版。

（二）　中国传统文学在越南的影响

由于中国与越南有着两千多年紧密的政治、经济、文化联系，因此尽管从 19 世纪下半叶开始越南汉喃文学逐渐被拉丁化越南语文学所取代，但两国之间的文学与文化交流并未因为语言文字的改变而中断，而 20 世纪以来越南文译介和移植中国传统文学的热潮则反映了这种无法割断的文化联系。中国古典文学也因其深刻的思想性和强烈的艺术魅力获得越南人民和文艺工作者的喜爱和赞誉，如越南人民非常崇拜《三国演义》中的关羽，许多地方建有关帝庙，很多家庭供奉着关公的画像，而且在日常生活中已经把小说中人物的名字当成形容词来用，如"张飞脾气"（急躁）、"曹操性格"（多疑）、"诸葛智谋"（足智多谋）等。越南著名学者邓台梅曾谈及自己幼年时迷恋《三国演义》，在阅读过程中被"快乐和悲怆轮番叩击"着"心扉"的情形。[1]《水浒传》的译者罗辰认为：《水浒》是中国古典文学中一部具有现实意义的作品，它歌颂了正直人的自强自力，不甘受朝廷束缚，不愿做昏庸君主奴仆的精神。《水浒》就像一颗珍珠，它不仅是中国人民的骄傲，也是亚洲人民的骄傲。[2]《儒林外史》的译者潘武和汝成肯定了该小说作为社会讽刺小说的意义，并对其语言艺术给予高度的评价："《儒林外史》的文字别具一格，有史家文字的特色，遣词造句，往往包含着批判和讽刺意味。这样的文字表面看来朴实无华，仔细推敲，却能感到作家驾驭语言的高度艺术技巧。这种情况也使人联想到吴敬梓之前的司马迁和吴敬梓之后的鲁迅的笔锋。"[3]《聊斋志异》的译者、越南汉学家阮孝克在译本的序言中道："蒲松龄的知识渊博，文笔精炼流畅，运用典故自然恰切，因而他的作品非常引人入胜，令人爱不释卷。"[4]越南著名汉学家、文学家、越中友好协会会长裴杞在《红楼梦》越译本的"前言"中高度评价该著作"内容丰富、艺术瑰丽、情节曲折"，具有悲剧美学的深度，并指出翻译这部中国名著是"为了促进中越两国的文化交流"。[5]

在拉丁化越南语被广泛传播、使用后，中国通俗文学也被视为越南翻译文学遗产中珍贵的一部分。这些被译成越南文的中国文学作品，对越南现代文学的发展产生了相当大的影响。[6]

1. 邓台梅：《在学习和研究的道路上》，第 2 集，第 191—192 页，河内：河内文学出版社，1969 年版，转引自孟昭毅：《东方文学交流史》，第 251 页，天津：天津人民出版社，2001 年版。

2. 王丽娜：《中国古典小说戏曲名著在国外》，第 71 页，上海：学林出版社，1988 年版。

3. 转引自孟昭毅：《东方文学交流史》，第 254 页，天津：天津人民出版社，2001 年版。

4. 转引自王丽娜：《中国古典小说戏曲名著在国外》，第 235 页，上海：学林出版社，1988 年版。

5. 转引自孟昭毅：《东方文学交流史》，第 255 页，天津：天津人民出版社，2001 年版。

6. 本部分"中国传统文学在越南的移植与影响"参见颜保著，卢蔚秋译：《中国小说对越南文学的影响》，见 [法] 克劳婷·苏尔梦编著，颜保等译：《中国传统小说在亚洲》，第 191—236 页，北京：国际文化出版公司，1989 年版；[法] 克劳婷·苏尔梦：《总论》，见 [法] 克劳婷·苏尔梦编著，颜保等译：《中国传统小说在亚洲》，第 17 页，第 20 页，北京：国际文化出版公司，1989 年版；王丽娜：《中国古典小说戏曲名著在国外》，第 22 页，第 46—49 页，第 71 页，第 110 页，第 235 页，第 251 页，第 260 页，上海：学林出版社，1988 年版；孟昭毅：《东方文学交流史》，第 250—256 页，天津：天津人民出版社，2001 年版；饶芃子主编：《中国文学在东南亚》，第 24—30 页，广州：暨南大学出版社，1999 年版。

三、 中国传统文学在柬埔寨的移植与影响

中国人移居柬埔寨有着悠久的历史，元朝周达观的《真腊风土记》曾记载宋元时期的中国商人和水手与真腊（今柬埔寨）当地人通婚杂处的情形。19 世纪下半叶至第二次世界大战期间，更多的华人从中国东南沿海的广东、福建两省移居至柬埔寨。华人移民在与当地人民杂处而居时，对当地的语言文化也产生了影响，如柬埔寨语就吸收了数百个汉语词汇。此外，中国文化也经由华人移民的迁徙而在当地传播和移植。

除了上述华人移民的传播与影响外，古代中国官方在政治和文化方面也产生了不容忽视的影响，如暹罗国王和达官贵人因受中国皇朝模式的影响而总要身着中国官服让画家画像，因此当深受中国汉文化影响的越南人在 19 世纪上半叶对柬埔寨取得军事上的优势时，他们便凭借武力宣传中—越的政治和文化模式，经常依据官阶向柬埔寨国王和官吏赠送中国式样的服装，试图使柬埔寨"文明化"。

18—19 世纪，中国传统文化的一些艺术形式如戏剧、民间艺术等已经在柬埔寨产生影响，并远远超出当地华人社会的特定作用所产生的影响范围，如 19 世纪中叶，中国剧团在柬埔寨皇都乌龙山为平民演出，在私人府第唱堂会，并在皇宫献艺，定期参加宫廷举办的公共喜庆活动等，其表演节目有戏剧演出和魔术等。由于中国传统文学艺术的传播，这时期出现了以柬埔寨语言文字翻译的中国文学作品。

（一）　中国传统文学在柬埔寨的移植

19 世纪中叶，柬埔寨出现了中国古代故事的手抄本，这是一些曾在佛教寺庙里写过诗的福建人后裔以柬埔寨语翻译或改译的，其中有《许汉文和白蛇、青蛇的故事》、《昭君公主的故事》、《狄青的故事》与《西汉的故事》。

《许汉文和白蛇、青蛇的故事》写于 1860 年，以柬埔寨古典诗歌的四音步诗体写成，内容是中国家喻户晓的许仙和白蛇、青蛇的故事。作者没有署名，只知道是福建人后裔，生在金边，曾在斯拉卡克寺学习过，刚刚学会写诗。这个译本很可能是作者根据中国原著而依照高棉诗歌规则写成的。该故事的梗概如下：在太守韩吉胡统治下的吉吞东地方有个昂姓商人，其女名谭，另有一子名汉文。谭小姐嫁给一个叫许昆胡的年轻人为妻。商人死后，年幼的汉文遂由姐姐和姐夫照料抚养。汉文 16 岁时，跟一个富商学习经商，后来与化装成美女的白蛇和青蛇相爱，并娶她们为一妻一妾。

《昭君公主的故事》写于 1897 年，全本分 9 册，每册约 50 片棕榈叶，共 465 片，以 19 世纪下半叶以来一直被柬埔寨人使用的高棉七音步和八音步诗体写成，约 10 000—15 000 诗行。作者名陈小，是位小乘佛教寺庙里的福建籍僧人，《昭君公主的故事》是由其女亲属（母亲或伯母）口述的，其汉文原文可能是以福建话写成的七言歌谣体。该故事讲述的是关于中国人和高棉人之间的敌对情况，故事中的地点在中国，不过作者在故事开始时以典型的柬埔寨式的方式首先向"三珠"祈祷，并向其父母和精神教师致敬，而且诗中对自然界的描写也完全是典型的柬埔寨式。

《西汉的故事》是中国著名历史小说《西汉演义》首章的散文译本，全书共 21 页，采用西方的记事簿式样，以及 19 世纪末柬埔寨文的拼写方式。译者没有署名。故事梗概如下：秦国国君之子异人奉父命领兵攻打赵国，不幸兵败被俘，并被扣押为人质。一个名叫林吕不韦的富商见异人有贵人之相，遂与其结交，并将自己已经怀有身孕的第三房妻子朱姬送给异人为妻。朱姬后来生下她和林吕不韦的儿子楚政。在林吕不韦的精心策划和帮助下，异人终于逃回秦国，后来还登上王位，并立朱姬为王后，而林吕不韦也被任命为宰相。异人在位 13 年后去世，由太子楚政继位。7 个月后，秦王楚政听说王太后与林吕不韦私通，遂下令处死王太后，林吕不韦则饮鸩自杀。在一个叫韩信的官员的指责下，秦王才知道林吕不韦是自己的亲生父亲，于是下令建造一座与其母陵墓相似的墓地安葬林吕不韦。在秦王楚政的统治下，秦国的 7 个属国按时纳贡，人民安居乐业，日渐富足。

19 世纪的这几篇中国作品的译本或改编本大多为中国历史小说，也有民间传说，这反映了柬埔寨福建籍华人包括不通文墨的妇女和寺庙僧人对中国历史小说和民间传说持久的兴趣和爱好，这应该是他们讲述、流传、翻译和移植这类中国作品的原因。不过，由于口头流传过程中难免造成失真与讹误，以及受当地文化和习俗的影响，这类译本有的与中国原著有所差异。如《西汉的故事》中对人名、地名以及故事情节作了某些改动：吕不韦的名字被冠以"林"姓，秦国派来接应异人的将领由原文中的"章邯"被改成"南海昆"，接应地点由"黄河东岸"改为"彭迭河"，秦王在原文中并未处死与人私通的母亲，在译本中却下令将母后处死等。有的则以柬埔寨的文学形式加以改译，并在某种程度上体现出本土化的色彩，如《许汉文和白蛇、青蛇的故事》以柬埔寨古典诗歌的四音步诗体译写而成；《昭君公主的故事》以高棉七音步和八音步诗体写成，并且增加向"三珠"祈祷以及向其父母和精神教师致敬这类形式，而且诗中对自然界的描写也是典型的柬埔寨式，这应该是由于福建人后裔对居住国文化的风格和韵律规则的接受而产生的柬埔寨化。

20 世纪 20 年代，一种明显受中国巨大影响的新型通俗喜剧"巴萨克戏剧"在柬埔寨出现。

这种戏剧长期在交趾支那（今越南）上演，后来由流动剧团带到柬埔寨。"巴萨克戏剧"带有中国戏剧里经常出现的那种交替运用对白、有节奏的吟诵、歌唱和杂技演员的示意动作等特点。女角由身着柬埔寨服装的演员扮演，她们的表演主要表达了怀念、伤感的情愫，带有典型的柬埔寨抒情风格，而男角则身着中国服装，勾着中国脸谱，并用中国方式演唱。其上演的剧目有改编自中国传统文学作品的《三国》、《昭君》、《哪吒》、《薛仁贵》和《狄青》等，并获得巨大的成功。

20 世纪 20 年代后期，随着柬埔寨的都市化和城市资产阶级的兴起，以及印刷术这种新技术所带来的新型传播方式，柬埔寨报章杂志开始刊登中国小说的译文。1936 年底，一份名为《那尕拉哇塔》（Nagara vatta）的杂志发表了根据中国《三国演义》改编的连载故事。1945 年，一篇叙述中国唐代高僧历险故事的小说《玄奘》由妮肯戊么（Nhok Thaen）在《柬埔寨太阳》杂志上发表。努肯于 1948—1961 年一直致力于《三国》的翻译，该译本也刊登在《柬埔寨太阳》杂志上。

到 20 世纪五六十年代，由于中国和柬埔寨政府同意通过促进华人归化柬埔寨社会来解决当地华人问题，因此中国文化影响不再被看成是外国的东西。来自香港的武侠电影开始进入柬埔寨市场，成了支持中国影响的一种重要形式。与此同时，一些在北京出版的以法文翻译的中国文学作品也充斥着柬埔寨的中国书店，因为这类宣传文学经常带有道德说教色彩，在一定程度上与柬埔寨人的某些精神实质相契合，因而受到柬埔寨读者的欢迎。这些因素有助于柬埔寨人在文化方面接受中国的习俗和趣味，尤其有助于接受那种在城市发展过程中不断受到肯定的中国社会成就的典型。当时在报纸上连载中国作品变成一种时尚，如法文日报《柬埔寨电讯》、高棉文日报《和平岛》和《祖国报》均连载翻译成法文或高棉文的中国小说，媪车喔（Or Chok）和媪克音三（Or Kim San）两兄弟被指定为《祖国报》翻译中国文学作品。此外，一些极力迎合这种流行趣味的柬埔寨作家开始把卖座的中国电影改写成通俗小说，如一部根据中国梁山伯与祝英台的爱情故事摄制而成的富有浪漫色彩的中国电影在柬埔寨大获成功后，于 60 年代末被改编成柬埔寨文的连载故事在当地发行。有些柬埔寨小说家竟至和一些华人合作，由华人口译通俗的中国故事，然后再由他们用柬埔寨文进行改编。这种对中国文学作品的喜爱，使报纸实际上变成了文学传单，因为读者买报纸并不是为了阅读新闻报道，而是为了追看连载的中国故事。由于日益增大的需求量，连载作品的内容也变得丰富多样，并且出现连环画版，甚至直接照搬中国的连环画，只是以柬埔寨文代替中文而已。

以下是能够查到的 20 世纪六七十年代初单独出版或载于报纸的中国小说译作：

《佩戴魔剑的姑娘》（元特里（Yonn Tri）译）

《侏儒之国》、《红鹰英豪》、《英雄张吾洲》、《五音鹅》（媪车喔、媪克音三译）

《陈王子》、《九盏灯》（忒冲译）

《使人心碎的魔琴》（译者不详）

《三国》（孔文春译）

《蝴蝶—剑—陨星》（喜盟义译）

《蛇剑》（译者不详）

《人世间》（译者不详）

《七灵剑》（僧乌梯译）

《天女散花》（孔乐译）

《七龙》（罗纳·拉波特译）

其中喜盟义翻译的《蝴蝶—剑—陨星》分 36 册，总页数为 578 页，1972 年由祖国出版社出版，共印刷 20 000 本；孔乐翻译的《天女散花》于 20 世纪 70 年代初由班里呸出版社出版；罗纳·拉波特的《七龙》则是从柬埔寨文转译成法文。

（二）　中国传统文学在柬埔寨的影响

中国传统小说在柬埔寨移植和传播的过程中，还对柬埔寨现代文学产生了影响。一些讲汉语的华裔柬埔寨作家开始大胆地创作明显带有中国作品直接影响痕迹的小说。中国小说的某些风格也和柬埔寨的文学特点混合在一起，如 20 世纪 50 年代发表的柬埔寨长篇小说一般都带有某种夸张的感伤情绪，从其标题可以窥见一斑，如《枯萎的花朵》、《激情》、《破碎的心》、《哭泣的农家少女》、《孤儿》等，但是 60 年代以来出版的长篇小说却转为情节型，而且多少带有"传奇小说"的一般倾向，如《女司令》、《血仇》、《恶魔的宫殿》、《魔臂骑士》、《野眼镜蛇》等，还有少量小说则带有说教的性质，如《可爱的妻子》、《青春的命运》、《寻求和平》、《楷模》等，这可能是受到中国文学作品某些影响的缘故。

此外，依据中国作品改编而成的柬埔寨长篇小说日渐增多，如 1966 年以后出版的《战斗的刽子手》、《钻石的秘密》、《五座高墙》、《红鹰》、《王冠的象征》、《皇家城堡》、《红鹰魔鬼》、《申达·马尼的剑刺》、《巨剑》、《黑蛇标志》、《女剑客》、《金门瑰宝》、《血手指》、《铜棺》、《独眼英豪》、《修女金思音》、《断剑》、《秘密的神圣雕像》、《铜星》、《七只魔手》等。

20 世纪中叶柬埔寨掀起的中国文学热，与柬埔寨的历史、现实和社会生活的特点有关，因为柬埔寨人试图借助中国历史小说和其他文学作品来探寻自身国家的历史进程以及时代和社会的变迁。学者金福弟和雅基艾·纳波特认为，从 20 世纪 60 年代以来，柬埔寨一直遭受着危机，传统价值和公认的惯例接连崩溃，人们可能无意识地从中国文学中严肃的道德说教，以及武侠故事所表现的质朴的正义中寻求答案。同时，这类经常表现中国人反抗外族和压迫者(如满洲人、匈奴人和西方人）的战斗文学，可能向柬埔寨人提供了那种在他们自己的文学中所未曾看到的民族主义的典型。[1]

1. 本部分"中国传统文学在柬埔寨的移植与影响"参见 [柬] 金福弟、[法] 雅基艾·纳波特著，冯国忠译：《十九和二十世纪中国文学对柬埔寨的影响》，见 [法] 克劳婷·苏尔梦编著，颜保等译：《中国传统小说在亚洲》，第 240—279 页，北京：国际文化出版公司，1989 年版。

第二节　中国传统文学在印度尼西亚、新加坡、马来西亚的移植与影响

东南亚海岛地区的印度尼西亚、新加坡和马来西亚在 19—20 世纪也出现翻译和移植中国传统文学的热潮，当地土生华人（或称侨生华人）在其中扮演着十分重要的角色。伴随着中国传统文学的传播和移植，印尼、新加坡和马来西亚的文学艺术及社会文化受到了多方面的影响。

一、　中国传统文学在印尼的移植与影响

中国古代史籍和著作中有不少关于印度尼西亚的记载，如《后汉书》记载公元 132 年叶调

国（今爪哇）遣使来华之事，《新唐书·诃陵传》生动描述了爪哇诃陵国民风淳朴、路不拾遗的社会风貌。此外，南宋周去非的《岭外代答》、赵汝适的《诸蕃志》，元代汪大渊的《岛夷志略》，明代马欢的《瀛涯胜览》、费信的《星槎胜览》、张燮的《东西洋考》，清代王大海的《海岛逸志》、谢清高的《海录》、徐继畬的《瀛寰志略》等，都有关于印度尼西亚群岛的相关记载，可见中国与印尼的交往历史源远流长。

中国与印尼的文化交流也有悠久的历史。《宋书·呵罗单国传》记载印尼呵罗单（今苏门答腊）国王毗沙跋摩于公元 433 年派遣使者给中国政府递交一封国书，这是中国与印尼邦交最早的公文，而这封国书就是用汉字书写的。《宋史》也记载公元 1082 年印尼室利佛逝王国公主用汉文写给广州提举市舶孙迥的一封信。此外，中国史籍也有关于印尼马来语和爪哇语等的记载，如公元 7 世纪，唐代高僧义净在《大唐西域求法高僧传》中多次提及的昆仑语，即古马来语；15 世纪马欢的《瀛涯胜览》"爪哇国"条中记载爪哇语"有文法"、"甚美软"，"苏门答腊国"条则称当时的亚齐"言语书记"与"满剌加国相同"，其"满剌加"今多作"马六甲"。另外，随着几个世纪以来大批中国沿海移民的南渡，以及民族之间的相互交往与文化交流，马来语和汉语都出现借用对方词汇的音与义的情况。根据学者孔远志的研究，马来语中的汉语借词多达 1 000 多个，而汉语中的马来语借词则有 200 多个。其中马来语中闽南方言借词多达 91%，这是因为在印尼和马来西亚的华人中福建闽南人占相当大的数量，而且最早的中国移民大都来自闽南，而这些漳泉籍的华人移民常数年或数十年才回返家乡，甚至一生不返，其子弟易于同化于印尼人，加上闽南籍的华人经济、政治和文化的力量较大，与当地人民的生活关系也更密切，而且他们大量聚居在经济和文化发达的爪哇岛，这就大大促进了闽南方言的传播和影响。[1]

1. 参见孔远志：《中国印度尼西亚文化交流》，第 111—178 页，北京：北京大学出版社，1999 年版。

（一）　印尼土生华人与中国传统文学的移植

中国传统文学在印尼的移植和传播与印尼土生华人有着密切的关系。印尼华人大致可以分为土生华人（Peranakan）与新客华人（Toto）。土生华人已不谙华文，新客华人则仍操华语或中国方言。根据史籍记载，至少在 15 世纪，印尼的爪哇岛和苏门答腊岛已有中国移民居住于当地。19 世纪以前，移居印尼的华人主要为福建男性移民，他们与当地非回教徒或名义上的回教徒女人结婚，然后定居下来。这些华人及其混血后裔组成了一个相当稳定和统一的社会，

俗称"土生华人社会"。19 世纪前半叶，这一社会渐趋自立，因为其间的男女比率渐渐平衡，

因而土生华人男性减少了与当地女人的通婚。土生华人一般具有母系方面的土著血统，并继承

土著母亲的文化细胞，他们大多不会讲中国方言或华语，而是以当地语言沟通，不过他们仍然

接受了来自父系方面的中国传统文化习俗的教育。在第二次世界大战之前，富裕的土生华人可

能接受荷兰教育，贫穷者则就读于中华会馆，但一般都以马来语或当地的某种语言作为交际工

具，如在爪哇岛上的土生华人掌握了爪哇的方言和文字，而在苏门答腊岛上的土生华人则掌握

了马来语和阿拉伯文字的马来语。由于土生华人主要为福建闽南人后裔，因此他们的语言夹杂

着一些福建闽南词语，其名字也是根据福建闽南读音拼写。新客华人为较晚迁入的移民，所以

1. 参见 [新] 廖建裕：《印尼土生华人文学初探》，见 [新] 廖建裕：《印尼华人与社会》，第 135—136 页，新加坡：新加坡亚洲研究学会，1993 年版；[新]

仍然保持着中国文化传统，但是由于当地条件不利于华人社会的发展，他们在爪哇出生的子女

谷衣 (廖建裕) 著，杨睿译：《浅谈战后功夫小说在印度尼西亚》，见 [法] 克劳婷·苏尔梦编著，颜保等译：《中国传统小说在亚洲》，第 458 页，北京：

很快就土生化了，并融入土生华人社会里。[1] 不过，从 18 世纪初开始，印尼巴达维亚 (今雅加达)

国际文化出版公司，1989 年版；[印尼] 耶谷·苏玛尔卓 (Jakob soemardjo)：《马来由华人文学里的诗》，见 [印尼] 耶谷·苏玛尔卓 (Jako soemardjo) 著，

已开办汉文学校，富有之家从中国聘请教师教育他们的子弟，最有权势的家庭则把他们的子弟

[印尼] 林万里译：《印尼侨生马来由文学研究》，第 80 页，香港：获益出版事业有限公司，1998 年版。

送到中国接受教育[2]，这就使土生华人中间出现一批熟谙中文与当地语言的人才，为土生华人

2. 参见 [法] 克劳婷·苏尔梦：《汉文小说的马来文译本在印度尼西亚》，见 [法] 克劳婷·苏尔梦编著，颜保等译：《中国传统小说在亚洲》，第 296 页，

翻译中国传统文学创造了条件。

北京：国际文化出版公司，1989 年版。

　　随着土生华人在经济上的发展，他们对文化上的需求也越来越强烈。虽然许多土生华人不

懂汉语，但由于荷兰殖民政府实行"村落政策"，将华人圈定在一定的区域内与其他种族隔离

而居，因而华人只对本族先辈代代相传的民间故事比较熟悉。而每逢过年过节及其他喜庆日子，

一些娱宾的文艺表演如傀儡戏或叫布袋戏 (PO—TE—HI)，以及地方戏所演出的剧目，大多

选自华人熟悉的中国小说和民间故事，如《梁山伯与祝英台》、《木兰从军》、《薛仁贵的故事》

等，而且巴达维亚的寺庙、市场和街道上经常出现"说书人"，其说书内容多采自中国古典小

说如《三国演义》和《水浒传》里的英雄故事，这就使得土生华人对祖辈传统文化产生兴趣，

并希望能够阅读和欣赏到中国传统文化艺术，以满足他们的文化和精神需求。[3]

3. 参见孔远志：《中国印度尼西亚文化交流》，第 182 页，北京：北京大学出版社，1999 年版；[印尼] 林万里：《印尼侨生马来由文学》，见 [印尼] 耶谷·苏

　　另一方面，近代以来中国的民族主义热潮也影响到海外华人。随着印尼华人民族主义运动

玛尔卓 (Jakob soemardjo) 著，[印尼] 林万里译：《印尼侨生马来由文学研究》，第 20 页，香港：获益出版事业有限公司，1998 年版。

的发展，在土生华人社会中也出现向中华文化回归的势头，他们希望通过中国传统文学了解中

华文化的风貌，而中国历史小说之所以在他们心中激发起民族感情，可能就是源于他们有一种

民族延续感和民族传统意识。如土生华人欧英强翻译《西游记》不仅仅是为了向读者介绍其故事，

更是为了向读者宣示其"隐藏的含义"："希望通过这种方式来显示《西游记》作为严肃的和

有意义的文学作品的价值，同时使听众了解古代中国巨大的哲理遗产。"[1]

1. 参见梁立基、李谋主编：《世界四大文化与东南亚文学》，第 122 页，北京：经济日报出版社，2000 年版。

在印尼土生华人对中国传统文化和文学的强烈需求下，印尼华人翻译家不仅以华人马来文翻译中国文学作品和民间故事，还以爪哇文、望加锡文、巴厘文和马都拉文等翻译、移植和改写中国文学作品，由此促进了中国传统文学在印尼的广泛译介和传播。

1. 中国传统小说的移植——马来文译本

根据法国学者克劳婷·苏尔梦的统计资料，从 19 世纪 70 年代至 20 世纪 60 年代，印尼华人翻译家用华人马来语翻译的中国作品多达 759 部，而同时期译自西方的汉文—马来文译本大约只有 233 部。

在印尼土生华人社会中，人们之间的交际语言是华人马来语，其特点是在语言中参杂了许多福建闽南方言。这种华人马来语后来普及到印尼各个地区、各个民族和种族之间，成为带有普遍性的共同用语，被称为"通俗马来语"（Malayu Rendah），或者"巴刹马来语"（Malayu Pasar），或者也称为"栢达维马来语"（Malayu Betawi）。由于社会上广泛使用这种通俗马来语，土生华人在进行文学创作和翻译中国传统文学作品时必然采用这种自己熟悉、也是社会广泛通行的语言。[2]

2. 参见 [印尼] 林万里：《印尼侨生马来由文学》，见 [印尼] 耶谷·苏玛尔卓 (Jakob Soemardjo) 著，[印尼] 林万里译：《印尼侨生马来由文学研究》，

伴随着印尼华人民族主义的发展以及土生华人经济力量的增长，20 世纪初的印尼出现了不

第 15 页，香港：获益出版事业有限公司，1998 年版。

少华人创办的报刊和印刷厂。据学者统计，20 世纪 30 年代以前华人创办的马来文报刊有：三宝垄的《马来鼓声报》（1885）、《综合新闻》（1902）、《中爪日报》（1909）、《亚洲》（1921）、《华报》（1922），苏加巫眉的《理报》（1901），泗水的《泗水新闻》（1902）、《东方之光》和《春秋》（1914）、《油灯》（1923）、《新日报》（1924）、《公众之声报》（1925），巴达维亚的《商业新闻》（1903）、《新报》（1909）、《光报》（1921）、《明星》（1922）、《竞报》（1923），梭罗的《译报》（1904），巴东的《苏岛之光》（1918），棉兰的《南洋日报》（1922），万隆的《新民报》（1925），等等。[3] 这些马来文报刊在相当长的一段时期里用的是华人马来语，

3. 参见孔远志：《中国印度尼西亚文化交流》，第 183 页，北京：北京大学出版社，1999 年版。

它们为中国传统小说的马来文译本提供了发表的园地，同时也有利于中国传统文学的广泛传播。而华人创办的印刷厂使得译者可以更容易地将自己的译作印刷出版，并且将翻译工作与商业行为结合在一起，从而在市场化的过程中持续进行中国传统小说的译介工作。

第一部被译成马来文的中国小说是《海公小红袍全传》中的最后几章，1882 年在巴达维亚

出版时的节译本书名为《华人所撰周文玉之子周观德故事》。
1883 年译介的中国小说有历史小说如《三国演义》、《列
国志》，言情小说如《五美缘》、《粉妆楼全传》，公案
小说如《乾隆游江南》、《三合明珠宝剑》，神怪小说如《白
蛇精记》等。中国古典名著《三国演义》的马来文译本的
题目是《三国，一个在中国大陆的古代故事，改写自三国
故事》，译者是钱洪连（Tjhie Ang Lien），该译本由巴
达维亚的凡·得乐公司出版。其他作品的译者有林和兴（Lim
Ho Hin）、源美号（Goan Bie Ho）等。

　　1884—1886 年的翻译小说多达 40 余部，其中历史小说
有《孙庞斗智演义》、《锋剑春秋》、《东西汉演义》、《双
凤奇缘》、《薛仁贵征东征西》、《罗通扫北》、《反唐演义》、《绿
牡丹》、《飞龙全传》、《五虎平西、平南》、《万花楼》、
《杨文广平闽全传》、《朱洪武演义》、《正德皇帝游江
南》、《三宝太监下西洋》等，以及陈晓赤（Tan Siauw
Tjiak）于 1886 年在泗水重译的《三国志演义》；武侠小说
有《水浒传》、《瓦岗寨演义》；神怪小说有《西游记》、《封
神演义》；言情小说有《梁山伯与祝英台》、《陈三五娘》
等，以及钟福龙译自《今古奇观》的一部短篇小说集。中
国古典名著《水浒传》的马来文译本是以书中的主人公名
字"宋江"为书名的，该译本于 1885 年由钟隆达（Tjiong
Loen Tat）翻译出版。《西游记》则于 1886 年由施显龄翻
译成马来语在三宝垄出版。为了吸引顾客，这一时期出版
的译本大多数附有插图，有些插图是根据汉文原版书复制
的，但更多的是由当地画家绘制的。在后一种插图中，有
些明显受到西方的影响，还有一些则是以汉文版为样板。

图 7　《列国志》的马来文译本（刘文
昌译，1883 年）封面 [1]

1. 本图片采自 [印尼] 林万里《印尼侨生马来由文学》，
见 [印尼] 耶谷·苏玛尔卓（Jakob Soemardjo）著，
[印尼] 林万里译：《印尼侨生马来由文学研究》，
第 139 页，香港：获益出版事业有限公司，1998 年版。

这期间的马来文译者有林和兴、陈振华(Tan Tjin Hoa)、钟福龙(1847—1917)、李金福(1853—1912)、施显龄等 10 余人，他们来自爪哇各地，如巴达维亚、三宝垄、苏甲巫眉和茂物。其中施显龄在马来文和汉文方面都受过良好的教育，担任过记者和编辑，甚至自己创办过报纸。另一位译者李金福没有受过很好的汉文训练，他的翻译作品是与陈起南、戴百泰合作翻译的，他还在茂物创办了自己的印刷厂，称为李金福公司。

1887—1910 年间新翻译的中国小说有《八美图》、《木兰从军》、《宋太祖三下南唐》、《北游记》、《西游记》、《镜花缘》、《刘大将军平倭战记》、《小红儿》等。此外还重译或重版之前翻译过的小说如《三国》、《万花楼》、《白蛇精记》等，显见这些中国小说颇受读者的欢迎和喜爱。这个时期的译者有文盛号、李金福、钟福龙、叶源和、魏 P.H.、杨振源（Jo Tjin Goan)、Y.T.H.、钱仁贵、李云英，以及女翻译家张蒋娘等。其中泗水的钱仁贵是位十分出色的翻译家，一生翻译的小说不少于 14 部。据说他精通汉文，从汉文报章上翻译了许多文章，在进步华人创办的马来文报章如苏甲巫眉的《理报》上发表。其翻译的《三国》马来文译本书名很长：《三国或者三个国家之间的战争（内附插图）。这是一个确实已经发生在古代中国的故事。那就是从二世纪开始，即公元一七五年至公元二六九年。从中国语言所写的故事翻译成适用的通俗马来由语。最新版本》。该译本长达 4 655 页，由巴达维亚钟昆美公司出版，于 1910—1913 年间分 62 次发表，后又于 1920 年再版。钱仁贵在翻译《三国》时遵循这样的原则，即力图使译文既接近于原文，又适合读者的口味，并且有目的地将原文中的每一个日期换算成相应的公元日期，而且为每一个旧地名注上今名或至少作出解释。为了使读者易于理解，他在译文中增加不少注释，甚至在《三国》译本中附了一幅地图。另一位翻译家李云英（1890—1941）是客家人，生于苏门答腊岛巴东的一个新移民家庭，曾在一所私立学校接受过汉文教育，一生中大部分的时间都在从事翻译工作。他翻译的《三国》先是以连载的形式于 1910 年在巴达维亚的《新报》上发表，随后于 1910—1912 年间以书本形式分 65 册出版，全书共 5 308 页。女翻译家张蒋娘为闽南人后裔，曾为 1906 年创办于茂物的维新派报纸《中华维新报》翻译过小说。

1911—1923 年间以书本形式出版的中国小说的马来文译本约有 80 种，其中初次发表的翻译作品有《海公小红袍全传》、《彭公案》、《荡寇志》、《洪秀全演义》、《三门街》、《孟丽君》（又名《龙凤配再生缘》）、《余之妻》等。其中一些翻译小说深受读者欢迎，如 1916

年由曾发起（Tjan Hoat Kie，？—1957）翻译的讲述明代正德年间故事的《三门街》于 1918 年再版，1913 年由曾顺久（Tjan Soen Kioe）翻译的《孟丽君》于 1921 年再版。当时流行于中国的鸳鸯蝴蝶派小说也吸引了译者的注意，如李云英于 1921 年翻译了徐枕亚的小说《余之妻》。另有一些旧译本如《绿牡丹》、《梁天来》（又名《九命奇冤》）、《好逑传》、《正德游江南》等有的重版，有的重新在报纸上连载后以书本形式出版，或以其他译者的名义再版，由此可见读者对这类作品的喜爱程度。这个时期的译者有吴兆元、陈德和（Tan Tek Ho，1894—1948）、李心志（Lie Sim Djwe）、王金铁（1893—1964）、钟顺良（Tjiong Soen Liang）、曾发起、钱仁贵、王金铁、曾顺久等。其中吴兆元和陈德和都曾经到中国南京暨南学堂学习，回印尼后在新闻界担任报馆记者或编辑，陈德和后来专门从事武侠小说的翻译。另外还有译者从事出版业或商业，如钟福龙之孙钟顺良经营出版业，曾发起则为商人。

1924—1942 年为马来文翻译中国作品的高峰期，其译作多达 320 种，有大约 100 位译者，其中包括 6 名女性译者。译者中的佼佼者是那些从事新闻工作或经营出版业者，如龙泉林（Liong Djwan Liem）和林天佑（约 1895—1963）为新闻记者，李怜冷（Lie Lin Leng）为东爪哇《精神》（Semangat）杂志（1930 年创办）的编辑，也是本时期最多产的一位译者，何乃全（Ho Nai Chuan）于 1931 年创办《剑侠》杂志，萧百瑞（Sioe Pek Soey）和李心志均担任过《精神》和《剑侠》两个杂志社的社长。这个时期最风行的中国翻译小说为武侠小说，这类小说于清朝末年在中国发展起来，1919 年后风靡各地，并在印尼获得大量读者的喜爱。武侠小说大多在印尼报纸和杂志上刊登，特别是在《新报》和《镜报》上发表，有些则以小型多卷本的形式出版，也常以书本形式辑录几个故事出版。

1942 年，印尼群岛被日本军队占领，报纸和杂志遭到日本占领军的查禁，数以百计的华人记者遭到逮捕、监禁和拷打，翻译中国文学作品的工作也被迫中止，直到第二次世界大战结束后才得以恢复。

1948—1959 年，最受欢迎的中国翻译作品仍然是武侠小说，大部分作品首先在报纸和专门刊载汉文小说的杂志上发表，之后又以书本形式出版。

20 世纪 60 年代以后，老一代华人翻译家和作家一个个退出文坛，新一代华人作家完全融入印尼社会，他们使用的文学语言已不再是华人马来语，而是现代印尼语，因此上述以华人马来语译介中国文学作品的翻译工作终告结束。[1]

1. 本部分"中国传统小说的移植——马来文译本"参见 [法] 克劳婷·苏尔梦著，凌静译：《汉文小说的马来文译本在印度尼西亚》，见 [法] 克劳婷·苏尔梦编著，

2. 中国传统小说的移植——爪哇文译本

颜保等译：《中国传统小说在亚洲》，第 295—327 页，北京：国际文化出版公司，1989 年版；[印尼] 林万里：《印尼侨生马来由文学》，见 [印尼] 耶谷·苏

在 19 世纪中叶以前，一些居住在中爪哇和东爪哇的土生华人在各方面已经适应了印尼当

玛尔卓（Jakob Soemardjo）著，[印尼] 林万里译：《印尼侨生马来由文学研究》，第 21—22 页，香港：获益出版事业有限公司，1998 年版。

地社会，他们大多数不会讲汉语，而是以爪哇语为母语，其中有些华人甚至以爪哇文写作。不过，有些爪哇的土生华人同时掌握了爪哇文和汉文两种语言。19 世纪中叶，印尼土生华人中掀起复兴祖辈文化传统的热潮，这个时期出现了中国文学作品被翻译成爪哇文译本的情形，而且显然比马来文译本出现得更早些，如根据中国小说《薛仁贵征西》节译的爪哇文译本《李世民》出版于 1859 年，而且该译本甚至如中国传统小说常有的那样，在小说卷头有主要人物李世民、徐茂公、李道宗、张妃、程咬金、秦怀玉和薛仁贵的墨绘像。

不过，翻译成爪哇文的中国作品数量比马来文译本少，有学者列出爪哇移植中国小说的若干书目，现简介如下：

中国小说原著	爪哇文译本名称	译者	翻译／印行年份
《薛仁贵征西》	《李世民》	峇峇丁旺	1859
	《李世民》		1867
	《忠于天子》		1931
《五虎平西》	《狄青将军》	卡利雅勒扎	1862
《罗通扫北》	《中国武侠演义》		1862
	《罗通》	陈振源	1881
《说唐征西》	《说唐征西》	萨斯特拉·库苏玛	19 世纪 70 年代
《梁山伯与祝英台》	《山伯英台故事》		
	《山伯英台》		1880
《三国志演义》	《三国演义》	古纳万	约 1887—1910
	《三国》		1890—？
	《马超》		
《三合明珠宝剑全传》	《马俊》		1931
《五虎平南》	《五虎平南》	王和全	1913

《反唐演义》　　　　　《唐代史话》

其中一些中国小说不仅有单个译本，如《薛仁贵征西》、《罗通扫北》、《梁山伯与祝英台》、《三国志演义》等都被重译多次，显见这些中国小说深受人们的欢迎和喜爱。另外，中国小说的爪哇文译本有的直接根据中国原著翻译，有的则从马来文译本转译，如古纳万的《三国演义》就转译自马来文版本。

此外，翻译成爪哇文的中国小说还有《薛仁贵征东》、《狄青万花楼》、《狄青平西》、《赵匡胤飞龙传》、《杨宗保》、《杨家将》等。

爪哇文译本的翻译者有峇峇丁旺（Baba Tig Og）、王和全（Ong Ho Tjwan）、陈振源（Tan Tjin Gwan）、陈英秀（Tan Ing Siu）、杨顺章（Njoo Soen Tjiang）、萨斯拉宁格勒特（A. Sasraningrat）、卡利雅勒扎（Karyareja）、萨斯特拉·库苏玛（Sastra Kusuma）、古纳万（R. Gunawan）、卡尔塔苏伯拉塔（M. Kartasubrata）等。其中峇峇丁旺为东爪哇谏义里的土生华人，由于十分喜爱中国史而被约请翻译《李世民》；王和全和陈振源分别为东爪哇布洛拉和巴厘岛的华人；卡利雅勒扎、萨斯特拉·库苏玛、古纳万等译者为典型的爪哇或印尼人名字。这提示了两种可能：一是这些译者身为华人，但已经融入爪哇社会，甚至很可能已经改信伊斯兰教；二是这些译者本身就是爪哇人或印尼人，他们从马来文译本将中国小说转译成爪哇文。不管这些译者属于华人或其他民族，都说明了中国传统文学是如何吸引印尼翻译者和阅读者的强烈兴趣的。

这些中国文学作品的爪哇文译本大多数以手写本形式归译者或其亲属所有，但其流传范围却并不局限于个人家庭，而是由持有者借给当地华人社团的成员，在婚丧喜庆等特定场合与欢聚一堂的宾客或共度良宵的亲友们讲说这些文本故事。另有少量译本在报纸上连载或正式出版成书，如《三伯英台》首次刊登在 1873 年由中爪哇三宝垄出版的凡·多普（Van Dorp）《爪哇年鉴》上，后来又于 1880 年刊登在中爪哇梭罗出版的爪哇文《布拉玛塔尼报》（Bramartani）上。其他如《忠于天子》和《马俊》等在 20 世纪由巴莱出版社以书本形式出版。[1]

1. 本部分"中国传统小说的移植——爪哇文译本"参见 [法] 克劳婷·苏尔梦著，李宗华译：《爪哇移植中国小说记》，见 [法] 克劳婷·苏尔梦编著，颜保等译：《中国传统小说在亚洲》，第 280—294 页，北京：国际文化出版公司，1989 年版。

3. 中国传统小说的移植——望加锡文译本

19 世纪末之前，居住在望加锡的土生华人也和爪哇的土生华人一样，自成一个华印混血并跨越两种文化的社会团体。直到 20 世纪 30 年代，大部分土生华人妇女仍然不懂汉文，但大都懂望加锡文，而人们公认的是，望加锡土生华人对中国小说译作的兴趣正是从妇女中间掀起的。

那些以手抄本形式出现的望加锡文中国小说如《三国演义》、《薛仁贵传》、《王昭君》等由译者或其亲属掌握，并且和爪哇的情形一样，都是借给一些土生华人妇女，由她们在晚上讲给大家听，其中活动于 1920 年以前的两位土生华人妇女甲加徒阿（Nona Kakatua）小姐和娃淑（Nona Ua Siok）小姐就因为能用望加锡语讲述中国故事而闻名。另外还需指出的是，直到 20 世纪 80 年代，仍然有许多土生华人妇女能够讲述这些故事书。

不过，至今所能找到的望加锡文译本未能早于 20 世纪 20 年代，所知道的译者有林庆容（1875—1937 或 1938）、林正恒（Liem Cheng Heang）和蔡炎惠（Tjoa Yam Hoei）三位，其中享有盛名的是林庆容。林庆容祖籍中国福建漳州长泰，出生于望加锡，受过严格的汉文教育，了解有关中国文化的大量知识，非常喜爱中国文学，同时也很喜欢用望加锡文写诗，这或许可以解释他为何有兴趣将大量的中国传统文学作品翻译成望加锡文。林庆容是位勤奋而多产的翻译家，一生共翻译 60 部中国小说，计 2 000 集，他在晚年时甚至可以靠出租译稿的收入来维持生活，可见其译稿颇能吸引读者的阅读兴趣。

林庆容用望加锡文翻译的中国作品往往以故事主角的名字为书名，这一点与原著不一致，如中国小说《五虎平西》和《双凤奇缘》的望加锡文译本分别名为《狄青》和《王昭君》。其每部译作都冠以拉丁化的望加锡文标题，然后是汉字注音，最后才是书名，而所标的书名是与福建闽南方言相似的拼音字。林庆容译介最多的是中国历史小说，共有 27 部，如 *Sam Po Kong*（《三宝公》，即《三宝太监西洋记》）、*Lie Tjun Hao*（《李存孝》，即《残唐五代史演义》）、*Sun Pin, Tjin Sie Ong*（《孙膑，秦始皇》，即《锋剑春秋演义》）、*Tjo Pa Ong, Han Sin*（《楚霸王，韩信》，即《西汉演义》）、*Si Kong, Hong Kio, Li Tan*（《薛刚，凤娇，李旦》，即《反唐演义》）等；其次是剑侠小说和公案小说，约有 13 部，如 *Bu Siong, Song Kang*（《武松，宋江》，即《水浒传》）、*Tjin Sio Po, Tjapé Loo Oan Ong*（《秦叔宝，十八路反王》，即《瓦岗寨演义》）、*Ma Tjioen, San Ha Beng Tju Pokiam*（《马俊》，即《三合明珠宝剑》）等；另有 7 部志怪小说和 3 部烟粉类小说，如 *Kiang Tjoe Gé, Taki*（《姜子牙，妲己》，即《封神演义》）、*O Pé Tjiao*（《黑白蛇》，即《白蛇精记》）、*Oa Kong daré Keboka*（《悟空和猪八戒》，即《西游记》）、*Beng Lee Kun*（《孟丽君》，即《再生缘》）、*Pé Hong Giok*（《白红玉》，即《玉娇梨》）等；

还有一部 *Kin Ko Kie Koan*（《今古奇观》）短篇小说集

1. 本部分"中国传统小说的移植——望加锡文译本"参见 [法] 基贝丁·哈莫尼克、克劳婷·苏尔梦著，颜保译：《译成望加锡文的中国小说》，见 [法] 克劳婷·苏

译本。[1]

尔梦编著，颜保等译：《中国传统小说在亚洲》，第 422—437 页，北京：国际文化出版公司，1989 年版。

此外，还有巴厘文和马都拉文的中国文学作品译本，如梁山伯与祝英台的故事等。

（二）　中国传统文学移植过程的"印尼化"现象

印尼华人译者在传播和移植中国传统文学的过程中，还对中国作品的某些方面进行改写，使其出现"印尼化"现象，以适应印尼社会文化特色及人们的欣赏与审美习惯。

这方面的典型例子为梁山伯与祝英台的故事。梁祝故事早在爪哇和巴厘文译本出现之前，就因在印尼华人中间众口相传而家喻户晓了。《三伯英台》最初于 1873 年刊登在由中爪哇三宝垄出版的凡·多普《爪哇年鉴》上。此后一个多世纪以来，梁祝故事被翻译成马来文、爪哇文、望加锡文、巴厘文和马都拉文等多种印尼文字，而且出现多种不同的印尼版本，如 1928 年荷属东印度政府巴莱出版社出版的爪哇文诗体版本，书名为《今生来世永相爱》。梁祝故事在改译和改写的过程中，原先故事里的汉文化色彩逐渐减少，代之而起的是明显的"爪哇化"、"巴厘化"和"马都拉化"等倾向。如在 19 世纪 70 年代的两个爪哇文校订本中，英台多次到山伯坟墓前祭奠，还写了祭文并在坟前醑酒，而这些都不是爪哇的葬礼习惯。此后，1902 年的爪哇文译本和 1915 年的巴厘文译本虽然没有全部取消中国特有的祭坟仪式，但已将其改造得符合爪哇和巴厘的丧葬习俗。在现代巴厘文译本中，英台骑着摩托车赴杭州

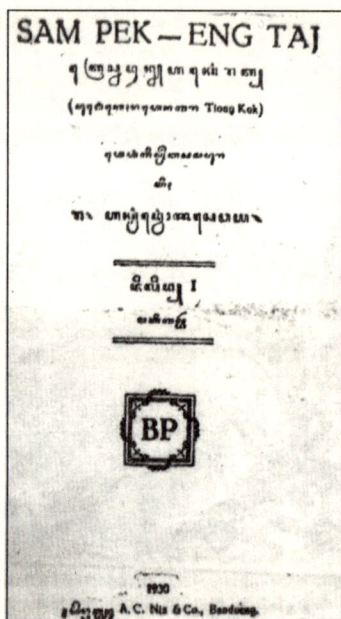

图 8　《三伯与英台》的马都拉文译本（1930）封面 [2]

2. 本图片采自 [印尼] 台台·奥托姆著，徐迅译：《梁山伯与祝英台，一个马都拉语的中国爱情故事》，见 [法] 克劳婷·苏尔梦编著，颜保等译：《中国传统小说在亚洲》，第 441 页，北京：国际文化出版公司，1989 年版。

读书，而且半路上还捎带上山伯，并且只用半个小时就到达杭州。在马都拉文译本中，梁祝故

事也明显"马都拉化"，如人物使用的语言具有马都拉语的话语等级特点，即人物说话时对不

同的人使用不同的语言等级，出身于富商家庭的英台对父母说话时用的是"优雅"语言等级的

词汇，出身于乡村贫苦农民家庭的山伯对英台母亲则用"粗俗"语言等级的词汇；英台与山伯

在杭州的学校生活也出现马都拉文化所共有的风俗，其中所使用的是和伊斯兰教的教育有关的

马都拉语词汇；此外，当英台获知山伯病逝的消息后，即请山伯的仆人四九给梁母送钱以分送

1. 参见 [澳] 乔治·奎恩著，马燕译：《梁山伯与祝英台——一部中国民间爱情故事在爪哇和巴厘》，[印尼] 台台·奥托姆著，徐迅译：《梁山伯与祝英台，

给送葬者和亡者的遗族，梁母和四九则用其中三分之一的款项去做生意。这样的改写确实符合

一个马都拉语的中国爱情故事》，见 [法] 克劳婷·苏尔梦编著，颜保等译：《中国传统小说在亚洲》，第 395—421 页，第 438—457 页，北京：国际文化

马都拉人的社会文化习俗。[1]

出版公司，1989 年版。

　　此外，印尼华人还以马来文诗体"赛尔"（Syair）形式将中国小说改译成韵文译本。第

一部以"赛尔"诗体改写的中国小说出现于 1885 年，后来于 1890 年和 1921 年左右重印过，其

书名分别为 *Boekoe sair Ngouw Houw*（《五虎将诗》）和 *Boekoe sair Ngo Houw Peng Sie*（《五虎

平西诗》）。这部"赛尔"诗体小说描述宋代名将狄青的故事，为《万花楼》的续篇。第二部

韵文改写本是 *Syair Ong Tjiauw Koen Ho Han*（《王昭君和番诗》），发表在出版商叶源和经营

的《光明》（*Sinar Terang*）上。另有 1891 年发表的由张正德（Thio Tjeng Tek）用韵文改写

的《薛仁贵征东》，以及 1900 年在《周报》上发表的根据《八美图》改写的韵文译本。以"赛尔"

2. 参见 [法] 克劳婷·苏尔梦著，凌静译：《汉文小说的马来文译本在印度尼西亚》，见 [法] 克劳婷·苏尔梦编著，颜保等译：《中国传统小说在亚洲》，

诗体改写的还有当时以民歌形式流传于中国的梁山伯与祝英台、陈三与五娘的故事。[2]

第 316—318 页，北京：国际文化出版公司，1989 年版。

　　另外，本书第一章曾提及印尼华人将中国传统小说和民间故事改写成"马来班顿"的诗歌

形式，如 1897 年雅加达的阿尔伯勒特有限公司出版的《消遣娱乐性的班顿集》（作者署名茉莉花），

其内容大量取材于中国的旧小说和民歌，如从《武则天女皇传奇》中摘引出来的《李旦之歌》，

还有《二十四孝之歌》、《山伯—英台之歌》和《陈三五娘之歌》等。此外，印尼华人在推介

中国小说时，也大量使用班顿这种形式，他们专门为中国小说书目编了一套班顿《已译成马来

文的中国小说之歌》（*Sair dari adanja Boekoe Tjerita Tjina njang sudah disalin bahasa*

3. [印尼] 梁友兰 (Nio Joe—lan)：《印度尼西亚华裔文学》（*Sastera Indonesia—Tionghoa*），1962 年版，转引自许友年：《论马来民歌》，第 133—134 页，

Melajoe），把每本小说的精彩内容及其译者的情况逐个加以介绍。[3]

福州：福建人民出版社，1984 年版。

（三）　中国传统文学在印尼的影响

　　从 19 世纪以来，中国传统文学作品以马来文、爪哇文、望加锡文、巴厘文和马都拉文等

译本形式在印尼传播和移植的过程中，对印尼的文学艺术产生了深远的影响。

1. 梁祝爱情故事对印尼文艺的影响

梁山伯与祝英台的故事除了被译成多种印尼文字广泛传播外，还以各种艺术表演形式在印尼各地演出。

在印尼的"斯坦布尔戏"中，梁祝故事有着突出的地位。斯坦布尔戏出现于 19 世纪最后 20 年，是一种以马来语演出的口头相传而有点即兴发挥、载歌载舞的戏剧，通常在舞台上演出。到 20 世纪初期，这种戏剧形式在爪哇深受大众欢迎，并于二三十年代名扬巴厘，而梁祝故事一直是该戏剧的保留剧目。[1]

1. 参见 [澳] 乔治·奎恩著，马燕译：《梁山伯与祝英台——部中国民间爱情故事在爪哇和巴厘》，见 [法] 克劳婷·苏尔梦编著，颜保等译：《中国传统小说在亚洲》，第 400 页，北京：国际文化出版公司，1989 年版。

1931—1936 年，梁祝故事被搬上电影银幕。

近几十年来，梁祝故事又被编成"鹿特鲁剧"、"列农剧"、"吉多伯拉剧"、能咏唱的爪哇"马扎巴特"诗歌体，以及巴厘的"阿里雅舞"等。20 世纪 70 年代中期，中爪哇马格朗的一个克托伯拉剧团演出了梁祝故事。1982 年，来自东爪哇都兰亚干的著名吉多伯拉剧团"大学生文化"，在中爪哇日惹宫殿广场上演吉多伯拉剧目中最流行的一出戏——《山伯与英台的故事》。其演员为爪哇人，演出用语为爪哇语，2 000 多名观众也是爪哇人。不过，尽管服装和舞台装置带有浓重的爪哇色彩，但其故事主要情节仍然是取自中国那部化蝶恋人的著名爱情传奇。1988 年，在雅加达艺术大厦演出的梁祝故事，其故事发生时间被从 4 世纪的东晋改编成 19 世纪末至 20 世纪初的清末，把梁山伯与祝英台说成是去巴达维亚同窗苦读的一对青年男女，故事的结局也由悲剧变成喜剧：在人间化蝶的梁祝，终于在阴间结为终身伴侣。该剧十分卖座，观众如潮，轰动了雅加达。印尼著名剧作家普图·维加雅称赞《梁祝》的演出给人一种赏心悦目的艺术享受。

1989 年，梁祝故事又成为相声的题材，并制成盒式录音带大量销售。

对于梁祝这个从中国移植到印尼，并深受印尼人民喜爱的中国民间爱情故事，印尼文教部长普里约诺博士曾于 1956 年撰文，将其与莎士比亚的名著《罗密欧与朱丽叶》并列为世界爱情悲剧。[2]

2. 参见孔远志：《中国印度尼西亚文化交流》，第 93—95 页，北京：北京大学出版社，1999 年版；[澳] 乔治·奎恩著，马燕译：《梁山伯与祝英台——一部中国民间爱情故事在爪哇和巴厘》，见 [法] 克劳婷·苏尔梦编著，颜保等译：《中国传统小说在亚洲》，第 395 页，北京：国际文化出版公司，1989 年版。

2. 中国传统文学对印尼哇扬戏（皮影戏）的影响

中国传统小说故事还被编入印尼的迪迪哇扬戏或皮影戏演出剧目中。居住在中爪哇的华人创造了一种名为迪迪哇扬戏（TiTi）的皮影戏（Wayang kulit），这是为了在爪哇演出中国历史剧而产生发展起来的。从哇扬戏或皮影戏演员用拉丁文写的中国历史剧的说明书来看，其演出剧目很多是从中国传奇故事移植过来的，如《李世民游地府》（《西游记》第9—11回）、《西游》（《西游记》片段）、《薛仁贵》（《薛仁贵征东》）、《飞龙传》、《三下南唐》（《宋太祖三下南唐》）、《狄青五虎平西》、《东游》（《东游记》）、《瓦岗》（《瓦岗寨》）、《反唐》（《反唐演义》）、《薛仁贵征西》、《杨宗保破七十二阵》、《黑白蛇精》（《黑白蛇》或《白蛇精传》）、《狄青五虎平南》、《北游》（《北游记玄帝出身传》）等，还有一部关于狄青在西部战斗的中文哇扬戏。[1]

1. 参见 [法] 克劳婷·苏尔梦著，李宗华译：《爪哇移植中国小说记》，见 [法] 克劳婷·苏尔梦编著，颜保等译：《中国传统小说在亚洲》，第292—293页，北京：国际文化出版公司，1989年版。

3. 中国传统文学对印尼近代文学的影响

中国传统文学在印尼的译介和传播，也对印尼文学的转型产生了一定的影响。由于近代的印尼文学处于停滞不前的状态，文学内容和形式都很陈旧，而中国传统小说的传入，无疑给固步自封的印尼文学带来了新的生机。首先，中国传统小说提供了新的内容和形式，使印尼文学走出旧文学的窠臼；其次，它使印尼文学社会化和大众化，成为广大市民阶层的精神食粮；第三，它造就了一批近代文学的写作人才，特别是华人马来语的写作人才，使华人马来语文学得以蓬勃发展，从而推动印尼文学向现代文学的方向发展；第四，提高和普及了通俗马来语，使马来语从一种混杂语言变成文学语言，从而也为现代印尼语的诞生作出贡献；第五，促进中国与印尼的文化交流，加深了印尼人民对中国文化的了解，使印尼把中国文化的精华吸收进来，以丰富自己的民族文化。[2]

2. 参见梁立基、李谋主编：《世界四大文化与东南亚文学》，第124—125页，北京：经济日报出版社，2000年版。

最后应该指出的是，20世纪中叶以来，中国和印尼之间的文学交流仍然没有间断。如1949年，印尼学者蒙丁萨里所翻译的《中华诗集》将《诗经》和李白、杜甫、苏东坡等人的41首古诗介绍给印尼人民；1963年，阿密尔·哈姆扎等翻译了《杜甫诗选》；1986年，斯迪亚宛·阿巴第根据1963年香港商务印书馆出版的杰克逊的印文译本转译了《水浒》（4册）；1987年，乌丁根据中文原著翻译了《三国演义》（8册）；1990年，印尼火炬基金会出版了华人作家黄金长译述的《山伯、英台》（副标题为《一位妇女谋求解放的浪漫故事》）。黄金长强调，梁祝故事不仅为印尼华人所熟悉，也是土著尤其是爪哇、雅加达和巴厘人所喜闻乐见的。同年，

3. 参见孔远志：《中国印度尼西亚文化交流》，第90—91页，第93—94页，北京：北京大学出版社，1999年版。

宇宙普及出版社出版《西游记》的译述本。[3] 从这些新译本和重译本的出版，可以看出印尼人

民对中国传统文学的喜爱，这些译作也见证了两地人民之间的文学和文化交流。

二、 中国传统文学在新马的移植与影响

中国与新马地区有着源远流长的交往史。早在汉朝时期，即有大汉使者到达马来半岛上的都元国，此后历经唐、宋、元、明各朝，中国与马来亚地区都有官方和民间的往来。15世纪，麻刺加（今马六甲）已有中国人居住。1819年新加坡开埠时，当地即有中国渔民。19世纪后半叶，中国人大量移居新马地区。至1941年，全马华人共计2 377 990人，占总人口的比例达43.45%。

中国与马来亚地区的文化交流也伴随着中国人的南渡以及两地人员的往来而出现。例如由华侨洪皂、洪天赐、洪慈茁率领的高甲戏合兴班，于1840—1843年前往马来亚和新加坡演出《三气周瑜》等剧目，该剧目即取材于中国历史小说《三国演义》。太平天国运动失败后，清政府对响应太平天国运动的粤剧艺人进行残酷镇压，许多粤剧艺人被迫逃往新马等地避难谋生。1857年，新加坡成立戏班行会组织"梨园堂"，中国地方戏曲在当地已出现行业化管理的状态。[1]

1. 参见赖伯疆：《东南亚华文戏剧概观》，第178—180页，北京：中国戏剧出版社，1993年版。

在19世纪下半叶中国新客移民大量迁徙新马之前，当地华人主要为土生华人。与印尼土生华人相似，早期移居马来亚的中国福建闽南籍移民大多为男性，许多华人男子只好与当地土著妇女结婚繁衍，其后代逐渐形成一个被称为"峇峇"（Baba）或"海峡华人"（Straitsborn Chinese）的混血儿社会。他们聚居在城市的某些区域，与当地居民不相往来，也不愿与刚从中国来的华侨交往，因为这些新客移民的经济地位大多不如他们这些早就在当地经商的土生华人。这些土生华人最初在马六甲定居，后来分布至整个马来半岛。19世纪，他们从马六甲向槟城和新加坡等城市移居，在当地成为商界的上层人物，直到20世纪以来，才被从中国来的商人所取代。[2]

2. 参见 [法] 克劳婷·苏尔梦著，居三元译：《马来亚华人的马来语翻译及创作初探》，见 [法] 克劳婷·苏尔梦编著，颜保等译：《中国传统小说在亚洲》，第328—329页，北京：国际文化出版公司，1989年版。

土生华人承袭了华人和土著民族的双重文化，他们一方面对来自父系的中国传统文化习俗很执著，另一方面对于母系的土著文化也有着兴趣和爱好。如马六甲的土生华人不仅嗜好马来班顿和歌曲，而且非常善于根据调子即席填词，他们所演唱的大都是马来亚曲调。马来亚土生华人因为社会和生活环境的关系而丧失了运用汉语的能力，而代之以一种混杂着马来语、福建闽南语和英语的语言（即后来人们所说的"峇峇语"），并形成一种特殊的峇峇文化。直到20

世纪初，除了少数地位优越的峇峇接受英文教育外，大多数土生华人，尤其是被称为"娘惹"

（Nyonya）的土生华人妇女，除了峇峇马来语以外，几乎不讲其他语言。[1]

1. 参见［新］陈妙华：《魏天福要留住峇峇语言和传统文化》，见［新］陈妙华：《马来文坛群英》，第 167 页，吉隆坡：学林书局，1994 年版；［法］克
马来亚土生华人以峇峇马来语译介中国传统文学作品的时期是在 1889—1950 年间。其译介
劳婷·苏尔梦著，居三元译：《马来亚华人的马来语翻译及创作初探》，见［法］克劳婷·苏尔梦著，颜保等译：《中国传统小说在亚洲》，第 330—331 页，
中国传统文学作品的缘起很可能与 1880 年左右在爪哇发起的规模很大的华人马来语运动有着
第 364 页，北京：国际文化出版公司，1989 年版。
联系，因为 1889 年在马来亚出版的那些马来语译本，早在 1883 年和 1886 年的爪哇出现过，只

是无法确切知道它们是从中国原著直接翻译过去的，还是根据爪哇的译本改写而成的。

在半个多世纪的译介和传播过程中，土生华人中出现了不少翻译家，有石瑞隆（Chek
Swee Liong）、陈明德（Tan Beng Teck）、冯德润（Pang Teck Joon）、钟元文（Cheong
Guan Boon）、曾锦文、林福志、肖海炎、袁文成、黄振益、邱平炎（Khoo Peng Yam）、

李成宝（Lee Seng Poh）、肖丕显、肖钦山、刘金国等人。石瑞隆和陈明德是目前所知的最早

把中国作品翻译成马来文的译者，他们最早的译作都出版于 1889 年。石瑞隆的译作有《忠节义》、

《三国故事荟萃》等，用的是高雅的马来语，并附有对应的穆斯林后裔说的马来语和土生华人

说的峇峇马来语。他在《三国》译文后面附了 69 条很有意思的词汇表，还在译文中用诗和韵文

来介绍故事内容和每个章回。陈明德的译作有《雷锋塔》、《杏元小姐与梅良玉的故事》（又

名《二度梅》）、《十传说》、《凤娇与李旦》等。冯德润翻译的有《商辂后母秦雪梅》（1899）、

《秦世美》（1899）、《雷锋塔》（1911）、《万花楼》（1910—1912）等。钟元文的译作有《卖

油郎》（1915）、《忠节义》（1915）、《三合宝剑》（1916）等。邱平炎和李成宝合译出版

的有《乾隆君游江南》（1935—1936）、《王昭君和番》（1935—1936）、《孟丽君》（1936）、《臭

头洪武君》（1936），其中《孟丽君》在正式出版之前，曾于 1934 年 6 月 30 日至 1935 年 10 月

12 日在《拉丁化马来文小说双周刊》上以连载小说的形式刊载 32 期。李成宝翻译的作品有《济

公活佛》（1935）、《钟无艳》（又名《青面皇后》，1938—1939）、《大闹三门街》（1939）等。

肖丕显和肖钦山合译了《封神榜》（1931—1932）、《五鼠闹东京》（1932）、《封神万仙阵》（1933—

1939）、《正德君游江南》（又名《白牡丹》，1933）、《上尸八命事》（1934—1938）、《精

忠说岳》（又名《岳飞》，1934—1938）、《飞剑二十四侠》（1936）等。其他译者如林福志

译有《万花楼》（1890），刘金国译有《罗通扫北》（1907）、《三合宝剑》（1912），肖海

炎有《薛仁贵征西》、《狄青五虎平南》等。这些中国小说译本都在新加坡印行出版。

曾锦文（1851—?）是上述译者中的代表人物，1851 出
生于槟城的一个商人家庭，小时候除了在当地大英义学接受
英文教育外，还在家里由家庭教师教授汉语，后来到中国福
州海军学校学习，1867 年担任数学助教，1867—1871 年学习
军事战术。1872 年，曾锦文回到槟城，进入新加坡一家公司
任职。他热衷于当地的文化社会生活，参与 1882 年成立的"中
华伦理学会"（The Celestial Reasoning Association），以
及 1896 年由林文庆（Lim Boon Keng）创立的"好学会"
（Philomatic Society）。曾锦文是位多产的翻译家，他以"峇
抵彦东"（Batu Gantong）的署名，用拉丁化马来文翻译中
国作品《凤娇和李旦》（1891—1893）、《五美缘》（1891—
1892）、《反唐演义》（1892）、《三国演义》（1892—
1896）、《宋江》（又名《一百单捌条绿林好汉》或《水浒》，
1899—1902）、《西游记》（1911—1913）等。其中《凤娇
和李旦》译自《反唐演义》，故事背景为唐朝和大周，该
译本于 1891 年由新加坡叻报出版社出版。《三国演义》译
本计 33 卷，共 4 622 页。曾锦文特意在《三国演义》中附上
词表以说明马来译文中的中国术语，并附有翻译和解释的
文字。除了马来语外，他有时还用英语注释，甚至还把中
国皇帝的年号转换成基督教的公历。在难懂的地方还加上
脚注，从第 10 卷开始，专有名称、头衔和职务都附有汉文。
他还在译文中加上不少插图，并遵循石瑞隆和陈明德的翻
译方法，在每卷开头附上一首英文诗，其中如《三国自述》
即透露出《三国演义》的故事在马来亚华人社会中广泛传播
的信息，以及译者希望在海外华人中世代传承中华文化的愿
望："我今谈古说历史，三国佳话谁不知？漂泊海外炎黄血，

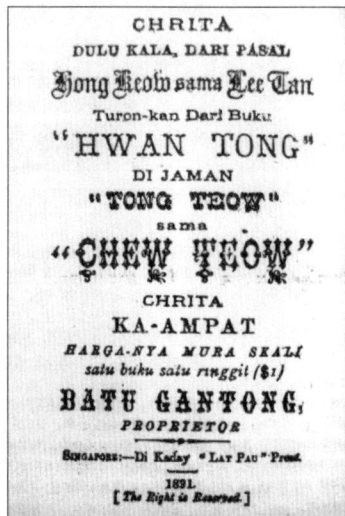

图 9　《凤娇和李旦》的马来文译本（曾
锦文译，1891 年）封面 [1]

1. 本图片采自 [法] 克劳婷·苏尔梦：《马来亚华
人的马来语翻译及创作初探》，见 [法] 克劳婷·苏
尔梦编著，颜保等译：《中国传统小说在亚洲》，
第 355 页，北京：国际文化出版公司，1989 年版。

世代相袭文传子。"曾锦文呕心沥血的译作获得了读者的喜爱和欢迎，他也收到读者以英文、马来文和汉文发来的祝贺信，有的认为他翻译的《三国演义》是本值得推荐的书，不仅马来亚的读者值得一读，其他国家的读者也值得一读，其中甚至还有曾锦文以前在福州教数学时的学生，以及广东省番禺县的进士卢维庆写来的赞扬信，可见曾锦文翻译的中国传统小说在当时受到非常广泛的欢迎和欣赏。此外，曾锦文还给读者列出一份翻译书单，表示准备在完成《三国演义》的译本后计划进行的翻译工作。这份书单列出的 16 部中国文学作品是：《今古奇观》、《聊斋志异》、《包公案》、《施公案》、《蓝公案》、《水浒传》（又名《宋江》）、《林爱珠》、《温如玉》、《更五钟》（*Keng Gno Cheong*）、《先秦轶事》（*Sian Chin Ek Su*）、《粉妆楼》、《七侠五义》、《薛仁贵征东》、《薛丁山征西》、《贺五太》（*Hö Gno Tai*）、《齐天和尚》（即《西游记》）。不过，至今无法确切知道曾锦文是否如他所说的那样将这些中国作品全部翻译出来，因为目前只发现这份书单中的两个译本《水浒传》和《西游记》。

另一位代表人物是在文学界以出版者、翻译家和班顿诗作者而闻名的袁文成。袁文成的笔名叫"侨生箭"（Panah Paranakan），其本人在土生华人中致力于发展马来语文化。袁文成于 1924 年创办一份马来文报纸《消息报导》（*Kabar Slalu*），其办报宗旨就是希望借此教育土生华人。这份报纸除了刊登时事报导，还登载由肖海炎翻译的中国小说，如《白蛇与青蛇的故事》、《梅良玉》、《二度梅》等。1930 年，袁文成在新加坡创办《侨生之星》周报，并在报上连载翻译后的中国小说《后列国志》、《西汉》等，随后又将这些连载小说集结成册发行单行本，并在报纸上大量刊登广告进行推销。1932 年，袁文成在新加坡创办《侨生之光》周报，主要刊登新闻和连载中国小说。这份周报还发行到东南亚其他地方，有英属马来亚、荷属东印度、暹罗、西贡和沙捞越，其连载的中国小说也被这些地区的读者所阅读。袁文成还以出版者的身份为几本中国小说译本写序言，请求人们捐资支持他的出版事业。袁文成被爪哇土生华人的文学运动，尤其是中国小说的翻译所强烈吸引，他认为马来亚的土生华人在文学领域里丝毫不比爪哇的土生华人逊色。从学者收集到的资料来看，袁文成独自翻译或与他人合作翻译出版的中国小说译本多达 20 余部，其中绝大多数于 20 世纪 30 年代翻译并在新加坡出版，这些译本是：《红面小姐》（1931）、《瓦岗》（又名《十八路反王》，1931）、《后列国志》（1931）、《东齐列国》（1931）、《西汉》（1931）、《三下南唐》（1931—1932）、《上下五龙会》（1932）、《菊

花小姐》（1933）、《李哪吒》（1933）、《杨文广征南闽》
（又名《杨文广扫十八洞》，1934）、《粉妆楼》（1934）、
《姜太公》（1934）、《狄青征北》（1935）、《绿牡丹》（又
名《鲍自安打擂台》，1935）、《三合明珠宝剑》、《蓝光—
唐北汉》（1935）、《南极翁孙膑》（又名《走马春秋》，
1936–1938）、《赵匡胤》（又名《红面君主》，1936）、《一
枝梅》（又名《七剑十三侠》，1936）、《一枝梅平山贼》
（1938）。其中《红面小姐》、《三下南唐》、《菊花小姐》、
《李哪吒》等还附有插图。此外，袁文成还于 1950 年翻译
出版了《牡丹公主》（又名《三宝剑》）等。从这些翻译
和出版的中国小说译本可以看出袁文成在译介和传播中国
传统小说方面所发挥的重要作用。

　　20 世纪三四十年代是新马土生华人翻译中国小说的高
潮时期。从上述袁文成、邱平炎、李成宝、肖丕显、肖钦
山等人的译作数量即可以对本时期的翻译盛况有所了解。
另外，此时期还再版曾锦文早先翻译的《三国演义》和《西
游记》。读者愿意花费金钱和时间来阅读这些中国历史演
义和其他类小说，显示了他们对于中国历史文化传统的浓
厚兴趣。从发行数量来看，这些马来文译本刚开始发行时
每版只出 200—500 册，但到 20 世纪 30 年代时，每版的发
行量增加到 2 000 册，这都说明中国小说译本受当时读者欢
迎的程度。

　　新加坡土生华人文物和古籍收藏家魏天福（William
Gwee Thian Hock）在 20 世纪 80 年代收藏了 60 多种用峇
峇马来文印刷出版的中国历史小说、神话故事和古代传奇，
共计五六百册。这些译本大都出版于 1889—1938 年间，其

图 10　沈复《浮生六记》的马来文译
本（李全寿译，1961 年）封面 [1]

书名大致与上述马来文译者翻译的中国小说译本相同，如《三国》、《后列国志》、《西汉》、《西游》、《宋江》、《三合宝剑》、《薛仁贵征东》、《王昭君和番》、《八美图》、《雷锋塔》、《姜太公》、《济公活佛》、《孟丽君》、《精忠说岳》、《钟无艳》等。[1]

1. [新] 陈妙华：《魏天福和他的"沓沓文物馆"》，见 [新] 陈妙华：《马来文坛群英》，第163—164页，吉隆坡：学林书局，1994年版。

第二次世界大战之后，随着英文和华文在新马华人社会中日益普及，这种与现代标准马来语有着一定差异的沓沓马来语逐渐衰落，而以沓沓马来语翻译中国小说的热潮也在20世纪50年代宣告结束。

20世纪60年代以来，一些新马华人仍然致力于中国传统文学作品的译介工作，如李全寿将沈复的《浮生六记》从英译本转译成马来文本，于1961年由吉隆坡的牛津大学出版社印行；

2. 本部分"中国传统文学在新马的移植与影响"除了已注明的资料出处外，另外参见 [法] 克劳婷·苏尔梦著，居三元译：《马来亚华人的马来语翻译及创作初探》，

黄福庆于1963年在新加坡翻译出版了《山伯英台诗》的诗歌译本。[2]

见 [法] 克劳婷·苏尔梦编著，颜保等译：《中国传统小说在亚洲》，第330—331页，第364页，北京：国际文化出版公司，1989年版；王丽娜：《中国古典小说戏曲名著在国外》，第52—53页，上海：学林出版社，1988年版。

第三节　中国武侠小说在东南亚的移植与影响

中国武侠小说有着悠久的历史和文化传统。司马迁在《史记》中的《游侠列传》、《刺客列传》里对朱家、荆轲等刺客和游侠的侠义精神进行过生动的描述，唐传奇《虬髯客传》、话本小说《李汧公穷邸遇侠客》等也塑造了一系列侠客形象。至清末民初，中国武侠小说获得较大的发展，并拥有大量读者群，其代表作有章回体小说《儿女英雄传》、《三侠五义》等。20世纪20—40年代，《江湖奇侠传》、《蜀山剑侠传》等掀起了人们阅读武侠小说的极大热情，其中平江不肖生的《江湖奇侠传》被改编成电影《火烧红莲寺》，引发了全国性的武侠小说与电影热潮，而还珠楼主的《蜀山剑侠传》从1932年开始发表至40年代末停笔，共出版55集，约350万字。有学者统计，从清末民初至新中国成立，中国武侠小说作者约有200位，共出版武侠小说作品千余部，总字数超过3亿字。[3]20世纪五六十年代以来，以金庸、梁羽生、古龙等人的作品为

3. 袁进：《鸳鸯蝴蝶派》，转引自袁良骏：《武侠小说指掌图》，第1页，北京：新华出版社，2003年版。

代表的香港和台湾新派武侠小说开始崛起，并传播到港台以外的许多国家和地区，在全球华人（甚至其他民族）中掀起新一轮的武侠小说阅读高潮。

中国从清末民初以来掀起的一波又一波的武侠小说热潮也传播到东南亚地区，并对当地文学、文化乃至社会生活等方面都产生了不小的影响。从20世纪20年代开始，东南亚的翻译家

和读者就对中国武侠小说产生了较大的兴趣，五六十年代香港和台湾崛起的新派武侠小说更是在当地获得众多读者的喜爱，甚至激发起当地华人与其他民族作者学习、模仿和借鉴中国武侠小说的创作热情，一些东南亚作家在改写和模仿的基础上以当地语言创作出具有本土色彩的武侠小说。此外，泰国、印尼、越南、柬埔寨等国的出版商和报社，也将翻译出版中国武侠小说当成赚取商业利润所必不可少的手段，这在某种层面上也促进了中国武侠小说在当地的传播和移植。

一、 中国武侠小说在印尼的移植与影响

中国武侠小说在 20 世纪 20 年代即已传播和移植到印尼，但对印尼读者产生较大影响的是第二次世界大战结束后翻译的港台新派武侠小说。

（一） 中国武侠小说在印尼的移植

20 世纪 20 年代，印尼开始译介和移植中国武侠小说。被译成华人马来文的武侠小说有《荒江女侠》、《美人英雄》、《火烧红莲寺》、《剑气珠光》、《蜀山剑侠》、《江湖大侠》、《江湖异人传》等。著名的翻译家有王金铁和陈泽和等人，其中王金铁（1893—1964）出生于西爪哇的文登，在当地中华会馆学校执教，也担任过土生华人报刊的编辑，其翻译的武侠小说有《侠义英雄传》等；陈泽和（1894—1944）也出生于西爪哇，曾赴南京暨南学堂读书，回印尼后在万隆中华会馆学校任教，后服务于报界，较著名的翻译小说有《三剑客》、《大明奇侠》等。

1924—1942 年，已知约有 40 位中国武侠小说作者的作品被译成马来文，这些作者有：白羽、蔡陆仙、喋喋、冯玉奇、顾明道、何一峰、红绡、还珠楼主、黄南丁、江蝶庐、李蝶庄、凌云阁主、陆士谔、陆守俭、平江不肖生、漱石生、泗水鱼隐、唐啸天、汪景星、王度庐、王兀生、魏兆良、惜花馆主、席灵凤、谢依我、许厪父、许亮臣、许慕羲、杨尘因、冶逸、张崇典、张箇侬、张冥飞、赵幻亭、赵树冬、赵振亭、郑证因、钟吉宇、朱松庐等。中国武侠小说如洪水般涌入爪哇岛上各大小城市里的书店和租书摊，受到各阶层人士的欢迎，不仅土生华人爱看，印尼原住民也读得津津有味，上至达官贵人，下到贩夫走卒，都沉迷在武侠小说之中。

在 20 世纪 20 年代，中国武侠小说的译本大多数在印尼报纸上发表，如《新报》和《镜报》，有些则以小型多卷本形式发行。1930 年开始出现专门刊载武侠小说的期刊杂志，以下列举这类武侠期刊的名称及其出版时间：

《小说宝库》（*Goedang Tjerita*, 1930）

《剑侠小说月刊》（*Kiam Hiap Monthly Magazine*, 1931）

《武侠小说》（*Tjerita Silat*, 1933）

《小说》（*Siauw Swat*, 1933）

《小说世界》（*Doenia Tjerita*, 1934）

《武侠》（*Boe Hiap*, 1936—1942）

《武侠与神怪精神》（*Tjerita Silat dan Gaib*, 1936—1937）

《义侠》（*Gie Hiap*, 1937—1942）

《武侠精神》（*Semangat Silat*, 1938—？）

其中《小说宝库》于 1930 年由著名翻译家陈德和在万隆创办，1933 年改名为《武侠小说》，《剑侠小说月刊》则于 1931 年由另一位翻译家何乃全在打横创办。

此外，原先并非刊载武侠小说的杂志如《生活》（*Penghidoepan*）、《小说》（*Tjerita Roman*）、《小说选集》（*Tjerita Pilihan*）等，由于其编辑目睹武侠小说对读者强烈的吸引力，有时也会向读者提供几篇中国武侠小说的译文。

1941 年 12 月太平洋战争爆发后，日本侵略军占领印尼，并在当地实行残酷的殖民统治。由于日本当局知道印尼华人无论是讲汉语还是讲马来语（印尼语），都在利用报纸和文学作品作为宣传爱国主义的工具，因此将报纸和文学杂志查禁，中国武侠小说的译介和传播活动也由此被迫中断。[1]

1. 本节关于战前印尼译介和移植中国武侠小说的部分主要参见 [新] 廖建裕：《印尼武侠小说概论》，见 [新] 廖建裕：《印尼华人文化与社会》，第 160 页，新加坡：新加坡亚洲研究学会，1993 年版；[法] 克劳婷·苏尔梦著，凌静译：《汉文小说的马来文译本在印度尼西亚》，见 [法] 克劳婷·苏尔梦编著，颜保等译：《中国传统小说在亚洲》，第 314—315 页，第 326 页，北京：国际文化出版公司，1989 年版；[印尼] 林万里：《印尼侨生马来由文学》，见 [印尼] 耶谷·苏玛尔卓（Jakob Soemardjo）著，[印尼] 林万里译：《印尼侨生马来由文学研究》，第 23 页，香港：获益出版事业有限公司，1998 年版。

第二次世界大战结束后，印尼再次掀起译介和移植中国武侠小说的高潮。当时华人创办的中文和印尼文报章为增加销路，竞相刊载武侠小说以争取读者，如华文报章《生活报》、《生活周报》分别连载香港新派武侠小说作家梁羽生的《江湖三女侠》、《散花女侠》、《萍踪侠影录》和《白发魔女传》，另一份华文报章《新报》则连载金庸的《射雕英雄传》。印尼文报章《竞报》（*Keng Po*）和《新报》（*Sin Po*）也陆续刊登梁羽生和金庸的武侠小说印尼文译本。

不过，译成印尼文的武侠小说多数只是意译，而译本的书名有时又与原著有别，如颜国梁在印尼文《新报》上连载的《草原英雄传》（Tjhau Goan Eng Hiong Thoan），就是根据梁羽生的《塞外奇侠传》翻译的，他的另一部译作《大理国的英雄》（Pendekar Kerajaan Taili）实际上就是金庸的《天龙八部》。这些译成印尼文的武侠小说由于故事生动且译笔活泼，因而深受华人读者和印尼土著的欢迎。

20 世纪 50 年代末至 60 年代初，印尼当局发起反华运动，报纸因而被禁止连载武侠小说。虽然一些地方政府并不禁止印尼文杂志刊登武侠小说，但发表的译作数量却有限。于是许多武侠小说翻译者开始自行设立印刷厂和出版社，专门印行武侠小说，主要以袖珍本形式发行。由于有利可图，有些小商人也成了武侠小说的出版商。比较有名的出版社有盛开出版社、日出出版社、回声出版社和五忠出版社。

另一方面，港台武侠电影的输入也助长了印尼华人和土著人士对武侠小说的兴趣。有些出版商为了增加小说的销路，特意采用影片的海报作为武侠小说的封面，如重版的《射雕英雄传》和《神雕侠侣》。

第二次世界大战后被大量译成印尼文的武侠小说主要是港台新派武侠小说作家梁羽生、金庸和古龙的作品。梁羽生的武侠小说被译成印尼文的有 20 余部：《白发魔女传》（约 1958）、《塞外奇侠传》（1957—1958）、《江湖三女侠》（1958—1959）、《还剑奇情录》（50 年代）、《萍踪侠影录》（约 1960，1981）、《云海玉弓缘》（1960）、《侠骨丹心》（1960）、《龙凤宝钗缘》（1960）、《散花女侠》（约 1960）、《联剑风云录》（60 年代）、《冰魄寒光剑》（60 年代）、《冰川天女传》（1960—1961）、《七剑下天山》（1960—1961）、《冰河洗剑录》（1965）、《瀚海雄风》（1966）、《飞凤潜龙》（1968）、《风雷震九州》（1967—1968）、《狂侠、天骄、魔女》（60 年代、1973）、《鸣镝风云录》（1971—1972）、《牧野流星》（1972）、《弹指惊雷》（1979）、《绝塞传烽录》（1980）等。

金庸的作品被译成印尼文的有 10 多部：《碧血剑》（1958，1987）、《射雕英雄传》（1960，1980，1987）、《神雕侠侣》（1961，1963，1972—1974）、《飞狐外传》（1961）、《倚天屠龙记》（1961—1962，1963，1987）、《天龙八部》（？，1982）、《白马啸西风》（1963）、《笑傲江湖》（1966—1967）、《侠客行》（1967）、《素心剑》（1970）、《鹿鼎记》（1982）。

古龙的武侠小说被译成印尼文的不下 30 部，其中如：《碧玉刀》（1974）、《孔雀翎》（1974）、《长生剑》（1974）、《一剑盖中原》（1975）、《绝代双骄》（1976—1977）、《侠客千秋》（1977）、《屠龙令》（1978）、《白玉老虎》（1978）、《边城浪子》（1978）、《名剑风流》（1978—1979）、《无情碧剑》（1978—1979）、《陆小凤》（1978—1979）、《迷星沉剑》（1979）、《浣花洗剑录》（1978—1979）、《武林霸主》（1979）、《刀神》（1979）、《欢乐英雄》（1979）、《苍穹恨》（1979）、《风云第一刀》（1979）、《大侠胡不》（1979）、《武林十杰》（1980）、《凤舞九天》（1980）、《红袖刀诀》（1980）、《小李飞刀》（1980）、《武林外史》（1980）、《游侠录》（1980—1981）、《英雄无泪》（1982）、《八百金人》（1983）等。

由于梁羽生、金庸和古龙的武侠小说深受印尼读者的欢迎，因而他们的一些作品被一再重印或出现多个译本。如梁羽生的《萍踪侠影录》最初于 60 年代由 O.K.T.（黄金长）翻译成印尼文出版，其书名以"萍踪侠影"的福建闽南语音译为"Peng Tjong Hiap Eng"，附题为"Dua Musuh Turunan"（两代世仇），另一译者 Gan. K. L.（颜国梁）于 1981 年重译为印尼文译本 *Pahala dan Murka* 再次出版发行。此外，《冰川天女传》、《龙凤宝钗缘》和《狂侠、天骄、魔女》也出现再版或重译出版的现象。金庸的《碧血剑》最初于 1958 年由黄金长翻译并在 *Star Weekly* 连载，此后以单行本形式多次再版，至 80 年代又由雅加达 Melati 出版社出版。另外如《神雕侠侣》、《倚天屠龙记》、《素心剑》等于六七十年代翻译出版，此后也出现重译出版或多次再版的现象。

第二次世界大战后的武侠小说翻译家有黄金长（Oey Kim Tiang）、黄安淑、郭运庆（Kwee Oen Keng）、王平安（O.P.A.）、忠心（Chung Sin）、无名玉（Bu Beng Giok）、S.D.梁（S.D.Liang）、颜国梁（Gan Kok Liang）、曾荧球（Tjan Ing Djin）、文武（Wen Wu）、郭贤龙（Kwee Hian Liong）等，其中较为著名的是黄金长、颜国梁、曾荧球等。黄金长为印尼土生华人，1903 年出生于西爪哇，在当地中华会馆学校接受初中教育，其老师是战前著名的翻译家王金铁。黄金长常以 O. K. T.、Boe Beng Tjoe（无名字）和 Aulia 等笔名发表译作，尤其以武侠小说译本最负盛名。他除了翻译梁羽生和金庸的作品外，还翻译蹄风和王度庐的武侠小说。其翻译的王度庐的《宝剑金钗》、《剑气珠光》、《卧虎藏龙》、《铁骑银瓶》和《鹤惊昆仑》在印尼文《竞报》上连载，后又以小册子形式印行，曾风行一时。颜国梁于 1928 年出生于中国，7 岁时随父亲南下印尼，虽没有受过正式的教育，却通晓华文和印尼文。他的第一部武侠小说译作是梁羽

生的《塞外奇侠传》，1958 年在印尼文报章《竞报》上连
载。他以 Gan K. L. 的笔名翻译了梁羽生、金庸和古龙的多
部作品，如梁羽生的《萍踪侠影录》、《七剑下天山》、
《侠骨丹心》，金庸的《神雕侠侣》、《飞狐外传》、《倚
天屠龙记》、《天龙八部》等，以及古龙的《楚留香》、《浣
花洗剑录》、《陆小凤》、《小李飞刀》等。其中最为成
功的是 70 年代中期翻译的古龙作品《绝代双骄》(*Pendekar
Binal*)，全书分为三个部分，各部分的书名依次为《顽侠》
（20 册）、《忠诚的顽侠》（18 册）、《幸福的顽侠》（20
册），总计 58 册。有评论者在印尼一份主要报纸《指南针报》
(*Kompas*) 上发表书评，高度评价这部译作，认为这是颜
国梁译作中最好的一部。曾荧球出生于 1949 年，接受过中
文和印尼文教育。60 年代后期开始翻译武侠小说，70 年代
蜚声文坛。其翻译的武侠小说有七八十部，包括古龙、秦红、
卧龙生、孤独红、白虹和陈青云等人的作品，其中以古龙
的作品为最多，约有 20 部，如《碧玉刀》、《欢乐英雄》、
《英雄无泪》等，因而其名字常与古龙（印尼文拼法 Khu
Lung）的名字联系在一起而脍炙人口。

　　由于印尼文译者大多数为土生华人，而土生华人大部
分为福建闽南人后裔，因此译者们在翻译武侠小说时往往
采用闽南语的音译，如《射雕英雄》译成"Sia Tiauw Eng
Hiong"，小说中的人物郭靖译成"Kwee Ceng（Tjeng）"，
黄蓉译为"Oey Yong"。在翻译人物的对话时，译者往往
采用中国人的习惯，但以闽南语音译，如师父译为"Suhu"，
师弟译成"Sute"，师妹译为"Sumoy"，女侠译成"Lihiap"。
在翻译武功招式时也采用音译的方式，如将《射雕英雄传》

图 11　金庸《天龙八部》的印尼文译
本（颜国梁译）封面[1]

1. 本图片采自［新］谷衣（廖建裕）著，杨睿译：《浅
谈战后功夫小说在印度尼西亚》，见［法］克劳婷·苏
尔梦编著、颜保等译：《中国传统小说在亚洲》，
第 467 页，北京：国际文化出版公司，1989 年版。

中的"毒龙出洞"译成"Tok liong tjoet tong"，然后再加以解释。这些中国词汇音译的适当应用，可以在一定程度上增加中国武侠小说的气氛，而土生华人和印尼土著读者也能够鉴赏，不过有些译者滥用这类词汇，反而造成读者的阅读障碍。

印尼文译本的武侠小说通常分成二十册至六七十册，每月出版一两册，全书需要一两年才能出齐。每部武侠小说可印 10 000—15 000 本，在六七十年代可在一个月内售罄。有些书每五年再版一次，印数约 5 000 本。每逢新书出版时，许多读者都到小书店或书摊排队购买。在雅加达新巴杀（Pasar Baru）有一条"书巷"，那里的书商经营着批发和零售武侠小说的生意。

梁羽生、金庸和古龙等人的新派武侠小说在印尼如此盛行，是因为他们的作品有着吸引读者的强烈魅力。学者廖建裕认为，梁羽生的武侠小说都有历史背景，人物刻画也很生动，男女恋情也写得恰到好处。《射雕英雄传》的印尼文改译者燕·威查雅（Jan Widjaya）对金庸有很高的评价，他说："金庸是武侠小说之王。在他 10 余部闻名全球的小说中，很难道出哪一部是他最好的作品。也许，《神雕侠侣》最为精彩，《倚天屠龙记》最为紧张，《天龙八部》最为复杂，《雪山飞狐》最为感人，而最美丽且最有浪漫色彩的要算是《射雕英雄传》了。"[1]

1. 转引自［新］廖建裕：《印尼武侠小说概论》，见［新］廖建裕：《印尼华人文化与社会》，第 164 页，新加坡：新加坡亚洲研究学会，1993 年版。

古龙的作品没有梁羽生和金庸的历史背景，但故事情节离奇曲折，结局往往出人意料，另外还常有大胆的性的刻画，因此也拥有一定的读者。至于印尼土著读者为何喜爱武侠小说，廖建裕认为这可能与武侠小说的故事有关系，因为武侠小说有点像历史故事，有哲学、爱情和打斗，通常是善与恶的斗争，而善者皆胜，恶者皆败。此外，武侠小说往往有上天入地的幻想，把人

2. 本节关于第二次世界大战后印尼译介和移植中国武侠小说的部分，主要参见［新］廖建裕：《印尼武侠小说概论》，见［新］廖建裕：《印尼华人文化与社会》，

带到另一个境界，这种成人童话与印尼原住民的文化有许多相似之处，而小说中古色古香的中

第 159—195 页，新加坡：新加坡亚洲研究学会，1993 年版；［新］谷衣（廖建裕）著，杨睿译：《浅谈战后功夫小说在印度尼西亚》，见［法］克劳婷·苏

国以及边疆民族的生活，也是印尼读者所深感兴趣的。[2]

尔梦编著、颜保等译：《中国传统小说在亚洲》，第 458—472 页，北京：国际文化出版公司，1989 年版。

（二）　中国武侠小说在印尼的影响

中国武侠小说对印尼读者产生较大影响的是第二次世界大战结束后翻译的港台新派武侠小说。20 世纪五六十年代以来，印尼各阶层和各民族的读者，从达官贵人到贩夫走卒，从土生华人到原住民，都沉迷在港台新派武侠小说之中。根据印尼记者报道，印尼政要不但读武侠小说，也常看港台的武侠电影和电视连续剧，许多人甚至看得入迷。由于武侠小说深受印尼读者的欢迎，一些华人作家和土著作家也纷纷模仿这种体裁进行创作，并将武侠小说本土化和印

尼化，其中较为著名的华人作家有许平和（Kho Ping Hoo），土著作家有明达尔查（S. H. Mintardja）、柏拉帝托（Herman Praktikto）和阿思威恩铎（Arswendo Atmowiloto）。

1. 印尼华人作家对中国武侠小说的模仿与借鉴

许平和的印尼名为 Asmaraman S. Kho Ping Hoo，1926 年出生于中爪哇梭罗的土生华人家庭，接受过荷印文教育，能够阅读印尼文、荷兰文和英文，但没有中文根底。1952 年开始创作短篇小说，1959 年尝试写武侠小说，1964 年在梭罗创办自己的印刷厂和出版社——回声出版社（Gema）。许平和共发表 100 多部作品，包括武侠小说、爪哇历史小说、侦探小说和言情小说，其中以武侠小说流传最为广泛。其武侠小说不仅在印尼通俗杂志上连载，也由他自己的出版社印成单行本。

许平和虽然没有中文根底，但他对中国武侠小说的故事情节十分熟悉，而且深受金庸、梁羽生、倪匡和古龙等人作品的影响，这很可能是他熟读大量印尼文译本的武侠小说，以及观看了许多港台武侠电影的缘故。其武侠小说无论是故事内容、书名和人物性格，都有强烈的中国武侠小说的味道。另一方面，他将中国武侠小说重新消化吸收后，再加上自己的想象，然后创作出相当独特的印尼文武侠小说。例如许平和于 1973 年创作的《双雕的故事》就有金庸武侠小说的影子，1981 年创作的《快刀柔情》也有倪匡和古龙的影子，但是在故事情节方面，他没有直接取材自一个作家的作品，而是凭借丰富的想象力和强健的组织能力而创作出别具一格的印尼文武侠小说。

许平和的武侠小说作品多达 100 余部，其中有《白龙宝剑》（*Pek Liong Pokiam (Pedang Pusaka Naga Putih)*，1959）、《江南怪侠》（*Kang-Lam Koay-Hiap (Pendekar aneh dari Kang-Lam)*，1960）、《欧阳兄弟》（*Ouwyang Heng-Tie (Sepasang Djago Kembar)*，1961）、《红烧天乐寺》（*Pembakaran Kuil Thian-Lok-Si (Dendam dan Tjinta)*，1961）、《红蛇剑》（*Ang Tjoa Kiam (Pedang Ular Merah)*，1962）、《昆仑侠客》（*Kunlun Hiap Kek (Dewi Hijau)*，1966）、《一双神雕》（*Kisah Sepasang Rajawali*，1973）、《满者伯夷大危机》（*Kemelut di Mojopahit*，1974）、《黄河神龙》（*Naga Sakti Sungai Kuning*，1982）、《情剑》（*Pedang Asmara*，1982/1983）、《黑龙剑》（*Pedang Naga Hitam*，1989）、《宋代的宝藏》（*Harta Karun Kerajaan Sung*，1992）等。

许平和初期创作的武侠小说大多采用福建闽南语音的书名，如他的第一部武侠小说《白龙宝剑》（1959）的书名为"Pek Liong Pokiam"，同时以印尼文"Pedang Pusaka Naga Putih"为副题。后来他逐渐放弃这种做法，而只是以印尼文为书名，如《情剑》（1982/1983）仅以印尼文"Pedang Asmara"为书名。不过，许平和在使用标准的印尼文创作武侠小说时，仍然继续在小说人物的对话中使用福建闽南语音的词汇，如 Enghiong（英雄）、Suhu（师父）、Sute（师弟）、Lihiap（女侠）、Siocia（小姐）等，而这样做的结果并未给读者造成阅读上的不便。其后期作品中的人物形象容纳了华印等多个民族，并且描绘了华印通婚的情景，如 1981 年创作的《快刀柔情》（Kilat Pedang Membela Cinta）。

图 12 许平和的印尼文武侠小说《快刀柔情》（1981）封面 [1]

《快刀柔情》共有 9 册，故事背景为 15 世纪的印尼满者伯夷（Majapahit）时代，主要描述一对互相爱慕的华人和爪哇人的爱情故事。小说写两位来自中国的武林人物在印尼爪哇岛登陆，其中一位名王俊（Ong Cun）的武林高手救下遭人欺侮的爪哇大臣继女达米妮。两人一见钟情，并决定缔结良缘。不料新婚之夜王俊被人杀害，达米妮也被迷奸。达米妮发誓要找出凶手和色狼，于是上山拜师学艺。经过几年的修习，达米妮练成一身武艺，然后下山追查凶手，并救下从中国南下爪哇为兄报仇的王俊之妹。在达米妮师父的帮助下，达米妮和王俊的妹妹终于击败了对手。这时达米妮发现谋杀自己未婚夫的竟是与王俊同来的那位中国武林高手，而那个奸污自己的色狼竟然是身为爪哇大臣的继父……这部小说除了受到港台武侠小说作家古龙和倪匡的影响外，还显示出印尼社会、历史、文化和政治的多重影响，因而具有独特的印尼本土色彩。作者在小说结尾宣扬了以爱情为基础的华印通婚，并希望读者能从他的武侠小说中受惠，而这样的说

1. 本图片采自［新］谷衣（廖建裕）著，杨睿译：《浅谈战后功夫小说在印度尼西亚》，见［法］克劳婷·苏尔梦编著，颜保等译：《中国传统小说在亚洲》，第 469 页，北京：国际文化出版公司，1989 年版。

教可能与1980年年底印尼所发生的印华种族冲突事件有关，作者因而主张通过华印通婚来解决种族问题。作者写武侠小说的另一个目的是为了抒发自己的情感和发表意见，因为他不敢直接批评印尼的政客和贪官污吏，但他可以在武侠小说中畅所欲言而没有任何的顾虑。

2. 印尼土著作家对中国武侠小说的模仿与借鉴

大约在 20 世纪 70 年代，许多印尼土著作家也将中国武侠小说的形式接收过来，开始创作以印尼历史为背景的武侠小说，这些作品的故事背景有新柯沙里、淡目和满者伯夷王朝。著名的作家有爪哇武侠小说家明达尔查 (S. H. Mintardja)、柏拉帝托 (Herman Praktikto) 和阿思威恩铎 (Arswendo Atmowiloto) 等。明达尔查是位多产的武侠小说家，在大约 10 年间创作了 10 余部以爪哇历史为背景的武侠小说。这些作品最初在雅加达或者日惹的一家日报上连载，然后以单行本形式出版。其最著名的武侠小说是《爪哇宝剑》，小说叙述了一位担任长官的武林高手离乡背井，以图寻宝救国的故事。另一部畅销小说《礁石上的花朵》则是叙述荷兰殖民统治时期爪哇官员与荷印官员斗争的故事。这些作品有着中国武侠小说式的武林帮派门户和武功招式，甚至连一些武林人物的说话口吻也带有中国武侠小说式的套语，可见明达尔查的作品确实有意模仿和借鉴中国武侠小说的表现方式。

柏拉帝托也是一位著名的武侠小说家。他出生于东爪哇，当过报刊编辑，写过电影剧本，但以武侠小说而较引人注目。其创作的武侠小说《马打蓝王朝之锣》 (Bende Mataram) 以 18 世纪的爪哇为背景来描写印尼武林人物

图 13　明达尔查的印尼文武侠小说《爪哇宝剑》封面[1]

1. 本图片采自 [新] 廖建裕：《印尼武侠小说概论》，见 [新] 廖建裕：《印尼华人文化与社会》，第176 页，新加坡：新加坡亚洲研究学会，1993 年版。

的恩恩怨怨，其中也有许多中国武侠小说式的情节和武打场面，以及熟悉的对话和变幻莫测的武功招式。另一位爪哇武侠小说家阿思威恩铎本身就是中国武侠小说和武侠影片迷，因而港台武侠片的对话和情节经常出现在其作品中。他创作的武侠小说《爪哇大统帅》(*Senopati Pamungkas*) 以 13 世纪的爪哇为背景，讲述了一个武林高手为国效力的故事，并描述了达哈王国的衰亡和满者伯夷王朝的兴起。

二、 中国武侠小说在泰国的移植与影响

中国武侠小说在泰国移植和传播经历了半个多世纪，促进了泰国"武侠文体"的产生和"泰国武侠小说"的出现。

(一) 中国武侠小说在泰国的移植

泰国在 20 世纪 30 年代初期也受到中国武侠小说热潮的影响。此前中国武侠小说已经传入泰国，并受到当地华侨华人的喜爱，30 年代上海拍摄制作的《火烧红莲寺》、《关东大侠》、《女镖师》等武侠电影进入泰国，在当地电影院放映后，进一步激起泰国民众争睹武侠小说的热情。30 年代初期，泰文报章《国柱日报》组织翻译中国武侠小说《火烧红莲寺》、《七剑十三侠》、《沈碧霞》等在报纸上连载，开创了泰国泰文报章译载中国武侠小说的先河。

20 世纪 50 年代后期，以金庸作品为代表的港台新派武侠小说激发起泰国的第二次"武侠小说热"。1958 年，占隆·皮那卡和巴云·皮那卡两兄弟翻译了第一部新派武侠小说——金庸的《射雕英雄传》（泰译本书名《玉龙》）。泰译本《射雕英雄传》推出后，很快风靡一时，与《三国》一样成为家喻户晓的作品。此后，《神雕侠侣》（《玉龙第二部》）、《倚天屠龙记》（《玉龙第三、四部》）、《天龙八部》（《玉龙第五部》）、《侠客行》（《金龙》）、《夺魂旗》等中国武侠小说泰译本相继问世，一时席卷泰国文坛。

另一位泰国翻译家沃·纳孟龙也翻译了卧龙生的《玉钗盟》（《复仇剑》）、古龙的《多情剑客无情剑》（《小李神刀》）和《绝代双骄》（《小鱼儿》）、高庸的《感天录》、黄鹰的《沈胜衣系列》、曹若冰的《千佛手》（《金佛手》）等。其中泰译本《玉钗盟》（《复仇剑》）

出版后在短时间内轰动全国，书店购者如云，甚至发生一天之内出版两次的盛况，即早上出版6 000 册，下午再版 2 000 册。

此外，努·诺帕叻也翻译了 300 余部武侠小说，如金庸的 15 部作品，古龙的《陆小凤系列》（《向天飞凤》）、《萧十一郎》、《欢乐英雄》和《流星·蝴蝶·剑》，梁羽生的《白发魔女传》（《白发魔女》），卧龙生的《金凤剪》（《金剪大侠》），黄易的《寻秦记》和《大唐双龙传》（《双龙雄霸天下》），陈青云的《丑剑客》（《狠心剑》）等。

70 年代中期以后，泰国报纸大量翻译转载武侠小说，如泰文报《每日新闻》翻译转载古龙创意、黄鹰执笔的《吸血蛾》（《恐怖蝴蝶》），《泰叻日报》翻译转载古龙的《圆月弯刀》（《飞腾大鹰》）等。武侠小说也成为泰国报纸的头号招牌，如《泰叻日报》的销售量就从原先的每日 40 万份提高到 60 万份。

1982 年之后，由于金庸封笔、古龙去世、冒牌之作粗糙泛滥，以及武侠电视剧和电影的冲击等，武侠小说在泰国的热潮一度出现减弱的势头。

至 2000 年，暹罗国际书出版社获得黄易武侠小说的版权后，其作品《寻秦记》被努·诺帕叻译成泰译本，于是武侠小说再次引起轰动。此后，暹罗国际书出版社开始大量购买著名作家小说的版权，其泰译本武侠小说也几乎都出自努·诺帕叻之手。这些武侠小说译本十分畅销，至今都已多次再版。

从 20 世纪 50 年代以来，泰国的中国武侠小说热潮经久不衰，热衷于"功夫"的泰国人沉浸在"武侠世界"之中。泰国文坛也开始出现仿写武侠小说的作品，这其中中国武侠小说对推动泰国武侠小说的发展所起的作用是毋庸置疑的。[1]

1. 参见 [泰] 王苗芳：《中国武侠小说对泰国的影响》，第 10—13 页，浙江大学中文系硕士学位论文，2009 年。

另外应该提及的是，在泰译本的武侠小说风靡泰国的同时，港台新派武侠小说家的部分作品也在泰国华文报《新中原报》等报章上长期连载。有的泰华报章还辟设专门刊登新派武侠小说的版面，如《中华日报》设有"武侠"版面，其中登有港台新派武侠小说家卧龙生的"武侠奇情小说"《金笔点龙记》、梁羽生的《折戟沉沙录》等；[2]《星暹日报》也辟设"武侠小说"

2. 参见泰国《中华日报》，1974 年 4 月 4 日。

版面，连载港台武侠小说家的部分作品，如香港倪匡的武侠小说《紫檀盒》等。《星暹日报》在有些武侠小说的标题上面还特别标明为"新派武侠小说"或"新潮派武侠小说"，如东方玉的《魔劫神功》、萧逸的《红线金丸一奇侠》。[3] 此外，曼谷的华文书店也为华文读者提供多

3. 参见泰国《星暹日报》，1974 年 6 月 3 日。

种版本的中文版武侠小说。泰国华文报连载武侠小说的盛况，在一定程度上也促进了中国武侠小说的泰译热潮。

对于港台新派武侠小说风靡泰国的原因，学者王棉长认为主要基于如下几方面因素：首先是新派武侠小说继承了中国传统文化并保留中国小说的韵味，很符合过去泰国读者阅读中国传统文学作品的习惯；其次是新派武侠小说吸收了西方文学与戏剧技巧，客观上呼应了拉玛六世时代（1910—1925）西洋小说传入泰国文坛的余绪，使之更能为泰国广大读者所接受；再次是泰文译者和读者都相信新派武侠小说的"内功"之说；第四是金庸、梁羽生、古龙的小说独创一格，构思奇妙，峰回路转，使读者读后仿佛进入一个武林世界，并能够产生共鸣，因而具有强烈的吸引力；第五是新派武侠小说蕴含着人生哲理，加入劝世教言，这是对中国文化传统的继承，客观上也符合泰国国教（佛教）劝人行善积德的宗教心理。[1]

1. 参见饶芃子主编：《中国文学在东南亚》，第90页、第115—119页，广州：暨南大学出版社，1999年版。

（二）　中国武侠小说在泰国的影响

中国武侠小说传播到泰国后，对当地读者也产生了较大的影响，尤其是金庸的《射雕英雄传》。泰国人民对《射雕英雄传》泰译本《玉龙》中的男主角郭靖和女主角黄蓉的武功十分佩服，并且往往将武术高超的拳师称为"泰国的郭靖"，将有本事的女强人称为"黄蓉"。[2]

2. 参见饶芃子主编：《中国文学在东南亚》，第118页，广州：暨南大学出版社，1999年版。

中国武侠小说对泰国的文学也产生了多方面的影响，如"武侠文体"的产生和"泰国武侠小说"的出现。

1. 创立新的文体——"武侠文体"

泰国翻译家沃·纳孟龙在翻译中国武侠小说时，以泰国著名作家雅考的语言风格为基准，并结合自己的译作风格，进而发展形成了一种独特的新文体——"武侠文体"。后来泰译本中国武侠小说的词汇和风格即形成了独特的样式：句子结构与汉文相同，言简意赅，结构紧凑。尽管有时对某些汉语词汇和书中人物的用语都逐句直译，致使它们所包含的更深的含义被忽略掉，但对于泰国武侠迷来说，这种表达方式是可以读得懂的，有其独特性，更易产生感染力。

总之，"武侠文体"的形成与泰译本中国武侠小说的翻译过程密不可分。这种文体是一种专门翻译、改编、仿造和撰写武侠小说的文体，对泰国文坛的影响很大。

2. 促进泰国武侠小说的诞生

中国武侠小说对泰国武侠小说的发展也起着有力的推动作用。一批 20 世纪 80 年代出生的泰国新生代作家开始模仿泰译本中国武侠小说进行创作，并创立了"泰国武侠小说"。这些仿写武侠小说首先出现在泰国网络上，如"好孩儿"、"盘题"这两个泰国青少年最著名的网站。

泰国网络上的武侠小说共有数千部之多，其中李小凤的《千字真经传奇》、干机拉的《布衣太子之雄霸天下》、卧猫的《神秘武器谱传奇》、德文民的《剑圣之情》、婷叶的《四大神器》、蓝玉的《降魔神剑》等已经由出版社正式出版。泰国武侠小说在故事情节、人物形象、小说风格等方面，都大量模仿和借用中国武侠小说，如李小凤的《千字真经传奇》明显受到金庸"射雕三部曲"的影响，其小说主人公方飘雪与《倚天屠龙记》中谢逊的武功有很多相似之处，干机拉的《布衣太子之雄霸天下》中的主要人物龙无双与金庸《倚天屠龙记》中的人物何足道也都是多才多艺、神通文事武略之人。另一位泰国武侠小说作者德文民在《剑圣之情》的序中也坦言自己是因为喜欢看电视剧《倚天屠龙记》而尝试写武侠小说的。由此可见中国武侠小说翻译成泰译本后，又对泰国武侠小说产生了巨大的影响。[1]

1. 参见［泰］王苗芳：《中国武侠小说对泰国的影响》，第 75—94 页，浙江大学硕士学位论文，2009 年。

三、 中国武侠小说在越南的移植

越南译介和移植中国武侠小说始于 20 世纪 20 年代，并兴盛于 30 年代，而这与中国当时盛行武侠小说和武侠电影的潮流有着密切的关系。

1928—1931 年，上海明星电影公司将平江不肖生的武侠小说《江湖奇侠传》改编成 18 集武侠电影《火烧红莲寺》，在上海乃至全中国的观众中造成极大的轰动效应，而以拉丁化越南语翻译的中国武侠小说也在二三十年代大量涌现。在《中译越通俗小说书目对照一览表》[2] 中，20 世纪 20—40 年代的越译本武侠小说多达 60 余部，如《飞剑奇侠》、《飞龙剑二娘三侠》、《风尘剑客》、《风尘三剑》、《凤凰刀》、《风月侠义》、《广州女侠团》、《红光大侠》、《洪家女侠》、《红衣女侠》、《火烧红莲寺》、《剑光女侠》、《江东三侠》、《江湖黑剑》、《江湖女剑侠》、《江湖女侠》、《江南剑侠》、《救苦剑》、《九洲神剑》、《崆峒奇侠》、《昆仑五剑客》、《烈女剑》、《绿林八剑》、《绿野仙踪》、《麻风剑客》、《蛮荒剑侠》、

2. 颜保著，卢蔚秋译：《中国小说对越南文学的影响》，见［法］克劳婷·苏尔梦编著，颜保等译：《中国传统小说在亚洲》，第 208—236 页，北京：国际文化出版公司，1989 年版。

《漂流侠士》、《平阳奇侠》、《七剑十三侠演义》、《续七剑十三侠》、《七侠五义》、《群雄剑会》、《山东剑客》、《少林女侠》、《神龙舞剑》、《双光宝剑》、《双侠破奸》、《台湾女剑客》、《大乙神刀》、《五湖侠客》、《五剑朝王》、《五剑十八义》、《五岳奇侠》、《仙剑》、《小女侠》、《小五义》、《续小五义》、《小侠复仇》、《瑶池侠女》、《一枝梅大侠士》、《隐侠士》、《冤魂剑》、《鸳鸯剑》、《诛龙剑》等。其中《烈女剑》由学海翻译成拉丁化越南文，于 1923 年由河内莫廷思印馆书社出版；《七剑十三侠演义》由阮文药、范文耀、熙章、广元四位译者各自翻译成多个译本，分别于 1924 年、1931—1932 年、1934 年、1935 年、1951 年在西贡和河内出版或重印。另一位译者李玉兴翻译了包括《飞仙天宝演义》、《凌云剑客》、《江湖义侠》、《女霸王》、《烟花奇史》、《云天岭》、《钟南血恨》、《蓬莱侠客》、《青天大侠》等在内的 16 部武侠小说。

　　从越南大量翻译和出版中国武侠小说的情况，可以见及越南读者是如何欢迎和喜爱中国武侠小说的。

图 14　《烈女剑》的越南文译本（学海译，1923 年）封面[1]

四、　中国武侠小说在柬埔寨、缅甸的移植与影响

　　20 世纪 60 年代以后，香港的武侠电影开始进入柬埔寨市场，加强了中国文化对当地的影响。由于柬埔寨的城市居民对中国小说的兴趣越来越浓厚，很多倾向于中国的作者开始创作柬埔寨历史小说，有些则直接从中国武侠小说中寻求创作灵感，而在柬埔寨出现的中国武侠小说可能是从越南文转译过去的。[2]

2. 参见［法］克劳婷·苏尔梦著，颜保译：《总论》，见［法］克劳婷·苏尔梦编著，颜保等译：《中国传统小说在亚洲》，第 21 页、第 31 页，北京：国际文化出版公司，1989 年版。

1. 本图片采自颜保著，卢蔚秋译：《中国小说对越南文学的影响》，见［法］克劳婷·苏尔梦编著，颜保等译：《中国传统小说在亚洲》，第 204 页，北京：国际文化出版公司，1989 年版。

中国武侠小说移植到柬埔寨后，一些当地作家开始从中国武侠小说中寻求创作的灵感，如 1966 年以后出版的一些长篇小说就是依据中国作品改编的，其中有些作品的标题似乎可以看出中国武侠小说的影响，如《巨剑》（*The Powerful Sword*）、《女剑客》（*The Fighting Swordswomen*）、《断剑》（*The Broken Sword*）等。对于柬埔寨人如此喜爱阅读中国武侠小说的原由，有学者认为从 20 世纪 60 年代以来，柬埔寨一直遭受着社会危机，传统价值和公认的惯例接连崩溃，在这样的氛围中，柬埔寨人可能是无意识地从中国武侠小说中寻求一种质朴的正义，即濒于社会边缘的人们最终得以纠正统治集团的罪恶。[1]

1. 参见 [柬] 金福弟、[法] 雅基艾·纳波特著，冯国忠译：《十九和二十世纪中国文学对柬埔寨的影响》，见 [法] 克劳婷·苏尔梦编著，颜保等译：《中国传统小说在亚洲》，第 258—259 页，第 279 页，北京：国际文化出版公司，1989 年版。

缅甸最早翻译港台新派武侠小说始于 1974 年，其数量占缅甸全年翻译总量的比例基本呈逐年上升趋势。如 1981 年为 68 部，占 42%；1982 年为 86 部，占 49%；1983 年为 100 部，占 45%；至 1985 年为 274 部，占 72%。[2] 遗憾的是柬埔寨和缅甸移植中国武侠小说的相关资料不易收集，此处只能略作简介。

2. 原载《翻译文学研究会论文集（一）》（缅文），第 90 页，缅甸文学宫出版社，1990 年版，转引自梁立基、李谋主编：《世界四大文化与东南亚文学》，第 119 页，北京：经济日报出版社，2000 年版。

由上述的介绍可以看出中国武侠小说对印尼、泰国、柬埔寨等东南亚国家的文学和社会生活都产生了深刻长远的影响，而这种以锄强扶弱、惩恶扬善、弘扬侠义精神为主要特征的武侠文学，也为东南亚的民众提供了一种具有高度精神愉悦感和丰富想象力的精神文化产品。

下编　　中国现当代新文学与东南亚文学
（1919 年至今）

概述

一

中国五四新文化运动不仅开启了中国现代新文学史，而且还跨越疆界传播扩散到东南亚，由此催生和哺育了东南亚华文新文学。尽管东南亚各国的华文新文学发端时间不一，但追根溯源来看，仍然与中国五四新文化运动的影响密不可分，因为如果没有中国五四新文化运动，就没有五四以来的中国新文学，也就没有东南亚华文新文学的产生和发展，因此中国五四新文化不仅催生和哺育了东南亚华文新文学，还以其深刻的精神特质和新型的文学形式对东南亚华文新文学产生了持续而深远的影响。

在新加坡和马来西亚方面，吉隆坡《益群报》、新加坡《国民日报》的编辑于 1919 年五六月间开启了新马华文新文学的新篇章。这两份华文报编辑有的表示要在新马掀起"南洋文学界的革命"，有的宣布只发表"新文艺"作品，不再刊登"诗词颂箴"旧文学。他们还在报章副刊上创设"新小说"、"新文艺"、"新剧"等新文学栏位，并大量刊载中国五四新文学作家的作品。中国五四作家胡适、郭沫若、周作人、叶绍钧、杨振声、刘大白、冰心等人的创作也为早期新马华文新文学树立了新型的写作范式。

在中国五四新文化运动的影响下，早期新马华文新文学呈现出迥异于传统旧文学的精神特质，如民主科学精神、自由平等观念，以及男女平权、婚姻自由、个性解放等时代精神，其中林独步的系列小说《珍哥哥想什么》、《笑一笑》、《两青年》和《同窗会》形象反映了五四时期北平和新加坡两地青年知识分子的爱情生活和人生观，体现了作者追求男女平等和婚姻自由的时代精神。

在五四新文学的哺育下，新马华文新文学出现了白话诗歌、小说、戏剧、散文等新型文学样式，由此开启了新马华文新文学的创作实绩。新马华文新诗主要有自由体诗、散文诗、小诗、民歌体诗，如张应真的自由体诗《哭母》，刘觉天的散文诗《留别》，少修的小诗《飘流》，秋毫的民歌体诗《南洋励志歌》等。新马华文新小说有问题小说、日记体小说、历史题材小说等，其中瞿桓的日记体小说《疯人日记》即明显模仿自鲁迅的小说《狂人日记》。

在泰国方面，五四时期的泰华日报《暹京日报》、《中华民报》有的已开始刊登白话新文学作品，有的常转载中国五四新文学作家许地山、洪深等人的作品，有的还经常发表泰华学生的作品，如子才的小说《拉夫歌声》、良工的小说《故乡带来的礼物》等。泰华作者关怀现实人生及底层民众的写实主义态度和人道主义精神，也同样与中国五四新文学的影响分不开。

20 世纪 20 年代末，从中国南下泰国避难的作者继续在泰国传播五四以来的中国新文学，并对泰华新文学的发展产生了积极的推动作用。当时泰华学校的师生们从事文艺创作蔚然成风，他们创办许多校刊和壁报，以此刊登师生们反映学校和社会生活的文艺作品。泰华作者还学习中国新文学作家组织文艺社团的方式，并创办各种文艺刊物。至 20 世纪 30 年代末，泰华文艺社团多达 40 余个，其中影响较大的有"彷徨学社"和"椒文学社"。

在缅甸方面，由于中国五四新文化运动的影响，缅甸华校开始采用语体文课本，缅华教师也在华人学生中传播新思潮与新文化，缅华读者还可以在当地阅读到中国五四新文化报刊和五四新文学作家作品。

在五四新文学的影响下，中国南下作者聂绀弩、艾芜开始在缅华报刊上发表具有新思想和新精神的新文学作品，如聂绀弩对仰光"天南诗社"旧诗人的批评文章。缅华作者黄绰卿也创作小说《弃妇》、《济南城中的血泪》、《小铁匠的生活》等新文学作品。

在菲律宾方面，20 世纪 20 年代的菲华报刊《平民周刊》、《小说丛刊》、《艺术月刊》，有的大力传播五四新文化与新思想，有的转载中国小说等文艺作品，有的还刊登一些五四前后的新文艺作品，这些都为即将诞生的菲华新文学发挥了酝酿作用。至 20 世纪 30 年代，菲华新文学有了长足的发展，菲华作者也开始有意识地创办华文报刊和组织文艺团体，其中 30 年代初中期创办的《洪涛三日刊》、《海风旬刊》都出现了内容和文体形式带有中国新文学痕迹的菲华文艺作品。30 年代中期，中国南下作者蓝天民、王文廷在《前哨青年》上大力鼓吹新思潮，之后又创办《新潮》文艺副刊，积极提倡新文学运动。

在印尼方面，20 世纪 20 年代的印尼华人可以阅读到中国新文学报刊《小说月报》、《创造周刊》等，印华报章《新报》、《天声日报》、《南洋日报》的文艺副刊也转载引介中国新文学作品，其中《新报》副刊《小新报》的作者们还仿效中国五四名家胡适、鲁迅等人的作品进行创作，如谢左舜的杂文，吴直由、阿五的白话小说，李琼瑶、莆风的新诗等，《天声日报》和《南洋日报》副刊也发表了印华作者受五四新文化影响而创作的白话新文学作品。

另外，印尼华人还通过回中国升学的途径而近距离地接受中国新文学的影响，如负笈上海暨南大学的印华作者郑吐飞于 1929 年在上海真美善书局出版短篇小说集《椰子集》，上海暨南大学的邦加华侨学生会于同年编印出版的《邦加》文集中也刊登了不少印尼留沪侨生创作的文艺作品，而这些印华作品从内容到形式都受益于中国五四新文化运动所开创的中国新文学的影响。

二

20 世纪 20 年代末，中国新文学经历了从"文学革命"到"革命文学"的巨大转变。至 1930 年 3 月，伴随着中国左翼作家联盟（简称"左联"）的成立，以中国无产阶级革命文学为代表的左翼文学占据了 30 年代中国文坛的主流地位。

中国无产阶级革命文学除了在中国文坛风起云涌外，还通过中国作者的南渡及政治文化等方面的交流而传播到东南亚，由此催生出 20 世纪 20 年代末至 30 年代初盛行一时的南洋新兴文学运动，并对东南亚华文新文学产生了深刻的影响。

在新加坡和马来西亚方面，由于中国无产阶级革命文学运动的影响，新马华文文坛出现了一大批反映新兴意识的文学作品，其主题内容、创作模式、表现方式等均受到中国革命文学的深刻影响。新马新兴文学作品有对中国大革命前后半殖民地、半封建社会现实的反映，有对北伐革命的赞颂，还有对大革命失败后国民党白色恐怖政权的控诉，如菲野的诗歌《战士之哀伤——献给我底青年》、忠实的小说《笑纹与波光一样柔和》，陈廷高的诗歌《痛悼为民众利益而牺牲的兄弟》等。

与中国无产阶级革命文学一样，新马新兴文学也着力表现"同情"与"反抗"的创作主题。作者或对底层民众的不幸命运表示深切的同情，或对印度人、马来人等弱势民族被殖民与被压迫的命运表示深切的哀悯，或反映新马底层妇女被侮辱与被迫害的生存状况，如浪花的小说《生活的锁链》、YF 的诗歌《南蛮的族人》、亚庸的小说《侠姑》等。新马新兴文学还极力鼓动人们起来反抗压迫阶级和殖民统治，有的作品还展现出一个充满光明和希望的社会前景，如曾华丁的小说《五兄弟墓》、宿女的小说《不会站的人》、寰游的诗剧《十字街头》、衣虹的诗歌《三等舱客》等。

新马新兴文学也出现"革命加恋爱"的创作模式，如有的强调革命与恋爱相对立的观念，有的盛赞无产阶级革命主人公"战斗的力的美"及正直勤劳的品性，如杨赞的诗歌《给谈恋爱的青年》、林雪棠的小说《一个女性》、晨光的诗歌《你能爱我吗？姑娘！》、樱花的诗歌《献给吾爱梅魂》等。

然而，中国无产阶级革命文学运动在为新马华文文坛带来新气象的同时，其功利性的文学观及某些僵化刻板的创作模式也对新马新兴文学产生了负面的影响，而这种非艺术化的创作倾向也受到一些新马作者的尖锐批评，如美樵的《不谐和之微笑》，张冲、陈炼青等人的相关评论。

从总的方面来看，中国无产阶级革命文学运动影响下的新马新兴文学运动与当时盛行的南洋色彩文学潮流相结合，共同创造了新马华文新文学史的第一个创作高峰期。

在缅甸方面，1927 年中国大革命失败后，一批中国共产党人和进步知识分子南下缅甸避难，他们有的在当地传播中国无产阶级革命文学思潮，有的与其他缅华作者共同组织文学团体、创办文艺刊物，使中国革命文学在缅华文坛产生了影响。

1933 年，缅华文艺作者在朱碧泉的指导下成立文艺社团"椰风社"，并出版《椰风》周刊。椰风社作者注重反映地方现实，以文艺为政治斗争武器，倡导缅华文化界建立统一战线，鼓励研究缅甸文学。在椰风社的影响与带动下，许多爱好文艺的缅华青年相继组织了"芭雨"、"十日谈"、"黎明"等文艺社团，并在缅华报章上创办《野草》、《芭雨》、《十日谈》、《黎明》、《学生半月刊》等文艺副刊。次年，缅华文艺工作者跟随中国左翼文坛提倡中国文字拉丁化的做法，也学习研究拉丁化新文字和世界语，推行大众语文学，并用拉丁化新文字通信。

另一方面，从缅甸回返中国的左翼作家艾芜还在《中流》半月刊上写过一篇介绍缅华作者黄绰卿的散文《阿黄》，其中引述黄绰卿的革命诗歌《江上》。

在泰国方面，1927 年中国"四一二"政变后，潮汕地区的一些中国共产党人和左翼知识分子南下泰国避难，并在当地兴办学校和编辑报刊，由此促进了中国革命文学在泰华文坛的传播。20 世纪二三十年代期间，泰华文坛还引介上海"左联"、"普罗列塔利亚文学联盟"，以及艾思奇、鲁迅、巴金、高尔基等左翼进步作家的哲学或文学作品。

另外，中国革命作家洪灵菲也以自己在泰国等地的流亡生活为素材创作了革命小说《流亡》、《在木筏上》等，由此拓展了中国无产阶级革命文学的题材和内容。

在印尼方面，负笈上海暨南大学的印尼华侨学生郑吐飞在中国的《秋野》月刊上发表了反映东南亚底层人民不幸命运的小说《橡园之玫瑰》、《你往何处去》、《禁食节》等，不过郑吐飞的上述小说在悲悯东南亚底层民众的苦难生活时，并未为人们"指出一条改造社会的新途径"。

此外，在 20 世纪 30 年代中期的印尼，当地华校爱好文艺的青年学生及文化界知识分子也可以阅读到从地下渠道引进的中国左联刊物《拓荒者》等，以及左翼作家鲁迅、茅盾、巴金等人的作品，而中国革命文学的传播也促进了印华青年的文学创作。

三

1937 年抗日战争全面爆发后，中国文艺界兴起以宣传民族救亡和抗击日本侵略为中心内容的抗战文艺运动，文艺工作者也纷纷投入抗战救亡的实际工作或文艺运动中。为了建立文化界的抗日统一战线，中华全国文艺界抗敌协会（简称"文协"）于 1938 年 3 月在武汉成立。"文协"在全国组织了数十个分会及通讯处，并提出"文章入伍、文章下乡"的口号，还组织作家战地访问团，创办会刊《抗战文艺》等。"文协"的成立促进了中国文艺工作者的团结，也极大地推动了抗战文艺运动的发展。

由于中国与东南亚两地作家的往来以及文化的交流等，中国抗战文艺运动也传播到东南亚。东南亚华文文学界为配合中国的抗战救亡运动，也以文艺作为抗战宣传和救亡杀敌的武器，由此兴起东南亚的抗战救亡文学。

在新加坡和马来西亚方面，新马华文文艺界掀起轰轰烈烈的抗战救亡运动，作者们对新马抗战文学理论、文学通俗化与大众化、文艺通讯运动等进行了探讨，如絮絮的《论文艺通俗化问题》、更生的《文学问题漫谈救亡运动》、丘康的《七七抗战后的马华文坛》、金丁的《抗战文艺讲座》等。

受中国抗战文艺运动的影响，新马抗战救亡文学紧密围绕着抗战救亡的创作主题，多方面地展现中国人民的反侵略精神和新马华人支援祖国抗战的热情，其中有关怀遭受日军铁蹄蹂躏的祖国，有展示中华民族反侵略的精神，也有反映新马人民的抗战救亡运动，如铁抗的中篇小说《试炼时代》、西玲的诗歌《吴家村》、丁倩的小说《一个日本女间谍》、老蕾的小说《弃家者》、金枝芒的小说《八九百个》、叶尼的散文《卖花队》、刘思的诗歌《代募寒衣》等。

由于中国抗战文艺表现形式的影响，新马抗战救亡文学也出现抗战通俗民歌、新章回体小说、报告文学、文艺通讯、街头剧、墙头小说等文艺形式，其中有以闽粤方言、乐府民歌形式等创作的抗战通俗歌谣，如训飞的《抗战山歌十二首》、黄嫣云的《良姆教子》、李郎的客音童谣《月光光》、东方丙丁的《刘三姐过新年》等，也有以章回体形式创作的抗战小说，如陈南的《老将报国记》、《金叶琼思君》等。此外还有紫焰的报告文学《招牌的命运》、刘思的文艺通讯《C市》、叶尼的街头剧《同心合力》等。

在泰国方面，抗战时期的泰华文艺社团星罗棋布，各种文艺副刊大量涌现。受到中国抗战文艺运动的影响，泰华文坛发生了几次激烈的文艺论争，如有关泰华文学应该是"国防文学"还是"大众文学"的论争等，而这些论争也促进了泰华抗战文学的发展，由此产生了许多反映中国人民抗击日寇与泰国华人支援中国抗战救亡的作品。

泰华抗战诗歌表达了作者对中国的深情热爱、对侵略者的刻骨仇恨，以及对民族自由解放的追求等复杂情感，如秋冰的《乡讯》、剑伦的《奴隶的怒吼》等。泰华戏剧也成为激发泰国华人支援中国抗日救亡的重要文艺形式，泰华剧坛上出现许多以宣传抗战救亡为内容的剧本，如流泉的《从戎》、怒火的《起来吧》、刘生的《投义军去》、铁汉的《战！》、侠魂的《为谁牺牲》等，以及胡俊根据中国女作家丁玲同名小说改编的《一颗未出膛的枪弹》。此外，泰华剧坛也出现《不如归去》、《刺》、《不愧爱人》等街头剧和活报剧。

在缅甸方面，1937年中国卢沟桥事变后，缅华文艺界抗日救亡联合会、缅华救亡歌咏团、救亡宣传工作团、缅华文化界协会等相继成立，有力地推进了缅华抗战救亡文艺的开展。

缅华文艺界为配合救亡工作的需要而创办了各种宣传抗战救亡的报刊，如《文艺》周刊、《卜间》、《晦鸣周刊》、《新知周刊》等。《新知周刊》主编张华夫、编辑黄雨秋为中国南下文人，该刊仿照中国著名刊物《生活周刊》的形式和内容，是一本锋芒锐利的突击性刊物，在抗战高潮时期对缅甸华人产生了很大的影响。

由于中国抗战文艺运动的影响，缅华文艺界也利用旧体诗词、民间歌谣等文艺形式进行抗战宣传，如以《满江红》谱曲的抗战歌曲，以闽粤方言创作的抗战歌谣等。缅华文艺界还通过歌咏活动等形式宣传抗战救亡意识，如中国南下仰光的女歌唱家林亭玉（宇心）创作的歌曲、缅华作者吴曲夫（章彬）创作的《我们是中国好儿童》，以及黄绰卿根据中国电影《桃李劫》中聂耳的《毕业歌》改写的《侨胞们》等。

在菲律宾方面，一些菲华进步文化团体在马尼拉成立"菲律宾华侨文化界抗日救国会"，积极宣传抗战救亡主张。"菲律宾华侨各劳工团体联合会"也以各种形式的文艺活动开展抗日救亡工作。菲华戏剧团体"嘤鸣社话剧团"、"八·一三话剧团"、"国防剧社"等也积极投入宣传抗战救亡运动，以戏剧演出来激发菲律宾华人的抗战热情。

中菲之间的文艺交流也得到进一步深化，如"福建省政府南洋华侨慰问团"团员叶绵绵，"福建省艺术慰问团"团员陈霖生、叶克均留在菲律宾，与菲华剧团一起参加抗战宣传演出活动。中国南下作家邢光祖、林林、杜埃将中国抗战文艺运动的思想和作品广泛介绍给菲律宾民众，而菲华作者施颖洲的抗战新诗《海外的卖报童》也发表在巴金主编的《烽火》上。

四

1966 年 5 月至 1976 年 10 月是中国"文化大革命"时期。"文化大革命"是一场极左的政治运动，对中国政治社会、文化思想和文学艺术造成了巨大冲击。由于政治、社会、文化等方面因素，"文化大革命"极左文艺思潮也通过各种途径传播扩散到东南亚地区，由此促进了新加坡、马来西亚、越南、柬埔寨等国"文革潮"文学的产生。

在新加坡和马来西亚方面，由于中国"文革"极左思潮的影响，马来亚共产党及其左翼政党开展了一连串的反右斗争运动，并形成新马"文革潮"文学的"工农兵文艺方向"。

在"工农兵文艺方向"的指引下，新马文坛出现大量反映工农群众苦难生活的作品，其中也出现不少工人作者，而这与中国"文革"时期鼓励工人作者创作的文艺思潮有关。在中国"文革"文艺"三突出"创作原则的影响下，新马"文革潮"文学十分重视英雄或先进人物的塑造，如南方艺术团集体创作的多幕剧《成长》、凤妹的小说《放声歌唱》、江宏的戏剧《灯火万家》中的周霞、慧姐、何亚南等英雄或先进人物形象，即与中国"文革"文学中的英雄人物形象有不少相似之处。

在中国"文革"文学的影响下，新马"文革潮"文学主要呈现出三大主题：一是歌颂毛泽东及其领导下的"文化大革命"，如林康的《送给你这张画像》、席宣的《文艺卫兵歌》；二是批判不合理的现实社会，展现红色的"乌托邦"，如崇汉的诗歌《童工》、丁牧的诗歌《我们的故乡要改样》、夏桦的小说《长夜》等；三是反映革命人民反帝反殖的正义斗争，如马德的《"央基"》、崇汉的《湄公河——希望之母》、陈伦新的《不要叫我杀人吧》等。

在越南方面，越华"文革潮"文学也确立了"工农兵文艺方向"，并出现工人作者创作的作品，如立辉的《一手拿锤 一手拿枪》、曾汉兴的《笑看美帝大灭威风》、颜翔的《我们爱读〈毛主席语录〉》等。此外，"工农兵文艺方向"还表现在创作形式的通俗化与民间化，如以粤曲和民歌形式创作的《山歌向着东方唱》、《送子参军》，以及"对口词"《战斗在一起，胜利在一起》等。

由于中国"文化大革命"领袖崇拜思潮的影响，越华文坛也出现歌颂中越两国革命领袖毛泽东、胡志明的作品，如武文珠的诗歌《世界人民跟着毛主席》、黄智勇的散文《买宝书》、陆进义的散文《献给胡伯伯的四十九颗红心》等。

此外，越南"文革潮"文学还出现不少反映中越两国人民抗美斗争，并渗透着"文革"时代思潮的作品，如陈文的散文《宝书增强了我们的力量》、郑勇的散文《劳动散记》等。

在柬埔寨方面，中国"文革"文艺思潮也波及到柬华文学，如有的柬华作者表示赞同"文艺为工农兵服务"、"文艺为政治斗争服务"、"文艺塑造英雄形象"的观点。

在中国"文革"文艺思潮的影响下，柬华文学也出现领袖崇拜、反帝爱国、歌颂英雄形象等主题内容，如陈恩泽的诗歌《永远跟着毛泽东》、田友的散文《最幸福的人》、黄思华的诗歌《永远前进，决不后退！——为第一届亚新会胜利闭幕作》、林江洋的《英雄赞歌》等，其中也大量使用了"文革"的时代套语。

东南亚"文革潮"文学既有反帝、反殖、反资的正面意义，也有关怀底层民众的崇高的人道主义情怀，但由于"文革"文艺思潮是一种严重违背艺术规律的极左文艺思潮，因而导致东南亚"文革潮"文学出现大量过于政治化、概念化、脸谱化和模式化的作品。

五

自 1919 年以来，伴随着中国与东南亚在政治思想及文化文学等方面的进一步交流，中国现当代作者及南下作者也对东南亚文学产生了深巨的影响。

中国现当代作者中的鲁迅、刘半农、丁玲等人虽然从未到过东南亚，其影响却跨越了中国的文学疆域。鲁迅是五四新文学以来中国现代作家中对东南亚文学影响"最大"、"最深"、"最广"的作家。鲁迅对新加坡、马来西亚、泰国、越南、缅甸、印尼等文学产生了多方面影响，其作品也被译成马来文、泰文、越南文、缅甸文、印尼文等，并在东南亚各民族中广泛传播。刘半农、丁玲也与 20 世纪的东南亚文坛发生过关联，如刘半农与马来西亚《南洋时报》文艺副刊《怒涛》，丁玲与东南亚文艺界的关系等。

中国南下东南亚的作者数以百计。可以说，没有中国南下作者的文学活动及其贡献，就没有 1919 年以来东南亚华文新文学的开创与发展局面。

在新加坡和马来西亚方面，由于历史和地缘方面的关系，中国南下作者以广东和福建两省籍为多，其中广东籍南下作者有曾圣提、曾华丁、陈炼青、张天白、李润湖、铁抗、刘思、桃木、王君实、铁戈、柳北岸、方北方、方修等人，福建籍南下作者有林独步、张楚琨、吴广川、衣虹、马宁、洪丝丝、丘士珍、黄望青、高云览、老蕾、杜边、絮絮、白寒、姚紫、连士升、云里风等人。其他省籍的南下作者有胡愈之、吴仲青、郁达夫、许杰、王任叔、刘以鬯、张叔耐、依藤、殷枝阳、谭云山、莹姿、吴天、艾芜、杏影、丁家瑞、聂绀弩、老舍、李星可、姚拓等人。

中国南下作者在编务活动、文学理论、创作活动等方面对新马华文文学作出了巨大的贡献。中国南下作者创立了《南风》、《星光》、《洪荒》、《荒岛》、《枯岛》等众多新文艺副刊，由此开垦出新马华文新文艺荒原。南下作者还积极倡导新兴文学、南洋色彩文学、无产阶级革命文学、抗战救亡文学等文艺潮流，为新马华文作者指示出文艺创作方向。南下作者着力反映新马社会生活，充实了新马华文文学的现实内容。南下作者还创作出大量优秀作品，如曾圣提的《生与罪》、丘士珍的《峇峇与娘惹》、林参天的《浓烟》、丁倩的《一个日本女间谍》、铁抗的《试炼时代》、姚紫的《秀子姑娘》和《窝浪拉里》、方北方的《风云三部曲》和《马来西三部曲》、岳野的《风雨牛车水》、胡愈之的《郁达夫的流亡与失踪》等，由此推进了新马华文文学的繁荣发展。

泰国、印尼、菲律宾、文莱的华文新文学同样离不开中国南下作者的文学活动及其贡献。不少南下作者担任过泰国、印尼、菲律宾、文莱的华文报章副刊编辑，为当地华文文学作出了积极的贡献，如泰国的巴尔、许征鸿、金沙，菲律宾的王雨亭、林健民、蓝天民、施颖洲、柯叔宝、杜埃、林林，印尼的邹访今、黄裕荣等人。南下作者还创作了不少优秀文学作品，如泰国的吴继岳、谭真、史青、李少儒、岭南人，菲律宾的芥子、施颖洲、柯清淡、林健民、谢馨，印尼的巴人、黄裕荣、林万里、犁青，文莱的谢名平等人的优秀之作。

六

从 1919 年以来，在中国与东南亚文学的交流与互动过程中，来自东南亚的留中作者、归侨作者、其他民族语种作者也参与了两地之间的文学交流活动。

东南亚留中作者系指留学中国大陆和台湾的东南亚华人作者，如 20 世纪二三十年代上海暨南大学的"南洋侨生"作者群，20 世纪中叶后留学台湾的马来西亚、新加坡、文莱作者群等。

上海暨南大学的"南洋侨生"作者群有陈翔冰、陈好雯、陈雪江、郑吐飞、温梓川、胡秋甫、戴淮清、张嘉树、赵伯顺等人。他们在暨南大学创设"景风社"、"秋野社"、"槟榔社"、"暨南剧社"等文艺社团，创办《景风》季刊、《秋野》月刊、《槟榔》月刊等文艺刊物，并受到中国现代作家、学者汪静之、叶公超、梁实秋、梁遇春、沈从文、顾仲彝、洪深、张资平、潘光旦、章衣萍、林语堂、鲁迅、胡适、郑振铎、徐志摩、沈从文、曾朴等人的大力支持。

南洋侨生作者群在上海暨南大学的文学活动实际上直接参与了中国现代文学的发展进程，同时也以其独具特色的"南洋色彩"文学丰富了中国现代文学的题材和内容。其中部分侨生作者如温梓川毕业后将其积累的文学经验带回东南亚，由此促进了中国与东南亚文学的双向交流。

20 世纪中叶以后的马来西亚、新加坡、文莱留台作者群有潘雨桐、林绿、王润华、淡莹、陈慧桦、陌上桑、李永平、温瑞安、方娥真、黄昏星、殷乘风、张贵兴、商晚筠、陈强华、傅承得、林幸谦、林建国、黄锦树、钟怡雯、陈大为、辛金顺、魏巧玉、何少明等人。新马留台作者群由于受到台湾文学潮流的激荡而积极从事文学创作和文学活动，他们在台湾组织了"海洋诗社"、"星座诗社"、"神州诗社"、"喷泉诗社"、"大地诗社"等文学社团，并创办《星座诗刊》、《神州诗刊》、《海洋诗刊》等文艺刊物。

新马留台作者在台湾发表或出版的文学作品，在丰富台湾文坛生态和样貌的同时，也开拓了新马华文文学的活动疆域，留台作者也在台湾和新马的文学 / 文化交流方面扮演着重要角色。

此外，从 21 世纪初开始，泰国文坛也形成了留学中国大学生写作群体，其中有曾心、吴佟、赖锦廷、刘助桥、伍启芳、许家训、杨玲、林太深、苏林华等人。

东南亚归侨作者系指中国移民及其后裔以侨民身份居住或旅居于东南亚，之后又回归中国的作者，他们在中国与东南亚的文学交流过程中也发挥着重要的作用。

从东南亚回返中国的归侨作者有许地山、曾圣提、许杰、张楚琨、马宁、吴天、陈残云、高云览、杜边、白塔、胡愈之、沈兹九、秦牧、汪金丁、莹姿、杨越、洪丝丝、杜运燮、萧村、王啸平、韩萌、米军、刘少卿、黄浪华、杜埃、巴人、黑婴、艾芜、黄绰卿、鲁藜、梁披云等人。其中不少归侨作者在回归中国后继续从事文学创作和文学活动，或者与文学相关的教学和编辑工作，如新马归侨作者许杰、杜运燮、汪金丁，越南归侨作者鲁藜，菲律宾归侨作者杜埃、林林等人。此外，有的归侨作者仍然与东南亚文坛保持着联系，如新马归侨作者吴广川、曾圣提、白塔、许杰、张楚琨、萧村，菲律宾归侨作者杜埃等人。

东南亚归侨作者还创作了一系列南洋题材作品，如许地山的《命命鸟》、《缀网劳珠》、《商人妇》，艾芜的《南行记》，洪灵菲的《流亡》，马宁的《南洋风雨》，老舍的《小坡的生日》，胡愈之、沈兹九的《流亡在赤道线上》，巴人的《五祖庙》、《印度尼西亚之歌》，洪丝丝的《异乡奇遇》，王啸平的《南洋悲歌》，陈残云的《热带惊涛录》，白刃的《南洋流浪儿》，黑婴的《漂流异国的女性》等，这些南洋题材创作在丰富中国现代文学宝库的同时，也显示了中国与东南亚国家之间文学互相渗透、互相影响的特征。

此外，东南亚其他民族语种作者如越南当代著名文学家、文艺评论家、翻译家和汉学家邓台梅，以及印尼独立以来最富盛名、最具代表性的作家普拉姆迪亚·阿南达·杜尔，也以其译介活动和文学活动促进了中国现当代文学与东南亚文学的相互交流。

第四章　　中国五四新文化运动与东南亚华文新文学

中国五四新文化运动不仅开启了中国现代新文学史，而且跨越国界传播和扩散到东南亚，从而催生和哺育了东南亚华文新文学。

新加坡和马来西亚是最早接受中国五四新文化影响而出现华文新文学的地区，泰国、缅甸、菲律宾、印尼等地的华文新文学也是在中国五四新文化的影响下产生的。越南于 20 世纪 20 年代开始接触到中国五四新文化，却由于法国殖民统治者的严密控制而未能在当时出现华文新文学，但到中国抗战全面爆发后，越南文坛也出现了宣传抗战救亡的华文新文学。[1] 由

1. 参见赖伯疆：《海外华文文学概观》，第 133—134 页，广州：花城出版社，1991 年版。

此追根溯源来看，东南亚各国的华文新文学虽然出现的时间并不一致，但仍然与中国五四新文化的影响分不开，因为如果没有中国五四新文化运动，就没有五四以来的中国新文学，也就没有东南亚华文新文学的产生和发展，因此中国五四新文化不仅催生和哺育了早期东南亚华文新文学，还以其深刻的精神文化内涵和新型的文学形式对此后的东南亚华文新文学产生持续而深远的影响。

第一节 中国五四新文化运动在东南亚的传播

由于 20 世纪初期的东南亚华人社会与中国有着千丝万缕的关系，因此在探讨中国五四新文化运动对东南亚华文新文学的影响时，必须追溯至 19 世纪末期到 20 世纪初期的中国社会。

19 世纪的中国，正是满清王朝经历了康熙至乾隆 100 多年的盛世而转向衰落腐败的时期。1840 年中英鸦片战争之后，闭关自守的满清王朝被船坚炮利的西方列强轰开了大门，并被迫签订了一系列丧权辱国的条约，昔日辉煌的封建王朝盛世日渐衰败，古老的中华大地面临着深重的民族危机。

面对着西方国家政治、军事、文化与科学技术的强力挑战和攻势，19 世纪末，一些具有改良主义思想的知识分子如康有为、梁启超等人主张学习西方先进思想和学说，在中国变法维新，以挽救日益垂危的国势。不过，这场改良主义的变法运动只维持百日左右即遭到失败的命运。而腐朽的满清王朝也没能挣扎多久，十几年后被孙中山领导的辛亥革命推翻，从而结束了中国长达两千多年的封建帝制。

然而，辛亥革命之后，中国并没有走上富国强民的道路。在短短的几年间，先有袁世凯的洪宪帝制，后有张勋复辟，还有袁世凯为了寻求日本支持而签订灭亡中国的"二十一条"，以及袁世凯倒台后，各个军阀派系在日、英、美帝国主义支持下，为了争夺中央政权和地盘而展开的混战，中国重新陷入内忧外患的危机中。

这时，另一批先进的知识分子如陈独秀、李大钊、刘半农、胡适等人，开始了另一轮寻求变革中国现状的道路，由此开启了中国五四新文化运动。

一、 中国五四新文化运动的兴起

中国五四新文化运动是一场影响深远的文化思想和社会运动。1915 年 9 月，陈独秀创办《青年杂志》（从第 2 卷第 1 号改名为《新青年》），由此标志着新文化运动的开始。新文化运动的倡导者们认为民主和科学是推动中国社会前进的两个车轮，中国要从专制和愚昧下求得解放，摆脱落后状态，赶上资本主义强国，"当以科学与人权并重"。[1] 他们提出拥护"德谟克拉西"

1. 王桧林主编：《中国现代史》，第12页，北京：高等教育出版社，1988年版。

（Democracy，民主）和"赛因斯"（Science，科学）两位先生的口号，猛烈攻击封建专制主义和"礼法"、"孔教"、"贞节"等传统道德伦理，大力介绍西方各种思想观念及学说，如自由平等、社会进化、劳工神圣、个性解放、男女平权、婚姻自由等，对中国民众进行文化思想启蒙，以期将国家从专制蒙昧和落后的状态下解放出来，从而达到富国强民的目的。

在文化方面，新文化运动的倡导者们对传统旧文学发起了进攻。1917年1月，胡适在《新青年》上发表《文学改良刍议》，提出改良文学应从"八事"入手：须言之有物，不模仿古人，须讲求文法，不作无病之呻吟，务去滥调套语，不用典，不讲对仗，不避俗字俗语。翌月，陈独秀发表《文学革命论》，提出"文学革命"的"三大主义"：曰推倒雕琢的阿谀的贵族文学，建设平易的抒情的国民文学；曰推倒陈腐的铺张的古典文学，建设新鲜的立诚的写实文学；曰推倒迂晦的艰涩的山林文学，建设明了的通俗的社会文学。由此在文化思想界掀起提倡白话文、反对文言文，提倡新文学、反对旧文学的"文学革命"。

1919年5月4日，北京爱国学生为了反对北洋军阀政府在巴黎和会签署出卖山东权益的"和约"而爆发"五四"运动，新文化运动也由于五四运动的爆发而得到深入的发展。单是五四时期，中国就出现上百种白话报刊。[2] 中国思想界各派学说竞起，百家争鸣，在马克思主义广泛

2. 朱光灿：《中国现代诗歌史》，第12页，济南：山东文艺出版社，2000年版。

传播的同时，西方各种社会思想也蜂拥而至。当时这些不同于中国封建传统文化的西方思潮均被称为"新思潮"，其中有马克思主义、实用主义、基尔特社会主义、无政府主义、工读主义、泛劳动主义、合作主义、平民教育等。[3]

3. 王桧林主编：《中国现代史》，第35—40页，北京：高等教育出版社，1988年版。

从1918年1月开始，胡适、沈尹默、刘半农等人发表的新诗《一念》、《人力车夫》、《月夜》、《相隔一层纸》，鲁迅发表的短篇小说《狂人日记》，胡适发表的新剧《终身大事》，以及许多五四新文学作家发表和出版的各种新文学作品，都显示了"文学革命"在诗歌、小说、戏剧、散文等方面取得的创作实绩。

二、 中国五四新文化运动在东南亚的传播

中国五四新文化运动不仅开启了中国现代文学史，而且跨越国界传播和扩散到东南亚地区。

作为五四新文化运动重要组成部分的五四新文学，也随着五四新文化运动传播到东南亚文坛，对早期东南亚华文新文学产生了深远的影响。

20 世纪上半叶的东南亚居民中，除了原住民和其他亚欧移民外，还有一批数量庞大的中国移民及其后裔。仅以英属马来亚为例，从 1911 年辛亥革命前夕至 1941 年日军入侵马来亚前夕，新马华人在当地拥有相当高的人口比例：1911 年新马华人计 915 883 人，占当地总人口 34.94%；1921 年计 1 173 354 人，占总人口 34.50%；1931 年计 1 705 915 人，占总人口 39.14%；1941 年则上升至 2 377 990 人，占总人口的比例达至 43.45%。[1] 在东南亚其他地方，华人人口占

> 1. 吴凤斌：《东南亚华侨通史》，第 552—554 页，福州：福建人民出版社，1994 年版。

当地总人口比例虽然没有这么高，但也往往拥有华人社团、华文学校和华文报章这类社群组织、教育机构和舆论媒体。

在 1945 年第二次世界大战结束之前，东南亚地区除了泰国之外，大部分沦为英国、法国、荷兰、美国、日本等列强的殖民地，当地土著民族或原住民"没有自己的国家主义，没有自己的国家，没有自己的民族主义"[2]，而居住在当地的中国移民及其后裔，按照中华民国的国籍法

> 2. [澳] 王赓武：《再论海外华人的身份认同》，见 [新] 李焯然：《汉学纵横》，第 60—61 页，香港：商务印书馆，2002 年版。

均属于中国国籍，因为中华民国政府的国籍法是以血统主义为主，再辅以出生地主义，所以凡有中国血统者均为中国籍民，即使是出生于当地的中国侨民后裔也都具有中国国籍。[3]

> 3. 吴凤斌：《东南亚华侨通史》，第 604—605 页，福州：福建人民出版社，1994 年版。

第二次世界大战之前的东南亚华人大多是来自中国福建和广东的第一代移民，他们对故土和母国怀有浓烈的家国情怀。中华民族原先的农业文明具有"安土重迁"的特点，人们对居住和生活的土地有着很强的依附感。闽粤两地的中国人之所以移民东南亚，大多是因为家乡天灾人祸，经济困迫而无法生存，只好远渡重洋寻找生存和发展的机会。[4] 他们之中大部分人没有

> 4. 陈达《南洋华侨与闽粤社会》中的一项调查显示，在接受调查的 900 户南洋华人中，因为"经济困迫"和"天灾"而从中国迁出地南移的分别占 69.95% 和 3.43%，

打算在当地落地生根，只是希望将来经济好转后能够衣锦还乡，实现落叶归根的愿望。而当他

> 两项南移原因高达 73.38%。见陈达：《南洋华侨与闽粤社会》，第 48 页，长沙：商务印书馆，1938 年版。

们在东南亚求生存求发展时，却在当地受到外族，尤其是西方殖民地的政府官僚的歧视，所以对西方的民族主义也有一点了解，很憎恨他们的这种民族优越感，很想中国人将来能够恢复原有的自尊心，希望中国富强，中国政府能够有能力保护华侨的利益。[5]

> 5. 参见 [澳] 王赓武：《海外华人的民族主义》，第 49—50 页，新加坡：UnPress，1996 年版。

从 19 世纪末开始，东南亚华人就与中国的政治、社会和文化的影响分不开，尤其是中国处于内忧外患的时候。

19 世纪末，康有为等人推动的改良主义也在东南亚华人中寻求到一些支持，如新加坡华侨邱菽园于 1898 年 5 月创办《天南新报》，拥护康有为等人的维新运动，之后又于 1900 年 2 月

迎接康有为至新加坡，并参与康有为、梁启超、唐才常策划的武汉起义，尽管起义不幸以失败
而告终。[1] 菲律宾马尼拉的一些华侨也起而响应康有为的改良主义运动，其中广东籍人士潘庶

1.［新］李元瑾：《东西文化的撞击与新华知识分子的三种回应》，第 26—28 页，新加坡：新加坡国立大学中文系、八方文化企业公司联合出版，2001 年版。

蓍于 1899 年创办《益友新报》，作为马尼拉保皇党的机关报，为康有为、梁启超的立宪主张
进行宣传。[2]

2. 赵振祥、［菲］陈华岳、［菲］侯培水等：《菲律宾华文报史稿》，第 37 页，北京：世界知识出版社，2006 年版。

20 世纪初，孙中山领导的辛亥革命也受到许多南洋华侨的支持。1911 年春，中国同盟会的
冯自由等人被派往菲律宾进行革命宣传。同盟会菲律宾支会的机关报《公理报》于 1911 年创
刊之初，就大力倡导革命，要求建立民主共和国。菲律宾支会秘书兼副主监吴宗明则前往南岛
各地，在热心革命的人士中进行筹饷事宜。[3] 新加坡和马来亚的槟榔屿先后成为南洋地区同盟

3. 参见赵振祥、［菲］陈华岳、［菲］侯培水等：《菲律宾华文报史稿》，第 42—43 页，北京：世界知识出版社，2006 年版。

会组织的活动中心，以及南洋革命舆论和策划中心，在反清的过程中，新加坡和马来亚也是南
洋华侨捐助革命经费最多的地区。[4] 可以说，南洋华侨为推翻满清政权的统治可谓出钱出力，

4. 参见吴凤斌：《东南亚华侨通史》，第 524—536 页，福州：福建人民出版社，1994 年版。

作出很大的贡献。

正是由于东南亚华人对中国强烈的国家和民族认同，对中国政治、社会和民族危机的关切，
以及对自身在殖民地遭受歧视和压迫的处境的不满，因而他们对包含着反帝反封建精神，高举
民主、科学大旗的中国五四新文化运动，以及具有新思想、新精神和新形式的五四新文学产生
了心理共鸣，这激发起他们了解、学习、模仿和借鉴五四新文学的愿望和兴趣。如新马文学史
专家方修在分析马华新文学产生的原因时这样表示：

> 马华文学的产生，有两个原因。一个是内在的，即当地华人的迫切要求。另一个
> 是外在的，就是中国五四文学革命的影响刺激。

> 华人参加星马地区的开辟本来有悠久的历史，至少在 19 世纪中叶，又有大批的
> 劳工，源源移殖或被当作奴隶贩卖到星马地区来，从事拓荒、种植、开矿的工作。他
> 们在荒烟瘴气中流汗流血、牺牲生命，为当地的繁荣发展尽了无比巨大的贡献。然而
> 直到 20 世纪初期，他们虽安家立业，定居本邦，构成了当地经济生活政治生活中不
> 可缺少的一环，却依然在当地受歧视、受凌辱，依然是第三四等的侨民身份，无权过
> 问当地的事物。特别是劳工阶层，还是受到封建地主和外国资本家的重重压迫剥削，
> 生活没有保障，待遇没有改善。他们对于这种现实，怀有强烈的不满，有高度的反封
> 反殖的愿望与民主改革的要求。

另一方面，他们是由中国来的，大部分与中国还有若断若续的血缘关系。他们在当地愈受歧视凌辱，愈得不到应得的地位与保障，他们就愈难割弃这种血缘关系，就愈关怀着中国的命运。而中国的辛亥革命的失败，军阀的跋扈，政治的腐化，列强的侵略，这种种的内忧外患都成了与他们休戚相关的事件。他们关心这些现象，有太多的话要说，有太多的思想感情要表达。

因此，他们需要一种适当的文学形式和文字工具来表达他们的要求愿望，来抒发他们的共同的心声。然而马华旧文学并不能够负起这种任务，中国旧文学和他们的距离则更远了。他们都在寻求适合他们的表情达意的新形式、新工具。恰好这时——五四时期，中国新文化运动及文学革命运动蓬勃兴起了。……那种崭新的思想精神，那种平易的白话语言，那些宣扬科学、民主，提倡新道德、新文化，反对旧伦理、旧文化的理论与创作，引起当地华人的深刻的共鸣，给予他们以巨大的启发。这正是他们所需要的一种新思想新文化运动，正是最适合于他们的一种表情达意的文学形式与文字工具。他们终于找到他们所迫切需要的东西了。于是他们也起而响应，搞起新文学来。接着又不断地由中国的新文学界汲取营养，丰富经验，使自己一年年的壮健起来。[1]

1. [新] 方修：《总序——马华新文学简说》，见 [新] 方修：《马华新文学大系·理论批评一集》，第7—9页，香港：世界出版社，2000年版。

在中国五四新文化运动传播到东南亚之前，东南亚华文报章刊登的大多是文言散文、传统小说和旧体诗词，即使在1915年至1919年6月间马来西亚和新加坡存在过一些以白话文翻译或创作的小说，但这些白话小说主要是受到中国清末民初通俗小说潮流的影响，在思想内容与精神特质上尚缺乏现代性，不能视为现代意义的白话新小说。[2] 这种旧文学和旧形式是无法适

2. 参见郭惠芬：《马华新文学的先驱：1915年至1919年6月马华白话小说探析》，见郭惠芬：《新马华文文学的现代与当代》，第7—20页，厦门：厦门大学出版社，2002年版。

合当地华人移民群体特殊的国家认同、社会地位、心理状态和文化要求的，因而"他们都在寻求适合他们的表情达意的新形式、新工具"，"恰好这时——五四时期，中国新文化运动及文学革命运动蓬勃兴起了"，正是五四新文化运动的传播推进了东南亚华文文坛从旧文学向新文学的转型，由此开启了东南亚华文新文学史。

对于中国五四新文化运动如何在新加坡和马来西亚传播开来，方修如此表示："五四时期，中国新文化运动及文学革命运动蓬勃兴起了。由于当时中南交通的便利，邮递的快捷，文化人往还的频仍，很多新刊物、新书籍、新思想，迅速地传播到星马地区。"[3] 中国与南洋之间交

3. [新] 方修：《总序——马华新文学简说》，见 [新] 方修：《马华新文学大系·理论批评一集》，第7页，香港：世界出版社，2000年版。

通的便利、邮递的快捷，以及文化人的频繁往返，确实是五四新文化运动在东南亚获得传播的某些原因，但在传播过程中发挥更大作用的则是东南亚华文报章的编辑。这些从中国南下的报人充分利用报章作为传播五四新思潮与新文学的媒介和工具，才使得中国五四新文化运动对当地华人社会的思想文化和文学艺术产生深巨的影响。

（一） 东南亚华文报章编辑的传播与提倡

五四时期的东南亚华文报章编辑基本上是从中国南下的知识分子，他们对中国有着强烈的认同感，与中国的新闻出版界有着千丝万缕的关系，对中国政治、经济、社会和文化各方面的情况也十分关注和敏感，因而也最先感受到中国文化思想界正在酝酿和发生的重大变革，以及这场变革对整个中国乃至东南亚华人社会可能具有的深远意义。因此，这些充满社会意识和政治使命感的东南亚华文报章编辑，在远离中国的东南亚，对这场文化思想大变革给予积极的回应，其中新加坡《国民日报》（1914—1919）和吉隆坡《益群报》（1919—1934）这两份华文报章的编辑成为东南亚传播中国五四新文化的急先锋。

1918 年 3 月，中国国民党在新加坡的党报《国民日报》开始接受中国五四新文化运动的影响，在第 11 版辟有"新思潮"和"新知识"栏位，讨论人生价值，介绍新知识等。1919 年的 4 月 21 日，《国民日报》进行"大革新"，从持公的《本报大革新出版宣言》[1] 可以看出，该报编辑正是

1. 持公：《本报大革新出版宣言》，载新加坡《国民日报》，1919 年 4 月 21 日。

希望借报章舆论来猛烈抨击中国国内祸国殃民的"神奸巨蠹"，并介绍世界潮流变化趋势，使民众与世界潮流接轨，从而达到开启民智、改造社会之目的。不过，真正激发《国民日报》和《益群报》编辑大力传播中国五四新文化运动的契机，是 1919 年中国爆发的五四学生爱国运动。

1919 年 5 月 12 日，《益群报》在报道北京大学生 5 月 4 日的大示威运动时，编辑冷笑在文艺版表示赞成中国"北京大学校里头一般先生"提倡的"文字革命"和"要将文学改做白话文"的主意，而且决心"学他一学"，做起"南洋文学界的革命"。[2] 随后的 6 月 5 日，《国民日报》

2. 冷笑：《编辑剩话》，载马来西亚《益群报》，1919 年 5 月 12 日。

副刊《国民俱乐部》发表《本部启事》云：

> 本俱乐部概为容纳世界新潮与教育兴革等件起见，故对于无关要重之文字暂不登
>
> 载。阅者诸君倘有惠稿，除欲发表新文艺外，其余诗词颂箴等件，以限于篇幅，概置

3. 《本部启事》，载新加坡《国民日报》副刊《国民俱乐部》，1919 年 6 月 5 日。（引文中的标点符号为笔者所添加）

> 不录，务请投稿诸君注意。[3]

上述启事明确宣布该刊概为容纳"世界新潮"与"教育兴革"之文章，而且只发表"新文艺"作品，不再录用"诗词颂箴"等旧文学作品，显示了该报编辑传播和提倡新思潮与新文学的决心和勇气。

半个月后，《国民俱乐部》更名为《新国民》。其发刊词《新国民宣言》更加突显编辑希望以西方"最新思潮"和"最新学说"来启发民智，与国民共同负起改造世界和国家的责任，以使国家能够屹立于世界强国之林：

图 15　新加坡《国民日报》副刊《新国民》上刊登的《新国民宣言》（1919 年 6 月 20 日）

> 世界为进化的，亦趋新的，欲立国于世界斯不能不顺此趋新之潮流。顾国家也，世界也，皆无机物也，其新的程度若何，胥视我国民之新的程度若何而定之。我国民乎！其维新乎！其速维新乎！改造世界，改造国家，吾辈责也。诸君之良心尤未死乎？曷不速起？仝人不敏，愿共肩此责。从今本部特改名《新国民》，本此志也。内容悉以容纳世界最新思潮、最新学说，冀一新我国民之耳目，亦聊尽我言论界之责任于万一耳。愿我国民，有以教之。[1]

1. 《新国民宣言》，载新加坡《国民日报》，1919 年 6 月 20 日。（引文中的标点符号为笔者所添加）

上述两篇提倡"新文艺"、"新思潮"和"新学说"的"启事"和"宣言"基本上以文言文表述，这种情形与开启中国五四新文学革命的标志性文章——胡适的《文学改良刍议》和陈独秀的《文学革命论》如出一辙。因为文学革命初倡时期的中国文坛正处于从旧文学向新文学转折的时期，新文学的语言和形式尚未孵化出来，更遑论新文学和新语言范式的建立，文学革命的先驱者们也不可能超越时代局限以白话文宣示其文学革命的内容与主张，因而只能在文言文的地基上破土建立文学革命的理论先导。而东南亚华文新文学是在中国五四新文化运动的影响下产生的，其在追随、呼应、学习五四新文化运动与五四文学革命的过程中不可能达到完全的同步性，因而在相当大程度上也在复制着中国五四新文学的发展历程，上述以文言文倡导"新文艺"、"新思潮"和"新学说"的《本部启事》和《新国民宣言》即是典型的例子。

《国民日报》先后创办的副刊《国民俱乐部》和《新国民》致力于传播中国五四新文化运动，如大力推荐中国提倡新文化运动的刊物《新潮》、《北京大学月刊》、《新青年》等；努力介绍各种西方新思潮，如俄国无政府主义、俄国十月革命及其社会主义、劳工神圣、世界历法革新等；传播和介绍西方文学，如丹麦作家安徒生的童话、英国剧作家 Margaret M. Merrill 的戏剧《琴魂》、托尔斯泰的小说《鸡蛋大的一粒谷》等；引介中国五四新文学，如蓝志先、胡适和仲密（周作人）的论文，胡适的新剧《终身大事》等。

《益群报》在 1919 年 6 月以后也开始传播和提倡新思潮和新文学，如在文艺版的"新思潮"栏位连载宣传社会主义和国家主义思潮的白话文章，介绍"德谟克拉西"（民主）这一"今日世界之最大主潮"，向读者宣传民主政治和平民主义思想等。此外，《益群报》文艺版还于 1919 年 8 月 16 日设立"新小说会"栏目，署名"活"的编辑在《新小说会》中宣称：

> 记者现在想发起一个新小说会，做大家消闲的果子。吾且把这会的条例，胡乱写
> 出来，诸君若是赞成，就请把大稿寄来。
>
> 一、　主义是写实派。最欢迎是写南洋社会的。但黑幕材料不要。
>
> 二、　体裁是白话体，文言不要。
>
> 三、　每篇最长不得过千五百字。
>
> 四、　来稿须誊写清楚，句读分明。
>
> 五、　满百篇后，即由本社印成单行本发行。投稿一篇，赠书一本。
>
> 六、　这种小说的样子，如本报新登的《一个兵的家》。
>
> 七、　投稿者封面须书明，本报编辑部新小说会活收。

编辑规定该会的条例是"主义是写实派"，"体裁是白话体"，并以五四新文学作家杨振声的小说《一个兵的家》作为当地写作者创作白话新小说的范本。此后，编辑还在"新小说会"上发表中国五四新文学作家叶绍钧的《春游》、郭弼藩的《洋债》、汪敬熙的《谁使为之》等。

此后，许多华文报章编辑均在其主编或编辑的报章如《新国民日报》（1919—1940）、《叻报》（1881—1932）、《总汇新报》（1908—1941）、《南铎日报》（1923—1925）、《南洋商报》（1923—1941）上致力于中国五四新文化运动及五四新文学的传播，为新马华文文学的转型和华文新文学的发展作出了积极的贡献。

（二）新副刊和新栏位对五四"新思潮"与"新文学"的引介

东南亚华文报章编辑传播和提倡五四新文学的一个重要举措，就是在报章上创设容纳新文学和新思潮的副刊和栏位。

在1919年中国五四新文化运动传播到东南亚之前，当地华文报章容纳文学作品的版面和栏位都很芜杂，而且充满浓厚的旧文学气息。如文言小说有时刊登在"说丛"或"说部"的栏位上，旧体诗词的栏位有"文苑"、"诗苑"、"词苑"、"词林"、"蕊珠宫"等，有时文艺作品也不加分类地随便刊登在其他栏位上。不过，随着五四新文化运动的传播和影响，东南亚华文报章编辑意识到新思潮和新文学具有启发民智、改造社会和富国强民的作用，因此认真革新报纸的版面，其中包括创设新副刊以容纳新思潮和新文学，如《益群报》的副刊《自由谈》、《晨光》、《天声人籁》、《民口》，《国民日报》的《国民俱乐部》和《新国民》，《新国民日报》的《新国民杂志》，《叻报》的《文艺栏》、《叻报俱乐部》，《南洋商报》的《新生活》、《商余杂志》、《学生文艺周刊》，《南铎日报》的《黎明》等，其中有些副刊名称明显受到中国五四新文化运动报刊的影响，如《益群报》的《自由谈》与上海《申报》副刊《自由谈》的名称完全相同。

此外，报章编辑也在副刊上辟设一些专门刊登新思潮和新文学的栏位，上述副刊有的就辟设"新思潮"、"新政潮"、"新教育"、"随感录"、"新文艺"、"新文学"、"新剧"、"新小说"等栏位，如《新国民日报》副刊《新国民杂志》从1919年10月开始辟有"新文艺"和"新体诗"栏位登载白话新诗，《益群报》副刊《自由谈》也在1920年6月16日设立"新文艺"栏位，以后又陆续辟有"新歌谣"、"新体诗"、"新禽言"、"新诗"等栏位，《叻报》副刊《叻报附张》于1922年3月9日出现"新诗"栏位，《南洋商报》副刊《新生活》也在创刊不到一个月的时间就辟有"新诗"栏位。这些栏位名称大多受到中国新文化和新文学刊物的影响，如"随感录"栏位最先由 1918 年 4 月的《新青年》第 4 卷第 4 期设立，此后才被东南亚华文报章编辑移植到当地。

这些新创设的副刊和栏位成为传播和提倡新思潮与新文学的重要园地，如 1919 年 6 月新加坡《国民日报》副刊《新国民》的部分栏位及其登载内容：

日期	栏位	篇目	作者	文体
1919.6.21	新政潮	革命后的俄罗斯	（不详）	白话论文
	新小说	鸡蛋大的一粒谷	Tolstoj（著）抱真（译）	白话小说
	新思潮	思想革命	仲密	白话论文
1919.6.30	新政潮	革命后之俄罗斯	不详	白话论文
	新剧	琴魂	Margaret M. Merrill（著）刘半侬（译）	白话戏剧
	新思潮	"少年中国"的精神	胡适之	白话论文

由上述《新国民》副刊所设立的栏位及其登载的部分文章，可以看出中国五四新文化在东南亚的传播主要包括两方面内容：一是中国新文学作者的创作，二是世界思潮与外国作家作品，也就是五四新文化运动所大力传播和倡导的"新思潮"与"新文学"。

在五四新文化运动的最初几年间，东南亚华文报章大量引介和传播中国五四作家创作的新诗、小说、戏剧、散文等，其中包括五四新文学名家以及其他作者的作品，如胡适、郭沫若、周作人、叶绍钧、杨振声、刘大白、冰心、郑振铎、王统照、刘延陵、傅斯年、成仿吾、黄日葵、CF 女士（张近芬）、葛有华、李宗武、谭正璧、朱枕薪、曹世森、叶善枝、顾彭年、何植三、李玉瑶、倪贻德、黄运初、徐雉、陈建雷、滕固、周仿溪、朱执信、王环心、沈玄庐等人的文学作品。这些以白话文创作的新文学作品大多充满五四时代精神，如强烈的社会忧患意识，关怀平民疾苦，歌颂劳工神圣，反对封建伦理观念，追求男女平权，主张婚姻自主，张扬个性等。这类具备新精神和新形式的五四新文学作品，为东南亚华文新文学的诞生和发展产生了巨大的示范作用。

在中国五四新文化运动前后的 10 年间，西方在 18—19 世纪历经 100 多年而产生的文化思想和文学流派被大量引介到中国，并成为中国思想文化变革的理论资源和参照系。而这股西潮东渐的西方文化思想也经由中国五四新文化运动的跨国影响而传播到东南亚，使东南亚华文新文学在与世界文化和文学的接轨中有了仿效和学习的对象，并获得自我观照和提升的机会。五四时期被介绍到东南亚的外国作家有日本的武者小路实笃、野口雨情、百田宗治和小林章子，英国的王尔德、拜伦和雪莱，美国的惠特曼，法国的马拉美，德国的海涅和歌德，俄国的屠格涅夫和托尔斯泰，印度的泰戈尔，等等。这些外国作家的作品具有丰富多彩的样貌，有现实主义、浪漫主义、唯美主义、象征主义等。[1] 在中国五四新文化运动传播到东南亚之前，东南亚华文坛与世界先进思潮和外国文学从未有过如此近距离和大面积的接触。

1. 上述外国作家及其作品被移植与传播的情况，可参见郭惠芬：《战前马华新诗的承传与流变》，第 36—37 页，第 86—87 页的第 40—43 条注释，昆明：云南人民出版社，2004 年版。

第二节　中国五四新文化运动与新加坡、马来西亚华文新文学

与中国五四文学革命一样，东南亚华文新文学的发轫也是以文学理论的宣示和提倡为先导，然后在理论的倡导下从事文学创作实践，从而陆续出现白话新诗、小说、戏剧、散文作品，由此显示东南亚华文新文学是先从文学精神和文学理论层面呼应中国五四新文化运动，然后从创作实践方面模仿、学习和借鉴中国五四新文学，最后才以文学作品展示东南亚华文新文学的创作实绩，而这样的文学发展历程也与中国五四新文学的发展规律相一致。

由于东南亚各国在第二次世界大战之前的华文文学作品大多刊登在报章副刊上，而各国学术界对早期华文报章副刊的清理、保存和研究的力度也各不相同，加上许多早期华文报章已经流失散佚，而从目前掌握的资料来看，中国五四新文化运动传播到东南亚后最早催生的是新加坡和马来西亚的华文新文学。

如前所述，在 1919 年五六月间，新加坡和马来西亚华文报章《益群报》、《国民日报》的编辑决心仿效和学习中国五四新文学：1919 年 5 月 12 日，吉隆坡《益群报》编辑冷笑表示

决心做起"南洋文学界的革命"；1919 年 6 月 5 日，新加坡《国民日报》副刊《国民俱乐部》编辑明确宣布该刊只发表"新文艺"作品，该报随后创设的《新国民》副刊编辑也宣示要容纳世界"最新思潮"和"最新学说"。新马华文新文学的倡导者们开始有意识、有计划和有组织地展开"南洋文学界"的文学革命运动，于是《国民俱乐部》出现新马本地作者创作的白话剧评，《益群报》也出现具有新马本地内容和色彩的白话新诗和新小说，其他华文报章及其副刊如《新国民日报》的《新国民杂志》、《南洋商报》的《新生活》、《商余杂志》、《学生文艺周刊》，《南铎日报》的《黎明》等也陆续加入这场浩大的文学革命运动，新马华文文学由此经历了从旧文学向新文学的转型，从而开启了华文新文学的历史篇章。由此可见，新马华文新文学是在中国五四新文化运动的直接催生下于 1919 年五六月间正式诞生的。[1]

1. 由于受限于原始资料的发掘和掌握，新马文学史专家方修将新马华文新文学史的起点界定于 1919 年 10 月新加坡《新国民日报》及其副刊《新国民杂志》

对于中国五四文学革命所具有的深刻、伟大的历史意义，有学者总结为如下三个方面："其

的创刊，而这一界定后来常常被学术界所引述和采用。参见郭惠芬：《马华文学史起点的新界定：〈国民日报〉与〈益群报〉探析》，载新加坡《亚洲文化》，

一，在内容上彻底批判、否定了整个封建制度及其思想文化体系；始终贯穿、体现了现代'人'

2000 年第 24 期；又见郭惠芬：《新马华文文学的现代与当代》，第 21—48 页，厦门：厦门大学出版社，2002 年版。

的观念不断解放的思想，以个性解放、民主与科学、探索社会解放道路为启蒙思想主题；以农民、平民劳动者、新型知识分子等人物形象代替了旧文学主人公帝王将相、才子佳人。其二，文学观念发生了重大变化，文学语言获得了解放，文体形式经历了全面革新，奠定了 20 世纪中国文学的基本审美价值取向和多元并存的接受心理。其三，建立了中国文学与世界文学的密切联系，自觉地借鉴、吸收外国文学及文化的营养，形成了面向世界而又不脱离传统的开放性现代文学。"[2] 这实际上也道出五四新文学与传统旧文学在思想内容、精神特质、文学观念、语言

2. 朱栋霖、丁帆、朱晓进主编：《中国现代文学史：1917—1997》，第 7 页，北京：高等教育出版社，1999 年版。

形式等方面的显著区别，而当这种全新的五四新文学传播到新马后，也对新马华文新文学产生了深刻而巨大的影响。

一、　中国五四新文化运动的精神内涵对新马华文新文学的影响

早期新马华文新文学由于受到中国五四新文化运动的深刻影响，因而具有完全不同于传统旧文学的时代精神和内容特质，如民主科学、自由平等、男女平权、婚姻自由、个性解放，以及高尚的思想情操和积极向上的人生观等，这是此前的新马华文旧文学所不具备的。

（一）　民主与科学的时代精神

五四新文化运动提倡科学与民主的呼声，对新马华文作者产生了振聋发聩的作用。这些来自中国的新马华文作者大力呼唤民主和科学精神，同时也交织着强烈的爱国爱乡热情。他们痛感中国内政专制腐败，人民麻木愚昧，纷纷抨击中国自辛亥革命以来由于军阀割据而导致的社会动乱和民不聊生的局面，呼唤"德先生"（Democracy）与"赛先生"（Science）的到来，希望以科学技术和教育来振兴衰弱的中国，提高愚昧民众的素质，以拯救国家的命运，如《新国民日报》编辑张叔耐的《军阀暴力下的人民不知死所》和《上海大学以建国方略为课程》，以及《叻报》编辑林穉生的《昨天的纪念》、《新旧问题》和《中国文化与欧西文化之比较》等。他们认为文化可以支配国家的命运，教育为救国之根本，欲使积贫积弱的国家振兴起来，欲使人们摆脱无知愚昧的状态，就非提倡科学和教育不可。

民主与科学的精神先从西方导入中国，又随着五四新文化运动而传播到东南亚。当五四时期的中国知识分子纷纷到西方国家留学，寻求强国富民的道路时，一些新马华文作者也追随这股留学热潮，以实际行动和文学创作表达他们到西方追寻科学和民主真理，探寻国家和个人光明前景的理想和愿望。如《新国民日报》编译员胡鉴民赴德国留学时，另一位作者越在送别诗中激励他道："多少故人，都迎着潮流，先后西渡，尽说，脱离黑暗，勇猛进向光明路。'去也！'更不回顾！涉重洋，到欧西，奋发砥砺，探求真理，何知劳苦？"[1]这种到西方学习先进文化、

1. 越：《送鉴民赴德留学》，载马来西亚《益群报》副刊《天声人籁》，1922年12月14—15日。

借他山之石以攻玉的胸怀，是与五四新文化运动提倡科学、民主的时代潮流分不开的。

（二）　强烈的人道主义精神

在五四新文化传播到东南亚时，新加坡《国民日报》副刊《国民俱乐部》转载中国作者蓝志先的《近代文学之特质》，文中指出"近代文学"是"世界的"、"国民的"文学，是"社会生活的写实文学"和"生命的活的文学"，应着重反映"国民的生活情感"，以"贩夫走卒贫民乞丐"为"重要主人翁"等。[2]五四新文学的这种精神特质和表现内容，使新马华文新文

2. 蓝志先：《近代文学之特质》，载新加坡《国民日报》副刊《国民俱乐部》，1919年6月9—12日。

学从一开始就重视反映现实人生的"写实主义"，如《国民日报》刊登的《文学变迁之历史》

3. 《文学变迁之历史》，载新加坡《国民日报》副刊《国民俱乐部》，1919年6月17日。

就认为写实主义是许多文艺流派的源头[3]，《益群报》创办"新小说会"也强调"主义是写实派"，

4. 活：《新小说会》，载马来西亚《益群报》，1919年8月16日。

"最欢迎是写南洋社会的"[4]，由此显示新马华文新文学的表现对象已从旧文学的帝王将相和

才子佳人转变为普通民众的现实生活。

与五四新文学关怀众生、同情平民疾苦的人道主义精神一样，早期新马华文新文学有的表现底层贫民的不幸命运和苦难生活，有的反映社会贫富悬殊的不合理现象。如护花的《平民泪》、金枝的《不怕死的人》、陈桂芳的《苦》和《人间地狱》等，或表现小食贩终日辛苦劳作却不能过上好日子，或描述矿主以"恤金多加"为诱饵让矿工卖命。其中冶襄的诗歌《怀疑》写道：

> 世间一部分人，／洋楼天天住着，／汽车天天坐着，／妻妾天天拥着，／大烟天
>
> 天抽着。
>
> 咳！失业的人们，／可怜失业的人们，／穷、愁、病、饿，死着。／同是人类，
>
> ／一在天堂，／一在地狱，人间的苦乐为何这样不平均呢？[1]

1. 冶襄：《怀疑》，载新加坡《叻报》副刊《文艺栏》，1922 年 9 月 9 日。

（三）　反对封建束缚，追求个性解放

五四新文化运动反对封建束缚、主张人性解放的思潮，使新马华文作者痛感封建枷锁对人性的严重桎梏，如超青的《一盆可怜的桃花》即以"桃花"遭受的压抑和扭曲，来象征封建枷锁对人的个性的严酷束缚：

> 台子上，／桃花一盆，／弯了枝，欹了干，／满身绳围系着，／好像犯罪一般。
>
> ／春天到了，／园里花木，／蓬蓬勃勃，／大放枝叶，／惟独这盆桃花，／不能舒展，
>
> ／生气消灭，／渐渐呈那枯槁颜色。／人们呀！／为什么要束缚桃花的自由呢？[2]

2. 超青：《一盆可怜的桃花》，载新加坡《南洋商报》副刊《新生活》，1923 年 10 月 5 日。

诗中的"春风"应是暗喻五四新文化运动反对封建桎梏、张扬人性的时代潮流。这股春风确实给新马华文作者带来个性解放和生命自由，如胡鉴民的《自由人》[3] 充满五四时代那种飞

3. 胡鉴民：《自由人》，载新加坡《新国民日报》副刊《新国民杂志》，1922 年 2 月 3 日。

扬的个性、自由的生命、无限的创造力以及浪漫乐观的精神：

> 自由人为自由歌，舞，哭，佯狂；／自由人为自由努力，奋斗，牺牲；／自由人
>
> 为自由向上，创造，表现，成就；／自由人为自由祈祷，纪念，希望，慰藉。

其中"自由人""登危履险"、"逆风破浪"、"不远千里"、"驾云排雾"地去追寻"自由神"，"自由人"可以"脱离环境的，因袭的，偏见的束缚"，可以"打破众怨府，踢翻恐怖城"，最终"自由人"不绝地深深地赞美道：

> 浪漫在无限的空间里！／跑上不断的创造之路！／燃起灼灼的心灵之火！／开

出美和爱的生命之花！

如此勇于张扬个性，冲决一切环境和因袭的束缚，只有深受五四时代精神激荡的新文学作者及其作品，才能有如此的精神特质和思想内涵。

（四）　男女平等和婚姻自由的思想观念

新马华文作者林独步的系列小说《珍哥哥想什么》、《笑一笑》、《两青年》和《同窗会》形象地反映了五四时期北平和新加坡两地青年知识分子的爱情生活和人生观，体现了作者追求男女平等和婚姻自由的时代精神。在小说《笑一笑》和《两青年》中，作者借助小说中的新加坡华侨少女月霞之口，提出女性应与男性地位平等的思想，并通过底层人物李福与妻子之间的关系，进一步阐明只有男女经济地位平等，双方互相平等对待，爱情婚姻才能巩固的观念。作者也提倡建立在爱情基础上的婚姻生活，如《两青年》中的华人女青年秀华由于听从父母之命而过着痛苦的婚姻生活，最后忍无可忍而向男方提出离婚要求，还有《同窗会》中回中国读书的华侨青年建猷因与心仪的女子如玉热恋而不肯娶表妹秀瑞为妻，也是认为自己与表妹只有兄妹之爱而无情人之恋，这些都体现了五四时代追求婚恋自由的新型思想观念。

（五）　高尚的思想情操和积极向上的人生观

林独步的小说由于受中国五四精神的影响而充满对真善美的追求与热爱：《笑一笑》中的月霞为了阻挡弟弟如松解剖美丽的花蝴蝶而不惜受伤流血；《同窗会》中的如玉得知秀瑞为建猷伤心欲绝时，为了成全他们而悄然离去。她在留给建猷的信中表示：“为他人谋幸福利便，自己常常不得不受不利便。但是人若不这样做，而单单谋自己幸福利便，不同情他人的幸福利便，社会的伦理、道德，是不能成立。人类必陷入悲惨状态……能够牺牲自己的幸福利便之人，才是可敬的，高尚之人。”而当建猷陷于失恋的痛苦深渊时，另一位友人竹青现身说法，以自己的亲身经历劝他重新振作起来，将痛苦升华为文学艺术。建猷为此决心积极从事文艺创作，以纪念他和如玉的爱情。

二、　中国五四新文学的体裁形式对新马华文新文学的影响

中国五四新文学除了在精神内涵方面迥异于传统旧文学，在体裁形式方面也开辟了全新的文学范式。在五四新文学的哺育下，新马华文新文学出现了以白话文创作的诗歌、小说、戏剧、散文等新型文学样式，从而开启了新马华文新文学的创作实绩，为此后的新马华文新文学奠定了各种新型的体裁形式。

（一）　中国五四新诗影响下的新马华文新诗

新马华文新诗的出现与中国五四新诗的影响密不可分。在五四新文化运动传播到新马不久，《益群报》文艺版于 1919 年 7 月 28 日率先转载中国诗人骆启荣的《爱情》：

> 大雪满天飞。。路上行人绝。。
>
> 贫妇抱儿道上行。儿在母亲怀内泣。
>
> 贫妇向儿道。。"宝宝。。没要哭。。爸爸给
>
> 你买饼吃。。"
>
> 孩子停住哭。。向着妈妈笑。。
>
> 贫妇见儿笑。。低头和儿亲个嘴。。他们
>
> 虽贫苦。。终有母子的爱情。。

这首新诗原先发表于 1919 年 5 月 1 日出版的中国新文学刊物《新潮》第 1 卷第 5 号，编辑转载这首中国五四新诗的用意，当是向新马华文读者和作者宣传和推广五四新文学，同时也向他们昭示和推介五四新诗的新型样式。

五四新诗哺育下的新马华文新诗主要有自由体诗、散文诗、小诗、民歌体诗等。

1. 新马华文自由体诗

新马华文新诗最初和最重要的诗体形式是自由体诗，它的产生与五四新诗的启迪和影响有着直接的关系。新马华文报章最初引介和传播中国五四新诗时，其转载的五四诗人骆启荣、胡适、刘大白、刘延陵、成仿吾、王统照等人的新诗大多属于自由体诗。新马华文作者甲未于 1919 年 9 月 12 日发表的《大钟楼怀新》，就是五四新诗传播到新马后产生的自由体诗，也是目前所能

发现的最早的新马华文新诗。该诗以白话文写成，诗句明白晓畅，形式上完全摆脱旧体诗的窠臼，显得十分自由，虽然内容带有戏谑调侃的意味，但诗歌标题前面特别注明"新诗"字样，说明作者是有意识地以五四新诗的形式进行创作的。下面是甲未的《大钟楼怀新》：

新诗（甲未）

大钟楼怀新

大钟楼的钟。。面是圆圆的。好像现

在麻雀牌里头的一只一筒。。

夕阳来了。。和他对照。。面也是圆圆

的。。好像一只一筒。。

月亮儿又来了。。好像三只一筒。。

吾在大钟楼的下面。。面也是圆圆的。。

和他们三个相对。。成了四只一筒。。

好了。。好了。。一。二。三。四。成了一

杠了。。快去投稿去！。。[1]

1. 甲未：《大钟楼怀新》，载马来西亚《益群报》，1919 年 9 月 12 日。

此后，许多新马华文作者都创作过自由体诗，如啸崖的《原来学生》、了趣的《勖某生》、刘善群的《清晨》、天任的《打破形式上婚姻》、赤光的《回忆》、晋侯的《留别"荆棘"埠诸友》、洗玉贞的《自立》、张应真的《哭母》、学贤的《人生》等。其中如张应真的《哭母》：

娘亲啊！

你与世长辞了么

你安忍撒下儿子们在这里伤悲？

娘亲啊！我仿佛似听着你的声音说道：

儿□！你别离我十年了　你知道你母

病在沉疴　还要思念你吗？

娘啊！我仆仆风尘

我羁留异域　我底菽水未报

我报的是

1. 张应真：《哭母》，载新加坡《新国民日报》副刊《新国民杂志》，1922 年 10 月 23 日；又载马来西亚《益群报》副刊《天声人籁》，

凄切咽呜底笛声　和槟岛海边的涕泪。[1]

1922 年 10 月 26—28 日。因原文中有些字迹模糊难辨，故在引文中以"□"代之，其他引文出现同样情形者，亦依此类处理。

2. 新马华文散文诗

新马华文散文诗的出现也得益于五四新诗的影响。在新马华文新诗萌发初期，当地华文报章刊载的一些新诗虽然没有特别标明为"散文诗"，但已具有散文诗的形式，如 1919 年 4 月《益群报》所刊登的中国诗人黄日葵的新诗《春朝》，其中几节已具备散文诗的形式和特质，这是其中第三节：

远远地几枝野花，怎的隔着一层轻纱。哼那不很像纱，没这们（么）松薄缥缈的纱。你看他一缕缕，一团团，一片片，的随晨风分散了。那一缕，给堤畔的杨柳做了裙带；那一片，懒洋洋的，和山峰接了接吻又随飞走了；还有一团呢，却凑着□滩的浪花儿厮混。水也仿佛不愿意赶他的路程了，只愿唧唧浓浓的，叙他们的情款。[2]

2. 日葵：《春朝》，载马来西亚《益群报》副刊《自由谈》，1919 年 4 月 19—20 日。

在五四散文诗的影响下，新马诗坛开始出现散文诗，如刘党天的《留别》，越的《送鉴民赴德留学》，毓才的《寄素瑛君》、《岁暮感言》和《爱情》，思醒的《野外看景》和《巴生港口看潮》等。其中如思醒的《野外看景》：

青青点点，绿草如茵，好一幅的景儿，现我面前。

眼望着碧白的天，蔚蓝的水，是神仙幻景，世外桃源。

在这浊的世界中，仍有此种芳景，到了波平浪静，更添着一线光明。[3]

3. 思醒：《野外看景》，载马来西亚《益群报》副刊《天声人籁》，1922 年 10 月 20 日。

3. 新马华文小诗

新马华文小诗的崛起与 1923 年中国诗坛风行小诗而造成的"小诗年"有着直接的关系。新马华文诗坛受到中国这股诗潮的影响，在报章上刊登了中国五四诗人的一些小诗，有冰心的《解脱》、CF 女士（张近芬）的《小诗三首》和《花园里的病人》、朱枕薪的《爱与憎》、曾广勋的《余泪》、彭年的《牝鸡报晓》等。其中如 CF 女士的《小诗三首》之三：

月中看似粉红的梅花，

月下颜色就变淡了，

月色朦胧中竟成了灰色。

梅花啊！

究竟谁是你底本色？ [1]

1.CF 女士：《小诗三首》，载马来西亚《益群报》副刊《天声人籁》，1923 年 3 月 5 日。

这种带有哲理意味、重视暗示与象征的小诗，使新马华文作者也跟着学习和仿效，如赤光的《小诗十首》、少修的《飘流》、偶像破坏者的《小诗》、冀野的《飞鸟》等。以下是赤光《小诗十首》中的两首：

（四）

情的人生，

莫任青丝缠住呵！

（八）

忧愁是快乐的种子，

快乐的人生，

从忧愁中得来的。 [2]

2. 赤光：《小诗十首》，载新加坡《新国民日报》副刊《新国民杂志》，1923 年 8 月 9 日。

4．新马华文民歌体诗

新马华文民歌体诗也来源于五四新诗的直接影响。中国五四新诗的开拓者刘半农等人在向域外诗歌学习和借鉴的同时，也重视收集、整理和研究民间歌谣，并借鉴民歌民谣的形式创作新诗。

中国新诗界取法民歌的努力，以及创作民歌体新诗的尝试，对新马华文新诗也产生了影响。1920 年，新加坡《新国民日报》副刊《新国民杂志》辟设"童谣"栏位刊登民歌和民歌体诗。其他报章如新加坡《南洋商报》和《叻报》也陆续刊载民歌或民歌体诗。中国诗人刘大白的歌谣体新诗《布谷》和《各各作工》于 1921 年被刊登在吉隆坡《益群报》副刊《自由谈》上，其中《布谷》写道：

布谷！布谷！朝忙夜碌。

农夫忙碌，田主福禄。

田主吃肉，农夫喝粥。 [3]

3. 大白：《布谷》，载马来西亚《益群报》副刊《自由谈》，1921 年 7 月 4 日。

新马华文民歌体诗主要是取法民歌而创作的新诗，如秋毫的《南洋励志歌》，弼伦的《改造歌》、《幸福歌》和《互助歌》，大可的《做人》和《猛进》等。其中秋毫的《南洋励志歌》

就是以歌谣的形式对南洋华人进行劝诫和勉励：

> 南洋地，不易居。论人事，薄如纸。要久住，宜立志。戒嫖妓，绝赌痴。勿看戏，
> 不坐车。毋荒嬉，不浪费。勤学艺，多读书。敦友谊，慎言语。能如此，方无虑。稍差池，
> 便伤悲。无路去，没钱使，到那里，惟有死。常诵持，熟记取。凡作为，切莫疏。[1]

1. 秋毫：《南洋励志歌》，载新加坡《叻报》副刊《文艺栏》，1922 年 6 月 27 日。

（二）　中国五四新小说影响下的新马华文新小说

新马华文新小说也是在中国五四白话新小说直接影响下产生的，其主题内容、体裁形式等方面都深受中国五四新小说的影响。

中国五四运动爆发后不久，吉隆坡《益群报》副刊《自由谈》于 1919 年 8 月 16 日创设"新小说会"栏目，署名"活"的编者宣布了若干条例，其中有："主义是写实派"，"体裁是白话体"，"这种小说的样子，如本报新登的《一个兵的家》"。这几个条例显示"新小说会"正是以中国五四白话新小说作为新马华文作者学习和仿效的范本。中国五四作家杨振声的新小说《一个兵的家》原先刊登在 1919 年 4 月《新潮》第 1 卷第 4 号，小说以第一人称的视角描述一个阵亡士兵的家庭在饥寒线上垂死挣扎的场景：

> 我听了这凄惨的声音，好像有点耳熟似的，不禁抬头看去：正是我所常见的那个老头和他的小孙子在墙角下偎着，好像两堆雪在那里蠕蠕的动。那老头子的胡须眉毛，都挂着冰雪，脸上变了青紫的颜色，已经是不能行动了。他的小孙子赤着一只脚，踏在雪里，只是抖抖的颤，不住的向口中吸气。
>
> ……
>
> "爸爸当兵，去年打仗死了！只剩下我们了！"
>
> "你们出来讨钱，她们在家里做什么呢？"
>
> "妈妈换洋取灯，这两天没得本钱，不能出来。姐姐也是讨钱，下雪没有鞋子，也没有出来。"
>
> "她们不出来，有得吃么？"
>
> "没有！"
>
> "天已黑了，你们还不回去？"

　　　　"爷爷走……走……不动……"

　　　　"你们在此过夜，岂不要冻死了么？"

　　　　那个老头子听了这句话，便张了口要说什么，但是听不出来，只见他的嘴动。又抬抬手指那孩子，仿佛是叫他先回去的意思，那小孩见了他这个样子，便吓得哭了。那老头子两个眼睛直瞪瞪地看着他的小孙子，但是说不出话来。

　　　　忽听呜呜的大叫，好似怪兽一般的声音，一辆汽车，两旁站的四个兵，里面坐的一位军官，带风卷雪而来。那汽车前面的电灯，好像大虫的两个眼睛，放出两道冷飕飕的光线，照在那个老头子的脸上，现出青灰的脸色，直挺挺的靠在墙上，如鬼一样。

　　杨振声这篇小说尽管不满千字，但其以流畅的白话文、生动的人物描写及环境渲染，以及鲜明的对比手法，反映了军阀混战下一个阵亡士兵家庭祖孙三代人的悲惨生活，表现了作者强烈的平民意识和人道主义精神，成为当时的现实主义佳作。《益群报》的"新小说会"以此作为新马华文作者学习的典范，表明编辑以中国五四新小说作为范式来开启新马华文新小说书写的努力和用心。此后，"新小说会"还陆续刊登中国五四作家的新小说，如郭弼藩的《洋债》、叶绍钧的《春游》、汪敬熙的《谁使为之》等，这些都有助于新马华文作者学习和借鉴五四新小说的创作样式。

1．新马华文"问题小说"

　　中国五四作家鲁迅、罗家伦、叶绍均、俞平伯、汪敬熙、杨振声、冰心、胡适、沈玄庐等首开"问题小说"的先河，此后问题小说在五四时期形成一种创作风尚。"问题小说"是"充满各种矛盾的中国社会现实和写实派作家热心上下求索的创作心态碰撞的产物，也是五四启蒙精神和作家的人生思考相结合的产物，它适应了当时的社会精神心理的需求"，其主题和题材比较广泛，包括家庭问题、婚姻问题、教育问题、儿童问题、青年问题、妇女问题、社会习俗问题、下层平民被压迫问题、国民性改造问题、人生目的和意义问题等，其意在借小说提出问题而加以讨论研究，或求得问题解决之道。[1]

　　1．参见朱栋霖、丁帆、朱晓进主编：《中国现代文学史：1917—1997》，第 51—52 页，北京：高等教育出版社，1999 年版。

　　与中国五四问题小说一样，早期新马华文新小说也出现大量关注社会、家庭、婚姻、妇女、平民、劳工等问题的写实主义小说。陈桂芳的《苦》叙述一位年近半百的华人铁匠被厂方逼迫赶夜工时，因过度疲劳而被铁板压伤，当铁匠女儿向工厂经理支借10块钱买药时，经理却说"厂里没有规矩挂借"，最终只是以个人名义借给 2 块钱。陈桂芳另一篇小说《人间地狱》描述一对华人夫妻表面上乐善好施，实际上却经营着逼良为娼的丑业，其富裕生活和慈善之名都建立在那些被迫卖淫的女性身上。双双的《洞房的新感想》、雪樵的《屈服》表现南洋华人知识青年在新思想与旧势力、自由恋爱与经济压迫之间的矛盾和彷徨。《洞房的新感想》中的青年知识分子鹤鹏一心想和没有感情的原配妻子离婚，但又没有力量与传统封建势力对抗，同时也担心无辜的妻子被休弃后只能终身守活寡，所以只能处于矛盾纠结之中不可自拔；《屈服》中的五四新青年丁钊具有强烈的反封建精神，他追求婚恋自由，与新女性秀女士真诚相爱，但由于赡养家庭的沉重压力，他终于抛弃原先所坚持的理想和信念，"屈服"于"经济魔王的傲脸"，决定成为东家的乘龙快婿，以便将来能够继承东家的财产，享受终身衣食无忧的生活。

与上述新马华文小说所揭示的各种问题和弊端不同的是，林独步的系列小说《笑一笑》、《两青年》、《同窗会》通过三个相互关联的故事阐释了作者对恋爱、婚姻、家庭以及两性关系的正向看法，其中很多观念都是五四时期先进的思想意识，如男女双方在经济与社会生活方面都应享有平等地位，婚姻和家庭应该建立在自由恋爱的基础上等，这都显示了五四时代精神对新马华文问题小说的深刻影响。

2. 新马华文日记体小说与历史题材小说

中国五四作家鲁迅于 1918 年 5 月在《新青年》第 4 卷第 5 号发表了日记体小说《狂人日记》，这是中国现代文学史上第一篇用现代体式创作的白话短篇小说，体现了内容与形式上的现代化特征，成为中国现代小说的伟大开端，开辟了中国现代小说发展的一个新时代。[1]《狂人日记》

1. 参见钱理群、温如敏、吴福辉：《中国现代文学三十年》，修订本、第 30 页，北京：北京大学出版社，1998 年版。

以一个患有"受迫害狂"精神疾病的患者的所见所感，揭露了封建家族制度和封建礼教"吃人"的本质，发出"救救孩子"的呼声。

由于《狂人日记》"表现的深切和格式的特别"[2]，以及它问世后所产生的巨大反响，因此

2. 鲁迅：《中国新文学大系·小说二集·序》，见鲁迅：《鲁迅全集》，第 6 卷、第 238 页，北京：人民文学出版社，1981 年版。

深受五四新文学影响的新马华文作者也有意识地学习和借鉴这篇小说的内容和形式，如瞿桓于 1923 年 5 月发表在新加坡《新国民日报》副刊《新国民杂志》上的日记体小说《疯人日记》。

瞿桓的《疯人日记》在篇名、人物、题材、主题、结构、形式等方面明显模仿和借鉴鲁迅的《狂人日记》：两篇小说的题目只有一字之差，而"疯"与"狂"很近似；《疯人日记》开头部分写一位名为吴仕祺的高等学校高材生因患"神经病"而被学校开除，后来有人找出他的一本"日

记簿", 其中记载其致病原因及个人理想; 小说主体部分由"疯人"的若干则日记组成, 以"疯人"的独特眼光和病态心理观察、感受叙述者与校方、同学、好友、恋人的相处情形, 在"举世皆浊我独清, 众人皆醉我独醒"的叙事中, 隐含了作者对旧教育体制及封建礼教的批判, 以及在新旧交替的时代转型中五四新青年的迷茫与彷徨。不过, 这篇小说在篇幅容量、思想内蕴、艺术水准等方面均远逊于鲁迅的《狂人日记》。

中国五四作家鲁迅、郭沫若、郁达夫等人都创作过历史小说, 如鲁迅的《故事新编》等。新马华文新小说也有以历史为创作题材的, 如厚禄的《在陈绝粮》和《子路打虎》等, 其素材均取自孔子的《论语》。这显示出新马华文历史小说与中国五四新文学的紧密联系。[1] 新马华

---

1. 参见李志：《境外的新文学园地——五四时期南洋地区文艺副刊〈新国民杂志〉研究》，载《中国现代文学研究丛刊》，2004 年第 4 期。

文作者陈晴山于 1927 年创作的《乘桴》也是以孔子为题材的历史小说, 可以说是这种新小说形式的一种延续。

此外应该提及的是, 新马华文新剧与新散文也受到中国五四戏剧和散文的深刻影响, 如《国民日报》副刊《国民俱乐部》于 1919 年 6 月创设"新剧"栏位, 为新马读者介绍和连载胡适发表在《新青年》上的独幕剧《终身大事》, 并称之为"最妙的独折剧"。《国民俱乐部》还学习《新青年》等中国五四新文化报刊设立"随感录"栏位刊登杂文的做法, 其编辑梁一余也撰写《随感录》系列杂感短论, 显示了中国五四新文学对新马华文新文学其他体裁形式的影响。

第三节　中国五四新文化运动与泰国、缅甸、菲律宾、印度尼西亚华文新文学

中国五四新文化运动除了对新加坡和马来西亚华文新文学产生巨大和深刻的影响外, 对东南亚其他国家如泰国、缅甸、菲律宾、印尼的华文新文学也产生了重大的影响。可以说, 这些东南亚国家华文新文学的产生与发展, 与五四新文化运动及五四新文学的持续影响有着密切的关系。遗憾的是五四时期东南亚其他国家华文新文学的相关资料十分匮乏, 在此只能根据有限的资料作些简介。

一、 中国五四新文化运动与泰国华文新文学

泰国华文新文学的诞生和发展与中国五四新文化运动的影响分不开，也与近代以来中国政治社会和文化思想的影响有着密切的关系。

泰国华文旧体文学出现于清朝末年，当时的中国移民南下泰国谋生，并将其师承的中国文化传入泰国，在当地创设私塾学校教授华文，使中国文化在当地广泛、茁壮地生长，形成了泰国华人文化。

20 世纪初期，孙中山领导的反清革命波及到泰国，并促进了泰国华文报业的产生和发展。从 1903 年开始，泰国陆续出现由同盟会和保皇党分别创办的《汉境日报》、《启南日报》、《华暹日报》、《中华民报》等华文报章，促进了中国文化的传播及泰国华文旧体文学的发展。

不过，在中国五四运动爆发之前的民国时期，泰国华文作者主要是一些传统文人，较为知名的有侯乙符、林叶蕃、李怀霜、许超然、郑省一、萧佛成等，他们的文学作品均以文言文创作，代表作有侯乙符的《诗钞》、许超然的《喷饭集》等。[1]

1. 陈春陆、[泰] 陈小民：《泰国华文文学史料（上）》，载《华文文学》，1988 年第 2 期。

1919 年五四运动爆发后，五四新文化运动使中国文化发生巨大变化，一些有进步思想的中国文化人南下泰国，将五四新文化传播到泰国华人社会，并使泰华社会跟着蜕变，泰国华文新文学也开始产生和发展。

1921 年，由林铭三主持的泰华日报《暹京日报》创刊。该报除了报道中国政治、社会、经济等动态外，还设有周六和周日出版的文艺副刊《文苑》，其刊登的小说、散文、诗歌作品，有的采用文言文，有的运用白话文。《文苑》副刊拥有许多作者，作品多数为泰华作者所创作。

1922 年，泰华日报《中华民报》辟设文艺版《纪事珠》，后改名《小说林》，由无为主编，常转载中国五四新文学作家作品，如许地山的短篇小说《命命鸟》、洪深的话剧《赵阎王》等，对泰华新文学产生了有益的影响。该刊也常发表泰华学生的作品，如曼谷新城明新学校的学生郭呈瑞、钟淑清、钟良芳、叶晋才、赖易泉等人的作品，以及泰华作者的小说、散文、诗歌、戏剧，如子才的小说《拉夫歌声》，无意的潮剧《双恋影》，无心的新诗《爱神》、《昨夜的梦》和散文《爱神和饥鬼》，良工的小说《故乡带来的礼物》等。[2] 同年创刊的泰华文艺期刊《湄江杂志》在吴泽春主持下，侧重介绍世界文化思潮，以期开启泰国华人的民智。1926 年出版的

2. 参见 [泰] 巴尔：《泰华文学的发展与中国文学的关系》，见 [新] 王润华、[德] 白豪士主编：《东南亚华文文学》，第 153—154 页，新加坡：新加坡歌德学院、新加坡作家协会，1989 年版。

《国民杂志》则以发表小说和杂文为主。[1]

1. 周南京主编：《华侨华人百科全书·文学艺术卷》，第478页，北京：中国华侨出版社，2000年版。

　　由于五四时期的泰华作者大多为中国第一代移民，因而其作品较为关注和反映中国社会现实，如子才的《拉夫歌声》反映了中国军阀强制拉夫当兵的残酷现实，良工的《故乡带来的礼物》叙述家乡的土匪掳人勒赎的事实。这种关怀现实人生和底层民众的写实主义态度和人道主义精神与中国五四新文学的影响分不开，而无心的《爱神》与五四新文学追求婚恋自由的时代潮流也有直接的关系。

　　1927年4月，蒋介石发动"四一二"政变，一些中国文化人为躲避政治迫害而流亡到泰国，主要从事新闻与教育工作。这些接受过五四新文化运动洗礼的中国南下作者将五四以来的中国新文学进一步传播到泰华文坛，对泰华新闻教育事业及泰华新文学的发展产生了积极的推动作用。当时曼谷出现许多著名华文学校，如新民、培英、黄魂、崇实等学校，学生人数超过千名，学风大盛。[2] 其中新民学校甚至在广东汕头设立了中学分校。泰华学校的师生们在课余期间从

2. 参见陈春陆、〔泰〕陈小民：《泰国华文文学史料（上）》，载《华文文学》，1988年第2期。

事文艺创作蔚然成风，他们创办许多校刊和壁报，以此刊登师生们反映学校和社会生活的文艺

3. 赖伯疆：《海外华文文学概观》，第80页，广州：花城出版社，1991年版。

作品。[3] 黄魂中学的教务主任许宜陶于1932年6月创办崇实学校，和同事邱秉经、马士纯等人

4. 晴虹：《廿世纪卅年代泰华文学繁荣期　此时此地作者群及其作品简介》，载泰国《亚洲日报》，2006年10月9日，转引自庄钟庆主编：《东南亚华文新

培养了不少写作者。他们投稿于泰国各大华文报，使各报内容都更为出色和丰富。[4]

文学史》，第9页，北京：人民文学出版社，2007年版。

　　泰华作者学习中国新文学作家组织文艺社团的做法，纷纷成立文艺社、文艺学会、读书会和诗社，并创办各种文艺刊物。至20世纪30年代末，泰华文坛成立的文艺社团多达40余个，其中影响较大的有方柳烟（方修畅）、郑铁马（郑开修）、黄病佛、谭金洪、吴洒青、林蝶衣、丘心婴、翁寒光、蔡苇丝、姚铎、陈逸民、巫余灰、巫客蓬等20多人组成的"彷徨学社"，以及郭枯、洪树柏、卢静子、许征鸿、卢维基、黄浪花等人组成的"椒文学社"。"彷徨学社"的命名应该来源于鲁迅小说集《彷徨》，该社经常在泰华报章《国民日报》出版文艺专刊《彷徨》、《平芜》和学术性刊物《天野》，还出版《彷徨学社丛书》，把社员的作品结集出版，其中有方柳烟的小说集《回风》，郑铁马的散文集《梅子集》，林蝶衣的小说集《扁豆花》、诗歌集《桥上集》和《破梦集》，谭金洪的小说《禁果》和《洪流》，黄病佛的散文集《涂鸦集》、《椰风》和《死之集》等。"椒文学社"先后在两份泰华日报出版《椒文周刊》，并在周刊上发表不少文学作品。

　　由此可见，20世纪二三十年代的泰华新文学与中国五四新文化运动及五四新文学的持续影

响有着密切的关系。

二、　中国五四新文化运动与缅甸华文新文学

中国五四新文化运动对缅甸华人社会的思想、文化和文学都产生了深刻的影响。

在五四新文化运动传播到缅甸之前，缅甸华侨学校的课本以文言文编写，授课则采用闽粤方言。1918 年中国提倡白话文运动后，缅甸初级国民小学的课本出现了以白话文书写的毕业演讲词，学生也开始学习国语（即民国时期的普通话）。五四运动爆发后的 1919 年 11 月，缅甸华人开始筹办华侨中学。缅甸华文教师后来也陆续组织各种教员联合会，仰光和缅属各山芭华人所开设的学校也越来越多。1920 年中国教育部通告国民学校改用语体文，缅甸华校也开始采用语体文课本。1921 年华侨中学开办后，由蔡炎培介绍到缅甸国民学校的一批中国教师全部采用国语给学生授课，其他缅甸侨校也普遍采用国语。

五四新文化运动传播到缅甸后，缅甸华人受中国政治的影响，报纸读者开始增加，一些华文报刊如《微光半月刊》等向读者介绍克鲁泡特金、巴枯宁、蒲鲁东等无政府主义思想。缅甸华人也通过阅读许地山的《还巢鸾凤》、陈独秀的《社会主义 ABC》、恽代英的《工人运动》等而受到社会主义思想的影响。缅甸华文教师接受五四新文化运动的影响后，也在华人学生中传播新思潮与新文化，反对以孔子为代表的传统封建偶像，引介世界名人马克思、恩格斯、卢骚（梭）、罗兰夫人、孟德斯鸠等。

1920 年，许地山等人在北京创办文学研究会，缅华读者通过阅读中国新文学作品而对现实有了新的认识。在五四新文化的传播下，20 世纪 20 年代的缅华读者可以在当地报馆和缅华青年团的图书馆读到中国五四新文化报刊如《晨报副刊》、《新青年》、《向导》、《语丝》、《东方杂志》、《小说月报》、《新潮》等，以及新文学书籍如许地山的《缀网劳蛛》和《还巢鸾凤》，顾仲彝的《芝兰与茉莉》，王统照的《技艺》，鲁迅的《呐喊》、《彷徨》和《阿 Q 正传》等。

1923 年，聂绀弩从中国南下马来西亚吉隆坡，在当地一所华侨学校运怀义学担任教员，次年又应聘到缅甸仰光担任《觉民日报》编辑，并开始阅读五四时期著名的中国新文化刊物《新青年》，受到五四新文化运动提倡的新思潮与新文学的影响，如反对文言文，提倡白话文，

提倡"德先生"与"赛先生"，反对封建礼教，提倡男女平权、社交公开、婚恋自由等。[1] 在

1. 参见聂绀弩：《脚印》，第 6 页，第 101—103 页，北京：人民文学出版社，1986 年版。

五四新文化运动的影响下，聂绀弩对仰光"天南诗社"旧诗人每周课题徵咏诗钟的落伍行为大
加抨击，使人们认识到"死文学"严重脱离社会现实的虚伪与矫饰。

在五四新文学的影响下，缅甸华文报章《仰光日报》对中国五四新文化表示好感，其创办
的《波光》副刊每天一版，全部登载文学作品和学术文章。编者云半楼从所订的中国报刊杂志
上剪下许多文学作品和学术论文，以充实该刊版面。《波光》还登载缅华作者创作的白话新诗
和散文，如该刊编辑写的《病中日记》等。另外，中国作家艾芜也因为《仰光日报》肯定五四
新文化运动的缘故，而于 1928 年向该刊投寄散文和诗歌。

《仰光日报》文艺副刊《波光》上转载的中国进步文章也促进了缅华作者黄绰卿的思想
觉悟和文化水平的提高。黄绰卿（1911—1972），字宽羡，笔名阿黄、名名，原籍广东台山县，
出生于缅甸仰光，是位在中国五四新文化影响下成长起来的缅华新文学作家。黄绰卿的处女
作小说《弃妇》，以及"济南惨案"后创作的诗文《一个卖火柴童子的故事》、《济南城中
的血泪》、《小铁匠的生活》等都发表在《波光》上，其中《一个卖火柴童子的故事》写当

2. 本部分"中国五四新文化运动与缅甸华文新文学"除了已注明的资料出处外，另外参见黄绰卿：《五四运动的影响》、《中华工党与青年团》、《聂绀弩的诗述》、《许

时仰光市场上的火柴全部是日本货，一个贫苦失学的儿童因爱国而感到苦闷。20 世纪 30 年

地山与广东人》、《战前华侨书店业》、《缅华报刊发展史略》、《回忆老仰光日报》，郑祥鹏：《黄绰卿传略》，艾芜：《序》、《华侨诗人翻译家黄绰卿》，

代初期，黄绰卿与其他缅华作者组织"椰风社"，并创办社刊《椰风》周刊，在缅华文坛积

分别见郑祥鹏：《黄绰卿诗文选》，第 104—106 页，第 107 页，第 433—434 页，第 435 页，第 238 页，第 355 页，第 186 页，第 776—777 页，第 Ⅱ 页，第

极从事新文学活动。[2]

765—766 页，北京：中国华侨出版社，1990 年版。

可以说，20 世纪二三十年代缅华文学的起步与发展，都与中国五四新文化运动的影响分不
开，遗憾的是早期缅华文学资料十分匮乏，因而无法挖掘更多的相关资料加以介绍。

三、 中国五四新文化运动与菲律宾华文新文学

菲律宾华文新文学的酝酿、出现和成长与中国五四新文化运动的影响也有密切的关系。在
中国五四新文化运动的影响下，菲律宾华文报章承担起传播五四新思想和新文化的重担，并且
成为推动菲律宾华文新文学酝酿和成长的重要园地。

菲律宾华文报章出现于 19 世纪末叶，第一家菲华报章是华人文化先驱杨维洪于 1888 年创
办的《华报》。此后至 1941 年太平洋战争爆发之前，菲律宾先后出现 20 余家华文报章，如《岷

报》、《益友新报》、《公理报》、《平民日报》、《华侨商报》、《救国日报》、《中西日报》、《新中国报》、《前驱日报》、《华侨日报》、《国民日报》、《中山日报》等。此外还有数十份华文刊物，如《华锋周刊》、《平民周刊》、《教育周刊》、《小说丛刊》、《艺术月刊》、《黎明周刊》、《洪涛三日刊》、《学生文坛》、《天马月刊》、《海风旬刊》等。其中不少菲华报刊的创办与近代以来中国的政治社会和文化局势有着紧密联系，而菲华报刊也成为菲律宾华侨启蒙和救亡的重要舆论工具。

五四新文化运动发生后，由于俄国十月革命和马克思主义的传播，菲律宾华侨知识分子和劳工群众在马尼拉组织了"全菲律宾华侨工党"，以保护华侨劳工利益并支持世界劳工运动。"全菲律宾华侨工党"于 1919 年创办《平民周刊》，不久又改为《平民日报》，以作为该组织的喉舌。该报重点刊登介绍俄国十月革命形势和世界工人运动的文章，同时不遗余力地鼓吹五四新文化与新思想。[1] 至 20 世纪 20 年代中期，菲律宾出现进步华工组织"工人协会"。该协会设有"华

1. 赵振祥、［菲］陈华岳、［菲］侯培水等：《菲律宾华文报史稿》，第 78 页，北京：世界知识出版社，2006 年版。

侨青年俱乐部"，并开办夜校和开展文艺活动。这些工人组织及其文艺活动对菲华新文学的产生发挥了积极的促进作用。[2]

2. 赖伯疆：《海外华文文学概观》，第 101 页，广州：花城出版社，1991 年版。

从五四时期至 20 世纪二三十年代，菲华报章及其文艺副刊在菲华新文学的酝酿和发展中起着重要作用。1922 年，陈菊侬、林籁余创办《小说丛刊》，主要转载中国小说等文艺作品。从 1925 年起，菲华报章陆续辟设文艺副刊。1926 年，杨华魂主编、新剧研究社主办的《艺术月刊》刊登了一些五四前后的新剧等文艺作品。尽管这些刊物所登载的多是文人墨客茶余饭后的风花雪月之作，与五四新文学所表现的内容和形式相去甚远，但它们为即将诞生的菲华新文学多多少少起到了一些酝酿作用。[3] 1928 年，林籁余结束《小说丛刊》业务后，应聘主编《中西日报》

3. 庄钟庆主编：《东南亚华文新文学史》，第 505—506 页，北京：人民文学出版社，2007 年版。

和《公理报》，在他的竭力提倡下，文艺作品源源而来，终于促成了菲华文艺的酝酿时期。[4]

4. ［菲］王礼溥：《菲华文艺六十年》，第 21 页，Edsa, Quezon City M. M.：菲华艺文联合会，1989 年版。

进入 20 世纪 30 年代，菲华新文学有了长足的发展，菲华作者也开始有意识地创办华文报刊和组织文艺团体，并从事文学活动。从 1933 年至 1941 年太平洋战争爆发，菲华文艺工作者相继创办的综合性期刊、纯文艺期刊和报章副刊有杨静堂、王雨亭、卢家沛主持的《洪涛三日刊》，王雁影、曾逸云、蔡远鹏主持的《唯爱旬刊》，洪文炳主持的《学生文坛》，《新闻日报》支持的《民众周刊》，李法西、林西谷、林健民、高若啸、庄奕岩出版的《天马月刊》，卢家沛、蔡鹏远主持的《海风旬刊》，蓝天民主持的《公理报》副刊《前哨青年》、《文艺先锋》

等。其中《洪涛三日刊》以小品文、杂文和短评为主，《天马月刊》是一份纯文艺刊物，内容包括新诗、散文、小说、理论等，投稿者除了菲华作者外，还有中国福建《泉州日报》的记者，其部分刊物也被寄到中国赠送朋友。《洪涛三日刊》和《海风旬刊》都出现了内容和文体形式明显带有中国新文学痕迹的菲华文艺作品。[1]

1. 参见陈贤茂主编：《海外华文文学史》，第3卷，第3页，厦门：鹭江出版社，1999年版。

　　这时期还出现一些菲华文艺团体。其中如1933年宣告成立的第一个菲华文艺团体"黑影文艺社"，其成员有李法西、林西谷、林健民、高若啸、庄奕若，他们的大部分作品都发表在上官世璋主编的《商报周刊》。林健民还以"林孤航"为笔名，将菲律宾民族英雄黎刹的不朽名作《我的诀别》(My Last Farewell)翻译成华文诗，发表在1934年12月出版的《民众周刊》上。此外，1936年从厦门南下菲律宾的蓝天民，也与王文廷在《前哨青年》上分别撰写"哲学讲座"和"文学专栏"，以宣扬新思潮。该刊停刊后，蓝天民又在《华侨商报》创办《新潮》文艺副刊，提倡新文学运动，罗致菲华文艺青年组织"新生社"，其成员有蓝天民、蓝明珠、曾文辉、曾月娥、施颖洲、谢德温等。[2]

2. 参见 [菲] 王礼溥：《菲华文艺六十年》，第21—22页，Edsa, Quezon City M. M.：菲华艺文联合会，1989年版。

　　从菲华新文学的发展历程来看，菲华作者的新文学创作与中国五四新文化运动的影响和启迪分不开。20世纪30年代的菲华作者有的是在中国接受五四新文化运动的影响后南下菲律宾的，如创办《新潮》文艺副刊和组织"新生社"的蓝天民；有的是在当地受到中国五四新文化运动的启迪的，如菲华作家施颖洲少年时期在菲律宾华侨中学读书时阅读到学校图书馆收藏的中国新文学书籍，其中有胡适的《尝试集》、鲁迅的《阿Q正传》、徐志摩的《志摩的诗》、老舍的《猫城记》，以及中国新文学期刊《文学》、《文学季刊》、《水星》、《译文》、《作家》、《中流》等。[3]这些源源不断流入菲华社会的中国新文学书刊，于是成为菲华作者学习和仿效的对象，

3. [菲] 施颖洲：《四十年间——〈菲华短篇小说选及散文选〉代序》，中华文艺月刊社，1977年版，转引自陈贤茂主编：《海外华文文学史》，第3卷，第2—

并对菲华新文学的内容和形式产生了一定的影响。

3页，厦门：鹭江出版社，1999年版。

　　菲华作者除了阅读中国新文学之外，也在中国新文学刊物上发表作品，如邝榕肇在林语堂主编的《宇宙风》上发表散文，叶向晨在林治主办的《中国文艺》上发表新诗，施颖洲在巴金

4. 本部分"中国五四新文化运动与菲律宾华文新文学"除已注明的引文及资料出处外，另外参见 [菲] 王礼溥：《菲华文艺六十年》，第4页，第18—22页，

主编的《烽火》上发表新诗与译诗，司马文森在《光明》杂志上发表短篇小说等。[4]这都显示

第207—208页，Edsa, Quezon City M. M.：菲华艺文联合会，1989年版。

出早期菲华新文学与中国新文学的紧密联系。

四、 中国五四新文化运动与印尼华文新文学

本书在上编第三章曾介绍过印尼土生华人翻译中国传统小说的情形。此外，当时还有一类流传于华人之间的口传文学如《过番歌》、《望夫怨》，以及劝人戒除鸦片、嫖赌等的《劝善》歌谣等[1]，另外还有从中国流传过去的演义小说、故事、神话传说、戏曲等民间文艺[2]。

1. 参见犁青：《艰苦成长中的印度尼西亚华文文学》，见 [新] 王润华、[德] 白豪士主编：《东南亚华文文学》，第 89 页，新加坡：新加坡歌德学院、新加坡作家协会，1989 年版。
2. 参见赖伯疆：《海外华文文学概观》，第 118 页，广州：花城出版社，1991 年版。

1900 年，在康有为等人的维新变法和孙中山同盟会的影响下，印尼华人在巴城（即今雅加达）建立华侨群众团体中华会馆，第二年又创办中华学堂。接着，各地的会馆和华校也纷纷建立，华人有较多的机会接受华文教育，他们的民族觉悟也跟着提高，这促使那些已经与当地同化的土生华人重新汉化，使他们再接受华人的文化。

20 世纪 20 年代，中国一些著名的新文学报刊也以各种途径传播到印尼，如印尼华人可以长年订阅上海的《时事新报》、《东方杂志》、《小说月报》、《创造周刊》、《创造月刊》等[3]，这些传播新思潮与新文化的报刊无疑会对印尼华人的思想文化和文学产生影响。

3. 参见 [泰] 珊珊：《海外五十年——一个新闻记者的回忆录》，第 115 页，曼谷：吴继岳，1972 年版。

在五四新文化运动的影响下，印尼华人创办了多种华文报纸，如巴城的《新报》（1921）、《天声日报》（1921），棉兰的《南洋日报》（1922）等。这些报纸都辟设文艺副刊，一方面转载和引介中国的新文学作品，另一方面发表当地华文作者的创作。《新报》主办人洪渊源从中国聘请宋中铨等人担任该报主事和编辑，在思想内容和版面编排等方面进行了革新，并在中国的上海、南京、广州、梅县等地设有特约记者。当时中国五四名家胡适提倡白话新诗，鲁迅写白话小说和散文，因此《新报》副刊《小新报》的作者们也开始仿效，其中谢左舜的杂文，吴直由、阿五的白话小说，李琼瑶、莆风的新诗都受到读者的欢迎。此外，《天声日报》和《南洋日报》等报章创设的副刊也发表了印尼华人作者受五四新文化影响而创作的白话新文学作品。[4]

4. 参见赖伯疆：《海外华文文学概观》，第 119 页，广州：花城出版社，1991 年版；庄钟庆主编：《东南亚华文新文学史》，第 414 页，北京：人民文学出版社，2007 年版。

另外，印尼华人还通过回中国升学的途径而近距离地接受中国新文学的影响。如《新报》创办人洪渊源虽为福建籍土生华人，但仍然通过回中国读书的机会接受五四新文化的影响；负笈上海暨南大学的印尼侨生郑吐飞于 1929 年 6 月在上海真美善书局出版了短篇小说集《椰子集》，该小说集被视为早期印华小说罕见的珍贵成果。郑吐飞为印尼泗水华侨，福建永春人，20 年代到中国上海暨南大学读书。鲁迅于 1926 年南下福建厦门大学任教，郑吐飞与同学陈翔冰到厦门追随鲁迅。鲁迅于 1927 年离开厦门，二人也重返上海暨南大学。郑吐飞读的是法律专业，

却擅长文学创作[1]，他还是当时暨南大学的一个文学社团"秋野社"的成员。《椰子集》收录《人

1. 参见［马］马岺：《新马文坛人物扫描（1825—1990）》，第448页，Skudai.Johor：书辉出版社、1991年版。

头》、《鲨鱼》、《阿逑哥》、《橡园之玫瑰》、《你往何处去》、《新犹太人的悲哀》和《狂

雨之夜》等7篇短篇小说。其中《狂雨之夜》描写一位名叫王炳德的中国青年知识分子，由于

封建包办婚姻而放弃学业和文学爱好，后来又远赴南洋华校执教谋生。他与当地一位华侨女教

师陈灵芳两情相悦，却受到南洋华侨社会的非议，无奈之下只得斩断情丝，终日过着以酒浇愁

的颓废生活。小说展现了反封建的主题，同时也反映了一部分中国知识分子无法冲破封建束缚

的悲剧命运。《人头》描写爪哇一个小镇上的铁桥倒塌后，当地印尼人割取华人小贩的头作为

进献给河神的贡品，揭示了荷兰、印尼、华侨三个民族之间的复杂关系和矛盾冲突，以及现代

文明和封建迷信的尖锐对立和斗争。此外，上海暨南大学的邦加华侨学生会于1929年11月编

印出版的《邦加》文集中，也刊登了不少印尼留沪侨生创作的文艺作品，如《留美杂感》、《文

艺与我》、《结婚与生活问题》、《游檀仙山》、《苏州旅游漫记》、《厨子的猫》等短文。[2]

2. 参见犁青：《艰苦成长中的印度尼西亚华文文学》，见［新］王润华、［德］白豪士主编：《东南亚华文文学》，第90页，新加坡：新加坡歌德学院、新

这些都是印华新文学在20世纪20年代的收获，它们从内容到形式都受益于中国五四新文化运

加坡作家协会，1989年版。

动所开创的中国新文学的影响。

第五章　　中国无产阶级革命文学运动与东南亚新兴文学

　　20 世纪 20 年代末，中国新文学经历了从五四新文化运动的"文学革命"到以文学为政治斗争工具的"革命文学"的巨大转变。至 1930 年 3 月，伴随着中国左翼作家联盟（简称"左联"）的成立，以中国无产阶级革命文学为代表的左翼文学占据了 30 年代中国文坛的主流地位。

　　中国无产阶级革命文学运动除了在中国文坛风起云涌外，还通过中国作家的南渡以及政治和文化等方面的交流而传播到东南亚，由此催生出 20 世纪 20 年代末至 30 年代初盛行一时的南洋新兴文学运动，并对东南亚华文新文学产生了深刻的影响。

第一节　中国无产阶级革命文学运动在东南亚的传播

1927 年蒋介石发动"四一二"政变后，国共两党统一战线破裂，中国革命进入了由无产阶级（经由共产党）单独领导的新的历史时期。无产阶级革命文学正是顺应新的革命形势的需要而于此时产生。革命文学从一开始就是作为政治斗争的工具而受到革命作家和先进知识分子的重视和倡导，并且随着中国作者的南下传播到东南亚，其流传与影响过程又与中国和东南亚的左翼政治斗争和文学活动密切相关。

一、　中国无产阶级革命文学运动的兴起

中国无产阶级革命文学运动是 20 世纪 20 年代末至 30 年代中期盛行的一种文艺潮流和文学运动。无产阶级革命文学又称"普罗列塔利亚文学"、"普罗文学"、"革命文学"、"新兴文学"等。[1]

1. 参见钱杏邨：《中国新兴文学中的几个问题》，载《拓荒者》，1930 年创刊号；何大白：《中国新兴文学的意义》，载《大众文艺》，1930 年第 2 卷第 3 期。

1928 年无产阶级革命文学的兴起具有下列特定的历史背景和原因：早期共产党人对革命文学的倡导，有的共产党人从政治革命直接走向了文学运动。社会的急剧变革也使革命的小资产阶级作家"首先卷进了革命的怒潮"，成了无产阶级文化的代表。创造社、太阳社酝酿提倡无产阶级文艺就是这样。大革命失败后，无产阶级单独领导中国革命的现实政治斗争，有建设无产阶级文学以形成文艺界的领导的需要；同时，也有来自于国际无产阶级文学运动的影响，诸如前苏联文学，日本左翼文学，西方的辛克莱、巴比赛、德莱赛等的作品。革命作家相对集中于上海，也提供了组织无产阶级革命文学队伍的可能性。[2]

2. 朱栋霖、丁帆、朱晓进主编：《中国现代文学史：1917—1997》，上册，第 131 页，北京：高等教育出版社，1999 年版。

不过，早在 1923 年前后，中国共产党人李大钊、恽代英、瞿秋白等人已经涉及到有关革命文学的建设问题。1922 年 7 月，李大钊、邓中夏等人在杭州大会上联合提出书面提案，认为进步的知识分子和文学家负有"引导"少数觉悟的民众与军阀代表的黑暗势力努力斗争以及"唤醒"国人的同情的重任。1922 年 8 月，沈泽民在《新俄艺术的趋势》中提出"无产阶级艺术"的概念。1924 年 5 月，恽代英在与王秋心的通信《文学与革命》中提出"革命文学"和"革命

的文学"等新概念。1924 年，瞿秋白在《社会科学》中的《艺术》这一章里倡导革命文学，并在《赤俄文艺时代的第一燕》和《荒漠里——一九二三年之中国文学》中对无产阶级文学的概念做出确切的阐述，认为新文学的作家应该站在无产阶级的立场上，反映劳苦大众的痛苦斗争及其思想感情。他说"真正的平民只是无产阶级，真正的文化只是无产阶级的文化"，而现在"国际一切第一流的文学家至少也表同情于无产阶级"。[1]

1. 参见林伟民：《中国左翼文学思潮》，第 89—94 页，上海：华东师范大学出版社，2005 年版。

1925 年，"五卅"反帝爱国运动爆发，中国工人阶级迅速崛起和壮大，原先信奉"艺术至上"和唯美主义的文学家们开始改用政治的眼光审视各种现象，革命知识分子也意识到文学对于中国革命的重要性，从此"革命文学"的呼声随着风起云涌的工人运动而此起彼伏，日趋强烈。[2]"五卅"运动后，一批反帝题材的作品开始出现，如蒋光慈的诗歌《新梦》、《哀

2. 参见林伟民：《中国左翼文学思潮》，第 9 页，上海：华东师范大学出版社，2005 年版。

中国》，小说《少年飘泊者》、《鸭绿江上》。另外，郭沫若、沈雁冰、成仿吾、应修人、潘漠华等作家纷纷投入革命斗争，郭沫若、郁达夫、鲁迅还南下到中国革命的策源地广东。1926年 4 月，郭沫若在广州写下《革命与文学》[3]一文，认为"真正的文学"永远是"革命的前驱"，

3. 郭沫若：《革命与文学》，见中国社会科学院文学研究所现代文学研究室：《"革命文学"论争资料选编》，第 1—12 页，北京：人民文学出版社，1981 年版。

"真正的文学"是只有"革命文学"的一种，现代最新最进步的革命文学是在精神上"彻底表同情于无产阶级的社会主义的文艺"，在形式上是"彻底反对浪漫主义的写实主义的文艺"。作者希望青年成为"革命的文学家"，并号召青年们到"兵间去"、"民间去"、"工厂间去"，到"革命的漩涡中去"。

1927 年蒋介石发动"四一二"政变，国共合作破裂，中国革命进入了由无产阶级单独领导的新的历史时期。此后中国无产阶级革命文学迅速兴起，而后期创造社和太阳社则成为推动无产阶级革命文学运动的重要文学团体。

1927 年底，冯乃超、李初梨、朱镜我、彭康等人从日本回国，对创造社进行革新，使创造社转向马克思主义理论建设无产阶级革命文学的阶段。后期创造社出版了《文化批判》、《创造月刊》、《思想月刊》、《流沙》等刊物。1928 年 1 月，蒋光慈、钱杏邨、杨邨人、孟超等共产党人成立太阳社，并创办《太阳月刊》、《时代文艺》、《海风周报》和《新流月报》。后期创造社和太阳社在译介和传播马克思列宁主义学说、阐述无产阶级革命文艺理论以及倡导无产阶级革命文学方面都做出重大的贡献。其理论主张涉及到无产阶级文学的性质、内容、功用、创作方法、审美特征等问题，其中既有革命性、进步性与合理性的一面，但也存在不少偏颇与

片面之处。以下略加介绍：

　　蒋光慈在《关于革命文学》[1]中指出，革命文学是"以被压迫的群众做出发点的文学"，

1. 蒋光慈：《关于革命文学》，见中国社会科学院文学研究所现代文学研究室：《"革命文学"论争资料选编》，第139—146页，北京：人民文学出版社，1981年版。

其首要条件就是"具有反抗一切旧势力的精神"，革命文学"要认识现代的生活"，为人们"指

示出一条改造社会的新途径"。他认为"革命文学的任务"是要在斗争生活中表现出"群众的

力量"，暗示人们以"集体主义的倾向"，革命文学的主人翁应当是"群众"而不是"个人"，

其倾向应当是"集体主义"而不是"个人主义"。

　　由于受到苏联"俄罗斯无产阶级作家联盟"（简称"拉普"）关于"辩证唯物主义创作方

法"的影响，中国革命文学的倡导者也强调运用"辩证唯物论"来指导文学创作，如成仿吾在《从

文学革命到革命文学》中就指出："努力获得辩证法的唯物论，努力把握唯物的辩证法的方法，

2. 成仿吾：《从文学革命到革命文学》，见中国社会科学院文学研究所现代文学研究室：《"革命文学"论争资料选编》，第137页，北京：人民文学出版社、1981年版。

它将给你以正当的指导，示你以必胜的战术。"[2]

无产阶级革命文学运动也注意到"文艺的大众化"问题，如成仿吾认为革命文学作家如果

要挑起革命的知识阶级的责任，就要努力获得阶级意识，以"农工大众为我们的对象"，使"我

3. 成仿吾：《从文学革命到革命文学》，见中国社会科学院文学研究所现代文学研究室：《"革命文学"论争资料选编》，第136页，北京：人民文学出版社，1981年版。

们的媒质接近农工大众的用语"[3]。

　　此外，革命文学崇尚带有阳刚之气的壮美，即"战斗的力的美"。郭沫若在《英雄树》[4]

4. 麦克昂（郭沫若）：《英雄树》，见中国社会科学院文学研究所现代文学研究室：《"革命文学"论争资料选编》，第74—80页，北京：人民文学出版社，1981年版。

中呼吁"文艺界应该产生出些暴徒出来才行"，指出大地深处有极猛烈的雷鸣即"Gonnon"和

"Baudon"的声音，而"新的文艺斗士快要出现了"。他还在《桌子的跳舞》[5]中指出"文艺

5. 麦克昂（郭沫若）：《桌子的跳舞》，见中国社会科学院文学研究所现代文学研究室：《"革命文学"论争资料选编》，第357—370页，北京：人民文学出版社，1981年版。

是阶级的勇猛的斗士之一员"，"只有愤怒，没有感伤"，"只有叫喊，没有呻吟"，"只有

冲锋前进，没有低徊"，"只有手榴弹，没有绣花针"，"只有流血，没有眼泪"。

　　一些革命文学的倡导者在强调文学的政治和社会功用时，片面地将文学视为"宣传"工具

与阶级"武器"，要求革命文学作家同时也是"革命家"。李初梨在《怎样地建设革命文学》[6]

6. 李初梨：《怎样地建设革命文学》，见中国社会科学院文学研究所现代文学研究室：《"革命文学"论争资料选编》，第154—169页，北京：人民文学出版社，1981年版。

中借用美国作家辛克莱在《拜金艺术》中的观点道："一切的文学，都是宣传。普遍地，而且

不可避免地是宣传；有时无意识地，然而常时故意地是宣传。"李初梨认为文学与其说是"社

会生活的表现"，毋宁说是"反映阶级的实践"，因为"支配阶级的文学"总是"为它自己的

阶级宣传"，文学有其"社会根据"和"组织机能"，即"阶级的背景"和"阶级的武器"。

他还认为革命文学作家应该同时是一个"革命家"："他不是仅在观照地'表现社会生活'，

而且实践地在变革'社会生活'。他的'艺术的武器'同时就是无产阶级的'武器的艺术'。

所以我们的作品……是机关枪,迫击炮。"正是缘于这种激进的社会革命思想与片面的文学"工具论",郭沫若在讨论文学的大众化问题时,甚至言及"通俗到不成文艺都可以"这样违背文学本质和意义的话语。这也导致革命文学出现重思想内容轻艺术形式的倾向,致使许多革命文学作品出现概念化和标语口号化的流弊。

尽管无产阶级革命文学理论主张存在不少偏颇与片面之处,不过,从20世纪20年代末无产阶级革命文学兴起,至1936年左联宣告解散的将近10年间,无产阶级革命文学仍然成为当时兴盛一时的文艺思潮和文学运动。刚果伦在《一九二九年中国文坛的回顾》[1]中谈及"普罗文艺"

1. 刚果伦:《一九二九年的中国文坛》,见中国社会科学院文学研究所现代文学研究室:《"革命文学"论争资料选编》,第880页,北京:人民文学出版社,1981年版。

的影响力在1929年间已经伸展到了各方面,甚至"有产者文坛的刊物"也总会出现普罗文艺论文、作品翻译与介绍,以及中国普罗文艺作品,即使是"极其保守以及反动的书铺"也不免因为普罗文艺的畅销而发行关于普罗文艺的书籍。

在创作实践方面,无产阶级革命文学取得了不小的创作实绩。蒋光慈的诗歌《新梦》和《哀中国》是革命诗歌的先驱,表现了诗人对俄国十月革命的赞颂,对无产阶级革命的高歌,对中国社会现实的悲哀以及强烈的反抗情绪等。郭沫若的诗集《恢复》写于大革命失败之后,揭露了国民党屠杀共产党人和革命群众的白色恐怖,同时抒写了诗人坚定的无产阶级革命信念和意志。殷夫创作的革命诗歌《一九二九年的五月一日》、《我们》和《议决》等歌颂了工人的集会和斗争,展现了革命者与群众结合的群体力量,其诗歌《别了,哥哥》表达了诗人与代表剥削阶级的兄长进行彻底决裂的决心。穆木天、蒲风、杨骚、任钧等人于1932年9月发起的"中国诗歌会"是左联领导的一个群众性诗歌团体,在革命诗歌的普及和大众化方面做出不少努力。中国诗歌会出版"歌谣专号"和"创作专号",通过借鉴民歌民谣的形式以促进诗歌大众化,由此推动了革命诗歌运动的发展。

在戏剧方面,郑伯奇、夏衍、陶晶孙、冯乃超、钱杏邨、孟超等人组成的上海艺术剧社提出"新兴戏剧"(稍后改称"普罗列塔利亚戏剧"),开始戏剧界的无产阶级戏剧运动。1930年8月,上海艺术剧社联合辛酉、摩登、南国社等戏剧团体成立"中国左翼戏剧家联盟"(简称"剧联")。"剧联"在演剧方面强调深入工农群众,在剧作内容上着重暴露压迫阶级的罪恶,并通过斗争指出民众的政治出路等。洪深的《农村三部曲》,田汉的《洪水》、《梅雨》和《一九三二年的月光曲》反映了工农大众的苦难生活以及他们的觉醒和反抗。

在小说方面，革命小说有蒋光慈的《少年飘泊者》、《菊芬》、《野祭》、《咆哮了的土地》，钱杏邨的《在机器房里》，龚冰庐的《矿山祭》，茅盾的《幻灭》、《动摇》、《追求》，戴平万的《树胶园》、《都市之夜》，洪灵菲的《流亡》、《前线》、《在俱乐部中》、《在木筏上》，华汉的《血战》、《奴隶》，丁玲的《水》、《韦护》、《一九三〇年春上海》（之一、之二）等。革命小说突显贫富两大阶级的严重对立，如有产者过着奢侈淫靡的生活，劳动者却粗衣陋食，甚至无以温饱；城市里的资本家和包工头极力榨取工人血汗，工人为了生存不得不从事危险或超负荷的工作，以致伤残或死亡，女工还得忍受工头的骚扰与奸淫；地主豪绅、国民党政府和军队对农民施以沉重的地租和捐税，农民辛劳一年收获的粮食却进了地主的谷仓，或被强制缴纳各种苛捐杂税，再加上各种自然灾害的肆虐，农民陷入严重的生存危机。革命小说在同情底层人民的苦难和不幸命运时，也动员和鼓励工农大众发起罢工、罢租、复仇、抗争等反抗压迫和剥削的斗争，有些受压迫的底层民众还在革命者的启蒙与鼓动下对资本家和地主展开有组织的斗争。如蒋光慈在《关于革命文学》中所指出的那样，"革命文学的任务"是要在斗争生活中表现出"群众的力量"，暗示人们以"集体主义的倾向"，丁玲的小说《水》即展现了人民大众抵御自然灾害及反抗剥削者和统治阶级的伟大力量，体现了革命文学反对"个人主义"和强调"集团意识"的理论实践。革命小说由蒋光慈的《野祭》、《菊芬》开创了"革命加恋爱"的叙事模式，这类小说大多描写革命与恋爱之间不可调和的矛盾，作者往往刻意让主人公的革命意志战胜爱情，如丁玲以瞿秋白和王剑虹的爱情生活为创作原型的小说《韦护》就是此类典型作品。

二、　中国无产阶级革命文学运动在东南亚的传播

20 世纪 20 年代后半期，中国无产阶级革命文学运动开始跨越国界传播到东南亚，并在 20 世纪 20 年代末至 30 年代初形成东南亚的无产阶级革命文学运动——南洋新兴文学运动。

中国无产阶级革命文学运动之所以能够在东南亚传播和扩散，这与中国政治文化局势以及南下东南亚避难的中国共产党人和左翼知识分子密切相关，也与国际共产主义运动及其无产阶级文学运动的广泛影响有着紧密的关联。

20 世纪 20 年代后半期，尤其是 1927 年"四一二"政变后，一些中国共产党人和左翼知识

分子为了躲避国民党的清党而南下东南亚避难。他们在东南亚各地建立工作地点继续战斗下去，为东南亚各民族的解放事业服务，同时也在当地从事革命文学理论的传播与创作实践活动。大革命失败后南下东南亚的中国作者有许杰、马宁、洪灵菲、艾芜、林环岛、朱碧泉、黄雨秋等人。

许杰（1901—1993），原名许世杰，浙江天台人，文学研究会会员，著有小说集《惨雾》、《飘浮》、《暮春》、《火山口》，以及阐述无产阶级革命文学理论的著作《明日的文学》等。1927年7月，许杰为躲避国民党的清党而南下吉隆坡，任《益群报》总编辑及其文艺副刊《枯岛》编辑，并致力于无产阶级革命文学的传播和倡导活动。

图 16　许杰编辑的马来西亚《益群报》副刊《枯岛》第 2 期（1928 年 8 月 30 日）

许杰向当时还沉浸在"恋爱文学"中的南洋青年大力传播中国的无产阶级革命文学：

> 革命文学是因着革命潮流在澎湃的激进中，而且已经因了世界的革命的趋向，已经有些趋于无产阶级文学的一条路上了。但是在南洋，我们文艺青年，却还滞留在恋爱文学的境遇里而没进步，这不是很可惜的吗？[1]

1. 许杰：《尾巴的尾巴》，载马来西亚《益群报》副刊《枯岛》，1928 年 9 月 20 日。

许杰以"六叔"为笔名，呼吁南洋青年们抛开恋爱文学，迎接"新兴的革命文学"的到来：

> 有志文学的青年们，不甘堕落在时代的后面罢，且抛开爱人，前来革命。你看，代恋爱文学兴起的革命文学已经抬出大旗，放出大炮来了，我们且暂时把恋爱文学送入墓矿里去，我们且放开胸怀，来欢迎接受这新兴的革命文学的洗礼。[2]

2. 六叔（许杰）：《恋爱文学之没落》，载马来西亚《益群报》副刊《枯岛》，1928 年 9 月 27 日。

许杰在倡导革命文学时，十分强调革命文学中的"同情"

与"反抗"精神。他在《枯岛》的编后话《尾巴的尾巴》中说：

> 编者相信，《枯岛》所抱的使命，现在是没有错的。……编者在《枯岛》上曾
>
> 提出两个简单的标语，即同情与反抗。同情的自然是被压迫阶级，被压迫的民众，
>
> 而反抗的也当然是同情的阶级的敌人了。从同情与反抗的两层精神出发，于是我们
>
> 在南洋的文艺界中，树起了一面革命文学的大旗，在这大旗下，站着许多努力战斗
>
> 的青年。[1]

1. 许杰：《尾巴的尾巴》，载马来西亚《益群报》副刊《枯岛》，1928 年 11 月 30 日。

许杰有关革命文学的理论，对于"革命文学作家的地位与阶级定位、文学与宣传的关系、文学作品的主题与题材、文学的流派、文学批评的演进以及革命文学的读者"[2] 等众多问题进

2. [新] 徐夏奋：《铁笔春秋——马来亚〈益群报〉风云录》，第 230 页，新加坡：新社，2003 年版。

行了详尽的论述。许杰还着重刊登作者来稿中那些表现反资本主义和同情被压迫者的题材作品，如反映中国移民在南洋充当苦力而饱受资本家欺压和剥削的苦难生活和不幸命运，以及进步青年对黑暗社会和恶势力的反抗[3]，这对中国革命文学在南洋的传播以及南洋新兴文学运动的兴

3. 参见 [新] 杨松年：《战前新马报章文艺副刊析论》，甲集，第 124—125 页，新加坡：同安会馆，1986 年版。

起发挥了积极的作用。

马宁（1909—2001），原名黄振椿，福建龙岩人。1927 年到上海，先后进入上海大学、新华艺术学院、南国艺术学院学习。著有长篇小说《铁恋》等作品。1930 年经钱杏邨介绍加入中国左翼作家联盟。1931 年 2 月，为躲避国民党的白色恐怖而流亡到马来亚，转入马来亚共产党，任马共中央宣传委员、马来亚反帝国主义大同盟（简称"马反"）宣传部长，并仿照中国左翼作家联盟的形式组织马来亚普罗文学艺术联盟（简称"马普"），编辑"马普"和"马反"的机关刊物《马普》、《马反》。"马反"由马来亚各民族精英组成，其总部领导着全马来亚各邦的支部，以及荷属东印度（印尼）、越南、缅甸、加尔各答、婆罗洲沙捞越王国、暹罗（泰国）和马尼拉的分盟。在"马反"的外围，有各劳工阶级、海员、学生、妇女、店员组织，其目标都是争取南洋各民族的自决以及政治、经济和文化的自由。"马反"与国际上的反帝同盟有密切联系，如"马反"能够从报纸和电讯里读到国际著名反帝领袖发表的言论，收到纽约和巴黎反帝同盟的宣传品。其属下的"马普"实际上是以文学艺术作为政治斗争的工具，如马宁等提出的"三个战斗纲领"："一、要求全南洋的各民族艺术青年团结起来！二、要求展开各

4. 参见马宁：《南洋风雨》、《中国"左联"在南洋的影响》，见马宁著、卓如编：《马宁选集》，第 389—390 页，第 392 页，第 665 页，福州：海峡文艺

民族文化工作，善用各民族的语言来作为政治斗争的武器！三、要求艺术工作者参加实际斗争，

出版社，1991 年版。

为争取南洋各殖民地的民族自决斗争而献身！"[4] 马宁还受到《中国左翼戏剧家联盟行动纲领》

和田汉戏剧活动的影响，创作了《绿林中》、《凄凄惨惨》、《兄妹之爱》、《一个女招待之死》等剧本，在新加坡上演后轰动一时，有力地促进了南洋新兴戏剧的发展。

马宁于 1932 年 7 月发表在中国左翼作家丁玲主编的左联机关刊物《北斗》上的通讯《英属马来亚的艺术界》，形象地描述了这时期中国南下作者与东南亚新兴文学的关系：

> 自中国国民党清党以后，革命的亡命客源源而来，而其中大部分是知识阶级。而他们就在马来亚创造了大宗的革命文学理论与创作。一九二八年起到一九三〇年之间是马来亚华侨文坛狂风暴雨的时期，在这时期出现的作品我敢说决不比中国文坛的收获为坏。第一，马来亚是一个殖民地，殖民地的生活和中国不同。（中国自然也是糟透；但马来亚自有特殊的背景。）第二，大部分是流亡客之作，他们在中国本来又不是既成作家，来马来亚后又受尽失业的艰苦和当地政府的压迫，所以每一篇作品都是地底的呼声。大部分都是描写流浪生活，工人经济斗争（带政治意味的），失业工人的挣扎等等，这般作者都是政治工作者，革命学生，商店书记，流落在马来亚的"弄帮"者（马来语，是寄人家里，白食白住的落难人的意思，是马来亚最普遍的一种名称。——原注）等等。最能够容纳这般作品刊登的刊物要算新加坡叻报的文艺副刊《椰林》，投稿的范围非常广，除了马来亚外，荷领东印度，暹罗，印度，安南也在内。[1]

1.M.N.（马宁）：《英属马来亚的艺术界》，载《北斗》，1932 年第 2 卷第三、四期合刊。

马宁的上述描述说明了如下几个重要问题：一是"四一二"政变后，中国"革命的流亡客"源源不断地流亡到马来亚（东南亚），在当地创造了"大宗的革命文学理论与创作"，促进了南洋新兴文学运动的潮流；二是这些流亡东南亚的"政治工作者"、"革命学生"、"商店书记"南渡前并非文学作者，但由于在东南亚受尽失业的痛苦与殖民地政府的压迫，因而忍不住通过文学创作来反映他们的流浪生活及当地工人的经济斗争，他们身上实际上汇集了革命者与文学作者的双重身份，因此其创作活动具有显著的政治功利色彩；三是这类反映同情与反抗意识的新兴文学作品除了新马作者外，还有荷属东印度（印尼）、暹罗（泰国）、安南（越南）、印度等地的作者，显示了中国无产阶级革命文学在东南亚及周边地区传播的广度。

第二节　中国无产阶级革命文学运动与新加坡、马来西亚新兴文学

20 世纪 20 年代末至 30 年代初，新马华文文坛掀起浩浩荡荡的新兴文学运动潮流。关于新马新兴文学运动的缘起和发展概况，有学者如此描述：

> 一九二七年初《新国民杂志》上面，永刚的一篇《新兴的文艺》，要算是这个运动的嚆矢。其后槟城的《荔》、《海丝》等刊物，即零星地出现了一些具有初步的新兴意识的作品，如海若的《得意人们底歌》、槐才的《血泪》等。但这时候还是一个酝酿的阶段。一九二八年中，《涛声》、《混沌》、《野马》的发刊，乃正式展开了新兴文学运动，起而响应的是《椰风》、《南针》、《枯岛》、《椰林》、《野葩》等刊物。依夫、梅子、浪花、慧聆等作者在创作上建立了卓越的成绩，陈炼青、潘衣虹、以及《野葩》的作者滔滔、悠悠等，则先后在理论上作出了重大的贡献。[1]

1. [新] 方修：《马华新文学史稿》，修订稿，上卷，第 255—256 页，新加坡：新加坡世界书局，1975 年版。

在中国无产阶级革命文学运动的传播和影响下，新马作者一方面探讨新兴文学理论，一方面创作了大量反映新兴意识的作品，他们在深切同情和哀悯底层人民的苦难生活和不幸命运时，也发出反抗资本主义和殖民主义的怒吼声。

一、　中国无产阶级革命文学运动对新马新兴文学理论的影响

中国无产阶级革命文学运动在新马文坛传播期间，其文学理论也对新马新兴文学产生了重大的影响。当时论述新兴文学理论的有永刚的《新兴的文艺》、承礼的《关于新兴文艺》、依夫的《充实南洋文坛问题》、陵的《文艺的方向》、悠悠的《关于〈文艺的方向〉》和《南国文艺底方向》、滔滔的《对于南国文艺的商榷》和《我们所需要的文艺》、陈则矫的《建设南国的文艺》等。其中以衣虹（潘受）的系列论文《新兴文学的意义》、《新兴文学的背景》、《新兴文学之历史的使命》、《新兴文学的内容问题》、《新兴文学的形式问题》和《新兴文学的大众化问题》为新马新兴文学理论的集大成者。

衣虹等人的新兴文学理论涉及新兴文学的定义、性质、历史使命、题材、内容、大众化等

方面的内容，从中可以见及中国无产阶级革命文学理论的
深刻影响。以下简略介绍之。

（一） 新兴文学的定义和特质

对于什么是新兴文学，衣虹在《新兴文学的意义》[1]中

1. [新] 衣虹（潘受）：《新兴文学的意义》，载新加坡《叻报》副刊《椰林》，1930 年 4 月 16 日。

指出"新兴文学就是普罗列搭利亚文学"，即无产阶级革
命文学。他认为新兴文学的产生是由于普罗大众(无产阶级)
力量壮大，在与传统"支配者"的对立中需要一种为自己
服务的文学。他说：

> 也许"新兴"二字稍微广泛些、模糊些；但
> 我们仍可以应用。在现时代，无疑地，普罗已蓬
> 蓬勃勃抬起头来，占据了世界的一角，而与传统
> 的支配者尖锐地对立着。资本社会发达后及大战
> 失败的国度里,这新旧冲突的迹象尤其格外彰显。
> 从这获得新的意识形态的新兴阶级所创造出来的
> 以供本身需求的文学,当然可以名之曰新兴文学。

衣虹指出新兴文学既然是普罗大众的文学,就必然是,
也应该是"集团"的文学，因此必须反对"个人主义"：

> 新兴文学的工作，不可不是全部普罗者的一
> 部分,而对于个人的工作应该极力扬弃、极力克服。

> 为此，新兴文学应该努力和灰色的、颓废的、
> 被支配阶级所定购所折服的个人主义的文学作战，
> 而努力掴住正确的、向上的、集团的意识。

此外，衣虹指出新兴文学的另一特质是"在哲学上的
倾向是唯物的，它采取历史的唯物辩证法来建筑自己的艺
术之宫"。

图 17 新加坡《叻报》副刊《椰林》上
刊登的《新兴文学之历史的使命》（衣
虹（潘受）作，1930 年 4 月 18 日）

（二）　新兴文学的历史使命

衣虹等人认为倡导新兴文学可以提高大众意识，改造社会，促进时代进步。衣虹在《新兴文学之历史的使命》[1] 中指出：普罗大众由于经济力的贫困，不能像有产者那样无忧无虑地沾

1. ［新］衣虹（潘受）：《新兴文学之历史的使命》，载新加坡《叻报》副刊《椰林》，1930 年 4 月 18 日。

受高深教育，他们除了栉风沐雨，忍饥耐寒，终朝劳碌地过活着，大多数不能再意识什么需求，实际上也没有容许他们意识其需求之余裕。这种状况若再继续下去，不但对本阶级文化的进展上有莫大的障碍，即将来所欲实施的各种建筑也会受到无穷的影响，因此教导群众便成为眼前唯一的急务，而教导的责任，无疑地要推给文学。他说：

> 新兴阶级要举起双手建筑所有光明的事业，第一应该做的，是得先把一般知识逐渐扩展输灌于大众，使大众能够捕捉那更正确、更纯洁的意识。而这最善良的工具，就是艺术。

衣虹认为新兴文学应把周遭环境被掩蔽的一切赤裸裸地暴露出来，把它的内幕和错误给予严格的指摘，然后再把真正的、唯一的出路指示出来。他引用马克思的话道："如果一方面，人是环境的产物，那另一方面，环境正是人来改变的。"他认为真正的文学"应该是时代的产儿，同时并能够产生时代"，新兴文学可以引导大众共趋于"大同"之轨道。[2]

2. ［新］衣虹（潘受）：《新兴文学的内容问题》，载新加坡《叻报》副刊《椰林》，1930 年 4 月 21 日。

（三）　新兴文学的题材和内容

关于新兴文学应表现哪些方面的内容，衣虹在《新兴文学的内容问题》[3] 中提出四个方面

3. ［新］衣虹（潘受）：《新兴文学的内容问题》，载新加坡《叻报》副刊《椰林》，1930 年 4 月 21 日。

的内容：

1. 着重正面的描写。新兴文学应"拿着唯物辩证法，把握复杂茹乱的社会现象中的本质在进行着什么方向的观点上来描写。换言之，即是把握着'进行中的社会'而向新兴群体胜利方面前进的这事用艺术手腕摹绘了出来"。对于"黑暗"面，新兴文学仍然暴露它、不掩蔽它，不过是得放在次要的地方，作为烘托陪衬之用。

2. 注意本阶级的宣扬。新兴文学者应该能够摄取一切恰当的题材，获得更多的社会意义，一方面与支配势力战，一方面又为了自身在这成长的时代、未来的时代作强有力的推进，使渐次造成"一个广的所有者"。不过新兴文学决不单单采取斗争一面作题材，其领域和其他文学流派都一样大，劳动者、资本家、农民、地主、兵士等一切与新兴者解放上有关系的都可兼收

并蓄，若能包罗现社会的各面者更佳。

3. 要有鼓舞的气氛。新兴文学不妨有"鼓舞的气氛"，以唤起群众。在这变革的过渡时期，惶惑与迷乱是不可避免的现象，非有大声的呼喊与强烈的刺激，是不容易引导大众共趋于"大同"之轨道的。

4. 不忌嫌有益的传道。所有伟大的艺术都常是载道的。一切的传道者常常是艺术家，而伟大的艺术家恰正是传道者。新兴文学对于传道的题材也该一律欢迎才是。

《叻报》副刊《椰林》的编辑陈炼青之前在《椰林通讯——关于新兴文学等几个问题的讨论》中谈及新兴文学题材时，也认为应以无产者为中心：

> 论到题材问题……主旨应以无产者为中心，而其他则可拿来陪衬，无论多与少，只要不离开它的立场，社会一切都是绝好的材料。倘若没有它的立场，则失却了这个时代的价值。[1]

1. 张冲、炼青：《椰林通讯——关于新兴文学几个问题的讨论》，载新加坡《叻报》副刊《椰林》，1929 年 8 月 30 日。

（四）　新兴文学的大众化

对于新兴文学是否应该大众化的问题，依夫在《充实南洋文坛问题》中就指出饥馁的大众是无法享受精美的文艺的，他说："这个香艳的桂林，美丽温柔的玫瑰，清丽的夜莺，是少数的司文艺的女神给予金字塔上层的少数支配者享受的，其他的饥馁的大众，得来都无用。"[2]

2. 依夫：《充实南洋文坛问题》，载新加坡《南洋商报》副刊《曼陀罗》，1929 年 5 月 31 日。

衣虹认为"新兴文学负起的使命是教导大众的使命"，因此新兴文学应该向着"大众化"的标准努力，这是"不容疑义的"、"极合理的"事情。他提出可以从"选材"和"技术"两部分进行大众化：一是选材要精明、不随便，要适合大众的脾胃，要与他们发生紧密的关系。作者应"到大众中去"意识他们的需求，以"精审的观察"了解他们的生活形态；二是技术方面不可过于雕章镂句，应是单纯和平易的表现，以免使作品和大众绝缘。不过，衣虹认为新兴文学的大众化并不意味着艺术性的放弃，因为作品如果没有艺术性，就不成其为艺术。他批评郭沫若所谓"通俗到不成文艺都可以，你不要丢开大众"的论调，认为这不是文艺。[3]

3. [新] 衣虹：《新兴文学的大众化问题》，载新加坡《叻报》副刊《椰林》，1930 年 5 月 3 日。

二、　中国无产阶级革命文学运动对新马新兴文学创作的影响

在中国无产阶级革命文学运动的影响下，新马华文文坛出现了一大批反映新兴意识的文学作品，其主题内容、创作模式、表现方式等均受到中国革命文学的深刻影响。

（一）　对中国大革命前后社会现实的反映

20 世纪 20 年代中后期，伴随着"五卅"惨案、"四一二"政变、"五三"济南惨案的相继发生，中国陷入内忧外患的严峻局势。许多为躲避国民党的白色恐怖而流亡新马的作者，对中国政治和社会局势充满沉重的忧患意识。菲野在诗歌《战士之哀伤——献给我底青年》中指出，"军阀官僚"甘为国际资本的"买办"和"鹰犬"，因而造成"五三"济南惨案、东北蒙古主权旁落、军阀之间混战，由此表达了作者深沉的故国忧思：

> 君不见申江的血花，贱（溅）到了天南。
>
> 济南城的尸骸，筑起了"五三"。
>
> 谁来为之哀□与掘锄，
>
> 谁来为之袖手与言缄？
>
> ……
>
> 君不见山海关外的满蒙，
>
> 谁家铁矿与矿山？
>
> 谁家的农场与人民？
>
> 谁家的境域与主权？
>
> ……
>
> 君不见烽烟弥漫的神州，流血连年，
>
> 但，一切问题也□明月依旧，横江孤悬。[1]

1. 菲野：《战士之哀伤——献给我底青年》，载马来西亚《南洋时报》副刊《海丝》，1929 年 11 月 16 日。

菲野这首诗歌的内涵与中国革命诗人蒋光慈的诗歌《哀中国》有共通之处，有可能受到蒋光慈

革命诗歌的影响。另一作者怨在《客中春梦》中也对近代以来中国饱受西方殖民掠夺的荒凉景

象深感忧伤:

　　　东望 : /海,天; /西望: /岛,屿; /南望: /洲,洋; /不堪回首, /再放眼

于东亚的半殖民地。

　　　新冢累累, /愁云锁住, /荒坟零乱, /惨雾罩遮。/上帝啊,上帝! /你虽然

是造物的主宰, /也掩不住人间的凄凉, /关不住人间的恨事! [1]

　　　　　　　　　　　1. 怨:《客中春梦》,载马来西亚《南洋时报》副刊《喇叭》,1928 年 7 月 28 日。

这时期不少新马作者是为了躲避国民党的清党而流亡到东南亚的,其不少作品反映了大革

命前后的中国社会现实,以及大革命失败后国民党残杀共产党人和进步知识分子的白色恐怖,

带有强烈的政治倾向性。关于新兴文学运动初期出现新马作者着重描写中国题材,特别是倾向

于反映中国北伐革命时期的历史面貌这种文学现象,方修有过精辟的分析:

　　　马华新兴文学运动本来就是接受中国"五卅"以后的文艺思潮的影响而兴起的,

那时候本地的青年作者所接触到的这方面的读物又大都是一些描写大革命现实的中国

作品,而且中国大革命在当时又是一件有关海外华人前途、最受海外华人注目的大事,

所以新兴小说的创作都由这一类的题材开始。其次,初期的新兴小说作者,有许多是

当时刚从中国南来,经受过大革命波涛的震撼涤荡,甚至参加过实际工作的。他们对

于这方面的题材最为熟悉,对于这方面的感受最为深切,所以就索性以他们的亲身经

历作为作品的素材。这就造成了初期的新兴小说大多充满中国色彩。这一类作品中的

最典型的一篇,就是忠实的《笑纹与波光一样柔和》。[2]

　　　　　　　　　2. [新] 方修:《导言》,见 [新] 方修:《马华新文学大系·小说一集》,第 7 页,香港:世界出版社,2000 年版。

方修提及的小说《笑纹与波光一样柔和》发表于 1929 年 9 月,小说描述 1925 年北伐军兴

至 1927 年国民党宁汉分裂时期中国农村社会的变革:在岭东一个名叫双符村的村子里,村民

代表李柏民由于要求地主打开谷仓赈济灾民而被拘禁,灾民就此与地主武装发生暴力冲突,并

破仓抢粮。后来北伐军进驻双符村,当地农民组织农会,开展减租减息运动,与地主展开斗争。

宁汉分裂后,北伐军和反动势力反复较量,终于重新回到双符村,与村民们共享胜利的欢欣。

　　　另一些在中国经历过白色恐怖的流亡作者则反映了大革命失败后国民党清党时的血雨腥

风。陈廷高的诗歌《痛悼为民众利益而牺牲的兄弟》沉痛哀悼在"四一二"政变中被杀害的手

足同胞:

黑雾罩遍河山；热血喷满沙场。

你是热血中最红耀的一道啊；

　　经过无情的枪弹，

　　洒遍大地，冲上云端。

呜呜，

　　谁谓这无量价的碧血，

　　竟然流自我兄弟的身上！[1]

1. 陈廷高：《痛悼为民众利益而牺牲的兄弟》，载马来西亚《南洋时报》副刊《诗》，1927 年 12 月 14 日。

另一作者雪棠在诗歌《悼亡友张游息》[2]中所悼念的张游息原是一个"拘谨的青年"，因为"受

2. 雪棠：《悼亡友张游息》，载马来西亚《南洋时报》副刊《星火》，1929 年 4 月 20 日。

着革命潮流的激荡"，以及"受不惯统治者的压迫"，"便下着革命的决心"，谁知"努力未
及两年"，"革命的环境便即时改变"，"革命的火花已不复爆口了"，"触目尽是惨雾与黑
烟"。在国民党的白色恐怖下，张游息的父母惨遭杀害，他本人的头颅被"锯下"，"鲜红的
血涂满"尸身。雪棠对挚友的悲惨结局感到十分哀伤："游息！我的朋友哟！/你那朴诚的态
度/你那诚恳的精神，/我怎不因你之死而深深地感到悲痛！"作者在哀悼亡友之际，也以"革
命"光明前景的预示来告慰亡友的在天之灵：

游息！现在正是暴风雨的时代哟！

革命的种子已洒遍人间，

雄鸡的啼声已加紧了，

绯红的曙光，不久便会吻着你流血的地方！

（二）　"同情"与"反抗"的创作主题

如前文所述，中国无产阶级革命文学的倡导者郭沫若在《革命与文学》中提出，"凡表同
情于无产阶级而且是反抗浪漫主义的便是革命文学"，"革命文学家"的任务是要"点醒"无
产阶级的"理想"与"实写"无产阶级的"苦闷"；蒋光慈在《关于革命文学》中论及革命文
学及其内容时，认为"革命文学是以被压迫的群众做出发点的文学"，革命文学的第一个条件
是具有"反抗一切旧势力的精神"；中国南下作者许杰在吉隆坡《益群报》副刊《枯岛》上倡
导革命文学时，也提出"同情"与"反抗"的文学主张，他认为"同情"的自然是被压迫阶级

与被压迫民众，而"反抗"的当然是被同情的阶级的敌人。他说："从同情与反抗的两层精神出发，于是我们在南洋的文艺界中，树起了一面革命文学的大旗，在这大旗下，站着许多努力战斗的青年。"由于中国无产阶级革命文学的影响以及许杰等人的倡导，新马新兴文学创作确实体现了"同情"与"反抗"这两大创作主题。

1. 对贫民弱族的同情与哀悯

新马新兴文学的不少作品旨在揭露压迫阶级罪恶腐朽的享乐生活，表现底层人民被压迫与被榨取的苦难生活，并对不幸的底层民众寄予深切的同情。

衣虹的散文《星城之春（一）》[1] 以作者从中国乘船南下新加坡的亲身经历，描述了轮船

1. [新] 衣虹：《星城之春（一）》，载新加坡《叻报》副刊《椰林》，1930 年 3 月 20 日。

头等舱、二等舱与三等舱乘客之间悬殊的待遇和处境：住在头等舱和二等舱的乘客有"美丽的寝室"、"堂皇的官厅"、"适口的佳馔"和"娱人的玩具"，而三等舱的乘客"做猪做猡"似地挨在汗臭味中吃着粗米咸菜，睡觉时人少的话腰腿还可以伸直，人多时连放脑袋的地方都找不到。作者在诗歌《三等舱客》中同样描述了三等舱客"猪猡"般的非人生活：

> 这黑阗阗的地域，这受罪的监牢，
>
> 这霉腐了的空气，烂泥似的味道。
>
> 你奴颜婢膝的清风，尽管舱里走，
>
> 让残酷的毒炎，蹂躏我们的周遭！
>
> ……
>
>
> 没有平和的乐音，在这地方弹奏；
>
> 四下里，只纠蔓着那凄楚的喧嘈。
>
> 像一个战场，触目尽横陈的尸首，
>
> 昏昏蠢动时，又疑心是一群猪猡。[2]

2. [新] 衣虹：《三等舱客》，载新加坡《叻报》副刊《椰林》，1930 年 4 月 2 日。

冷笑在诗歌《〈萍影集〉叙诗》中描述了自己在"马来海峡"（The Straits of Malacca）漂泊时所目睹的马来亚底层人民的悲惨生活，对他们充满深切的悲悯和同情：

> 我孤冷又飘上人海的渡头，
>
> 经过疏落的椰林穿入清翠的树胶，

许多赤足裸身的一刀一刀在那里取树乳，

听说是做人牛马的两脚走兽。

我孤冷踏上热国的人间，

迎面来了许多黄包车车夫瞪着青黄的两眼，

一样的人类何以他们独忍受了牛马的苦难，

人道云泥有说不出的浩□！

我孤冷走入偌大的矿场，

地窖中挣扎着数不清的群众，

焦头烂额——谁非父母所生，

岂命运支配他应为工钱劳动。

我孤冷踯躅在青芜满目的田畴，

几个赤裸裸的农夫正在低头芟草，

口里不住的呻吟着苦命一条，

岂生也不辰陷他于无形监牢！[1]

1. 冷笑：《〈萍影集〉叙诗》，载马来西亚《南洋时报》副刊《海丝》，1928年6月11日。

浪花、宿女、亚庸、静倩等作者还反映了新马底层妇女被侮辱与被损害的不幸命运。在这些作者的笔下，橡胶种植园的割胶女工、工厂女工等除了与男人一样需要为生存出卖劳力外，有时还被迫出卖肉体或受到侮辱与侵害。浪花的小说《生活的锁链》中的青年职工运动者福来的母亲是个女胶工，但为了维持家庭生计而不得不出卖身体，成为胶园里的洋人化学工程师和许多男胶工的玩物，后来还生下"偷生子"福来。宿女的小说《不会站的人》[2]中的女工金姐在

2. 宿女：《不会站的人》，载马来西亚《光华日报》副刊《蜕变》，1931年3月8日。

工厂里开夜工时被工头强暴，羞愤之下上吊自杀。亚庸的小说《侠姑》[3]中的女工芸姐也是被

3. 亚庸：《侠姑》，载新加坡《叻报》副刊《椰林》，1929年9月5日。

工头强暴后投水自尽。静倩（马宁）的戏剧《女招待的悲哀》[4]写一位从中国流落到南洋的女

4. 静倩（马宁）：《女招待的悲哀》，载马来西亚《光华日报》副刊《戏剧》，1931年8月24日。

青年李英因不愿屈服于咖啡店老板王小天和阔少胡钟的淫威，最终与恋人白湖一起被诬陷入狱。

新马新兴文学除了关注底层华人的苦难生活外，也对当地的印度人、马来人等弱势民族被

殖民与被压迫的命运寄予深切的同情。YF 的诗歌《南蛮的族人》[1] 对居住在新马的异族"南蛮
1.YF：《南蛮的族人》，载马来西亚《南洋时报》副刊《荒原》，1929 年 8 月 15 日。
的族人"（应是指马来人和其他土著民族）被西方殖民者统治的命运深怀忧思。作者首先批评
南蛮族人的落后原始与野蛮残忍：

> 在赤道上突露的荒原上，
>
> 占据着南蛮的族人，
>
> 没有一个绛发碧眼的人，
>
> 来启发那儿地皮的富裕。
>
> 他们没有锐志把它开垦，建设，
>
> 只是互相争斗蝇头小事，
>
> 拿着家伙，摩掌擦拳的，
>
> 在苍茫的原野上肉搏，
>
> 死的伤的，血流，遍野——

而落后就意味着要挨打，作者沉痛地指出这个残酷的竞争法则，即西方白人殖民者仗着先进的
科学技术，以坚船利炮轻易征服了未开化的"南蛮的族人"。作者对"南蛮的族人"被殖民、
被掠夺的命运表示深切的同情和惋惜：

> 经了长久争斗时期，
>
> 已被绛发碧眼的人发现了这片荒原，
>
> 驾上他们巨大的艨舰，
>
> 提紧他们尖利的长枪，
>
> 竟把声威侵袭了赤道上的荒原，
>
> 那南蛮的族人哟！
>
> 已贴耳地顺服在他们的积威之下了，
>
> 唉！可惜这片秀美的荒原归到后来者的掌中！

　　海底山的小说《拉多公公》[2] 中的拉多公公是马来人传说中的神，他将南洋群岛开辟成为
2.海底山：《拉多公公》，见 [新] 方修：《马华新文学大系·小说一集》，第 318—331 页，香港：世界出版社，2000 年版。
一块物产丰饶、气候宜人的人间乐土。他与来访的明朝三宝太监郑和一见如故，并结拜成异姓
兄弟。此后马来人与三宝太监带来的华人在南洋群岛上和睦相处，共享安居乐业的生活。后来

拉多公公听说西方有个比人间好几千倍的极乐土地，在那里能修得正果，长生不老，便离开南洋群岛到西天去见如来佛。可是拉多公公历经 100 余年仍无法修成正果，心里又牵挂故乡，于是决定回到南洋群岛看望他的子民。然而回到故乡后，拉多公公发现南洋群岛已成为西方列强的殖民地，原来的仙乡乐土也成为西方的原料供应地和过剩商品的倾销地。西方殖民者及其代理人（主要指华人富商）在大力发展现代工商业的同时，也在加倍榨取华人、马来人、印度吉宁人的劳力和生存资源，使这些贫民弱族在世界经济不景气的冲击下过着愈加贫困的生活。拉多公公的子民马来人忍不住向他哀诉道："谁料得当日做主人的人，今日当奴做婢？""谁料得当日烈烈皇皇的民族"，"而今不堪欧美人的排挤，日本人的竞争……我们失败了，失败了！"来自印度的移民吉宁人也悲歌道："我们到了这里，只有加重的痛苦；筑路，做苦工，受饥，受寒，人家欺侮我，人家害我。这蛇蝎的人间！欺骗，攫夺，毁灭，冷酷，仙乡何在？同情安在？"来自中国的华人在历数自身数百年来开发南洋群岛的巨大贡献时也说："我们的功劳最大！广阔的树胶园是我们开的，交通便利的铁道车路，是我们筑的，大洋楼，大工厂是我们建造的……然而呵，还有什么用呢？都市建好了，荒山开辟了，我们也被摒弃了！——勤俭耐劳，筋肉苦斗敌不过有组织的，文化的，政治的进攻。数百年得来的地位，不堪邻邦的排挤与攘夺，如今崩溃了，崩溃了。——到南洋发财去的欢声已变成了失业与破产的悲鸣。"

2. 对压迫者的反抗与斗争

中国无产阶级革命文学强调对压迫阶级和旧势力的"反抗"，新马新兴文学在同情和哀悯贫民弱族的苦难生活与不幸命运时，也大力鼓动人们起来反抗压迫阶级和殖民统治者。

马来西亚槟城《南洋时报》副刊《海丝》是一份具有新兴文学色彩的文艺副刊，其《刊首语》热烈呼唤"奔腾"的时代高潮，激励青年们推进时代进步与发展，从而促进"美满社会"的出现：

> *时代的高潮已是一天天的奔腾，*
>
> *澎湃的声音足使敌人胆裂心惊！*
>
> *虽然宇宙更呈现混沌和黑暗，*
>
> *可是这正是美满社会产生的象征！*
>
> *不论是那个勇敢的觉悟的青年，*

都该给与时代一些推进的力量！

来吧，铲去满路纵横的荆棘，

可爱的图□就在我们的面前！[1]

1. 冷霜：《刊首语》，载马来西亚《南洋时报》副刊《海丝》，1929 年 11 月 22 日。

如前文所述，中国无产阶级革命文学的倡导者和理论建设者李初梨在强调文学的政治和社会功用时，片面地将文学视为"宣传"工具与阶级"武器"，他要求革命文学作家同时也是"革命家"。[2] 新马新兴文学作者呆呆也将"文学家"与"革命家"结合在一起，他在诗歌《KS 的死》

2、李初梨：《怎样地建设革命文学》，载中国社会科学院文学研究所现代文学研究室编：《"革命文学"论争资料选编》，第 154—169 页，北京：人民文学出版社，1981 年版。

中赞美一位以文学为政治宣传工具来唤醒民众的"革命文学家"：

他是一个文学家，

是一个革命的文学家；

他要从这个黑暗的禹域，

唤醒酣睡在象牙塔里的泥醉人们，

愤恨那捣乱底豪绅阶级；

同情着被压迫的穷苦者，

……[3]

3. 呆呆：《KS 的死》，载马来西亚《南洋时报》副刊《荒原》，1929 年 9 月 12 日。

在中国革命文学强调阶级对立与阶级抗争的观念影响下，新进的诗歌《我们要起来》极力呼吁人们起来反抗"官吏"、"富人"等压迫阶级和强权势力：

榨取人民脂膏的官吏，

吮吸劳工血汗的富人，

都是残暴不仁的霸者，

都是我们痛恨的仇敌，

我们要呀起来呀起来，

拍击呀拍击！[4]

4. 新进：《我们要起来》，载马来西亚《南洋时报》副刊《荔》，1929 年 11 月 22 日。

为此有的新兴诗歌特意表现作品主人公在"革命"感召下，决心辞别亲人，走上"反抗的大道"，为实现"幸福快乐"的生活理想而"流血斗争"。醒夫的诗歌《给慈爱的母亲》[5] 写道：

5. 醒夫：《给慈爱的母亲》，载马来西亚《南洋时报》副刊《星火》，1929 年 6 月 29 日。

鲜明的旗帜已在高扬！

革命的势力日在膨涨！

> 母亲啊！我那（哪）能在家庭留恋！？
>
> 你心爱的儿子要和你离别了，
>
> 你用不着悲哀。
>
> ……
>
> 劳苦民众们已在束装待进！
>
> 兵士们已在倒戈而举行叛变！
>
> 母亲啊！我那（哪）能不赶上前线！？
>
> 你心爱的儿子要和你别离了，
>
> 你用不着伤怀。

抒情主人公在诗歌结尾处激昂而深情的告辞，交织着主人公的赤子深情和革命者为大众谋福利的崇高精神：

> 母亲！我慈爱的母亲！
>
> 你的儿子要和你别离了，
>
> 这不是你儿子的不孝，
>
> 完全是恶劣的现社会所使然！
>
> 我们一切的理想与要求！
>
> 都已成为幻影！
>
> 我们要想得到欢乐与幸福啊！
>
> 应起而参加伟大的群众的斗争！

如果说上述作品主要将反抗的视角投向当时中国的统治集团和黑暗势力，那么曾华丁、宿女、罗依夫、衣虹、连啸鸥、寰游、静倩等人则更多地展现东南亚人民反抗资本主义和殖民主义的斗争。

曾华丁的小说《五兄弟墓》[1] 反映了荷属东印度（印尼）烟叶种植园里的华人"猪仔"（指

1. 曾华丁：《五兄弟墓》，载新加坡《南洋商报》副刊《文艺周刊》，1929 年 2 月 22 日。

签署卖身契约的华人劳工）的悲惨遭遇及反抗精神。小说中的五位华人"猪仔"在烟园里过着"爬虫"般的生活，而他们的"头家"、"热国的阔人"（指园主）不时地用"镶着钢片"的鞋子踢他们，用缠着"钢线"的藤鞭抽打他们。五位"猪仔"在忍无可忍的情况下联合起来刺杀了园主，然后一起到警局自首。虽然五人中只需一人顶罪偿命即可，但他们宁愿同赴黄泉，在地底下永久相会。他们的尸首后来被合葬一处，其坟墓也被人们称为"五兄弟墓"。

不过，上述五位华人"猪仔"只是自发的反抗斗争，另外一些新兴文学作品则反映了工人阶级有组织的集体反抗，有的还表现出为解放全世界被压迫的无产阶级而努力奋斗的国际共产主义精神。宿女的小说《不会站的人》中的金姐被工头侮辱后自缢身亡，此事激怒了厂里的其他女工，她们集体向厂方提出索赔要求，并要求厂方改变不合理的厂规，以及不能把她们当作"囚徒"看待而施行"刻毒的手段"等。当她们的合理要求被拒绝后，女工们开始强烈反抗，撕打那个侮辱金姐的工头，并发出愤怒的吼声："姊妹们来,打,撕破他的面孔！……打！……我们要达到我们的目的才能罢休！替金姐伸伸冤，金姐的痛苦就是我们大家的痛苦呀……"浪花的小说《邂逅》和《生活的锁链》进一步反映工人阶级的思想觉醒和反抗斗争。《邂逅》[1]中的叙述者和同学宏明都是失学或失业的青年，他们在时代洪流的激荡下觉醒起来，

1. 浪花：《邂逅》，载新加坡《叻报》副刊《椰林》，1930 年 2 月 28 日。

准备筹备组织工会，号召工人团结起来，以集体力量向资本家争取工人应有的权益。《生活的锁链》[2]中的福来在无意中得知自己是母亲被迫出卖身体后产下的"偷生子"，其稚弱的

2. 浪花：《生活的锁链》，载新加坡《叻报》副刊《椰林》，1930 年 3 月 21—25 日。

心灵便种下了"复仇的种子"，不过他并没有因为自己的卑贱出身而感到痛苦悲哀，而是意识到自己属于"全世界的无产者"。他从母亲、自己和许多工人身上看到"没有团结"、"没有觉悟"而"惯受压迫"的工人在"殖民主义制度下的社会"中的生活惨状，为此认为自己"必须报仇"，"必须为无产者而奋斗"。于是他和许多无产者一起干起职工运动工作，成为青年职工运动者，并认为替母亲和受苦的无产者"复仇"的时机到了。小说中写到福来听完老胶工开龙和工人们的苦难经历及失败的反抗行动后，心中热血沸腾，充满为全世界无产者奋斗的坚定信念：

> 雨晴。街路上的电灯在闪闪地发光。吃完饭后，福来便别了老人回到寓所，躺在床上，开始思索起来。最后他像疯人般的从床上跃起，两手在空中乱挥，全身的血液加速了循环，口里不住地叫喊着：

> "全世界的主人！去建设合理的社会，完成历史的使命！……"

3. 赛游：《十字街头》，载新加坡《星洲日报》副刊《繁星》，1930 年 10 月 4—6 日。

此外，赛游的诗剧《十字街头》[3]中的革命启蒙者和动员者"路工"向失业的工人进行思

想启蒙和政治宣传时，即指出工人阶级是"造物的神"，要做"天下的主人"。于是，觉醒的工人开始认识到自己所处的主人公地位，表示要"团结"和"奋斗"，他们从原先被动地忍受失业和饥饿的痛苦而坚决走上斗争的道路。剧中路工的唱词表达了无产阶级反抗资本主义压迫的新兴意识：

> *全世界的饿者们！*
>
> 　*烧着我们的心火，*
>
> *振起我们的精神，*
>
> 　*和恶环境拼个死活！*
>
> *……*
>
> *全世界的饿者们！*
>
> 　*请听我一声口号，*
>
> *大家一起努力前进，*
>
> 　*去夺取我们的自由和面包！*

由于该剧表现出明显的革命宣传倾向和强烈的反抗意识，因而为英殖民当局所无法容忍，作者寰游和刊登该剧的《繁星》副刊编辑林仙峤均被驱逐出境。

中国无产阶级革命文学在着重"同情"与"反抗"的同时，还强调作者应该为人们"指示出一条改造社会的新途径"。为此部分新马新兴文学作者为人们展现出一个充满光明和希望的前景，如江集中的散文诗《我们的方向》写道：

> *同志，奴隶，下贱的人们，*
>
> *黑暗的世间已燃起了炬炽的火光，*
>
> *如今呀，不是前途茫茫，也不是后顾茫茫，*
>
> *看吧，世界残杀人类的霸者已日趋其所掘成的坟冢跄踉！*
>
> *沉迷在昏暗里的奴隶群众已经找出了新生的方向：*
>
> *朋友，我们的力量已到处伸张，我们的理论也到处飞扬，*
>
> *这样，这样就是我们最后的伟大的预象！* [1]

1. 江集中：《我们的方向》，载马来西亚《南洋时报》副刊《海丝》，1929 年 4 月 27 日。

新加坡《叻报》副刊《椰林》也是一份具有新兴文学色彩的文艺副刊，编辑衣虹也认为新兴文学在指摘出周遭环境的内幕和错误后，应把真正的、唯一的"出路"指示出来。他在总结该刊的文学特色时，除了指出它有着"粗暴的呐喊"和"强烈的色调"外，还表示它也在预示"欢欣的将来"及接生那"光明的儿胎"：

> 《椰林》里有的是粗暴的呐喊，温柔的轻风不在这里留踪影；有的是强烈的色调，绯红的云彩只是偶然的陪衬。她给予你忧郁的现在，而预示你以欢欣的将来；她将剖开黑暗的母怀，而接生那光明的儿胎。[1]

1.[新] 衣虹（潘受）：《编后》，载新加坡《叻报》副刊《椰林》，1930 年 7 月 15 日。

衣虹在文学创作中也同样为苦难的人们点亮"希望的新花朵"及展现"光明的彼岸"。他在《三等舱客》的结尾处写道：

> 莫再怨叹着我们的运命糟，猪猡！
>
> 光明的彼岸，已展开在前面等候。
>
> 你听，机轮在唱着伟大的进行曲，
>
> 你看，炭火在亮着希望的新花朵。

（三）　"革命加恋爱"的创作模式

在中国无产阶级革命文学中，"革命加恋爱"曾经是风靡一时的创作模式，如蒋光慈的《菊芬》、《野祭》和丁玲的《韦护》、《一九三〇年春上海》等。在"革命加恋爱"的小说中，革命与恋爱往往处于不可调和的对立状态，故事结局也往往是作品中的主人公抛弃爱情而献身于革命。这类强调革命战胜恋爱的小说虽然有其偏狭之处，却能够激励当时的知识青年放弃个人情感而投身于伟大的革命事业，因而受到不少追求革命和进步的青年读者的喜爱。

由于中国革命文学的影响，新马新兴文学也出现"革命加恋爱"的创作模式，其中也有强调革命与恋爱相互对立的论调，如杨赞的诗歌《给谈恋爱的青年》[2]即认为青年男女的爱情与"革命的时代"格格不入，因而呼吁"有为的青年"尽快弃绝男女情爱：

2.杨赞：《给谈恋爱的青年》，载马来西亚《南洋时报》副刊《喇叭》，1928 年 1 月 4 日。

> 可爱的有为的青年呵！
>
> 你当快快醒吧，
>
> 现在不是谈恋爱的时期了；
>
> 正是革命的时代啊！

快把你底情琴毁败了吧!

休弹你底恋歌。

另外，林雪棠的《一个女性》[1]也是一篇强调革命战胜恋爱的革命小说。小说中的 H 县女

1. [新] 林雪棠：《一个女性》，载马来西亚《南洋时报》副刊《星火》，1929 年 7 月 12—26 日。

学生秀清爱上革命青年松秋，因为松秋努力于革命工作，秀清为了赢得他的爱，也参加当地的
妇女运动工作，积极奔走于革命的机关。小说写道："（秀清）为什么想干妇女运动的工作，
革起命来呢？与其说是受着环境的刺激，毋宁说是受着松秋的影响。因为伊觉得他是一个革命
战线上的勇士，伊如果欲配上他，当然是应该跟他去革命。一个革命者，无论如何是与一个时
代落伍的女子合不拢的……秀清为着爱他，要获着他，自然应走革命一条路了。"然而松秋却
拒绝了秀清的爱情，表示自己决心献身于革命："我决意把我整个的身心献给革命，我绝没有
工夫再来爱什么人!"后来松秋前往某师担任宣传工作，临行前留了一封信给秀清，希望她努
力于妇女协会工作。秀清阅信后，也决定献身于革命事业，因为松秋的"爱人"是革命，她也
决定爱着松秋的"爱人"——革命，此外再也没有其他恋爱的期望了。

不过值得注意的是，另一类"革命加恋爱"的新兴文学作品并未强调二者的对立，而是
充满对无产阶级革命主人公"战斗的力的美"之膜拜和赞颂。晨光的诗歌《你能爱我吗？姑
娘! 》[2]从外貌、衣着、性情、经济状况等方面突显了无产阶级革命者的典型形象：

2. 晨光：《你能爱我吗？姑娘! 》，载马来西亚《南洋时报》副刊《星火》，1929 年 5 月 17 日。

我的头发凌乱而又长，

我的衣服破烂而又肮脏，

你能爱我吗？青春的姑娘!

……

我的脸孔粗而黑，

我的性情强暴而又刚，

……

我不能风花雪月的亮唱，

我不能伤春悲秋的无病呻吟，

我只能啊!

左手持刀，右手枪!

　　……

　　我没有漂亮的洋楼可以藏娇，

　　我没有一束一束的钞票可以供你挥霍，

　　……

　　我不能象人们双双徘徊于电影戏场，

　　又不能双双坐车兜风游赏，

　　我只能啊！

　　斗争！反抗！

　　你能爱我吗？青春的姑娘？

诗中的男性主人公是位粗暴刚强，充满“斗争”和“反抗”精神的革命者，体现了革命文学所崇尚的阳刚之气和“战斗的力的美”。在这类将革命与恋爱结合在一起的新兴文学作品中，其女性主人公自然也是重视无产者正直勤劳品性的真诚姑娘，如天白的诗歌《汗》[1] 即以女性的

1. 天白：《汗》，载马来西亚《南洋时报》副刊《荔》，1929 年 4 月 30 日。

口吻对无产阶级男性示爱道：

　　我爱你，正为着那（指汗——引者注）。

　　那胜过芝麻的香，

　　那贵过珍珠的价；

　　是你的劳力换来，

　　涓滴都属你自家；

　　再没有比它甜蜜；

　　再没有比它伟大；

　　就把它来定聘吧，

　　假如你娶我的话。

　　另一首诗歌《献给吾爱梅魂》中的男性主人公表示要把诗歌“献给”他所爱的无产阶级劳动妇女，并“虔诚”地“跪”在她的跟前，因为她“身为女子”，又是“工人”，“以育儿为任”，“铲草”为生。这首诗歌将爱情与劳动、爱情与革命紧密结合在一起：

　　吾爱：

当你放下锄头的时候，

我很快愉的抱着你底腰儿；

我要，要在你那滴满了汗珠儿底额角唇心，

吻呀，吻个痛快淋漓！

吾爱，吻吧！

我们努力亲吻呀努力做工，

永远的，永远的立于革命的场上——

"无产阶级"底营垒中。[1]

1. 樱花：《献给吾爱梅魂》，载马来西亚《南洋时报》副刊《心弦》，1928 年 6 月 26 日。

在这类"革命加恋爱"的新兴诗歌中，作者已没有小资产阶级的风花雪月情调，而是充满无产阶级的革命激情和劳动热情，反映了新兴文学对无产阶级革命者形象的极大肯定以及对"五四"恋爱文学的颠覆。

（四） 非艺术化的创作倾向

中国无产阶级革命文学运动在为新马华文文坛带来新气象的同时，其功利性的文学观与僵化刻板的创作模式也导致新马新兴文学产生非艺术化的创作倾向。许多新马"革命诗"在激昂亢奋的情绪中流于口号式的议论和叫喊，如姗姗的《革命》充斥着"自由平等"、"公理人道"、"牺牲奋斗"等抽象概念，加上短促僵硬的诗歌节奏及大量的惊叹号，使诗歌的美感与韵味荡然无存：

革命的旗帜，招展飞□！

革命者的血，洒湿沙场！

革命者的精神，不怕强梁！

革命者的勇气，猛烈向前！

自由平等，是革命的需要！

野蛮强权，是革命的仇□！

公理人道，是革命的朋俦！

　　　牺牲奋斗，是革命的赋有！ [1]

1. [马] 姗姗：《革命》，载马来西亚《南洋时报》副刊《海丝》，1928 年 5 月 26 日。

　　然而，在新兴文学盛行之际，这类"革命诗"却获得不少创作者的青睐，如丘的《呐喊》、陈仲康的《灵魂与躯壳》、杨赞的《给谈恋爱的青年》、樱花的 *Port Dickson*、士心的《进攻》，大多充满无产阶级革命者的"呐喊"和向敌人"进攻"的口号。樱花的诗 *Port Dickson* [2]，前半

2. 樱花：*Port Dickson*，载马来西亚《南洋时报》副刊《八月》，1928 年 6 月 5 日、7 月 16 日。

部分抒发作者对"波得申"港的赞美和爱恋之情，称它为"天上的女神"、"海上的神仙"，赞美它的"明媚风景"："苍天，碧海，青山！／山连海水水连天，／苍呀，茫呀，一片！"后半部分却非常突兀地插入《国际歌》："起来，饥寒交迫的奴隶！／起来，全世界上的罪人！／满腔的热血已经沸腾，／拼命做最后的战争。……"因而导致诗歌前后两部分的情绪和内容极端不谐调，几乎令人无法相信它们出自同一首诗，而这正是作者刻意想表达的革命激情。

　　更有甚者，有的作者尤其鼓励诗人们创作这种"口号"、"标语"式的诗歌，认为在"革命的战争的过渡期"，诗歌就是"武器"：

　　　诗人们，

　　　制作你们的诗歌！

　　　一如写我们的口号！

　　　　我们的口号：

　　　　要把 ×××× 打倒！

　　　　要把封建制度的遗毒清扫！

　　　　要把列强的走狗宰屠！

　　　　……

　　　诗人们，

　　　创作你们的诗歌，

　　　一如写我们的怒号！

　　　　谁说干戈一动，

　　　　muse 的女神失踪？

　　　　谁来反对我们的标语，

> 谁就是澈底的反动!
>
> ……
>
>
> 在这革命的战争的过渡期,
>
> 诗歌就是我们的一件武器!
>
> 呐喊, 突击, 巷战, 炮火, 雷声,
>
> 这里是我们诗歌的生命! [1]

1.《送给时代的诗人们》, 载马来西亚《南洋时报》副刊《野马》、1929 年 5 月 15 日。

作者不仅鼓励"时代的诗人们"创作口号和怒号式的诗歌,
而且对那些反对者还扣上"澈底的反动"这样的帽子。

不过,也有清醒的新马作者针对"革命文学"或"革命诗"
缺乏艺术性和形象性的流弊提出尖锐的批评,如美樵在《不
谐和之微笑》中指出:

> 我觉得"南洋文坛"还不能和"艺术"二字
> 联做一起。然则更无论于所谓革命文学了。
>
> 然而近来的革命文学却□远得太使人吃惊
> 了! 我们读到许多瓦拉瓦拉的所谓革命诗, 简直
> 是在念宣传大纲, 和标语, 口号。学了郭沫若几
> 句"起来! 起来! ""打倒! 打倒! "这类的所
> 谓革命诗, 便以为沾沾自喜? 实际上郭沫若除了
> 一部《女神》和翻译的一部《少年维特之烦恼》
> 足可代表他浪漫时代的产儿外, 《星空》以下的
> 作品, 我们只看其夸张与自大。在他的充满着教
> 训色彩的戏剧和诗歌里面, 我们没有看到艺术,
> 纵有时也被他自己的教训色彩所窒死。事实摆在
> 我们的眼前。
>
> 那么, 如其我们想读那些叫喊式的革命诗时,

图 18　马来西亚《南洋时报》副刊《野马》上刊登的《不谐和之微笑》(美樵作, 1928 年 11 月 5 日)

我们倒不如去读宣传部的通告来得直截了当。如其文艺只是除了叫喊而外便无什么□

这样简单方式时，那文艺自身简直无立足地而该没落的了。[1]

1. 美樵：《不谐和之微笑》，载马来西亚《南洋时报》副刊《野马》，1928 年 11 月 5 日。

这类批评也见诸于张冲、陈炼青等作者的相关评论，如张冲在《椰林通讯——关于新兴文

学几个问题的讨论》中批评中国革命诗人王独清、蒋光赤的标语诗很"糟糕"，认为作者没有

实地去体验普罗阶级的意识，又不是真情的流露，只是为着要做革命诗才去做革命诗。[2] 圣提

2. 张冲、陈炼青：《椰林通讯——关于新兴文学几个问题的讨论》，载新加坡《叻报》副刊《椰林》，1929 年 8 月 30 日。

在《醒醒吧，星城的艺人》里也对"自号自召，竟以刀、枪、血、泪等敷浅字面表现他们的所

谓革命文学的浅夫"[3] 表示唾弃。不过在当时革命文学方兴未艾之际，这类清醒认识并未引起

3. 圣提：《醒醒吧，星城的艺人》，载新加坡《南洋商报》副刊《文艺周刊》，1929 年 1 月 18 日。

新马华文文坛的足够重视，上文所引的《送给时代的诗人们》就是在美樵批评革命诗的弊病之

后半年发表的，可见这时期一些革命诗出现概念化和口号式的毛病，是当时中国革命文学之流

弊在新马诗坛盛行的结果，由此带来新马新兴文学运动的局限性。

从另一方面来看，中国无产阶级革命文学影响下的新马新兴文学运动在 20 世纪 20 年代末

至 30 年代初风行一时，蔚为大观，并与当时盛行的南洋色彩的文学潮流相结合，共同创造了

新马华文新文学史上的第一个高峰期。马宁在《英属马来亚的艺术界》中即肯定了新马新兴文

学的创作实绩，并认为可以将其介绍到中国乃至国际文坛上：

在《椰林》上面出现的作品有熊的《纳税》，浪花的《邂逅》与《被榨取者的音

响》，李诺夫的《血班（斑）》，良凤的《流浪记》等等，技巧不坏，内容也很充实

而有力，我敢说这许多作品可以超驾中国许多的大作家的作品，可以称为殖民地的杰

作！不只应该介绍到中国文坛去，并且还应该介绍到国际文坛去！……现在我已经选

了一本，以《被榨取者的音响》一篇为书名，共十余篇作为南洋创作选集第一集，我

希望中国文坛上的新作家和批评家注意及之。[4]

4. M.N.（马宁）：《英属马来亚的艺术界》，载《北斗》，1932 年第 2 卷第三、四期合刊。

遗憾的是丁玲主编的左联机关刊物《北斗》于 1932 年 7 月遭到国民党查禁，马宁编选的《南洋

创作选集》第一集《被榨取者的音响》就此下落不明，马宁这项旨在推介新马新兴文学及促进

中马两地革命文学相互交流的活动也未有结果。马宁还介绍了一份被英殖民地政府取缔的文学

期刊《南方》，以及正在准备刊行的另一份新刊物《南洋文艺》月刊。其中《南洋文艺》创刊

于 1932 年 5 月 1 日，但仅发行三日，即被英殖民地政府抄没。[5]

5. 参见马宁：《左联杂忆》，见中国社会科学院文学研究所《左联回忆录》编辑组：《左联回忆录》，第 130 页，北京：中国社会科学出版社，1982 年版。

从丁玲在《北斗》上刊登马宁的《英属马来亚的艺术界》这篇通讯的情形来看，可以见出

丁玲作为左联机关刊物《北斗》的主编，不仅关注中国左翼文艺运动，同时也关注当时与中国左翼文坛有着密切关系的新马文艺界及其左翼文艺运动，希望那些充满反抗呼声的英属马来亚"殖民地的杰作"能够被介绍到中国，使中国文坛能够了解新马文艺界的现状，并支持旨在反抗"资产阶级"和"英帝国主义者"的新马新兴文学，这对于当时的新马文艺界来说应该是十分鼓舞人心的。从战前新马华文文学与中国新文学的双向关系来看，新马华文文学更多的是学习和模仿中国新文学，然而丁玲却能够在《北斗》上大力引介散发着南洋色彩的马来亚文艺，倾听来自赤道上的"被榨取者的音响"，向中国文坛推介这些反映"殖民地"人民不幸命运与反抗精神的"杰作"，这在当时中国与新马华文文学交流史上是弥足珍贵的现象。

第三节　中国无产阶级革命文学运动与缅甸、泰国、印度尼西亚华文新文学

中国无产阶级革命文学运动对缅甸、泰国和印尼华文新文学也产生了影响。1927 年大革命失败后，一些中国共产党人和左翼知识分子南下缅甸、泰国、印尼等地避难，他们在当地从事左翼政治运动及传播无产阶级革命文学思潮，并亲自参与当地的革命文学活动。另一方面，东南亚的一些华侨青年北上中国求学时，也受到中国无产阶级革命文学运动的影响，因而创作出带有新兴文学色彩的作品。

一、　中国无产阶级革命文学运动与缅甸华文新文学

1927 年大革命失败后，一批中国共产党人和进步知识分子南下缅甸，其中包括林环岛、吴怀世（吴景新）和留学中国的缅甸侨生朱碧泉等人。他们有的在当地传播中国无产阶级革命文学思潮，有的与其他缅华作者组织文学团体、创办文艺刊物，使中国革命文学在缅华文坛产生了影响。

在 1927 年的仰光，缅甸华人可以在当地报馆读到《晨报副刊》、《新青年》、《向导》、《语丝》等中国五四时期的进步报刊，还有从上海等地传播过去的有关马克思主义和共产主义的著作，如陈独秀的《社会主义 ABC》、恽代英的《工人运动》等。1927 年，汤道耕（艾芜）从中国南下缅甸，在当地参与马来亚共产党领导的缅甸共产主义小组(后改为马来亚缅甸地委)，并介绍缅华作者黄绰卿加入该组织。"缅委"的成员有吴怀世、艾芜、郭荫棠、王思科、林环岛（原上海引擎社成员）等。作为"缅委"的活动中心，缅甸中华工党（缅华总工会的前身）是店员职工成分的团体，曾出版纪念五一特刊，筹办《劳动晨报》，开展书记公会、印刷工会、苦力工会、海员工会的活动，还接办了南洋华商胡文虎创办的《缅甸新报》（其前身为《缅甸晨报》）。《缅甸新报》的编辑为中国南下文人吴怀世和王思科，艾芜与林环岛协助《缅甸新报》撰述文章，其发表的言论揭露了国民党出卖革命和屠杀民众的罪行。

1929 年，缅甸文化界人士集资出股，由吴怀世、项景秋夫妇及林环岛在仰光开设了缅甸最早的新书店——"文化促进社图书部"。书店售卖的有中国普罗文学作品、新文学论战、太阳社和创造社的刊物、神州国光社的读书杂志，以及北新书局、泰东书局出版的书籍等，为此受到缅华读者的欢迎，"给初期的缅华文化工作培植了一株新芽"。

1929 年《缅甸新报》停刊后，林环岛等人于 1930 年 10 月创办《新芽小日报》，该报的社团背景为缅华书记公会。林环岛、艾芜编辑的《新芽小日报》继续发表反对国民党和主张抗日救亡的宣传。林环岛每日在《新芽小日报》上发表一篇评论，抨击国民党勾结帝国主义屠杀中国人民的罪行，为此与代表国民党群众团体的"五三社"分子大打笔战。林环岛等人的文笔通俗易懂，并善于运用各种文学体裁和图画来击中对方的要害，缅甸的国民党分子不甘心落败，于是贿赂当地警探对林环岛等人进行政治迫害。另一方面，当时正值英殖民政府制造缅印、缅华两民族冲突事件，而《新芽小日报》则发表《缅华青年联合会为华缅械斗告华缅同胞书》，并散发英缅文油印传单，因此英殖民政府于 1930 年 11 月将林环岛、艾芜、王思科（《仰光日报》翻译）、郭荫棠（平民学校教员，正筹办《劳动日报》）4 人逮捕入狱。在拘禁期间，林环岛、艾芜等人并未停止战斗，林环岛的《入狱记》、《笼中杂感》和艾芜的《狱中杂感》、《无冠帝王赞》、《两个女人》（短剧）仍在《新芽小日报》副刊《血花》上发表。1931 年 2 月，英殖民当局将林环岛、艾芜等人遭送出境。林环岛离开缅甸后，在上海继续创办革命性刊物《南声报》和《现实周报》，后又到厦门、汕头等地担任报章编辑。郭荫棠回福建诏安原籍从事反帝大同盟工作。王思科前往闽西从事教育工作，与仰光的革命同志仍有通信联系，后在红军长征中牺牲。艾芜前往上海，在左联领导下从事文艺工作，并与缅华作者黄绰卿保持通信联系。当艾芜在上海陷入生活困境时，黄绰卿也常向缅甸华侨工人募捐，给予艾芜经济支持。

1930 年，蒋光慈的革命长篇小说《冲出云围的月亮》出版，小说描写一位革命乐观主义者李尚志在革命失败后继续深入群众中间进行活动，对革命前途抱着光明的希望；另一个对比人物是一个悲观主义者王曼英，她在革命失败后陷于悲哀失望的境地，从而走上虚无幻灭的道路，最后在李尚志的帮助下毅然投身于工人运动和群众之中。黄绰卿在缅甸华侨文化供应社买到此书后，根据艾芜关于此书的意见写成一篇《冲出云围的月亮读后》的文章，发表在缅华《兴商日报》副刊《方响》上。

1931 年 2 月，柔石、胡也频、李伟森、殷夫、冯铿等左联成员被国民党杀害。艾芜从上海寄去《文艺新闻》、《十字街头》、《北斗》、《拓荒者》、《前哨》等左翼文艺刊物给仰光的缅华作者。黄绰卿等人从《文艺新闻》上看到左联五烈士的照片，还读到殷夫在《太阳月刊》上刊登的诗句"普罗列搭利亚的前途，我们的战鼓齐鸣"。1933 年，艾芜在《文学》、《现代》刊物上发表《咆哮的许家屯》、《欧洲的风》、《南国之夜》等作品，这些作品也都流传到缅华文艺界。

在中国无产阶级革命文学运动的影响下，缅华文艺作者在朱碧泉的指导下，于 1933 年成立"椰风文艺社"，并借用《仰光日报》副刊版位出版《椰风》周刊。朱碧泉，另名乾泮，缅甸侨生，1922 年赴广州岭南大学读书，为廖承志的同学。在广州读书期间，朱碧泉积极参加学生活动，并加入当时的 C.Y.（共青团）组织。1927 年，国民党叛变革命，实行"清党"政策。同年 12 月 11 日，广州工人阶级和劳动群众在共产党领导下举行武装起义。起义失败后，朱碧泉在国民党的屠杀中逃回仰光。朱碧泉爱读鲁迅杂文，在缅华报章上发表一些讽刺旧社会和批判恶势力分子的文章。在他的影响与支持下，缅华新文艺团体椰风社得以成立。椰风社的成员中有国民党左派人士，也有马共地下党员，其 10 余人为基本队伍，后来又增加一些成员。[1] 其中有澎沱（朱碧泉）、名名（黄绰卿）、卜卜（苏宣魁）、丁丁（黄秀銮）、子与（朱乾汉）、未名、亚莹（陈月容）、孟醒、柯子（温果度）、鼓浪（王琴鹤）、珠圆、静亮（陈清亮）、寨裳、叠夫等人，

1. 林清风、张平：《东江纵队中的一位缅甸华侨女青年（下）》，见林清风、张平：《缅华社会研究》，第四辑，第 332 页，澳门：澳门缅华互助会，2007 年版。

分布在仰光、瓦城、敏建、竖磅等地。在《椰风》周刊第 2 期上，黄绰卿以笔名"名名"发表一篇《中国文坛轮廓画》，反映了中国文坛的动态，获得椰风社成员的支持。

椰风社与马来亚左翼文坛有着密切的联系，因而响应马来亚文坛的号召，开展"此时此地的文艺"运动，作品内容注重反映地方现实，以文艺为政治斗争的武器，倡导缅华文化界建立统一战线，鼓励研究缅甸文学。

在椰风社的影响与带动下，许多爱好文艺的缅华青年也创办起各种文艺社团，如"芭雨"、"十日谈"、"黎明"等社团，并在华文报章上创办文艺副刊，有《兴商日报》的《野草》和《芭雨》，《觉民日报》的《十日谈》、《黎明》和《学生半月刊》等。这些文艺团体除了从事文艺活动外，还联合起来组织缅华青年学会，从事救亡统一战线的实践斗争。

1934 年，中国左翼文坛开展大众语文运动，并推行中国文字拉丁化，进而发动救亡运动的工作。缅华文艺工作者时刻反映中国的文坛动态，紧密跟随中国左翼文学潮流，学习和研究拉丁化新文字和世界语，推行大众语文学，介绍上海进步作家作品。他们把《椰风》周刊和《卜间》旬刊的刊头画加上拉丁化拼音，写成"Jefung Zhoukan"和"Bugian Synkan"，并用拉丁化新文字通信。

1935 年 11 月，《椰风》周刊登载了黄绰卿创作的诗歌《铁匠》，被英殖民政府认定为有煽动阶级斗争的嫌疑而遭停刊。

有关中国无产阶级革命文学运动与缅华新文学的关系，还可以从艾芜与黄绰卿的联系与交往中得到进一步了解。艾芜曾于 20 世纪 30 年代的《中流》半月刊上写过一篇名为《阿黄》（"阿黄"是黄绰卿的笔名）的散文介绍黄绰卿的出身和诗歌，其中引述了黄绰卿创作的一首诗歌《江上》：

> 在舢板上啊，老大哥，
>
> 我们挨着肩头并坐，
>
> 划开了逆江的江波。
>
> 你唱着马来亚的情歌，
>
> 我吹着峇尔玛的口哨，相和。

在船舱底啊，老大哥，

那里热得像蚂蚁上锅。

吃苦的不单是我们几个，

在茫茫的洋海里过活，

还有我们的工友许多。

生命值得什么！

明天是赤道上经过，

又在浪潮里消磨。

向弟兄们报个讯息啊，

我们正空着肚皮挨饿！

故乡是南中国的荒岛，

归去荷起生锈的铁锄，

再去干他妈的一伙！

旧世界正焚烧着，

我们的生命，就是一把火。

黄绰卿于 1930 年担任"缅委"与马来亚共产党联系的交通员，负责海员工作，对海员的生活有所了解。这首诗歌反映了东南亚华人海员艰辛的生活以及他们对旧世界的反抗情绪，这与中国无产阶级革命文学强调"同情"与"反抗"的文学主张是一致的，由此可见中国革命文学对缅华文学的深刻影响。[1]

1. 本部分"中国无产阶级革命文学运动与缅甸华文新文学"除已注明的资料出处外，另外参见黄绰卿：《战前华侨书店业》、《缅华的反修正主义——怀林环岛、邱筱儒二兄》、《大革命时期前后》、《缅华爱国运动先驱——林环岛同志的战斗一生》、《缅甸文艺运动》、《钢笔文章笃友情》、《革命的乐观主义者——怀念王思科兄》、《缅华爱国运动的支流》、《青年时代的战斗友谊——回忆朱碧泉兄》、《不做空头文学家——缅华文坛的一件旧事》、《海员和"江上"生活》，艾芜：《华侨诗人翻译家黄绰卿》，郑祥鹏：《黄绰卿传略》，分别见郑祥鹏《黄绰卿诗文选》，第 237—239 页，第 398—400 页，第 231—233 页，第 465—468 页，第 261—263 页，第 234—236 页，第 419—421 页，第 366—368 页，第 401—403 页，第 476—478 页，第 255—257 页，第 765—784 页，北京：中国华侨出版社，1990 年版。

二、　中国无产阶级革命文学运动与泰国华文新文学

泰国华文新文学渊源于中国五四新文化运动的影响，但其发展壮大则与大革命失败后大批中国知识分子南下泰国避难有很大关系。

1927 年"四一二"政变后，国民党进行"清党"，潮汕地区的一些中国共产党人和左翼知识分子流亡到泰国，随后在当地兴办学校、编辑报刊，并传播中国五四新文学和无产阶级革命文学，促进了泰华新文学的成长。

抗日战争全面爆发后，由于中国政局动荡，又有许多中国文化人南下泰国从事文教工作，进一步推进了泰华文艺的发展。当时泰国华文教育和报业蓬勃发展，华文学校的校刊、学生壁报均刊载文学作品，华文日报的文艺副刊都拥有青年作者，同时也有培养青少年习作的学生园地专栏，一时写作风气遍及华社各阶层，泰华新文艺也趋向茁壮成长。[1]

1. 参见陈春陆、[泰]陈小民编写，[泰]陈陆留校阅：《泰国华文文学史料（上）》，载《华文文学》，1988 年第 2 期。

在此期间，泰华文坛还引进介绍了上海"左联"、"普罗列塔利亚文学联盟"以及艾思奇、鲁迅、巴金等左翼进步作家的哲学或文学作品。[2]

2. 陈贤茂主编：《海外华文文学史》，第 2 卷，第 314 页，厦门：鹭江出版社，1999 年版。

此外应该提及的是中国革命作家洪灵菲与泰国的关系。洪灵菲 (1902—1933?)，原名洪伦修，广东潮安人。1927 年大革命失败后，从广东南下香港、新加坡、泰国等地避难。在泰国流亡期间，洪灵菲寄居在一家同乡开办的商店里，每日闲来无事时就在湄南河上弄舟漂流，同时关注中国的革命局势。1927 年南昌起义后，洪灵菲与另一位流亡泰国的中国革命作家戴平万一起回国，在上海组织"我们社"，创办《我们》月刊，积极从事无产阶级革命文学活动。洪灵菲于 1928—1929 年创作的带有自传色彩的革命小说《流亡》、《在木筏上》与作者在泰国的流亡生涯有关。《流亡》主要描写主人公沈之菲在大革命失败后辗转于香港、新加坡、暹罗（泰国）等地的流亡经历，揭露了国民党屠杀共产党人的白色恐怖，批判了香港和南洋乌烟瘴气、利欲熏心的资本主义社会，同时表现出作者对世界上被压迫与被剥削的弱小民族的深切同情，以及作者坚定的无产阶级革命信念。《流亡》与《在木筏上》描述了洪灵菲流亡泰国时的见闻和感受，其中有湄南河美丽的热带风光，在泰国漂泊的华人移民黑米叔、亚木、妹子等工农形象。作者一方面同情泰国华人的苦难命运，另一方面则展现出他们勇敢乐观的生活态度。可以说，洪灵菲在泰国等地的流亡生活，为他后来创作的革命文学作品积累了重要的生活素材，由此拓展了中国无产阶级革命文学的题材和内容。

三、　中国无产阶级革命文学运动与印尼华文新文学

从 20 世纪 20 年代后半期开始，中国文坛中心从北京南移至上海，中国革命作家也相对集中于上海，上海由此成为中国无产阶级革命文学运动的重镇。

当时在上海暨南大学读书的印尼华侨学生郑吐飞于 1928—1929 年在《秋野》月刊上发表了《橡园之玫瑰》、《你往何处去》、《禁食节》这类同情东南亚底层人民不幸命运的小说。《橡园之玫瑰》[1] 写一位 19 岁的中国青年益生被作为猪仔诱骗到印尼苏门答腊岛上荷兰人经营的橡

1. 郑吐飞：《橡园之玫瑰》，载《秋野》，1928 年第 2 卷第 2 期。

胶园中出卖苦力。在做苦工和受鞭打的苦难生活中，益生爱上了工头夫生的情妇罗丝 (Rose，"玫瑰"之意)。然而罗丝对益生只有金钱方面的兴趣，而益生微薄的工薪无法满足罗丝的贪婪欲求，益生最终在绝望中上吊自杀。《你往何处去》[2] 写广东汕头的中年农民阿福因生活所迫而被诱

2. 郑吐飞：《你往何处去》，载《秋野》，1928 年第 2 卷第 3 期。

骗到苏门答腊岛的烟园做苦力。在荷兰园主和工头的剥削压迫下，阿福无法承受非人的苦力生活而私自出逃，却被工头抓回毒打一顿后活活掩埋。《橡园之玫瑰》与《你往何处去》揭露了荷兰殖民者勾结闽粤官匪诱骗中国人卖身到印尼充当苦力的罪行，以及种植园工头对中国劳工令人发指的虐待和管理方式，这与无产阶级革命文学强调"同情"受压迫者的文学主张相一致。《禁食节》[3] 还把同情与悲悯的对象扩大到东南亚其他受压迫的弱小民族，小说描述印尼土著

3. 郑吐飞：《禁食节》，载《秋野》，1929 年第 3 卷第 1 期。

民族莫哈默德阿里一家的苦难生活：泥水匠阿里在工作时摔断了腿，一家人无米下炊，妻子西里只得哄骗两个嗷嗷待哺的儿子，说今天是伊斯兰教的禁食节。

此外，在 20 世纪 30 年代中期的印尼，当地华校爱好文艺的青年学生及文化界知识分子也可以阅读到从地下渠道引进的中国左联刊物《拓荒者》等，以及左翼作家鲁迅、茅盾、巴金等人的作品，而中国革命文学的传播也促进了印尼当地青年的文学创作。[4]

4. 参见黑婴：《漂流异国的女性》，第 21 页，第 25 页，哈尔滨：黑龙江人民出版社，1983 年版。

第六章　　中国抗战文艺运动与东南亚抗战救亡文学

　　1937 年抗日战争全面爆发，中国进入全面抗战阶段，文艺界人士也联合起来，投入抗战救亡运动，以手中的笔为武器，在文艺领域展开抗战文艺运动。

　　在中华民族面临生死存亡的危机时刻，东南亚华人的爱国热情急剧腾涨，东南亚文艺界人士在爱国热情的激发以及中国抗战文艺运动的影响下，以"纸弹配合子弹"，以文学作为抗战救亡的宣传工具，由此掀起东南亚抗战救亡文学的高潮。

第一节　中国抗战文艺运动在东南亚的传播

中日战争全面爆发后，中国文艺界以文艺为抗战宣传工具和救亡武器，积极开展抗战文艺运动。随着中国与东南亚的文艺交流及中国作者的大量南渡，中国抗战文艺运动也传播到东南亚。

一、　中国抗战文艺运动的兴起

1937 年的卢沟桥事变，使中国进入全面抵抗日本侵略的八年抗战时期。事实上，日本军国主义的侵华暴行由来已久，从 1894 年的中日甲午海战，1915 年旨在灭亡中国的"廿一条"，1925 年的上海"五卅"惨案，1928 年的济南"五三"惨案，1931 年的东北"九一八"事变，1932 年的上海"一·二八"事变，1935 年的华北事变等，到 1937 年的"七七"事变，日本侵华的脚步越来越快，企图灭亡中华民族的野心也昭然若揭。

面对日益严重的民族危机，1935 年 8 月，中国共产党向全国发出停止内战，建立抗日民族统一战线的号召（通称"八一宣言"）。1935 年 12 月，中国文化界 275 人发表《上海文化界救国运动宣言》，并成立"上海文化界救国会"。1936 年 1 月，欧阳予倩、蔡楚生等发起成立"上海电影界救国会"。为了适应抗日救亡的新形势，文学艺术界提出"国防文学"的口号，各文艺部门也相继提出"国防戏剧"、"国防诗歌"、"国防音乐"等口号，号召爱国作家们一起创作抗日救亡的文艺作品。此后批评一切不利于抗日的思想言论，揭露日寇暴行、歌颂中国人民抗日情绪和行为的文艺作品大量涌现，救亡戏剧活动、救亡歌咏运动也如火如荼地展开，由此形成一个国防文学运动的高潮。

"七七"事变后，中国文艺界兴起以宣传民族救亡和抗击侵略为中心内容的抗战文艺运动，许多文艺工作者纷纷投入抗战救亡的实际工作或文艺运动中，各种文艺抗战团体也相继涌现。1937 年 7 月，"上海文艺界救亡协会"成立，蔡元培、潘公展、胡愈之等 83 人任理事，并创办机关刊物《救亡日报》，郭沫若和夏衍分别担任社长和总编辑。此外，文艺抗战团体还有"中华全国戏剧界抗敌协会"、"中华全国电影界抗敌协会",以及中共领导下的"特区文艺界救亡协会"、"陕甘宁边区文化界抗日救亡协会"等。

为了建立文化界的抗日统一战线,以全面领导各方面的文艺工作者进行抗战救亡工作,全国性的抗战文艺团体"中华全国文艺界抗敌协会"(简称"文协")于 1938 年 3 月 27 日在武汉成立,并选出郭沫若、茅盾、冯乃超、夏衍、胡风、丁玲、许地山、老舍、郁达夫等 45 人为理事。理事会推举老舍为总务部主任,主持"文协"日常工作。"文协"在全国组织了数十个分会及通讯处,并提出"文章入伍、文章下乡"的口号,还组织作家战地访问团,创办会刊《抗战文艺》等。"文协"的成立,促进了全国文艺工作者的团结,也极大地推动了抗战文艺运动的发展。

在"文协"成立的同时,郭沫若主持的国民政府军事委员会政治部第三厅(简称"第三厅")也在武汉建立。这是一个主要由进步文艺工作者组成的文艺机构,其组织的演剧队在全国各地和东南亚一带巡演,在抗战文艺宣传中发挥了积极作用。

随着中国抗战文艺运动的开展,许多反映中国人民抗战救亡的文艺作品相继涌现出来。诗歌方面有郭沫若的《战声》集,田间的《义勇军》和《给战斗者》,臧克家的《我们要抗战》,艾青的《他起来了》、《吹号者》,鲁藜的《同志的枪》等,其中田间的诗歌以鼓点式的节奏和雄壮的声势表达了强烈的抗战激情,如《给战斗者》中的诗句:"人民! 人民! / 高高地举起 / 我们 / 被火烤的 / 被暴风雨淋的 / 被鞭子抽打的 / 劳动者的双手 / 斗争吧! / 在斗争里,/ 胜利 / 或者死 // 在诗篇上,/ 战士底坟场,/ 会比奴隶底国家 / 要温暖,/ 要明亮。"小说方面有丘东平的《第七连》、《一个连长的战斗遭遇》,端木蕻良的《螺蛳谷》,姚雪垠的《差半车麦秸》,萧乾的《刘粹刚之死》,丁玲的《我在霞村的时候》等,其中丘东平的《第七连》、《一个连长的战斗遭遇》描绘了淞沪抗战期间爱国军民奋勇杀敌的悲壮场面,展示了中华儿女保家卫国的民族精神。戏剧方面有夏衍、于伶等集体创作的《保卫卢沟桥》,田汉的《卢沟桥》,夏衍的《法西斯细菌》,于伶的《夜上海》等,其中夏衍的《法西斯细菌》描述了一位潜心研究细菌学的科学家从不问政治到走上反法西斯斗争行列的过程,展现了中国人民反侵略的精神。报告文学方面有丘东平的《我们在那里打了败战》,骆宾基的《救护车里的血》,碧野的《太行山边》和《北方的原野》等。

　　为了更好地宣传抗战和动员群众，抗战文艺运动十分重视文艺的通俗化与大众化问题。"文协"发出征求通俗文学 100 种的号召，大力推动通俗文学的创作，作家们也利用各种传统文艺形式和民间艺术形式来反映抗战内容，如章回小说、评书、快板、大鼓、小调、山歌等，即所谓"以旧瓶装新酒"，其中如张天翼等人集体创作的章回体小说《卢沟桥演义》，田汉采用地方戏曲形式创作的皮簧戏《新雁门关》，以及老舍利用数来宝、河南坠子等民间文艺形式创作的通俗文艺作品集《三四一》等。另一方面，文艺工作者也组织演剧队和抗宣队深入农村和军队，并创作了许多小型和短篇的文艺作品，如短篇小说、报告、通讯、活报剧、街头剧、墙头诗、墙头小说、街头诗等，其中如街头剧《放下你的鞭子》，骆宾基的报告文学《救护车里的血》，碧野的报告文学集《太行山边》和《北方的原野》，萧乾的通讯集《见闻》等。文艺作品的通俗化和小型化，使抗战文艺具有通俗短小、生动活泼、快速高效，以及贴近草根民众的特点，在宣传抗战、动员民众方面发挥了显著的作用，也能够满足文化程度较低的群众对文艺反映抗战的迫切要求，如被称为"好一记鞭子"的三个短剧《三江好》、《最后一计》、《放下你的鞭子》在当时风行一时，深受观众的喜爱和欢迎。不过，抗战文艺在追求通俗化和小型化的过程中，也存在表现形式粗糙浅陋、内容公式化和概念化等非艺术化倾向。

二、　中国抗战文艺运动在东南亚的传播

　　根据《南洋年鉴》统计，1931 年的马来亚华侨人口中，第一代移民占 71.9%，新加坡则占 64.6%。[1] 这些生长于中国而后南下新马的华人移民与家乡、祖国有着不可分割的联系，"他们

> 1. [新] 傅无闷主编：《南洋年鉴》（丙），第 29—30 页，新加坡：南洋商报，1939 年版。

很自然地特别关注祖国的命运，注视祖国所发生的一切"，因为"亲人的饱暖使他们系念担忧，家乡的安危与他们息息相关，民族的兴亡与他们利害一致"。[2] 学者们在论述东南亚华人的国

> 2. 吴凤斌主编：《东南亚华侨通史》，第 689 页，福州：福建人民出版社，1994 年版。

家认同时，大都认为中日战争时期是当地华人爱国观念非常强烈、中国意识受到巨大激发的时期。[3] 正如有的学者所分析的那样，当时的海外华人"身在海外，心在汉阙，一旦累积了足够

> 3. 参见 [澳] 王赓武：《再论海外华人的身份认同》，见 [新] 李焯然主编：《汉学纵横》，第 60—61 页，香港：商务印书馆，2002 年版；[新] 杨松年：

的财富，便落叶归根，衣锦还乡。这种移民的心理，促进了他们爱国爱乡的观念，希望为祖国

> 《本地意识与新马华文文学——1949 年以前新马华文文学分期刍议》，见 [新] 杨松年：《新马华文文学论集》，第 13 页，新加坡：南洋商报，1982 年版。

的繁荣与进步，作出一份贡献。因此，当祖国遭到外来侵略，面临存亡之际，他们的爱国意识，

便化为沛然莫之能御的力量，为祖国的存亡而奋斗"[1]。

1. ［马］林水檺、［马］骆静山：《马来西亚华人史》，第 63 页，吉隆坡：马来西亚留台同学会联合总会，1984 年版。

　　早在 1937 年的"七七"事变之前，东南亚华人已经感受到中华民族日益加深的危机，并积极组织各种爱国反日活动，如缅甸华侨于 1931 年 9 月在仰光成立"反日救国总会"，1935 年成立"缅华各界救亡联合会"，菲律宾华文文艺界于 1936 年在马尼拉成立"文化界抗日救亡协会"等。中日战争全面爆发后，东南亚华人更加关注祖国和民族的生死存亡，他们将个人命运与中国紧密联系在一起。当时的东南亚华文作者大多数为第一代中国移民，而华人知识分子传统的忧患意识，也使他们在祖国遭受日军铁蹄蹂躏时，更加担忧故国的存亡与民族的命运。在中国抗战救亡运动与抗战文艺运动的影响下，他们纷纷表示要以文学宣传配合中国的抗战救亡运动，如新马作者谭庭裕在《抗战时期南洋文艺运动》中道：

　　　　南洋的侨胞虽然受不到"飞机大炮的轰炸"，然而他们与中国的存亡，实有不可

　　分离的关系，所以南洋的华侨也要同样地去争取民族的自由独立解放。南洋的文运，

　　不用说也要配合着中国的抗战去发展的。[2]

2. 谭庭裕：《抗战时期南洋文艺运动》，载新加坡《南洋周刊》，1938 年第 9 期。

另一位新马作者高扬在《"九一八"以来的诗歌》[3] 中也认为"南洋的诗歌"是"中国诗歌运

3. 高扬：《"九一八"以来的诗歌》，载新加坡《南洋周刊》，1938 年第 11 期。

动的一环"，"应当把诗歌运动更推进一步，担起民族解放中所应负的伟大的任务"。

　　伴随着中国与东南亚两地作者的往来、文化传媒的交流、报刊书籍的输入等，中国抗战文艺运动也传播到东南亚，其内容和形式也被东南亚华文文坛所广泛接受。中国南下作者叶尼在《论战时文艺》[4] 中指出，战时的文艺必须成为一种救亡武器，必须配合着目前抗战的形势，

4. 叶尼：《论战时文艺》，载新加坡《星中日报·新年特刊》，1938 年 1 月 1 日。

完成宣传和鼓动的任务，使救亡的意识像铁一样地生长在每一个人的心中。他引用王统照和辛克莱的话说：

　　　　王统照在《抗战中的文艺运动》一文中曾说："文艺从原始以来就少不了宣传性——

　　无论是自我的宣传还是集团的宣传，现在，我们应切实周密地藉文艺的工具，达到热

　　烈宣传的目的。"辛克莱也曾说过"一切艺术是宣传"的话。（语见《拜金艺术》一

　　书——原注）所以我们并非使艺术卑俗化，而是在抗战中，明显地发挥了文艺的力量。

另一位中国南下作者金丁在《抗战文艺讲座》[5] 中也提到抗战文艺的形式包含"旧诗"、"骈

5. 金丁：《抗战文艺讲座》，载新加坡《南洋商报》副刊《狮声》，1939 年 1 月 26 日至 5 月 20 日。

体文"、"鼓词"、"墙头小说"、"速写"、"通讯"、"诗歌"、"杂文"等新旧形式。

他说：

　　抗战文艺的形式，在抗战文学运动的初期，以抗战为前提，我们应当运用而且必须运用文艺上的一切形式，我们并不绝对地排斥旧诗、骈体文或鼓词等等旧形式。……因此墙头小说、速写、通讯、诗歌、杂文，成为抗战文艺的主要形式，也是抗战文艺的最合适的形式。

新加坡《总汇新报》副刊《世纪风》的编者郑卓群（铁抗）也提及"文协"正在为"教育士兵"而计划着印刷多量的士兵通俗读物[1]，而谭庭裕对南洋文艺运动成绩的展示，正好说明中国抗

1. 郑卓群：《文章义卖·献给本风文友》，载新加坡《总汇新报》副刊《世纪风》，1939 年 7 月 22 日。

战文艺传播到东南亚后产生的深刻影响：

　　回忆"七七"卢沟桥事变以后，南洋的文艺运动，的确是能够跟着中国民族自由解放的抗战，做其救亡工作，在各报的副刊上，常发现许多短小精悍的"诗歌"、"速写"和"报告"之类的抗战文学，尤其是"救亡戏剧"来得更热烈，如《父与子》、《在病室里》、《为国牺牲》、《怒涛》、《罪犯》等剧本的产生，这是抗战以来，南洋的文艺界的"伟大收获"。至于理论方面，也很能抓住问题的核心。像关于"马华救亡统一战线"的问题，各报都有讨论过……和各报的对文艺利用"旧形式"和"诗歌朗诵"……的注意，确是南洋文运很好的成绩。[2]

2. 谭庭裕：《抗战时期南洋文艺运动》，载新加坡《南洋周刊》，1938 年第 9 期。

　　在中国抗战救亡运动及抗战文艺运动的传播和影响下，东南亚华人社会也掀起支援中国抗战救亡的热潮，当地华文文坛的抗战救亡文艺也得到蓬勃的发展。

第二节　中国抗战文艺运动与新加坡、马来西亚抗战救亡文学

　　在中国抗战文艺运动的影响下，新马文艺界于 1937—1942 年间掀起轰轰烈烈的抗战救亡运动。对于"抗战文学"在新马文坛提倡的缘起，方修在《马华新文学大系·理论批评二集》的《导言》中指出：

　　在中国，抗战文艺的口号，早在一九三六年底至三七年初时候就已提出。这似乎是前此发生争论的"国防文学"和"民族革命战争的大众文学"两个口号的一种折衷。

　　但在马华文坛，抗战文艺这名词却是在七七抗战发生后才出现，而于一九三八年初正

式提出。在这以前，一般上还是使用"国防文学"等两个旧口号。然而马华抗战文艺

运动也可以说是一九三七年初就已经发轫了。因为实际上由一九三七年初起，抗战文

艺的精神就已经统摄了整个的文学创作活动。[1]

1. [新] 方修：《导言》，见 [新] 方修：《马华新文学大系·理论批评二集》，第 1—2 页，新加坡：世界书局，1971 年版。

综观新马抗战救亡文学的理论建设、运动形式、创作活动等方面，都能见出中国抗战文艺

运动的深刻影响。

一、　中国抗战文艺运动对新马抗战救亡文学理论和运动形式的影响

　　在新马抗战救亡文学运动中，新马文艺工作者十分重视文艺的宣传和教育作用，他们围绕

着如何使文艺更好地为抗战救亡服务而深入探讨各种文学课题，如抗战文学理论、文学的通俗

化与大众化、文艺通讯运动等，而这些文学理论又与中国抗战文艺运动和其他文艺理论的影响

分不开。

（一）　新马抗战文学理论的探讨

抗战文学在新马文艺界提出后，关于抗战文学的作用、主题、内容和形式等也获得热烈讨论。

1. 抗战文学的作用

新马文艺界一般上认为文艺是宣传工具和救亡武器，可以教育民众并激发他们的爱国热情。

絮絮在《论文艺通俗化问题》[2]中表示，文学可以灌输人民的国家观念和民族意识，以便唤起

2. 絮絮：《论文艺通俗化问题》，载新加坡《南洋商报》副刊《狮声》，1939 年 11 月 35 日。

他们同仇敌忾的激情。更生在《文学问题漫谈救亡运动》[3]中也指出，文学应该配合救亡运动

3. 更生：《文学问题漫谈救亡运动》，载新加坡《星洲日报》副刊《晨星》，1937 年 8 月 9 日。

的步伐，用各种各样的内容和形式来揭穿敌人的阴谋，暴露敌人的残酷，以提高人民的激情，

激发士兵为国牺牲的精神。另一位作者丘康在《七七抗战后的马华文坛》中认为，抗战文学作

者应负起"时代喇叭手"的责任：

　　文艺作者虽然事实上应该是站在时代前头的喇叭手，但他们绝不以前头的岗位，

脱离广大的群众，恰恰相反，他们的工作，却是教育群众领导群众的责任。[4]

4. 丘康：《七七抗战后的马华文坛》，载新加坡《星洲日报·新年特刊》，1939 年 1 月 1 日。

2. 抗战文学的主题与内容

新马作者认为抗战文学应该全面反映中国与新马人民的抗战救亡运动，既要描写前线的英勇战斗，也要表彰后方的大力支助；既要反映中国的抗战运动，也要歌颂新马人民踊跃输将的感人事迹。一息在《文艺的现实性》中表示，抗战文学应全面反映前方与后方的抗战事迹，他说：

> 我们的抗战，绝不是描写抗战的一面，而是要写抗战的全面。前方有抗战英勇的
> 将士，后方有热烈输将的民众；前线有执枪卫国、壮烈牺牲的民族烈士，后方有荷锄
> 耕种、凿石开路、加强战时生产、建筑国际援助通路的工农大众。[1]

1. 一息：《文艺的现实性》，载新加坡《总汇新报》副刊《世纪风》，1939 年 7 月 26 日。

丁倩和张楚琨还强调抗战文学应注重南洋抗战救亡的现实题材。此外，张曙生、絮絮、叶尼等人还将反侵略与反封建精神结合在一起，认为南洋华人还存在浓厚的封建思想意识，不利于抗战救亡运动的开展与进行，因此必须推行反封建任务。

3. 抗战文学的形式

新马文艺界也主张不排斥旧诗、骈体文、鼓词等旧形式，同时认为"墙头小说、速写、通讯、诗歌、杂文"可以成为抗战文艺的"主要形式"及"最适合的形式"。[2] 如新加坡《星中日报》

2. 金丁：《抗战文艺讲座》，载新加坡《南洋商报》副刊《狮声》，1938 年 1 月 26 日—5 月 20 日。

副刊《星火》的编排内容，即体现出中国抗战文艺运动的影响：

> （一）　短评：以短小精悍的手法，针对着目前抗战形势或救亡运动动态，写出我们应该有的认识及态度。
>
> （二）　专论：详细地分析国际政治、祖国抗战，以及当地救亡文化运动，并加以指示。
>
> （三）　讲座：阐明并建立各种救亡文化运动的理论。
>
> （四）　介绍与批评：介绍并批评各种刊物及作品。
>
> （五）　短篇小说：一切以救亡为主题的短篇小说。
>
> （六）　抗战故事：从现实的题材（如前线英勇将士的事实），写成故事。
>
> （七）　报告文学：这里包括了素描、速写、访问记等一切救亡实况，以文艺笔法写出的报告。
>
> （八）　剧本：能够上演的剧本。
>
> （九）　诗歌：要大众化，大家懂，有诗意。

（十）　杂文：其他一切不属于上列各项而有力的作品。

（十一）　文化动态：提示国际、国内、马来亚各地的文化运动情报。

（十二）　写作研究室：研究写作技术，形式不拘。

（十三）　漫画、木刻、连环画，以图象来教育更广大的群众。……[1]

1. 叶尼：《一九三八年的〈星火〉》，载新加坡《星中日报》副刊《星火》，1938 年 1 月 8 日。

上述副刊配备的短评、短篇小说、抗战故事、报告文学（素描、速写、访问记等）、诗歌、剧本、杂文以及漫画、木刻、连环画等，基本上都是中国抗战文艺运动提倡的表现形式。

（二）　文学的通俗化运动

新马抗战文学的通俗化运动是为使抗战文学深入民间而由抗战文学派生出来的一种文学运动，也是新马抗战救亡时期一个声势浩大的文艺运动。方修在谈到这个文学运动时道：

南洋文学通俗化运动，一称通俗文学运动，滥觞于一九三七年初，常常成为各报刊所讨论的课题。到了一九三八年十一月间，乃由《狮声》副刊正式发难，在该刊及其姊妹刊物如《南洋文艺》《今日文学》等推出了大量通俗化作品，包括山歌、民谣、鼓词、街头剧、墙头小说、章回小说等；还召开了十多次写作人座谈会，深入探讨通俗化作品的创作问题。此外又成立了新加坡文学通俗化运动委员会，制定运动纲要、工作方案，包括编印丛书、改写旧读物等。这运动当时也获得联邦各地（指马来亚——引者注）的热烈响应，其规模的庞大，气象的宏壮，几乎无以复加。许多作者受到巨大的鼓舞，也创作出不少优秀的作品；陈南的《金叶琼思君》，黄嫩云的《良姆教子》，都是当时的名篇。[2]

2.［新］方修：《导言》，见［新］方修：《马华新文学大系·理论批评二集》，第 4 页，新加坡：世界书局，1971 年版。

新马抗战文学的通俗化运动与中国抗战文艺运动的影响有关。在新马文艺界举办的"'什么是新形式'座谈会"上，座谈会的主办者引用了茅盾和楼适夷主编的《文艺阵地》第 4 期上周扬和茅盾关于文艺通俗化和大众化的意见，如周扬批评中国作家大都习惯于欧化的知识分子的文字，从没有把教育广大落后群众当作自己的责任，没有认真地研究过中国文学中"旧有的"、"民间的"、"在群众中间根深蒂固的东西"，以及茅盾认为"大众化"是当前最大的责任，要完成大众化就不能不"利用旧形式"等论述[3]，这说明新马文艺界正在追随着中国抗战文艺

3. 陈南、文通记录：《"什么是新形式"座谈会》，见［新］方修：《马华新文学大系·理论批评二集》，第 165—166 页，新加坡：世界书局，1971 年版。

运动的方向。

新马文艺界一般认为文学的通俗化应从这几个方面入手，即内容与选材的大众化、旧形式的利用与新形式的创造、语言的大众化，而且认为选材与内容的通俗化应与南洋的地方性相结合，而在利用章回小说、旧诗、民歌小调、大鼓等旧形式时，也应注意吸取优点，摒弃缺点，在运用报告文学、速写、文艺通讯、街头剧、活报、墙头小说等新形式时，也应注意各种形式的表现特点。

关于语言的大众化问题，鉴于新马华人大多来自福建和广东两省，许多人不谙"国语"（即民国时期的普通话），张楚琨、叶尼等人主张采用大众最熟悉的闽粤等方言进行创作，认为这样才能使通俗文学真正大众化。金丁则认为应采用拉丁化文字，这样既可以消灭文盲，又可以造就新作者，而且是使抗战文艺广泛深入群众的一种有力工具。为此张楚琨还在其主持的《南洋商报》副刊《狮声》每月推出一期拉丁化的"新文字专页"，共刊出 10 余期。

（三）　文艺通讯运动

新马文艺通讯运动是从抗战文学派生出来的另一个文艺运动，也是抗战时期新马文艺界轰轰烈烈的文艺运动，主要由中国南下作者铁抗开展和推动起来。

新马文艺通讯运动深受 20 世纪 30 年代初中国左联开展的"文艺通讯员运动"的影响。当时左联为了提高大众文化水平，将报告文学与"文艺通讯员运动"相结合。文艺通讯作者除文艺专业工作者外，还有店员、工人、学生、各种劳动者以及部分农村知识分子，为此通讯报告的题材扩大至中国各个角落。[1] 东北"九一八"事变与上海"一·二八"事变发生后，

<small>1. 参见王瑶：《中国新文学史稿》，第 336 页，上海：上海文艺出版社，1982 年版。</small>

曾形成初次的报告文学热潮。1932 年，阿英编撰的《上海事变与报告文学》对刚刚发生的"一·二八"事变作了及时反映。1936 年，茅盾主编的《中国的一日》以 1936 年 5 月 21 日这一天发生在全国的事件为题，从征求的 3 000 多篇稿件中选编出 500 篇文章，出版成一册 80 万字的大型报告文学集，广泛反映了这一日中国各地的生活风貌。这也是对群众性通讯报告写作的一次检阅。[2]

<small>2. 参见朱栋霖、丁帆、朱晓进主编：《中国现代文学史：1917—1997》，上册，第 253 页，北京：高等教育出版社，1999 年版。</small>

在中国"文艺通讯员运动"的影响下，铁抗认为抗战文艺通讯运动能使马来亚活生生的现实获得迅速而广大的反映，使新马文艺更能发挥反映和推动现实的作用，并能够培养新马文艺新干部。

新马文艺通讯运动与其他文艺运动显著不同之处在于它有具体的组织形式。"马来亚文艺通讯员的组织大纲"中的"通讯员组织系统"包括文艺通讯总站、分站、支站和通讯员，其中总站设于新加坡，支站散布于农村、城市、学校、工厂、交通线等，而各级站内设有组织、指导、编辑和服务四股。铁抗甚至表示准备将马来亚文艺通讯运动扩展开来，与香港、桂林、重庆的文艺通讯站取得联络。[1]

1. 铁抗：《我们的话》，载新加坡《总汇新报》副刊《世纪风》，1939 年 11 月 8 日。

在铁抗的倡导和推动下，新马文艺通讯运动如火如荼地展开，几乎遍及整个英属马来亚，并且产生了一些优秀的文艺通讯作品。不过由于罗致干部人才的困难、环境的限制、帮派的分歧以及作者的不团结等因素，文艺通讯运动虽然在刚开展时反应热烈，却无法长期维持下去，1941 年中以后，这一轰轰烈烈的文艺运动就渐渐销声匿迹了。

二、　中国抗战文艺运动对新马抗战救亡文学创作的影响

在抗战爱国热情的激发以及中国抗战文艺运动的影响下，新马华文文坛掀起抗战救亡文学的创作热潮。新马作者以手中的笔为武器，以"纸弹配合子弹"，全面描绘了中国和新马两地人民保家卫国、抗敌御侮的动人场面，形象地展现出这时期波澜壮阔的时代风云和社会画卷，促进了新马抗战救亡文学的蓬勃发展。

（一）　抗战救亡的创作主题

中国的抗战文艺运动是以宣传民族救亡、抗击侵略为中心内容的文艺运动，新马抗战救亡文学也是围绕抗战救亡的创作主题，多方面地展现中国人民反侵略战争和新马华人支援祖国抗战的运动。

1. 关怀日军铁蹄蹂躏下受难的祖国人民

中日战争时期的一些南下作者亲身经历或耳闻目睹过侵华日军的暴行，即使是未曾经历过沦陷苦难与战火洗礼的新马作者，也能感受到祖国人民所承受的战争苦难。他们以文艺创作来控诉日本侵略者在中国犯下的滔天罪行，传达出中国人民在日军铁蹄下的辗转呻吟之声。

2. 白获：《祭之辞》，载新加坡《南洋商报》副刊《狮声》，1939 年 10 月 21 日。

白获的诗歌《祭之辞》[2] 揭露卢沟桥事变后日军在中国欠下的血债："古都旗子，/卢沟月下，

/ 翻开血帐一页。/ 抽肠，剐骨，/ 茹毛，饮血，/ 把骷髅当酒杯。"诗人发出悲愤的控诉："谁践踏我们祖先的庐墓，/ 谁杀害我们的父母弟妹？"蓬青在诗歌《热风》[1] 中揭露日军对华夏子

孙施予的暴行："一颗罪恶的枪弹 / 射过万千千人的胸膛，/ 血心，/ 穿上的火的衣，/ 闪耀着 / 光和热，/ 回响，/ 反抗，挣开去，/ 枪弹在每一个人的 / 身上跳。"在敌人的血腥屠杀下，"中原，我们的母亲 / 被羁绊在 / 黑色的刑槽前，/ 吮吸着炮火的器官 / 生死，/ 死生……"日军的侵略战争，给中国人民带来空前的灾难。在战火摧残下，华夏大地生灵涂炭，哀鸿遍野，沦陷区人民遭受到前所未有的肉体与精神伤害。

铁抗的中篇小说《试炼时代》[2] 以 1937 年日军攻陷北平，占领华北地区，继而进军江浙沪

2. 铁抗：《试炼时代》，载新加坡《星洲日报》副刊《晨星》，1938 年 8 月 26 日至 11 月 1 日。

为时代背景，叙述青年知识分子张健一家流离失所、家破人亡的悲惨遭遇，控诉了日本侵略者在中国土地上灭绝人性的兽行。小说中的张健自小丧父，在族叔张川的百般呵护下过着优裕的生活，但是当侵略者的魔爪伸到他的家乡时，他们一家就遭到残酷的厄运：族叔为保护女儿死于为虎作伥的朝鲜人枪下，张川的妻子和两个女儿被日军奸杀，张健只好带着年迈的母亲和怀孕的妻子仓皇逃命。逃难途中，刚生下的儿子不得不遗弃在半路上，母亲也在敌机的轰炸中丧生……小说展现了日军铁蹄下沦陷区人民生灵涂炭的惨痛景象。

新马作者面对狼烟四起的祖国和在战火下辗转呻吟的同胞骨肉，无不感到深深的痛苦，他们对灾难深重的祖国人民寄予了深切的关怀。女诗人莹姿在诗歌《窗》[3] 中抒发了深深的忧

3. 莹姿：《窗》，载新加坡《南洋商报》副刊《狮声》，1938 年 10 月 15 日。

国之思："望故国，/ 烽烟弥漫，/ 拼将血肉斗豺狼。/ 远水连天，/ 云山渺茫，/ 离愁十万一身担。"他们在关怀祖国命运时，对祖国人民摆脱侵略者的奴役充满了信心。刘思在《夜读普式庚诗》[4] 中写道："去国万里 / 蒙尘的琴声早已无声 / 今夜 / 我却以稀有的虔诚来歌颂祖国的战

4. 刘思：《夜读普式庚诗》，载新加坡《星洲日报》副刊《晨星》，1941 年 1 月 25 日。

争。"诗人预示道："战争战争 / 旧的中原在战争中死灭 / 战争战争 / 新的中原在战争中苗生 / 鲜明的旗帜 / 遮去世纪的阴影 / 灿烂的炮火 / 绘出未来的远景。"

这类控诉日军暴行，表达关怀祖国之情的作品，尚有耶鲁的散文《敌人在华北的暴行与阴谋》、林秋的诗《故乡》、莹姿的诗歌《哭被暴敌掳去的五百儿童》和《哀江南》、温志新的诗《难民的悲哀》等等。

2. 展示中国人民抗击侵略者的民族精神

新马抗战救亡文学在控诉日军暴行的同时，还大力歌颂中国人民的反侵略精神。西玲在诗

歌《吴家村》[1] 中展示出华夏儿女抗击侵略者的决心："今天　当东海的敌人 / 要闯入吴家村 /

1. 西玲：《吴家村》，载新加坡《南洋周刊》，1938 年 12 月。

我们吴家村 / 不能把菜畦 / 田　禾场　牛栏　果树园 / 避风雨的茅舍 / 以及鸡　猪　羊 / 给敌人的

屠刀伸入 / 让人随便掳掠　杀戮 / 还有村中的娘儿 / 更不能任人奸淫 / 白罗溪边的清流 / 决不给

敌人战马来饮水。"诗人发出保卫乡土的呐喊："吴家村愤怒着 / 吴家村咆哮着 / 我们要抓回

当年 / 那一股强悍的民风 / 变革中喷出的火花 / 看我们斗争的精神 / 要在保卫乡土 / 总表现在吴

家村。"蓬青的诗歌《十月的烽火》[2] 也歌颂了中华民族反抗法西斯侵略的正义斗争："万里

2. 蓬青：《十月的烽火》，载新加坡《新国民日报》副刊《新流》，1939 年 10 月 20 日。

的烽火, / 燃红了故国半个天! / 汨罗江喑呜地嘶叫, / 我们天然的战鼓。/ 中华民族魂依然长存,

/ 武士道的狂梦又一次空做!"

　　新马作者也意识到战争的残酷性, 但对抗战胜利前景仍然充满信心。胡愈之在《南洋的新

时代》[3] 中深刻指出："战争是残酷的, 痛苦的, 但是战争却推动着历史的巨轮前进。战争划

3. 胡愈之：《南洋的新时代》，载新加坡《南洋商报》，1941 年 1 月 1 日。

分历史的时代。一切陈旧腐败的在战争中没落, 一切光明进步的在炮火中孕育成长发展。……

战争, 将要带来了人类的新时代, 远东的新时代, 中国的新时代。"郁达夫在散文《估敌》[4]

4. 郁达夫：《估敌》，载新加坡《星洲日报》，1939 年 1 月 1 日。

中也写道："最后胜利, 当然是我们的, 必成必胜的信念, 我们绝不会动摇。……同胞们起来吧,

一九三九年, 便是我们复兴建国的更生年!"

　　在这类歌颂中国人民抗击日本侵略者的作品中, 丁倩的小说《一个日本女间谍》[5] 是当时

5. 丁倩：《一个日本女间谍》，载新加坡《南洋周刊》，第 10—14 期。

蜚声文坛的佳作。小说描绘一个动人的"抗战加爱情"的故事：从事地下抗日工作的"我",

偶然邂逅一位美丽而神秘的女子安娜·莎, 开始时怀疑她是日本间谍, 后来才知道她是抗日志

士的遗孀。他们在共同从事秘密抗日工作中建立了真挚的爱情, 但两人并未因陷入儿女之情而

忽略抗日工作。在一次抗击日本侵略者的活动中, 安娜·莎献出了年青的生命。小说以细腻深

刻的笔触, 表现抗日志士为了中国人民的解放事业而投身于隐蔽战线, 并为此牺牲家庭和个人

幸福, 甚至奉献出自己的生命。

　　这类作品还有刘思的诗歌《起来! 中华民族的儿女们》, 郁达夫的散文《"八一三"抗战

两周年纪念》, 金丁的小说《谁说我们年纪小》, 叶尼的戏剧《伤兵医院》, 流浪的历史小说《福

建暴风》, 老蕾的诗歌《珠江怒潮》, 莹姿的诗歌《怒吼的黄河》, 絮絮的诗歌《游击队员》,

温志新的散文《战地鸿音——勇敢的理弟》等。这些作品或颂扬中华儿女不屈的斗争精神, 或

强调杀敌御侮的重大意义, 或歌颂青年人慷慨从军的豪迈气概, 充分展示出华夏大地上这场关

系民族生死存亡的战争画面，谱写了一曲曲反侵略的昂扬战歌。

3. 反映新马人民多层面的救亡运动

新马华人面临祖国生死存亡之际，他们群情激昂，以实际行动展开多层面的救亡运动，充分表现出华人民众爱国爱乡的强烈感情。新马作者处身于这样一个充满爱国激情、热烈支援祖国抗战的社会氛围，也以其创作反映了新马人民各种形式的救亡运动。

（1）表彰新马华人支援祖国抗战的募捐行动

面对遭受日军铁蹄蹂躏的故国故乡，新马华人组织各种筹赈会，掀起广泛的募捐活动，从经济上支援祖国的受难同胞和抗战军队。这类募捐活动动员了新马社会各阶层华人，从富商巨贾到贩夫走卒，从社会名流到厂矿工人，都能慷慨解囊捐助祖国抗战事业。义捐形式各种各样，除常月捐和特别捐外，还有寒衣捐、难童捐、药物捐等。老蕾的小说《弃家者》[1]反映机工林阿狗每月花费不少工资买

1. 老蕾：《弃家者》，载新加坡《新国民日报》副刊《新流》，1940 年 2 月 14—16 日。

月捐来支援祖国抗战。金枝芒的小说《八九百个》[2]也描写

2. 金枝芒：《八九百个》，载新加坡《星中日报》副刊《星火》，1938 年 1 月 11—21 日。

老矿工李大伯在家境十分惨苦的情况下，仍挤出钱来买公债。叶尼的散文《卖花队》[3]叙述在偏僻的小山芭里，十几

3. 叶尼：《卖花队》，载新加坡《总汇新报》副刊《世纪风》，1938 年 8 月 29 日。

岁的小女生上街卖花，以募来的钱救助祖国难民。在当时新马社会，几乎所有华人都懂得支援祖国抗战，"有钱出钱，有力出力"的道理，甚至连正在求学的童稚也深明大义，如乳婴的小说《姊弟俩》[4]叙述小学生魏牛和姐姐将每日零

4. 乳婴：《姊弟俩》，载新加坡《星洲日报》副刊《文艺》，1938 年 6 月 5 日。

用钱节省下来救助祖国受难儿童的动人故事。另外如刘思的诗歌《代募寒衣》抒发新马华人为祖国"正义的斗士"集募寒衣、雪中送炭的温情，其诗歌意蕴深沉，颇有韵味：

图 19　新加坡《星中日报》副刊《星火》上刊登的抗战小说《八九百个》（金枝芒作，1938 年 1 月 19 日）

借一天云

裁无数的棉衣

在不易被发觉的地方

绣上最温柔的相思字

寄去

在远方

此时

等着的正是暖意呢[1]

1. 刘思：《代募寒衣》，载新加坡《星洲日报》副刊《晨星》，1940 年 9 月 24 日。

(2) 赞扬抵制日货，不与日商合作的各界人士

新马华人为了惩治日本军国主义，阻止日军侵略步伐，他们行动起来，拒买拒卖日货，不为日本人做工，不从事与日商有关的工作，对那些执迷不悟的民族败类，则给予严惩。铁抗的剧本《父》[2]中的杂粮商郑汉杰利欲熏心，置民族大义于不顾，与日商合伙做粮食生意，终于

2. 铁抗：《父》，载新加坡《星洲日报》副刊《晨星》，1941 年 3 月 20 日至 4 月 11 日。

导致父子反目，粮船也被锄奸团凿沉，最终落得人财两空。老蕾的小说《新生》[3]叙述商人伟

3. 老蕾：《新生》，见 [新] 方修：《老蕾作品选》，第 7—25 页，新加坡：上海书局，1979 年版。

民财迷心窍，替敌人招募开矿的华工，并为敌人散布谣言，后被锄奸团割去耳朵，在血的教训面前才醒悟到自己所铸下的大错。其中金枝芒的小说《八九百个》展现了新马华人爆发出来的爱国激情和伟大力量，为这类作品中的代表作。小说中的秉初、秉全等八九百个华人矿工，一直蕴蓄着反抗日本矿主的力量。当他们得知自己生产出来的铁矿被日军用来制造杀害祖国同胞的武器时，其反抗的怒火终于喷涌而出，他们发出了"我们不能杀自己的同胞"、"中国工人是不能帮助敌人的"、"打倒东洋"等怒吼声，然后集体辞职，并动员矿区的印度和马来工人也辞职离去，使矿山成为一片焦土。

(3) 歌颂回国当兵、参加救护队和从事机工服务的英雄

新马华人为了拯救危亡的祖国，除积极募捐和抵制日货外，有的还甘冒生命危险回国从军，奔赴前线请缨杀敌。如刘思的诗歌《去，去当兵！》[4]抒发了爱国华侨慷慨从军的豪情："好，

4. 刘思：《去，去当兵！》，载新加坡《南洋商报》副刊《狮声》，1939 年 3 月 4 日。

/ 你就去！ / 你到南国：/ 荔枝花应开了。/ 紧紧吧，/ 握一握手；/ 热烈的掌心——燃烧着一团笑。/……去，/ 去当兵，/ 去参加战斗，/ 跟着我就来呀！"尽管亲朋好友在送别时难免有"壮

士一去兮不复还"的感伤："我泪雨倾涌／临风，一恸／送你去冲锋"[1]，但为祖国自由而牺

1. 刘思：《易水曲》，载新加坡《星洲日报》副刊《文艺》，1940 年 6 月 2 日。

牲的信念却鼓舞着这些海外赤子，如刘思的诗歌《留别》[2]咏道："你们会更敬爱我的／当祖

2. 刘思：《留别》，载新加坡《南洋商报》副刊《狮声》，1939 年 2 月 16 日。

国在我尸体上自由的飞行。"有的组织战地服务团回国从事抗战救亡工作，如叶尼的剧本《没

有男子的戏剧》[3]叙述南洋某中学女生谢美玉参加战地服务团回国工作的故事。还有的回国

3. 叶尼：《没有男子的戏剧》，载新加坡《南洋周刊》，1939 年第 32 期。

参加救护队，如老蕾的小说《重逢》[4]中的南洋富家女秀英回国参加救护队，和恋人在伤兵

4. 老蕾：《重逢》，载新加坡《星洲日报》副刊《晨星》，1939 年 8 月 9 日。

医院重逢，最后双双死于敌机轰炸之下。还有的回国当机工，为抗日军队从事运输工作，如

老蕾的小说《弃家者》描述华人机工林阿狗"遗弃"年老无依的母亲，独自悄悄回国参加抗

战的故事。

（二）　通俗化与大众化的创作形式

新马作者为了更好地发挥抗战宣传的作用，也学习和借鉴中国抗战文艺的表现内容和形式，

努力走通俗化和大众化的道路，其中包括抗战通俗民歌、新章回体小说、报告文学、文艺通讯、

街头剧、墙头小说等文艺形式。

1. 抗战通俗民歌

新马抗战通俗民歌主要是取法传统乐府和民间歌谣形式，或以方言和方音为创作语的民歌

体诗。它是新马抗战救亡文学通俗化运动的成果之一，也是中国抗战文艺运动影响下的一种诗

歌形式。

早在 1936 年间，马华诗坛已经提出新诗通俗化的问题，并探讨运用民歌形式创作新诗的

发展途径，而这与中国文坛的影响不无关系。新马作者慕珍在《文艺三日谈》[5]中道："诗歌

5. 慕珍：《文艺三日谈》，载新加坡《新国民日报》副刊《新路》，1936 年 9 月 19 日。

的形式问题，在国内（指中国——引者注）辩论得很激烈，其原因，是要替新诗打开一条出路，

建立新诗此后的新的途径。第一是，形式上的'雅'和'俗'的争论：主张'雅'的说，诗的

文字需要经济，就不能不注意形式的雕琢和辞藻的运用了。同时，他们更主张为要把形式优美（即

雅）的新诗建立起来，读者虽因此减少，也在所不惜。主张'俗'的说，诗歌是应该写给大众

读的，既是应该写给大众读，那就应该采取便利于大众接受的形式。于是他们中，更有主张采

用'民歌'体裁的。……"慕珍对于中国诗坛上的"雅"和"俗"之争，则是站在"俗"的一方，

并认为应该学习民歌的形式。他说：

　　我赞同主张"俗"的方面的主张。因为我赞成文艺应该大众化，那些作为文艺领域之一部门的诗歌，也是应该大众化的；民歌是大众所最能了解、最感兴趣的东西，所以新诗之应□用民歌的形式，一点也不是悖谬之见，大概读过蒲风的《茫茫夜》的人，总会认为《从黑夜到光明》那首诗的成功罢？这成功就在于他的会利用民歌的形式——五更天的形式。

　　为了说明蒲风取法民歌形式创作新诗的成功之处，慕珍将中国诗人蒲风的《从黑夜到光明》录下供读者阅读：

　　　　一更，二更，

　　　　夜色深沉；

　　　　更鸡开始叫喊，

　　　　啊，黑夜依旧沉沉！

　　　　三更，四更，

　　　　光明已经有了些少眉目，

　　　　鸡儿继续叫喊，

　　　　啊，黑夜已经乱了阵足！

　　　　五更儿，

　　　　黑夜收了残局，

　　　　鸡儿高奏着凯歌，

　　　　啊，光明展开了篇幅！

蒲风这首诗利用民歌"五更天"的形式，表达作者对光明战胜黑夜的坚定信念，使该诗在民歌的基础上被赋予象征色彩和深刻意蕴，成为学习民歌的成功例子，因而使一些新马作者坚定了新诗应该走通俗化道路以及向民歌学习的决心。

　　1937年抗日战争爆发后，新马华文文坛大力开展文学通俗化运动，因为"战时文艺作品必须成为一种救亡的武器"，"完成宣传和鼓励的任务"，"使救亡的意识像铁一样地生长在每一个人的心中"。[1] 作为其中的一环，新马抗战诗歌大众化和通俗化的问题也受到诗坛的关注。

1. 叶尼：《论战时文艺》，载新加坡《星中日报新年特刊》，1938 年 1 月 1 日。

在《南洋商报》副刊《狮声》特意召开的"民歌与小调"座谈会上，与会者认为"民歌与小调"
是做救亡宣传的"很好的工具"，因为救亡运动的目的就是唤起一般民众来参加救亡工作，而
"民歌小调"又是大众所"熟悉"和"爱好"的"通俗文学形式"，那么利用这些民歌小调来"渗
透""救亡的内容"，自然是很有意义的。[2]

2. 流浪、陈如旧记录：《民歌与小调座谈会》，载新加坡《南洋商报》副刊《狮声》，1939 年 1 月 25—26 日。

从影响来源来看，新马诗坛主张利用民歌小调做救亡的宣传，无疑是受到中国诗歌会蒲风、
穆木天等人的影响。高扬在《"九一八"以来的诗歌》[3] 中引录穆木天为《新诗歌》旬刊写的《发
刊词》，其中就有如下主张：

3. 高扬：《"九一八"以来的诗歌》，载新加坡《南洋周刊》，1938 年第 11 期。

> ……
>
> *我们要用俗言俚语，*
>
> *把这种矛盾写成民谣小调鼓词儿歌，*
>
> *我们要我们的诗歌成为大众的歌调，*
>
> *我们自己也成为大众的一个。*

由此可见，新马诗坛利用民歌体诗进行抗战宣传并非空穴来风，而是与中国诗坛的影响不无关
系。

在新马文艺界的推动下，抗战通俗民歌得到空前的发展，在当地华文报章副刊上经常可以
见到充满抗战热情的民歌体诗。这些抗战通俗民歌主要分成两大类：一是以方言或方音创作、
地域色彩浓郁的抗战通俗民歌；二是学习乐府和民歌创作的抗战通俗歌谣。

（1）以方言或方音创作、地域色彩浓郁的抗战通俗民歌

在抗战时期的新马诗坛，以闽粤等地方言创作的马华抗战通俗民歌如雨后春笋般出现，其
中有闽南音、广府音（粤音）、客音、潮州音、琼州音等，这是因为新马华人主要由闽粤等地
的移民组成。

二战之前的新马华人主要来自闽粤两省，其中福建省闽南籍华人最多，1921 年占华侨人口
的 32.3%，1931 年占 31.6%[4]，其次分别为广府人、客家人和琼州人。这些来自闽粤不同地域的

4. 朱凤斌主编：《东南亚华侨通史》，第 566 页，福州：福建人民出版社，1994 年版。

华人平时操着各自的方言，大多数不谙民国时期的中国"国语"，识字率也很低。此外还有一
大群不懂中国文字的侨生华人。新马华人还与马来人、印度人、其他欧亚人等混杂而居，而这

种多元种族和多元文化的社会也造成当地语言的混杂性。为此新马作者奇之撰文指出："南洋的语言特别丰富，特别多样，各种南国（此处包括闽粤两省——引者注）方言，在这里交错着；本地的土话及英语，也在这里流行着。南洋的口头语，其不纯正的程度，较之中国，更为厉害。假使我们说在中国应用国语，不能到处做有力的表现工具，那么我们说在马来亚，同样无法应用国语或普通话来叙述的。"[1]

1. 奇之：《〈南洋文学通俗化〉漫谈》，见〔新〕方修：《马华新文学大系·理论批评二集》，第 113 页，香港：世界出版社，2000 年版。

在新马华人社会阶层中，下自"下层群众"，上至"绅士头家"，对于闽粤小调这类植根于民间草野的口头文学往往有着"同一趣味"[2]，而当时在中国抗战文艺运动中受到推崇的北方

2. 丘康：《旧形式的利用与限制》，见〔新〕方修：《马华新文学大系·理论批评二集》，第 96 页，香港：世界出版社，2000 年版。

方言文学"大鼓"，以及南方平民文学"弹词"，却是当时闽粤两省籍"占绝对数的"新马华人读者所"生疏"和"难懂"的文学形式[3]，因此在南洋文学通俗化运动中，闽南民间歌谣受

3. 叶云英：《关于通俗文学的通讯》，见〔新〕方修：《马华新文学大系·理论批评二集》，第 129 页，香港：世界出版社，2000 年版。

到新马华文文坛的重视，如新马作者叶云英、云端等都提出以闽、粤等方言创作通俗文学的主

4. 参见叶云英：《关于通俗文学的通讯》，云端：《通俗化在马来亚》，分别见〔新〕方修：《马华新文学大系·理论批评二集》，第 129 页，第 117 页，香港：世界出版社，2000 年版。

张[4]。新加坡通俗文运委员会发布的《通俗文学运动工作方案》中，也将"闽南小调"列为在诗歌朗诵会上向群众朗诵的一种诗歌形式[5]。在新马文艺界人士参加的"民歌与小调"座谈会上，

5. 通俗文运委员会：《通俗文学运动工作方案》，见〔新〕方修：《马华新文学大系·理论批评二集》，第 105 页，香港：世界出版社，2000 年版。

当与会者讨论如何运用民歌小调的形式进行抗战救亡宣传时，戈丁首先谈到闽南民歌，提及有人调查过闽南民歌约有 200 多种，其中有"调情"、"打趣"、"申诉"等种类，并现场演唱了这几种调子。另一作者易游漫认为运用闽南民歌小调的形式最好是七字一句，因为不晓得唱的人也可以朗诵，不过像"跪某（闽语：妻——原注）歌"、"十八摸"、"廿四摸"、"丈母别"、"大补瓮"等带有"肉麻气息的调子"则应该摒弃。有的作者还提出应该把"民间好的曲子"装进"雄壮的新内容"。[6]

6. 流浪、陈如旧记录：《民歌与小调座谈会》，载新加坡《南洋商报》副刊《狮声》，1939 年 1 月 25—26 日。

在新马华文文艺界的推动下，利用民歌小调形式创作抗战通俗诗歌的主张获得许多作者的赞同和支持，为此出现不少学习和借鉴民歌小调形式的抗战通俗诗歌，其中最多的是以闽南语创作的童谣、山歌、民歌和民歌体诗等。

从现有资料来看，新马闽南语抗日歌谣的兴起还与中国闽南地区的这类文学创作有关，因为抗战时期的中国已出现以"闽南土腔"（即闽南方言）创作的"抗敌童谣"。新加坡《总汇新报》文艺副刊《世纪风》连载的《闽腔抗日歌谣》实际上来自中国国内出版的书籍，如《闽腔抗日歌谣》的"前言"写道：

在文坛上，时常有童谣一类的作品，于是我每次读得有兴头。

可是他（也）曾发现有剿拾他人来当做自己

的作品，经有人在文坛上道出其秘密，这是不良

的现象，谁也都承认的。

　　两三天前，又发现南洋商报出刊"闽语"的《催

眠歌》简直就是我所要介绍的第二首《催眠曲》，

不过略加变换，替国内这《催眠曲》的作者多增

一条长的尾巴而已。这样，倒不如让我尽量来介绍，

比较不会失真。[1]

1. 曙晖：《介绍抗敌童谣》(闽南土腔)，载新加坡《总汇新报》副刊《世纪风》，1938年12月31日。

在《闽腔抗日歌谣》后面的"原书编后记"中，也有原作

者的说明文字：

　　由于第一、二集抗敌童谣的备受大小朋友欢

迎，为了加强我们对于儿童的组织与教养的效章

（率）起见，我们又再印这小册子。

　　儿童的灵魂，像是一页纯白的纸张，情感专

受教育的推移，在抗敌情绪极度高涨的现阶段，

未来中国主人的意识的教养，可以说是万分紧要

的工作。

　　高涨的民族意识和救亡情绪便是创作歌谣的

无穷尽的材料……大家朝着这方向努力吧！[2]

2. 曙晖：《闽腔抗日歌谣》，载新加坡《总汇新报》副刊《世纪风》，1939年1月16日。

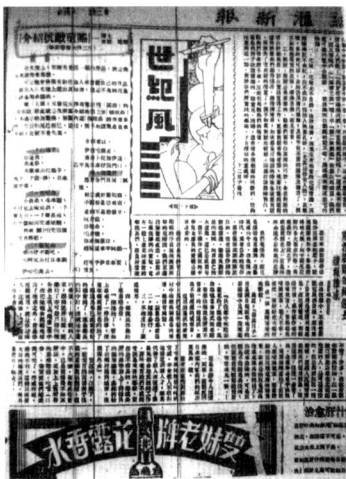

图20　新加坡《总汇新报》副刊《世纪风》上刊登的《介绍抗敌童谣》(闽南土腔)(曙晖作，1938年12月31日)

可见这类借鉴闽南童谣形式创作的"抗日歌谣"在中国闽

南地区"备受大小朋友欢迎"后，又通过书刊等媒介流播

到新马华人社会，对新马抗战通俗诗歌产生了影响。

　　曙晖介绍的《闽腔抗日歌谣》共有34首，如《念金门》、

《吃光饼》、《收金门》、《台（刀旁）日本》、《武装

民众》、《学相台（刀旁）》、《好飞机》、《传名声》、

《组织百姓》、《慰劳》、《为国效劳》、《不可做汉奸》、

《复兴大中华》、《保卫民国》等。歌谣内容主要揭露日军的侵略暴行，激励中国人民英勇杀敌，将日本侵略者赶出中国，复兴伟大的中华民族。其中既不乏闽南童谣的天真之气，又展现了中国人民抗击外侮的民族精神，以下略举两首：

日本旗，日本旗；／白白中方一点圆，／有人讲是红膏药，／有人讲是红屎痟。／我讲拢不是：／大家围来看，／原来是一面屎桶盖。[1]

小朋友，／来操兵，／柴枪暂时用，／号令却着明，／预备将来去出征，／为国为民去牺牲，／打走臭日本，／中华民族者会兴。[2]

在闽南民间歌谣的影响下，一些新马作者特意以闽南语创作童谣、山歌和民歌体诗等抗战通俗诗歌，如青孩的《守条吾牙大省城》，训飞的《抗战山歌十二首》、《十劝郎君》、《十劝娘仔》，易游漫的《山歌十八首》，黄嫋云的《良姆教子》和《阿巢埋银》等。

青孩的《守条吾牙大省城》以闽南语写成，不过由于有些闽南语存在"有音无字"的现象，作者只能借助同音汉字加以表达，有时还特意以"国语"标注其真正语义：

日本仔，／贪心肝：／占金门，／抢厦门，／今又打福清，／想占咱省城，／人人梅窗（不要）惊。／心肝抱伊定，／拿刀枪，／拿锄头，／拿扁担，／少年厨（打）头阵，／老牙载后行，／不管乾埔（男子）或查某（女人），／大家存死甲伊拼！／拼！拼！拼！／将伊赶回去东京，／守条咱牙大省城！[3]

有的抗战通俗歌谣还模仿闽南山歌男女对唱的形式，让唱歌者劝勉配偶要抗日爱国，如《十劝郎君》以妻子的口吻劝勉丈夫上前线奋勇杀敌：

一劝郎君你着听，

当兵只路你着行，

去到战场着拼命，

不可投降败了名！[4]

而《十劝娘仔》则以丈夫的口吻劝勉妻子在后方努力生产：

第五劝娘心免寒，

着学前朝花木兰，

后方努力加生产，

打倒日本有何难！ [1]

1. 训飞：《十劝娘仔》，载新加坡《南洋周刊》，1938 年第 21 期。

有的作者还以闽南方言创作出长达一二百行的叙事诗，如黄嫣云的《良姆教子》和《阿巢埋银》。《良姆教子》共计 142 行，主要讲述华人妇女良姆对儿子进行爱国主义教育的故事：良姆不幸丧夫，独自一人养育遗腹子福奇。后来福奇经商致富，并在中日战争时期售卖日货，良姆知道后对儿子晓以民族大义，终使福奇幡然悔悟。这首诗特别注明为“闽南方言”，每句七字，通俗形象，朗朗上口。以下是良姆对福奇进行爱国主义教育的部分诗句：

中国是咱祖公地　　谁人不爱中国赢

虽然你是不识字　　那无目周也有耳

人说聪明识情理　　你是聪明想爱钱

爱钱也着知好歹　　你是好歹滥杉箱

汉奸你那甘愿做　　无采家伙富株天

你那听母的叮咛　　名声未臭洗会清

将货点清报商会　　所转牙钱结分明

钱乎唐山买枪子　　帮助政府打日兵

凡是中国的国民　　有爱国家即光荣 [2]

2. 黄嫣云：《良姆教子》，见［新］方修：《马华新文学大系·诗集》，第 290—291 页，香港：世界出版社，2000 年版。

诗中的“祖公地”、“唐山”指代中国，具有着浓厚的历史文化内涵，“祖公地”一词尤具闽南地域色彩。此外，“目周”（眼睛）、“滥杉”（胡乱）、“无采”（可惜）、“家伙”（家产）、“乎”（给）等，则是借用同音汉字的闽南语词汇。

其次，有的抗战通俗民歌是以客音创作的。客家人是汉族的一个分支，在新马华人社会中有不少操客家语的客家移民。启比的《抗战山歌十八首》、李郎的《月光光》、火东的《排排坐》、晶磷的《儿歌》、霞的《十劝郎》、云的《十恩妹》等，都是以客音创作的抗战通俗歌谣，它们能够更加有效地唤起客家移民热爱祖国的感情。其中李郎的客音童谣《月光光》就是运用民间广泛流传的童谣形式来反映抗战的内容：“月光光，/ 照东洋，/ 东洋背，/ 种樱花，/ 樱花树下有口塘。/ 东洋虾兵蟹将喜洋洋，/ 一齐跳落将军塘，/ 塘水深，春潮涨，虾兵蟹将泥脚断。/ 无肠蟹将横行走，/ 红头将军命也亡！”[3] 这首童谣朗朗上口，在表达仇日情绪时却

3. 李郎：《月光光》，载新加坡《总汇新报》副刊《世纪风》，1939 年 4 月 11 日。

带有几分童趣，令人不禁露出会心的微笑。

　　这类客音民歌体诗也有模仿岭东男女对答的山歌形式，如霞的《十劝郎》和云的《十恩妹》。以下各录其中部分诗节：

　　　　二劝涯郎转唐山，

　　　　转来参加抗日战；

　　　　保卫中华我民族，

　　　　保卫锦绣我河山。

　　　　　　　　——霞《十·劝郎》[1]

　　1. 霞：《十劝郎》，载新加坡《星中日报》副刊《星火》，1938 年 1 月 19 日。

　　　　二恩妹，唔使愁，

　　　　为郎明日转回头，

　　　　转来辞妹杀敌去，

　　　　阿妹送涯出高楼。

　　　　　　　　——云《十恩妹》[2]

图 21　新加坡《总汇新报》副刊《世纪风》上刊登的客音抗战童谣《月光光》等（李郎作，1939 年 4 月 11 日）

　　2. 云：《十恩妹》，载新加坡《星中日报》副刊《星火》，1938 年 1 月 22 日。

　　另外还有以其他方言或方音创作的抗战通俗民歌，如雪的《儿歌》、英棠的《潮州儿歌》等。其中雪的《儿歌·打日本》就是一首以粤音创作的通俗民歌：

　　　　无良心，无良心

　　　　日本鬼仔真欺人

　　　　放火抢劫泣鬼神

　　　　痛惨悲苦骨肉散

　　　　烈血红，炮火猛

　　　　锦绣山河留血痕

　　　　锄野蛮，锄汉奸

　　　　日本倭鬼系猪禽[3]

　　3. 雪：《儿歌·打日本》，载新加坡《总汇新报》副刊《世纪风》，1939 年 4 月 14 日。

而英棠的《潮州儿歌》则是以潮州音创作的抗战通俗歌谣，

以下为其中部分诗句：

> 行，行，行
>
> 大家做债去当兵
>
> 努力甲伊拼死命
>
> 飞机大炮都免惊定
>
> 最后定着是俺赢
>
> 有钱有力拢总拼
>
> 众志团结就成城 [1]

1. 英棠：《潮州儿歌》，载新加坡《总汇新报》副刊《世纪风》，1939 年 4 月 15 日。

由于一些方言的语词有音无字，所以在以现代汉语书写时，只能借用其他同音字。如英棠《潮州儿歌》中的"做债"（一起）、"甲伊"（与他）就是借用其他同音字。不过，这些借音字词对懂得方言的读者来说并不会造成阅读障碍，即使是不懂得该种方言的读者，根据上下文也能猜测出诗歌所欲表达的意思，何况有些作者还特意为一些方音字词进行注释，因此这些以方言或方音创作的新马抗战通俗民歌，确实为当时的新马诗坛带来浓郁的地域色彩，其富于草根性的语言特色对广大新马华人移民具有较强的鼓动性，并使新马抗战诗歌的读者群扩大到华人底层社会。

（2）学习乐府和民歌创作的抗战通俗歌谣

除了上述以闽粤等方音或方言创作的抗战通俗民歌外，还有一类学习或借鉴中国传统乐府和民间歌谣而创作的抗战通俗歌谣，而这也与中国抗战文艺的影响有关。

陈汉平编注的《抗战诗史》[2] 中收录的许多诗歌，就是中日战争期间中国作者学习传统乐

2. 陈汉平：《抗战诗史》，北京：团结出版社，1995 年版。

府民歌而创作的抗战诗歌，其中冯玉祥将军的不少诗作都带有乐府民歌风味。冯玉祥的抗战诗《五万万》、《检查》、《咏五月三日》还于 1938 年刊载于新加坡《南星导报》副刊《星星》上，如《咏五月三日》：

> 五月三日泪不干，五月三日泪不干。
>
> 民国十七年，日本大炮轰济南。
>
> 同胞被害的成千累万。
>
> 城墙击破碎，烧毁无线电。

外交代表蔡公时，生生挞死挖出心和肝。

部长聪明越墙走，多少官长逃出关。

革命军队被缴械，步枪失掉三千杆。

杀我人民占我地，民族被辱达极点。

国雠尚未报，雪耻待那天？

全国如还有人在，大家奋发莫等闲！

热心国民早立志，复仇责任在我肩。

君不见华盛顿对英大战，

列宁赤手把帝俄推翻？

同胞，同胞，起来，干！

民族复兴决不难。[1]

1. 冯玉祥：《咏五月三日》，载新加坡《南星导报》副刊《星星》，1938年5月8日。

另外，新加坡《总汇新报》副刊《世纪风》刊登的山歌《为了要打鬼子，可就顾不了她》，就是一首盛传于中国抗日前线的北方山歌：

日落西山晚天霞，

对面山上来了一个巧冤家，

眉儿弯弯眼儿大，

头上插了一朵山茶花。

那一个山上没有树，

那一个田里没有瓜，

那一个男子心中没有她，

为了要打鬼子可就顾不了她。[2]

2. 慕文：《为了要打鬼子，可就顾不了她》，载新加坡《总汇新报》副刊《世纪风》，1938年12月18日。

该诗后面特别注道："这是一首北方的山歌，在前线作战的士兵们最盛唱，当他们听了这首山歌时，无不精神倍旺，士气倍壮。他们虽有了眉儿弯弯眼儿大的巧冤家，可是为着要打鬼子，就顾不了她。"

由于传统乐府和民歌小调在内容上尤其贴近现实生活和普通民众，在语言上力求通俗易懂，在形式上为百姓所喜闻乐见，因而一些新马作者取法乐府和民歌形式而创作出抗战通俗歌谣，如郭尼迪的《兰州空战获大胜》、张一倩的《无题》、公平的《新〈月光光〉》、曼真的《救亡歌》、东方丙丁的《刘三姐过新年》和《钟英德投军》等。郭尼迪的《兰州空战获大胜》主要描述侵华日军在兰州被我军击落 9 架飞机的情形，全诗 60 余句，兹节录如下：

> 敌机见有准备心慌张，立刻阵容荡散乱纷纷，只得手忙脚乱来招架，因我重围欲逃万不能，愁云密密风瑟瑟，日色无光宇宙昏。忽听得轰隆一声震山岳，一架敌机着火炸药崩，黑烟弥漫不分明，从云头里一个筋斗直往下界沉，骨碌碌，骨碌碌，好比似断线风筝尽翻身，葬送了樱岛闺中梦里人。[1]

1. 郭尼迪：《兰州空战获大胜》，载新加坡《总汇新报》副刊《世纪风》，1939 年 3 月 23 日。

这首通俗歌谣语言浅白流畅，生动形象，如描写敌机爆炸下坠的情形，就有"骨碌碌，骨碌碌"这样口语化的描摹，也有"好比似断线风筝尽翻身"的形象比喻，而"葬送了樱岛闺中梦里人"则脱胎于唐朝诗人陈陶以乐府旧题创作的《陇西行》中的诗句"可怜无定河边骨，犹是春闺梦里人"。

此外，篇幅短小活泼的民歌民谣也受到新马作者的青睐，如《月光光》这类民间广泛流传的儿歌，即被加以模仿或改造成抗战诗歌。如公平的《新〈月光光〉》以"旧瓶装新酒"，将抗日杀敌的内容装进《月光光》的儿歌形式：

> 月光光，
>
> 打东洋；
>
> 日本鬼子恶似狼，
>
> 抢我钱财占地方，
>
> 我们要抵抗！
>
> 你开炮，
>
> 我开炮，
>
> 他坐飞机快把炸弹放；
>
> 大家齐心杀虎狼，
>
> 保国保家乡。[2]

2. 公平：《新〈月光光〉》，载新加坡《南星导报》副刊《文化天地》，1938 年 2 月 13 日。

这首诗歌很注意押韵，几乎每行都押"ang"韵，读起来朗朗上口，易学易记，这是抗战通俗歌谣的一大优点。

2. 章回体小说

新马章回体抗战小说是从传统章回体小说脱胎而成的通俗小说，它一方面因应中国抗战文艺对旧形式的改造和利用，另一方面则与新马华人的教育程度、欣赏习惯以及章回体小说自身的特点有关。

在中国抗战文艺运动中，章回体小说被作为宣传抗战的工具和武器而加以利用，如中国《救亡日报》和香港《立报》均刊登不少章回体小说。这类改造后的抗战小说已摒弃传统章回体小说中的"却说"、"下回分解"等套语，而新马作者也从这类"旧瓶装新酒"的章回小说中受到抗战宣传的影响。[1]

　　1. 参见陈南记录：《"章回小说"座谈》，载新加坡《南洋商报》副刊《狮声》，1938 年 12 月 24 日。

另一方面，正如新马作者叶云英、罗亭所指出的那样，南洋读者"知识水平低"，华侨大众"受旧教育的很多"，他们一般接受"旧形式作品"做精神食粮，而对于"新形式"作品则不了解也不熟悉，所以"旧形式还有利用的价值"。在各种旧形式作品中，新马读者对章回体小说尤其感兴趣：

　　南洋的读者，对于章回小说，如《三国演义》《薛仁贵征东》等的旧小说，极感

兴趣。所以有兴趣的原因不外：（一）故事曲折；（二）写得生动；（三）参杂了许

多男女的恋爱。[2]

　　2. 叶云英：《关于通俗文学的通讯》，见［新］方修：《马华新文学大系·理论批评二集》，第 129—130 页，新加坡：世界书局，1971 年版。

为了探讨如何利用章回体小说为抗战救亡文学服务这一问题，新加坡《南洋商报》副刊《狮声》特意于 1938 年 12 月主办"章回小说"座谈会，邀请 10 余位文艺界人士对章回体小说的历史流变、形式特点等进行多方面讨论。张楚琨、金丁、李润湖等人在会上指出，新章回体小说应综合新小说与旧章回体小说的优点，即：（1）要有头有尾的描写，少暗示，但要学习新小说的表现力；（2）标题不必用对联，也不用"话说"及"且听下回分解"等；（3）在表现方面，必须着重描写；（4）吸收大团圆结局的优点，扬弃其缺点；（5）采用活的口语。[3]

　　3. 陈南记录：《"章回小说"座谈》，载新加坡《南洋商报》副刊《狮声》，1938 年 12 月 24 日。

当时最受新马读者欢迎的章回体小说作者是陈南，其创作的章回体抗战小说有《老将报

　　4. 陈南：《老将报国记》，载新加坡《南洋商报》副刊《狮声》，1938 年 11 月 14—15 日。

国记》[4]、《金叶琼思君》[5] 等。《老将报国记》以真人真事为素材，主要讲述中国退役老将

　　5. 陈南：《金叶琼思君》，载新加坡《南洋商报》副刊《狮声》，1938 年 11 月 29 日至 12 月 2 日。

军李福林精忠报国的故事：李福林与前来诱降的日本特务宫崎繁巧妙周旋，然后将计就计，引蛇出洞，终于挫败敌人偷袭广州的阴谋，保卫了广州和当地人民。《金叶琼思君》以新马华人支援祖国抗战救亡为主题，叙述新加坡华人青年抗战爱国的故事。小说中的李七郎为大

兴隆百货公司财库[1]，抗战期间参加新加坡华人设立的筹赈会，并担任兴华戏剧团秘书，积

1. 财库、指财务人员。

极投身于抗战救亡工作。其后李七郎因反对大兴隆百货公司黄司理贩卖日货的卖国行径而遭奸商辞退，于是决定离开新加坡回中国投军杀敌，其恋人金叶琼也追随他回国参加抗战救亡工作。

上述抗战小说对章回体小说的传统形式进行了一些改造，其中《老将报国记》不再运用"对联"式回目，而是用单句回目，如"将计就计李福林精忠报国"、"弄巧反拙宫崎繁损将折兵"；每回开头和结尾不作"话说"、"却说"、"欲知后事如何，请听下回分解"等套语。不过，有的小说还是保留不少传统章回小说的特点，如《金叶琼思君》仍沿用"对联"回目："纪念会李七郎宣传救国 卖凉茶金叶琼一见倾心"、"奸商心黑李财库被迫出走 儿女情长金叶琼车站赠金"；在每回结尾或小说结尾处仍以旧体诗作结，如"老将报国显威名，巧计诱惑日本兵。牺牲金钱爱祖国，救护同胞得安宁"，"奸商卖国良心乌，老羞成怒害七哥。儿女情长为祖国，携手同操救亡戈"。另外，上述小说仍采用旧章回体小说半文半白的语言形式，为此小说作者陈南也自我批评，认为这样的小说语言"的确不通俗"。

尽管陈南的《老将报国记》、《金叶琼思君》等小说在利用旧章回体时仍存在不少毛病，但这类新章回体小说毕竟是在"旧瓶"中装上了"新酒"，它不再以帝王将相、才子佳人、英雄豪杰等为中心人物，而是以中国人民的抗日战争和新马普通华人的爱国救亡运动为主轴，因而更加贴近新马华人的现实生活，并满足他们爱国的情感需求，如《金叶琼思君》中李七郎在"七七周年纪念大会"上演讲的情景：

> 叶琼又看见一个年青的人上台去，一开口先说了为什么要纪念七七周年的话，接着又把鬼子在厦门屠杀妇女之事，说了一大串，那青年男子忽然又高声叫道："列位呀！我们不是人吗？为什么我们的家乡被占，妇女还要被奸淫，他们占了一地，就利用汉奸，组织维持会，逼着我们地方上的人，晚上开着门睡，这些畜牲一到，便不管年纪大小，一律糟蹋。如有不从，活活用枪尖刺死！美貌女子，还被带到军营里去，充当随营军娼妓，听他摆布！同胞们！我们也都是良家女子，都有父母兄弟，姊妹，落到这种地步，怎不伤心？所以到了今天，我们哭也无用，不如把金钱省下来，寄回祖国，救济伤兵难民，才算尽了国民的一份责任！"那青年说到妇女被奸淫处，台下

的妇女们，个个泪如雨下；说到游击队的勇敢杀贼，台下就拍起掌来。叶琼很受感动，

眼眶也红润起来。仔细一看，此人正是大兴隆百货公司李七郎财库，生得浓眉大眼，

雄伟的身段，便在心里暗称赞"好一个七哥！"

《金叶琼思君》还将抗战救亡主题与男女恋情结合，使小说更能激发读者的阅读兴趣。此外，小说结尾时李七郎和金叶琼双双乘船回中国参加抗日战争，也由此传达出新马华人青年的爱国心声，因为"七七"事变后，新马爱国青年有"不少是回国从戎"，"更不少是奔投到北方去"[1]，因此这篇小说的确体现了当时新马华人的现实生活与情感需求。

1. 国华：《南洋通俗文艺作品检讨——章回小说的检讨》，见［新］方修：《马华新文学大系·理论批评二集》，第 257 页，新加坡：世界书局，1971 年版。

《金叶琼思君》在新加坡《南洋商报》副刊《狮声》上发表后，获得华人读者的热烈欢迎，报章上的小说被一些没有上过大、中小学的店员和工人们剪下来传阅，随后还以单行本形式印行发售。[2] 由此可见，这类章回体抗战小说在深受群众喜爱的同时，也充分发挥了抗战文艺的宣传作用。

2. 陈南：《〈金叶琼思君〉自序》，见［新］方修：《马华新文学大系·理论批评二集》，第 133—134 页，新加坡：世界书局，1971 年版。

3. 报告文学

新马作者在利用旧形式创作抗战救亡文艺的同时，也认为文艺的通俗化和大众化应该经由旧形式的利用到新形式的建立这一过程，而不能只停留于旧形式的阶段，为此报告文学、文艺通讯、街头剧、墙头小说等中国抗战文艺形式受到新马作者的青睐，成为新马通俗化文学的新形式。

报告文学是新马抗战通俗文学的一个种类，其特点是具有新闻性、纪实性与文艺性。新马作者认为报告文学的作者应深入到现实中去观察和实践，在实践中汲取丰富的创作题材，既可以从"平淡中找题材"，也需要发掘"悲愤壮烈"的现实题材。[3]

3. 参见老雷：《关于马来亚的报告文学》，载新加坡《总汇新报》副刊《世纪风》，1939 年 10 月 7 日。

叶尼和紫焰的报告文学反映了新马人民的抗战救亡运动。叶尼的报告文学有《一件事的始末》、《胜利》、《卖花队》等，其中《一件事的始末》主要描述新马爱国华人组织的"救国团"铲除奸商王金宝的经过；《胜利》写从中国抗日前线归来的爱国团成员陈亮为了建立"民族抗日统一战线"，努力协调振华工场工人与私会党之间的冲突，最终激发私会党人的爱国热情，从而争取到最广泛的抗敌后援力量；《卖花队》主要通过邻家女孩阿香参加卖花队的情形，表现了新马华人卖花筹赈，救助中国难民的爱国热情。这类报告文学及时反映了新马各阶层人民抗战救亡的各种事迹，在注重新闻性和纪实性的同时，又具有文学的形象性和感染力，如《卖花队》结尾处写道：

> *纪念日的街上飘着血红的国旗，也到处点缀着血红的纸花，在衣襟上、在胸前、在手上、在发上……*
>
> *满街是花呵！*
>
> *中国人、印度人、马来人、南洋人，都一起戴上了血花。*
>
> *每当一个人走到街心时，总可以碰到那些不顾风雨、汗珠满脸的青年热情地拦住你，给你插上一朵花，然后在你投一个银币进封条封好的箱子后，她们笑了，比任何时候的笑更天真、更美的。*
>
> *蓝色的天，明朗的日子，人类变得更年青、更相爱了。*
>
> *晚上阿香回来，她的头发蓬乱在头顶上，一见我便责难似地指着嚷起来：*
>
> *"就因为等你，我们今天比她们少卖了一块钱，祖国的难民不是少救了几个吗？"[1]*

1. 叶尼：《卖花队》，载新加坡《总汇新报》副刊《世纪风》，1939 年 8 月 29 日。

紫焰的报告文学《招牌的命运》写中国开始全面抗战后，原先售卖日本调味品"味之素"的华人商家生意每况愈下，最终广生记杂货店的头家（"老板"的闽南语称谓）不得不命人将挂在门前的那块红色的"味之素"招牌拆下来。"味之素"招牌命运的升沉起伏，实际上与新马华人高涨的抗战爱国情绪和日本侵略者的没落命运紧密联系在一起：

> *最近，"味之素"以及那大的红招牌，都如岛国的命运般，逐渐的陷入于没落之途。*
>
> *于是，垃圾堆里常常可以发现那制成红色招牌的铁板，和"味之素"的小旗、小灯笼。*
>
> *"味之素"的匣子也很少发现在杂货店的架子上了，代替品是味精、味母等中国货物。*
>
> *……*
>
> *"味之素"的大红招牌是没落了，这正和疯狂的侵略者一样命运。[2]*

2. 紫焰：《招牌的命运》，载新加坡《南洋商报》副刊《狮声》，1937 年 9 月 15 日。

4. 文艺通讯

文艺通讯也是当时新马抗战通俗文学的一种形式。在铁抗的大力推动下，新马文坛掀起轰轰烈烈的文艺通讯运动。铁抗在《马华文艺通讯及其运动》中说明文艺通讯的特点是：文艺通讯是一种异于新闻报导的文体，为文艺与现实报导的结合；它与报告文学、速写等有些血缘，但更自由多样；新闻是枯燥而缺乏文艺气息的文体，文艺通讯则是活泼而富有文艺形象性的；它和报告文学是姐妹，但更自由轻快；文艺通讯和报告一样，最重要的机能是迅速而全面地反映现实、批判现实和推动现实。[1]

1. 铁抗：《马华文艺通讯及其运动》，见铁抗：《马华文艺丛谈》，第73页，新加坡：维明公司，1956年版。

刘思的《C市》[2]是新马文艺通讯中的优秀之作，它生动反映了新马华人积极参加救亡运

2. 刘思：《C市》，载新加坡《总汇报》副刊《文会·通讯专页》，1940年4月27日。

动的情景以及由此带来的精神巨变。《C市》生动描述了作者三次到马来半岛的一个小埠C市时的不同见闻：第一次是在抗战之前的1935年，作者在整个C市竟然找不到一份报纸，不禁感叹这是一个没有新闻的国度；第二次是在抗战期间的1938年，作者因为是陌生的闯入者而引起C市居民的警觉，原来当地居民经历了抗战现实的教育，已经有了严防敌特的警觉性。翌日早晨，作者在咖啡店看到两个居民因为争看报纸而发生争吵，并各自得到一伙同乡的声援。在汉光学校校长的排解下，双方终于明白团结救亡的道理，于是尽弃前嫌而离去；第三次是1940年初，汉光学校已经组织了歌咏队，队员们大多数是粗手粗脚的人，其中两个队员正是两年前在咖啡店争吵的人，现在他们正亲密地并列站在第一排，在校长的指挥下唱着著名的抗战歌曲《义勇军进行曲》："起来，不愿做奴隶的人们……"。

5. 街头剧

街头剧也是中国抗战文艺运动影响下的一种新马通俗文艺新形式。中国抗战期间盛行的街头剧《放下你的鞭子》，就曾在新加坡演出并产生较大的影响。

叶尼在《论战时文艺》中介绍这种来自中国的抗战文艺形式时道：

> 街头剧又可称群众剧，即户外剧、野外剧，在任何群众集合的地方都可以上演。它可以利用任何一个地方来做舞台（比方说是阶台高起的地方），也可利用原有一切做布景（如就地的沙包墙壁、电杆……），一句话，看环境而定。最近，中国产生了不少街头剧本（多半载救亡日报上），但最有效果的还是《放下你的鞭子》。[3]

3. 叶尼：《论战时文艺》，载新加坡《星中日报新年特刊》，1938年1月1日。

此外，叶尼在《论街头剧》[4]中指出街头剧的创作应注意三个方面：一是取材一定要现实；二

4. 叶尼：《论街头剧》，载新加坡《星洲日报》副刊《晨星》，1938年11月26日。

是演员和观众要配合为一，使观众产生情绪共鸣；三是对白切忌冗长，剧本要短小扼要。

新马抗战街头剧有叶尼的《同心合力》、《串好的把戏》，流冰的《十字街头》等。叶尼的《同心合力》[5]旨在教育新马华人摒弃不同省籍间的隔阂与偏见，团结起来抗战救国。该剧

5. 叶尼：《同心合力》，载新加坡《星中日报》副刊《星火》，1938年8月13日。

主要讲述两个分别属于闽粤省籍的华人因为一点小事而发生纷争，而后升级为闽粤两省籍路人的相互攻讦。这时，宣传队员对他们晓之以理，说大家都是中国人，为了祖国的独立自由，应"不分帮派"、"不分贫富"、"不分男女老少"，一起团结起来，"有钱出钱，有力出力"，"同

心合力"打倒日本鬼子。《串好的把戏》¹是一出揭露日本人收买汉奸，试图破坏新马华人抗

1. 叶尼：《串好的把戏》，载新加坡《南洋周刊》，1939 年第 30 期。

战救亡运动的街头剧。剧中写被日本人收买的汉奸伪装成中国难民在南洋卖艺，伺机破坏新马华人的抗战救亡运动，后来群众揭穿了这出"串好的把戏"，由此提醒新马华人提防日本人的阴谋伎俩。流冰的《十字街头》²是作者为马来亚加影的学生们编写的街头短剧，意在呼吁中

2. 流冰：《十字街头》，载新加坡《南洋周刊》，1938 年第 10 期。

国人团结抗战，共同对敌。剧中写一位在十字街头"弄西洋镜"的汉子与一对卖唱的兄妹因争夺观众而发生冲突，后来经过一位青年的劝导，他们终于明白"大家都不是仇敌"，而是"共患难的同胞"，"日本帝国主义"才是中国人民共同的敌人。

新马抗战街头剧往往取材于现实题材，剧本短小扼要，且重视演员与观众之间的互动，一般对演出场地没有严格的限制和要求，因此随时随地可以上演，并且较易使观众产生情绪共鸣。如叶尼的《串好的把戏》开场时即注明："在任何一个地方，任何一个时候，当我们的宣传队在一个看来适宜的场合，便可以开始了，首先是几个演员安插在适宜的地方，扮演男女的便准备做戏。"在该剧演出结束时，宣传队长则走出来告诉观众要提防日本人收买汉奸的"阴谋伎俩"，如果发现此类"汉奸"，"要抓起来送到警察局去"，"这样才可以打倒日本帝国主义"。有的街头剧还综合了歌咏、舞蹈等艺术元素，如《十字街头》的作者流冰就表示该剧有意将"歌咏和话剧打成一片"，"希望使观众看起来有趣一点"，而剧中穿插的中国歌曲《铁蹄下的歌女》、《松花江上》、《公仇》一方面较好地配合剧情的发展，另一方面也充分发挥歌咏艺术的感染力，更能激发起新马华人观众团结抗战的热情，因而这个短剧"获得了意外的效果"，经过几次公演，"成绩都很不坏"，可见这类街头剧在宣传抗战救亡方面确实发挥了重要的作用。

6. 墙头小说

墙头小说也是受中国抗战文艺运动影响而出现的新文学形式。其特点是文字浅显，内容通俗，故事情节单一，字数一般不超过一千字，主题往往与抗战宣传有关。新加坡《南洋商报》副刊《狮声》特意于 1940 年 4 月刊出"墙头小说特辑"，有《独步华儿和小约翰》、《压岁钱》、《王婆》、《司机阿福》、《峇峇回国的故事》、《疯狂了的圆福殿》等 6 篇墙头小说，展现了新马华人出钱出力支援中国抗战的故事。其中《司机阿福》写南洋机工阿福报名回国担任汽车司机的故事，《压岁钱》和《王婆》写新马华人捐助中国抗战的故事。

综上可见，中国抗战文艺运动对新马抗战救亡文学的理论建设、运动形式、创作活动等方面都产生了深刻的影响。不过，新马作者并非完全照搬中国抗战文学的理论和实践，而是根据新马华人的社会现实和自身特点，在内容、题材、语言、形式等方面努力"南洋化"和"本土化"，使抗战救亡文学更加深入人心，充分发挥了文学宣传抗战和教育民众的作用，同时促进了新马华文文学的发展与兴盛，由此创造了新马华文新文学史上的第二个高峰期。

第三节　中国抗战文艺运动与泰国、缅甸、菲律宾抗战救亡文学

在中国抗战救亡运动和抗战文艺运动的影响下，东南亚的泰国、缅甸、菲律宾华文文化界也投入抗战救亡运动，由此推动了泰国、缅甸、菲律宾抗战救亡文学的发展，并对当地华文文学的发展产生积极的影响。

一、　中国抗战文艺运动与泰国抗战救亡文学

在中日全面战争时期，泰国华人对中国的抗战救亡运动给予了大力的支持。泰国华人组织"反帝大同盟"，其下设立"工人抗日救国联合会"、"学生抗日救国联合会"、"妇女抗日救国联合会"、"文化界抗日救国联合会"等分会，并积极开展抗日救亡宣传活动。

在泰华文化界，1937—1938 年是泰华报刊齐心合力共同宣传抗战的时期，也是泰华作者最多的时期。泰华报章尤其重视文艺副刊宣传抗战的作用，泰华作者也倾力写作"抗战文学"，推动了泰华抗战救亡文学的兴起。[1]

1. 参见陈春陆、［泰］陈小民编写，［泰］陈陆留校阅：《泰国华文文学史料》（上），载《华文文学》，1988 年第 2 期。

抗战时期，泰华文艺界的"读书社"、"诗社"等文艺社团星罗棋布，各种文艺副刊如雨后春笋般大量涌现。至 20 世纪 30 年代末，泰华文坛成立了 40 多个文学研究社和读书社，其中"彷徨学社"和"椒文学社"是两个组织庞大、水平较高、影响较大的文艺团体。"彷徨学社"

的主要成员有方柳烟（方修畅）、郑铁马、黄病佛、谭金洪、吴迺青、林蝶衣、丘心婴、翁寒光、蔡苇丝、姚铎、陈逸民、许征鸿等 20 多人，他们在《国民日报》上出版文艺专刊《彷徨》、《平芜》和学术刊物《天野》，将社员的创作结集出版为《彷徨学社丛书》。"椒文学社"的主要成员有郭枯、洪树柏、卢静子、卢维基、黄浪花等，他们在报章上出版《椒文周刊》，发表了不少文艺作品。[1] 另据丘心婴在《华侨文艺界透视》中的不完全统计，1937—1938 年间泰华文

1. 参见赖伯疆：《海外华文文学概观》，第 80 页，广州：花城出版社，1991 年版。

学团体及其创办的文艺刊物多达 39 个，其中有"前哨读书社"与《前哨》、"一群社"与《钢笔》、"心声诗社"与《心声》、"流火读书社"与《流火》、"奔流社"与《奔流》、"夜哨读书社"与《夜哨》、"野火社"与《野火》、"怒吼读书社"与 FENGFUU 等。[2] 从这些

2. 参见陈春陆、［泰］陈小民编写、［泰］陈陆留校阅：《泰国华文文学史料（上）》，载《华文文学》，1988 年第 2 期。

读书社及其社刊的名称，可以看出中国新文学和抗战救亡运动的影响，如"奔流社"及其社刊《奔流》与鲁迅和郁达夫合编的《奔流》同名，"前哨"、"夜哨"、"怒吼"则表现出强烈的抗战情绪和浓烈的时代氛围。

这一时期的泰华文坛发生过几次激烈的文艺论争，而这与中国文艺思潮和抗战文艺运动的影响有关。如有关泰华文学应该是"国防文学"还是"大众文学"的论争，持第一种观点者主张泰华文学应该歌颂"抗战救国"，写"救亡运动"的东西，持第二种观点者则大力倡导反映"此时此地大众的生活"。此外还有关于"汉字拉丁化"的论战，其论争结果引起泰华文学作者对"通俗方言"写作的重视。这些论争促进了泰华抗战文学的发展，涌现了许多反映中国人民抗击日寇和泰国华人支援中国抗战救亡的文艺作品。

在泰华抗战救亡文学中，新诗是很重要的一环。泰华诗歌作者有陈容子、方涛、鲁洪、林蝶衣、许征鸿、鲁心、方修畅、许侠魂、翁寒光、陈礼士、黄病佛、田江、胡俊、曹圣、林岚、秋冰、陆留、楚客、温清、白露、剑伦、老鼎、慕萍、贺绿波、豁朗、逸云、马奕音、雷子、亮夫、陈任之、黄浪花、丽丝等人，其中不少作者是诗社或读书社的成员及其文艺刊物的执笔人，如方涛和田江分别是"一群社"的《钢笔》和"心声诗社"的《心声》的执笔人，鲁心和侠魂都是"今日社"的《今日之群》的执笔人。这些诗歌作者除了在报章副刊上发表抗战诗歌，还自己定期出版诗刊，或印行个人诗集与多人合集，如陈容子的《蓝天使》、方涛的《水上人家》、田江的《河边的人们》、曹圣的《草原》、秋冰的《蔷薇梦》、雷子的《异乡曲》、方修畅的《流言诗存》、马奕音的《黄昏的怀念》、黄病佛的《病佛诗集》、逸云等人合著的《铃音集》

等。[1] 他们的抗战诗歌表达了对中国的深情热爱、对侵略者的刻骨仇恨、对民族自由解

1. 参见 [泰] 李少儒：《"五四"爆开的火花——泰华新诗发展简史》，载《华文文学》，1989 年第 1 期。

放的追求等复杂情感。如秋冰的《乡讯》控诉日本的侵华战火破坏了中国人民安宁的

乡居生活：

> 烽火中归来的田野
>
> 烧焦了欣荣的谷实
>
> 怨艾悲嗟，揉碎了
>
> 牧童牛背的闲适
>
> 悲苦的岁月
>
> 雕深了农夫额上的皱纹……

而剑伦的《奴隶的怒吼》则激励人们不惮流血牺牲，勇敢追求民族独立与自由：

> 这时代
>
> 谁还害怕狰狞的屠客
>
> 谁还害怕犀利的刺刀
>
> 谁便是千世万代的牛马
>
> 谁不怕流血、牺牲
>
> 谁便是最后必来的自由者
>
> 自由神是跟在黑暗的后面……[2]

2. 陈贤茂主编：《海外华文文学史》，第 2 卷，第 314—317 页，厦门：鹭江出版社，1999 年版。

泰华戏剧在抗战局势的刺激下也开始兴起，并成为宣传和鼓励泰国华人支援中国抗日救亡的重要文艺形式。黄伟南的《戏剧在抗战宣传中的重要性》、余春辉的《戏剧与中国抗战》、华各添的《抗战与戏剧》等就着重讨论戏剧与抗战宣传的关系问题。

这时期泰华戏剧界出现不少剧社，也出现大量以宣传抗战救亡为内容的剧本。曼谷的剧社有"西风"、"暹罗华侨"、"童友"、"小夏玉儒乐"、"吼声"、"秋田"、"友艺"、"安琪儿"、"红尘"等。"吼声剧社"的成绩最为骄人，其创作的剧本基本上以抗日宣传为主题，有西克等人的《逃？》、流泉的《从戎》、佚名的《我们的血》、轰轰等人的《觉悟吧，爸爸》、怒火的《起来吧》、浮萍的《为何而战（七七周年纪念）》、刘生的《投义军去》等。有学者还发掘和整理出 1938—1939 年泰华话剧剧本 28 篇，其中绝大部分以中国军民的抗日斗争为主

要内容，如铁汉的《战！》、侠魂的《为谁牺牲》、燕儿的《难兄难妹》、林翩仙的《血账》、基銮的《保卫大武汉》、胡俊改编的《一颗未出膛的枪弹》、耀的《雪地里的呼声》、杜园的《南澳之战》、郑心灵的《一颗子弹》等。铁汉的《战！》表现受伤入院的抗日伤兵坚决再战的决心，燕儿的《难兄难妹》描写失学的兄妹在失去母亲和家园后走上抗日征程的故事，基銮的《保卫大武汉》表现中国人民的抗战意志和行动，胡俊的《一颗未出膛的枪弹》则改编自中国女作家丁玲的同名小说。[1]

1. 参见周宁主编：《东南亚华语戏剧史》，上册，第 121—124 页，厦门：厦门大学出版社，2007 年版。

泰华抗战戏剧也受到中国抗战文艺通俗化运动的影响，一些泰华戏剧在表现抗战题材时有意识地采用泰国华人喜闻乐见的传统艺术形式。如黛眉的独幕小歌剧《一片爱国心》吸收潮州地方戏曲的表演艺术，融入念白、唱曲等表演形式，如剧中女主角自报家门道："侬，张雪苹是也，乃广东潮州人氏，只因祖国展开神圣抗战之后，本京同胞，莫不皆本华胄子孙之责，欣腾鼓舞，踊跃输将。"其唱词也表现出传统戏曲形式的深刻影响："家乡将为敌人侵，满腔欲表一寸心。此遭再不从规劝，做一出大义灭亲。"而这种以"旧瓶装新酒"的文艺形式在激发泰国华人的抗战热情方面则发挥了积极的作用。

另一方面，中国街头剧、活报剧等抗战文艺新形式也对泰国救亡戏剧产生了影响。1938 年，中国著名的抗战街头剧《放下你的鞭子》在泰国上演。同年出现的泰华街头剧有慧辉的《不如归去》、古勉的《刺》等，活报剧有行脚僧的《不愧爱人》等。街头剧《不如归去》写潮汕人亚新为了逃避日军战火而南下暹罗投奔表兄亚明，后在亚明的劝说下决心回国参军，保卫家乡和亲人。《刺》写泰国华人头家汉艰（应为"汉奸"的谐音）因贩卖日货而与儿子和工人发生冲突，后来汉艰被刺伤，病愈后在报上张贴启事，表示"现已痛改前非"，"此后当步爱国诸君后尘，以尽国民天职"。活报剧《不愧爱人》改编自福建南安的新闻报告，将女性争取婚姻自主与追求民族自由解放联结在一起。[2]

2. 参见周宁主编：《东南亚华语戏剧史》，第 139 页，第 143 页，厦门：厦门大学出版社，2007 年版。

二、 中国抗战文艺运动与缅甸抗战救亡文学

在中日战争全面爆发之前，缅甸华文文艺界已展开反日救亡运动。1935 年 11 月，缅华文艺团体"椰风"、"励学"、"十日谈"、"芭雨"、"黎明"的成员发起组织仰光华侨青年

学会。"一二·九"平津学生救亡运动开展后，缅华青年学会响应反日斗争，联合中华工党、妇联、书记公会、乐天社、华中学生自治会等几个团体发起组织缅华各界救亡联合会，在街头张贴标语、漫画及日寇侵占绥察平津地图等。

1937 年，缅甸华侨文艺界成立各种抗日救亡团体。1937 年 8 月 1 日，缅甸华侨文艺界抗日救亡联合会成立，并发起募捐援助陕北公学基金运动。此后缅华救亡歌咏团、救亡宣传工作团也相继成立。1939 年 5 月 1 日，缅甸华侨文化界协会成立。这些文艺团体和组织的成立，有力地推进了缅甸抗战救亡文艺运动的展开。

缅华文艺界为配合救亡工作的需要而创办各种宣传抗战救亡的报刊。其中有杂文性质的副刊《明天》、《华侨呼声》、《规律》（丘小如、林志默创办），有文艺性质的副刊《文艺》周刊（苏佐雄主编）、《艺文》周刊（绿涛（林景章）主编），还有复刊的《卜间》，以及由缅甸妇联编印的救亡刊物《女声》等。此外，1939 年的缅华文艺界风行办小报，缅华小报《正报》（曹梦觉编）、《旋风》（赵文燕编）、《的报》（李简君编）、《紫电》（马琼石编）等也抨击当时贩卖日货的奸商，一致呼吁民众抗日救亡。另外两份地方小报《土瓦导报》半月刊（曹歧周编）、《曼德里周报》（郑羁尘、容希文编）也负起向地方民众宣传抗战救亡的任务。另一份期刊《晦鸣周刊》（陈兰生编）只创办了两期，就因为刊登征夫和尚（黄中孚）的《与友人谈抗战救亡书》而被迫停刊。1941 年 8 月，以陈水成、邱立才名义发起筹办的《新知周刊》，其主编张华夫和编辑黄雨秋都是从中国逃亡到缅甸的文化人。张华夫原名张光年，即中国著名作家光未然，《黄河大合唱》的词作者。《新知周刊》是一份注重时事性和文化综合性的刊物，它打着南洋爱国侨领陈嘉庚的旗号，并得到中国抗战将领冯玉祥将军的热心支持及其惠赐的雅俗共赏的"丘八诗"。毕朔望每期为该刊撰写国际时事述评，黄雨秋则多次用化名发表华北游击区记事，张光年除用化名写杂文，还以光未然笔名连载《文学讲座》。[1]《新知周

1. 张光年：《从伊江到怒江——缅甸华侨战工队撤退归国历险记》，见林清风、张平：《缅华社会研究》，第 4 辑，第 85 页，澳门：澳门缅甸互助会，2007 年版。

刊》的形式和内容都仿照中国著名刊物《生活周刊》，是一个锋芒锐利的突击性刊物，在抗战时期对缅甸华人产生了很大的影响。滇缅公路通车后，缅华文化工作向缅甸内地发展。1941 年 12 月，缅北华人集资创办《侨商报》，向华人宣传团结一致抗日救国的意识。

缅华文艺界抗战救亡文艺活动多姿多彩、生动活泼，有的以"旧瓶装新酒"，利用旧体诗词和民间歌谣的形式来激发民众抗战救亡的情绪。1937 年的双十节，缅华报纸载有用《满江红》

谱曲的抗战歌曲，由缅属各校采用。其歌词写道："今天双十节，是民国诞生廿六年，连年来受尽欺凌、受尽压迫，满清推翻来军阀，军阀打倒了来倭寇，凄风冷雨伴国庆，只添愁。同胞们，快起来，牺牲已到了最后的关头，齐奋斗，莫回头，报此血仇，看那华北烽火急，扬子江上怒涛吼，神圣抗战已展开，向前走！"此外，各种以闽语和粤语创作的抗战歌谣也在儿童中传唱，如闽语歌谣："滚水渐渐滚，中国打日本，打死真正赘！""日本起战争，中国开大枪，大枪一吓开，日本死成堆。"还有粤语歌谣："老李伯，卖蔗格，卖得钱几百，寄返唐山要打日本贼。"

缅华文艺界还通过歌咏活动等形式来宣传抗战救亡意识。1938年救亡运动展开后，缅华爱国青年在街上义卖募款，在舞台上表演，唱的歌曲有《全国总动员》、《卢沟桥》、《心头恨》，还有从中国电影上学来的《义勇军进行曲》、《铁蹄下的歌女》等。缅华歌咏工作者为进行统战工作，由中国南下仰光的女歌唱家林亭玉领导成立了救亡歌咏团。翌年林亭玉回国后，一部分团员另组"叱咤合唱团"，后来又扩大组织为"歌联"。1940年6月，缅华叱咤合唱团编选了缅华音乐界第一本歌曲集《叱咤歌集》，内容分为"合唱歌曲"、"纪念歌曲"和"抗战歌曲"三部分，共49首歌。其中除大部分选载中国音乐家黄自、陈田鹤、夏之秋、何安东、冼星海、吕骥、贺绿汀、聂耳等人的作品外，还有林亭玉（宇心）在缅甸创作的4首歌曲、缅华作者吴曲夫（章彬）创作的《我们是中国好儿童》、黄绰卿根据中国电影《桃李劫》中聂耳的《毕业歌》改写的《侨胞们》等。

缅甸华侨各社团还以演剧来筹款救灾，支援中国抗战。这些团体有天演剧社、巨轮社、乐天社、益德社、五三社、妇女救灾会、中国佛学青年会、艺新票房、集美校友会、救亡宣传工作团和救亡歌咏团及各学校等。公演的话剧有《三江好》、《放下你的鞭子》、《前夜》、《破镜重圆》、《夜光杯》、《归人》、《血火中的上海》、《共赴国难》、《重逢》等。这些团体的演剧宣传活动，对于提高缅华民众的抗战情绪产生了激励作用。

1939年，正是滇缅公路开辟时期，中国《新华日报》记者范长江、陆诒赴缅甸采访。此时缅华救亡运动已达到高潮，除了已组织的救亡宣传工作团外，还发起文化界救亡协会、学生救亡联合会、店员救亡联合会、救亡歌咏团等单位。后来云南昆明与缅甸文协联系，举行过救亡宣传的木刻展览会。

太平洋战争爆发后，1942年2月中旬（农历春节），缅京华侨战时服务团领导一个拥有

100 多人的缅甸华侨青年战时工作队（简称"战工队"），由张光年、赵沨、李凌等人领导，在曼德勒上演《黄河大合唱》，这也是《黄河大合唱》在海外最早的一次演唱。当时战工队在缅甸华侨抗日反法西斯的文化阵地——曼德勒云南会馆连续举行三天公演，招待缅甸华侨、僧

1. 张光年：《从伊江到怒江——缅甸华侨战工队撤退归国历险记》，见林清风、张平：《缅华社会研究》，第 4 辑，第 70 页，第 86 页，澳门：澳门缅华互助会，2007 年版。

侣及各界人士，主要节目就是《黄河大合唱》。词作者张光年亲自朗诵，赵沨指挥，李凌负责舞台监督和乐队指导。尽管由于条件限制，乐队比较简陋，但队员们情绪饱满，演唱认真，配

2. 本部分"中国抗战文艺运动与缅甸抗战救亡文学"除已注明的资料出处外，另外参见黄绰卿：《缅华爱国运动的支流》、《缅甸爱国运动史》、《缅华文艺运动》、《战时的缅华报刊》、《一批逃亡的文化人》、《救亡歌咏在街头》、《"双十节"和国歌》、《第一本歌曲》、《戏剧为救亡服务》、《王雨亭和他的伙计》，分别见郑祥鹏：《黄绰卿诗文选》，第 366—368 页，第 276—278 页，第 261 页，第 274—275 页，第 449—450 页，第 271 页，第 245 页，第 480 页，第 268—269 页，第 455—456 页，北京：中国华侨出版公司，1990 年版。

上恰到好处的灯光效果，演出获得成功。《黄河大合唱》以其磅礴的气势、充满革命激情的歌词和雄壮优美的曲调而博得全场热烈的掌声，给观众留下深刻的印象，"不仅在当时轰动了曼德勒，而且对战后缅甸华侨爱国歌咏运动的广泛开展，产生了积极影响和推动作用"[1]。可以说，缅甸的抗日救亡文艺活动坚持到了最后一刻。[2]

三、　中国抗战文艺运动与菲律宾抗战救亡文学

1931 年"九一八"事变后，菲律宾华人对日本的侵华野心十分警惕，对中国的抗日运动也很关心。菲律宾华人庄希泉等在马尼拉创办《前驱日报》，反对南京国民政府的不抵抗主义。1936 年，菲华文艺界人士在马尼拉成立"文化界抗日救亡协会"，积极开展抗日救亡活动。[3]

3. 参见赖伯疆：《海外华文文学概观》，第 102 页，广州：花城出版社，1991 年版。

1937 年"七七"事变后，菲律宾华人和文化界人士积极开展抗战文艺运动，大力支援中国的抗战救亡运动。1937 年 10 月，菲律宾一些进步文化团体在马尼拉成立"菲律宾华侨文化界抗日救国会"（简称"文救会"），致力于领导和组织文化界爱国人士，宣传抗日主张。1938 年，各劳工团体成立"菲律宾华侨各劳工团体联合会"（简称"劳联会"），也以各种形式的文艺活动宣传抗日救亡主张，发动当地华侨抗战输将。1938 年 8 月前后，华侨学生成立"菲律宾华侨学生救亡协会"（简称"学救会"），积极开展抗日救亡工作。[4]

4. 周宁主编：《东南亚华语戏剧史》，下册，第 880 页，第 883 页，厦门：厦门大学出版社，2007 年版。

中日战争全面爆发后，菲华报刊《前驱日报》、《公理报》、《救亡月刊》、《菲岛华工》、《战时店员》、《学生战线》、《民号周刊》、《民族斗争》等积极投入抗战救亡宣传活动，其中菲律宾华侨总工会出版的《菲岛华工》，就是为了宣传抗日救亡而创办的、载有文艺作品的刊物。[5]

5. 赖伯疆：《海外华文文学概观》，第 102 页，广州：花城出版社，1991 年版。

在中国抗战文艺运动的影响下，菲律宾华人大力开展戏剧宣传抗战救亡活动。在马尼拉，

菲华戏剧团体有颜鸣笙主持的"嘤鸣社话剧团"，谢如煌、吴九如主持的"八一三话剧团"，林汉民、潘石夫等主持的"菲律宾华侨国防剧社"，颜影、王寄生（白刃）和张时培负责的"青年德育话剧社"（后改为"八一三剧团"）、吴永源、鲍居东等负责的"学救会"话剧部，洪光学校的"儿童剧社"等。[1] "嘤鸣社"、"八一三剧团"、"前进"、"国防剧社"几乎每天

<small>1. 周宁主编：《东南亚华语戏剧史》，下册，第 880 页，厦门：厦门大学出版社，2007 年版。</small>

都有演出活动，而且写报告文学，并鼓励侨众献捐、义卖等。[2] 国防剧社是一个以宣传爱国主义、

<small>2. 参见 [菲] 王礼溥：《菲华文艺六十年》，第 209 页，Edsa, Quezon City M. M.：菲华艺文联合会，1989 年版。</small>

团结抗日为宗旨的群众性戏剧团体，其成员主要由菲律宾马尼拉市的店员和工人组成，在"劳联会"成立后，成为"劳联会"进行抗战宣传的一支重要力量。1937 年庆祝"五一"节期间，国防剧社公演大型话剧《阿 Q 正传》、街头剧《放下你的鞭子》等。该剧社排演的剧目以宣传抗战爱国的内容为主，有《中国妇女》、《赵老太太》、《流寇队长》、《东北义勇军》、《八百壮士》等。其中《中国妇女》是关于爱国观念战胜夫妻私情的故事，《赵老太太》讲述的是东北义勇军中的一位赵老太太英勇杀敌的故事，《流寇队长》表现一批流寇在爱国主义教育下，最终团结一致共同抗日的故事。[3] 柯金锁、杨健民和周东君等人组织领导的"华侨歌咏会"，

<small>3. 周宁主编：《东南亚华语戏剧史》，下册，第 882 页，厦门：厦门大学出版社，2007 年版。</small>

邀请从新四军工作回来的蔡紫茵等人教唱抗战歌曲以及《延安颂》等。国防剧社与"华侨歌咏会"密切配合，在演出戏剧节目时穿插歌咏演唱，大大加强了演出效果。"学救会"话剧部深入街头和乡村开展戏剧和歌咏活动，向华侨民众进行抗战宣传，其演出的大部分剧目来自中国作家的创作，但也有根据当时的新闻编写的，如快报剧《台儿庄大捷》。嘤鸣社和德育社演出的剧目有曹禺的《日出》、李健吾的《这只不过是春天》等。

在华人集中的另一个地方怡朗，抗战救亡戏剧运动也获得很大的发展。怡朗华人于 1936 年 7 月成立华侨救亡协会（简称"救亡会"），并组织"国防剧社"、"少年剧团"和"读书会"。国防剧社的发起人为陈曲水、高山、李烈、洪玛瑙等，演出的剧目有《回春之曲》、《雷雨》、《一年间》、《凤凰城》、《夜光杯》、《牛头岭》等。少年剧团发起人为黄明交、王华启等，演出剧目有《放下你的鞭子》、《飞将军》、《火海中的孤军》等。此外，李烈主持的"海萍社"也积极投入宣传抗战救亡运动，并且还以话剧演出募集抗战经费和药品。[4]

<small>4. 周宁主编：《东南亚华语戏剧史》，下册，第 883—885 页，厦门：厦门大学出版社，2007 年版。</small>

在文艺为抗战服务的共同目标下，中菲两地的文艺交流得到进一步深化。1939 年，"福建省政府南洋华侨慰问团"到东南亚慰问侨胞，随团的叶绵绵留在菲律宾，与当地剧团一起参加抗战宣传演出活动，并导演了吴祖光的《凤凰城》。同年，"福建省艺术慰问团"到菲律宾宣

慰侨胞演出，团员陈霖生、叶克也留在菲律宾从事话剧演出工作。1941 年前后，中国作家邢光祖、林林、杜埃等南下菲律宾，将中国抗战文艺运动的思想和作品广泛介绍给当地民众。杜埃受邀为菲律宾文艺界做过几次关于抗战文艺的报告，报告会还在菲华报章《华侨日报》、《建国周报》刊发了消息。另一方面，菲华作者施颖洲的新诗《海外的卖报童》发表在巴金主编的《烽火》上，诗歌描写海外卖报童把中国抗日军队的捷报散播给海外侨胞，并将卖报所得捐助中国抗战事业，反映了包括菲律宾华人在内的海外侨胞的抗战热情和援助行动。菲律宾"劳联会"除在当地开展抗战救亡文艺宣传活动外，还组织回国慰问团到江西新四军驻地进行劳军慰问活动。此外，有的华侨青年还远赴延安鲁迅艺术学院学习，结业后奔赴各个抗日战场。[1]

1. 参见赖伯疆：《海外华文文学概观》，第 102—103 页，广州：花城出版社，1991 年版。

　　1941 年 12 月太平洋战争爆发，日军于次年 1 月占领马尼拉。菲律宾华人成立了抗日反奸大同盟，并在各地建立分盟。与中国抗日组织相同的是，抗日反奸大同盟下设有"工抗"、"青抗"、"妇抗"、"文抗"、"学抗"等行业性抗日组织，并出版很多地下刊物，如"青抗"的《野草》、"妇抗"的《地下火》和"学抗"的《铁流》等，并以小说、诗歌、散文、杂文等文艺作品进行抗战宣传，以鼓动民众的抗战热情。[2] 在马尼拉，吴金燧、林克、杨波、张罗纲等人组织"五月文艺社"，他们创作宣传抗日的作品，并把稿件通过地下组织转交给杜埃等人审阅。杜埃、

2. 参见饶芃子主编：《中国文学在东南亚》，第 300—301 页，广州：暨南大学出版社，1999 年版。

林林、梁上苑等人还为地下组织的报纸写稿。杜埃作有《远方》及反映中国东江纵队抗日斗争的长诗《红棉栗色马》等，林林著有《同志，攻进城来了》等。[3] 此外，还有一些地下抗日

3. 赖伯疆：《海外华文文学概观》，第 103 页，广州：花城出版社，1991 年版。

组织出版油印小谍报，如菲律宾华侨青年战时特别工作总队的《前锋》、血干团的《导火线》、义勇军的《大汉魂》、抗日锄奸迫击团的《扫荡报》等。这些地下出版物展现了菲律宾华人坚强的抗战意志和不屈的民族精神，如《大汉魂》主编柯叔宝在《〈大汉魂〉发刊宣言》[4] 中表示：

4. 柯叔宝：《〈大汉魂〉发刊宣言》，见柯叔宝：《柯叔宝自选集》，第 169—172 页，台北：黎明文化事业股份有限公司，1985 年版。

"这就是大汉民族的国魂，这国魂，是我们祖先五千年民族精神教育所造成的。明顺逆，别忠奸，重气节的抗敌救国的国魂。我们祖先以此大汉魂特质，遗留在我们后世子孙的骨血中，散布于四肢百体。故不论国内国外，莫不千人一意，万里同心，始有此伟大壮烈的表现。"该宣言还提出《大汉魂》今后的"工作指标"：拥护政府，争取祖国的胜利；制裁奸贼，砥砺民族的气节；爱护侨胞，维持侨界的利益；研究问题，提示今后的途径；传达消息，说明时局的真相。

　　另外，还有一些菲华抗战文艺作品是在抗战胜利后才正式发表或出版的，如李成之的《碧瑶集中营》、潘葵邨的《达忍三年》、吴重生的《出生入死》。它们分别以散文或旧体诗的形

式描述了菲律宾华人在沦陷时期被日寇残酷刑讯或四处逃亡的真实经历，被认为是"慷慨悲歌，义烈千秋的史迹"与"凄惨痛苦，忧患离乱的回忆"，其表现出来的民族气节和抗敌精神足以惊天地泣鬼神。抗战胜利后，杜若（柯叔宝）主编的第一本菲华青年文艺著作《钩梦集》在上海出版。书中汇集杜若、芥子、亚莲、亚薇、萧莫尔、蛮斯、许东桥、向明、秀报、箫人、姚礼、英子、莎士、施秀英、美莲、瓦各、子彤、小凡等菲华作者在沦陷期间和光复初期的文艺创作，包括新诗、散文、随笔、戏剧和小说等创作形式。中国诗人臧克家为其作序《一个声音》道："这是一个声音，一个从生命里迸发出来的战斗和对于祖国恋念喁喁的声音。……把《钩梦集》与国内文艺作品比较，毫无疑问的会显得'粗糙，不成熟'，但是，对于'一群年青的侨胞'，我们长年居住于异邦之域，没有受过高深的中文教育，沦陷三年，心惊胆战，仍孜孜不倦，光复以后，为生活奔波，还是不忘写作，这一种热诚，即值得喝彩鼓励。"[1] 由此看来，李成之、

1. [菲] 王礼溥：《菲华文艺六十年》，第 34—35 页，Edsa, Quezon City M. M.：菲华艺文联合会，1989 年版。

潘葵邨、吴重生等人的"逃亡纪实"和《钩梦集》虽然正式发表或出版于抗战胜利后，但它们所反映的内容大都与菲律宾华人抗日行动有关，可以说是菲华抗日救亡文学的一部分。

　　菲律宾在战后光复初期涌现不少文艺副刊，如《公理报》的《晨光》（何祖炘主编）、《华侨商报》的《新潮》（蓝天民主编）、《华侨导报》的《笔部队》（林林主编）、《前锋日报》的《北望》（亚薇主编）、《大中华日报》的《长城》（杜若主编）、《中正日报》的《语林》（庄克昌主编）以及《重庆日报》的《丹心》、《侨商分报》的《星火》等。一些综合性刊物如《现代文化》（杜埃主编）、《现代妇女》（李启芬、黄素心、林彬等编辑）也常发表文艺作品。

　　由杜埃、叶向晨任顾问，林林和林如峰任主席的全国性文艺团体"华侨青年文艺工作者协会"也在这时期出现，并在《华侨导报》副刊《笔部队》上举办过两次文艺比赛。抗战时期成立的"国防剧社"改名为"解放剧社"，演出的剧目有《凤凰山》、《升官图》、《阿Q正传》、《金小姐》等。"华侨青年音乐研究会"、"青年抗宣教部歌咏队"、"中华口琴会"等文艺团体演出过《黄河大合唱》、《菲律宾华侨抗日游击队队歌》、《延安颂》、《新四军军歌》、《在太行山上》等。另外还出现了其他文艺组织如"默社"、"晨光社"、"蕉光学社"等。[2]

2. 参见赖伯疆：《海外华文文学概观》，第 103—105 页，广州：花城出版社，1991 年版。

上述战后初期菲华文艺的发展，实际上与中国抗战文艺运动的持续影响有关。

第七章　中国"文化大革命"文艺思潮
　　　　与东南亚"文革潮"文学

1966 年 5 月至 1976 年 10 月是中国"文化大革命"时期。"文化大革命"是在社会主义条件下，由执政的中国共产党领袖毛泽东亲自发动和领导，以所谓"无产阶级专政下继续革命理论"为指导，由共产党的中央委员会作出决定并号召全民参加，笼罩着反修防修的神圣光环，运动的重点是整所谓党内走资本主义道路的当权派，性质是"一个阶级推翻一个阶级"的政治大革命，形式是发动亿万群众自下而上地揭露党和国家的黑暗面，全面夺权。[1]

1. 参见席宣、金春明：《"文化大革命"简史》，第2—3页，北京：中共党史出版社，2006年版。

"文化大革命"是一场史无前例的政治运动，它不仅对中国的政治社会和文化思想等方面产生深远的影响，也对一些东南亚国家产生了某种程度的影响。伴随着"文化大革命"产生的极左文艺思潮，也通过各种途径传播扩散到东南亚，使新加坡、马来西亚、越南、柬埔寨等国出现"文革潮"文学，并对当地的文学、文化、政治和社会产生影响。

第一节　中国"文化大革命"文艺思潮在东南亚的传播

"文化大革命"文艺思潮的源头可以追溯到 1942 年 5 月毛泽东亲自主持的延安文艺座谈会及其在次年 10 月 19 日全文刊发的《在延安文艺座谈会上的讲话》（简称《讲话》）。《讲话》强调文艺的阶级属性和政治功能，指出"文艺服从于政治"，文艺应该是"整个革命机器的一个组成部分"，作为"团结人民、教育人民、打击敌人、消灭敌人的有力武器"。为此，毛泽东提出了"文艺为工农兵服务"的方针，号召作家深入工农兵生活，"长期地无条件地全心全意地到工农兵群众中去，到火热的斗争中去"。"文革"期间，这篇有关延安文艺整风运动的指导文献成为"文化大革命"的"纲领性文献"和"指南针"，其中"文艺为工农兵服务"的论述成为"四人帮"炮制的一整套工农兵文学理论的重要基础。此外，毛泽东的《新民主主义论》、《看了〈逼上梁山〉以后写给延安平剧院的信》也作为革命文艺理论的经典论述，在"文化大革命"期间被奉为文艺指导思想。

一、　中国"文化大革命"文艺思潮的兴起

1966 年 2 月 2 日至 20 日，林彪委托江青在上海召开"部队文艺工作座谈会"，并形成《林彪同志委托江青同志召开的部队文艺工作座谈会纪要》（简称《纪要》）。《纪要》经毛泽东审阅修改后，于 4 月间经中共中央批准并下发给全党全国。《纪要》配合政治斗争的需要，打着文化革命的旗号，炮制出一条所谓的"文艺黑线专政论"，宣称文艺界在建国以来基本上没有执行"毛主席的文艺路线"，而是被一条与毛泽东思想相对立的"反党反社会主义的黑线"专了政，这条黑线就是"资产阶级的文艺思想、现代修正主义的文艺思想和所谓三十年代文艺的结合"。《纪要》否定了 20 世纪 30 年代以来共产党在国民党统治区领导下的左翼文艺运动（唯一肯定的只有"以鲁迅为首的战斗的左翼文艺运动"），以及新中国建国以来的文艺成就，由此提出要"重新教育文艺干部"和"组织文艺队伍"，坚决进行"一场文化战线上的社会主义大革命"，以"彻底搞掉这条黑线"，并强调"这是关系到我国革命前途的大事，也是关系到

世界革命前途的大事"。

《纪要》把新中国成立十六年以来文艺理论方面的代表性论点归纳为"黑八论",即"写真实"论、"现实主义——广阔的道路"论、"现实主义的深化"论、反"题材决定"论、"中间人物"论、反"火药味"论、"时代精神汇合"论等,认为这些论点大抵都是毛泽东《在延安文艺座谈会上的讲话》中已批判过的。《纪要》宣称在资产阶级和现代修正主义文艺思想逆流的影响或控制下,建国十几年来的文艺"真正歌颂工农兵的英雄人物"、"为工农兵服务"的"好的"或者"基本上好的"作品不多,不少是"中间状态的作品",还有一批是"反党反社会主义的毒草","专写错误路线"、"丑化工农兵形象",或是写"犯纪律"的英雄,或是制造英雄死亡的"悲剧的结局",对敌人的描写"不是暴露敌人剥削、压迫人民的阶级本质,甚至加以美化",有些则"专搞谈情说爱,低级趣味,说什么'爱'和'死'是永恒的主题",这些都是"资产阶级的、修正主义的东西",必须"坚决反对"。

《纪要》将文艺界的一些艺术、学术和思想问题上纲上线至阶级斗争、路线斗争的政治问题,如新中国成立后的优秀文艺作品《青春之歌》、《组织部新来的青年人》等被列为"反党反社会主义的毒草",周扬、冯雪峰、田汉、赵树理、老舍、杨朔等被冠以"文艺黑线"的"祖师爷"、"叛徒"、"走资派"、"特务"、"反党反社会主义分子"等罪名而遭受残酷打击和无情迫害。"文革"期间被迫害致死的著名文艺家数以百计,以至于文艺界万马齐喑、百花凋零。

为了展现"社会主义文化大革命""有破有立"的成果,江青等人窃取了《红灯记》、《沙家浜》、《智取威虎山》等京剧改革成果,将它们与现代革命京剧《奇袭白虎团》、《海港》,芭蕾舞剧《红色娘子军》、《白毛女》,交响音乐《沙家浜》等8个剧目封为"革命样板戏",宣称要在戏曲舞台上塑造出"当代的革命英雄形象",其主要目的是"歌颂正面人物"。此外还炮制了小说《初春的早晨》、《虹南作战史》,电影《春苗》、《决裂》、《反击》,话剧《盛大的节日》等作为政治斗争的工具,塑造了所谓的"同走资派斗争的无产阶级革命派英雄形象"。

江青等人以总结创作经验之名,提出"根本任务论"、"三突出"、"主题先行论"、"三结合"、"三陪衬"、"三铺垫"等一套所谓的文艺创作理论。"根本任务论"即"社会主义文艺的根本任务"就是"要努力塑造工农兵的英雄形象",这是"文化大革命"文学理论的核心命题,也是文学创作与文学批评的最高标准。"三突出"创作原则就是"在所有人物中突出正面人物；在正面人物中突出英雄人物；在英雄人物中突出主要英雄人物"。"主题先行论"中的"主题"是指"老干部等于民主派，民主派等于走资派，走资派还在走，必须要打倒"，而这个主题在创作之前就已规定，创作时必须由此出发，根据这个主题到生活中寻找素材而加以表现。"三结合"即"领导、专业人员、群众"三者的结合，就是领导出题目，作者下去体验生活，然后由群众集体讨论，群策群力，最后形成作品。

在江青等人的极力推动下，上述严重违背艺术创作规律的极左文艺理论在"文化大革命"时期大行其道，成为文艺工作者必须遵循的创作法则，文艺作品成为政治斗争的工具，着力塑造的"工农兵英雄形象"也大多是"高、大、全"的完美英雄，完全违背了生活真实和艺术真实，由此造成"文革文艺"极端的政治化、概念化、脸谱化和模式化。如小说《金光大道》中的主要英雄人物名为"高大泉"，与塑造无产阶级英雄形象的"高、大、全"要求谐音；《红灯记》中的李玉和作为"无产阶级的理想化的英雄形象"，具有"威武不屈的英雄气概和压倒一切腐朽反动势力的精神力量"，"一亮相"就给观众一个"高大的英雄形象的感觉"；《智取威虎山》在正反面人物同场的戏里，"有意压低了反面人物的嚣张气焰"，"着力突出正面英雄人物"，"使主要英雄人物始终居于主宰地位"，在"献图"一场戏中，"杨子荣一个箭步，跃上威虎厅高台把敌人甩向舞台阴暗的边角，显得十分渺小"，而杨子荣的胆略和大智大勇，则来源于"伟大的毛泽东思想"、"高度的阶级觉悟"和"对无产阶级革命事业的无限忠诚"等。

"文革"期间，红卫兵中产生了为"文革"政治、文化格局所规定的文艺——"红卫兵文艺"，并于 1967 年夏至 1968 年秋形成高潮。毛泽东点燃"文化大革命"之火的一个重大措施，就是支持以青年学生和工人为主的红卫兵，让他们成为到全国各地去"煽文化大革命之风，点文化大革命之火"的急先锋，红卫兵也以"造反有理"而自居[1]，如清华大学附属中学的红卫

1. 席宣、金春明：《〈文化大革命〉简史》，第 103 页，北京：中共党史出版社，2006 年版。

兵在送给毛泽东的大字报《无产阶级的革命造反精神万岁》中就写道："革命就是造反，毛泽东思想的灵魂就是造反"，"不造反就是百分之一百的修正主义"，"我们就是要抡大棒、显神通、施法力，把旧世界打个天翻地覆，打个人仰马翻，打个落花流水，打得乱乱的，越乱越好"。红卫兵掀起的这股"造反"狂潮却受到毛泽东的大力支持，红卫兵巨大的破坏性和盲动性也被视为对革命的无限忠诚。红卫兵文艺有大型歌舞《井冈山之路》、大型歌舞史诗剧《毛主席革命路线胜利万岁》、大联唱《红卫兵组歌》、多幕剧《希望寄托在你们身上》、诗集《写

在火红的战旗上——红卫兵诗选》、政治幻想诗《献给第三次世界大战的勇士》，以及在大大小小的红卫兵"小报"上刊登的政论、评论、杂文、诗歌、散文等。

大型歌舞史诗剧《毛主席革命路线胜利万岁》是为了纪念北京大学聂元梓等七人公开发表"第一张马列主义大字报"而编创的一部"文化大革命"史诗剧，由北京中学红卫兵"四三派"联合排演和公演。其演出规模宏大，最多时演剧人员达五六百人，舞蹈、合唱、乐队约各占180人。主要内容有：一、序曲——"五一六通知"；二、"破四旧"；三、"红卫兵想念毛主席"；四、"无限风光在险峰——斗、批、改！"；五、"毛主席接见红卫兵，大串联"；六、"我们和中央文革心连心"；七、"复课闹革命"；八、"把文化大革命进行到底！"。该剧还搬用了大型音乐舞蹈史诗《东方红》中的一些革命歌曲，如将其中的《农友歌》重新填词使用。此剧在北京、郑州、武汉、天津等地演出时受到观众的热烈欢迎，并获得首都文艺界专家的好评，后来还进入"广播剧场"，由中央电视台进行现场转播。中央文革小组成员王力、关锋、戚本禹也观看了演出，并提出修改意见。大型歌舞《井冈山之路》模仿大型音乐舞蹈史诗《东方红》，并受到《毛主席革命路线胜利万岁》的启发，全剧历述清华大学红卫兵组织"井冈山"的战斗历程，表达了红卫兵无限崇拜和拥护毛泽东的决心。[1]

1. 参见杨健：《文化大革命中的地下文学》，第19—20页，第33—39页，北京：朝华出版社，1993年版。

红卫兵诗歌也大多表达革命小将对领袖毛泽东的崇拜之情、对走资派的造反精神，以及以解放全人类为己任的使命感和自豪感，如《红太阳颂》以无比真诚的情感歌颂领袖毛泽东：

毛主席呵毛主席，／在"黑云压城城欲摧"的岁月，／我们打开您的宝书，／眼前呵大道一行行！／当我们被走资派加上镣铐，／是您点燃文化革命的烈火，／烧毁黑暗的牢房；／当我们被工作组钉上黑榜，／是您斩断刘邓反动路线，／再次把我们解放！[2]

2. 新北大公社红卫兵向日葵：《红太阳颂》，见王家平：《文化大革命时期诗歌研究》，第45页，开封：河南大学出版社，2004年版。

有的红卫兵诗歌以横扫一切的气势表现了"造反有理"的战斗精神，并充斥着"造反精神"所带来的语言暴力：

打倒党内走资本主义道路当权派，／踢翻赫秃头徒子徒孙，／砸烂资本主义黑货，／横扫修正主义毒品！／看，革命小将手奋金棒起，／万里蓝天高悬照妖镜。／斩黑藤，刨黑根，／破四旧，立四新，／天翻地覆闹革命。[3]

3. 《葵花朵朵向太阳》（第二首），见王家平：《文化大革命时期诗歌研究》，第37页，开封：河南大学出版社，2004年版。

总之，"文化大革命"文艺思潮是以文艺作为政治斗争的工具，而"文革文艺"也充斥着极端的政治化、概念化、脸谱化和模式化，甚至有着严重的语言暴力倾向，这也是在非正常的政治生态下产生的一种严重违背艺术规律的极左文艺思潮。

二、 中国"文化大革命"文艺思潮在东南亚的传播

由于国际共产主义运动的影响，20 世纪的世界形成了资本主义和社会主义两大阵营。第二次世界大战后，冷战的世界格局导致了以美国为首的帝国主义和资本主义国家，与以苏联为首的社会主义国家，以及亚洲、非洲、拉丁美洲追求民族解放和自由的革命人民之间的严重对立。

1949 年成立的新中国属于社会主义阵营，也是国际共产主义运动的重要成员。在毛泽东和共产党的领导下，中国人民在解放后的十几年间取得了巨大的经济建设成就，受到亚、非、拉追求民族独立和解放的革命人民由衷的敬仰。在"文化大革命"初期访问中国的一些外国友人就盛赞道："毛主席把一个受帝国主义、封建主义和官僚资本主义压迫和剥削的国家，变成一个人民掌握政权的国家"[1]，"中国人民十六年来所取得的成就，用任何标准来看都是使人印象深刻"[2]，"中国面貌在十七年中发生了巨大的变化，已经以一个具有崭新面貌的国家屹立在这个世界上"[3]。

1.《毛主席是世界人民心中的红太阳——记五大洲朋友访问韶山毛主席故居》，载越南《新越华报》，1966 年 6 月 26 日。

2.《世界革命人民心向毛泽东》，载越南《新越华报》，1966 年 5 月 28 日。

3.《毛泽东思想是世界革命人民的灯塔》，载越南《新越华报》，1966 年 6 月 15 日。

1966 年 4 月，美国的左翼组织"争取成立马列主义党特别委员会"发表文章，指出世界革命和反帝的中心已经从苏联转移到中国："中国在一九四九年完成伟大的中国革命之后，开始走上了建设社会主义的道路。全世界都感受到中国革命的影响。中国革命为民族解放斗争提供了力量和方向"，而苏联在斯大林逝世以后不久，"以赫鲁晓夫为首的国际修正主义者背叛了十月革命"，在这期间，"世界的革命和反帝中心从苏联转移到了中国"，"由于有了中华人民共和国的先例为榜样，由于有了中国共产党以及英雄的阿尔巴尼亚劳动党和世界上其他坚持原则的马克思列宁主义运动的领导，亚洲和非洲前殖民地人民的力量和团结成了反对以美帝国主义为首的世界反动力量的主要堡垒"[4]。"文革"时期的中国已经取代苏联成为国际共产主义

4.《世界革命反帝中心已从苏联移到中国》，载柬埔寨《棉华日报》，1966 年 6 月 2 日。

运动的中心，毛泽东也成为世界革命人民的领袖，以及亚、非、拉追求国家独立、民族解放和人民翻身的革命人民的精神导师，而毛泽东亲自发动的"文化大革命"则被视为一种伟大的政治革命，为世界革命人民提供巨大的支持力量。当时亚洲的日本、印尼、菲律宾，以及欧洲的

法国、意大利等地，都发生过大规模的民众运动，如工人学生罢工罢课、游行示威的事件[1]，南越、

1. 参见［新］方修：《战后新马文学大系·小说二集·导言》，第 13 页，北京：华艺出版社，1999 年版。

印度、缅甸、泰国的革命战争胜利捷报频频传来[2]，这是一个"五洲四海风雷激荡"的年代，"国

2. 杨健：《文化大革命中的地下文学》，第 51 页，北京：朝华出版社，1993 年版。

家要独立、民族要解放、人民要翻身"的呼声成为一种世界性的思潮。

　　"文化大革命"时期，整个中国弥漫着毛泽东个人崇拜的社会思潮。在林彪等人的大力推

崇下，毛泽东成为"伟大的领袖"、"伟大的导师"、"伟大的统帅"和"伟大的舵手"。与

毛泽东相关的物品如毛泽东著作、像章、塑像、歌曲等被视为"圣物"而受到中国民众的顶礼

膜拜。仅 1967 年，全国就出版 8 640 万部《毛泽东选集》，3.5 亿册《毛主席语录》，毛泽东著

作被译成几十种外国文本向世界发行[3]，同时还制作了大量的毛泽东像章、画像和塑像以供人

3. 杨健：《文化大革命中的地下文学》，第 50 页，北京：朝华出版社，1993 年版。

们佩带、张贴和摆放。毛泽东语录歌、毛泽东诗词歌曲，以及赞颂毛泽东的歌曲如《东方红》、

《大海航行靠舵手》等风靡全国。此外还形成"早请示、晚汇报"等个人崇拜仪式，以及"三

忠于"、"四无限"、"敬祝万寿无疆"、"万岁万万岁"等个人崇拜语言。[4]

4. 参见刘晓：《意识形态与"文化大革命"》，第 299 页，台北：洪叶文化事业有限公司，2000 年版。

　　中国的毛泽东个人崇拜热潮也伴随着"文化大革命"的外溢而在世界广泛传播。《人民日

报》以通栏篇幅不断登出世界各国人民热爱毛泽东、手举毛主席语录和画像的大幅照片和事迹，

中国主流报刊大量刊登《中国的文化大革命必将对世界发生深远影响》、《世界革命人民心向

毛泽东》、《毛泽东是世界革命人民的灯塔》、《毛主席是世界人民心中的红太阳》之类的报道。

这类报道也被东南亚的一些华文报刊大量转载，如越南《新越华报》转载中国《解放军报》的

评论《世界革命人民心向毛泽东》道：在亚洲、非洲、拉丁美洲辽阔的土地上，毛泽东思想正

在"越来越广泛地传播"，"越来越深入人心"，世界革命人民的心都向着北京，向着毛泽东。

世界革命人民把毛泽东视为"当代的列宁"、"当代最伟大的革命领袖"，将毛泽东思想视为

"战斗的号角"、"不落的太阳"，把毛主席著作当成"革命的武器"和"指路的明灯"而如

饥似渴地阅读。[5] 该报还转载新华社记者的文章《全世界革命人民欢呼伟大的毛泽东时代》道：

5.《世界革命人民心向毛泽东》，载越南《新越华报》，1966 年 5 月 28 日。

"毛主席亲自发动和领导的中国无产阶级文化大革命，震撼了全球，进一步唤起世界革命人民，

打倒帝国主义，打倒现代修正主义，扫除一切害人虫，建立一个没有帝国主义、没有资本主义、

没有剥削制度的新世界。全世界五大洲四大洋，高唱着《大海航行靠舵手》的赞歌；飘扬着毛

泽东思想的战旗，翻滚着波澜壮阔的革命洪流。"[6]

6.《全世界革命人民欢呼伟大的毛泽东时代》，载越南《新越华报》，1967 年 1 月 12 日。

　　此外，许多崇拜毛泽东和向往中国"文化大革命"的外国友人，为了"寻找革命真理"和"学

习革命经验"而纷纷前来中国访问，其中一个重要访问地就是"全世界革命人民向往的毛主席的家乡"——韶山。这些访问韶山的外国友人有国家领导人、政党负责人、社会活动家，有工会、妇女、农民、青年组织的代表，还有作家、诗人、艺术家、教师、学者、医生、军事家、新闻记者、法律工作者、体育工作者，以及在华的外国专家、留学生、实习生等。其中有位越南友人写诗道："日自韶山出，日出东方红。当今红四面，四面起东风。"还有位老挝友人说："我们学了毛泽东思想，又来毛主席家乡访问，大家感到更亲切了，体会更深刻了。"[1]

1.《毛主席是世界人民心中的红太阳——记五大洲朋友访问韶山毛主席故居》，载越南《新越华报》，1966 年 6 月 26 日。

"文化大革命"思潮在东南亚的传播，还与当地的政治、社会、历史、文化背景以及华侨华人与中国的密切联系有关。"文革"期间正值美帝国主义发动侵略印度支那（即中南半岛上的越南、柬埔寨和老挝）的战争，中国共产党和中国人民由于共同的意识形态和国际共产主义精神，对越南、柬埔寨和老挝人民的抗美救国斗争给予巨大的物质和精神支持。在美帝国主义加紧侵略胡志明领导的越南民主共和国时，中国国家领导人周恩来总理表示：中越是唇齿相依、患难与共的两个社会主义国家，两国人民在反对帝国主义的斗争中从来是相互同情和相互支持的。不管美帝国主义怎么办，中国将支持越南人民的伟大斗争，直到最后胜利。[2] 一些狂热的

2. 参见《七亿中国人民誓为越南人民的后盾》，载越南《新越华报》，1966 年 7 月 19 日。

红卫兵和下乡知青甚至越过国境，亲身参加越南军民抗击美国侵略者的斗争，有的还越过中缅边境参加缅甸共产党的游击队。"文革"中流行较广的政治幻想诗《献给第三次世界大战的勇士》，就表现了中国青年牢记"我们这一代青年将亲手参加埋葬帝国主义的战斗"的最高指示，幻想参加"最后消灭剥削制度的第三次世界大战"。黄尧的《最后音符》则描述参加缅共游击战的红卫兵决心肩负"世界革命的历史责任"，"开拓一个没有剥削、没有压迫的新纪元"，用热血去"灌溉异国的自由之花"。[3]

3. 参见杨健：《文化大革命中的地下文学》，第 50—70 页，北京：朝华出版社，1993 年版。

由于中国大力支持东南亚人民反帝、反殖、反资的斗争，这些国家的人民发自内心地赞美和崇敬中国共产党的最高领袖毛泽东，并将其视为精神领袖和精神导师。如一位"站在反美斗争最前线"的越南作者写道："毛主席，/……是世界无产者的敬爱领袖"，"他百战百胜，/同革命形影不离。/ 他的思想，比枪林剑海还要强。/ 他锻炼出百万雄兵，/ 正战斗在五大洲四大洋"；另有"北加里曼丹"的"民族解放战士"庄重指出："没有毛泽东，就没有新世界"；还有老挝前线的"爱国战士"说："我们老挝人民热爱毛主席胜过爱自己的亲生父母。亲生父母只生了我们的身，毛泽东思想使我们从帝国主义压迫和奴役下解放出来，获得新生"；还有

一位老挝青年战士带着背面写有"毛主席，我们爱您"字句的毛主席像"奔赴战场"，"去同敌人英勇搏斗"。[1] 老挝爱国战线党和爱国中立力量的一些领导人向中国新华社记者发表谈话，

1.《全世界革命人民欢呼伟大的毛泽东时代》，载越南《新越华报》，1967年1月12日。

"热烈赞扬中国人民高举毛泽东思想伟大红旗，开展社会主义文化大革命"，认为"文化大革命""显示了毛泽东思想的无比威力"，"中国人民在这个革命中所取得的胜利，也是老挝人民的胜利"。[2]

2.《中国社会主义文化大革命是毛泽东思想伟大胜利》，载越南《新越华报》，1966年6月23日。

在新加坡、马来西亚等地，当时的马来亚共产党深受中国共产党的影响，而中国共产党当时正处于一种狂热的"文革"思潮里，因此马来亚共产党及其外围组织可以说是充当了"文革""外溢"的"中间人"角色。一些极左的书刊杂志主要通过中国海员或其他隐蔽管道带到新加坡，或通过马共卫星组织和地下电台散播。当时远在东南亚的华校知识分子从有限管道所获得的，是高昂亢奋的口号、激动人心的歌曲和乌托邦式的革命理论。这些令人眩目的"革命文化"，恰恰就成为了处于劣势的新加坡和马来西亚华校知识分子的"精神食粮"。由于东南亚的华校知识分子长期处于弱势的政治、经济与教育环境，因而对这种语言文化相近，并推崇弱势阶级的文化很自然就产生了认同，中国的文化革命与意识形态自然而然成为华校生所向往的目标，尤其是"文革"时期种种反传统反权威的运动与口号，也使一些华校生模仿与追随，再加上马来亚共产党的推波助澜，"文革"思潮就形成一股强大的时代浪潮。[3] 马来亚共产党虽然不是

3.参见 [新] 朱成发：《红潮——新加坡左翼文学的文革潮》，第33页，第17页，第140页，第32页，新加坡：玲子传媒私人有限公司，2004年版。

执政党，只能从事地下颠覆政权活动或在丛林中进行游击战，但在一些左派阵线和学运界，却普遍流行着这样一种信念，就是东南亚的国家将在20年内社会主义化，即到了20世纪80年代，社会主义将取代资本主义，而东南亚国家和人民将享有目前中国的社会主义美好生活。[4] 这些

4.参见 [马] 谢诗坚：《中国革命文学影响下的马华左翼文学（1926—1976）》，第295页，厦门大学中文系博士学位论文，2007年。

新马左翼政党及其群众团体向往毛泽东领导下的新中国，并将其视为愿意为之奋斗的红色"乌托邦"，毛泽东发动的轰轰烈烈的"文化大革命"及其充满暴力的群众运动形式，于是成为他们对抗当地政府的一种效仿方式。

再者，二战之后的许多东南亚华人虽然经历了国家认同的转向，即从原先的认同中国转而认同当地新兴的国家，但仍然有相当一部分华侨华人对中国及其文化保持强烈的认同，他们以侨民的身份或心态热爱着中国，关注着中国的政治、社会、文化等方面的动态。东南亚华侨华人由于旧中国的积贫积弱而饱受殖民地政府和西方列强的歧视，如今也因为新中国的强大而扬眉吐气。他们对于带有"反帝反修"神圣光环的"文化大革命"是由衷地欢迎和支持，如柬埔

寨华文报《棉华日报》发表社论《为祖国文化大革命祝捷——庆祝中华人民共和国成立十七周年》，称颂"文化大革命"是一场"大扫牛鬼蛇神，挖修正主义毒根，防止资本主义复辟"的革命，认为中国人民的江山将"更牢固"、"更美好"，国家各方面的建设事业将"更发展"、"更兴旺"，表示"更富强的中国"是海外一千多万爱国华侨的"最大利益"、"最大希望"和"最大靠山"，并热烈欢呼："在庆祝这个伟大节日的时候，且让我们大家一起高唱颂歌吧！为我们祖国十七年来社会主义建设的辉煌成就，为当前的文化大革命的辉煌成就，表示最大的高兴吧！"[1]

1. 潘丙：《为祖国文化大革命祝捷——庆祝中华人民共和国成立十七周年》，载柬埔寨《棉华日报》，1966 年 10 月 1 日。

　　"文化大革命"文艺思潮也伴随着"文化大革命"的外溢而传播到东南亚文化界。一些东南亚华文报刊转载中国报刊发表的文章及其各种颂赞毛泽东文艺思想的言论，如"以毛泽东同志为首的党中央发动和领导的无产阶级文化大革命，揭开了建国十六年来文艺界黑线统治的盖子，把一批又一批的牛鬼蛇神暴露在光天化日之下，对他们展开了声势浩大的批判和斗争"[2]，

2.《无产阶级文化大革命的指南针》，载越南《新越华报》，1966 年 7 月 5 日。

毛泽东的《在延安文艺座谈会上的讲话》是"当代马克思列宁主义世界观和文艺理论的最高峰"，"像一座灯塔一样放射出光芒，帮助我们辨明方向"，"所提出来文艺是革命的工具，文艺必须为工农兵服务、必须反映工农兵的方针，是非常正确的"[3]，"它号召广大工农兵群众充当主

3.《热烈欢呼中国文化大革命的大好形势》，载越南《新越华报》，1966 年 6 月 22 日。

力军，号召文艺工作者到工农兵中去，到火热的斗争中去，积极参加这场无产阶级文化大革命，彻底批判封建主义、资本主义、修正主义的反动文化，创造崭新的无产阶级的、社会主义的文化"[4]，等等。

4.《无产阶级文化大革命的指南针》，载越南《新越华报》，1966 年 7 月 5 日。

　　东南亚华文报刊还转载介绍、颂扬"革命文艺样板作品"的文章，称在毛泽东思想指引下，近三年来中国无产阶级"文化大革命"已经出现新形势："《红灯记》、《沙家浜》、《智取威虎山》、《奇袭白虎团》等革命现代京剧和芭蕾舞剧《红色娘子军》、《白毛女》，交响音乐《沙家浜》，泥塑《收租院》以及最近举行的革命音乐会《上海之春》等革命艺术的出现，就是最突出的代表。这些革命文艺与纪念馆得到中国广大工农兵群众的批准，并且受到外国朋友的极大欢迎。"[5]其中由江青直接指导而诞生的一批"光辉灿烂"的"革命艺术样板"，以

5.《热烈欢呼中国文化大革命的大好形势》，载越南《新越华报》，1966 年 6 月 22 日。

全新的政治内容和强烈的艺术感染力量，空前地吸引了广大工农兵和革命群众，到处出现"满城争看革命现代戏的空前盛况"，这些作品成功地塑造了"无产阶级革命英雄形象"，把艺术舞台变成宣传毛泽东思想的生动的红色大课堂，这批样板作品的诞生，"是毛泽东文艺路线的

伟大胜利"。[1]

1.《中国工农兵和革命群众高度评赞革命文艺样板作品》，载越南《新越华报》，1967 年 1 月 6 日。

越南《新越华报》还转载中国《光明日报》1967 年的元旦社论，指出中国从"五四"以来的历史证明，革命的群众运动往往是从学生运动开始，走向和工农群众相结合，形成大规模的工农群众革命运动。社论指出"工农群众是文化大革命的主力军"，并引用毛泽东的教导道："知识分子如果不和工农民众相结合，则将一事无成。革命的或不革命的或反革命的知识分子的最后的分界，看其是否愿意并且实行和工农民众相结合。"社论呼吁广大"革命学生、革命知识分子"一定要放下架子，"拜工农为师，甘当小学生"，学习他们"无限热爱毛主席"、"无限崇拜毛泽东思想的深厚的阶级感情"，学习他们"爱憎分明的坚定立场"、"一心为公的高贵品质"，以及"热爱劳动"、"艰苦奋斗"的优良传统。[2]

2.《知识分子同工农群众相结合，把文化大革命进行到底》，载越南《新越华报》，1967 年 1 月 6 日。

当时中国社会流行的一种反映"文化大革命"运动思潮、大力歌颂毛泽东思想的群众口头文学"革命谚语"，也通过华文报刊的引介和其他途径传播到东南亚，如中国《解放军报》刊载的《解放军活学活用毛主席著作革命谚语选》、辛冶的《谈革命的谚语》等。其中辛冶的《谈革命的谚语》指出："在社会主义文化革命高潮中，正如喜剧舞台上出现了革命的现代戏一样，在群众中也出现崭新的、革命的现代谚语"，"许多出自部队的革命谚语，使人看到部队广大战士在中央、军委领导下，精神振奋，斗志昂扬，意气风发的政治面貌"和"活学活用毛主席著作"的风貌。[3]这类"革命谚语"有"毛主席著作闪金光，好比永远不落的红太阳"，"革

3. 辛冶：《谈革命的谚语》，载越南《新越华报》，1966 年 7 月 5 日。

命人走革命路，一辈子要读毛主席的书"，"头可断，血可流，毛泽东思想不可丢"，"读毛主席的书，联系思想，功夫下在'用'字上"，"毛泽东思想挂了帅，牛鬼蛇神脚下踩"等。[4]

4.《解放军活学活用毛主席著作革命谚语选》，载越南《新越华报》，1966 年 6 月 17 日。

辛冶的文章还特意指出，"革命谚语"是"工农兵群众的一种创作"，"很好的继承了谚语这种口头文学创作的优良传统"，"既有比，也有兴，有的近似歌谣，还有的干脆就是大实话"，其"思想明确，语言凝练，形象生动，通俗好懂，符合群众的欣赏习惯"，"既便于记忆，又易于流传，随时随地都能发挥它的战斗作用"，如"生锈的螺丝钉会损坏机器，发霉的思想会伤害集体"，"雄鹰凌空翱翔，要有矫健的翅膀；战士高瞻远瞩，要靠毛泽东思想"，"困难是石头，决心是榔头，榔头敲石头，困难就低头"，"干部耐心，骨干诚心，群众齐心，大家一条心"等。[5]

5. 辛冶：《谈革命的谚语》，载越南《新越华报》，1966 年 7 月 5 日。

受到中国"文革潮"影响的东南亚文坛也出现赞颂红卫兵的作品，如越南作者吴德茂的诗

歌《访华诗抄·赠红卫兵》就写道：

> 红卫兵，红卫兵！／革命幼苗已长成。／高举红旗向前闯，／扫除妖魔保革命。[1]

1. 吴德茂：《访华诗抄·赠红卫兵》，载越南《新越华报》，1967 年 1 月 1 日。

另一位越南作者罗吉祥的诗歌《就像当年的小红军》也歌颂红卫兵是"毛主席的好战士"、"文化大革命的急先锋"：

> 红卫兵，红卫兵，／钢打的骨，火红的心。／一个个斗志昂扬，／就像当年的小红军。
>
> ／毛主席的好战士，／你们是文化大革命的急先锋。
>
> ……敢于革命，／善于斗争。／把旧世界砸个粉碎，／彻底挖掉资本主义老根。
>
> ／让毛泽东思想光芒四射，／把整个世界照得通红。[2]

2. 罗吉祥：《就像当年的小红军》，载越南《新越华报》，1966 年 9 月 30 日。

第二节　中国"文化大革命"文艺思潮与新加坡、　　　　　马来西亚"文革潮"文学

在 1965 年之前，新加坡和马来西亚的华文文学基本上是二位一体，即使是 1965 年 8 月 9 日新加坡从马来西亚独立出来，两地的文学也并没有随着两国的分治而即刻各行其道，当时流行的看法是新加坡华文文学是包含在马来亚华文文学之中的，直到 20 世纪 80 年代马华左翼文学退潮后，马华左翼作者才全盘接受新华文学起源于新加坡 1965 年独立之后的说法。[3] 从新加

3. 参见 [马] 谢诗坚：《中国革命文学影响下的马华左翼文学（1926—1976）》，第 370 页，厦门大学中文系博士学位论文，2007 年。

坡左翼作者章翰写于 1971 年的文章可以看出，在新加坡独立后的一段时期内新马华文文学并未出现实质性分离的状况：

> 从历史上看，马华文艺是不分"星""马"两地的，因为马华文艺是一个整体——一个不可分割、不容许任何人加以分割的整体。一九六五年八月九日以后，星柔长堤的两岸虽然被分为两个政治单位，但是，两岸的文艺工作者并没有完全割断联系。最明显的一个事实是：我们的主要报章的文艺副刊，至今为止还是对全马的文艺作品兼收并蓄，不分畛域的。
>
> 在星洲出版的许多文艺刊物或综合性杂志，也容纳了相当数量的来自长堤彼岸的

文艺稿件。这说明了：由于历史与地理的因素，马华文艺至今还没有被真正的分隔为
所谓的"大马文艺"与"星华文艺"。我们现在讲马华文艺、研究马华文学史，仍然
是把马华文艺当作一个整体（包括星洲的）来看待，从事于文艺工作的文艺界人士当
会发觉，只有把马华文艺当作一个整体来研究与看待，才能正确地了解与评价马华文
艺的传统和成就，才能全面地、深入地分析马华文艺作家与作品。因为在马华文艺史上，
根本就不分你是"星华作家"，我是"联邦作家"，根本就不存在这么一条"界线"，
如果人为地给它划一条界线，那就是割裂历史，也使马华文艺遗产被搞得支离破碎，
变成一笔理不清的糊涂账。[1]

1. [新] 章翰：《意义重大的创作比赛》，见 [新] 章翰：《文艺学习与文艺评论》，第 27—28 页，新加坡：万里文化企业公司，1973 年版。

有鉴于此，本章在论析中国"文化大革命"文艺思潮影响下的新加坡和马来西亚文学时，
仍然把新加坡和马来西亚的"文革潮"文学作为一个整体加以研究，而不再硬性划分为"新加
坡文革潮文学"和"马来西亚文革潮文学"，而是以"新马文革潮文学"统称之，或称为"马
华文革潮文学"，这应该更符合新马左翼文学发展史的状况。

以下介绍中国"文化大革命"文艺思潮对新马"文革潮"文学的影响：

一、 中国"文化大革命"文艺思潮对新马左翼文学文艺观的影响

根据新加坡学者朱成发的研究，在中国"文化大革命"极左思潮的影响下，马来亚共产党
及其他左翼政党于 1966 年展开了一连串的反右斗争运动。从某种程度上来看，这场政治上的
反右运动反映到文学层面上，就促成了新马"文革潮"文学的产生。

1966 年 9 月 17 日，马华左翼文艺工作者开始在新加坡《阵线报》文艺副刊《旗》上发表
一系列的《文艺笔谈》，探讨"文艺应该为谁服务"、"文艺工作者的思想改造"以及"文艺
运动的任务和方向"等问题，其真正目的在于贯彻毛泽东《在延安文艺座谈会上的讲话》的思想，
并以这一思想作为文艺创作和文艺演出的指导。此后马华左翼文坛开始出现向"左"急转的迹象，
由此催生出"文革"味十足的各种文艺作品和文艺演出。

1967 年 6 月，署名"一群文艺工作者"的作者在新加坡反对党社会主义阵线出版的文艺杂
志《新青年》上，发表了确立毛泽东文艺路线的总结性长文《当前我国文艺工作的若干问题》。

该文大量引用"文革"文艺理论及马克思列宁主义思想理论，并总结当时左翼政治运动进行议会外群众斗争的局势，对左翼作家的任务和使命提出了若干指导性意见，其中包括左翼文艺工作者的立场与服务对象、思想改造、创作手法等。文章认为，文艺工作者必须站在"无产阶级的立场"，为"工农、革命战士和城市小资产阶级服务"，文艺工作者"要改造好思想"，真正实行"与工农群众相结合"，就必须"投身到火热的革命斗争中去"，必须"深入工农兵群众"，必须"在思想感情上同工农群众打成一片"，"不断克服自己一切非无产阶级的思想作风"。此外，文章还提出"革命现实主义和革命浪漫主义相结合"的创作手法。这些都确立了马华左翼文艺所遵循的"文革式文艺路线"及"工农兵文艺方向"。[1]

1. 参见 [新] 朱成发：《红潮——新华左翼文学的文革潮》，第 44—47 页，新加坡：玲子传媒私人有限公司，2004 年版。

二、 中国"文化大革命"文艺思潮对新马"文革潮"文学创作的影响

在中国"文化大革命"文艺思潮的传播及影响下，新马左翼文学创作出现了"文革潮"现象，具体表现如下：

（一） 突出"工农兵文艺"的创作方向

在"工农兵文艺方向"的指引下，马华文坛出现了大量反映工农群众苦难生活的作品，如崇汉的《捕鱼人家》和《印籍工人》、岳典的《黎明前夕》、李擒白的《吹沙砾》、红冰的《印刷老工人》、黄川的《钉鞋老人》、庸夫的《老三轮车夫》、洪忠的《歌唱黄梨乡》、娇莲的《阿英受伤了》、陈伦新的《没有土地的人家》、高阳的《在那静静的梧槽河畔》和《这不是他的错》、马渔的《永远铭记家乡的苦难》、连奇的《乌金嫂》、横眉的《向死亡的工作环境控诉》、晓奔的《生活的悲歌》、伏浪的《苦兄弟》、黄牢的《十亩地》、吴宜的《底层一角》、江宏的《灯火万家》等，这些作品展现了 20 世纪六七十年代新马底层民众困苦的生活情景，揭示了不合理的社会现实，有的还表达了建立红色"乌托邦"的政治理想。

上述作者中的崇汉和岳典都是工人出身，而这与中国"文革"时期鼓励工人作者创作的文艺思潮有关，如马华作者沙夏就指出："要真正做到'文艺为政治服务'的目标，就必须即刻认真地去建立起一支以工人阶级为领导的文化战斗队伍，破除对知识分子的依赖性。"由于这

些工人作品反映的内容和问题大多为读者所熟悉和关注，因而容易引起读者的共鸣。尽管其中也存在技巧不够成熟、情节简单、主题概念化、小说篇幅较短小等不足之处，但在整个时代激昂氛围的影响下，这些工人作品仍然受到不少读者的欢迎和喜爱。[1]

1. 参见 [新] 朱成发：《红潮——新华左翼文学的文革潮》，第58—60页，新加坡：玲子传媒私人有限公司，2004年版。

　　由于"文革"文艺"三突出"创作原则的影响，马华"文革潮"文学在塑造人物方面也很重视突出英雄形象或先进人物形象，如冬琴在评论南方艺术团集体创作的多幕剧《成长》时，就肯定剧作者突出先进女工周霞的创作方法是遵循了"三突出"的创作原则：

> 创作者在剧本《成长》中，主要突出周霞这一主要先进人物，给作品带来了一定高度的思想意义，因而其艺术性也是强烈的。从这里进一步证明，创作文艺作品，应该在所有人物中突出正面人物，在正面人物中突出先进人物，在先进人物中突出主要先进人物。[2]

2. [新] 冬琴：《正确艺术观指导下的收获——略评创作多幕剧〈成长〉》，见 [新] 冬琴：《演出与创作的若干问题》，第74页，新加坡：而今出版公司，1975年版。

　　在"三突出"创作原则的影响下，新马"文革潮"文学也着力塑造"高、大、全"的工农兵英雄形象或先进人物形象，如凤妹的小说《捐》中的力群、《放声歌唱》中的慧姐，江宏的戏剧《灯火万家》中的何亚南。这些英雄或先进的男女工人形象与中国"文革"文学中的英雄人物形象十分相似，如先进的女工力群和慧姐都是"剪短发"、"衣着朴素"，常常对工人灌输阶级观念，教导工人们互相爱护、互相帮助，带领工人们向厂方或恶势力作集体抗争，并取得最终的胜利。小说《放声歌唱》中的慧姐仿佛就是工人们的"指路明灯"，有如京剧样板戏《红灯记》中李

图22　凤妹的小说集《放声歌唱》(1972) 封面

铁梅高举红灯的形象：

> 她唱得多朝气蓬勃，坚定有力。我激荡的倾听，倾听，我仿佛看着舞台上的慧姐，
>
> 高举一盏明灯，光芒四放，照着兄弟姐妹前进的道路……[1]

1. [新] 凤妹：《放声歌唱》，第32页，新加坡：万里文化企业公司，1972年版。

而多幕剧《灯火万家》中的工人何亚南也是"三突出"的英雄形象，其一出场即"两眼喷射出锋利的、大无畏的光芒"，面对资本家赵大望和贫民屋管理厅的书记时，则"以压倒一切黑暗势力的英雄气概""怒视"赵大望，其"强壮的体魄，豪放的动作，庄严的表情"，"不禁把书记压缩到一角落"。[2] 剧作者对主要英雄人物何亚南"高、大、全"形象的塑造，对反面人物赵大望等人的矮化与丑化，都可看出中国"三突出"文艺理论和"八大样板戏"的深刻影响。

2. [新] 江宏：《灯火万家》，第9页，第29页，第33页，新加坡：四月出版社，1973年版。

　　新马"文革潮"文学还出现三个土产"样板戏"，即音乐舞蹈史诗《歌唱马来亚》、诗歌造型《抗日之歌》和诗剧《送军粮》。音乐舞蹈史诗《歌唱马来亚》以音乐、舞蹈、戏剧、诗歌、美术等综合艺术形式，歌颂了自抗日战争胜利以来马来亚共产党领导的武装革命。全剧分为序幕、第一场、第二场和尾声。在序幕中，红旗拉展，"工农兵学"的战斗形象朝着红旗所指方向迈进，展现一幅"文革式"的舞蹈构图。剧中还出现"工农学反帝大游行"的场景，以及游击队和反帝战士的形象等。有评论者道："舞台呈现出东风万里，红旗漫天的伟大场面，令人不禁欢呼火的旗、火的海，毛泽东思想的新时代的到来。"诗歌造型《抗日之歌》反映马来亚人民抵抗日本侵略军的三年零八个月的斗争，在突出马来亚共产党领导的同时，也宣传了毛泽东"没有武装斗争，就没有革命的胜利"的思想，被认为是一部"革命化、民族化、群众化"的好作品，是"红色文艺工作者在毛泽东思想指导下的成功作品"。诗剧《送军粮》表现胶工和农民"突破火线"为马共武装力量送军粮的场面，作品着力塑造"工农兵的英雄形象"，体现了"军民团结如一人，试看天下谁能敌"的主题思想，从而歌颂了毛泽东关于人民战争的理论，以及马来亚共产党及其领导下的马来亚民族解放军。[3] 由此可见，在中国"文化大革命"文艺思潮的影响下，新马左翼文学是如何努力突出"工农兵文艺"的方向。

3. 参见 [新] 朱成发：《红潮——新华左翼文学的文革潮》，第110—112页，新加坡：玲子传媒私人有限公司，2004年版。

（二）　歌颂革命领袖毛泽东及其领导的"文化大革命"

　　在新马左翼政党及其团体看来，中国共产党最高领导者毛泽东是全世界革命人民的唯一舵手和精神领袖，具有举世无双的崇高地位和巨大影响力，为此马华左翼文艺工作者对毛泽东十

分崇敬，对其发动的"文化大革命"十分向往。一些马华左翼团体在各自的会所和党支部举办恳亲会、周年纪念晚会等文艺演出时，纷纷上演宣传毛泽东思想、鼓吹中国"文化大革命"的文艺节目。

1968 年 2 月和 1969 年 2 月，新加坡左翼政党社会主义阵线（简称"社阵"）属下各支部和左翼团体，先后在社阵汤申支部的日本园举办了两届"新春革命文艺晚会"。首届新春晚会的节目内容几乎都是来自中国的"文革"作品及共产党经典作品，如大合唱《万岁毛主席》、《国际歌》，诗歌造型《平凡的战士》，相声《造反有理》，语录舞蹈，华乐《大海航行靠舵手》等。第二届新春晚会的 8 个节目中，也有 4 个宣传毛泽东思想，如表演唱《毛主席语录再版前言》，语录舞蹈《我们共产党人好比种子》，民乐合奏《北京有个金太阳》，语录综合剧《毛泽东文艺思想放光芒》等。[1]

1. 参见 [新] 朱成发：《红潮——新华左翼文学的文革潮》，第 104—105 页，新加坡：玲子传媒私人有限公司，2004 年版。

新马左翼作者也创作了不少歌颂毛泽东与"文化大革命"的红色诗歌，如凡工的诗歌《历史就在我们的今天》热情讴歌毛泽东及其领导的"文化大革命"，诗中的语词及语气与中国"文化大革命"期间的红色诗歌如出一辙：

　　历史就在我们的今天 / 在我们的眼前 / 在无产阶级文化大革命中 / ……最最伟大

的革命 / 是毛泽东的最轰烈的 / 无产阶级文化大革命[2]

2. 凡工：《历史就在我们的今天》，见 [新] 朱成发：《红潮——新华左翼文学的文革潮》，第 83 页，新加坡：玲子传媒私人有限公司，2004 年版。

然而由于政治方面的敏感和忌讳，有的新马作者虽然十分景仰毛泽东并向往"文化大革命"，却没有以直白的语言直接表现，而是借用隐喻或暗示的语言，以"红色的脸庞"、"满面红光"、"慈祥亲切的脸孔"、"和蔼温暖的微笑"、"坚执的嘴角"、"光辉的名字"、"伟大的思想"、"不落的太阳"等中国"文革"时期流行的颂词来暗喻并歌颂毛泽东，而一般读者也能够心领神会，如林康的《送给你这张画像》以及崇汉的《您的书》：

　　送给你 / 这一张画像 / 也送给你 / 一份 / 对象的信仰

　　红色的脸庞 / 泛着 / 红色的光 / 可以想象成太阳 / 给你温暖……

　　送给你 / 这一张画像 / 也悄悄给你 / 一股激情 / 一个理想 / 夹带着无限的欣喜

/ 经久不散[3]

3. [新] 林康：《送给你这张画像》，见 [新] 林康：《路》，第 38—39 页，新加坡：奔流出版社，1971 年版。

　　一支不朽的笔，/ 一个伟大的思想，/ 一个光辉的名字，/ 您的书是刀枪，/ 是原子弹。／您如此地亲近劳苦大众，／指示出一条康庄大道。……

在您的书光焰无际的辉映下，／战斗的号角响遍全世界，／受压迫的人民纷纷拿

起武器，／一切害人虫都化作灰烬！[1]

1. [新] 崇汉：《您的书》，见 [新] 崇汉：《赤道鼓声》，第37—38页，新加坡：群山出版社，1972年版。

另一位作者席宣以《文艺卫兵歌》一诗，抒发了马华左翼诗人对世界革命领袖毛泽东的热爱和

崇拜之情，表现出作者追随"文化大革命"红色狂潮、成为时代弄潮儿的自豪感：

从赤道瞭望东方／是不落的太阳把世界照亮／我们捧起心爱的宝书／欢呼歌唱

地球永远向东转／赤色的道路在伸长／我们畅游在无边的旗海／乘风破浪

黎明的号角已吹响／胜利的烽火燃遍四方／我们是马来亚的文艺卫兵／心向太

阳[2]

2. [新] 席宣：《文艺卫兵歌》，见 [新] 朱成发：《红潮——新华左翼文学的文革潮》，第72页，新加坡：玲子传媒私人有限公司，2004年版。

（三）　批判不合理的现实社会，展望红色的"乌托邦"

诚如有的学者所言，中国"文化大革命"时期是五洲四海风雷激荡的年代，"国家要独立、

民族要解放、人民要翻身"的呼声成为一种世界性的思想潮流[3]，而中国"文化大革命"轰轰

3. [新] 方修：《战后新马文学大系·小说二集·导言》，第13页，北京：华艺出版社，1999年版。

烈烈的开展及其"左"倾激进思潮的外溢，更加激起包括东南亚在内的亚非拉被压迫人民反帝、

反殖、反资的热情，并激励他们建立一个人民当家做主的红色"乌托邦"。

在新马左翼作者的心目中，毛泽东领导下的社会主义新中国是一个劳动人民翻身做主人，

人民过着幸福生活的理想社会，而他们所生活的新马却是一个底层人民饱受压迫与摧残的社会。

崇汉诗集《赤道鼓声》中的诗篇《童工》描绘了中国和新马两地儿童天壤之别的生活状态：

在一个幸福的国家里，／儿童是人类的春天，／国家未来的主人翁，／他们在光

辉的思想哺育下，／歌唱劳动！／歌唱生活！

在我们祖国的大地上，／孩子们失去了童年的欢笑，／他们穿不暖、吃不饱，／

被推于学校门外，／到处出卖劳力。／换取三餐清茶淡饭。[4]

4. [新] 崇汉：《童工》，见 [新] 崇汉：《赤道鼓声》，第28页，新加坡：群山出版社，1972年版。

由于切身感受到新马底层人民艰难困苦的生存状况，马华作者创作了大量反映人民大众苦

难生活的作品，揭露和批判了不合理的现实社会。这类作品中描写了从事各种体力劳动的华人、

马来人、印度人等工农大众，有烧焊工、印刷工人、人力车夫、修鞋匠、车衣女工、建筑工人、

矿工、码头工人、石山工人、胶工、渔夫、农民，以及学徒、小贩、小职员、失业工人、待业

青年和妓女等，他们在资本主义制度下饱受资本家、工头、商人、地主、官僚势力等的盘剥和压榨，过着不得温饱、不得安定的困苦生活。他们有的长年从事着高强度和高危险性的职业，如李擒白的诗歌《吹砂砾》写船厂的"打沙"工人肺部吸进大量"铅粉"和"硅微粒"的情形：

图 23　崇汉的诗集《赤道鼓声》（1972）封面

　　"打沙"工人紧握喷铊／吹起了漫天的沙雾／刮起了一股沙漠风／刺耳的噪声像野兽怪叫／铅粉和硅微尘弥漫夜空／灯火昏暗一片迷蒙

　　他们夜夜像灯蛾扑火／对着船壳吹砂砾／一块面巾蒙住嘴、脸、耳、鼻／肺里吸进大量的铅粉和硅微粒／"水流沙"复盖着的工地寸草不生／生命的绿色被摧残了[1]

1. ［新］李擒白：《吹砂砾》，见［新］方修：《战后新马文学大系·诗集》，第 362 页，北京：华艺出版社，2001 年版。

另外，娇莲的诗歌《阿英受伤了》、黄牢的小说《十亩地》、连铜的小说《当朝阳初升》、伏浪的小说《苦兄弟》、吴宜的小说《底层一角》等，也向人们展示了一个不合理的现实社会，以及劳苦大众如何挣扎于生命线上，如何过着被侮辱与被迫害的生活。其中高阳的诗歌《在那静静的梧槽河畔》已成为新马底层人民贫困与污浊生活的形象写照：

　　在那静静的梧槽河畔，／杂居着各族的劳苦大众。／人们称这里是贫民窟……

　　有谁会照顾在外挣取三餐的穷人？／只见群群游来的老鼠、蜈蚣和蟑螂。／旱季里沙土木屑满天飞扬，／梧槽河散发着难闻的恶臭。／潮涨时抛亚答的船工在烈日下挥着汗，／孩子们赤身跳进水里嬉戏冲凉。……

　　天亮前小贩把车子推得轧轧作响，／做建筑、扛包头、打扫街道的人们，／匆匆嚼着面包去上班。／你会问一年有三百六十五天，／为什么他们的家老是破破烂烂？

但是他们知道屋主的汽车换了又换，／放高利贷的犹太人在月底会来门口站。／黄昏时妓女坐了三轮车出去卖笑，／半夜里拖着疲乏的身子回来；／谁也不曾对她们嘲讽讥笑过，／为的是不幸的根苗遍栽在每一家。……

这里的人日夜都把幸福盼望，／生活却使他们像草儿挣扎在梧槽河畔，／重坠的眼皮老是盖着失望的双眼，／又叫一场大火吞噬了家园。

是谁说的大火已把痛苦烧光？／铁丝网把废墟同贫穷一并围困？／是谁说的不幸已经被远远带走？／事实啊是不幸随着他们流散四方。／高大的楼房一幢幢建起，／梧槽河还像往日一样肮脏！[1]

1. [新] 高阳：《在那静静的梧槽河畔》，见 [新] 方修：《战后新马文学大系·诗集》，第363—365页，北京：华艺出版社，2001年版。

由于现实社会所暴露出来的极度不合理性，在世界性的革命思潮和中国"文化大革命"思潮的冲击下，一些新马作者在揭露现实社会的同时，也表达出推翻现存社会制度、构建光明美好社会的愿望，如马德的《石山工人之歌》：

世上的不平路真多啊，／用我们开采的石子铺平它。／最顽固的旧堡垒和山崖，／也被我们炸开了花！

选一块最好的岩石来啊，／我们要造一个大墓碑。／为这垂死的旧社会哟，／刻上我们的万重诅咒！

旧势力顽固如石山，／要我们来炸它个稀巴烂！／新生活的高楼大厦，／要用我们开采的石头建起来！[2]

2. [新] 马德：《石山工人之歌》，见 [新] 李拾荒：《近代马华诗歌选集 (1965—1975) 》，第52—53页，新加坡：风云出版社，1977年版。

新马左翼作者对未来理想社会的展望，往往以"文革"期间"山河一片红"的社会主义中国为理想蓝图，以世界革命领袖毛泽东为精神导师，以马来亚共产党的武装斗争为变革社会的手段。如丁牧的诗歌《我们的故乡要改样》在歌颂毛泽东及其领导下的社会主义新中国时，也暗示将在马来半岛爆发一场红色的社会革命：

如今／我们生活在两个不同的天地／朋友／你们是唱着建设的歌／在为明天的成果／埋头地辛勤工作／我们的缄默／是恒积的火山／不能长久地蕴藏／有一天冲破了地壳／火红的岩浆就覆盖着整个地面上／那时，半岛要改样／胶林、铁场……

／我们千千万万的同胞／朝向一个永远不落的太

1. 丁牧：《我们的故乡要改样》，见［马］谢诗坚：《中国革命文学影响下的马华

阳[1]

左翼文学（1926—1976）》，第 307 页，厦门大学中文系博士学位论文，2007 年。

　　夏桦的小说集《盼望》的封底简介道："本书收集的

八个短篇，内容现实，而且，都能从不同的各个方面去反

映下层民众的生活，表达了他们盼望幸福生活的殷切心情

和信念；同时，通过小说，让人们深一层了解与认识生活

的本质，从而努力改善不合理的生活环境，共同创造幸福

的明天。"

　　小说集中的《长夜》[2]描写了底层贫民生叔的困苦生活：

2.［新］夏桦：《长夜》，见［新］夏桦：《盼望》，第 1—5 页，新加坡：万里文化企业公司，

生叔出生于一个"一穷二白"的家庭，小学没念完就到杂

1972 年版。

货店学工，过着"挨骂挨打"的生活，后来到一家名"广和栈"

的杂货店扛米包、搬箱头，十多年来流尽血汗，头发也渐

渐白了，老板却认为他老不中用，而政府也只批准他 6 个

月的工作准证，致使生叔一家处于饥饿威胁之中。为此生

叔对不懂民生疾苦的现政权十分不满，一心盼望马来亚共

产党的军队早日打过来，帮助穷人翻身得解放，他说："狗

急跳墙，人急就要造反！""他们这批蠢人，总有一天会

完蛋的！""我们日盼夜盼，就盼那边快些来，早来一天，

我们就早一天翻身！"小说在结尾部分描述了生叔、牛叔

等贫苦民众得知马共电台"马来亚革命之声"开播后的兴

奋心情，并以象征手法暗示"红太阳"的"金色光芒"将

刺破"长夜"的"黑幕"，为饥寒交迫的人们带来"光"

和"热"，其表现手法明显受到中国"文革"文学的影响：

　　　　小屋子充满了欢欣兴奋的气氛，把刚才的低

　　沉，忧郁扫得一干二净，像金色的太阳就要升起，

　　大家都准备去迎接一样。

图 24　夏桦的小说集《盼望》（1972）
封面

　　　　长夜的黑幕虽然要遮住整个大地，但红太阳金色的光芒一定会把黑幕刺破，把光

和热赐给在黑暗中饥寒交迫的人们！

　　此外，崇汉的诗歌《我们的祖国》在歌颂马共游击队武装斗争的同时，还以中国流行的时

代语汇描绘了一幅带有社会主义中国特色的马来亚人民幸福生活前景：

　　　　当那胜利的狂涛，／席卷马来亚半岛，／长堤两岸各族同胞，／亲如一家，／各

民族母语教育欣欣向荣。／官僚、贵族，／夹着尾巴逃跑了，／一切灰黄文娱歌舞，

／全都扫进垃圾桶里。

　　　　在阳光照耀下，／人民载歌载舞，／工作、学习、友情、诗章……／丰衣足食，

／备战备荒为国为民，／生产线上立功绩，／传诵着新人新事。[1]

　　　　1.［新］崇汉：《我们的祖国》，见［新］崇汉：《赤道鼓声》，第50页，新加坡：群山出版社，1972年版。

　　可以说，在那样一个五洲四海风雷激荡的时代，毛泽东领导下的"文化大革命"和社会主

义新中国，已经成为新马左翼政党、团体、作者，以及期盼翻身解放的底层民众理想的红色"乌

托邦"，并激励着他们为实现这样的理想社会而奋斗。从夏桦《盼望》的后记中可以深深感受

到马华左翼作者从毛泽东发动的"文化大革命"运动所汲取的政治和社会变革激情：

　　　　从来没有一个时代，比这个时代更伟大、更欢腾、更震荡。

　　　　从来没有一个时代，比这个时代更激动人心、更鼓舞士气、更振奋斗志。

　　　　这个时代，人们从一个老远、丑恶、可怕的梦里醒来。

　　　　这个时代，人们抛弃幻想，抖落忧郁、抹掉眼泪，挣脱镣铐、树雄心、立壮志，

敢叫日月换新天。……

　　　　看啊，在灿烂的阳光照耀下，越来越多人跟上了前进的队伍，越来越多人昂首阔

步，高唱着战歌，走在大路上。人们意气风发，斗志昂扬，为打碎身上的锁链，为实

现全人类幸福的明天，向前挺进，朝向胜利的方向！[2]

　　　　2.［新］夏桦：《盼望》，第41页，新加坡：万里文化企业公司，1972年版。

（四）　反映革命人民反帝反殖的正义斗争

　　20世纪六七十年代，以美国为首的西方列强倚仗强大的军事、政治和经济力量在世界各地

恃强凌弱，其中美国在印度支那点燃的侵略战火，使越南、柬埔寨、老挝人民饱受战争摧残，

由此激起包括中国和新马人民在内的亚非拉弱小民族以及其他爱好和平与正义人士的强烈义

愤，因而反帝反殖成为第三世界被压迫人民追求民族独立与解放的强烈呼声。新马左翼团体发动了"援越抗美"运动，其中包括 1966 年 10 月间新加坡社会主义阵线等举办的"援越抗美游艺晚会"，马来西亚劳动党在全马各地发动的抗议美国总统约翰逊到访的示威大游行等。新马左翼人士的示威游行活动也带动马华左翼诗人加入"援越抗美"斗争的行列。[1]

1. 参见 [马] 谢诗坚：《中国革命文学影响下的马华左翼文学 (1926—1976)》，第 297—300 页，厦门大学中文系博士学位论文，2007 年。

1966 年 10 月 20 日，新加坡的社会主义阵线联合人民党、左翼工团及左翼文艺团体，在快乐世界体育馆举行 4 天的"援越抗美游艺晚会"，以筹募援助越南人民基金。由于游艺晚会在第三天发生流血事件，第四天的演出活动即遭到当局封禁。这是新加坡左翼运动在中国"文化大革命"影响下，极左派认同"文革""当今国际形势一片大好"的论调而采取的一种冒进主义行为。由于是在体育馆公演，原先排演的一些较为激进且充满战斗性和革命性的节目，如诗歌造型《越南必胜！美帝必败！》、诗歌朗诵《人民的笑声》、歌曲《解放南方》与《风雷之歌》等不被当局批准上演，不过仍有一些节目具有"比较强烈的战斗内容"，如根据歌舞剧《椰林怒火》改编的《阮文追颂》，反映越南人民抗美的舞蹈《越南竹竿舞》，百人大合唱《全世界人民团结起来》等，都在一定程度上反映了新加坡左翼团体受到"文化大革命"思潮的影响。[2]

2. 参见 [新] 朱成发：《红潮——新华左翼文学的文革潮》，第 101—103 页，新加坡：玲子传媒私人有限公司，2004 年版。

这时期的新马左翼文学出现不少以"援越抗美"为主要内容，以及歌颂世界革命人民反帝反殖运动的诗歌。马德的《"央基"》、崇汉的《湄公河——希望之母》、陈伦新的《不要叫我杀人吧》和《外国大兵》揭露了美国侵略者对印度支那人民犯下的战争罪行。其中马德的诗歌《"央基"》写道：

　　　长手长脚的"央基"／（从前人家叫做"山姆叔叔"）／住在遥远的太平洋东岸／他一脚却跨过了太平洋／漫步在湄公河两岸／沿途总不忘记播种／好一个"勤劳"的央基／他播下的是／一颗颗开花的炸弹／还有汽油弹、毒气弹／他还亲自收割／印度支那无辜百姓的头颅／（在这方面，／东洋人也没他能干！）

　　　再瞧一瞧／央基给印度支那人民／带来了什么"礼物"：／疾病、死亡、困苦／美莱村式的屠杀／人间地狱般的虎牢／还有千万母亲的眼泪／千万孤儿的啼哭！[3]

3. [新] 马德：《"央基"》，见 [新] 马德：《隔着长堤》，第 40—41 页，新加坡：万里文化企业公司，1972 年版。

除了反对西方帝国主义和殖民主义的军事侵略和政治操纵外，有的马华诗歌还揭露西方列强对弱小国家和民族的经济掠夺。如田思的诗歌《哥达船回来了》写"外国拖网船"被允许进入马来西亚海上渔场，这种拥有先进捕鱼设备的"海上霸王"贪婪地掠夺当地的渔业资源，"把大鱼小鱼都捞光"了，致使驾驶"哥达"船的当地渔人无以为生。诗歌写道：

年老的渔人在哀叹／说是出一次海的收入／还不够买冰块汽油和米粮／这样子如何能度过年关？

年轻的渔人在抱怨／说是空有一身好气力／却挣不到一口安乐饭／倒不如趁早去改行！

妇女也在诉苦／说是兜了整个早上／一篮鲜鱼总是卖不完／只怪拖网船的鱼获充塞了市场[1]

1. [马] 田思：《哥达船回来了》，见 [新] 方修：《战后新马文学大系·诗集》：第374—375 页，北京：华艺出版社，2001 年版。

然而，亚非拉的弱小民族却不甘于受压迫的命运，他们掀起反帝反殖的斗争，崇汉的《湄公河——希望之母》表现包括中国 (诗中以"澜沧河"指代中国) 在内的"全世界被迫害的人民"与印度支那人民"手拉着手"，以"人民战争的风暴"掀起反侵略战争的"胜利狂澜"，其中洋溢着中国"文化大革命"思潮激荡下的话语形式和澎湃激情：

湄公河，／印支人民希望之母，／你北方最可靠的亲密战友：／澜沧河，／经已翻身作主二十余年，／这是人民战争的胜利呵！……

战斗的湄公河，／不懈地奔腾着，／你哺育起来的好儿女，／坚决紧握手中枪，／消灭侵略者！／消灭卖国贼！／消灭民族败类害人虫！／是你强大的巨人臂膊，／不断掀起人民战争的风暴。／光辉的澜沧河致以革命的敬礼，／雄伟的红河坚决支持你。

顽强的湄公河，／一个光辉的典范，／星加坡河学习的好榜样，霹雳河也要向你看齐，／全世界兄弟般的河流，／一定要和你手拉手，／果敢地奔腾向前！[2]

2. [新] 崇汉：《湄公河——希望之母》，见 [新] 崇汉：《赤道鼓声》，第8—11 页，新加坡：群山出版社，1972 年版。

由此可见，在中国"文化大革命"文艺思潮的传播和影响下，新马"文革潮"文学在文艺观与创作主题、内容、形式等方面均受到中国"文革"文艺思潮的深刻影响。

第三节　中国"文化大革命"文艺思潮与
　　　　越南、柬埔寨"文革潮"文学

20 世纪六七十年代，由于中国与胡志明领导下的越南民主共和国有着共同的意识形态和社会制度，加上中国大力支持越南、柬埔寨、老挝人民的抗美斗争，以及越南华侨华人与中国政治、经济和文化上的紧密联系，因此在中国"文化大革命"思潮的跨国传播下，越南和柬埔寨也出现"文革潮"文学。

一、　中国"文化大革命"文艺思潮与越南"文革潮"文学

"文化大革命"期间，中国极左的文艺思潮对越华文学的文艺观念和创作主题也产生了某些方面的影响，如创作上的"工农兵文艺方向"、强烈的领袖崇拜话语、反帝抗美斗争的题材内容等。

（一）　中国"文化大革命"文艺思潮对越华文学文艺观的影响

诚如前文所言，在"文革"期间，毛泽东于 1942 年发表的《在延安文艺座谈会上的讲话》成为"文化大革命"纲领性文件之一，而"文化大革命"文学理论的核心命题是"根本任务论"，即"社会主义文艺的根本任务"就是"要努力塑造工农兵的英雄形象"，这也是当时文学创作与文学批评的最高标准。

这股"工农兵文艺方向"的潮流也伴随着"文化大革命"思潮的"外溢"而传播到越华文坛。1967 年 1 月，越南《新越华报》转载中国《光明日报》1967 年的元旦社论，指出"工农群众是文化大革命的主力军"，呼吁广大革命学生和知识分子要"拜工农为师"，学习他们"无限热爱毛主席"、"无限崇拜毛泽东思想的深厚的阶级感情"，学习他们"爱憎分明的坚定立场"、"一心为公的高贵品质"，以及"热爱劳动"、"艰苦奋斗"的优良传统。[1] 在此前的 1966 年 7 月，

1.《知识分子同工农群众相结合，把文化大革命进行到底》，载越南《新越华报》，1967 年 1 月 6 日。

《新越华报》也曾转载中国《红旗》杂志关于重新发表毛泽东《在延安文艺座谈会上的讲话》

的报道。该报道指出，《讲话》是"文化大革命"的"指南针"、"照妖镜"和"进军号"，"它号召广大工农兵群众充当主力军，号召文艺工作者到工农兵中去，到火热的斗争中去，积极参加这场无产阶级文化大革命，彻底批判封建主义、资本主义、修正主义的反动文化，创造崭新的无产阶级的、社会主义的文化"。[1]

1.《无产阶级文化大革命的指南针》，载越南《新越华报》，1966 年 7 月 5 日。

　　在"文革"文艺思潮的影响下，越华文坛的"工农兵文艺"也强调文艺工作者应深入"到工农兵中去，到火热的斗争中去"。越华作者李普智就表示自己是深入"山乡海岛"的"工农兵文艺战士"：

　　　　我们是工农兵的文艺战士，／山区海岛是我们的故乡，／虽然来自五湖四海、／奋斗目标都是一致。

　　　　"革命岂能做井蛙／雄鹰踪迹满天涯。"／我们——党的文化宣传员，／四海为家，山乡海岛是我们用武之地。

　　　　……志不退，气不馁，为人民服务到底。[2]

2. 李普智：《我们是工农兵的文艺战士》，载越南《新越华报》，1967 年 8 月 11 日。

　　在"工农兵文艺方向"的影响下，越华文艺战士的责任既有服务于"抗美救国"大业的一面，又融合了中国"文化大革命"盛行的"破旧立新"观念："'抗美救国'斗争云涌风起，／我们也是冲锋陷阵的战士；／'文艺是武器、舞台是战场'！／誓死战斗，消灭美帝！"[3]"抗

3. 李普智：《我们是工农兵的文艺战士》，载越南《新越华报》，1967 年 8 月 11 日。

美救国宣传员，／破旧立新是尖兵，／唱起歌儿又演戏，／遍地撒下红种子。"[4]

4. 黄兰坤：《工农兵文艺战士》，载越南《新越华报》，1967 年 10 月 13 日。

（二）　中国"文化大革命"文艺思潮对越南"文革潮"文学创作的影响

　　伴随着中国"文革"文艺思潮的跨界传播和影响，越南"文革潮"文学主要表现出以下特点：

1. 突出"工农兵文艺"的创作方向

　　在"工农兵文艺方向"的指引下，越华报章出现一些特意标明"工人"身份的作者作品，如立辉的《一手拿锤一手拿枪》、曾汉兴的《笑看美帝大灭威风》、梁汉忠的《高尚的人》、华叔的《第一次战斗》、颜翔的《我们爱读〈毛主席语录〉》、丘辉的《山歌向着东方唱》等，甚至还出现《生产战线上开红花——芒街陶瓷厂工人诗选》这类"工人诗选"，其中有的表现工人阶级为了"抗美救国"而努力劳动生产的爱国热情，如：

　　　　工人阶级骨头硬，

　　　　天不怕来地不怕，

　　　　苦干流汗算什么？

　　　　铁拳敢把美帝打！ [1]

1.《生产线上开红花》，载越南《新越华报》，1967 年 2 月 9 日。

还有的表现工人"一手拿锤，一手拿枪"的豪迈气概，如：

　　　　上工钟声响当当，

　　　　工人兴奋进厂房。

　　　　边生产来边战斗，

　　　　手拿铁锤肩背枪。 [2]

2.《手拿锤肩背枪》，载越南《新越华报》，1967 年 2 月 9 日。

图 25　越南《新越华报》上刊登的《生产
战线上开红花——芒街陶瓷厂工人诗选》
（1967 年 2 月 9 日）

　　越华"文革潮"文学的"工农兵文艺方向"还表现在创作形式的通俗化与民间艺术化，如粤曲和民歌调等形式的借鉴和运用。丘辉的诗歌《山歌向着东方唱》[3] 采用"广东民歌调"中的"龙

3. 丘辉：《山歌向着东方唱》，载越南《新越华报》，1967 年 3 月 3 日。

舟驳"、"东兴土调"、"三脚凳"、"莲花板"等歌调，演唱形式包括"男女齐唱"、"女声齐唱"、"男声齐唱"以及"男声独唱"和"女声独唱"，同时又深受中国"文化大革命"文艺创作模式的影响，如领袖崇拜的套语化、忆苦思甜的程式化，其中歌颂胡志明的诗句几乎全部借用中国"文革"时期歌颂毛泽东的套语，而表现胡志明将工人从苦难的旧社会拯救出来的叙述形式，也与中国"文革"时期的文艺作品十分类似：

　　女声齐唱：（龙舟驳）

　　　　法帝统治几十年，

　　　　我们工人受煎熬；

　　　　压迫剥削千重苦，

　　血泪苦楚数不完。

　　男声齐唱：（东兴土调）

　　　解放前，

　　　乌云遮满天。

　　　工人受折磨，

　　　好似苦黄连……

　　男女齐唱：（莲花板）

　　　苦命活到一九五四年，

　　　蒙主席拨开乌云，见青天。

　　　一轮红日当头照，

　　　大地回春人温暖。

　　　感谢恩人胡志明，

　　　太阳升起万里晴。

　　　亲手指出幸福路，

　　　您是我们的大救星。

以粤曲形式创作的作品还有邓成贵的《送子参军》、克力的《毛主席著作闪金光》等，它们或表现母亲送儿子上前线"英勇杀敌，为祖国立功勋"[1]，或歌颂"毛主席著作是明灯，指引革命方向"[2]。

　　此外还有以其他民间艺术形式创作的作品，如梁卓元原作、河内中华中学高三班青年突击队改编和演出的《战斗在一起，胜利在一起》[3]，就以"对口词"形式表现"同志加兄弟"的中越两国人民共同反美的伟大斗争，其中还改用毛泽东诗词，如"四海反美云水怒，五洲援越风雷激"，结尾处在舞台后响起雄壮的毛主席语录歌："下定决心，不怕牺牲，排除万难，去争取胜利。"这些都显示出中国"文化大革命"思潮及文艺形式的深刻影响。

2. 歌颂中越两国革命领袖及政党

　　"文革"时期，不少越南华侨华人仍有强烈的中国和中华文化认同感，如由越南华侨联合

1. 邓成贵：《送子参军》，载越南《新越华报》，1967年3月17日。
2. 克力：《毛主席著作闪金光》，载越南《新越华报》，1967年7月28日。
3. 梁卓元原作、河内中华中学高三班青年突击队改编：《战斗在一起，胜利在一起》，载越南《新越华报》，1967年8月11日。

总会主办的《新越华报》即常常表现出越南华侨华人的中国情结。在中国"文化大革命"领袖崇拜思潮的影响下，一些越南华侨华人也创作出不少歌颂革命领袖毛泽东的作品。

越南中学教师武文珠在纪念中国共产党诞辰 46 周年之际，用 7 天时间创作了一首热情歌颂毛主席和毛泽东思想的诗歌《世界人民跟着毛主席》。他还附上一封写给《新越华报》编辑部的信，其中写道："我是一个越南同志，非常热爱伟大的导师，伟大的领袖，伟大的统帅，伟大的舵手，二十世纪最伟大的马克思列宁主义者毛主席，他正在高举世界革命的大旗，砸碎一切反动势力，建立一个充满共产主义光辉的明天的社会。越南人民正在进行激烈的抗美救国斗争，得到了用毛泽东思想武装起来的七亿中国人民的巨大支持，我们非常感激和热爱伟大的中国人民和伟大的领袖毛泽东。正因如此，我写下了这首诗，歌颂正在领导世界革命的毛主席，并把它寄给你们。"武文珠的《世界人民跟着毛主席》歌颂道：

> 五洲今日风雷动；／四海人民齐奋起。／响应毛主席号召：／将革命进行到底！
>
> 毛主席，您曾经教导：／革命群众力量无穷，／帝国主义是纸老虎，／必将死亡，丧尽威风。
>
> 群众已站起，顶天立地；／不把美帝放在眼里。／世界有了毛主席，／挥动红旗把路引。
>
> ……千秋万代感谢毛主席：／伟大的天才——心中的红太阳，／伟大的导师——伟大的马列主义者，／是您把世界引向共产主义的天堂。[1]

1. 武文珠：《世界人民跟着毛主席》，载越南《新越华报》，1967 年 7 月 5 日。

出于对世界革命领袖毛泽东的无限崇拜，不少越华作者把中国"文化大革命"期间大量印制与发行的毛泽东选集、毛泽东像章和毛泽东相片视为"宝书"、"宝物"而倍加珍视，并以获得这些"宝书"、"宝物"而激动不已，如黄智勇的散文《买宝书》描述作者在越南当地书店"买宝书"时的情形和感想：

> 书店服务员同志抱出一叠叠红彤彤的《毛主席语录》，按序售发给读者们。站在队伍后面的，都蹭起脚尖，伸长脖子，目不转睛地盯着一个个接过每一本宝书的人，生怕自己得不到似的。
>
> 接过宝书的人，飞快地奔去向亲人传告喜讯。我很快地走到队伍的前头，接过了《毛主席语录》，把它紧贴胸前。啊！这就是北京送来的宝书，这就是中国人民送来

的精神原子弹！我暗下决心："要好好学习毛主席语录，照毛主席的话办事，才能对得起这从北京带来的中国人民的心意。"……

是呀！毛主席的书就是革命的宝书，毛泽东思想就是放之四海而皆准的真理。我们要高举毛泽东思想的伟大红旗，在越南劳动党和胡主席的领导下，同全国人民一起，坚决战胜美帝侵略强盗。[1]

1. 黄智勇：《买宝书》，载越南《新越华报》，1967年2月9日。

还有越华作者着力描写自己获得"毛主席像章"时的感受，由此表达崇敬和热爱毛泽东之情，如廖贵仁的散文《最大的幸福　无比的温暖》写道：

啊，毛主席象（像）章！一枚金光闪闪的毛主席象（像）章，有如东升的红日，发出万道金光！我兴奋得跳起来，激动地欢呼："毛主席万岁！"

我日盼夜盼的宝物，今天终于得到了。我小心翼翼地把它放在手掌心，怀着深情凝视着。

……当象（像）章别在胸前以后，我才发现身上穿的只是一件单衣。但是，我竟然没点冷意。因为，主席象（像）烘暖了我的心田，我全身是热烘烘的。

毛主席啊！您是世界人民心中永远不落的红太阳，您最关心世界人民的生活，您最了解世界人民的愿望，您最支持世界人民的革命事业。有了您，我们在抗美救国斗争中增添无穷的力量；有了您，我们就信心百倍去争取胜利。[2]

2. 廖贵仁：《最大的幸福　无比的温暖》，载越南《新越华报》，1967年2月24日。

由于中国"文化大革命"领袖崇拜风气的影响，有的越华作者也以"颂诗"形式歌颂越南革命领袖胡志明，并有将其"神圣化"的倾向。胡志明是越南民主共和国主席，为越南人民争取民族独立和解放作出巨大的贡献，在越南人民包括华侨华人心中有着崇高的威望，为此不少越华作者在作品中表达了越南人民（包括作者）对胡志明的赞颂和敬仰之情。

丘辉的诗歌《山歌向着东方唱》[3]采用"忆苦思甜"的形式，叙述越南工人在旧社会饱受法

3. 丘辉：《山歌向着东方唱》，载越南《新越华报》，1967年3月3日。

国殖民者和资本家的压榨和剥削，后来胡志明主席于1954年"拨开乌云，见青天"，为工人们"亲手指出幸福路"，成为人们的"大救星"。诗歌最后以"男女齐唱"和"齐声高呼"的形式唱道：

男女齐唱：（龙州驳）

　　　山歌向着东方唱，

　　　旭日东升光芒万丈。

> 伟大领袖胡主席，
>
> 我们心中最敬仰。
>
> 山歌对着胡主席唱，
>
> 千言万语表心肠；
>
> 千句万句并一句讲：
>
> 祝胡主席万寿无疆！

> 齐声高呼：

> 劳动党万岁！胡主席万岁！
>
> 万岁！万岁！万万岁！

由于中越两国深厚的传统友谊与共同的革命情谊，以及不少越南华侨华人对中越两国的双重认同，因此有些越华作者将毛泽东与胡志明并置在一起，给予高度的崇敬和热烈的歌颂。陆进义的散文《献给胡伯伯的四十九颗红心》[1] 写越南教师到中国北京师大二附中初中三年级五

1. 陆进义：《献给胡伯伯的四十九颗红心》，载越南《新越华报》，1967 年 3 月 3 日。

班进行教学实习期间，深切感受到班上 49 位中国学生衷心热爱毛泽东和胡志明的思想感情，文中写道：

> 这些年纪不过十五六岁的中国青少年一见我们，第一句话就问："胡伯伯身体好
>
> 吗？"我们回答说："胡伯伯的身体很好！"他们听了，乐得个个蹦跳起来。他们告
>
> 诉我们："毛主席的身体也很好！"然后，大家都情不自禁地雀跃欢呼：

> 毛主席万岁！
>
> 胡伯伯万岁！

当越南教师在中国结束教学实习准备回国时，中国学生用"两个不眠之夜"，在一面鲜红的红领巾上一针针绣上黄橙橙的 10 个大字"毛主席万岁胡伯伯万岁"，并在红领巾周围别上 49 枚金光闪闪的毛主席像章，托越南教师带回河内献给敬爱的胡伯伯。文章结尾处描述了一幅深情的送别场景，其中饱含着越南作者和中国学生对中越两国领袖无比崇敬和热爱的感情：

> 汽车就要开了，我们快要走了。再见吧，毛泽东思想的故乡！同学们抹干了挂在
>
> 眼角上的泪花，高声朗诵毛主席语录，朗诵胡伯伯的《告全国同胞书》，唱着《国际
>
> 歌》，为我们送行……

梅鹰的诗歌《心声》也以"忆苦思甜"的形式叙述作者的父辈在旧社会饱受资本家残酷的剥削和压迫，过着"饭吃不饱，身穿不暖"的贫困生活，是"胡伯伯的关怀"和"党的抚育"，使作者成为"一代有文化的工人"。作者在歌颂"胡主席"和越南劳动党的"恩情比山高比海深"时，也以"毛泽东思想"作为武装思想的力量。[1] 另一位作者陈成是一位"集结到越南北方的

1. 梅鹰：《心声》，载越南《新越华报》，1967 年 9 月 2 日。

南方华侨学生"，作者在旧社会也是受尽富人和资本家的剥削和压迫，在"幼小的心灵"中"播下阶级仇恨的种子"，后来是越南劳动党在他的心中"燃起了革命的火花"，于是他毅然到解放区开始"新的战斗生活"。作者写道："十三年来，在党和胡主席的培育下，在毛泽东思想的指引下，我已经成长为一个师范大学的毕业生。这是越南革命给我带来的。想到这里，我就深深地感谢党，感谢胡主席。"[2]

2. 陈成：《感谢党，感谢胡主席！》，载越南《新越华报》，1967 年 9 月 2 日。

3. 反映中越两国人民的抗美斗争

"文化大革命"期间的中越两国文学都涉及到越南战争的题材和内容，反映了中越两国人民共同反抗美帝国主义的坚强意志和战斗情谊。

越南战争又称第二次印度支那战争，为越南共和国（南越）及美国与越南民主共和国（北越）及"越南南方民族解放阵线"（越共）之间的战争。1954 年，美国开始派特种部队进入越南，干涉越南内战。1965 年，美军入侵越南，在岘港登陆，升级为以美国为主的局部战争。1967 年 7 月 17 日，越南民主共和国主席胡志明发表《告全国同胞书》，号召越南人民把抗美救国斗争进行到底。

出于地缘政治的考虑和社会制度的因素，中国是越南民主共和国最主要的支持国和援助国，中国政府和人民对同样是第三世界国家的越南人民给予了道义和物质上的极大援助。1966 年 7 月 17 日，也就是胡志明发表《告全国同胞书》的当日下午，周恩来总理在接见越南民主共和国驻中国大使陈子平时表示，中越是唇齿相依、患难与共的两个社会主义国家，两国人民在反对帝国主义的斗争中从来是相互同情和相互支持的，全力支持越南人民是中国人民义不容辞的国际主义义务，中国将支持、援助越南人民的伟大斗争，直到最后胜利。[3] 1966 年 7 月 23 日，《新

3. 参见《七亿中国人民誓为越南人民的后盾——周恩来接见陈子平大使》，载越南《新越华报》，1966 年 7 月 19 日。

越华报》在头版头条刊登了中华人民共和国主席刘少奇发表的支持越南人民抗美斗争的声明，该声明表示："中国政府重申，美帝国主义对越南的侵略，就是对中国的侵略。中国七亿人民，是越南人民的坚强后盾"，"为了支持越南人民争取抗美斗争的彻底胜利，中国人民准备承担

最大的民族牺牲"，"中国辽阔的国土，是越南人民的可靠后方。中国人民下定了决心，做好了各种准备，随时随地采取中越两国人民认为必要的行动，共同打击美国侵略者"。[1]

1.《七亿中国人民誓为越南人民的后盾——中华人民共和国主席刘少奇的声明》，载越南《新越华报》，1966 年 7 月 23 日。

"文革"时期的中国已经成为世界革命的反帝中心，亚洲、非洲、拉丁美洲追求民族独立与解放的革命人民心向红色的新中国，心向伟大的革命导师、领袖、统帅、舵手毛泽东；另一方面，中国政府和人民也充满伟大的国际主义精神，对世界上受压迫受奴役的弱小民族表现出极大的关怀和热情，对越南人民的抗美斗争给予无私的援助和支持，如当时的北京就有百万人举行声势浩大的集会支持越南人民的抗美斗争，刘少奇、宋庆龄、董必武、周恩来、朱德、邓小平等国家领导人也出席了集会。[2]可以说，这时期的中国刮起全民支持越南人民抗美斗争到底的热潮。

2.《坚决支持越南人民抗美到底——北京百万人举行声势浩大集会》，载越南《新越华报》，1966 年 7 月 23 日。

当时以反帝防修、支援世界革命人民为己任的红卫兵小将也摩拳擦掌、跃跃欲试，以为同美帝国主义决战的时机终于到来，成千上万的红卫兵不顾中国政府禁令，擅自越过国境赴越南丛林参战。有红卫兵写道："我们——毛主席的红卫兵，爱的是刀枪剑戟，爱的是冲锋呐喊，爱的是革命的暴力，爱的是埋葬美帝、苏修的人民战争。"还有诗歌写道："红卫兵者，/偏偏好战，/千里迢迢，/奔赴越南。/……抗美援越，/万古流芳。"[3]

3. 老鬼：《血与铁》，见王家平：《文化大革命时期诗歌研究》，第 102 页，开封：河南大学出版社，2004 年版。

从当时发表在越南报章上的中国作者的诗歌，也可以见及中国民众对"同志加兄弟"的越南人民的大力支持，如白曙以"红笺"抒写"颂诗"，赞美越南人民的抗美斗争和两国人民的战斗友谊："英雄的越南兄弟，/为保卫社会主义阵地，/为保卫世界和平大门，/你们在最前线打击美帝！//我们同饮一条江的水，/我们同坐一个榕荫休息；/哨岗、前沿、壕堑紧相连，/只一声召唤就臂靠臂地杀敌。//此刻我用红笺写一篇颂诗，/歌赞你们战斗的业绩，/歌赞你们辉煌的胜利。/英雄的越南兄弟，敬礼！"[4]吕学煌等人的诗歌也反映了类似的主题："我是新中国一民兵，/风里雨里练射击，/只待越南战友一声唤，/携手并肩歼敌人！"[5]"北部湾的

4. 白曙：《红笺寄越南兄弟》，载越南《新越华报》，1966 年 10 月 20 日。

海风是战斗友谊的见证，/北部湾的波涛常把英雄怀念。/中越人民的心永远联结在一起，/我们并肩战斗在反帝的最前沿。"[6]

5. 吕学煌：《只待战友一声唤》，越南《新越华报》，1967 年 8 月 11 日。

6.《战斗的中越友谊之歌》（作者不详），载越南《新越华报》，1967 年 3 月 5 日。

在越南战争期间，"抗美救国"成为越华文学的主旋律，这时期的越华文学出现不少反映中越两国人民抗美斗争的题材，其中又渗透着中国"文化大革命"的时代思潮和人们的思维定势，反映了"文革"文艺思潮对越华抗美救国文学的影响。陆进义的散文《献给胡伯伯的四十九颗

7. 陆进义：《献给胡伯伯的四十九颗红心》，载越南《新越华报》，1967 年 3 月 3 日。

红心》[7]通过在北京师大二附中进行教学实习的越南教师的视角，表现了中国青少年学生在毛

泽东思想武装下，深切痛恨美帝国主义、与越南人民"心连心"的阶级感情和国际主义精神：

> 当美帝轰炸越南北方的土地时，愤怒的火在同学们的心中燃烧！他们半夜三更走上街头游行示威，强烈声讨美帝的滔天罪行。……
>
> 当越南传来了胜利的捷报时，他们乐得心花怒放，他们奔走相告，蹦呀跳呀，向我们祝贺：越南人民打得好！长了世界革命人民的志气，灭了美帝和一切反动派的威风！
>
> 同学们对美帝恨之入骨，对越南人民爱得深沉，这是多么真挚的阶级感情啊！……
>
> 他们表示："随时准备赴越南前线！"在他们心中，打美帝是不受国界和民族的限制的。他们认为：越南是前线，中国是后方；他们应该是英勇的革命战士，而革命战士就要心向前线，时刻准备向敌人冲锋陷阵！……
>
> 伟大的战无不胜的毛泽东思想武装了他们，在他们身上，闪烁着无产阶级国际主义的思想光辉！

在文章结尾处，越南教师面对中国青少年献给胡志明的49颗毛泽东像章时，不禁发出这样的议论：

> 四十九颗金光闪闪的毛主席像章啊，象征着四十九颗红心，他们向胡伯伯保证：
>
> 听毛主席的话，把无产阶级文化大革命进行到底，巩固越南人民抗美救国的大后方。
>
> 坚决支持世界革命，坚决彻底地支持越南人民的抗美救国斗争！

这类反映中越两国人民抗美斗争题材的作品，有不少篇章是与赞美中越两国领袖的颂歌联结在一起的，而这与"文化大革命"时期盛行的领袖崇拜思潮有着密切的关系，因为中越两国人民都把毛泽东搬上神坛加以膜拜，而这一领袖崇拜思潮也影响到越南民主共和国，为此这时期出现不少以毛泽东和胡志明为革命领袖和精神导师来激励中越人民抗美斗争的文艺作品。陈文的《宝书增强了我们的力量》写身为越南华侨的作者将北京送来的"宝书"——《毛主席语录》视为"精神原子弹"，认为它"增强了我们抗美救国的战无不胜的力量"。作者为毛主席《纪念白求恩》一文中白求恩的"共产主义"和"国际主义"精神所感召，由此激发出与"兄弟的越南人民"共同抗击美帝的决心：

> 白求恩的"毫不利己专门利人"、"毫无自私自利之心"的共产主义精神，毫无

私心杂念和以世界革命为己任的崇高国际主义精神多么伟大！

读了毛主席上述的语录，我立刻想到，作为一个越南华侨，我应该怎样把自己的一切贡献于世界反美斗争的最前线？毛主席说："国际主义者的共产党员，是否可以同时又是一个爱国主义者呢？我们认为不但是可以的，而且是应该的。"

这是真理！我们华侨也要高举毛泽东思想红旗，在越南劳动党、胡主席的领导下与兄弟的越南人民并肩团结战斗，决战决胜美国强盗，不但是为了本身的幸福，为了捍卫祖国，同时也是为了支援世界上被压迫的民族和人民的革命事业！[1]

1. 陈文：《宝书增强了我们的力量》，载越南《新越华报》，1967 年 1 月 4 日。

还有一些越华文学反映越南人民努力生产、支援抗美斗争的事迹，而这些劳动者的精神力量也往往来自中越两国领袖的号召和指引。郑勇的散文《劳动散记》[2]描写了身为知识青年的

2. 郑勇：《劳动散记》，载越南《新越华报》，1967 年 9 月 8 日。

作者在参加合作社发起的筑堤劳动时，因为其他劳动者"把胡主席伟大的战斗号召落实到自己的生产劳动中"而受到"很大的鼓舞"。后来，当他感到"全身疲劳不堪"时，《毛主席语录》中的"下定决心，不怕牺牲，排除万难，去争取胜利"的教导使他"越读越觉得全身有了力量"。在以领袖的教导进行精神激励和思想改造后，作者表示："我下定决心，要好好听毛主席、胡主席的教导，在劳动中不断锻炼自己和改造自己，使自己的思想革命化，以便为抗美救国事业献出一份力量。"

二、 中国"文化大革命"文艺思潮与柬埔寨"文革潮"文学

"文革"时期，中国"文化大革命"思潮也波及到柬埔寨。柬华报纸在"文化大革命"伊始，就陆续转载中国报刊的相关报道，如《中国正掀起文化大革命》、《北京正告帝修反毋庸对我胡思乱想》、《触及人们灵魂的大革命》、《各国人士欢呼中国文化大革命》等，其中报道称："人类历史上空前的这一场无产阶级文化大革命的开展和胜利，敲响了中国土地上残存的资本主义势力的丧钟，也敲响了帝修反的丧钟，你们的日子不会长久了！"[3]，"亿万工农群众紧握

3.《北京正告帝修反毋庸对我胡思乱想》，载柬埔寨《棉华日报》，1966 年 6 月 2 日。

毛泽东思想武器横扫一切牛鬼蛇神"，"资产阶级所谓'权威''学者'被打得落花流水威风扫地"，"这场文化大革命正大大推动中国社会主义事业的前进，也必将对世界的现在和未来发生不可估量的深远影响"[4]。

4.《中国正掀起文化大革命》，载柬埔寨《棉华日报》，1966 年 6 月 2 日。

1966 年 10 月 1 日，柬埔寨华文报《棉华日报》发表社论《为祖国文化大革命祝捷——庆祝中华人民共和国成立十七周年》，表示热烈拥护中国正在进行的"文化大革命"。该社论写道："这是一场大扫牛鬼蛇神，挖修正主义毒根，防止资本主义复辟的革命"，"中国人民的江山将更牢固，更美好。国家各方面的建设事业，将更发展、更兴旺起来"，海外爱国华侨"为当前的文化大革命的辉煌成就，表示最大的高兴"。[1]

1. 潘丙：《为祖国文化大革命祝捷——庆祝中华人民共和国成立十七周年》，载柬埔寨《棉华日报》，1966 年 10 月 1 日。

柬华作者廖寥以寓言形式创作了《纸老虎》、《破旧立新》，其中通过羊妈妈和小羊的对话，形象地阐释毛泽东关于"帝国主义都是纸老虎"的论断，并以小兔们在兔爸妈的发动下清除"旧草棚里的脏东西"，以及在拆除"老枯窝"后重新把"洞穴布置得焕然一新"的举动，为"文化大革命"运动所标榜的"移风易俗"、"破旧立新"进行形象的阐释。[2] 黄思华创作的《红卫兵赞》也大力歌颂"文化大革命"的急先锋红卫兵："八月十七日，/ 诞生红卫兵，/ 学习解放军，/ 全心全意为人民。// ……学习十六条，/ 到处去串连，/ 宣扬毛泽东思想。/ 四旧毒素不容延。// 学习十一中，/ 思想红又红，/ 要当旧社会叛逆，/ 要当新社会工农。// 地、富、反哀鸣，/ 帝修跺脚叫，/ 管他狂吠与叫嚣，/ 世界人民拍手笑！"[3]

2. 廖寥：《新寓言二则》，载柬埔寨《棉华日报》，1966 年 10 月 16 日。

3. 黄思华：《红卫兵赞》，载柬埔寨《棉华日报》，1966 年 10 月 16 日。

伴随着中国"文化大革命"思潮的传播，"文革"文艺思潮也对柬埔寨华文文学产生了如下影响：

（一）　中国"文化大革命"文艺思潮对柬华文学文艺观的影响

1966 年 7 月 15 日，《棉华日报》转载中国新华社记者的报道《沿着毛主席指引的文艺方向前进》，文章以广州部队海上文化工作队队员的亲身体会，高度肯定毛泽东《在延安文艺座谈会上的讲话》是"革命文艺工作者的最高指示"，赞扬毛主席所指引的文艺方向是"唯一正确的方向"，并总结出"工农兵文艺方向"的准则，即"为工农兵服务，是革命文艺工作唯一正确的方向"，"只有思想感情和工农兵打成一片，才能更好地为工农兵服务"，"要长期地无条件地深入工农兵，为工农兵服务一辈子"，并表示要"把毛主席的书当作最高指示，创造社会主义的新文化"。[4]

4. 艾蒲、郑国联：《沿着毛主席指引的文艺方向前进》，载柬埔寨《棉华日报》，1966 年 7 月 15 日。

在文艺为工农兵服务、为政治斗争服务的工具论影响下，柬华作者邓晓华在探讨"写作"与"工作"之间的关系时，就如此表示：

一切文学艺术，都是一定的社会生活在人类头脑中反映的产物。没有生活便没有文学，生活贫乏的人其作品也必然是空洞无物的。……祖国一位农民业余作者曾说："我是一个农民……我要努力劳动，为社会主义生产粮食，支援世界革命。这样一个过程，必然是阶级斗争、生产斗争和科学实验的过程。我要下定决心，排除万难，去争取这个胜利。然后，再把斗争过程录下来，形象地反映出来，推动新的斗争，争取新的、更大的胜利。这样，生产物质粮食的过程和生产精神粮食的过程，不但没有矛盾，而且是相互推动、相互提高的。……"我们，在搞好工作，搞好学习的同时，为了"团结人民、教育人民、打击敌人、消灭敌人"，积极地拿起笔来，写出我们学习和工作的收获，写出我们劳动的自豪，写出我们的希望与理想……[1]

1 邓晓华：《再谈"写作与工作"》，载柬埔寨《棉华日报》，1966 年 12 月 18 日。

另一位柬华作者何清则表示赞同"文艺塑造英雄形象"的观点：

文艺是人们的精神粮食，在这日进千里的时刻，我们的业余创作者，应该通过文艺来丰富人们的生活，我们更要利用文艺塑造英雄形象，树立学习榜样，打击歪风，消灭歪气，所以，我们非常需要各种形式和全面反映各个阶层人民生活的好作品。[2]

2. 何清：《亦谈"写作与工作"》，载柬埔寨《棉华日报》，1966 年 12 月 4 日。

（二）　中国"文化大革命"文艺思潮对柬埔寨"文革潮"文学创作的影响

在"文革"文艺思潮的影响下，柬埔寨"文革潮"文学也出现领袖崇拜、反帝爱国、歌颂英雄形象等主题内容。

1. 歌颂中国革命领袖毛泽东

20 世纪六七十年代，不少柬埔寨华侨华人保持着强烈的中国认同，对中国革命领袖毛泽东十分崇敬和景仰。《棉华日报》在"文革"期间刊载了许多关于世界革命人民热爱毛泽东的新闻报道，如《毛主席是拉丁美洲人民心中的红太阳》、《毛泽东思想是世界人民的宝贵财富》、《波兰两万多人参观中国图书展览，称誉毛主席是当代列宁》、《千万颗心向着伟大领袖毛主席》等，并刊登非洲刚果（布）妇女在庆祝"三八"国际劳动妇女节时抬着毛泽东巨幅画像游行的照片，以及几内亚国立"佐立巴"舞蹈团在北京演唱《战斗的非洲歌颂毛泽东和他伟大的事业》等照片。该报还刊载《千余华侨和港澳同胞在北京见到了毛主席》、《毛主席的话是我们前进

3.《千余华侨和港澳同胞在北京见到了毛主席》，载柬埔寨《棉华日报》，1966 年 10 月 2 日。

的力量》等文章，或报道华侨和港澳同胞"兴奋地表示这是一生中最大的幸福"[3]，或发表柬埔

寨归国华侨林素花成为"学习毛主席著作积极分子"的感想，谱写出"更好学毛著，一心为革命"的时代旋律[1]。

1. 林素花：《毛主席的话是我们前进的力量》，载柬埔寨《棉华日报》，1966 年 5 月 22 日。

由于"文化大革命"领袖崇拜思潮的影响，柬华作者陈恩泽在诗歌《永远跟着毛泽东》中深切地表达了作者对毛泽东的赞颂之情，以及跟随中国革命领袖向前进的决心：

> 太阳出，／东方红，／五洲四海同唱毛泽东。／毛泽东，／毛泽东，／东升的红太阳，／时代的照明灯。／……五洲人民有您心眼明，／反帝反殖壮志宏。／啊！毛泽东，／毛泽东，／伟大的旗手，／时代的红灯。／走！／我们随着旗手走，／前进！／我们永远跟着毛泽东。[2]

2. 陈恩泽：《永远跟着毛泽东》，载柬埔寨《棉华日报》，1966 年 10 月 9 日。

柬华作者田友在散文《最幸福的人》[3]中描述一位柬埔寨华侨工人叶向阳在北京天安门的

3. 田友：《最幸福的人》，载柬埔寨《棉华日报》，1966 年 12 月 4 日。

国庆节庆祝大会上见到毛泽东的情形，表达了海外侨胞对毛泽东的无比热爱之情。文章首先描述叶向阳从观礼台上远望毛泽东出现在天安门城楼的场景：

> 十点正，伟大的导师、伟大的领袖、伟大的统帅、伟大的舵手毛主席，在雄壮的《东方红》的乐曲中，登上天安门城楼。这时，整个天安门广场沸腾起来。"毛主席万岁！""毛主席万岁！"的欢呼声响彻天安门的天空。
>
> 叶向阳一面挥动着红光闪闪的《毛主席语录》，一面向伟大的领袖高呼"万岁！"……"我看到毛主席了！"他高兴的跳着叫着。

文章接下来写叶向阳看到毛泽东后的内心感想，其中充满中国"文革"时期领袖崇拜的各种套语：

> 毛主席，您是中国人民伟大的导师、伟大的领袖、伟大的统帅、伟大的舵手！在黑暗的旧中国，您带领着中国人民在黑沉沉的大海中寻出中国人民的光明出路，拨开千层波浪，奋勇前进；今天，您又领导着祖国人民，在新的大风大浪中前进，驶向更光辉的未来。敬爱的毛主席，您是最红最红的太阳，您是人类的指路明灯。有了您，人类有了希望！我们无限热爱您，我们无限崇拜您，我们无限信仰您！……他看着看着，久久地看着。

庆祝大会结束后，叶向阳和海外侨胞从近距离再次见到了毛泽东，文章着力描写出叶向阳和侨胞们无比激动的情景：

> 就在这时，毛主席在百万群众的欢呼声中，从城楼上下来，走出天安门。啊！这

是多大的幸福啊！毛主席只离他们一米远。叶向阳和侨胞们高举毛主席语录，尽力的跳着、喊着"毛主席万岁！"，欢呼声激荡着天安门上的万里晴空。多少人激动得流下了热泪，多少人嗓子都喊到沙哑了，但是，人们仍在跳着、喊着……

归途上，侨胞们格外的兴奋，大家无限欣喜，争叙难忘的场面，幸福的气氛洋溢着整个车厢。《东方红》、《大海航行靠舵手》等革命歌声，此起彼伏，一直唱到服务社。

2. 表达柬埔寨华侨华人的反帝爱国热情

"文革"时期，不少柬埔寨华侨华人十分热爱毛泽东领导下的社会主义新中国，为新中国取得的政治、经济、文化等各方面成就充满强烈自豪感。当时国际上正值资本主义和社会主义两大阵营严重对抗的时期，世界革命中心已由苏联转移到中国，如《棉华日报》转载中新社消息称："西欧拉美亚洲非洲朋友热情欢呼毛主席领导的新中国是世界革命无敌堡垒"，"苏修篡政后革命中心"已"从莫斯科移到北京"，"今日中国是为独立而奋斗的一切被压迫人民的主要支柱"。[1] 不少柬埔寨华侨华人对新中国充满热爱之情，对冷战时期以美国为首的反华势

<small>1.《毛主席领导的新中国是世界革命无敌堡垒》，载柬埔寨《棉华日报》，1966 年 10 月 1 日。</small>

力十分不满，他们在作品中流露出强烈的反帝爱国情绪，其间又交织着中国"文化大革命"左倾思潮的深刻影响，如《棉华日报》在 1966 年 10 月 1 日发表的社论就表示：

这场革命好不好？以美国为首的帝、修、反都大骂不好；中国人民方面呢，由千万红卫兵作了回答：你们大骂不好的事情，恰恰证明好得很！……

这是一场大扫牛鬼蛇神，挖修正主义毒根，防止资本主义复辟的革命。事情是很清楚的，这么大革命之后，中国人民的江山将更牢固，更美好。国家各方面的建设事业，将更发展、更兴旺起来。

事情也很清楚，更富强的中国，将对全世界一切被压迫民族和人民反对帝国主义及其走狗的侵略奴役，作出更有力的支援，更辉煌的贡献。

事情也很清楚，更富强的中国，是海外一千多万爱国华侨的最大利益，最大希望，最大靠山。侨胞们对旧中国，痛心疾首；对新中国，万分热爱！新中国，就是要一切都新：不但有新政治、新经济，也还要有新文化、新思想、新风俗、新习惯。这样的中国，将更有条件引导侨胞们同侨居国人民友好相处，更有能力帮助侨胞们克服帝国主义者及其走狗所横加的种种苦难。

　　许多侨胞从外国拍电和写信回国，拥护毛主席，拥护文化大革命。他们实际上表达了一千多万爱国华侨的心声。[1]

1. 潘内：《为祖国文化大革命祝捷——庆祝中华人民共和国成立十七周年》，载柬埔寨《棉华日报》，1966 年 10 月 1 日。

柬华作者陈恩泽的诗歌《祖国，华侨的亲娘！》以"忆苦思甜"的模式，抒写了海外华侨对新中国的热爱之情。作者首先回忆国民党统治下的华侨被迫背井离乡，承受着失去祖国亲娘的苦难，然后赞美毛泽东领导下的新中国是"东方的巨人"、"海外孤儿"的"亲娘"：

　　那时候，／我们被迫背井离乡；／那时候，／我们妻离子散，／四处流浪／没有安身之处，／没有关心我们的亲娘。

　　然而今天啊！／我们再不是受人蔑视的孤儿，／祖国便是我们的亲娘！／日夜想望着的祖国呀！／您在毛主席的领导下，／"自力更生"、"发奋图强"！／您——这位东方的巨人，／已迈开雄壮的步伐，／跨上世界的最前方。……

　　啊！祖国——海外华侨的亲娘，／您，是一千万华侨的光荣！／是海外亲儿的靠山！／在此幸福而伟大的日子里，／让我们纵情欢唱：／歌唱祖国繁荣昌盛，／歌唱海外孤儿有了娘！[2]

2. 陈恩泽：《祖国、华侨的亲娘！》，载柬埔寨《棉华日报》，1966 年 10 月 2 日。

陈恩泽在另一首诗《欢呼祖国导弹发射成功》中为中国成功发射导弹而欢欣鼓舞，表示这是打响"帝修"的一记"耳光"，定能将"帝修"深深埋葬：

　　看吧！／约翰逊跟跄地爬上五角大楼，／窥视着东方漫天的红光，／突然"轰"的一声，／摔倒在观望台上。／修正主义者，／睁着狰狞的眼睛，／望着一片晃动的红旗大海，／在狠命的嘶喊：／"糟了！""糟了！""怎么办？"……

　　革命人民心中的怒火，／能把帝修的建筑圆柱，／冲坍撞倒，／世界人民早已挖好的两个泥坑，／定能把帝修深深埋葬！[3]

3. 陈恩泽：《欢呼祖国导弹发射成功》，载柬埔寨《棉华日报》，1966 年 11 月 6 日。

　　在世界上两大阵营严重对立的冷战格局下，1966 年 11 月间，亚洲第一届新兴力量运动会（简称"亚新会"）在柬埔寨首都金边举行，这是一届象征着亚洲人民反帝反殖的团结大会，中国、柬埔寨、越南等 10 余国参与了盛会。柬华作者为此创作不少歌咏"亚新会"的文学作品，由此表达强烈的反帝反殖立场。黄崖的《亚洲人民的新胜利》在开篇时即引用毛泽东诗词，赞美亚洲人民强烈的反美反帝情绪：

　　"四海翻腾云水怒，五洲震荡风雷激。"世界人民的反美怒潮，汹涌澎湃，席卷全球。英雄的亚洲人民，在反美反帝的斗争中，表现得最英勇、最坚强、最果敢。

在柬埔寨首都金边举行的第一届亚洲新兴力量运动会，便是一个明显的例子。[1]

1. 黄崖：《亚洲人民的新胜利》，载柬埔寨《棉华日报》，1966 年 11 月 27 日。

另一位作者黄思华的诗歌《永远前进，决不后退！——为第一届亚新会胜利闭幕作》，也为"新生的、富强的亚洲"以及"站起来的亚洲人民"欢呼歌唱：

亚洲，／那黑沉沉的年代一去不复返了，／新生的、富强的亚洲，／像旭日东升，光芒万丈！

亚洲各族人民，／是英雄的人民，／英雄的人民，／要挣断一切桎梏，牢牢的团结在一起。

谁敢诬蔑亚洲人是落后民族？／谁敢侮辱亚洲人是东亚病夫？／今天，站起来的亚洲人民，／要以事实去驳斥那些种族主义者的肮脏嘴脸。

震撼着帝殖的亚新会，／是一支锋刃的匕首，／深沉地、有力地，／插在帝殖的心脏上！[2]

2. 黄思华：《永远前进，决不后退！——为第一届亚新会胜利闭幕作》，载柬埔寨《棉华日报》，1966 年 12 月 11 日。

3．歌颂英雄人物形象

在"文化大革命"时期，中国是"英雄辈出"的时代，刘胡兰、董存瑞、黄继光、邱少云、雷锋、王杰、欧阳海等英雄事迹被大书特书，这些英雄人物也成为人民大众学习的榜样和楷模。受此时代潮流的激荡，以及倡导工农兵文艺、塑造英雄形象等文艺观的影响，柬华文坛也出现着力歌颂英雄人物形象的作品，其中有些是歌颂中国工农兵英雄人物，如金辉的诗歌《英雄辈出的时代》：

毛泽东时代，／是伟大的时代，／是光荣的时代，／是英雄辈出的时代……

刘胡兰、董存瑞、黄继光、丘（邱）少云……／为革命、为解放、为友谊、为胜利！／牺牲了宝贵的生命，／献出了永耀光芒的青春！他们是一棵棵苍天的松柏，／屹立在我们的眼前；／他们是顶天立地的支架，／支撑着祖国的革命事业。[3]

3. 金辉：《英雄辈出的时代》，载柬埔寨《棉华日报》，1966 年 10 月 9 日。

在工农兵英雄事迹中，中国"三二一一一"钻井队石油工人奋不顾身抢救油田气井、保护国家财产的英雄事迹传诵一时。北京市长征文工团创作的文艺作品《闯火海英雄赞》在《人民日报》刊登后，又于 1966 年 10 月被柬埔寨《棉华日报》转载。当时还有一些柬华作者创作了称颂"三二一一一"钻井队集体英雄的赞歌，如洪国华的《英雄永留名——赞"三二一一一"

钻井队》、杨世隆的《向"三二一一一"英雄们致敬！》、林江洋的《英雄赞歌》等，其中林江洋的集体朗诵诗《英雄赞歌》大力赞颂毛泽东时代涌现出来的"三二一一一"钻井队英雄，强调毛泽东思想是英雄们的力量源泉，其中大量使用"文化大革命"的时代套语：

合：英雄的集体，

　　用鲜血和生命在英雄册上写下最新一章，

　　英雄的集体，

　　出现在伟大的毛泽东时代！

　　　　　（一）

男领：啊！悬崖上傲然屹立的青松，

　　　　滋润你们的是雨露、阳光，

女领：啊！"三二一一一"英雄集体，

　　　　哺育你们的是毛泽东思想。

……

女领：多少个清晨啊！

　　　多少个夜晚，

　　　你们在朝阳下，煤灯前，

　　　捧起《毛选》——

　　　这是胜利之本，

　　　这是力量的源泉。

　　　在他们心中，

女齐：《毛选》不可缺少的精神食粮。

　　　毛主席在他们心中，

　　　是最红最红的太阳。[1]

　　　　　　　　　　1. 林江洋：《英雄赞歌》，载柬埔寨《棉华日报》，1966 年 11 月 13 日。

　　在柬华文学的英雄颂诗中，还出现印尼排华事件中涌现出来的英雄人物黄沐和、陈强森等人物形象，这类作品有周锋的《敬礼！爱国华侨黄沐和》和《敬礼！陈强森》、王斌的《战斗的十二天》等。其中《敬礼！陈强森》歌颂印尼爱国侨生陈强森在毛泽东思想哺育下，与印尼法西斯暴徒进行坚强的斗争，用"鲜血和生命"维护"祖国的荣誉与尊严"：

啊！伟大的毛泽东思想，／哺育了多少个革命英雄，／我们时代又一个黄沐和啊！／坚贞不屈的爱国侨生——陈强森。

……是毛泽东思想哺育了你，／使你立场坚定斗志昂扬。／"为人民利益而死，就比泰山还重。"／你决心用鲜血和生命来维护祖国的荣誉与尊严。

在暴徒对祖国大肆侮辱时，／你词严义正地给予驳斥；／在暴徒残酷刑罚和死亡威胁的面前，／你始终坚强不屈。

……终于经起了这一场严峻的考验，／战胜了这一批牛鬼蛇神。[1]

1. 周锋：《敬礼！陈强森》，载柬埔寨《棉华日报》，1966 年 6 月 12 日。

柬华"文革潮"文学除了上述内容和特征外，有些作品还着力表现"破旧立新"的主题，如凌明的散文《婚礼》批评柬埔寨华人在婚礼上大摆宴席、铺张浪费，以及收受贺仪给贺客带来经济负担等"旧风俗"和"旧习惯"，还有王紫槐的《人民力量的胜利》和《欢呼毛泽东思想的新胜利》、王斌的《战斗的十二天》、林江洋的《英雄赞歌》，分别运用了楼梯诗、集体朗颂诗、对口词的形式，这类主题和形式都与中国"文革"文学的影响不无关系。

从总的方面来看，由于中国"文化大革命"文艺思潮的深刻影响，新加坡、马来西亚、越南、柬埔寨等国出现了"文革潮"文学，其作品既有反帝、反殖、反资的正面意义，也有关怀底层民众的崇高的人道主义情怀，但由于"文化大革命"文艺思潮是一种严重违背艺术规律的极左文艺思潮，其过于强调文学的政治功用，以及"主题先行论"、"根本任务论"、"三突出"创作原则等文艺理论的负面作用，也导致东南亚"文革潮"文学出现大量政治化、概念化、脸谱化和模式化的作品，这其中的经验教训值得人们深刻的反思。[2]

2. 由于本章所论及的部分东南亚华文作者生平资料不详，故无法在注释部分标明他们所属的国籍。

第八章　　中国现当代作者、南下作者与东南亚文学从 1919 年以来，伴随着中国与东南亚在政治、经济、民族、思想、文化与文学方面的交流，中国现当代作者及南下作者对东南亚文学产生了巨大的影响。中国现当代作者中的胡适、鲁迅、郭沫若、茅盾、刘半农、冰心、丁玲、戴望舒等人虽然未曾到过东南亚，其影响却跨越中国疆界而扩散到东南亚文坛；另有数以百计的中国作者如郁达夫、胡愈之、王任叔、张楚琨、洪丝丝、方修畅、许征鸿、吴继岳、巴尔、史青、王雨亭、蓝天民、柯叔宝、许芥子、杜埃、林林、林健民、柯清淡、邹访今、黄裕荣、梁披云、林万里、犁青等人，他们虽然出生于中国，却由于各种原因而南渡东南亚，并在当地从事文学、文化和社会活动，从而直接参与并推动了东南亚文学的发展。

第一节　中国现当代作者与东南亚文学

中国五四新文化运动开启了中国现代文学史，也影响并催生了东南亚华文新文学。尽管众多的中国现当代作者并未到过东南亚，但其文学作品及思想精神却传播和辐射到东南亚文坛，并对东南亚文学及思想文化产生了影响，如胡适、鲁迅、郭沫若、刘半农、茅盾、杨振声、冰心、丁玲、叶绍均、沈玄庐、汪敬熙、王统照等人。

以下主要介绍鲁迅、刘半农、丁玲与东南亚文艺界的关系，以及他们对当地文学的影响。

一、 鲁迅与东南亚文学

鲁迅（1881—1936），原名周樟寿，后改名树人，字豫才，浙江绍兴人，中国现代著名作家，中国文化革命的主将，被毛泽东评价为伟大的文学家、思想家和革命家。其一生中从未到过东南亚，但在许多方面都对东南亚文艺界产生了深巨的影响。

（一） 鲁迅与新马文学

对于鲁迅与新马华文文艺界的紧密关系，新加坡学者章翰在《鲁迅对马华文艺的影响（1930—1948）》一文中曾如此表示：

鲁迅是对马华文艺影响最大、最深、最广的中国现代文学家。作为一个伟大的革命家、思想家，鲁迅对于马华文艺的影响，不仅是文艺创作，而且也遍及文艺路线、文艺工作者的世界观的改造等各方面。不仅是马华文学工作者深受鲁迅的影响，就是马华的美术、戏剧、音乐工作者，长期以来也深受鲁迅的影响。不仅是在文学艺术领域，就是在星马社会运动的各条战线，鲁迅的影响也是巨大和深远的。长期以来，确切地说，自鲁迅逝世后的四十年，鲁迅的高大形象，一直鼓舞着人民为正义的事业而奋斗。

鲁迅一直是本地文艺工作者、知识分子学习的光辉典范。我们找不到第二个中国作家，在马来亚有像鲁迅那样崇高的威信。[1]

1. [新] 章翰：《鲁迅对马华文艺的影响（1930—1948）》，见 [新] 章翰：《鲁迅与马华新文艺》，第1页，新加坡：风华出版社，1977年版。

诚如本书第四章所介绍的那样，早在 1923 年 5 月，新
加坡《新国民日报》副刊《新国民杂志》刊登的瞿桓的《疯
人日记》，就是模仿和学习鲁迅《狂人日记》而创作的日
记体小说。1926 年 4 月，中国南下作者段南奎在新加坡《叻
报》副刊《星光》上发表《本刊今后的态度》一文，其中
某些语句与作者所表现的志向与情怀，被认为与鲁迅《呐
喊·自序》存在某些关联性，如"我们深愿尽我们力之所
能地扫除黑暗，创造光明。我们还有自知之明，知道自己
决不是登高一呼，万山响应的英雄，只不过在这赤道上的
星光下，不甘寂寞，不愿寂寞，忍不住的呐喊几声'光明！
光明！'。倘若这微弱的呼声，不幸而惊醒了沉睡的人们
的好梦，我们只要求他们不要唾骂，不要驱逐我们，沉睡
者自沉睡，呐喊者自呐喊……"。不过，20 世纪 20 年代的
新马文坛对鲁迅并不怎么熟悉，对鲁迅的作品、人格和精
神也并不了解，因而有的马华作者受到中国创造社和太阳
社的影响，对乡土作家的鲁迅进行批评，甚至将其作品与
张资平并列为无产阶级文学的对立面。[1]

图 26　章翰的论著《鲁迅与马华新文艺》（1977）（封面）

1. 参见李志：《鲁迅及其作品在南洋地区华文文学中的影响述论》，载《西南民族学院学报》，2003 年第 3 期。

　　1930 年 2 月，鲁迅参加中国自由主义大同盟的发起工
作。同年 3 月，中国左翼作家联盟成立，鲁迅为主要发起
人与领导人，并在成立大会上发表重要讲话。此后，鲁迅
以一个左翼作家的身份而受到中国进步文艺工作者的景仰，
而马华文艺界也有不少人把鲁迅当作导师。至 30 年代中期，
马华文艺界的丘康等人认真学习鲁迅的著作、思想和斗争
经验。当他们得知鲁迅病重的消息时，普遍表示关怀之情，
其中具代表性的是南鸿于 1936 年 8 月发表的《鲁迅先生的
病况》，其中写道："青年导师鲁迅先生，他的言论几成中

国文坛的灯塔，黑暗与光明正在斗争的指路碑"，"我们在

道远的南洋，谨向被称为'中国高尔基'的鲁迅先生，表示

1. 参见 [新] 章翰：《鲁迅对马华文艺的影响（1930—1948）》、《鲁迅逝世在马华文艺界的反应》，

深切的慰问，并祝福他在'导秉'的条件下益寿延年"。[1]

分别见 [新] 章翰：《鲁迅与马华新文艺》，第6页，第18页，新加坡：风华出版社，1977年版。

　　1936年10月19日，鲁迅在上海病逝，这一消息随即

于当天传到新马。次日，新马华文报章《南洋商报》、《星

洲日报》、《星中日报》、《新国民日报》等都刊登了鲁

迅不幸病逝的消息。随后几天，新马华文报章还刊登悼念

鲁迅的文章，出版纪念鲁迅"专号"等。如新加坡《新国

民日报》于1936年10月24日出版《鲁迅专号》，刊发了

新马文化界人士追悼和纪念鲁迅的诗文等，其中新诗3首，

即邓匡君的《献诗——纪念文化导师鲁迅先生》、巨星的《悼

鲁迅先生》和浪花的《纪念时代的前驱》，悼念文章2篇，

即润湖的《鲁迅先生逝世纪念》和灵根的《巨星的陨灭——

悼我们的导师鲁迅先生》，赖少麟的木刻《鲁迅先生划时

代的伟著——名震世界的〈阿Q正传〉》1幅，此外还有

鲁迅的遗像、签名和致郑振铎书的手迹。

　　这些纪念诗文表达了新马文化界人士共同的哀痛之情。

此前的1936年6月18日，受到中国人民和新马文化界人

士敬爱的苏联文学家高尔基与世长辞，而鲁迅逝世之际，

正是日本加紧侵略中国，中华民族面临存亡危机的时候，

因此，新马文化界人士对于文化巨人鲁迅的骤然逝世更是

深表哀悼。在这些纪念文章和诗歌中，最具代表性的是灵

根的《巨星的陨灭——悼我们的导师鲁迅先生》和润湖的《鲁

迅先生逝世纪念》。灵根在《巨星的陨灭——悼我们的导

师鲁迅先生》[2]中写道：

2. 灵根：《巨星的陨灭——悼我们的导师鲁迅先生》，载新加坡《新国民日报》纪念特刊《鲁迅专号》，1936年10月24日。

　　　在这风雨搏斗的黑夜里，一颗光明的巨星又

图27　新加坡《新国民日报》的《鲁迅专号》（1936年10月24日）

陨灭了!

　　这该是万分的不幸,我们刚刚沉痛地追悼过世界文豪高尔基的死,不料现在我们又要用着同样沉痛的情绪来追悼我们的导师鲁迅先生了。

　　高尔基的死,已经给予全人类莫大的损失;现在,我们的鲁迅先生竟也跟着高尔基离开了我们而长逝了,我们怎不同声痛哭!尤其是,当日本侵略者正在加紧分割我们的土地,蹂躏我们的民族,胁迫着我们走上死亡之路的时候,而一面又是当世界和平与侵略两阵线的对垒,这时候,我们这英勇的战士鲁迅先生竟在这危急的关头死去了!

　　我们失掉了一盏光明的引路灯!

灵根指出鲁迅的逝世是中国文坛和民族救亡阵线的巨大损失,不过也表示新马文化人不能仅仅哀悼鲁迅的逝世,还应该学习鲁迅的战斗精神和经验教训,在救亡阵线中追求民族的解放和自由:"我们尤其应该步随着他的后尘,在救亡阵线里争取我们民族的生存,争取我们民族解放最后的胜利!"

　　李润湖在《鲁迅先生逝世纪念》[1]中高度评价鲁迅对中国文化事业以及社会改造方面的贡献。

1. 润湖:《鲁迅先生逝世纪念》,载新加坡《新国民日报》纪念特刊《鲁迅专号》,1936年10月24日。

他指出:"民(国)八年五四运动爆发以来,这辛勤的勇敢的导师鲁迅先生,不息地开垦,不停地前进,领导着一切文化斗争的战士前进",他"想用文学的武器,来医治全人类的头疾",虽然这"途径"是"险恶痛苦"的,但鲁迅是"倔强和勇敢"的,他把文学作为攻击黑暗社会和时代的武器,"他的小说固似长矛利剑,他的短文也像精悍的匕首"。

　　鲁迅逝世后,新马文化界人士为了表示他们的怀念与崇敬之情,以及激励人们更好地学习鲁迅及发扬鲁迅精神,曾多次举办鲁迅纪念活动。

　　从已搜集到的资料来看,新马文化界首次隆重举行追悼鲁迅逝世大会,当是1937年1月7日由北马来亚文化界在槟榔屿举行的鲁迅纪念大会。纪念会于当日上午10时举行,地点位于槟榔屿火车路的明新社礼堂,出席大会的新马文化界人士达100余人,其中有曾圣提、江晃西、何真民、吴宗文、黄同珍、黄亮、方墨香、郑文光、曾锐、谢淘白、邱若峰、沈基汉、陈廷昭、郑今村、野农、陈廷延、周成德、骆德露、杨志立、沈星云、黄汉平、黄则□、赖汉滨、陈家光、詹宏开等人。由黄亮担任大会主席,何真民作记录,江晃西任司仪。大会主要程序如下:

一、全体起立；二、向孙中山总理行三鞠躬礼；三、主席黄亮致辞；四、向鲁迅遗像行最敬礼；五、默立三分钟；六、高唱哀悼鲁迅的歌；七、由郑文光报告鲁迅生平史略；八、与会者发表演说；九、议决筹备鲁迅纪念特刊及纪念鲁迅基金等；十、休息摄影；十一、举行元旦茶会；十二、与会者自动募捐纪念鲁迅基金；十三、午后一时散会。

主席黄亮在致辞时着重指出鲁迅的逝世给举世带来了"创伤"与"损失"，说这在"中国文化上是一个无可弥补的创伤"，对前进的中国青年来说是失掉了"一把巨大领导的火炬"，对于"世界文化"和"世界的前进的人们"也有着"同等的创伤"和"同样的损失"。接着，他赞扬鲁迅的奋斗精神、对文化的贡献，以及对青年的激励："他一生总是同环境奋斗，却从未曾向环境屈服。他一枝笔时时在（向）黑暗的封建势力进攻，时时在戳破假道学者的面具，而时时在指示出现代青年之路。他始终是黑暗社会中百折不挠颠搏不倒的勇士。他在文化上所贡献的，他的奋斗精神是比他的文学收获更可贵。我们宝贵他的文学贡献，更不可忘记他的苦斗精神。"黄亮认为鲁迅给青年和其他后人留下了丰富的精神和文化遗产，并指示出前进的道路："他遗留给我们的是这么丰富的文学遗产贡献，是这么一团热烘不屈的奋斗精神……我们将安闲地坐着享受他所给我们的粮食，抑是奋起向他所指示的去路挺进。我们要有坚决不移的信心，我们已无犹豫□□的余地。"黄亮在最后道：

> 这划时代的大文豪，这被称为中国高尔基的巨人，现在是死了。虽然他得不到像高尔基这样举世热烈的凭吊，未免有点缺憾。但我们要知道，他还是死在"忧患"，而不是死于"安乐"。他虽然是死了，他的热做了青年们的每一根血液。这热温着精诚，将孵化出一个新的时代。
>
> 今天这个纪念会，是北马来亚文化界敬爱鲁迅先生的表现。我们希望这个纪念会是纪念鲁迅先生的开始，而不是纪念鲁迅先生的终结。[1]

1.《北马来亚文化界昨举行追悼鲁迅先生大会》，载马来西亚《光华日报》，1937年1月8日。

黄亮致辞结束后，"全体向鲁迅先生遗像行最敬礼"，礼毕，"默立三分钟"，然后"全体高唱哀悼鲁迅先生歌"，歌调"抑扬悲壮"。

之后由郑文光报告鲁迅生平史略及著译情况，报告内容是"缕述綦详"。

接着是参加纪念会的文化界人士发表演说。因为时间关系，每人演说时间"仅限五分钟"。由于当时的马来亚处于英国殖民统治之下，故限定演说者"不许谈及政治"。相继演说者有沈基汉、谢淘白、丘若峰、曾锐、陈廷昭、郑今村、野农、陈廷炎、周成德、骆德露、杨志立、沈易云、方墨香、赖汉滨、曾圣提、庄重等人。众人除了表达沉痛的哀悼之情，还表示要以"实践"和"努力"去做鲁迅"未完成的工作"，并且在纪念鲁迅的同时进行自我反省：

> 我们不但要在今天追悼他，我们不能以空洞的仪式纪念他。我们必须用实践、努力，去奋斗，去做他所未完成的工作。我们知道，鲁迅先生一生中，是无时不在恶劣的环境中奋斗，挣扎，他并未曾悲哀过，消极过，他笔尖的锋锐，就好像一把利刀，一颗子弹，他每次却能使用这些武器，刺中敌人的要害。我们北马来亚文人，在今日纪念鲁迅时，我们要自己反省一下，是否配做文人，我们是否曾经朦蔽过我们的良心，用文人的招牌，做利益自身的事。

众人的演说内容还"归纳出一项提案"，作为永久纪念鲁迅先生的办法：第一为筹备出版纪念鲁迅刊物；第二是募集纪念鲁迅基金；第三是推举 21 人成立纪念鲁迅基金委员会。这项提议获得众人的通过，并即席推举曾圣提、黄亮、江晃西、沈星云、郑文光、何真民、方墨香、李少岳等 21 人为委员，负责实现上述议决案。

据学者研究，从 1936 年鲁迅逝世至 20 世纪 50 年代末，新马文化界还举行过几次较为盛大隆重的鲁迅纪念活动，如 1937 年 10 月 19 日在新加坡大世界体育场举行的鲁迅逝世一周年纪念大会，以及当晚与 21 日晚的文艺晚会；1947 年 10 月 19 日在新加坡海员联合会举行的鲁迅逝世十一周年纪念大会，以及当晚与 21 日晚的文艺晚会；1955 年 10 月间的鲁迅纪念活动（主要是各报章、杂志出纪念专辑）；1956 年 10 月 19 日华文中学学生数千人在新加坡华侨中学及中正中学校园举行的鲁迅逝世二十周年纪念晚会。据报道，参加 1937 年 10 月 19 日纪念大会的新马文化社会团体等有 30 余个，出席 1947 年 10 月 19 日纪念大会的有数百人。在 1947 年 10 月的纪念大会上，大会主席是中国南下作家金丁，他在致辞中表示："鲁迅先生是民族的光荣，他的战斗精神，是中华民族精神的表现。"曾经在上海担任"鲁迅先生治丧委员会"委员的南下作家胡愈之也在大会上发言，并追忆了 11 年前数万上海人民追悼鲁迅逝世的盛况。[1]

1. 参见［新］章翰：《马华文化界两次盛大的鲁迅纪念活动》，见［新］章翰：《鲁迅与马华新文艺》，第 44—49 页，新加坡：风华出版社，1977 年版。

20 世纪 50—70 年代，新马左翼文化界仍然奉鲁迅为精神导师，并出版多种纪念鲁迅特辑，如 1961 年 11 月新加坡南洋大学中国语文学会通过《大学青年》推出的"鲁迅逝世廿五周年纪念特辑"，1962 年《大学论坛》推出的"鲁迅逝世廿六周年纪念特辑"，以及 1967 年《浪花》

期刊、1970 年《阵线报》、1970 年《奔流》月刊、1972 年《大学文艺》、1973 年《文娱画报》

分别推出的纪念鲁迅逝世若干周年特辑等。[1] 这段时期（尤其是中国"文化大革命"时期）新

1. 参见 [马] 谢诗坚：《中国革命文学影响下的马华左翼文学（1926—1976）》，第 178—179 页，第 359—360 页，厦门大学中文系博士学位论文，2007 年。

马文化界纪念鲁迅的活动，更多的是与当地的社会文化生态及政治斗争需要有关，也与"文化

大革命"极左文艺思潮的影响有关。

　　"文革"结束后，随着中国与新马政治意识形态的逐渐淡化，新马文化界对鲁迅的学习和

研究也进入较为理性和客观的阶段，部分新马学者也从不同角度开展鲁迅研究，如新加坡王润

华的《鲁迅小说新论》、林万菁的《论鲁迅修辞：从技巧到规律》、王清梅的《鲁迅旧体诗研

究》、南治国的《寂寞的鲁迅——鲁迅与二十年代的马华文坛》等。

（二）　鲁迅与泰国文学

　　鲁迅与泰国文学界的关系也很密切，其表现之一如 1936 年 10 月鲁迅逝世对泰华文坛的影响。

　　1936 年 10 月 21 日，泰华报刊《华侨日报》副刊《华侨文坛》在获知鲁迅逝世的消息后，

即刊发了泰华作者病佛、琳琅、辣烟、白干、许侠、实灵、命吾、丁舟等人悼念鲁迅的诗文。

次日，该报副刊以整版隆重推出鲁迅纪念专号，其中有鲁迅遗像、悼念诗文，以及由 36 个泰

华文化团体、163 位泰华文艺作者列名的文章《我们的哀悼》。这些文化团体有人味读书社、

南国书报公司、我们读书社、南哨读书社、彷徨学社、心声诗社、侨民派报社、思潮读书社、

树人中学健儿团等，列名于"暹罗华侨文艺作者协会"下的泰华作者有灵雨、郑铁马、罗吟龙、

许侠、非非、剑鸣、许英、病佛奋强、高戈、思宁、迅雷、方思亮、马烈英等人。

　　在此后的十数天内，《华侨文坛》还为五六个泰华文艺团体出版《新献》、《菩提树》、

《朝阳》、《怒涛》、《排醇》等纪念鲁迅特号，内收许侠、阿保、花花、高戈、陈垣、巴图、

铁骨、征鸿、谢燕、丽尼、路路等人撰写的悼念诗文 30 余篇。此外，该刊还编发许多悼念文字，

并转载关于鲁迅逝世经过的报道等。

　　在悼念文章中，泰华文艺界人士指出，鲁迅逝世于祖国存亡之秋，实在是"中国当前的一

个重大损失"。泰华作者路路表示："鲁迅——我们的战士！你竟撇下了我们而永息了！但是

你可知道我们在这里悲悼吗？""我们的悲悼，是我们应有的感情所冲动而悲悼：像稚鸡失落

了母鸡一样的哀鸣。"由 163 位泰华作者署名的文章《我们的哀悼》指出：鲁迅是现代中国新

文学的第一个创作者，从五四时代到五卅时代，再到"九一八"事变，鲁迅表现出反封建、反官僚、反资产阶级、反日本侵略者的反抗精神，鲁迅不仅是作家，还是伟大的思想家、实践家和革命青年的首领。作者们表示要继承鲁迅的遗志，完成他未竟的事业："沿着鲁迅先生生前引导我们的路，更英勇的走上去，准备更英勇的斗争！""要让死在先生之后的青年的劳苦大众来执笔，来蘸血把它写完，完成一部新的人类巨著。"[1]

1. 上述内容及引文出自钦鸿：《1936 年泰华文坛纪念鲁迅活动纪实》，见钦鸿：《文坛旧话》，第 370—374 页，上海：上海世纪出版股份有限公司远东出版社，2008 年版。

1936 年 11 月 2 日，暹罗华侨文化界在泰国中华总商会大礼堂——光华堂举行了追悼鲁迅先生大会，并得到著名爱国进步侨领、泰国中华总商会主席蚁光炎的大力支持和泰华各界的热烈响应。大会主席团成员有蚁光炎、许侠、吴曼琳、许煜等，与会的泰华各界人士达 1 000 多人。追悼大会的会场布置得庄严崇高，大礼堂的台上中间挂着鲁迅的大幅画像，两边插了许多红旗，画像和台上两侧献满花圈。台上的挽联书道："大地有阿 Q，何时灭狂人"。大会的气氛悲痛而又壮烈，人们悲悼中国文化界从此失去一位伟人，但又高涨着华侨抗战救亡、同仇敌忾的爱国热情。[2]

2. 参见饶芃子主编：《中国文学在东南亚》，第 122—123 页，广州：暨南大学出版社，1999 年版。

11 月 8 日，泰国《华侨日报》推出《暹罗文化界追悼鲁迅先生大会特刊》，其中记载了追悼会的程序等。该报副刊《星期论坛》还刊登《追悼鲁迅先生》的论文，充分肯定这次追悼大会的成绩，并阐述了继承鲁迅遗志、发扬鲁迅精神的重要性和必要性。[3]

3. 钦鸿：《1936 年泰华文坛纪念鲁迅活动纪实》，见钦鸿：《文坛旧话》，第 374—375 页，上海：上海世纪出版股份有限公司远东出版社，2008 年版。

进入 20 世纪 50 年代，泰国开始翻译鲁迅作品，最早的泰译本是 1952 年叻察·班差猜翻译的《阿 Q 正传》，该书一经发行，即成为畅销书。随后，鲁迅的《狂人日记》、《祝福》、《故乡》、《伤逝》、《药》、《一件小事》等也被译成泰文，其中《阿 Q 正传》于 1956 年、1974 年、1976 年多次再版，《祝福》还被改编成话剧在曼谷演出，并受到观众的欢迎。

在此期间，泰国左翼作家继续从鲁迅的文学遗产中汲取精神和文化资源。1952 年，阳努·纳瓦育在《文学期刊》上发表文章，指出鲁迅所揭示的阿 Q 精神存在于包括泰国在内的世界上其他地方，由此再次证明《阿 Q 正传》是一篇"具有世界影响的文学作品"。1956 年，纳里耶在《鲁迅的一生和著作》中表示，学习、研究鲁迅及其著作，可以使人们更接近"人类高尚的情操和品德"。而作者把人类高尚的情操与鲁迅、劳动人民联系起来，反映了 20 世纪 50 年代社会主义思潮在泰国的流行。另一位作家曼挺·恼瓦育在 1958 年出版的《学习鲁迅》一书前言中，认为鲁迅的锐利武器——杂文可以杀死泰国文学园地里的"猛兽"，而泰国人民的文学园地将生长出一片"革命文学油绿的新苗"。

1981 年，泰国作家、文学评论家塔维巴温在《从鲁迅到集·普密萨》一文中阐述了鲁迅作品对泰国作家的巨大影响：泰国进步作家、思想家集·普密萨在鲁迅小说《狂人日记》的影响下，运用唯物史观写出一部新的社会发展史《泰国封建社会的面貌》，并在泰国史学界产生了巨大的影响。[1]

1. 参见戚盛中：《鲁迅作品在泰国流传的意义》，见宋庆龄基金会、西北大学主办：《鲁迅研究年刊》（1991·1992 年合刊），第 478—482 页，北京：中国和平出版社，1992 年版。

（三） 鲁迅与越南文学

鲁迅的名字进入越南文艺界的视野是在 20 世纪 20 年代中期。

1926 年，越南青年学生邓台梅从一位偶遇的中国青年那儿听到包括鲁迅在内的一些中国五四作家的名字，由此开始对鲁迅产生兴趣，不过由于当时法国殖民当局对中国五四新文化的禁锢，邓台梅无从进一步了解鲁迅。至 1936 年，邓台梅才在河内的一家中国书店里购买到一册《鲁迅先生纪念特集》，然而此时鲁迅已经逝世。此后，邓台梅四处寻读鲁迅的作品，直到抗日战争时期，才从一位逃难到河内的中国文艺工作者那儿进一步接触、阅读和了解鲁迅和巴金等中国现代作家作品，并以鲁迅作品为课本，向那位中国文艺工作者学习汉语。[2]

2. 参见李翔：《鲁迅在越南》，见西北大学鲁迅研究室：《鲁迅研究月刊》，第 322 页，西安：陕西人民出版社，1985 年版；饶芃子主编：《中国文学在东南亚》，第 25 页，广州：暨南大学出版社，1999 年版。

在法国殖民统治时期的越南，虽然鲁迅的作品被殖民当局所禁止，但越南进步人士还是清楚地知道鲁迅是"越南人民的朋友"，鲁迅作品也透过翻译开始传播到越南。据越南作家潘魁介绍，1928 年之后，有几家越南报馆翻译和刊登了鲁迅的一些文章。1936 年鲁迅逝世后，越南化日的一家报馆简要介绍了鲁迅的文学事业，并译载了鲁迅的短篇小说《孔乙己》。到抗日战争时期，越南《文艺报》也译载了鲁迅的《祝福》，而且深受越南读者的欢迎。[3]

3. ［越］潘魁：《越南作家潘魁的讲话》，载《文艺报》，1956 年第 20 号附册。

邓台梅是较早翻译鲁迅作品的越南翻译家。他在 1943 年的《清议》杂志上发表了《阿 Q 正传》和《野草》的部分译文，以及鲁迅几篇杂文的越南文译文。1944 年，邓台梅出版了《鲁迅》、《中国现代文学史中的杂文》两本著作，并在后一本书中对鲁迅的杂文给予中肯而重点的评价。[4]

4. 李翔：《鲁迅在越南》，见西北大学鲁迅研究室：《鲁迅研究月刊》，第 322 页，西安：陕西人民出版社，1985 年版。

20 世纪 50 年代以后，由于胡志明领导的越南民主共和国与新中国有着共同的意识形态，加上胡志明的大力推举，鲁迅的思想和作品在越南得到广泛的传播。

这时期在越南文坛译介、评价鲁迅的学者主要有作家潘魁。1956 年，潘魁（又译成潘逵、潘瑰）从鲁迅的 13 本杂文集中精心选取 39 篇文章翻译成越文版的《鲁迅杂文选集》，由越南

文艺出版社出版，书后还附有潘魁此前一年在越南文艺界纪念鲁迅大会上的讲话稿。潘魁希望

鲁迅的杂文能够对刚刚从半殖民地半封建社会中脱胎出来的越南社会产生一种"警醒"的作用。

同年 10 月，潘魁应中国方面的邀请赴华参加鲁迅逝世 20 周年纪念大会。他在大会上发言道："鲁

迅先生不仅是一位中国的大文豪，而且是世界的大文豪。先生的文学事业早就影响了我国，但

是在 8 月革命以后，这种影响才日益广泛起来。……去年的今天，在越南民主共和国首都，越

南文艺界举行了一次鲁迅纪念会。可以肯定，今后鲁迅先生的文章和思想，不仅会更广泛地深

入到文艺界，而且一定会在全体越南人民中间广泛地传播开来。阿 Q、祥林嫂的名词已经开始

在越南的语言里出现了。"潘魁表示自己在很久以前已经阅读鲁迅的书，对鲁迅也有着特别的

感情，他还以越南语朗读了自己用中文写的一首题为《颂鲁迅》的诗："反孔子'不为己甚'，

/'打落水狗'，'不宽恕谁'，反耶稣'爱敌如友'。/ 巍巍乎鲁迅'无产的圣人'，/ 我深

信此言不谬。/ 我读公书三十年，/ 恨不相见公死前，/ 偏幸能及我死前，/ 得见公死后新中国的

天！"[1] 此后第二年，潘魁又翻译出版了《鲁迅小说选集》，其中收录鲁迅的 9 篇小说。

1. 潘魁：《越南作家潘魁的讲话》，载《文艺报》，1956 年第 20 号附册。

20 世纪 60—80 年代，在越南文坛译介、研究鲁迅的翻译家和学者主要是张政（或译成章政）。

张政将自己的全部身心倾注到鲁迅作品的译介工作中，他把鲁迅文集中最有价值的作品几乎都

翻译成越南文，其中包括《呐喊》、《彷徨》、《故事新编》、《野草》、《朝花夕拾》等译

本，以及《热风》、《坟》、《华盖集》、《南腔北调》、《准风月谈》、《花边文学》、《且

介亭》等集子中的大部分文章。张政还于 1971 年将鲁迅的《阿 Q 正传》、《狂人日记》、《孔

乙己》、《药》、《故乡》、《祝福》、《伤逝》等 14 个名篇的译文集成《鲁迅短篇小说选集》，

交由河内文学出版社出版。[2] 张政在论著《鲁迅》一书中写道："鲁迅的作品，一开始就得到

2. 参见饶芃子主编：《中国文学在东南亚》，第 29 页，广州：暨南大学出版社，1999 年版。

越南读者的喜爱，越深入越感到鲁迅作品的亲切。他在 1900—1925 年间创作中的一些问题，也

正是越南批判现实主义作家们在 1936—1940 年间创作中存在的问题。"他还说，中国有个阿 Q

人物，越南也有个类似人物志飘（即越南作家南高作品《志飘》中的主人公）。张政还提及越

南作家吴必素、海潮、钟梅受到鲁迅的影响，也把杂文当作战斗的"匕首"。[3]

3. 参见李翔：《鲁迅在越南》，见西北大学鲁迅研究室：《鲁迅研究月刊》，第 322—323 页，西安：陕西人民出版社，1985 年版。

另一方面，中国学者李何林曾受聘到越南河内等地的高校讲授中国现代文学课程，并于

1960 年在河内教育出版社出版其讲稿《鲁迅的生平、创作和思想》。河内的综合大学、师范大

学等高校也都开设中国文学专业，鲁迅的创作成为教授的重点。此外，越南的中学课本《文学

选读》也选录了鲁迅的《阿 Q 正传》等作品。

越南学者芳榴于1968年发表长篇论文《大评论家鲁迅》，1977年出版专著《文艺理论家鲁迅》，着重分析鲁迅文学批评的基本准则、个性风格及文艺思想等。[1]

1. 参见王家平：《鲁迅域外百年传播史：1909—2008》，第163页，北京：北京大学出版社，2009年版。

1986年10月鲁迅逝世50周年之际，越南作家协会机关报《文艺周刊》第42期发表陈廷史的纪念文章《鲁迅——中国人民伟大的爱国主义者和国际主义者》。作者称赞鲁迅的一生，是"中国现代的一位伟大文学家、伟大思想家的一生"，也是"20世纪伟大文化家的一生"，并认为鲁迅的作品具有"醒悟的现实性，深刻的社会性和历史分析性"，"浓厚的政论风格与针砭风格"，以及"充满着对人类命运的关切与同情"。[2]

2. ［越］陈廷史著，李翱摘译：《鲁迅——中国人民伟大的爱国主义者和国际主义者》，见宋庆龄基金会、西北大学合编：《鲁迅研究年刊》（1990年号），第447—448页，北京：中国和平出版社，1990年版。

（四）　鲁迅与缅甸文学

20世纪20年代末至30年代初，缅甸文学界开始重视中国现代文学。缅甸著名诗人佐基认为鲁迅、郭沫若的作品对他们的影响很大。这种影响表现在缅甸二三十年代的"实验文学作品"中，"实验文学作品"像鲁迅、郭沫若等人的作品一样，具有强烈的爱国主义热情，浓郁的生活气息和清新、明快、朴实的写实法风格。[3]

3. 施建业：《中国文学在世界的传播与影响》，第75页，济南：黄河出版社，1993年版。

1956年10月，缅甸作家吴登佩密接受中国方面的邀请，赴华参加鲁迅逝世20周年纪念大会，并代表缅甸作家协会理事会、缅甸作家协会及缅甸全体作家发表讲话。吴登佩密以感性的话语道："喜鹊儿以响亮悦耳的鸣声来迎接新年，而新中国的伟大作家鲁迅先生则以他的富有高度艺术修养的文学作品来迎接新年。外国的人们喜欢鹊的鸣声，缅甸人民就如他们一样喜爱鲁迅先生的作品。"吴登佩密还肯定了鲁迅在亚洲新文学中的先锋地位，以及对缅甸作家的鼓舞作用，他说："新中国是新亚洲的先锋，同样，鲁迅先生也是亚洲新文学的先锋，他在促使缅甸文学界中近代作家的增长中起了巨大的鼓舞作用。在建设我们新缅甸的过程中，我们将以鲁迅先生为榜样担负我们的文学任务。鲁迅先生用他的笔杆支持国际友好和争取和平的事业，我们将如鲁迅先生一样尽我们最大的力量为巩固友谊与和平而努力。"[4]

4.《缅甸作家吴登佩密的讲话》，载《文艺报》，1956年第20号附册。

缅甸的鲁迅作品翻译始于20世纪50年代。1952年，缅甸华裔作家谬温（中文名陈天福）开始翻译鲁迅的《阿 Q 正传》。次年，缅文版《阿 Q 正传》由仰光的丁温出版社印行出版。缅甸当代作家林容尼为该译本写了序言《〈阿 Q 正传〉缅甸文译本序言》，认为鲁迅是"20

世纪中出现的一位现实主义文学家", 一位"没有大民族主义思想的杰出的爱国主义者", 并

感谢谬温把"如此杰出的作家的作品"介绍给缅甸读者。[1]1956 年, 敏杜温的小册子《鲁迅逝世

1. [缅] 林容尼著, 施振才译:《〈阿 Q 正传〉缅甸文译本序言》, 见宋庆龄基金会、西北大学主办:《鲁迅研究年刊》(1991 · 1992 年合刊), 第 448—449 页,

20 周年纪念》由仰昂敏加德出版社刊行, 书中对鲁迅的创作业绩进行了介绍。1957 年, 米亚丹

北京: 中国和平出版社, 1992 年版。

定翻译的《狂人日记》刊登于缅甸文学刊物上。1966—1967 年, 素缅翻译的《鲁迅选集》两卷

本由比多法德意出版社印行。1973 年, 貌内温从鲁迅的众多杂文中选译了《中国无产阶级革命

文学和前驱的文学》, 认为鲁迅的这篇文章对指导缅甸今天的新文学运动具有重要的现实意义。

1974 年, 缅甸作家貌尼温翻译的《鲁迅小说选》出版。1976 年, 缅甸著名作家、小说《鄂八》

的作者貌廷在其编写的《世界文学指南》中的"中国现代文学"部分, 专门以一篇《中国文学

革命之父》介绍鲁迅的生平事迹, 并评价鲁迅及其作品对中国革命文化事业的巨大作用。貌廷

还把鲁迅与缅甸著名文学家德钦哥都迈进行了比较, 认为这两位伟人"在同一时期都用文学作

2. [缅] 貌廷著, 施振才译:《文学革命之父》, 见宋庆龄基金会、西北大学主办:《鲁迅研究年刊》(1991 · 1992 年合刊), 第 450 页, 北京: 中国和平出版社,

为武器指导了民族解放斗争事业"[2]。另外, 貌廷创作的小说《鄂八》明显受到鲁迅小说《阿 Q

1992 年版。

正传》的影响, 因为其小说中的主人公形象、人物关系、故事结尾等都与鲁迅的小说十分相似,

3. 黄绰卿:《中缅两国人民友好文化交往》, 载缅甸《新仰光报》, 1960 年 10 月 6 日, 转引自王家平:《鲁迅域外百年传播史: 1909—2008》, 第 174 页,

因而有华侨作家在把《鄂八》译成中文时, 特意将书名改译为《阿八正传》。[3]此外, 缅甸当

北京: 北京大学出版社, 2009 年版。

代著名作家、学者兼诗人佐基在其所著的《爱国诗人吴伦》一文中, 也对鲁迅及其作品给予很

4. 参见施振才:《鲁迅作品在缅甸》, 见宋庆龄基金会、西北大学主办:《鲁迅研究年刊》(1991 · 1992 年合刊), 第 445—447 页, 北京: 中国和平出版社,

高的评价。[4]

1992 年版。

(五) 鲁迅与印尼文学

20 世纪 20 年代, 印华文艺界受到中国五四新文化运动的影响, 巴城 (即今雅加达) 华文报《新

报》副刊《小新报》的作者们也开始仿效中国五四名家的作品, 其中就包括鲁迅的白话小说和

散文。30 年代中期, 鲁迅的作品则通过地下渠道输入印华文坛, 当地青年文艺爱好者及文化界

知识分子可以阅读到鲁迅的作品。

1956 年 10 月, 印尼著名作家普拉姆迪亚 · 阿南达 · 杜尔与越南作家潘魁、缅甸作家吴登

佩密等人一同受邀出席中国方面举办的鲁迅逝世 20 周年纪念大会。普拉姆迪亚在大会发言中

说道:"对我个人来说, 鲁迅使我经常怀念阿 Q, 在我们的眼前, 鲁迅清楚地刻划了阿 Q, 使

我们不能不认识到有一部分像阿 Q 这样的人。……鲁迅虽然是一位对社会有着伟大认识能力的

作家, 但他不是一位仅仅停留在一般对社会认识而后写成文学作品的作家。他的伟大是在于他

能够使我们认识到阿 Q 的情况——我们的情况——和带领我们努力摆脱这种情况，甚至为我们的弟妹和子孙，在地球上，现在，将来和永远地消除这种情况。"他称赞鲁迅是"他的民族的喉舌"、"他的人民的声音"，其身上"体现了充满对全人类有良好愿望的人们的道德觉悟"。他还说："鲁迅选择了遭受苦难的人民的一边……但是鲁迅不仅是选择，他还进行了斗争，使得他选择的对象不停留在文学作品上，使它成为现实。他是一位思想的现实主义者，他是一位行动的现实主义者。"[1]

1.《印度尼西亚作家普拉姆迪亚·阿南达·杜尔的讲话》，载《文艺报》，1956 年第 20 号附册。

鲁迅作品的最早印尼文译本是 1956 年由吴文传、苏戈卓从英文译本转译的《阿 Q 正传》。1961 年，印尼语专家陈宁（陈燕生）以印尼文和中文双语对照的形式出版了《阿 Q 正传》。1963 年，山努（又译为善努）翻译的《阿 Q 正传》、《鲁迅短篇小说选集》由雅加达觉醒文化基金会出版，后者选译了鲁迅小说集《呐喊》、《彷徨》、《故事新编》中的 18 篇小说，为译者花费 7 年心血才完成的译作。1989 年，努尔·拉兹米和拉斯蒂·素苏尔洋达尼合作翻译了《狂人日记——及其他短篇小说》，其中收录鲁迅的 10 篇短篇小说。在研究鲁迅作品的成果中，印尼作家黄裕荣的《试谈〈孔乙己〉中的笑声》被认为是代表性的研究成果。[2]

2. 参见王家平：《鲁迅域外百年传播史：1909—2008》，第 166—168 页，北京：北京大学出版社，2009 年版。

1981 年 10 月，印尼作家阿尔蒂宁西·W 在印尼《评论周刊》上发表《"不健康"的文学》一文，认为鲁迅是集"艺术家"和"社会活动家"于一身的人物，既是灿烂文学方面的著名叛逆者，又是革命理想的倡导人。[3]

3. [印尼] 阿尔蒂宁西·W 著，张志荣译：《"不健康"的文学》，见西北大学鲁迅研究室：《鲁迅研究年刊》，第 259 页，西安：陕西人民出版社，1985 年版。

综观鲁迅及其作品在东南亚的传播和影响过程，可以肯定地说，在 20 世纪中国现当代作者中，鲁迅是对东南亚文学影响"最大"、"最深"和"最广"的中国现代作者。

二、　刘半农与东南亚华文文学

刘半农（1891—1934），原名刘寿彭，后改名刘复，初字伴侬，字半农，江苏江阴人。作为五四新文化运动和文学革命的先锋人物，五四白话新诗的播种者，刘半农在中国新文学史上的地位已获得人们的肯定。然而，刘半农在文学革命和新诗方面发挥的作用并不仅限于国内，其影响还远及海外的东南亚地区。

从刘半农的长女刘小蕙的回忆录《父亲刘半农》和其他学者的研究来看，刘半农曾于 1920

年赴英国伦敦留学，以及 1925 年从法国获得国家文学博士后回国时两次乘船途经东南亚。刘半农在回程中乘坐法国轮船 Porthos 经过越南时，曾创作出与当地景物有关的诗歌，这就是《归程中得小诗五首》[1] 中的其五，诗中的 "西贡" 即现在越南的南方城市胡志明市。

1. 刘半农：《归程中得小诗五首》，见赵景深原评、杨扬辑录：《半农诗歌集评》，第 100 页，北京：书目文献出版社，1984 年版。

其五　西贡

澜沧江，

江上女儿愁，

江树伤心碧，

江水自悠悠！

尽管刘半农终其一生并未踏上东南亚的土地，但东南亚华文文坛却将其视为文学革命的先锋，以及在取法民间歌谣方面占有重要地位的人物。

作为五四白话新诗的开拓者之一，刘半农在学习和借鉴域外诗歌的同时，也将学习的视野转向民间歌谣。在蔡元培校长的支持下，刘半农以北京大学的名义向全国征集民间歌谣，并收到各地寄来的许多民歌民谣。从 1918 年 5 月 20 日至 1919 年 5 月 22 日，刘半农在《北京大学日刊》上发表了他亲手编订、注释的歌谣 148 首。[2]

2. 徐瑞岳：《刘半农评传》，第 111 页，上海：上海文艺出版社，1990 年版。

1920 年冬，北京大学成立歌谣研究会，1922 年冬出版《歌谣周刊》，同时出版歌谣丛书，共有《吴歌集》等 8 种。此时刘半农已赴英法留学，但他仍然十分关心北大歌谣研究会的发展情况，将其 20 首《江阴船歌》和论文《海外的中国民歌》寄回国内，分别发表在 1923 年第 24 期和第 25 期的《歌谣周刊》上。1925 年刘半农回国后，于次年出版诗集《瓦釜集》，被誉为是 "用方言俚调作诗歌的第一人"，同时也是 "第一个成功者"。[3]

3. 渠门：《读〈瓦釜集〉以后捧半农先生》，见鲍晶：《刘半农研究资料》，第 277 页，天津：天津人民出版社，1985 年版。

由刘半农首开风气的取法民间歌谣的热潮，也传播到当时的东南亚华文文坛。1922 年 3 月 10 日，新加坡《叻报》在 "特别记载" 栏位上刊登《北京大学消息》，其中就有北大 "歌谣研究会" 消息："该校旧有歌谣研究之设，专用以采集各地歌谣，加以整理编辑，仿佛古人采诗遗义，其作用甚大。据闻所采到者为数已不少，近由该校教授会议决，将该会并入国学研究所办理，性质相近，关系密切，合冶一炉，自属正当办法。" 在刘半农等人取法民歌民谣风气的影响下，新加坡《新国民日报》副刊《新国民杂志》开始辟设 "童谣" 栏位刊登歌谣和民歌体诗，吉隆坡《益群报》副刊《自由谈》也辟有 "新歌谣" 栏位。

不仅如此，刘半农的一些著译作品也被东南亚华文报章副刊所转载，如：

1. 《琴魂》（戏剧）署名刘半侬

Margerat M．Merrill 著，刘半农译，载 *1919年6月30日新加坡《国民日报》副刊《新*

国民》

（原载 *1917年6月《新青年》第3卷第4号*）

2. 《诗与小说精神上之革新》（论文）署名刘半侬

载 *1921年9月13日，10月3—17日新加坡《新国民日报》副刊《新国民杂志》*

（原载 *1917年《新青年》第3卷第5号；1920年新诗社出版部出版《新诗集》*

时作为"附录"摘收，题目为《诗的精神上之革新》）

3. 《疗妒》（小说）署名半侬

载 *1922年8月19日新加坡《新国民日报》副刊《新国民杂志》*

（原载 *1915年1月2日《礼拜六》周刊第31期*）

4. 《在山中往往来来的走》（译波斯民歌）署名刘复

载 *1929年3月28日新加坡《新国民日报》副刊《新国民杂志》*

（原载 *1926年8月7日北京《世界日报副刊》第2卷第7号，初收《国外民歌译》*

第一集，*1927年4月*）

此外，作为中国白话新诗的播种者，刘半农关于诗歌创作的一些诗论也被东南亚华文报章副刊所引录，如马来西亚槟城《南洋时报》副刊《诗》于1927年1月30日在刊首显著位置上刊登刘半农《〈扬鞭集〉自序》中的部分文字："我可以一年不作诗，也可以十天八天之内无日不作诗。所以不作，为的是没有感想；所以要作，为的是有了感想肚子里关熬不住。"该副刊编辑的用意当是以刘半农有关诗歌创作的体会来指导当地华文作者进行诗歌创作。

1928年2月22日，马来西亚槟城《南洋时报》副刊《怒涛》创刊号特意登载刘半农寄给该刊的一首《民间歌谣》。《怒涛》编者拔其在编后语《最后几行》中写道："本刊蒙半农先生由国内惠来《民间歌谣》一首，增光本刊不少；这是一篇极有趣味的民间文学，请读者留意鉴赏吧！"[1] 从这些话可以认定刘半农与《怒涛》编者拔其有着直接的联系，大概是拔其在创

1. 拔其：《最后几行》，载马来西亚《南洋时报》副刊《怒涛》创刊号，1928年2月22日。

办《怒涛》时为了提高该刊的地位而向中国新文学名家刘半农邀稿吧。在有关刘半农著作情况

的研究成果中，均未见及这首《民间歌谣》，故抄录如下。从这首歌谣的语音来看，其应属于闽南语歌谣：

　　　　天乌乌，云漠漠，

　　　　一阵畜生招摇过大路，

　　　　猪兄狗弟相照顾。

　　　　大 × 仔，真可恶，

　　　　乌呢衫，白绫裤，

　　　　拿把手杖量街路；

　　　　手杖拿来有格势，

　　　　目镜挂来乌水晶，

　　　　可惜肚内无半字！

　　　　看见女士目睁睁，头敲敲，

　　　　尿壶面，象管鼻，

　　　　十分殷勤展神气，

　　　　可恨女士不睬伊，

　　　　转与阿 × 做"猫戏"。

　　　　一月进贡念花边，

　　　　舅仔流澌，

　　　　外甥更流澌。

　　　　三保公，唔保庇，

　　　　有时抄文被人知，

　　　　舅仔听见真生气，

　　　　一五一十来教示：

　　　　你这外甥狗，

　　　　真正不知走，

　　　　会偷食，

不拭口！[1]

1.《民间歌谣》，载马来西亚《南洋时报》副刊《怒涛》创刊号，1928 年 2 月 22 日。

图 28　马来西亚《南洋时报》副刊《怒涛》上刊登的《民间歌谣》（刘半农，1928 年 2 月 22 日）

这首《民间歌谣》篇末注有"未完"二字，显示尚未登载完毕，但歌谣中嘲讽市井好色之徒的无赖相以闽南语读来十分生动形象。也许是刘半农考虑到新马两地闽南籍的华人移民较多，而特意收集这首富有闽南地域特色的歌谣以飨新马读者。在紧接着出版的《怒涛》特刊号中，编者拔其又道："本刊蒙半农先生允为本刊长期撰稿，此后当时时有先生的民歌民谣可读。"[2]《怒

2. 编者：《最后几行》，载马来西亚《南洋时报》副刊《怒涛》特刊号，1928 年 3 月 1 日。

涛》编者邀请刘半农为该刊"长期"撰稿，而且点明是"民歌民谣"，可见其对刘半农在收集和取法民歌民谣方面的成就是肯定和推崇的，而且有意借助刘半农的民歌民谣让东南亚读者"鉴赏"这种"有趣味"的民间文学，同时也引导东南亚华文写作者借用或吸收民歌形式。不过不知出于何种原因，其后在《怒涛》上未能如编者所说的那样再有"（刘半农）先生的民歌民谣可读"，上述尚未登载完毕的闽南语《民间歌谣》也没有了下文。从刘半农的生平著述情况来看，1928 年之后，刘半农更多的是从事学术研究，而极少再进行文学方面的创作和译介工作，这大概就是刘半农没有继续与东南亚华文文学界联系的主要原因吧。

三、　丁玲与东南亚华文文学

丁玲（1904—1986），原名蒋伟，字冰之，湖南临澧人。1927 年以小说《莎菲女士的日记》轰动文坛，后来成为中国现当代著名女作家。

丁玲与东南亚文艺界的最早接触，当是在她参加左联并担任左联机关刊物《北斗》主编的时期。1932 年 7 月 20 日，丁玲在最后一期《北斗》（第 2 卷第 3、4 期合刊）上刊发了一篇来自"赤道上的南洋"的通讯——《英属马来亚的艺术界》，向国内文坛介绍英属马来亚的文艺界状况，

以此支持当时的新马文艺界及其左翼文艺运动。

《英属马来亚的艺术界》的作者 M .N. 就是从上海流
亡到新马的中国左联作者马宁。作为左联的成员，马宁将
马来亚文艺界的状况以及当地的革命文艺活动写成通讯，
寄给当时担任左联机关刊物《北斗》主编的丁玲。从马宁
的《英属马来亚的艺术界》来看，在当时多元种族和多元
文化的马来亚剧坛上，存在着马来人的"马来戏"，印度
的"吉宁戏"，华人的"旧剧"，以及正在风行的"新剧
运动"等，而马来亚这种多元剧种并存的情形，中国文坛
并不怎么明了，丁玲在《北斗》上刊登这篇通讯则有助于
国内文坛了解马来亚戏剧界动态。

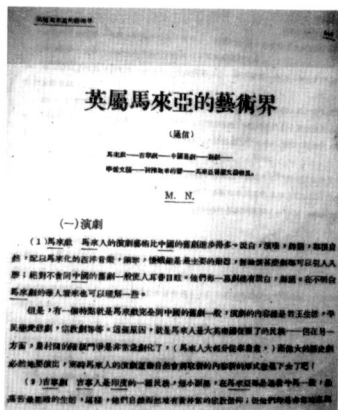

图 29　丁玲在《北斗》上刊发的《英属马来亚的艺术界》（M .N.（马宁）作，1932 年 7 月 20 日）

不过，《英属马来亚的艺术界》更多的是介绍当地"跟
着失业浪潮，瓜分殖民地的大战危机的深入而抬头"的"马
来亚的文艺运动"。如马宁所言，当时活跃在马来亚文艺
界的许多作者，是在 1927 年"四一二"政变后逃亡到当地
的中国共产党人和左翼知识分子，他们在英属殖民地过着
颠沛流离的困顿生活，因而忍不住通过文学创作来反映他
们的不幸与抗争："他们在中国本来又不是既成作家，来
马来亚后又受尽失业的艰苦和当地政府的压迫，所以每一
篇作品都是地底的呼声。大部分都是描写流浪生活，工人
经济斗争（带政治意味的），失业工人的挣扎等等，这般
作者都是政治工作者，革命学生，商店书记，流落在马来
亚的'弄帮'者。……他们并不是为写作而吃饭的作家，
他们都是失掉了一切，环境非常险恶，实在忍不住了，用
整个的不幸的命运为担保而写成的东西！"这些流亡新马
的文艺作者极大地推动了当地文坛的繁荣和发展："而他

们就在马来亚创造了大宗的革命文学理论与创作。一九二八年起到一九三〇年之间是马来亚华侨文坛狂风暴雨的时期，在这时期出现的作品我敢说决不比中国文坛的收获为坏。……在《椰林》上面的作品有熊的《纳税》，浪花的《邂逅》与《被榨取者的音响》，李诺夫的《血班（斑）》，良凤的《流浪记》等等，技巧不坏，内容也很充实而有力，我敢说这许多作品可以超越中国许多的大作家的作品，可以称为殖民地的杰作！"马宁认为这些"杰作"不仅应该"介绍到中国文坛"去，并且还应该"介绍到国际文坛"去。马宁还介绍了一份被英殖民地政府取缔的文学期刊《南方》，以及正在准备刊行的另一份新刊物《南洋文艺》月刊。从《英属马来亚的艺术界》这篇通讯，中国文艺界能够感受到马来亚左翼文艺组织鼓舞群众向"反动势力"作战的澎湃激情：

> 但最值得报告的，是马来亚已经组织了马来亚普罗文艺联盟，普罗美术联盟，普罗剧运联盟，理论与批评联盟等要向学校，工场，十字街头夺取群众鼓舞群众了！

> 看吧，这联盟将要成为马来亚各被压迫民族的喉舌而成为向反动势力（各民族的资产阶级；英帝国主义者。）作战的有力的集团了！

由此可见，丁玲作为左联机关刊物《北斗》的主编，不仅关注中国左翼文艺运动，同时也关注当时与中国文坛有着密切关系的马来亚文艺界及其左翼文艺运动，希望那些充满反抗压迫精神的新马普罗文艺能够被介绍到中国文坛，使国内文坛能够了解马来亚文艺界的现状，并支持马来亚反抗"各民族的资产阶级"和"英帝国主义者"的左翼文艺，这对于当时马来亚文艺界来说应该是十分鼓舞人心的。

1933 年 5 月 14 日，丁玲遭到国民党特务绑架，之后从文坛上"失踪"了三年，期间新马文艺界对丁玲的命运遭际表达了关切之情。马来西亚槟城《光华日报》副刊《槟风》的主编洪丝丝在检视 1933 年的中国文坛时，指出这一年来许多中国作家受到国民党的政治迫害，其中提及的第一位作家就是丁玲：

> 一九三三年的中国文坛和政局一样，都弥漫着斗争的气氛。在理论方面，创作方面，以及作家的实际行动，统治人物对于文坛的政策，都呈现斗争尖锐化的壮观。……文艺问题本和政治问题有连带的关系，这一点在中国文坛最剧烈的一九三三年，表现得尤其明显。许多作家，如丁玲，沙汀，张耀华，顾瑞民，适夷，牛田，泥鞋，应修人，潘梓年，谷万川等，有的"失踪"，有的被捕，有的甚至已经与世长别了。[1]

1. 洪丝丝：《一九三三年的中国文坛》，载马来西亚《光华日报新年特刊》，1934 年 1 月 1 日。

丁玲失踪两年后，新马文艺界仍然牵挂着这位中国女作家的命运。1935 年 6 月 18 日，新加坡《新国民日报》副刊《新国民杂志》刊登了一篇题为《丁玲一封未发表的信》的文章，以展示这位在人间"蒸发"了两年的"怪女作家"的"浪漫风采"，使人对女作家的命运和踪迹更加关注：

丁玲失踪，将近两年，这个谜，迄未解答，已成不可思议，虽然也有人说她在南京，但这只是一种传说，并无事实证明，总之，这怪女"不在人间，便在天上"，兹有人在某左派作家处发现丁玲芳函一笺，系彼因卖稿而托，"姚蓬子"致某作家者，虽是旧信，可是文章流利，出语洒脱，于此可以一觑这"怪女作家"之浪漫风采，而原信未经发表，尤属可贵，故亟录出之，以飨读者，其原信如下：

"×× 兹托蓬子交上蹩脚的文艺稿件数篇，——论文一篇，小说三篇，诗歌九篇——请备收后回信是幸，各稿内容，大概谈的是'恋爱与革命'，因为是前此写就未发表的存稿，是没有带什么色彩的，你如认为可以拉去骗钱，请即拉去发表就是，虽是浅薄可笑的东西，但我想给北方那些落后杂志和报屁股补白，总勉强可以的，条件是这样。

（一）这些稿子，大概都是没有存稿的，如不合用时须原璧退还我，不得短少遗失，否则，就是赔钱给我，我也决不肯的。

（二）发表期间，不得延□过长，半个月以内须先将稿费寄我，登出时须送我一份，以便存稿。

（三）酬报的数目，当然要费你心交涉，'愈多愈好'。（每千字至少三元或四元，不得再短少。）

要是这笔生意做得成功，当然是你先生帮了我的忙，事后，一定请你吃花生米，决不同'蓬子'滑头那样小器，只□自己个人'骗钱吃饭'也，……（下略——原注）丁玲拜上，稿子再要时再有，不过都是文艺作品，近来做的论文，因为有地方卖，恕不'廉价出售'，——笑，又及"[1]

1. 冲道者：《丁玲一封未发表的信》，载新加坡《新国民日报》副刊《新国民杂志》，1935 年 6 月 18 日。作者"冲道者"当为"卫道者"之错排，因为"卫"与"冲"的繁体字"衛"与"衝"字体相近。

上述"旧信"究竟是丁玲的佚信，或是他人"伪作"，尚未能一辨真伪。不过，这也显示丁玲失踪之后，新马文艺界对丁玲的安危和创作情况仍然十分关注，因此才会在报章副刊上发表这封颇能展示女作家"浪漫风采"的"芳函"。

尽管丁玲已经失踪，新马文艺界并未忽视丁玲在 30 年代初期的创作成就，而且在检阅 1933 年的中国文坛时，多次对丁玲的创作成就给予肯定。洪丝丝认为在当年的中国短篇小说中，丁玲的《奔》和叶绍钧、茅盾等人的作品一样注意抓取现实题材，以表现农民的痛苦：

> 本年有许多作家注意于抓取当前的现实材料。例如农民的痛苦，该说是本年中国一件最值得注意的事实。表现农民的痛苦的短篇作品，在本年可说不胜枚举，□□的《禾场上》，丁玲的《奔》，叶绍钧的《多收了三五斗》，茅盾的《当铺前》等，都可作为例证。[1]

1. 洪丝丝：《一九三三年的中国文坛》，载马来西亚《光华日报新年特刊》，1934 年 1 月 1 日。

而对于丁玲的未完之作《母亲》，洪丝丝认为它是本年度"最引人注意"的长篇小说之一：

> 本年最引人注意的长篇小说有三部，一部是茅盾的《子夜》，一部是丁玲的《母亲》，一部是王统照的《山雨》。这三部的出版，都曾轰动文学界，引起不少书报杂志的评论介绍。……《母亲》取材于辛亥革命前后的中国内地情形，作者以她的母亲作为书中的主人翁，描写她的母亲和旧势力斗争的经过，追求光明的历程，同时反映当时中国革命的背景，这在作者计划中，本是三部曲的一部，但作者尚未完全写完，便以"失踪"闻了。

此外，洪丝丝在介绍 1933 年中国作家的文学活动时，其中提及钱杏邨与丁玲的关联："以批评鲁迅著名之钱杏邨，在丁玲'失踪'后，有批评《母亲》及悼惜丁玲的文章发表。"[2] 在介绍上海方面的文艺刊物《文学杂志》（傅东华、茅盾、郑振铎、郁达夫等编辑）时，也提到该刊特约撰稿人之一的丁玲。

2. 丝丝：《一年来中国作家跳动的姿态》，载马来西亚《光华日报》副刊《槟风》，1933 年 12 月 28 日。

1936 年 10 月，丁玲从国民党特务的软禁中脱逃出来，辗转抵达中共领导下的陕北根据地。1937 年 4 月，丁玲发表短篇小说《一颗未出膛的枪弹》，向读者宣传中国人不应该打中国人，而是应该共同抗击日本侵略者的道理。

1937 年卢沟桥事变发生后，在中国抗战文艺运动的影响下，泰国华文作者创作出大量宣传抗战救亡的作品，其中泰华作者胡俊于 1938 年 12 月将丁玲的抗战小说《一颗未出膛的枪弹》改编成独幕剧，发表在《暹罗华侨日报星期刊》上。[3]

3. 参见周宁主编：《东南亚华语戏剧史》，上册，第 123 页，厦门：厦门大学出版社，2007 年版。

20 世纪 50—70 年代，丁玲因政治原因而再次从文坛上"失踪"了 10 余年。待她复出之后，新马文艺界人士有机会近距离接触到这位中国女作家，并对她的人格风范表达了深深的敬意。

丁玲复出后的 1979 年，新加坡作家周颖南从叶圣陶的词《六幺令》中了解到丁玲的往事，随后开始关注丁玲并与她书信往还。两年后的 1981 年 6 月 6 日，周颖南和北京文艺界前辈相约在北海公园内仿膳饭庄聚会，丁玲也应邀出席这次"漪澜盛会"。次日，周颖南到丁玲在木樨地的寓所与她再度会面。在与丁玲近距离的接触中，他感受到丁玲所具有的坦荡胸怀和伟大人格，如丁玲 40 余年来从未向人们展示毛泽东在延安时期赠送给她的词《临江仙》，因为她"不愿意拿这个来出风头"。他认为丁玲"坎坷而充满战斗的一生"是"富有教育作用"的，她"为中国文化事业的发展，竭尽心力，锲而不舍，鼓舞着万千读者"。[1]

1.［新］周颖南：《丁玲的国际影响》，见［新］周颖南：《漪澜盛会——周颖南集》，下卷，第 1 152—1 157 页，厦门：厦门大学出版社，2001 年版。

1985 年 5 月，新加坡女作家刘培芳在香港结识了她"慕名已久"的丁玲。虽然仅有短短的几天相处时间，丁玲给她的感觉却是"执着的、正直的、威武不屈的"，丁玲言谈中所流露的"人生哲学"，也给她"思想上极深的启迪和情感上极大的冲击"。她说：

> 我和丁玲生长在不同的年代，不同的环境，不同的制度里，我虽然不需要接受她
>
> 在特定的时代背景和历史洪流冲击下所产生的政治信仰和思想，因为我自己所生所长
>
> 的是一个全然不同的国度，所体认的是另一种境界，但是这并不影响我和丁玲的友谊，
>
> 也不妨碍我在人生观与处世哲学上从她那儿所得到的感染与认同。[2]

2.［新］刘培芳：《"我要活下去，干下去！"——我心深处的丁玲》，见《中国》编辑部：《丁玲纪念集》，第 502 页，长沙：湖南人民出版社，1987 年版。

新加坡作家骆明也给予丁玲高度的评价。他认为从创作成就来看，丁玲是五四文学运动以来中国作家群中"成就比较高、比较受注意中的一个"；从人格风范来说，丁玲是一个"个性坚毅、忠贞不渝"的女性："虽然她的一生，受了许多的磨难，有了过多的劫难，尽管她被划为右派，被下放到北大荒，被误解过，但是她复出后，她不但不算旧帐，不写伤痕文学，反而更坚定地站在革命的立场，坚持起革命文学的方向，同时在出国时，特别是访美期间，她的一言一行，都是非常坚定的。即使面对那些带政治挑战性或政治挑拨性的提问，也始终坚定不移地坚持其一贯立场。"[3]

3.［新］骆明：《我们眼中的丁玲》，见［新］骆明：《七月流火》，第 250 页，新加坡：新加坡文艺协会，2002 年版。

正如新马文艺界人士所认为的那样，丁玲的文学成就和伟大人格是超越国界的，她不但属于中国，也属于世界：

> 丁玲，是中国文坛一颗不落的巨星。……丁玲丰富的遗作，不仅是属于中国的，
>
> 也是属于全世界的。（周颖南《丁玲的国际影响》）

> 丁玲是伟大的。她既属于中国，也是属于海外的。海外一般都认为她是一位女强人，一位英雄一样的女士。这些都是由她创作的作品、她一生的经历、她的言行、她的思想来达致的。她的坐言起行，她的表现，使她获得这个称谓而无愧。直到她逝世十三年后的今天，还有这么多人还记得她，这证明了丁玲的伟大。（骆明《我们眼中的丁玲》）

除了上文论及的鲁迅、刘半农、丁玲外，许多未曾到过东南亚的中国现当代作者及其作品也在 20 世纪传播到东南亚文坛，如五四时期胡适的论文《"少年中国"的精神》、戏剧《终身大事》，仲密（周作人）的论文《思想革命》，郭沫若的诗歌《抱和儿浴博多湾中》，杨振声的小说《一个兵的家》，以及刘大白、宗白华、郑振铎、王统照、谭正璧、葛有华、朱枕薪、李宗武、曹世森、何植三、叶善枝、黄日葵、顾彭年、李玉瑶、黄运初、王环心、腾固、朱执信、陈建雷、周仿溪、徐雉、倪贻德、张近芬等人的作品，而这些中国现当代作者的作品也以其全新的精神特质和文学形式对东南亚华文文学产生了影响。

第二节　中国南下作者与新加坡、马来西亚华文文学

从五四新文化运动以来，出生于中国而后南下新加坡和马来西亚的作者数以百计，他们在新马文坛努力耕耘，对新马华文文学和当地社会产生了巨大的影响。从某种意义上来说，没有中国南下作者的文学活动及其贡献，就没有 1919 年以来新马华文文学的开创与发展局面。

一、　中国南下新马的作者

中国南下作者是 20 世纪上半叶新马华文文坛最重要的作者群体，这一群体对 20 世纪下半叶的新马华文文学也作出了重要的贡献。新加坡的赵戎在 1967 年出版的《论马华作家与作品》中，充分肯定了中国南下作者对马华新文学所作的巨大贡献：

马华文学运动，完全得力于中国南来的作家们的大力推动，才有今日的成就。三十年来的马华文学运动史，大半部是南来作家们以热血以生命在恶劣的环境中辛勤写下的。他们在这文化落后的殖民地社会里，不顾一切歧视、冷笑与压抑，披荆斩棘，尽了开路先锋的任务，如许杰、马宁、林参天、郑文通、吴天、金枝芒、铁抗、金丁、郁达夫、张一倩、陈如旧、王任叔、胡愈之、沈兹九、张楚琨、丘士珍、杜边、韦晕、絮絮、夏衍、韩萌、米军、李汝琳、李星可、汉素音等，都曾为马华文艺而努力。同时，还须着重地指出，他们的影响是健康的、正确的，而不是破坏的、麻醉的、毒害的。他们之中即使有些微不足道的缺点，也无伤其贡献与成就的。[1]

1.［新］赵戎：《论马华作家与作品》，第 82 页，新加坡：青年书局，1967 年版。

中国现代作者大量南下新马主要有两个时期：一是 1927 年国民党和共产党合作破裂后，大批中国作者为躲避政治迫害而纷纷南下；二是 1937 年"七七"事变前后，许多中国作者为躲避战乱或在海外从事抗战救亡活动而南渡新马。此外，在各个不同的时期，还有许多中国作者因为政治、经济、文化等原因而南下新马。这些作者以其对文学事业的热爱及其强烈的社会责任感，在新马文艺园地孜孜不倦地辛勤拓荒和努力耕耘，如长江巨浪般一波又一波地推动着新马华文文学向前发展。

中国南下作者以广东和福建两省籍为多，此外还有来自中国其他省份的作者。南下作者中多为广东籍和福建籍华人移民，是有其历史与地缘方面的原因的。由于闽粤两省在地缘上比中国其他省份更靠近南洋，这两个省份的人民又有漂洋过海到南洋谋生，而后衣锦还乡的传统，因此新马(东南亚)华人移民中以闽粤两省籍居多，而南下作者中也多为广东籍与福建籍的作者。在福建籍的华人移民中，闽南地区的人士最多，在广东籍的新马移民中，文化人最多的是潮汕人氏，这就是为何闽粤两省籍的南下作者多数为闽南人和潮汕人的缘故。

（一） 广东籍的南下作者

广东籍的南下作者有潮汕地区的陈炼青、曾圣提、曾华丁、曾玉羊、曾曼青、洪灵菲、冯蕉衣、李润湖、铁抗、刘思、潘醒农、桃木、杨樾、张漠青、周心默、丁之屏、杜门、普洛、柳北岸、林鲁生、曾奋、方图、王君实、以今、黄科梅、陈白影、玛戈、李紫凤、彭成慧、方北方、方修、沉樱、一梦等，广州的陈残云和大礼，南海的何采菽和李一息，大埔的罗依夫、柳鞭、杨实夫、杨实君、饶百迎、陈树南和铁戈，梅州的胡一声、李梅子、吴继岳、文彪、林英强、梁浩养、梁若尘、原上草，平远的张天白、周继昌，惠阳的冯伊媚，中山的于沫我，开平的梅秀，番禺的凌叔华，高州的叶世芙，以及海南的林穉生、王哥空、黄玉尧、白路、张一倩、韩觉夫、力匡、卢斌、卢涛，[1] 等等。以下简介其中部分作者：

1. 在20世纪80年代之前，海南岛属于广东省管辖范围，故此处将南下新马的海南作者列入广东籍。

　　林穉生（1892—1954），本名林克谐，海南文昌人。壮岁南下新加坡。1919—1921年任新加坡《叻报》编辑，主持多版编务工作。任职《叻报》期间，为"时评"和"社论"栏的主要撰稿人，在该报发表百余篇政论散文，其中文言与白话约各占半数，大多是针对中国政治、经济、文化教育和民生等问题而发，为马华新文学初期政论散文的开创者之一。其政论散文笔锋犀利，见解精辟，善于调动各种艺术手段表情达意。无论文言文或白话文，其追求民主、抨击封建专政，提倡科学、反对愚昧落后的思想精神都是一致的。1954年林穉生在新加坡辞世。其后人林徐典于1970年编辑出版《林穉生政论集》。

　　刘克非，笔名白华，广东香山人，为中国著名的无政府主义之父刘师复的胞弟。1920年5月主编吉隆坡《益群报》，亦兼编该报副刊《自由谈》，以"实行灌输文化及推广学理讨论"。刘克非在《自由谈》上辟有"新小说"、"新剧本"、"新诗体"、"新文艺"等栏位，专载白话文学作品，着力提倡新思想新文化，对于草创时期的马华新文学作出有益的贡献。

　　曾圣提（1901—1982），原名曾曼尼，广东潮安饶平县凤凰乡人。厦门集美学校毕业。1927年任新加坡《南洋

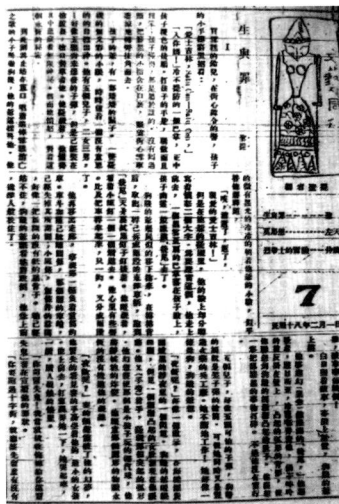

图30　曾圣提编辑的新加坡《南洋商报》副刊《文艺周刊》第7期，以及发表的小说《生与罪》（1929年2月1日）

商报》电讯翻译及副刊编辑等职，为当时新马文坛上一位颇具领袖姿态的编者和作者。1927 年与窦秦白、张放在该报创设文艺副刊《洪荒》，与同人们怀抱"真善美"的理想，希望"鼓勇前进，创造新生"，也将这种精神贯彻在一些散文与诗歌作品中。该刊出现不少优秀的诗歌、散文，作品雍容典丽，富有绅士风范。1929 年创办《南洋商报》副刊《文艺周刊》，力倡"以血与汗铸造南洋文艺的铁塔"，在当时影响很大，后来的一些文艺副刊编者也秉承这种精神并继续发扬光大，使建立南洋文艺成为 20 世纪 20 年代末至 30 年代初新马文坛颇具规模的文学运动。由于曾圣提力倡"南洋色彩"的文学，该刊注重介绍和翻译马来民族的文学艺术，也出现一些较为优秀的本土题材作品，如吴仲青的小说《梯形》，曾华丁的小说《五兄弟墓》等。1925—1932 年，曾圣提在《星光》、《洪荒》、《文艺周刊》、《商余杂志》、《关仔角》等副刊上登载数十篇小说、诗歌、散文及译文等作品，并具有较高的艺术性。其短篇小说《生与罪》后收入方修《马华新文学大系·小说一集》。曾圣提曾两次赴印度追随圣雄甘地，1943 年写成《在甘地先生左右》一书。日本南侵前后回中国，定居天津。1979 年偕夫人抵达印度舍瓦阿须蓝甘地的隐庐从事著述。1980—1981 年间，在新马《乡土》、《文艺春秋》、《读者文艺》等副刊上发表不少创作及译文。1981 年赴新加坡探亲，次年病逝于印度阿须蓝。

　　曾华丁（？—1942），原名曾曼华，广东潮安凤凰乡人，曾圣提的三弟。1928 年主编槟城《南洋时报》副刊《洪荒》。1930—1935 年，先后主编《光华日报》的《绝缘回线》、《南洋商报》的《压觉》、《总汇新报》的《曝谷场》三个文艺副刊。曾华丁擅画插图，《南洋商报》副刊《文艺周刊》的许多插图即其亲手所绘。1930 年 2 月创刊的《绝缘回线》为《光华日报》第一份纯文艺副刊，共出版 16 期，曾华丁即为其中作者之一。《压觉》为《南洋商报》在 20 世纪 30 年代初期相当杰出的文艺副刊，共出 24 期。曾华丁也以"昭"为笔名发表散文《伊》和通讯《给梦笔·实夫》等。《曝谷场》创刊于 1934 年 5 月，共刊出 45 期，该刊的出版正好填补了当时新加坡纯文艺刊物青黄不接的空罅，成为当时新加坡方面唯一的纯文艺副刊，保持当地纯文艺刊物出刊的一线脉络。曾华丁擅长小说和散文创作，也是当时少有的优秀童话作者，其短篇小说《五兄弟墓》后收入方修《马华新文学大系·小说一集》。日军入侵新马后，因被检举而遭日军杀害。

　　曾玉羊，原名曾曼方，广东潮安凤凰乡人，为曾圣提的四弟，毕业于厦门中华中学。20 世

纪 20 年代中期南下新加坡，主要文学活动也在 20 年代末
至 30 年代初。曾任新加坡《总汇新报》翻译和副刊编辑。
1933—1935 年主编马来西亚《槟城新报》副刊《轮》。作
品发表于《压觉》、《文艺周刊》、《南洋的文艺》、《关
仔角》、《轮》等副刊上。其作品文笔细腻，词采秀丽，
作风大胆，在曾氏三兄弟中独具一格。除创作小说、散文、
剧本外，也从事翻译工作，尤其热衷于译介马来文学。译
有《马来民歌选》，内收马来民歌 81 首，为当时重视马来
文学的少数华文作者之一。太平洋战争爆发后回中国原籍。
后不幸蒙冤病逝。

图 31　曾玉羊编辑的马来西亚《槟城
新报》副刊《轮》第 23 期（1933 年 5
月 9 日）

　　何采菽，广东南海人。1929 年在新加坡《新国民日报》
上创设《昶旭》副刊，自编自撰，共出 16 期。为文艺全才，
擅长各种文体创作。1926—1935 年，在《昶旭》、《绿漪》、
《瀑布》、《新国民杂志》、《商余杂志》、《小说世界》、
《诗歌世界》、《翠兰》上刊登散文、小说、诗歌、散文诗、
剧本、论文和旧诗等作品近百篇。作品富于浪漫主义气息。
太平洋战争爆发前返回中国。

　　罗依夫，原名罗永年，广东大埔人。1927 年南下马来
亚槟城，主编《中南晨报》副刊《南针》。1929—1930 年，
与郑文通、李梅子分别合编《南洋商报》的《曼陀罗》和《叻
报》的《奠基》副刊。1931 年主编《民众》周刊。《南针》
是一份较有影响力的文艺副刊，内容十分坚实，其中不少
作品反映 20 世纪 30 年代初期经济不景气下南洋城市工人
组织工会、惩戒工头、争取工友的权益等活动，成为马华
新兴文学运动的一个坚强营垒。《曼陀罗》只出两期，但
罗依夫在该刊发表的论文《充实南洋文坛问题》具有重要

的理论价值，他提出新写实主义的创作方法，就现有的资料来看，这几乎是新加坡方面马华新文学界倡导新写实主义的第一声。1929—1933 年，罗依夫在《瀑布》、《曼陀罗》、《奠基》、《压觉》、《椰林》、《椰风》、《学生园地》、《狮声》等副刊上发表小说、诗歌、散文等作品，其中散文《如此上海》在《狮声》上连载 159 期，为当时所罕见。1931 年后离开新马。

杨实夫(? —1979)，原籍广东大埔，曾担任马来西亚《槟城新报》主笔。1929—1933 年主持过该报《椰风》、《浪花》、《碧野》、《学生园地》和《关仔角》等副刊。在 1930 年初之前，其主持的《椰风》编得很精彩，成为当时最重要的新兴文学园地，曾登过忠实的小说《笑纹与波光一样柔和》，反映中国北伐革命时期农民的觉醒和进步。杨实夫也以实夫、朴夫、彬彬、油子等笔名在该刊发表小说、散文、论文、译诗和启事等。《碧野》于 1930 年 10 月创刊，共出版 105 期，最初十数期刊登一些内容和技巧都不错的作品，如杨实夫以彬彬笔名写作的反映底层民众困苦生活的《穷人的孩子》。其编刊时期较长的是《槟城新报》综合性副刊《关仔角》，共出版 565 期，也刊登不少文学作品。杨实夫以实夫、聋、半聋、油炸鬼、泼皮男士、半峇峇等发表了数十篇针砭社会、人生的作品，其中多是散文。后离开报界经营印刷业。1979 年逝世于马来西亚槟城。

陈炼青（1907—1940），广东潮安人。1921 年南下新加坡。1928 年进入新加坡《叻报》报社工作。同年创办文艺杂志《晓天周刊》。该刊因取材严谨、持论正确、文字别开生面而获得当时社会称许。1929 年接编《叻报》副刊

图 32　陈炼青与衣虹合编的新加坡《叻报》副刊《椰林》第 218 期刊头（1930 年 4 月 17 日）

《椰林》，对其进行两次重大改革，使该刊偏重人生、社会、思想、文学各方面问题的讨论。从 1930 年初起，《椰林》将提倡"创造南洋文化"与当时的新兴思想合流起来，出现一批新兴文学的佳作，如浪花的《邂逅》和《生活的锁链》等。1930 年 3 月，陈炼青因忙于主持《叻报》编务，遂请衣虹协助编辑《椰林》，后又与郁如（张楚琨）合编。这三位南下作者编辑的《椰林》共推出 406 期，作者超过百人，成为 20 世纪 20 年代末至 30 年代初新马文坛存在最久、刊期最密的一个文艺副刊，其编刊方针对南洋新文艺运动影响深巨。陈炼青也是 20 世纪 20 年代杰出的马华作者，在《晓天周刊》、《椰林》、《狮声》、《晨星》、《前驱》、《星火》等发表百余篇散文、论文、杂文、诗歌、剧本等。其文笔清新刚健，尤其是早期作品颇有思想与见解，对当时马华文坛有着不小的影响。1932 年辞职回原籍养病。1940 年病逝，年仅 33 岁。1962 年，新加坡南洋文艺出版社印行《陈炼青文集》。

　　林鲁生（1898—1983），原名林雪棠，广东潮州惠来县人。1928 年南下马来亚槟城。20 世纪 20 年代末崛起于北马文坛。在《顽石》、《海丝》、《绝缘回线》、《槟风》、《星火》等副刊上发表作品。1936 年赴日本攻读政治经济学。1937 年回潮州。1938 年再度南下槟城，主持《现代日报》副刊《前驱》和《火炬》编务。日本南侵时避难泰国。约于 1946 年回返中国，在原籍教书。1948 年第三次南下槟城。曾出任威省高洋培德学校校长。其后在《莲花河》、《文艺公园》发表一些作品。著有两本散文集：《自己的文章》（1961）、《自己的文章续集》（1983）。

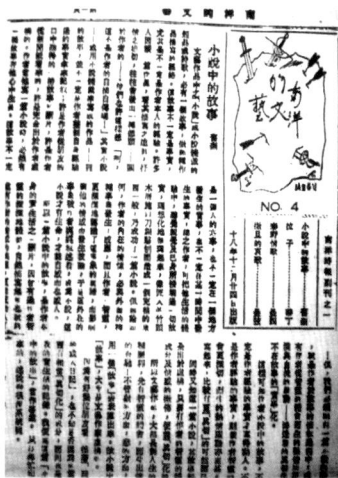

图 33　陈树南编辑的马来西亚《南洋时报》副刊《南洋的文艺》第 4 期（1929年 12 月 24 日）

陈树南，又名陈天放，广东大埔人。约于 1927 年南下新马。1928 年 9 月与柳鞭合编期刊《华侨周报》。该刊强调儿童文学，辟有"儿童园地"版，同时亦十分重视文艺作品。曾任槟城《南洋时报》主笔，编过该报文艺副刊《南洋的文艺》，以及《民国日报》的文艺副刊《新航路》和《公共园地》等。《南洋的文艺》创办于 1929 年 12 月，共出 20 期。期间该刊发生过两场关于文艺上的人性问题以及翻译问题的论争，使之成为当时引人注目的一份文艺副刊。尤其是关于翻译问题的论战，为马华新文学史上有关翻译问题的第一宗笔墨官司，对当时文学作品的翻译工作具有莫大的激发作用。《新航路》创刊于 1930 年 1 月，共出 154 期，成为星洲方面新兴文运退潮期间的中流砥柱。"九一八"事变发生后，陈树南主编的《公共园地》发表不少斥责日本侵略者的文章，故为英殖民政府所不容，被勒令停刊旬日。陈树南另以记者、旧燕、树等笔名撰写不少时评、杂感、诗、童话故事等。1927—1930 年，在《文艺周刊》、《绿漪》、《新航路》、《椰风》、《关仔角》、《南洋的文艺》、《流连》、《椰林》、《叻报俱乐部》、《公共园地》上发表散文、诗歌、论文、小说、剧本和旧文学等约 60 篇作品。30 年代返回广东原籍。

柳鞭，原名刘柳鞭，广东大埔人。约于 1927 年前后南下马来亚，在吡叻和丰兴中学教书。曾与陈树南合编过《华侨周报》期刊和《南洋的文艺》副刊。1928—1930 年，在《南洋的文艺》、《压觉》、《南星》等文艺副刊上发表小说、散文和论文，其中以小说《饥饿的狗》最为有名。1930 年后下落不明。

李紫凤，原名李树梧，广东普宁人，曾赴日本留学。20 世纪 20 年代末已活跃于新马文坛。1927—1929 年与放生、君谷等合编槟城《南洋时报》副刊《八月》。1930 年 9 月主编新加坡《民国日报》副刊《南洋学生》。30 年代中期主编《南洋商报》副刊《狮声》、《晓风》、《展望台》、《沙滩》、《妇女与家庭》等。1941 年，与李词佣、林英强合编《大华周报》杂志。曾担任过吉隆坡《马华日报》主笔。其编辑《狮声》期间，强调文艺副刊的社会与时代使命，认为不能把副刊当作茶余酒后的资料，以此博取人们低级趣味的满足。其偏重短篇散文及精悍短小的杂评类文字，所登载的随笔杂论取材范围甚广，或讨论民族问题，或论及为人处世，或探讨妇女问题，以及检讨文人与写作的问题等。李紫凤于 20 世纪 20 年代末至 30 年代中期创作最为活跃，在《八月》、《新航路》、《狮声》、《繁星》、《展望台》、《商余杂志》等刊登百余篇散文、诗歌、论文等作品。战后流落香港,约于 70 年代初在香港病逝。

张天白 (1902—1976),现名张晓光,广东平远人。在广东时已从事创作。1930 年南下新马。在《雷报》、《晨星》、《狮声》、《繁星》、《南侨教育》、《文艺》、《野火》、《星火》、《文会》、《新路》、《诗词专号》等发表的作品字数超过 100 万字,多数为散文、杂文和论文。约于 40 年代末回返中国,定居于广州。1979 年,方修在新加坡编辑出版《张天白作品选》。

王哥空 (1903—1959),原名曾传椿,海南文昌人。1923 年南下新马。从 1930 年起,在《野葩》、《椰林》、《新航路》、《文艺周刊》、《晨星》、《繁星》、《狮声》、《今代》、《妇女周刊》等发表作品,主要是小说和散文。1934 年出版的《面包及其他》为新马华文文坛第一部短篇小说集。1935 年创设当时唯一的纯文艺杂志《椰风月刊》,其在发刊词中认为文艺是"以形象来说明某一特定的社会的生活","表现某一特定社会的生活的复杂性","揭露了现实的罪恶,描写新生的进程,提高人类的生活兴趣",以及"表现大众的感情或启示其思想"。《椰风月刊》发表的作品有诗歌、短论、专论、小品等,文字生动活泼,深受读者欢迎。1935—1936 年主编《星洲日报》文艺副刊《文艺周刊》。在《星洲日报》任外勤和新闻编辑 20 余年。1959 年病逝于新加坡。

李润湖 (1913—1947),原籍广东潮州。1934 年开始步入新马文坛,曾任新加坡《新国民日报》采访主任。1936—1939 年,主持过《新国民日报》的《新路》、《新天地》、《新光》和《新园地》几份著名副刊,是位活跃的编辑,也是 20 世纪 30 年代下半期至 40 年代中期的高产作者。战前在《晨星》、《槟风》、《星火》、《展望台》、《文艺》、《新光》、《新路》、《新园地》、《南洋风》等副刊发表大量论文和散文,为战前的马华文艺界注入新生命。战后又在《突击》、《南风》、《读者园地》、《新民主报》等登载杂文,曾数度引起论战。其在新马报刊发表的作品超过百篇。1947 年突患疾病而英年早逝,年仅 34 岁。方修于 1980 年编选出版《李润湖作品选》。

铁抗 (1913—1942),原名郑卓群,广东潮阳人。1936 年南渡新加坡。1937—1939 年先后主持过《星洲日报》副刊《文艺周刊》、《总汇新报》副刊《世纪风》的编务。在编辑《文艺周刊》期间十分重视文学理论,尤其强调文学通俗化运动。其编辑《世纪风》时,对当时的各种写作问题如"剧本创作诸问题"、"报告文学写作问题"等展开专题讨论,吸引不少作者参加。其大力提倡的"文艺通讯运动"为马华抗战救亡时期最大规模的文艺运动之一,其活动与影响几乎遍及全马各地。1939 年 4 月创刊《文艺长城》，在上海印刷和出版。这是战前新马最具代表性的纯文艺杂志，共刊出 6 期。该刊除新马作者外，尚有在上海的中国作家巴金、巴人、锡金、许幸之等。其不仅培养南洋文艺作家，使他们致力于抗战后的华侨文艺，而且是沟通中国与南洋的一座文艺长城。铁抗也是 20 世纪 30 年代末至 40 年代初重要的新马作者，在《文艺》、《晨星》、《大路》、《新野》、《世纪风》、《忠言半月刊》、《新国民文学》等发表大量小说、散文、论文等，在小说创作和文艺理论方面卓有成就。著有中篇小说《试炼时代》，小说集《白蚁》、《义卖》、《山花》、《阴影》，文艺论著《马华文艺丛谈》等。新马沦陷时，不幸在大检证中遭日军捕杀，年仅 29 岁。其中篇小说《试炼时代》收入方修编《马华新文学大系·小说二集》。1979 年，方修编辑出版《铁抗作品选》。

冯蕉衣(1914—1940)，广东潮安人。1937 年南下新加坡。在《晨星》、《文艺周刊》、《文艺》、《新流》、《新光》、《大路》、《新园地》、《狮声》、《吼社诗专》、《南洋周刊》、《南风半月刊》等副刊和杂志上发表诗歌和散文，尤其擅长诗歌创作。1937 年由文菜书屋出版诗集《衡窝集》，这在战前的新马文坛是很突出的。1940 年贫病交加而亡。郁达夫在《星洲日报》副刊《晨星》出版"纪念诗人冯蕉衣特辑"，亲笔为特辑刊头题字，并作《悼诗人冯蕉衣》以悼之。好友白荻、王君实等搜集其生前诗作，手印《冯蕉衣遗诗》，请郁达夫作序，凡 50 册，赠送有关人士留念。

黄科梅(1915—1960)，广东揭阳人。1932 年南下新加坡。约于 30 年代初期开始创作，30 年代中后期较为活跃。在《晨

图 34 铁抗编辑的新加坡《总汇新报》副刊《世纪风》第 3 期（1938 年 12 月 19 日）

星》、《文艺》、《狮声》、《大路》、《星火》、《世纪风》、《新路》、《新光》、《新流》、《文艺界》等报章副刊上发表作品，以散文、小说和诗歌较为出色。1938 年编辑《新国民日报》的《文艺》副刊。战后一直在报界工作。50—60 年代编过《新报》和综合性杂志《行动周刊》。1960 年创立《民报》。同年在新加坡辞世。1979 年，方修编辑出版《白荻作品选》。

　　刘思（1917—2012），原名刘世朝，广东潮安人。1935 年南下新马。为战前五年活跃的诗人，在《狮声》、《吼社诗专》、《生路》、《南洋周刊》、《世纪风》、《文艺》、《晨星》、《繁星》、《日落》、《商余杂志》、《大路》、《新光》、《诗歌专页》、《南风》等发表百余首诗歌。日军南侵前，为当时抗战诗歌团体"吼社"的骨干，积极推进抗战诗歌运动，编辑过诗歌副刊《吼社诗专》。战后转向旧诗词创作，亦发表一些散文和新诗。著有《刘思诗集》（1981）、《刘思诗词集》（1982）、新旧诗合集《诗家刘思》（2000）、《双星集》（2003）等。

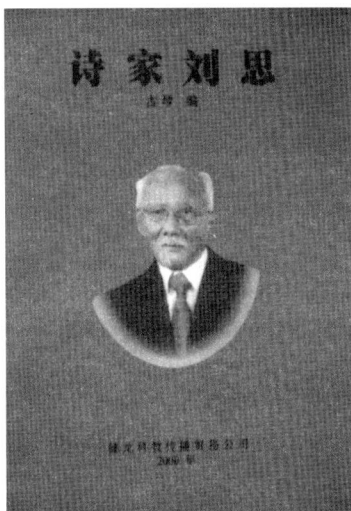

图 35　刘思的新旧诗合集《诗家刘思》（2000）封面

　　桃木（？—1960），原名王嵩，广东潮安人。1936 年南下新马。在《南洋风》、《大众副刊》、《新光》、《新路》、《新园地》、《狮声》、《南洋周刊》、《世纪风》、《文会》、《忠言半月刊》、《南风》等副刊和杂志上发表诗歌、散文、论文等作品。1941 年积极提倡"诗歌大众化运动"。1939—1941 年主编《总汇新报》副刊《文会》。战后亦曾编辑《南侨日报》副刊《南风》。后回返中国。1960 年病逝于北京。

　　王君实（1918—1942），原名王惠风，广东澄海人。广东中山大学肄业。1937 年南下东南亚，在马来亚和印尼执教。为 20 世纪 30 年代末期活跃与高产的马华作者，在《狮声》、《文艺》、《晨星》、《华侨公园》、《新光》、《影与剧》、《侨声》、《大路》、《星火》、《世纪风》、《新国民文学》等副刊发表约 100 万言的散文、小说、论文、诗歌等作品。中日战争期间，积极参加新马文艺界抗战救亡宣传工作。1942 年新加坡沦陷后，为日军屡次搜捕，因不愿连累友人与陷入敌手，毅然坠楼自杀，年仅 24 岁。

铁戈，原名陈果来，广东大埔人。战前南下新马。为战后初期的新进诗人。在《突击》、《晨星》、《文艺》、《小世界》、《南风》、《青年》等发表不少诗作，反映战后动荡的社会现实及流露反殖思想。1947 年在香港出版诗集《在旗下》，由南下作者马宁写序，为战后新马文坛出版的第一本诗集。战后在反抗英殖民统治的战斗中去世。

杨越（1918—2012），又名杨樾、杨浩泉，广东潮安人。1946 年南下新加坡，在新马担任过教职。在《晨星》、《南风》、《文艺》等发表散文、诗歌、论文等。1948 年返回中国，后定居广州。参与出版《四海》、《回音壁》等文学刊物，十分重视东南亚华文文学的介绍工作。曾担任大型文学刊物《当代文学》主编。

柳北岸（1906—1995），原名蔡文玄，广东潮安人。1927 年南下新加坡，在当地从事教育工作，后回返中国。1936 年再次南下，任职于邵氏影业公司。著有诗歌、散文、小说、游记等文学作品。曾获新加坡国家最佳书籍奖、东南亚文学奖。已出版诗集《十二城之旅》、《梦土》、《旅心》、《雪泥》、《无色的虹》等。

方北方（1918—2007），原名方作斌，祖籍广东惠来，出生于广州。1928 年南下马来亚，在槟城钟灵中学读书。1937 年返回中国，并参加抗战宣传工作。曾肄业于汕头南华大学。1947 年返回槟城，此后定居马来西亚。除从事教育工作外，还兼任《星槟日报》副刊《文艺公园》编辑等职。20 世纪 30 年代开始文艺创作，已出版中篇小说《娘惹与峇峇》，长篇小说《风云三部曲》（《迟亮的早晨》、《刹那的正午》、《幻灭的黄昏》）、《马来亚三部曲》（《树大根深》、《头家门下》、《花飘果堕》），以及其他小说、散文等 30 余部作品，其中《娘惹与峇峇》被译成日文。曾获马华文学奖、亚细安文学奖、亚洲华文作家文艺基金会终身成就奖。担任过马来西亚作家协会会长。2007 年病逝于马来西亚槟城。

方修（1922—2010），原名吴之光，广东潮安人。1938 年南下马来亚。从 1941 年开始，先后在《新国民日报》、《民声报》、《中华晚报》、《星洲日报》等报社任职。也曾在新加坡大学中文系兼任讲师，主讲马华文学、中国新文学、鲁迅研究等课程。20 世纪 50 年代开创新马华文文学史研究领域，此后出版大量有关新马华文文学史著作，有《马华新文学史稿》、《马华新文学大系》、《马华文艺思潮的演变》、《马华新文学简史》、《马华文学的现实主义传统》、《新马文学史论集》、《马华文学史补》、《马华新文学及其历史轮廓》、《战后马华文学史初稿》、《战后新马文学大系》等，对新马华文文学史的研究及其学科的建立作出巨大的贡献。另有《长夜集》、《夜读杂抄》、《息游集》、《看龙集》、《方修诗文选》等。2008 年获南洋华文文学奖。2010 年在新加坡病逝。

（二）　福建籍的南下作者

　　福建籍的南下作者以闽南（泉州、厦门、漳州）人居多，有泉州的林独步、衣虹、张放、张楚琨、姚紫、老蕾、李冰人、李铁民、傅无闷、王探、王秋田、西玲、曾梦笔、郑文通、朱绪、白寒、薛残白、洪丝丝、郭史翼、陈清华、陈伯萍、老杜、洛萍、苏宗文，厦门的杜边、吴广川、林姗姗、许欲鸣、施骚、黄望青，漳州的邱菽园、温志新、杨骚、郑子瑜、林革尘、李词佣、林连玉、谢幼青、谢松山、林佚、武陵、姜凌等。其次是闽西的作者，有龙岩的连啸鸥、林岩、丘絮絮、丘士珍、马宁、孟仲季，永定的胡浪漫、林建安、林仙峤等。其他地区的作者有福州的白塔，福安的黄葆芳、连士升，闽侯的王梅窗，邵武的常夫，莆田的云里风、周颖南，等等。以下简介其中部分作者：

　　林独步（约 1903—约 1980），福建泉州惠安人。早年留学日本。1919 年 10 月 1 日新加坡《新国民日报》复刊时，任该报编辑。1924—1927 年担任新加坡《南洋商报》编辑主任。为马华新文学初期的杰出作者，在小说创作方面独步一时。从 1920 年开始，在《商余杂志》、《新国民杂志》副刊，以及《新国民日报》的"社论"、"时评"等版位上发表散文、小说、新诗、论文、神话、翻译及旧文学作品，并致力于外国文艺理论的介绍。系列小说《珍哥哥在想什么》、《笑一笑》、《两青年》、《同窗会》反映了五四时期北平和新加坡两地青年知识分子的爱情生活和人生观，体现了新的时代精神和高尚价值观，具有较高的艺术成就；新诗《谋幸福》、《在这守旧的火山里，焉能发生恋爱的蔷薇》、《幸福与快乐》明白晓畅，节奏明快，传达出五四新文化运动追求个性解放、婚姻自由的精神；论文《自然美与人工美》、《新文学概论》、《修辞学概论》等，对文学的特质、文学的鉴赏、文学的批评、文学的修辞、文学的美感功能等进行论述与介绍；翻译论文《辞解》对西方文艺运动、文艺理论、哲学、逻辑学等名词进行解释与介绍，其中有关外国文艺流派如"浪漫主义"、"自然主义"、"拟古主义"等的介绍，对当时新马文学界而言是极为新鲜的。1927 年后淡出新马文坛。约于 20 世纪 80 年代初在新加坡去世。

李铁民（1898—1956），福建永春人。1915 年随父亲南下新加坡。战前于陈嘉庚公司任职，曾长期担任陈嘉庚秘书。擅长旧诗词和杂文创作。1920 年在《新国民杂志》上发表旧诗词。1926—1927 年主编《消闲钟》杂志，开启 20 年代末期新加坡小报的盛况。1933 年主持《南洋商报》副刊《晓风》。1933—1935 年两度主编《南洋商报》副刊《狮声》，编刊期间较侧重刊登随感杂录，有时也穿插一些诗歌、小说和论文。该刊曾发生几场讨论和论争，其中关于马来亚地方作家问题的论争，引起文艺界的反应及读者的注意。李铁民也以"半鳏"的笔名发表不少杂感与随笔。战后任职于新加坡《南侨日报》社。20 世纪 50 年代返回中国。曾任中国中央侨务委员会副主席。1956 年逝世于北京。

王炎之（1896—1980），名王克振、王宣化，号炎之，福建南安人。1923 年南下新加坡。1925—1926 年，主编过《消闲钟》和《曼舞罗》杂志。其中《曼舞罗》是一份文艺气息颇为浓厚的综合性期刊。1928 年前往日本留学。1931 年回国，随后在上海积极参加左联活动和共产党的文化宣传工作。1932 年加入中国共产党。1934 年南下马来亚。1935 年在新加坡主持《电影与文化》周刊，共出 10 余期，其在电影与文化两方面，偏重于文化，而在文化的范畴中，更着重文学。1936—1937 年，在马来亚怡保编辑《中华晨报》副刊《银幕与舞台》、《大众副刊》、《青年大众》、《妇女呼声》。其编辑的《大众副刊》和《青年大众》十分活跃，不但积极鼓吹文化新思潮，如大力推进新文字运动等，而且紧密关注当时的现实问题，如讨论青年人的生活实践，推动当地的救亡运动，也为当时的中国救亡运动遭受制约而频频代鸣不平。1937 年南下新加坡办报。另以厌之、肖吾等笔名发表不少杂文、小说、论文等作品。1938 年被英殖民政府逮捕并驱逐出境。回国后在上海参加共产党的地下工作。解放后曾任全国政协委员、福建省侨联主席等职。1980 年在家乡病逝。

连啸鸥（1909—?），本名连兴梓，福建龙岩人。毕业于福建省省立第九中学。20 世纪 20 年代南下马来亚。在新马的文学活动历时近 20 年。在《椰林》、《新航路》、《狮声》、《诗专号》、《商余杂志》、《读者园地》、《南洋风》等副刊发表小说、诗歌、散文等作品。曾任新加坡《南侨日报》编辑，亦编过《南洋商报》的《狮声》、《南侨日报》的《南风》等副刊，以及综合性杂志《南岛》等刊物。后移居印尼巨港，曾任当地华侨总会中文秘书。

郑文通（? —1949），原籍福建永春。约 20 世纪 20 年代南下新加坡。是位编刊较多、时间跨度较长的南下编者。1927—1939 年，共主持过《新国民日报》的《绿漪》、《瀑布》、《新国民文学》、《新园地》，《南洋商报》的《曼陀罗》、《文艺工场》、《雷鞭》，《民国日报》的《文艺》等 8 个文艺副刊。也以钟之陵、陵华、郑灵先、文、问农、灵先等笔名发表过作品。其中《新国民文学》创刊于 1938 年 12 月，为《新国民日报》晚版副刊。郑文通主持这份刊物时，表示该刊要着力反映现实，当时为该刊撰稿的作者也能提供一些反映现实的稿件，使这份刊物出现不少内容坚实、颇值一读的作品，如金玻、漫侬、王修慧、李梅子等人讨论"通俗文学"问题的文章。郑文通为新马文坛高产量作者，且兼写新旧文学，从 1926 年起，在《文艺周刊》、《瀑布》、《曼陀罗》、《文艺工场》、《益励》、《新国民杂志》、《小说世界》、《诗词专号》、《狮声》、《展望台》、《新园地》等副刊上发表小说、散文、论文和旧文学百余篇。战后曾任《建国日报》总编辑。1949 年在新加坡病逝。

林姗姗（1900—1980），原名林铁魂，学名林毓海，

图 36　郑文通编辑的新加坡《新国民日报》副刊《新国民文学》（1938 年 12 月 30 日）

祖籍福建厦门。约 1917 年南下槟城，1919 年离槟城赴菲律宾，后回厦门。1926 年再度前往槟城。约于 1929 年任槟城《光华日报》主编。1930 年 8 月与李梅子合编该报文艺副刊《南国的雨声》时，赋予它"艺术运动"和"文化宣传"的使命，主要容纳艺术理论、艺术批评、创作、翻译类的作品。1931 年初主编该报另一文艺副刊《蜕变》时，侧重登载诗歌、散文、小说及文学理论，其中有些作品具有一定的新兴意识，如宿女的小说《不会站的人》，江上风的论文《南洋作家应以南洋为战野》等。在 20 世纪 30 年代初期新兴文学开始退潮时，《蜕变》坚持出版到 1932 年中才停刊，它与该报的《戏剧》副刊和陈树南主编的《民国日报》副刊《公共园地》，为马华的新兴文学运动延长了一年的寿命。战后曾任《星槟日报》总编辑，主编《星艺》、《莲花河》等副刊，对北马文风大有影响。

图 37　张楚琨编辑的新加坡《南洋商报》副刊《狮声》（1938 年 10 月 13 日）

张楚琨（1912—2000），福建泉州人。毕业于上海中国公学大学部法律系。1923 年随兄长张楚鸣南下新加坡。此后多次往返中国与新马之间。20 世纪 20 年代末期开始活跃于新马文坛。至 30 年代后半期，先后在《野葩》、《椰林》、《狮声》、《堡垒》、《民主》、《小世界》等副刊，以及《南潮半月刊》杂志上登载百余篇作品，其中有散文、论文、诗歌、小说、翻译散文和翻译小说等。1930 年 11 月，以"郁如"为笔名协助陈炼青编辑《叻报》副刊《椰林》。后返回中国。1937 年再次南下，主编新加坡《南洋时报》副刊《狮声》，大力宣传抗战救亡文学，经常推出一些专号或特辑，如"华侨团结救亡问题专号"、"纪念九一八周年专页"、"南洋的通俗文学专号"、"歌咏戏剧运动特辑"等。其编辑期间的《狮声》为该刊最光辉的一段时期，获得许多写作者的支持，使该刊达到空前的高峰。1937—1938 年编辑《狮声》姊妹刊物《南洋文艺》和《今日文学》。《南洋文艺》偏重刊登文艺创作，特别是短篇小说；《今日文学》专载理论批评文章。日军南侵前夕，与郁达夫、胡愈之、汪金丁等人避难印尼苏门答腊岛。战后出任新加坡《南侨日报》总理。后回中国。曾任厦门市副市长、中国华侨历史学会会长等。后曾数次赴新加坡访问。2000 年在北京逝世。

吴广川（1901—？），福建厦门人。曾在菲律宾报界服务。1929 年南下新马。后返回厦门。1933 年再次南渡。1935—1950 年，主持过《新国民日报》的《新国民杂志》、《新野》、《新园地》、《蕉影》、《文艺》、《影与剧》，以及《南侨日报》的《南风》等多份副刊。其编辑的《新野》和《文艺园地》均呈露一种青春活泼的气象，而且内容也较为坚实，成为当时带有新写实主义倾向的新人活动园地，一些活跃的文艺青年后来不少成为当地重要的文化工作者。1948—1950 年接编《南侨日报》文艺副刊《南风》，一方面推出不少谈论中国问题、反映中国政局的稿件，另一方面也发表反映新马社会现实的作品。吴广川亦为高产量作者，在《曼舞罗》、《枯岛》、《电影与文化》、《新园地》、《新国民杂志》、《新野》、《新路》、《星海》、《自由天地》、《南风》、《小说世界》等发表小说、散文、诗歌、论文等近百篇作品。1950 年冬回中国。晚年居住在广州，为归侨作家联合会重要成员。约于 20 世纪 80 年代初在新马报刊上刊登数篇以南洋为背景的短篇小说。

林岩（1910—？），原名陈子彬，福建龙岩人。1929

图 38　吴广川编辑的新加坡《新国民日报》副刊《新野》第 26 期（1935 年 10 月 15 日）

年南下马来亚槟榔屿。1930 年左右开始发表作品。1940 年北归，想回国参加抗战，却在重庆滞留 6 年。1946 年再次南渡马来亚，重新提笔创作。在《繁星》、《晨星》、《狮声》、《新光》等副刊发表散文、论文、小说等。曾撰文评论林参天的长篇小说《浓烟》。1949 年再次返回中国，后居住在广州。

林建安，福建永定人，南下作者林仙峤的胞弟。1930 年从兄长林仙峤手中接过新加坡《星洲日报》副刊《繁星》编务。1932 年又编辑该报另一副刊《晨星》，至 1939 年方由郁达夫接任。林建安勤力笔耕，在报章上发表杂感和评论等作品近 700 篇，多数刊登在其主编的《繁星》和《晨星》上。战后约于 1945—1947 年再度主编《晨星》。1952 年，《晨星》改为《星云》，林建安仍主持该刊编务，至 20 世纪 70 年代方卸任。

衣虹（1911—1999），原名潘国渠，又名潘受，字虚之，号虚舟，福建南安人。19 岁南下新加坡。1930 年协助陈炼青编辑《叻报》副刊《椰林》，并在该刊发表诗歌、散文、论文、小说等，其中关于新兴文学理论的系列论文，对当时新马文坛盛行的新兴文学理论进行系统的总结，向来为新马文学史家所重视。"七七"事变后，担任南洋华侨筹赈会主席陈嘉庚的秘书。战后曾从商。1955 年任南洋大学秘书长。1960 年退休，从事文化艺术研究及创作。曾荣获新加坡及海外多项奖章。1995 年，被新加坡政府宣布为国宝。后来主要从事旧诗词创作。1987 年在中国出版诗集《海外庐诗》。1997 年，在新加坡印行《潘受诗集》。1999 年在新加坡病逝。

马宁（1909—2001），原名黄振椿，福建龙岩人。1930 年在上海参加中国左翼作家联盟。1931 年南下新马，在当地从事左翼文学和政治活动。在新马居留三个时期，即 1931—1934 年、1941 年 7—12 月、1946—1948 年。在新马《戏剧》、《南风》、《文艺》、《风下》等副刊或期刊发表剧本、小说、散文、论文、翻译童话等。其创作的戏剧《凄凄惨惨》、《芳娘》等在新加坡公演时引起极大轰动，后收入方修编《马华新文学大系·戏剧集》。1946 年在新马和香港出版中长篇散文《椰风胶雨》，长篇小说《将军向后转》、《香岛烟云》、《顽固份子》。1948 年返回中国，著有《红白世家》、《马宁选集》等。2001 年逝世。

朱绪（1909—2008），原名朱桂棹，福建晋江人。约于 1932 年南渡。参与创立和组织的文艺团体有"萤火剧社"、"新野社"、"业余话剧社"等，为较活跃的剧作家与导演。在《新野》、《新路》、《新光》、《戏剧世界》、《新国民杂志》、《星火》、《电影与戏剧》、《影与剧》、

《今日剧影》、《狮声》等刊登剧本、论文、散文、小说等。约于1941年在上海出版多幕剧本《未完成的杰作》（与王啸平合著）。其他著作有《春到人间》（1955）、《童话国》（1955）、《海恋》（1960，原著吴天）、《新马话剧活动四十五年》（1985）、《我与戏剧》（1987）等。

　　洪丝丝（1907—1989），原名洪永安，福建金门人。1932—1935年出任马来亚槟城《光华日报》副刊《槟风》主编。1939—1942年初、1946—1948年，两度主持《现代周刊》的编务。《现代周刊》属综合性杂志，其特色之一是经常有一部长篇小说连载，如林岩的《风波》、高云览的《春秋劫》，内容颇引人入胜。该刊还参与1947年马华文学界关于"马华文艺独特性"的论争。1946年11月，洪丝丝兼编《南侨日报》文艺副刊《南风》，并为《南风》赋予"双重任务"：一是使该刊文艺为祖国（中国）服务，二是扶持南洋的本地文艺。在战后新马报章副刊萎缩的情况下，《南风》成为当时新马作者发表作品的一块重要园地。洪丝丝亦为创作时间跨度较长的南下作者，在《槟风》、《大众阵线》、《野风》、《南风》、《现代周刊》等发表时事评论和文艺评论等文章。1948年紧急法令宣布后离任。1950年《南侨日报》被封后回返中国。曾任全国人民代表大会代表、中华全国归国华侨联合会副主席、中国新闻社理事长、华侨大学董事等职。1980年出版长篇小说《异乡奇遇》，这是其计划创作的反映新马华人历史的三部长篇小说《海外春秋》之一，可惜未能完成创作计划而病逝。

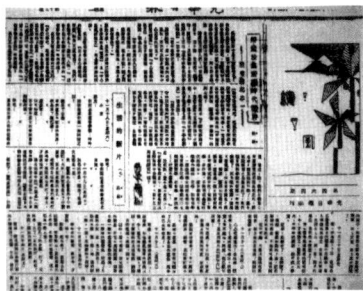

图 39　洪丝丝编辑的马来西亚《光华日报》副刊《槟风》第464期（1934年1月30日）

　　丘士珍（1905—1993），又名丘家珍，福建龙岩人。毕业于厦门集美中学师范班。20世纪20年代南下新马。文学活动主要在20世纪30年代中期。在《晨星》、《商余杂志》、《槟风》、《文学周刊》、《妇女周刊》、《星火》、《关仔角》、《狮声》等副刊上发表小说、散文、论文等，尤擅长小说。1934年出版中篇小说《峇峇与娘惹》和短篇小说集《没落》，前者为新马华文新文学史上第一部中篇小说。1934年因发表论文《地方作家谈》而引发一场关于"地方作家"的论争，这场论争在新马华文文学史上具有重大意义。1948 年印行中篇小说《复仇》。1949 年回返中国原籍。

黄望青（1913—? ），祖籍福建同安，生于厦门鼓浪屿。1935 年毕业于厦门大学法学院经济系。曾在中国报刊上发表文学作品和译作。1936 年南下新马。曾在新加坡华侨中学任文史地教师，兼授英汉对译课程。从 1936 年开始活跃于新马文坛，在《狮声》、《晨星》、《星火》、《南潮半月刊》上发表作品，其中以论文和散文为主，也有少数诗歌、小说和译作。战后从商。1973 年任新加坡驻日大使。1981 年出任新加坡广播局主席。1978 年荣获新加坡总统颁发的"高级勋绩奖章"。曾任中国厦门大学、西南师范大学、河北财经学院、福州大学客座教授或顾问教授。

高云览（1910—1956），本名高怡昌，又名高咏览，福建厦门人。约 21 岁时，经杨骚介绍，在上海参加中国左翼作家联盟，亦结识当时在上海的张楚琨。张楚琨南下新加坡后，高云览也于 1937 年南渡新马。曾在麻坡中华中学任教务主任，后在新加坡南洋女中任教。1938 年参加抗日团体"抗敌后援会"。1939 年以《南洋商报》特派记者身份回国，在西南大后方和前线采访。1940 年参加陈嘉庚领导的"南洋华侨回国慰劳团"，赴西北视察访问。返新加坡后，在《南洋商报》发表大量报道。日军入侵新加坡前夕，与胡愈之、郁达夫、张楚琨等避难于印尼苏门答腊岛。战后和杨骚等人经商，为新加坡《南侨日报》大股东。其文学活动主要在 20 世纪 30 年代末和 40 年代。作品多数发表于《狮声》副刊，也见于《南洋周刊》、《现代周刊》等。擅长小说创作，长篇小说《春秋劫》于 1946 年在《现代周刊》上连载。1949 年被英殖民政府驱逐出境。1950 年定居于中国天津。1956 年病逝，年仅 46 岁。其长篇小说《小城春秋》由作家出版社印行后，被译为英、法、西班牙、俄、日等 5 国文字。其中文版发行量达 150 万册，并被改编成电影。

老蕾（1915—? ），本名许清昌，福建永春人。1937 年肄业于厦门大学。同年与友人西玲（吴章庆）一起南渡。在马来亚任教多年。20 世纪 30 年代下半期至 40 年代初较为活跃，在《狮声》、《文艺》、《晨星》、《新流》、《世纪风》、《星河》、《文会》、《南洋周刊》、《南洋文艺》等刊登作品，多写小说、论文和散文。其短篇小说《弃家者》后收入方修编《马华新文学大系·小说二集》。晚年退休后寓居新加坡。1979 年，方修编辑出版《老蕾作品选》。

杜边（1914—1997），原名苏仲人，福建厦门人。约于 1935—1936 年南下，在马来亚任教职。"七七"事变后，积极参加新马抗战救亡戏剧运动，组织"南岛剧团"、"实验流动剧团"、"茶花歌剧团"等进行抗日戏剧宣传，并自任编辑、导演和演员。新马沦陷期间，仍继续参与马华抗日剧运。战后为马华文艺工作者联合会、新加坡戏剧工作者联合会、星华文艺协会负责人之一，亦兼任新加坡海鸥剧团领导人及编导。出版过《野心家》、《明天的太阳》等剧本。亦曾在《剧艺》、《南风》、《文艺》等副刊及一些特刊上发表散文、论文、诗歌等。1948 年被英殖民政府逮捕入狱。1949 年初回中国，继续从事编辑和导演工作，任电影制片厂编辑等职。1986 年离休后，仍进行电视、电影、小说创作。1997 年辞世。

张曙生，福建闽南人。1936 年南下新马。1937—1940 年，在《晨星》、《文艺》、《狮声》、《新光》、《新流》、《新路》、《大路》、《世纪风》等副刊发表诗歌、散文、论文和小说等，总共不下四五十万字，为 20 世纪 30 年代后半期较为活跃的作者。1940 年冬回中国，在故乡闽南从事新闻工作，业余仍未间断写作。1951 年赴香港从事工商业。1986 年在新加坡出版作品集《剪刀声里》。

絮絮（1909—1967），原名丘若琛，福建龙岩人。毕业于上海艺术大学文学系。1928—1934 年间，在中国出版诗集《昨夜》和《骆驼》。1935 年已有诗歌在马来亚《槟城新报》副刊《无线电台》上发表。1939 年南下东南亚，在马来亚和婆罗洲等地任教。在《狮声》、《银幕世界》、《怒吼的五月》等副刊上发表诗歌、小说、散文等。战后亦在《南侨日报》副刊《和平》，以及《忠言半月刊》上发表作品。1967 年逝世。在新马出版的单行本有小说集《荣归》、《学府风光》、《在大时代中》、《沉滓的浮起》、《大时代中的插曲》、《坎咪之死》，中篇小说《播种者》，诗集《生之歌》、《呼吁》、《龙园小品》等。

白塔（1928—　），女，原名赵蔚文，福建福州人。1946 年毕业于福州陶淑女中，同年底南下马来亚任教职。在《和平》、《晨星》、《妇女》、《青年周刊》、《青年》、《南风》等发表诗歌、散文、小说等，亦进行多幕剧创作，为战后较为活跃的女作者。1950 年返回中国，长期居住在北京，为印度问题专家。20 世纪 80 年代期间，曾有新作在马来西亚报刊发表。

白寒（1919—2011），原名谢耀辉，福建惠安人。1947 年南下新马任教。在当地报章副刊上发表小说、散文、剧本等。在新加坡出版的著作有《雕虫集》（1949）、《头家哲学》（1950）、

《新加坡河畔》（1950）等。1951 年回广州。1954 年定居于北京，"文革"后从事华侨问题研究。曾任中华全国归国华侨联合会宣传部副部长、中国致公党中央华侨知识分子工作委员会副主任等职务。

姚紫（1920—1982），原名郑梦周，福建泉州人。曾在厦门编辑《江声日报》。1947 年南下新加坡。在新马从事过教师和编辑等工作。1949 年 3 月在新加坡《南洋商报》连载小说《秀子姑娘》，同年 5 月印成单行本，并多次再版，极受读者欢迎，由此奠定了文名。此后发表或出版小说《乌拉山之夜》（1950）、《咖啡的诱惑》（1951）、《阎王沟》（1953）、《窝浪拉里》（1955）、《半夜灯前十年事》（1961）等，以及散文、旧体诗词等作品。1982 年在新加坡病逝。其遗产设立为姚紫文艺基金，以鼓励和支持新加坡作家进行文艺创作。

连士升（1900—1973），福建福安人。1931 年毕业于北京燕京大学，后在岭南大学任教。1947 年南下新加坡。曾任新加坡《南洋商报》主笔和总编辑、新加坡南洋学会会长、新加坡作家协会发起人暨顾问。1973 年在新加坡逝世。已出版《祖国纪行》、《印度洋舟中》、《给新青年》、《南行集》、《回首四十年》、《西方英雄谱》、《泰戈尔传》、《名山胜水》、《海滨寄简》、《闲人杂记》、《尼赫鲁传》、《秋水集》、《甘地传》、《连士升文集》等。

云里风（1933— ），原名陈春德，福建莆田人。在中国完成初中学业。1948 年移居马来亚。在从事教育工作时，亦兼任《星洲日报》、《中国报》记者。20 世纪 50 年代开始创作，已出版短篇小说集《黑色的牢门》、《出路》、《冲出云围的月亮》、《望子成龙》，散文集《梦呓集》等。其短篇小说《望子成龙》、《相逢怨》先后获马来西亚双福文学出版基金小说组优秀奖。曾任马来西亚华文作家协会主席。

周颖南（1929— ），原名周国辉，福建仙游人。1950 年南下印尼雅加达。1970 年移居新加坡，过着亦文亦商的生活。为新加坡作家协会名誉会长。已出版《迎春夜话》、《周颖南与中华文化》、《颖南选集》、《俞平伯周颖南通信集》、《叶圣陶周颖南通信集》、《南国声华：周颖南海外创作四十年》、《周颖南文集》等，另编辑出版《玄隐庐录印》等。

（三）　其他省籍的南下作者

南下作者中还有浙江、湖南、江苏、安徽、山东、四川、湖北、河北、河南、辽宁、广西等省籍的人士。浙江籍的作者有杭州的夏衍、沈兹九、王映霞、芝青，上虞的胡愈之，嵊县的吴仲青，富阳的郁达夫，温州的周了因，天台的许杰，奉化的王任叔，海宁的徐志摩，嘉善的黄尧，镇海的刘以鬯，东阳的邢济众等。浙江籍的南下作者不少是中国著名的文化人，如郁达夫、夏衍、胡愈之、许杰、王任叔、沈兹九等，他们大多是应邀南下新马主持报政。江苏籍的作者有松江的张叔耐，吴县的许云樵，南京的曹兮，镇江的王仲广，泰昌的依藤，常熟的殷枝阳，太仓的俞颂华，泰兴的刘延陵，上海的李廉凤等。湖南籍的作者有茶陵的谭云山，长沙的任宇农、莆特、黄润岳，汉寿的邹子孟，浏阳的莹姿，祈东的吴天，沅陵的金山，益阳的曾铁忱等。四川籍的作者有新繁的艾芜，成都的巴金、丁琅，郫县的张紫薇，以及不明县市的杏影等。安徽籍的作者有芜湖的拓哥、王莹、丁家瑞等。山东籍的作者有郓城的岳野，济宁的上官豸等。湖北籍的作者有京山的聂绀弩，咸宁的金礼生等。河北籍的作者有丰润的李星可，北京的老舍、金丁、张明慈、艾骊等。河南籍的作者有开封的沈安琳，巩县的姚拓等。广西籍的作者有温玉等。以下简介其中部分作者：

1. 浙江籍的南下作者

吴仲青（1900—1948），浙江嵊县人。毕业于浙江省第一师范和国立测量专科学校。20 世纪 20 年代南下马来亚，服务于教育界，曾任巴生中华学校校长。1926 年编辑新加坡《新国民日报》副刊《浩泽》。1922—1936 年，在《文艺栏》、《教育》、《商余杂志》、《叻报俱乐部》、《戏剧世界》、《浩泽》、《新国民杂志》、《风篁》、《椰林》、《文艺周刊》、《狮声》等副刊上发表小说、散文、翻译散文和旧诗等。其创作以小说见长，为 20 世纪 20 年代中后期优秀的小说作者。短篇小说《爱的疲倦》、《梯形》等收入方修《马华新文学大系·小说一集》。1948 年病逝于新加坡。

许杰（1901—1993），原名许世杰，另名张士仁，浙江天台人。中国文学研究会会员。1928 年南下马来亚，任吉隆坡《益群日报》总编辑，兼编该报文艺副刊《枯岛》。其主编《枯岛》时，大力宣传革命（新兴）文学理论，将"同情"与"反抗"列为选稿标准，同时重视南洋色彩的提倡，以此指示写作者的创作方向。许杰办刊态度十分认真，获得一大批写作者的支持，作者多达 100 余人，使《枯岛》成为当时马来亚中部地区的中坚副刊，给中马文艺活动带来一个新纪元。1929 年底辞职回上海，随后出版两本与新马有关的书《椰子与榴梿》（一名《南洋漫记》）和《新兴文学短论》。1984 年，许杰参加中国现代文学研究会第 12 届年会，应新加坡国立大学教师吴茂生博士的请求，影印《椰子与榴梿》寄交新加坡国立大学图书馆保存。曾任全国作家协会上海分会副主席、上海复旦大学中文系教授、华东师范大学中文系教授兼系主任等职。1993 年在上海病逝。

　　林参天（1904—1972），原籍浙江。1927 年南下新马，在华校教育界服务 37 年。从 1930 年始，在《瀑布》、《野葩》、《文艺周刊》、《新航路》、《晨星》、《商余杂志》、《星火》、《公共园地》、《南风》等副刊发表小说、戏剧、散文、论文和翻译论文等，尤擅长小说与戏剧创作。1935 年完成的长篇小说《浓烟》在上海出版，为新马华文新文学史上第一部长篇小说，曾震撼当时的新马文坛。后出版小说单行本《头家和苦力》（1951）、短篇小说《余哀》（1960）、《热瘴》（1961）。1972 年病逝于吉隆坡。

图 40　郁达夫编辑的新加坡《星洲日报》副刊《文艺》，以及发表的文章《战时文艺作品的题材与形式等》（1939 年 1 月 22 日）

　　郁达夫（1896—1945），浙江富阳人。中国现代著名作家，中国创造社主要成员之一。1930 年已与新马文坛有联系。1933—1934 年，其作品已刊登于《槟城新报》副刊《关仔角》、《轮》，以及吉隆坡《益群报》副刊。1938 年 12 月和妻子王映霞南下新马。在 1930—1942 年旅居新加坡期间，主编过《星洲日报》副刊《晨星》、《繁星》、《文艺》和《教育》，槟城《星槟日报》副刊《文艺》等，以及英国情报部出版的《华侨周报》等，并发起组织南洋学会。曾任星洲文化界抗日联合会主席，积极从事抗战宣传工作。其编辑的《晨星》紧密配合抗战形势，不时推出各种特辑，如"新中国剧团首次筹赈献演特刊"、"鲁迅逝世三周年纪念专号"、"七七抗战四周年纪念号"等，对新马侨民关心国事、增强爱国意识等产生一定的影响作用。为充实副刊内容并扩大读者的见闻，还向中国作家老舍、艾芜、叶圣陶、姚雪垠、茅盾、许地山、汪静之、柯灵、袁水拍、端木蕻良、欧阳山、黄药眠、萧红、孙钿、罗峰、葛一虹、白朗、梅林等约稿。其一手栽培的新人不但活跃于当时的新马文坛，有的日后还成为知名的剧作家、小说家和诗人。郁达夫在新马创作了大量作品，有散文、论文、翻译和旧诗词 300 余篇，其中以政论散文为主。1942 年 1 月新加坡沦陷前夕，与中国南下作家胡愈之、沈兹九等人避难印尼苏门答腊岛。后被日本宪兵发现其精通日语，被迫在宪兵部担任翻译。期间救助不少抗日华侨，也暗中为当地人民做了不少好事。日本投降后，日军顾忌其目睹许多日本宪兵罪行，故于 1945 年 8 月 29 日或 30 日将其秘密绑架后杀害，终年 50 岁。新中国成立后，被中国政府追认为烈士。1977 年，林徐典在新加坡编辑出版《郁达夫抗战论文集》。

胡愈之（1896—1986），原名胡学愚，字子如，浙江上虞人。在中国担任过《东方杂志》主编。曾留学巴黎修读国际法，并研习世界语。早年到过欧洲和苏联，为著名的国际问题专家。1940 年 12 月应聘到新加坡担任《南洋商报》编辑主任。曾负责新加坡抗敌动员委员会宣传部工作。新马沦陷前夕，与郁达夫、汪金丁、王任叔、张楚琨、沈兹九等流亡印尼苏门答腊岛。战后重返新加坡，并于 1945—1948 年出版《风下》周刊。其办刊意旨就是要理解"风下之国"（指从锡兰以东一直到菲律宾群岛，包括缅甸、马来亚、越南以及整个印度尼西亚民族领域），倾听风下之国被压迫、奴役的人们的呼声，反映出他们的愿望和要求。《风下》虽为综合性期刊，但该刊长 130 多期，文艺稿的数量不容忽视。《风下》除刊登中国南下新马作者的作品外，还发表中国作家郭沫若、楼适夷、司马文森、许广平等人的作品。胡愈之另以"沙平"为笔名撰写每一期的《卷头言》，这些功力深厚的议论散文风格清新，多有精辟之论，深受读者的欢迎。1946 年出任陈嘉庚创办的《南侨日报》社社长。胡愈之亦为高产量的南下作者，在《南洋商报》、《星火》、《南风》、《民主》、《风下》等报章副刊及期刊发表数百篇作品，有散文、论文、小说等，其中以有关国际问题的政论散文最受读者欢迎。1948 年 3 月返回中国。曾任中国人民外交学会副会长、全国人大常委会副委员长、中国文字改革委员会副主任等职。1979 年，新加坡出版《胡愈之作品选》，收录其在新马及苏门答腊岛完成的大部分作品。1997 年，北京三联书店印行《胡愈之文集》。

沈兹九（1898—1989），女，浙江德清县人。毕业于日本女子师范专门学校。1934 年任《申报》副刊《妇女园地》主编。早在南下新马之前，其作品已刊登在新加坡《妇女世界》、《新国民杂志》和《星海》等副刊上。1941 年南下新加坡，不久与胡愈之结婚，并积极参与新马抗战救亡宣传工作。新加坡沦陷前夕，与胡愈之等流亡印尼苏门答腊岛。战后返回新加坡。除支持胡愈之创办的《风

下》周刊外，另于 1946 年 3 月创办新马第一份妇女杂志《新
妇女》月刊，为战后新马文坛优秀女编辑。其创办《新妇女》
的宗旨就是要为战后马来亚"英勇的聪明能干的年青新妇
女"开辟一块发表作品和发动妇女运动的园地。《新妇女》
主要以女性读者为对象，内容涉及妇女运动、妇女与民主、
妇女与职业、妇女与法律、婚姻与家庭等诸多问题。该刊
虽为综合性女性杂志，但也载有小说、诗歌、散文、翻译
散文、论文等。沈兹九亦为南下作者中少有的优秀女作者
之一，在《南侨日报》、《妇女界》、《新妇女》、《风下》
等发表散文、论文。1948 年与胡愈之回中国。曾任中华全
国民主妇女联合会常务委员、宣传教育部部长，并主编《新
中国妇女》。1985 年与胡愈之合著出版散文集《流亡在赤
道线上》，回忆其夫妇与郁达夫等一批南下作者在新马沦
陷时期流亡印尼的情形。

　　刘以鬯（1918— ），原名刘同绎，浙江镇海人。青
年时代在上海创办怀正出版社，出版"怀正文艺丛书"。
1952 年南下新加坡，先后担任新加坡《益世报》主笔兼
副刊编辑、吉隆坡《联邦日报》总编辑。在新马期间出版
文学作品《龙女》、《雪晴》。1957 年前往香港。1985—
2000 年担任《香港文学》月刊社长兼总编辑。该刊为包括
东南亚在内的海外华文作家提供发表创作的园地，促进了
不同国家、区域之间华文文学的相互交流与发展。

2. 湖南籍的南下作者

　　谭云山（1898—1983），湖南茶陵人。早期中国文学
研究会会员。1924 年南渡，任新加坡工商学校教职。1925
年 10 月，与周钧、邹子孟、段南奎、常焱、曹国宾在新加

图 41　谭云山等人编辑的新加坡《叻
报》副刊《星光》创刊号（1925 年 10
月 9 日）

坡创办《叻报》文艺副刊《星光》，大力提倡新文学、新思想，以改造社会思想为己任，为马华新文学与新思想运动掀起一阵狂飙，在当时产生了广泛的影响。1926 年 9 月创办《新国民日报》副刊《沙漠田》。1925—1927 年，在《星光》、《沙漠田》和《新国民杂志》上刊登散文、诗歌、论文和古文近 60 篇，为当时的高产作者。1930 年在广州出版诗集《湖畔》，为新马华文新文学史上第二本诗集。1928 年应聘赴印度国际大学任教授。曾任印度国际大学中国学院院长多年。1983 年在印度菩提伽耶逝世。

图 42　流浪编辑的新加坡《南洋商报》副刊《今日文学》第 17 期刊头

流浪（？—1942），原名刘道南，湖南人，约于 1935 年南下新加坡。1937 年任职于《南洋商报》。1937—1938 年，编辑《南洋商报》副刊《狮声》、《南洋的文艺》、《今日文学》等。主要文学活动在 20 世纪 30 年代下半期。其作品刊登在《星火》、《槟风》、《晨星》、《狮声》、《南洋文艺》、《今日文学》等副刊上。善写小说和杂文。卢沟桥事变发生后，积极参加新马文艺界抗战救亡宣传工作，并力倡文艺通俗化和大众化运动。日军南侵时，于 1942 年避难印尼苏门答腊岛，不幸因食物中毒而病逝。新马作者谛克于战后写下《忆流浪与铁抗》一文以怀念之。1980 年，方修编选出版《流浪作品选》。

吴天（1912—1989），原名洪为济，又名洪为忌、洪吴天，号一舟，笔名叶尼等，原籍湖南祈东县，1912 年生于江苏扬州市。1927 年考入上海美术专科学校。1935 年留学日本。1936 年从日本南下马来亚，在新加坡、芙蓉等地中小学任教职。曾集合一些话剧爱好者组织"星洲业余话剧社"。1937—1938 年，编辑过《星中日报》副刊《星火》、《星洲日报》副刊《现代戏剧》。其编辑《星火》期间，以该刊为救亡武器，大力推动抗战救亡文学。其主持《星火》时期，该刊的盛况达至顶点，不但作者大量增加，文章也更深刻有力，在文学理论批评方面居于更重要的地位，成为当时深受读者喜爱的文艺副刊。吴天也是 20 世纪 30 年代下半期新马文坛活跃的作者和戏剧家，尤擅长戏剧创作，亦兼擅散文和论文写作。其剧作《伤兵医院》、《没有男子的戏剧》等收入方修编《马华新文学大系·戏剧集》。1939 年回返中国后，仍寄作品给新加坡报章《南侨日报》和《总汇新报》文艺副刊《世纪风》等。后成为著名戏剧家和导演，曾执导新中国早期电影《走向新中国》。另以华侨生活为题材编写多幕剧《海恋》。晚年居于广州，1989 年逝世。

莹姿（1909—1991），女，又名刘尚志、刘耘之，湖南浏阳县人。曾在上海中国公学就读。1934 年与夫君林芳声南下马来亚，在新马等地任教。为战前新马文坛少有的优秀女诗人。在《狮声》、《新流》、《大路》、《新光》、《椰阴》等副刊发表许多作品。擅长写诗，亦兼擅小说和散文。抗战时期为新加坡抗战救亡诗歌团体"吼社"社员。1941 年北归。1991 年在北京逝世。2001 年，内蒙古人民出版社出版《莹姿诗文选集》，其中收录作者在新马时期创作的抗战救亡诗歌。

3．江苏籍的南下作者

张叔耐（1891—1939），名尔泰，字九思，江苏松江人。1919 年南下新加坡，在《国民日报》编辑部任职。1919 年10 月 1 日《新国民日报》出版时，出任该报主笔兼总编辑，同时兼编副刊《新国民杂志》。其主编的《新国民杂志》在提倡新文学方面成绩甚为突出，马华新文学史上较早出现的白话小说、诗歌、散文等大多发表在该刊上，在介绍西方文艺理论方面也是当时其他报章副刊所无法企及的。张叔耐也是早期著名的政论散文作者。1919—1927 年间，在《新国民日报》的"社论"、"时评"、"评论"栏位，以及《新国民杂志》上发表文言和白话政论散文 800 余篇，

图 43　张叔耐编辑的新加坡《新国民日报》副刊《新国民杂志》（1920 年 2月 4 日）

为南下新马作者中创作篇数最为可观者。1938 年回返中国。1939 年病逝于上海。

殷枝阳（1912—1988），原名陈树英，江苏常熟人。约于 1935 年南下新加坡。为马来亚共产党党员。以金枝芒、乳婴、殷枝阳、周容等笔名在《晨星》、《狮声》、《世纪风》、《南洋周刊》、《文艺长城》、《新流》、《星火》、《文艺》、《忠言半月刊》、《赤道文阵》等副刊或期刊上发表作品，尤擅长小说与散文创作，为战前活跃的优秀小说作者。日军占领马来亚时期，曾投笔从戎，拿起武器捍卫马来亚。战后因发表《谈马华文艺》一文而引发一场关于"马华文艺独特性"与"侨民文艺"的论争，其论争意义十分重大。后回返中国。1988 年在北京辞世。其短篇小说《逃难途中》、《小根是怎么死的》、《八九百个》等收入方修编《马华新文学大系·小说二集》，《牺牲者的治疗》收入方修编《战后新马文学大系·小说一集》。

4．安徽籍的南下作者

图 44　拓哥创办的第一份马华纯粹
新文艺副刊《南风》创刊号（1925
年 7 月 15 日）

拓哥，原名金拓，安徽人，约于 1923 年或 1924 年南下，1925 年 7 月 15 日在新加坡《新国民日报》创办马华新文学史上第一份纯粹新文艺副刊《南风》，自任编辑、作者和校对，共出版 9 期，至 1925 年 11 月停刊。该刊计发表作品 24 篇，除署名梦苇、应平各一篇外，其余均为拓哥的作品。其创刊的《南风》以一个全部刊登新文学作品的崭新姿态出现，为马华新文艺刊物在形式上树立了一个全新的规范。由于受中国创造社作家的影响，其作品富于浪漫主义色彩和感伤情调。此外，拓哥在《新国民日报》的"评论"栏位以及《新国民杂志》副刊也发表过散文和论文。

丁家瑞（1916—2000），原名许之正，又名许诺，安徽芜湖市人。1946 年至香港参加中国歌舞剧艺社，同年冬南下新加坡。与南下作者张漠青发起组织星洲青年文艺研究社出版丛书。编辑过《天外》、《爱华周报》等刊物。在新马期间，在《晨星》、《妇女》、《学生生活》、

《南风》、《星期俱乐部》等副刊发表诗歌、散文、论文。作有长篇朗诵诗《怒吼吧，新加坡》等。1948 年底离星赴港。后回中国，长期居住在广州。曾任《广州日报》副总编辑、广东省归侨作家联谊会副会长等。

5. 山东籍的南下作者

韦晕（1913—1996），原名区文庄，祖籍山东济宁，1913 年生于香港。毕业于香港官立泽文中学。后进广州美专习画。1937 年南渡，随后活跃于新马文坛。在《狮声》、《新流》、《世纪风》、《新光》、《晨星》等副刊发表小说、散文、论文等作品，尤其以小说著称。战后出版的作品有短篇小说集《乌鸦港上黄昏》、《都门抄》、《旧地》、《春冰集》、《韦晕小说选》、《寄泊站》，中篇小说《还乡愿》、《荆棘丛》、《陨石原》，长篇小说《浅滩》，散文集《东海西海》，游记《野马随风》，文坛轶事《文苑散叶》等。1996 年在马来西亚病逝。遗著《海不变》于 1997 年由马来西亚野草出版社印行出版。

岳野（1920—2001），原名岳喜瑞，曾用名岳中平、岳庄，山东郓城县人。曾任鲁声救国话剧团团长。1947 年随中国歌舞剧艺社南下新马。在新马期间计划创作以本地为题材的《风雨三部曲》，但只出版《风雨牛车水》和《风雨三条石》这两部优秀剧作，其中《风雨牛车水》曾在新马首演，并引起轰动。1949 年初返回中国前，在新加坡《南侨日报》副刊《南风》发表长篇朗诵诗《告别马来亚》。其反映国共战争题材的独幕剧《人人说好》于 1949 年 7—8 月在印尼期刊《生活周报》上连载。后成为活跃在中国电影、戏剧界的编辑和作家。

6. 四川、辽宁等籍或籍贯不详的南下作者

丁琅，原名窦秦白，四川成都人。1927 年与曾圣提、张放合编新加坡《南洋商报》副刊《洪荒》。擅长散文和诗歌创作，在《洪荒》上发表 10 余篇作品，为当时优秀的诗歌和散文作者。在新加坡居留时间不长，后回中国。80 年代末仍居住于四川成都。

杏影（1912—1967），原名杨守默，四川人。毕业于日本早稻田大学，精通中、英、日语。抗战期间曾在印度加尔各答盟军总部任职。1945 年南下新加坡。50 年代主编新加坡《南洋商报》文艺副刊《文风》、《青年文艺》，为新华文学界培养不少写作人才。1967 年病逝于新加坡。已出版散文集《读书和写作》、《书与人》、《愚人的世纪》、《想想写写》等。

杨嘉（1917—1995），原名杨家驹，祖籍辽宁省铁岭县，1917 年生于广东广州市。1938 年

赴越南从事教育工作和文艺活动。1940 年经香港南下新加坡，在育英中学任教。日军入侵新马时，与郁达夫、胡愈之等避难印尼苏门答腊岛。战后在新加坡组织"星洲实验话剧团"。1946 年先后担任南洋出版社和《南侨日报》编辑。1947 年主编《音乐·戏剧·诗歌》月刊。1948 年与许诺（丁家瑞）合编《爱华周报》。在《狮声》、《文艺》、《南风》、《星期俱乐部》、《自学周刊》、《学生生活》、《学习与修养》、《风下》等发表小说、诗歌、散文、论文、剧本、寓言、翻译小说等。1949 年离开新加坡赴香港。后回中国，曾在广州暨南大学任教。1983 年与杨樾、丁家瑞、流冰等发起成立"广东省归侨作家联谊会"，并出版会刊《回音壁》，亦曾出任该会刊 1983—1986 年的主编。

汪金丁（1910— ），北京人。曾在北京与师陀、徐莹合编《尖锐》杂志，为中国左翼作家联盟成员。1937 年南下新加坡，在南洋女子中学任教。为战前新马活跃作者，在《狮声》、《南洋文艺》、《南洋周刊》、《文艺周刊》、《槟风》、《学文周刊》、《星火》、《晨星》、《文艺》、《南潮半月刊》等发表大量论文、散文等作品，尤其善写文艺评论，亦发表过小说和翻译论文。日军入侵新加坡前夕，与郁达夫、胡愈之等一行人避难印尼苏门答腊岛。战后回新加坡，在胡愈之主持下的《风下》周刊、《南侨日报》担任编辑，并在《南侨日报》副刊《南风》、《文艺》、《民主》及一些特刊上发表论文、散文等。1949 年回返中国，任民主同盟中央委员会委员、全国政协委员、中国人民大学中文系教授等。其短篇小说《谁说我们年纪小》收入方修编《马华新文学大系·小说二集》。

图 45　黄振彝编辑的新加坡《新国民日报》副刊《荒岛》第 39 期（1928 年 5 月 8 日）

黄振彝，生卒年不详。毕业于上海国民大学，约于 1927 年南下新马，并于同年在新加坡创办《新国民日报》文艺副刊《荒岛》。除提倡南洋色彩文学外，亦有意通过鼓励白话文的写作与整个社会接触，反映社会各个方面，为此刊登不少有关时事和社会问题的批评文字。黄振彝还负责时评和"瞎三话四"栏位，专写些讽刺性的杂文，鞭挞现实，揭发丑恶，有着突出的表现。

姚拓（1922—2009），原名姚匡，又名姚天平，河南巩县人。1950 年赴香港，担任《中国学生周报》编辑。1957 年南下新加坡。后在新马主编《学生周报》、《蕉风》达 30 余年之久，

1. 本部分"中国南下新马的作者"主要参见下列文献的相关资料：［马］马崙：《新马文坛人物扫描（1825—1990）》，Skudai, Johor：书辉出版社，1991

长期致力于文化事业的发展。曾任马来西亚吉隆坡剧艺研究会顾问、友联文化事业有限公司总

年版；［新］方修：《马华新文学史稿》，修订本，新加坡：世界书局，1975—1976 年版；［新］杨松年：《战前新华报章文艺副刊析论》，甲集，新加坡：

编辑等职，为大马书艺协会发起人之一。已出版小说集《二表哥》、《弯弯的岸壁》、《四个

同安会馆，1986 年版；［新］杨松年：《新马早期作家研究（1927—1930）》，香港：三联书店，1988 年版；郭惠芬：《中国南来作者与新马华文文学》，

结婚的故事》、《五里凹之花》，散文集《美丽的童年》，另有电视剧本《憩园》、《儿女英

厦门：厦门大学出版社，1999 年版；［新］骆明总编：《南来作家研究资料》，加坡：新加坡国家图书馆管理局、新加坡文艺协会联合出版，2003 年版；

雄传》等。[1]

陈贤茂主编：《海外华文文学史》，第 1—2 卷，厦门：鹭江出版社，1999 年版；［新］徐隶奋：《铁笔春秋——马来亚〈益群报〉风云录》，新加坡：新社，2003 年版。

二、　中国南下作者对新马华文文学的贡献

中国南下作者南渡新马后，以其对文学事业的热爱，对社会强烈的责任感，在这块热带岛国孜孜不倦地耕耘，如长江巨浪般一波又一波地推动着新马华文文学向前发展，终于在新马文坛开垦出繁荣发展的文艺百花园，尤其在战前两个创作高峰期（即 1927—1930 年，1937—1942年），更是形成波澜壮阔的创作局面。

以下简介南下作者在编务活动、文学理论以及创作活动方面对新马华文文学的贡献：

（一）　中国南下作者在编务方面的贡献

20 世纪上半叶的新马华文文学，绝大部分是由当地的华文报章副刊来推动的。从某种意义上来说，没有 1949 年之前的新马华文报章副刊，就没有 20 世纪上半叶的新马华文文学。

在 1919—1949 年间，至少有 78 位南下新马的作者从事过文学编辑活动，他们直接创办或

2. 有关中国南下作者于 1919—1949 年在新马文坛从事编刊活动的详细情况，可参见郭惠芬：《中国南来作者与新马华文文学》，第 75—136 页，厦门：厦门

编辑过的文艺副刊、综合性副刊和期刊就达 114 份以上，其中副刊 84 份，期刊 30 份。[2] 其中部

大学出版社，1999 年版。

分南下作者如林姗姗、刘思、姚紫等人最终落地生根，成为新加坡或马来西亚公民，继续在新

马文坛从事编刊活动。这些众多的南下编者对新马华文文学的发展与壮盛作出了巨大贡献。

1. 创立新文艺副刊，开垦新马华文新文艺荒原

新马华文文坛受中国新文化运动影响，从五四时期开始发表新文学作品，但直到 1925 年之前，刊登新文学作品的只是一些文白混杂、写剪相兼的综合性副刊，南下作者拓哥创办的《南风》成为当时第一份纯粹新文艺副刊，从而摆脱了过去和当时副刊依赖剪稿及文白兼蓄的状况。随后南下作者谭云山、吴仲青、黄振彝、许杰等人继续开垦新马这块文艺上的"沙漠田"、"浩泽"、"荒岛"、"枯岛"[1]，负起创作、栽培有南洋色彩的文艺的使命。1925—1933 年间，南

1. "沙漠田"、"浩泽"、"荒岛"、"枯岛"依次为谭云山、吴仲青、黄振彝、许杰主编的文艺副刊名称，此处借用其意。

下作者创办与编辑的刊物多达 50 余份，在这些刊物上发表的新文学作品不计其数。

由于南下作者的辛勤拓荒和努力开垦，新马华文新文学终于奠定了健康发展的基础。新马华文新文学在 1927—1930 年能够取得战前第一个创作高峰期，与南下作者努力开垦新马华文新文学园地，创办文艺刊物的劳绩密不可分。

2. 培养文艺人才，壮大新马华文作家队伍

南下作者在创办文艺刊物时，初期以同人刊物为主，如曾圣提、张放、花都蓉女合编的《洪荒》，郑文通、罗依夫合编的《曼陀罗》，何采菽、郑文通合编的《绿漪》。这类同人刊物作者群太过狭小，不利于扩大写作人圈子。

随着南下作者编辑思想的开放，他们不再局限于狭小的同人写作圈，而是加强与广大写作者的真诚合作。他们编辑的刊物周围，团结了一大批写作者，如陈炼青主编的《叻报》副刊《椰林》、郁达夫编刊的《星洲日报》副刊《文艺》，都拥有上百名作者，他们编辑的刊物为这些作者提供写作的园地，培养出一批批文艺新苗，壮大了新马华文作家队伍，如新马文艺界知名的剧作者艾蒙、小说家文之流、诗人刘思就曾受到郁达夫的栽培和提拔。战后的五六十年代，杏影在编辑《南洋商报》文艺副刊《文风》与《青年文艺》期间，也培养了许多写作人才。

南下作者在编刊时，也注重指导写作者的创作技巧。李润湖主持下的《新国民日报》副刊《新路》、胡愈之主编的杂志《风下》周刊，不时刊载一些指导写作的文章，如《写作方法讲话》、《来谈读书与作文》等。铁抗在编辑《星洲日报》副刊《文艺周刊》时，也十分重视作品的艺术性，强调作品要有圆熟的技巧，这对于培养新马华文写作者以及提高他们的创作技巧，都发挥了重要作用。

3. 倡导文艺潮流，指示文艺创作方向

1949 年以前的新马文坛，曾有过数次较大的文艺潮流和文艺运动，如 20 世纪 20 年代末至 30 年代初的南洋色彩文学和新兴文学运动，30 年代后半期的文学通俗化与大众化运动、文艺通讯运动等，而这与南下作者在编刊时的直接提倡和推波助澜有着密切关系。

南洋色彩文学的萌芽，始于南下作者谭云山、段南奎等人，后由黄振彝、曾圣提、陈炼青、陈树南、许杰、林姗姗等人提倡和推动，由此形成当时的南洋色彩文艺潮流，对后来的新马华文文学也产生了深刻的影响。

新兴文学由南下作者许杰、杨实夫、罗依夫等人在编刊时所极力倡导，这种强调表现无产阶级对不合理社会与压迫者反抗的文艺思想，使当时的新马文坛产生大批反映新兴意识的作品，对后来的新马华文文学也不无影响。

战前五年抗战救亡时期的抗战文学、文学的通俗化与大众化、文艺通讯运动等，也是南下作者叶尼、张楚琨、流浪、铁抗、郁达夫等编者极力倡导与推动的。他们通过出版"专页"、发表讨论文章，以及频频召开座谈会等方式积极推动，使其成为轰轰烈烈的文艺运动，从而产生大批反映抗战救亡内容和努力追求通俗化形式的作品。

4. 关怀民族命运，提倡爱国文学

20 世纪 50 年代之前，南下作者在新马从事编务活动时，均属于中国侨民身份，他们也对多灾多难的祖国和民族表现出深切的关怀之情。早期南下编者张叔耐在编辑《新国民日报》时，强调要以白话文向新马侨民灌输"爱国"思想。"九一八"事变发生后，陈树南在其主编的《民国日报》副刊《公共园地》频频发表斥责日本侵略者的文章，以致为英殖民政府所不容而被勒令停刊旬日。抗日战争爆发后，南下作者在编刊时更是坚决主张抗战。张楚琨在《南洋商报》副刊《狮声》上呼吁写作者应以抗战救亡为主题，所有作品不要忘记"国防意味"。他还推出"保卫大华南特辑"、"华侨团结救亡问题专号"、"纪念九一八周年专页"等。吴天表示编辑《总汇新报》副刊《星火》的目的，就是要将它作为"救亡的武器"。郁达夫编辑《星洲日报》副刊《晨星》期间，登载作品的内容都围绕着抗日救亡的主题，也不时推出一些特辑，如"七七抗战四周年纪念号"等。

在南下编者的积极宣传与身体力行下，抗战救亡成为战前五年新马华文文学的主旋律，新

马文坛产生了大量反映中国人民抵抗侵略者和新马华人踊跃输将的作品，其中不乏优秀之作。

5. 沟通中马文艺，促进文化交流

在 1949 年之前，新马华文文学与中国新文学关系十分密切，这固然由于地缘上的接近、交通上的便利、文人来往的频繁，以及书籍交流的迅捷等缘由，但南下作者在编刊时对中国新文学的介绍传播，与中国文艺界的沟通联系，也是促成中马关系密切的重要因素。

南下编者张叔耐在 1919 年主编《新国民日报》副刊《新国民杂志》时，就注重介绍中国五四新文学著名作家的作品，如郭沫若、刘延陵等的诗歌、小说等，这有助于当时新马文学界了解中国新文学作家及作品，并为其提供学习与仿效的对象。其后南下作者十分注意加强与中国文学界的联系，如郁达夫主编《晨星》副刊，胡愈之主编《风下》周刊时，都向中国一些知名作家如老舍、艾芜、叶圣陶、姚雪垠、茅盾、许地山、汪静之、欧阳山、郭沫若、楼适夷等约稿，这对马华写作者和读者了解中国作家作品、沟通中马文艺界联系产生了重要作用。

南下编者铁抗为进一步加强与"上海各地文艺界"的联系，以及"充实自己，表现自己，正确反映自己所居的社会，推进南洋文艺运动的独立言论机关"，为此创办文艺杂志《文艺长城》，并在上海印刷和出版。该刊作者除新马文学界的作者外，还有当时上海文艺界的巴金、巴人、蒋锡金、许幸之等。《文艺长城》为中马文艺界的文化交流提供了重要园地，因而引起上海、香港等各地文艺界的特别注意，被认为是沟通"祖国和南洋的一座文艺长城"。

（二）　中国南下作者在文学理论方面的贡献

从 1919 年开始，新马华文文学理论由最初的摸索探讨，到发展为丰富多彩的文学理论，这与中国南下作者的贡献分不开。可以说，没有南下作者在文学理论方面的引进、倡导与建设，就不可能有 20 世纪 50 年代之前新马华文文学各个时期的文艺潮流和文艺运动，也不可能形成各个时期体现这些文艺理论的创作活动，新马华文文学也不可能出现如此繁荣发展的局面。以下从三个方面总结南下作者在文学理论方面的重要贡献：

1. 引进和确立现实主义文学理论，使之成为新马华文文学主流

新马华文文学萌芽时期，文学理论处于摸索和探讨阶段，如南下作者张叔耐对文学社会功能的探讨，林独步有关文学美感功能的论述。至 20 世纪 20 年代末，许杰等人把中国革命文学的现实主义理论介绍到新马文坛，倡导新兴文学运动，现实主义文学理论逐渐在新马华文文学中确立了主导地位，并形成系统的现实主义理论。

现实主义强调文学是现实生活的反映，文学应来源于现实生活，反映现实生活的本质，文学是为人生的艺术，应能够指导生活、创造人生。这一现实主义文学理论对新马华文文学影响十分重大，使新马华文文学在后来各个时期紧密联系社会，充分发挥文学的社会功能，由此产生了一系列配合时代需要的文艺运动，如战前五年的抗战文学、文学的通俗化和大众化、文艺通讯运动等，都是在现实主义理论影响下产生的文艺运动。战后在"马华文艺独特性"的论争中，主张马华文艺应有独特性的作者，也是坚持新马华文文学应该走现实主义道路，反映新马社会的现实生活，认为作家不该身处新马，却凭空虚构中国的社会情形，因为这不是现实主义作家应有的态度。

综观 20 世纪五六十年代之前的新马文坛，新马作者大多秉承现实主义创作道路，对现实生活与社会人生充分表现其关怀之情与忧患意识，以作品反映社会、干预生活和指导人生。他们基本上沿着现实主义创作道路前进而创作丰富多彩的作品。到六七十年代后，由于新马社会逐步迈向现代化进程，加上西方现代主义文化的传入，新马作者的创作道路由此呈现更多元的色彩。

2. 主张新马华文文学应具有地方特色，塑造新马华文文学的独特个性

早期的南下作者侨民意识很浓，把文学作为激发新马华人爱国热情的工具。到 20 世纪 20 年代后半期，他们开始萌生南洋色彩的文学观，注意塑造新马华文文学的独特个性。黄振彝、曾圣提、陈炼青等人主张文学应反映南洋的自然景物和社会现实生活，由此形成影响深远的南洋色彩文学运动，这表明部分南下作者已意识到新马华文文学应该另辟新途径，建设具有本土特色的文学。

到 20 世纪 30 年代上半期，南下作者丘士珍提出"马来亚地方文艺"的概念，进一步将新马华文文学从笼统的"南洋色彩"缩小到"马来亚地方文学"。丘士珍批评新马文艺界趋附上海文坛的现象，向文艺界推举 14 位"地方作家"，认为"地方作家"应与中国文坛中心地的作家群站在同等地位。丘士珍的"地方作家谈"引发一场大论争，使读者和文艺界注意到"马来亚地方文学"这一概念。此后马华作者曾艾狄受到丘士珍关于"马来亚地方文艺"的影响，作文《马来亚文艺界漫画》，批评新马作者从中国文艺界“搬尸”的现象，由此引发另一场论争，使新马文艺界的“移民”观念得到纠正。南下作者一礁在论争中指出本地文坛应该放弃“南洋文学”的称号，而代之以“马来亚文学”。经此两场论争后，“马来亚地方文学”的观念在新马文艺界得到了确立。

战后新马文坛关于“马华文艺独特性”的论争，是由南下作者周容引发的。周容认为马华文学应该反映“此时此地”的现实生活，批评“侨民文艺”脱离新马的社会现实。在论争中，大部分南下作者如秋枫、普洛、张天白、铁戈、杜边、刘思、丘天、马宁、王嵩等都主张马华文学应具有独特性，从而使新马华文文学着力摆脱中国文学海外支流的地位，着重塑造自身独特的个性而走上独立发展的道路。到 20 世纪 50 年代，新马文艺界提倡“爱国主义文学”，终于使新马华文文学成为独立的国家文学。

3．以文学理论为先导，指示新马华文作者的创作方向

新马作者的文学创作受文学理论影响很深，而南下作者的文学理论往往起着引导新马作者创作方向的作用。从 20 世纪 20 年代末至 30 年代初的南洋色彩文学与新兴文学运动，到战前五年的抗战文学、文学的通俗化与大众化、文艺通讯运动等，主要是由南下作者黄振彝、曾圣提、陈炼青、陈树南、林姗姗、许杰、罗依夫、衣虹，以及叶尼、金丁、杨实君、流浪、丘絮絮、张楚琨、丁倩、铁抗、上官豸等人的文学理论做先导，随后才展开轰轰烈烈的文艺运动，并创作出体现这些文学主张的作品，由此形成各个时期的创作潮流。如 20 世纪 20 年代末至 30 年代初张金燕、曾圣提、曾华丁、曾玉羊、吴仲青等人创作的南洋色彩文学，罗依夫、林雪棠、吴广川、杨实夫、衣虹、浪花、海底山、王探等人创作的新兴文学，战前五年铁抗、丁倩、乳婴、郁达夫、李蕴朗、杨骚、金丁、胡愈之、高云览、流冰等人创作的抗战救亡文学，以及陈南、国华、田坚、秀的、刘思、叶尼、紫焰、怒剑等为响应文学通俗化与大众化和文艺通讯运动而创作的章回小说、民歌小调、弹词大鼓、报告文学、速写、墙头小说、街头剧、活报剧、文艺通讯等。

（三） 中国南下作者在文学创作方面的贡献

从 1919 年新马华文新文学诞生开始，南下作者创作的新文学作品数以千计，其中不少作品成为新马华文文学的优秀之作。可以说，没有南下作者的创作活动，就不可能有 20 世纪 50 年代之前新马华文文学各个时期的文学成就。以下从四个方面总结南下作者在创作方面的重要贡献：

1. 反映新马社会生活，充实新马华文文学的现实内容

南下作者继承中国文学的现实主义传统，深刻反映新马社会各个时期的现实生活，为新马华文文学留下一幅幅生动的社会生活画卷，丰富了新马华文文学的现实内容。

南下作者在 20 世纪 20 年代末至 30 年代初的创作，主要展现新马社会底层人民的不幸遭遇和苦难生活，为他们唱出一曲曲生之哀歌。连啸鸥的诗歌《都市与荒郊》、曾玉羊的小说《生活圈外》、吴仲青的小说《梯形》等，都反映了新马人民苦难的生活。南下作者在描绘南洋社会生活时，已有意识地展现南洋的景物特色与社会风貌，吸收新马本地的俚言俗语，使作品更贴近现实生活，以构成整体的南洋色彩。其优秀作品如曾圣提的《生与罪》、曾玉羊的小说《生活圈外》，至今仍为读者和文学史家所津津乐道。

由于受中国无产阶级革命文学（新兴文学）的影响，南下作者在"哀其不幸"时，也强调表现底层人民对不合理社会与压迫者的反抗精神，这在罗依夫、林雪棠、衣虹等人的作品中有突出的表现，其中以曾华丁的小说《五兄弟墓》为代表作。

到 20 世纪 30 年代初期，由于世界经济不景气对新马社会的严重冲击，南下作者着力反映社会各阶层的困苦生活和精神创伤。如白荻的散文《热》、一村的小说《橡林深处》、流浪的小说《圈套》等，都反映了经济不景气对人们的深刻影响。

卢沟桥事变后，新马华人社会掀起抗战救亡的热潮。南下作者的创作着重反映了新马华人各种形式的救亡运动，有的表彰新马华人支援祖国抗战的募捐行动，有的赞扬抵制日货、不与日商合作的各界人民，有的歌颂回国当兵、参加救护队和从事机工的英雄，老蕾的小说《弃家者》、金枝芒的小说《八九百个》等都是这类作品的代表作。

战后南下作者的创作，一方面追忆新马人民所经受的战争苦难，揭露日军的残暴罪行，另一方面反映战后新马社会百业萧条、人民困苦不堪的生活。其中胡愈之的散文《郁达夫的流亡与失踪》、岳野的剧本《风雨牛车水》和《风雨三条石》成为当时的优秀之作。

2. 关怀祖国民族命运，丰富新马华文文学的内容和色彩

1949 年之前的南下作者出生于中国，在新马期间仍是中国侨民身份。他们认识到文学必须摄取现实题材，反映"此时此地"的新马社会现实，同时又继承中国文学中的爱国主义传统，对积贫积弱的祖国和灾难深重的民族寄予深切的关怀之情。他们的忧国忧民之作，已成为新马华文文学的重要组成部分，极大地丰富了新马华文文学的内容和色彩；他们关怀社会、关怀民族的忧患意识，也给予新马华文文学有益的滋养。

早在五四时期，南下作者林穉生、张叔耐等人的政论散文大力抨击中国自辛亥革命以来军阀割据，社会动乱，以致民不聊生的局面，呼唤民主与科学的到来。"九一八"事变发生后，南下作者开始反思国民党政府的"攘外必先安内"政策，抨击其对日不抵抗主义，蕴蓄着抗战的怒焰，如张天白的散文《谈托说》、流浪的小说《南京人氏》等。卢沟桥事变后，中国爆发全面抗战运动，南下作者热血沸腾，以文艺为武器，以"纸弹配合子弹"，大力展开反法西斯反侵略的抗战救亡宣传工作。他们的创作或控诉日军暴行，关怀狼烟四起的祖国，或歌颂中国人民的斗争，展现华夏儿女抗击侵略者的精神，其中铁抗的中篇小说《试炼时代》和丁倩的小说《一个日本女间谍》堪称这时期新马华文文学的重大收获。战后面对国民党和共产党的内战纷争，南下作者对祖国的命运和前途十分关切，胡愈之的散文《反饥饿反内战反独裁》、沈兹九的散文《民主与反民主的大战斗》表达出作者对腐败的国民党政府的不满，以及对中国政治前途的关注。可以说，对祖国和民族的关怀成为南下作者一个重要的创作面，并丰富了新马华文文学的内容和色彩。

3. 抒发个人丰富情怀，增添新马华文文学的浪漫主义色彩

南下作者主要秉承中国文学的现实主义传统而着重反映社会现实生活，但有的作者深受中国浪漫主义作家郭沫若、郁达夫等的影响，注重抒发个人内在情感和丰富情怀。这类充满浪漫主义激情、注重抒发个人情怀的创作，为新马华文新文学增添了绚烂的色彩。

拓哥、谭云山、曾圣提、丁琅、何采菽等人的创作往往带着浓烈的情感色彩，他们有时以情景交融的手法抒发漂泊异乡的流浪情怀，如拓哥的诗歌《流波》、何采菽的散文《雁声》；有时以优美的文字抒发不满世间污浊、热烈追求光明的情感，如谭云山的诗歌《崇高与伟大》格调高昂，气势雄伟，表现诗人热烈昂扬的浪漫激情和开阔不凡的胸襟抱负，丁琅的散文《希

腊风》表达作者追求真理与光明的热烈情感，充满浓烈的抒情色彩，浪漫主义激情一泄无余。这种歌咏真善美、"鼓勇前进，创造新生"的主题，也是曾圣提的诗歌《月落》、丁琅的诗歌《我想起那吴市的吹箫人》和《伯利恒的新星》等的共同特色。

可惜由于后来南下作者对现实主义创作方法的极力强调，以及中国政局的急剧变化，南下作者对国家民族和社会现实的关注压倒一切，因此新马华文文学中的浪漫主义风格没有得到充分的发展。

4. 创作大量优秀作品，繁荣新马华文文学

综观 1919—1949 年的新马华文文学史，各时期的优秀作者和在各种文体方面有独特建树的作者绝大多数为中国南下作者，即使是 20 世纪 50 年代之后，南下作者也创作出不少优秀之作。小说创作方面，早期南下作者林独步的白话小说取得不凡的成就。20 世纪 20 年代末期，曾圣提的小说《生与罪》、曾华丁的小说《五兄弟墓》、柳鞭的小说《饥饿的狗》、吴仲青的小说《梯形》等，均成为这时期新马华文小说的代表作。20 世纪 30 年代上半期，丘士珍的短篇小说集《没落》、中篇小说《峇峇与娘惹》，王哥空的短篇小说集《面包与其他》都是新马华文文学史上较早的小说单行本。林参天反映南洋华侨教育状况的长篇小说《浓烟》，也是马华新文学史上第一部长篇小说。战前五年期间，南下作者丁倩的短篇小说《一个日本女间谍》和铁抗的中篇小说《试炼时代》成为新马抗战小说的代表作。铁抗的短篇小说集《义卖》和《白蚁》，是当时少有的小说单行本。战后丘士珍的中篇小说《复仇》、姚紫的短篇小说《秀子姑娘》也是新马华文小说的优秀之作。20 世纪 50 年代之后，姚紫的短篇小说《咖啡的诱惑》、《窝浪拉里》，方北方的鸿篇巨著《风云三部曲》、《马来亚三部曲》也是优秀的小说作品。

诗歌创作方面，早期作者林独步的诗歌明白流畅，感情充沛，为当时不易多得的新诗。20 世纪 20 年代中至 30 年代初，拓哥的《赴吊》、曾圣提的《秋晚》、丁琅的《我想起那吴市的吹箫人》、谭云山的《崇高与伟大》等，为这时期的优秀诗作。谭云山的诗集《海畔》，是新马华文文学史上第二本诗集。战前五年期间，西玲的《吴家村》、《流亡中的人们》，刘思的《代募寒衣》等，为抗战救亡文学的佳作。冯蕉衣的《衡窝集》是当时唯一出版的诗集。战后铁戈的《我们是谁》，丁家瑞、张漠青等的《怒吼吧，新加坡！》为较有名的诗作。铁戈的《在旗下》是战后初期新马华文诗坛唯一出版的诗集。

剧本创作方面，20 世纪 30 年代初期马宁的《凄凄惨惨》、《芳娘》、《女招待的悲哀》在剧坛上较有影响。抗战救亡时期，叶尼的《伤兵医院》为当时著名剧作。战后杜边的《明天的太阳》、朱绪的《和平以后》为优秀剧作，岳野的《风雨牛车水》和《风雨三条石》取得突出成就。

散文创作方面，早期作者林穉生、张叔耐的政论散文为当时的代表作。20 世纪 20 年代末至 30 年代初，张冲的《漂流到狮子岛去》、曾圣提的《醒醒吧！星城的艺人》、丁琅的《希腊风》是散文中的名篇。郁达夫的抗战政论散文洋溢着强烈的战斗性，为抗战救亡文学的名篇。战后胡愈之追忆郁达夫在印尼苏门答腊岛的流亡生活的散文《郁达夫的流亡与失踪》是脍炙人口的佳作。连士升的《祖国纪行》、王仲广的《北归与欧游》、白寒的《雕虫集》都是当时少有的散文集单行本。

三、 中国南下作者在文化思想和社会活动方面的贡献

南下作者在新马从事文学活动期间，对当地的影响十分深巨。他们不仅在文学艺术方面对新马华文文学产生重大影响和作出巨大贡献，同时也以其对社会的关怀而对新马社会产生重大的影响。新马文艺界至今对郁达夫、王任叔等南下作者怀着亲切和崇敬之情，除了仰慕他们的文学业绩，还在于他们对国家民族和社会民生的关怀之情。

南下作者在文化思想和社会活动方面的贡献，主要表现在对中国社会和新马社会的关怀：

(一) 关怀祖国命运，培养华人民众的爱国意识

南下作者十分关怀祖国命运，注意培养新马华人的爱国意识，因为爱国是每个公民应有的道德和责任，唯有民众热爱祖国，愿意为它贡献力量，才能建立繁荣健全的社会。

1949 年以前的新马属于英国殖民地，南下作者均为中国侨民，新马华人也大多以中国为祖国宗邦。面对近代以来灾难深重的祖国，南下作者以其强烈的爱国情怀和社会责任感，在当地从事各种爱国宣传活动，希望拯救危亡的祖国。尤其在抗战救亡时期，他们在报章上大力进行抗战宣传，以"纸弹配合子弹"，激发侨民高昂的爱国热情，在新马社会掀起轰轰烈烈的抗战

救亡运动。叶尼、杜边、朱绪、金山、王莹带领各个剧团如"星洲业余话剧社"、"南岛剧团"、"实验流动剧团"、"茶花歌剧团"、"新中国剧团"在新马各地巡回演出，进行抗日宣传和筹赈活动，将筹来的款项尽数汇回中国，支援祖国抗战。有的南下作者还担任抗战救亡团体的职务，从事实质性工作，如郁达夫一方面在《星洲日报》等报章频频发表抗战言论，一方面担任星洲文化界抗日联合会主席，为中华全国文艺界抗敌协会等筹募大量款项；潘国渠（衣虹）、李铁民担任南洋各属华侨筹赈祖国难民总会（简称"南侨总会"）主席陈嘉庚的秘书，积极参与筹赈工作。潘国渠还率领南洋华侨回国慰劳团回到抗战中的中国进行慰问活动。中国能够坚持八年抗战，与东南亚华人踊跃输将、支援祖国抗战的活动密不可分，也与南下作者在海外的宣传活动和筹募工作不无关系。

总之，南下作者所从事的抗战宣传、筹募赈款等活动，充分表现出他们对祖国和民族的关怀之情。在当时的特定历史条件下，他们的爱国活动应给予高度评价，他们对于新马华人爱国意识的培养也应给予肯定，因为爱国是一种高尚和伟大的情操，也是国家稳定和发展的基础，只有使民众热爱国家、关怀社会，才能建立繁荣健全的社会，而南下作者在新马期间的爱国活动，对于培养当地华人民众的爱国意识，无疑发挥了积极的作用。战后新马人民的反殖民意识和反殖独立运动，以及 20 世纪 50 年代新马文化界提倡的以居留地为效忠对象的爱国主义文学，都与南下作者的影响分不开。

（二）　传播新思想与新文化，以教育开启民智

南下作者南渡新马后，由于"居于斯"和"衣食于斯"，因而对新马土地的感情也日益深厚，他们在关怀祖国命运时，对新马社会也表现出极大的关怀之情。他们将新思想与新文化传播到新马，希望通过教育开启民智，以提高当地华人的文化水准。

新马华人多为闽粤移民，大都从事体力劳动和商业活动，思想文化层次相对较低。南下作者从 1919 年五四新文化运动发生后，即将中国五四精神与新思想和新文化传播到新马社会。林穆生、张叔耐对科学与民主的呼唤，谭云山、段南奎、邹子孟等人大力提倡新思想和新文化，以改造社会思想为己任，无不显示南下作者改造新马社会的努力。

南下作者大多从事教育工作，谭云山、衣虹、铁抗、马宁、高云览、杨骚、殷枝阳、莹姿、

金丁、杜边、白寒、林连玉、凌叔华等人担任过教职。在当时新马华侨社会教育水准比较落后的情况下，他们将丰富的文化知识和进步思想传授给莘莘学子，对培养华人子弟发挥了积极作用。

南下作者除在教学时对新马学生言传身教外，面对南洋民众的落后思想和封建意识，也主张以教育开启民智和培养民风，以提高华人的文化水准。他们在报章上频频探讨南洋华侨教育问题，鼓励兴办教育事业。从早期张叔耐、林穉生分别在散文《辟顽固家之谬论》、《现有男女夜校亟宜附设星期义学及夜义学》中呼吁开放女子教育、兴办义学，到 20 世纪 30 年代林参天在长篇小说《浓烟》中揭示南洋华教混乱无序状而希望加以改进，以及战前郁达夫有志于振兴教育、培养民风而主编《星洲日报》副刊《教育》，再到战后卢心远关于华侨教育改造问题的看法，以及 20 世纪 60 年代林连玉反对达立报告书强迫华文中学改制而受到政治迫害，无不显示南下作者对新马华侨教育的重视，以及希望通过教育达至保存中华文化、开启民智、提高文化水准、塑造华人健全思想与人格的努力，这无疑会对当地教育界及社会产生有益的影响。

（三）　积极参与反法西斯与反殖独立运动

南下作者以其对新马居留地的热爱和强烈的社会责任感，为保卫"第二故乡"而积极参与当地人民的反法西斯和反殖独立运动，为新马人民反抗侵略和争取独立作出了贡献。

1941 年底日军入侵马来亚，英军闻风撤退时，不少南下作者积极投入保卫马来亚的战斗。郁达夫、胡愈之、王任叔、张楚琨等人成立"星华文化界战时工作团"（简称"文工团"），郁达夫任团长，胡愈之任副团长。此外还组织"青年干部训练班"。当日军迫近新加坡，对新加坡岛轰炸次数逐渐增加时，郁达夫、胡愈之、杨嘉等率领青年干部训练班成员分驻后港等地进行宣传组织工作。马来亚沦陷后，殷枝阳、林佚等人投笔从戎，参加马来亚人民抗日军，拿起枪杆捍卫新马这块土地。战后英殖民政府卷土重来，铁戈等人积极支持新马人民的反殖独立运动。

综上可见，在 20 世纪上半叶的新马华文文坛，中国南下作者是最为重要的作者群体，他们不仅对新马华文文学作出巨大和持续的贡献，而且对当地的文化思想和社会生活也产生了积极的影响，他们在新马所从事的文学活动和社会活动，已经成为新马文学艺术和文化思想的重要遗产。

　　20 世纪 50 年代之后，由于政治、社会等方面原因，不少南下作者纷纷离开新马，有的返回中国，有的前往他乡。另外还有不少南下作者如刘思、朱绪、韦晕、方北方、林姗姗、林鲁生、林参天、杏影、连士升、姚紫等人在新马落地生根，成为新兴独立国家的公民。他们与后来陆续南下的中国作者如邢济众、刘以鬯、凌叔华、周颖南等人，共同为独立后的新马华文文学作出了有益的贡献。[1]

1. 本部分"中国南下作者对新马华文文学的贡献"和"中国南下作者在文化思想和社会活动方面的贡献"主要参见郭惠芬：《中国南来作者与新马华文文学》，第 298—314 页，厦门：厦门大学出版社，1999 年版。

第三节　中国南下作者与泰国、菲律宾、印度尼西亚、文莱华文文学

　　泰国、菲律宾、印尼、文莱等东南亚国家的华文新文学，同样离不开五四新文化运动以来的中国新文学及中国南下作者的深刻影响，不过由于研究资料不易收集，本节只能简略介绍部分中国南下作者与泰国、菲律宾、印尼、文莱华文文学的关系。

一、　中国南下泰国、菲律宾、印尼、文莱的作者

　　与新马华文文学相似的是，20 世纪上半叶的泰国、菲律宾、印尼、文莱华文文学基本上也是由当地的华文报章副刊推动的，而且相信绝大部分的副刊编辑也是中国南下作者，因为土生华人（侨生）一般无法在当地接受良好的中华文化教育，因而也难以胜任华文报章编辑这样的职务，而能够负笈中国，之后又回到当地从事编辑工作的土生华人毕竟只是少数。

　　然而遗憾的是，相当一部分在泰国、菲律宾、印尼、文莱从事编辑或文学活动的中国南下作者（尤其是早期南下作者）的资料比较匮乏，其编刊情况也往往难以明了。从现有资料来看，五四时期的一些泰华报刊，如《暹京日报》副刊《文苑》、《中华民报》副刊《纪事珠》，以及文艺期刊《湄江杂志》等，已出现以白话文创作的小说、散文、诗歌、戏剧作品，有的还转载中国五四新文学作家许地山的小说、洪深的戏剧，或侧重介绍世界文化思潮，对泰国华人进

行思想启蒙教育。不过由于资料所限，这些报刊编辑如林铭三、无为、吴泽春等人的身份却无从查询，因此也无法确定其是否为中国南下编者。另一方面，由于原始资料的匮乏及不易收集，一些南下作者在东南亚编刊时提倡和推动华文新文学的情况也难以知详。如南下编者傅无闷在菲律宾担任《平民日报》总编辑时，该报宣扬五四新文化与新思想的具体情形；宋中诠在印尼担任《新报》主事和编辑时，该报副刊《小新报》发表新诗和新小说的情况等，目前都无从详加了解。因此，对于那些为泰国、菲律宾、印尼、文莱华文文学作出过贡献，但目前尚无法确认身份或详加了解的早期南下作者，只能留待将来作进一步研究。

以下简介部分南下泰国、菲律宾、印尼和文莱的作者：

（一）　中国南下泰国的作者

方修畅（1904—1984），广东普宁人。1927 年南下泰国，担任泰华报章《国民日报》副刊编辑，并兼写社论。20 世纪 30 年代与黄病佛等人组织泰华文学团体"彷徨学社"。1937 年与人合办《暹京时报》。1938 年任《中国报》编辑，同时兼写社论。《中国报》被泰国当局封闭后，转入《中原报》工作。1958 年《中原报》被封，入狱五年，至 1963 年出狱。1984 年在曼谷病逝。已出版小说集《回风》、新旧诗合集《柳烟诗存》（1975）。

吴继岳（1905—1992），笔名姗姗等，广东梅县人。13 岁南下印尼谋生。25 岁前往泰国，投身新闻行业。在泰国《新中原报》等担任过校对、外勤、摄影记者、编辑、总编辑等，常常有体育、戏剧、电影、文学的述评及报告文学见报。1959 年被泰国当局以莫须有的罪名逮捕入狱，在狱中开始文艺创作，四年多后才获释。曾任泰华写作人协会顾问。著有短篇小说集《她的一生》、《遥远的爱》，长篇章回小说《"侨领"圱正传》，自传体回忆录《海外五十年——一个新闻记者的回忆录》、《六十年海外见闻录》等。也是泰华接龙小说《风雨耀华力》作者之一。其短篇小说《在黑暗的道路上》、《钱老师》获泰华小说比赛奖，《欲望与灵魂》获马来西亚短篇小说奖。1992 年在泰国病逝。

郭森林（1910—？），笔名夏阳，广东澄海人。在家乡修完中学。战前南下泰国。历任泰华报章《世界日报》和《京华日报》记者、编辑。致力于华人戏剧运动，组织泰华潮剧团，曾任泰京友兰歌剧团团长、各无线电台空中话剧编导。主要作品有《旧日京尘》、潮剧《两代恩仇》。

巴尔（1915—? ），原名颜壁，广东潮阳人。14 岁南下泰国。20 世纪 30 年代末与泰华作者航风、丁舟、力生等组织"思潮学社"，并主编出版文学刊物《热风》。20 世纪 40 年代在曼谷《光明周刊》连载长篇小说《禁区》，批评銮披汶政权媚日排华政策，产生了广泛而良好的社会影响。后停笔多年，至 20 世纪 70 年代中期重返文坛。1979 年以短篇小说《四小时之间》获《新中原报》金笔奖亚军。曾任泰华作协副会长等职。著有中长篇小说《陋巷》（1980）、《就医》（1982）、《陷阱》（1990）、《沸腾大地》（1990）、《湄河之滨》（1990），短篇小说集《绘制钞票的人》（1983），诗集《海峡情深》（1990），以及特写、游记、传记等 10 余种作品集。其中部分作品在中国北京和厦门出版。

许征鸿（1912—1996），广东澄海人。自幼深受中国古典文学熏陶。大学新闻系毕业。曾在中国云南和缅甸等地执教。后南下泰国任教。为 20 世纪 30 年代泰华著名文学团体"椒文学社"创始人之一，并主编《椒文周刊》。1936 年 10 月 19 日鲁迅逝世后，曾参与泰华文化界追悼鲁迅活动，并在《华侨日报》副刊《怒涛》上发表纪念鲁迅的文章。自 20 世纪 50 年代以来，历任泰国多家华文报章编辑，主编过《华侨新语》、《泰华文学》、《春华》等文艺刊物。同时热心扶掖晚辈，为多位泰华新老作者的作品作序。著有杂文集《囚首集》、《雕蛇录》等。

庄礼文（1912—1995），广东普宁人。出生于书香门第，擅长诗文书画。曾在汕头创立畅秋画社。抗战胜利后南下泰国，从事教育事业。多次在泰国及东南亚各地举办个人画展。曾任泰华日报《新中原报》艺林版主编。为泰华写作人协会会员。

王华光（1918—? ），字汉城，广东揭阳人。曾从事华文教育事业。1977 年退休后开始写作，考取厦门大学海外函授学院中文专科。有小说、诗歌、散文、游记散见于华文报章文艺副刊。为泰华写作人协会、泰商文谊会会员。主要作品有小说《除却巫山不是云》、《第二代》、《第三代》，游记《铁翼长空万里行》、《回乡热》、《四返神州西南行》等。

谢增泰（1920—1986），广东潮安人。精通中、英、泰三种文字。曾任教师、广播员、电台节目主持人、泰华日报翻译等职。1983 年退休。创作及译作达千篇以上，多为报告文学，以及涉及泰国历史、地理、人物、古迹等内容的小品文，已出版书籍《湄南河畔采风行》。

金沙（1922—2009），原名魏亚屏，云南建水人。1947 年毕业于南京国立东方语言专科学校，从事南诏研究。1948 年南下泰国。担任过泰华日报《中原报》编辑、《亚洲日报》主笔，主编过《星暹文艺》、《新中原日报》学术专刊《黄金地》。曾任泰国研究学会会长。已出版短篇小说集《渡》，历史小说集《宁北妃》，散文集《活着多好》。

史青（1923—1996），原名魏登，广东潮州人。在中国已创作小说、杂文、散文、诗歌等，有言情小说《金尽香沉记》、《农村三部曲》等。1947 年南下泰国。曾服务于泰国教育界和新闻界。担任过《中华》、《东南》、《新中原》等泰华日报的社务主任、主笔、总主笔兼文艺副刊主编。多次主持过泰华文艺创作比赛。1987 年在泰华九属会馆为庆祝泰皇 60 圣寿建"万寿楼"所举办的颂词征文比赛中获首奖。为泰国潮州会馆文物馆主任、文物委员会新诗组主任、泰华写作人协会顾问。著有短篇小说集《沉沉的钟声》，杂文集《搔痒集》、《葡萄架下闲话》，游记《北游鳞爪》、《锦绣河山万里游》，诗集《洪泛的河》，长篇小说《波折》、《灰色的楼房》等，计 100 余万字，其中部分作品在香港出版。

谭真（1926—1995），原名许业信，广东潮汕人。曾任泰京某公司会计员。20 世纪 50 年代返回原籍广东汕头。其最初作品主要为小品文和杂文，后转向小说创作，著有反映泰国老一辈华人艰苦创业史的长篇小说《一个坤銮的故事》和《座山成之家》。

黄江（1927—1989），原名黄钦龙，曾用名汉生，广东普宁人。曾任泰国《新中原报》副刊编辑。20 世纪四五十年代常在《全民》、《民主新闻》、《光明周刊》等报章副刊发表诗歌、散文，有《少女日记》、《一把琴》等。香港《青年文艺》月刊曾转载过其散文《琴与花朵》。20 世纪 50 年代中期后停笔，至 80 年代中期复出文坛。除创作诗歌散文外，尚翻译泰国短篇小说及诗歌。译作有《哑婶》、《在东北邂逅》、《路的尽头》、《山火》、《儿童文学四篇》、《浓溪之滨》、《还乡记》等。

李少儒（1928—？），广东揭西人。在中国接受中学教育，并进修古典文学和绘画雕塑。抗战后南下泰国。亦曾在台湾中华函授大学文学系、厦门大学海外函授班进修过。在泰国从事教育、华文报刊漫画编辑、专栏作家等职。为泰华文化人文物纪念馆主任、泰华写作人协会理事。已出版诗集《未到冰冻的河流》、《中秋诗集》、《桥》（五人合集），论著《锦绣泰国》、《求剑集》，主编《五月总是诗》等。

陈博文（1929— ），广东澄海人。自幼受到中国传统文化和古典文学熏陶。中学毕业后南下泰国，后获得曼谷商学院毕业文凭。20 世纪 70 年代走上创作道路，兼任两家泰华日报的经济、新闻及副刊编辑工作，也是报刊专栏作家。现任泰华作家协会副会长。已出版杂文集《三不斋谈薮》（1981）、《畅言集》（1989）、《雨声絮语》（1989）、《浮生漫笔》（1996），散文集《桥之忆》（1997）、《泰国河山》（1991）、《泰国风采》（上、下）（1994—1995），短篇小说集《人海涟漪》（1981）、《蛇恋》（1990）、《晚霞满天》（1993）、《陈博文短篇小说（自选集）》（1996），微型小说集《惊变》（1995），以及《陈博文文集》（1998）等，计200多万字。其主编的《中泰古今钱币图录》（1987）被专家评为"学术性与历史性总和的典籍"。

岭南人（1932— ），原名符绩忠，海南文昌人。1952年考入山西大学中文系，在大学时期开始诗歌创作。1957年赴香港，弃文从商。1966年南下泰国。20世纪70年代再度执笔创作，在曼谷华文报章副刊发表新诗、诗评和散文。其作品曾在中国大陆《华文文学》、《华夏诗》、《特区文学》、《诗歌报》，台湾《亚洲华文作家》，香港《香港文学》等发表或转载。至今作诗300余首，出版诗集《结》。为泰华写作人协会第一、二届副会长，泰国潮州会馆文史馆新诗组副主任，福建鹭江出版社特约编委。

征夫（1938— ），原名叶树勋，笔名叶风，广东澄海人。小学毕业后南下泰国。12岁在祖父的国画店里跟随祖父学习绘画。后从事过记者、教师等多种工作。20世纪50年代开始发表小说。后停笔20多年，潜心于摄影艺术，并获得多种摄影奖项。至80年代重返文坛。现为泰华作家协会理事。已出版小说集《红色三号》、《迷失鸟》等，另有翻译文学《底层》、《在萎谢了的花梨树下》等。

琴思钢（1946— ），原名庄礼道，广东普宁人。13岁随家人迁居澳门。在香港就读中学期间开始文学创作，参加文学社团"风雨文社"，并获香港作家张君默、胡菊人、何达的鼓励和奖掖。1963年南下泰国。在业余时间从事文学创作，发表新诗、散文、小说、报告文学、翻译、文艺评论200多万字。与李少儒等诗人出版诗歌合集《桥》。另有诗集《琴思钢诗集：钢琴组诗》（2000）。

李经艺，女，安徽人。1977年考入安徽大学历史系。毕业后在合肥一所中等专业学校任讲师。1989年南下泰国。担任过泰华报刊记者、编辑。创作诗歌、散文、微型小说、文学评论，尤其喜爱现代派诗歌。已出版诗集《白中白》，诗文合集《升起来》。

此外，20世纪80年代以来从中国南下泰国的作者尚有泰华"小诗磨坊"的成员博夫、今石、苦觉、蓝焰、晶莹、晓云、蛋蛋等人。

（二） 中国南下菲律宾的作者

王雨亭（1892—1967），福建泉州人。多次南下菲律宾。1919 年任菲律宾华文报《平民日报》经理。1923 年任菲律宾《华侨商报》特约记者。1933 年任菲华日报《前驱日报》负责人兼总编辑。1933 年与杨静堂、卢家沛等主持菲华文艺刊物《洪涛三日刊》，促进了菲华文艺的发展。1937 年担任菲律宾华侨抗敌后援会宣传工作，筹款支援中国抗战运动。1938 年离开菲律宾。新中国成立后历任国家侨委委员、全国侨联秘书长等职。1967 年在北京病逝。

庄克昌（1900—1986），福建惠安。中学毕业后先后担任过《民钟报》、《思明日报》、《华侨日报》、《江声日报》副刊编辑、主笔、总编辑等职。1938 年厦门沦陷后南下菲律宾。著有小品散文、杂感、杂记、游记等，如《感旧录》、《炉香斋小品》、《炎荒忆梦》、《海上语林》、《绿尘集》、《椰风蕉雨丛谈》、《笔耕余谭》、《南溟清话》、《古今中外谭》、《宝岛履痕》、《松巅梦痕》等。

林健民（1914—2004），福建晋江人。在泉州黎明中学读书时，受到丽尼、巴金等中国现代作家的影响。1933 年与李法西、林西谷、高若啸、庄奕岩等组织菲华第一个文艺团体"黑影文学社"。1934 年与李法西、林西谷、高若啸、庄奕岩出版《天马月刊》。1935 年与林一萍主编《海风旬刊》。上述两份纯文艺刊物对推动早期菲华新文学的发展产生了积极作用。曾参与组织"菲华艺文联合会"，创办《艺文》月刊。已出版《中国古诗英译》（1988）、《林健民文集》（1991）、《菲律宾不流血的革命》（1998）等。

施颖洲（1919—2013），福建晋江人。3 岁时随父母移居菲律宾马尼拉。自幼深受中国古典文学熏陶，中学时又接受中国新文学的影响。20 世纪 30 年代中期开始在菲律宾华文报章《新中国报》副刊《民众》、《华侨商报》副刊《小商报》上发表新诗和杂文，并在巴金主编的《烽火》半月刊上发表新诗《海外卖报童》。菲律宾沦陷时，为抗日锄奸迫击团《扫荡报》撰写时论。曾担任菲律宾华文报章《中正日报》、《大中华日报》总编辑，文艺副刊《文艺工场》编辑，"菲华文艺工作者联合会"（简称"文联"）首届常务理事等职。至今发表和出版的诗歌、散文、小说、中外文翻译作品、文学史料等近千万字，尤其在译诗及译诗理论方面有较大建树。

已出版译著《世界名诗选译》、《古典名诗选译》、《现代名诗选译》、《莎翁声籁》、《文学之旅》。主编《1946 年文艺年选》、《菲华小说选》、《菲华散文选》、《菲华新诗选》、《菲华文艺》。与柯叔宝等人合编《海》、《芳草梦》、《菲律宾的一日》与《文联季刊》。

蓝天民（1915—1998），福建厦门人，肄业于厦门大学法学系。1937 年南下菲律宾。与王文廷商借菲华报章《公理报》出版《前哨青年》副刊，并自辟《大众哲学》专栏，宣扬新思潮。后转任《华侨商报》副刊编辑，在该报创办第一个菲华文艺副刊《新潮》。为提倡菲华新文学运动，遂罗致菲华文艺青年组织文艺团体"新生社"，其社员包纳了当时主要的华文作者，有蓝天民、蓝明珠、曾文辉、曾月娥、施颖洲、谢德温等人。

许芥子（1919—1987），原名许容均，又名许浩然，福建厦门人。曾就读于厦门鼓浪屿英华书院。抗战爆发后南下菲律宾，在当地积极参与抗日活动，与柯叔宝（杜若）共同编印义勇军油印机关报《大汉魂》。战后又与柯叔宝合编《大中华日报》副刊《长城》，并与同仁组织文艺社团"默社"，还编辑第一本菲华文艺作品集《钩梦集》（在上海出版）。1951 年与菲华文艺工作者组织创办"菲律宾华侨文艺工作者联合会"。担任过菲华报章《公理报》、《大中华日报》、《联合日报》编辑、主笔。20 世纪五六十年代创作带有现代派色彩的诗歌，有《无题》、《恋歌》等。另外也从事小说创作。其诗歌《亚加舍树下》、《年青的神》、《献》、《孤帆》等被谱成曲，并受到广泛的传唱。2012 年在台湾出版《相印集（上卷）——椰岛抒情》。

杜若（1920—1988），原名柯叔宝，福建晋江人。抗战前南下菲律宾。日本侵华战争期间，在菲律宾从事抗战救亡工作。太平洋战争爆发后，投身于菲华抗日义勇军组织，并与一群华侨爱国志士以"牧羊社"名义油印出版地下报《大汉魂》周刊，向菲律宾华人宣导国际大事，激励民族气节。战后任菲华报章《大中华日报》总编辑，主编第一本菲华青年文艺著作《钩梦集》，与施颖洲合编诗集《海》、散文集《芳草梦》，与林立、方闻、施颖洲主编《菲律宾的一日》，发行《文联季刊》等。曾任菲律宾华侨文艺工作者联合会常务理事等职。在侨居菲律宾的 30 余年间，对推动菲华文艺运动及中菲文学交流活动颇有建树。曾获台湾"中国文艺协会"海外文艺工作奖。所作诗歌、散文等达百万字，已出版《颂大汉魂》、《奋斗人生》、《柯叔宝自选集》等。

杜埃（1914—1993），原名曹传美，广东大埔人。青少年时代受到马克思主义和左翼文艺的影响，走上文艺创作道路。1933 年考入中山大学。同年在广州参加左联。1937 年被派往香港，任中共香港工委代理宣传部长，并为《大众日报》撰写社论和主编文艺副刊。1940 年奉派到菲律宾建立抗日宣传基地，任《建国周报》主编。太平洋战争爆发后，参加菲律宾华侨组织的抗日游击队，任"抗日反奸同盟"宣传部长。期间创作许多散文和报告文学，结集为《在吕宋平原》。战后与林林共同主编菲华报章《前锋日报》副刊《笔部队》。1947 年离开菲律宾。解放后曾任《南方日报》副总编辑、广东省委宣传部副部长、广东省文联第一副主席、作协广东分会副主席、《新华日报》史学会会长等职。1993 年病逝于广州。著有长篇小说《风雨太平洋》等 10 多部作品。

　　林林（1910—2011），原名林仰山，福建诏安人。1934 年赴日本早稻田大学学习，并参加中国左联东京分盟活动。曾担任过《救亡日报》副刊《文化岗位》编辑、香港《华商报》副刊主编。1941 年南下菲律宾，参加抗战救亡工作。1943 年主持菲华地下抗日报纸《华侨导报》。1946 年与杜埃共同主编菲华报章《前锋日报》文艺副刊《笔部队》。著有《同志，攻进城来了》等。1947 年离开菲律宾。建国后曾任广东省文化局副局长、中国驻印度大使馆文化参赞、对外文化联络委员会司长、中国人民对外友好协会书记、中华诗词学会副会长、中国作协理事等职。

　　王礼溥（1931—　），福建厦门人。7 岁时随家人南下菲律宾。20 世纪 50 年代开始在菲律宾《公理报》、《大中华日报》文艺副刊发表文艺作品，并参加菲律宾文艺团体"晨光之友"、"菲华文艺工作者联合会"的文艺活动。80 年代后参与组织"菲华文艺协会"、"晨光文艺社"、"菲华艺文协会"，并任常务理事。曾主编《联合日报》文艺副刊《晨光》周刊。1989 年出版《菲华文艺六十年》，该书勾勒了 20 世纪 20—80 年代菲华文艺的发展脉络，成为研究菲华文学的重要史料专著。

　　林泉（1927—2010），原名刘德星，福建人。9 岁时离乡，此后定居菲律宾。自青少年起即爱好诗词，数十年笔耕不辍。其诗文被收入多种选本，并多次获奖，如台湾葡萄园诗社新诗奖、中正文化奖金创作奖等。已出版诗集《窗内的建筑》（1967）、《心灵的阳光》（1972）、《树的信仰》（1989）等。

　　柯清淡（1937—　），福建泉州人。1948 年随母亲南下菲律宾。中学时代开始发表小说、特写。20 世纪七八十年代加入"新潮文艺社"。1984 年以来在中国大陆及台湾举办的征文比赛中多次获奖，如"月是故乡明"征文比赛一等奖、"中华文化散文奖"二等奖、"徐霞客游记文学奖"

首奖、"海华文学奖"第一名等。已发表散文、新诗、小说、杂文等数十万字，有《五月花节》、《命名记》、《〈离骚〉又添新一页——武夷山四日游》、《两代人》等。曾多次参与中菲文学文化交流。现为菲律宾华文作家协会副会长。

黄春安（1938— ），出生于福建福鼎，成长于福建晋江。中学毕业后走上创作道路。"文革"开始后南下菲律宾。20世纪80年代以来，在菲律宾华文报刊，以及中国的《散文》、《萌芽》、《文学报》、《福建文学》等报刊上发表大量作品。在中国出版《椰风赋》、《千岛潮声》、《阳光抚爱的土地》、《黄春安散文选》等作品集。

谢馨，出生于上海，成长于台湾，后定居于菲律宾。1982年开始出现在菲华诗坛上。已出版诗集《波斯猫》、《说给花听》（1990）、《脱衣舞》（2012）。

（三）　中国南下印尼的作者

1941年12月，日本发动太平洋战争，郁达夫、胡愈之、沈兹九、张楚琨、杨骚、王纪元、高云览、汪金丁、李铁民等人于1942年2月从新加坡南下印尼避难，在流亡期间积极从事文学与社会活动，不过由于其中大部分作者已在前文"中国南下新马的作者"中介绍过，在此不再赘述。以下简介其他南下印尼的部分作者：

裴楼（1900—? ），原名匡光照，湖南益阳人。20世纪20年代中期南下印尼爪哇岛。作品主要发表在印尼华文报章《新报》和《天声日报》上。后移居马来亚。

梁披云（1907—2010），原名梁龙光，福建永春人。著名教育家、诗人、社会活动家和书法家。毕业于上海大学和日本早稻田大学。曾师从民国时期著名的书法家于右任，擅长书法和古典诗词创作。20世纪30年代南下印尼，在棉兰任苏东中学校长，并创办《苏东月刊》。60年代在雅加达创办报社，曾任《火炬报》总编辑，对印尼华文文学作出了贡献。1966年从印尼移居澳门。曾任全国侨联常委、华侨大学副董事长、泉州黎明大学校长、澳门归侨总会主席、澳门笔会会长等。主编《中国书法大辞典》、《中国篆刻大辞典》，著有《雪庐诗稿》等。

邹访今（1921—1999），广东梅县人。17岁南下印尼，参与当地华侨的抗日救亡活动，并以"常习之"笔名在报刊上发表文艺作品。1950年负责主编印尼勿里洞"中华劳工总会"机关报《工声》月刊。期间兼任雅加达《生活报》和《新报》通讯员，在报章副刊上发表散文小品等。1955年出任雅加达《生活报》副刊主编。1957—1960 年在"雅加达华侨青年习作社"指导社友学习写作，并在《新报》文学月刊《新绿》上发表他们的作品。在其主持下，《生活报》辟设《印华文艺》周刊，发表印华文艺作品和介绍主流文艺，促进了中国与印尼之间的文化交流。1960 年负责编辑雅加达华文报《火炬报》副刊。1966 年返回中国。曾担任《千岛风云》（1997）常务编委和编辑。1999 年在福州病逝。

巴人（1901—1969），原名王任叔，浙江奉化人。1923 年在中国参加文学研究会。曾发表不少关于革命文学的理论。1941 年南下新加坡。1942 年日军南侵时，与郁达夫、胡愈之等人到印尼苏门答腊岛避难。1943 年在印尼参加和领导由当地华侨自发组成的"苏岛人民反法西斯大同盟"（简称"反盟"），并负责编辑出版地下抗日刊物《前进报》。从 1944 年开始创作一系列与印尼相关的文学作品，有长诗《印度尼西亚之歌》、以"海外见闻"为总名的 8 篇短篇小说、历史剧《五祖庙》、散文集《印尼散记》等。其中 1946 年创作的大型话剧《五祖庙》，曾由印尼华侨青年组成的新中国剧艺社在苏门答腊岛巡回演出，并受到当地华侨和印尼人民的热烈欢迎，印尼的宪兵队甚至特派车辆护送剧团到各地演出。《印度尼西亚之歌》则是中国诗坛上第一部以外国历史为创作题材的长篇史诗。1948 年因参加印尼人民的反殖斗争，被荷兰殖民政府逮捕入狱并遭送出境。1950 年 8 月出任中国政府驻印尼第一任大使。1969 年被"四人帮"迫害致死。

黄裕荣（1936—1983），原籍广东梅县，出生于广州。1950 年随家人移居印尼雅加达。虽身患残疾，但身残志坚，刻苦自学，参加过厦门大学中文系的函授学习。20 世纪 50 年代活跃于印尼文坛。曾担任印尼《忠诚报》文艺副刊《火花》主编，兼任"翡翠文化基金会"编辑。重视培养印尼华人青年文艺写作者，积极参与"翡翠文艺奖金征文比赛"活动，发现和扶植新人。在印尼、新加坡的华文报刊，以及中国内地、香港的刊物上发表诗歌、小说、散文、文艺评论等。已出版诗集《春风的波浪》，评论集《印华文艺评论集》等。1995 年，中国暨南大学台港暨海外华文文学研究中心出版其文集《轮椅上的战歌》。

林万里（1938— ），福建福清人。1941 年随母亲移民印尼万隆，后在当地接受小学和中学教育。1957 年在北京华侨补习学校学习。1962 年毕业于河北石家庄的北京师范学院（河北师大前身）中文系。1962 年前往香港。1963 年南下印尼万隆。20 世纪 90 年代以来，在新加坡、香港、厦门、印尼等地出版短篇小说集《结婚季节》（1990）、《托你的福》（2001），小说散文合集《林万里文集》（2000）、《林万里文集 2》（2010），编选《印华短篇小说选》（1997），译著《印尼侨生马来由文学研究》（1998），编著《提高写作水平 15 课》（2005）等。曾多次赴中国内地和香港，以及菲律宾、新加坡、泰国、文莱、美国等地参加学术会议及文学创作交流活动。

犁青（1933— ），原名李福源，后改名谢聪明，出生于福建安溪。11 岁开始写诗。20世纪 80 年代后从印尼移居香港。为弘扬中华文化并促进文学交流，成立"亚洲太平洋华文文学家协会"，召集"文学世界联谊会"，发起"台湾及海外华人精英列传"征文，主编《文学世界》、《诗世界》。1995 年荣获"国际金桂冠诗人"称号和"希腊诗神飞马奖"。已出版《苦难的侨村》、《瓜红时节》、《翡翠带上的歌声》、《红溪的血泪》、《千里风流一路情》、《情深处处》等。

（四） 中国南下文莱的作者

谢名平（1919—? ），笔名劲安，广西人，毕业于江苏无锡国专。后南下东马和文莱，先后任教于沙捞越华文中学和文莱中华中学达 37 年之久。曾任"美里笔会"主席，亦为"文莱留台同学会写作组"创办人，开启了文莱华文作者与外界交流的管道，曾多次领队参加国际文学会议。已出版散文集《脚印》、《劲安小品》，小说集《蜕变》、《大蓝图》等。

陶馨，笔名蓝薇、蔚蓝，江苏人。出生于中国大陆，成长于台湾。少年时开始创作。婚后

随丈夫定居于文莱。1994 年起往返于新加坡与文莱两地。为"文莱留台同学会"、"文莱留台同学会写作组"会员。著有诗歌和散文作品。[1]

1. 本部分"中国南下泰国、菲律宾、印尼、文莱的作者"主要参见下列文献的相关资料：陈贤茂主编：《海外华文文学史》，第 2、3 卷，厦门：鹭江出版社，1999 年版；高伟光：《泰华文学面面观》，曼谷：泰国留中大学出版社，2010 年版；周新心：《泰华作家小传》、《泰华写作人小传》，载《华文文学》，1989 年第 2 期、第 3 期，1990 年第 1 期；[菲] 王礼溥：《菲华文艺六十年》，Edsa,Quezon City M. M.：菲华文艺联合会，1989 年版；柯叔宝：《柯叔宝自选集》，台北：黎明文化事业股份有限公司，1985 年版；[文] 陶馨：《留台生与文莱华文文学之拓展（1960—2000）》（未刊稿），"第六届东南亚华文文学研讨会"（厦门，2005 年 4 月 13—17 日）会议论文。

二、 中国南下作者对泰国、菲律宾、印尼、文莱华文文学的贡献

中国南下作者在旅居或定居泰国、菲律宾、印尼等地期间，以其对文学事业的热爱和强烈的社会责任感，在多元种族和多元文化的东南亚社会中，坚持以华文为创作媒介，孜孜不倦地开垦和耕耘文艺园地，终于使华文文学由最初的华侨文学而最终发展成为东南亚国家文学的重

要组成部分。

（一） 中国南下作者在编务方面的贡献

在 20 世纪上半叶的东南亚华文文坛上，报章及其副刊扮演着极为重要的角色。中国南下作者中有不少人担任过华文报章副刊编辑，他们或创设新文艺刊物，开垦华文新文艺荒原，或在编刊时重视培养文艺人才，壮大华文作家队伍，或倡导文艺潮流，指示文艺创作方向，或重视沟通中国与东南亚华文文学的交流，有力地推动着当地华文文学的发展。

五四时期，傅无闷、宋中诠等人分别在菲律宾和印尼主编《平民日报》和《新报》，他们在当地积极传播五四新文化新思想，宋中诠主编的印华《新报》副刊《小新报》还发表印华作者创作的杂文、新诗、白话小说等。

20 世纪 20 年代以来，南下泰国的巴尔、许征鸿、金沙等人编辑过泰华文艺报刊，如 30 年代巴尔主编泰华文学刊物《热风》，许征鸿主编"椒文学社"社刊《椒文周刊》，金沙在战后主编《星暹文艺》等。南下菲律宾的王雨亭、林健民、蓝天民、施颖洲、柯叔宝、杜埃、林林等人也都编辑过菲华文艺报刊，如王雨亭于 1933 年与他人共同主持文艺刊物《洪涛三日刊》，林健民于 1933 年与李法西等人出版《天马月刊》，两年后又与林一萍共同主编《海风旬刊》。蓝天民还创设了第一份菲华文艺副刊《新潮》。日军南侵期间，柯叔宝发行菲华义勇军地下刊物《大汉魂》，表示其发刊目的是为了激励民族气节，"以求大汉魂的发扬"。二战结束后，南下菲律宾的作者编辑了不少文艺刊物或副刊，如施颖洲编辑《文艺工场》，柯叔宝编刊《长城》，杜埃、林林合编《笔部队》，王礼溥主编《晨光》周刊等。柯叔宝等人还邀请余光中、覃子豪等南下菲律宾讲授文艺创作经验，促进了中菲之间的文学交流。南下印尼的邹访今、黄裕荣也担任过印华文艺报刊编辑。如邹访今于 20 世纪 50 年代主编《生活报》副刊《印华文艺》时，积极发表印华文艺作品和介绍主流文艺；黄裕荣在主编印华《忠诚报》文艺副刊《火花》期间，也非常重视培养印华文艺青年，经常写信指导他们的文艺创作。

（二） 中国南下作者在文学创作方面的贡献

在 20 世纪上半叶，南下作者是东南亚华文文坛最重要的作者群体，他们创作了大量的文学作品，促进了当地华文文学的发展，即使到了 20 世纪下半叶，他们也创作了不少优秀的文学作品。

在泰国方面，巴尔的长篇小说《禁区》揭露了日军南侵前夕，銮披汶当局在重要城市设置"禁区"禁止华人居住的媚日行径，曾获得广泛而良好的社会评价；吴继岳的自传体回忆录《海外五十年——一个新闻记者的回忆录》、《六十年海外见闻录》成为研究 20 世纪海外华人社会、历史及文化变迁的重要著作；谭真的长篇小说《一个坤銮的故事》、《座山成之家》展现了泰国老一辈华人筚路蓝缕的创业史，以及落地生根后与当地人民文化交融的历史；史青的杂文集《瘙痒集》、《葡萄架下闲话》等以幽默诙谐的文笔来针砭时弊；李少儒的诗歌《月魄诗魂》、岭南人的诗歌《回到故乡的月亮胖了》等，也都是优秀之作。

在菲律宾方面，芥子的散文《生命篇》以水滴和江河比喻生命个体与群体的关系，由此升华出生命的意义；施颖洲的散文《义山》记叙菲律宾华人过亡人节的习俗，展现了菲律宾华人慎终追远的民族文化传统；柯清淡的散文《五月花节》通过作者一家三代人对菲律宾风俗节庆"五月花节"的不同态度，生动地揭示了海外华人从落叶归根到落地生根的变化趋势；林健民的长篇叙事诗《菲律宾不流血的革命》反映了腐败的马科斯政权与菲律宾人民之间的强烈冲突，以及菲律宾人民的全国性革命；芥子的诗歌《无题》6 首抒写人生感悟，显示出空灵蕴藉的意境；谢馨的诗歌《脱衣舞》展示出女诗人独特的审美视角和驾驭语言文字的才能；等等。

在印尼方面，巴人于 1946 年创作的大型话剧《五祖庙》曾受到印尼华侨和当地人民的热烈欢迎；黄裕荣、林万里、犁青等人也创作了一些优秀作品。

在文莱方面，谢名平创作了散文集《脚印》、《劭安小品》，小说集《蜕变》、《大蓝图》等，其作品显示了中国古典文学的深厚影响。

事实上，南下作者对旅居或定居国的文学贡献远不止于上述介绍，如有研究者认为，郁达夫、胡愈之、王任叔、沈兹九、杨骚、王纪元、高云览、张楚琨、汪金丁、李铁民等南下印尼避难时，"他们在印尼华侨文学里面播下了种籽，先后影响和培育了一批印尼华文文学的青年作家和编辑人材，又推动了战后印尼华文文学的蓬勃发展"[1]。20 世纪 50 年代中期至 60 年代中期，由于

1. 犁青：《艰苦成长中的印度尼西亚华文文学》，见 [新] 王润华、[德] 白士豪主编：《东南亚华文文学》，第 91 页，新加坡：Goethe—Institut Singapore and Singapore Association of Writers, 1989 年版。

印尼当局的限制政策，印尼华文文学逐渐陷入举步维艰的境地，但在梁披云、邹访今、周颖南、黄裕荣等人的推动下，印尼华文文学还是在压抑的环境下得到相当的发展。遗憾的是由于原始

资料的匮缺，有关南下作者与当地华文文学的关系还有待进一步研究。

三、 中国南下作者在文化思想和社会活动方面的贡献

南下作者大多是交织着中国传统文化修养与现代意识的知识分子，他们在泰国、菲律宾、印尼、文莱孜孜不倦地从事文学活动的同时，还向当地华人传播中华传统文化，灌输具有现代意义的新思想和新文化，并参与当地人民的反侵略反殖民斗争，以及促进东南亚与中国的双向交流。

南下作者中的方修畅、吴继岳、郭森林、许征鸿、史青、金沙、李少儒、黄江、陈博文、李经艺、傅无闷、施颖洲、蓝天民、柯叔宝、邹访今等人都担任过华文报刊编辑，他们或以编刊的价值取向，或以社论或评论文章，对当地华人的思想观念产生影响。如傅无闷在编辑《平民日报》时，该报向菲华民众介绍俄国十月革命形势和世界工人运动，同时不遗余力地宣扬五四新文化与新思想；蓝天民在菲华报章《公理报》创设的《大众哲学》专栏，也向菲华读者大力宣扬新思潮。太平洋战争爆发后，柯叔宝主编菲华抗日义勇军地下报《大汉魂》，就是为了激励菲律宾华人"抗敌救国的国魂"——由五千年民族精神教育所造成的"大汉魂"。柯叔宝、杜埃、林林等都参与过菲律宾人民的抗日运动，为反法西斯战争作出了贡献。王任叔在印尼避难时期参加和领导了由当地华侨自发组织的苏岛人民反法西斯大同盟，后来成为苏岛反法西斯总同盟的主要领导人之一。二战结束后，不少南下作者继续为居住国的文学、文化与社会活动作出了多方面的贡献。

还有不少南下作者与中国文坛保持着密切的关系，他们或邀请中国大陆、台湾作家南下访问泰国、菲律宾、印尼、文莱文艺界，或北上中国进行交流访问，或在中国出版文学书籍，由此促进了中国与东南亚文学的相互交流。

第九章　　东南亚留中作者、归侨作者、其他民族语种作者的文学交流活动从 1919 年以来，在中国与东南亚文学的交流与互动过程中，除了中国本土作者、南下作者对东南亚华文文学产生影响并作出巨大贡献外，来自东南亚的留中作者、归侨作者也以其文学活动参与了中国现当代文学的发展进程，并促进了中国与东南亚文学的相互交流。此外，东南亚其他民族语种作者，如越南的邓台梅、印尼的普拉姆迪亚·阿南达·杜尔等，也参与了中国与东南亚文学的双向交流活动。

第一节　东南亚留中作者的文学交流活动

在 20 世纪中叶之前，东南亚的大部分地区属于英国、法国、荷兰、美国等西方列强的殖民地，东南亚华人在国家认同上大都视中国为祖国宗邦，而且当时的东南亚也没有以华文为教学媒介语的高等院校，因此一些东南亚华人子弟纷纷选择北上中国深造，而中国政府创办的第一所华侨高等学府——上海真茹的暨南大学（其前身为南京的暨南学堂）即成为东南亚侨生负笈中国的首选院校。在 20 世纪二三十年代的暨南大学，不少东南亚侨生在学校创办文学刊物，发表文学作品，并以南洋色彩的创作彰显其文学特色。1949 年之后，随着新中国的建立，以及东南亚新兴民族国家的独立，由于政治、外交、文化等方面因素的影响，另有众多东南亚华人学子赴台湾留学，由此出现不少留台的东南亚作者（侨生）。另一方面，从 20 世纪 40 年代以来，尚有部分东南亚华人学子前往中国大陆留学，并于 21 世纪出现泰国留中写作群体。

20 世纪以来的东南亚留中作者，有的直接参与中国大陆和台湾的文学发展历程，有的还将其留学时积累的文学经验带回东南亚文坛，推动了当地华文文学的发展，并成为东南亚与中国大陆和台湾文学或文化交流的重要中介。

一、　上海暨南大学南洋侨生作者群的文学交流活动

20 世纪二三十年代，作为中国文化中心的上海汇集了各种新文艺社团，如"新月社"、"创造社"、"太阳社"、"南国社"、"我们社"等。这些文艺社团连同其他文化人创办的文艺刊物纷纷出版发行，如《新月》、《创造月刊》、《太阳月刊》、《新流月报》、《奔流》、《语丝》、《文学》、《新文艺》、《现代》等。此时的上海也汇聚了鲁迅、胡适、徐志摩、夏丐尊、汪静之、戴望舒、蒋光慈、顾仲彝、梁实秋、叶公超、洪深、张资平、邵洵美等众多的新文学作家与学者。与此同时，上海真茹的暨南大学也聚集了许多来自东南亚的"南洋侨生"。在上海浓郁的文化氛围和中国新文学的影响下，暨南大学里喜爱文艺的南洋侨生也纷纷成立文艺社团，如"景风社"、"秋野社"、"槟榔社"、"暨南剧社"等，并创办《景风》季刊、《秋野》

月刊、《槟榔》月刊等文艺刊物，积极从事各种文学活动。

"景风社"是由暨南大学的南洋侨生陈翔冰、陈妤雯、陈雪江、郑吐飞等人于 1926 年成立的文艺社团。该社还出版社刊《景风》季刊，由陈翔冰任主编，共刊出 4 期，至 1928 年初停刊。其中陈翔冰的诗歌《黄五娘》、郑泗水的散文《南归记琐》为该刊上较有水平的作品。

"秋野社"成立于 1927 年 10 月，其发起人为"景风社"原先的成员陈翔冰、陈妤雯、陈雪江、郑吐飞、张凤、刘觉等人，另外吸收章铁民、夏丏尊、顾仲彝、余秋楠、汪静之、章衣萍、徐世度、叶公超、徐文符、刘望苏、戴淮清、杨浩然、陈福睿、陈诗水、林华光、张嘉树、温梓川、胡秋甫、张逸灵等人，以及校外人士冯伊媚、孙佳讯为社员，共计 28 名社员。其中大部分为南洋侨生，在校教师有夏丏尊、叶公超、顾仲彝、汪静之、章衣萍等人。[1]"秋野社"成立之初，即强调该

<small>1. 参见洪惠云：《东南亚华文文学与中国现代文学的碰撞与交流——〈秋野〉月刊研究（1927—1929）》，第 7—8 页，厦门大学中文系硕士学位论文，2010 年。</small>

社"以研究文学为宗旨"，主要社务有：一是研究工作，分小说、诗歌、戏剧三组，交换作品，并请名人演讲；二是发表工作，即创办《秋野》月刊，并规定请名家演讲，如能每星期一次，那么凡是社员都要出席听讲。[2]《秋野》月刊主编为陈翔冰和郑吐飞，暨南大学教师汪静之、章

<small>2. [马] 温梓川：《漫谈暨南的秋野社》，见 [马] 温梓川著、钦鸿编：《文人的另一面——民国风景之一种》，第 151 页，桂林：广西师范大学出版社，2004 年版。</small>

铁民也担任过该刊编辑。《秋野》创刊于 1927 年 11 月，至 1929 年 6 月停刊，共出 12 期，其中刊载的作品大多为南洋侨生和中国作者的作品。

"槟榔社"的前身为汪静之、章铁民发起组织的"暨南文艺研究会"。该会初成立时，即出版《槟榔半月刊》，该刊编务最初由许敏担任，后来交由温梓川主持。汪静之和章铁民离开暨南大学后，温梓川将"暨南文艺研究会"加以改组，并更名为"槟榔社"。该社由温梓川、许敏、陈毓泰等五人组成的委员会负责，温梓川任改版后的《槟榔》月刊主编。《槟榔》月刊

<small>3. 参见 [马] 温梓川：《暨南文艺研究会·槟榔社》，见 [马] 温梓川著、钦鸿编：《文人的另一面——民国风景之一种》，第 160—161 页，桂林：广西师</small>

出版一年后停刊。[3]

<small>范大学出版社，2004 年版。</small>

"暨南剧社"由温梓川和曾讯发起。他们召集暨南大学中对戏剧有兴趣的同学组成"暨南剧社"，并聘请顾仲彝、洪深、应云卫、古剑尘等人担任顾问。[4]

<small>4. [马] 温梓川：《舞台春秋》，见 [马] 温梓川著、钦鸿编：《文人的另一面——民国风景之一种》，第 174 页，桂林：广西师范大学出版社，2004 年版。</small>

上述暨南大学文艺社团中的不少成员为南洋侨生，主要有陈翔冰、郑吐飞、陈雪江、陈妤雯、温梓川、胡秋甫、戴淮清、张嘉树、赵伯顺等人。以下简略介绍之：

陈翔冰（1907—1980），福建惠安人，幼年时随父亲至缅甸仰光侨居。1925 年回返中国，进入上海暨南大学的前身暨南学校学习。1926 年秋，鲁迅从北京南下厦门大学任教时，陈翔冰与同学郑吐飞为了追随鲁迅而一起转学到厦门大学。次年，鲁迅离开厦门大学前往广州后，他

们俩也返回上海，复学暨南大学，为文学院西洋文学系学生。陈翔冰曾任《景风》季刊和《秋野》月刊主编、暨南大学缅甸华侨学生会第五届主席、暨南年鉴编辑部长兼中文编辑。毕业后留校服务，与同为"景风社"、"秋野社"社员的女同学刘觉（泰国侨生）结婚。1933年两人一同赴法国留学，陈翔冰入法国巴黎大学国际法学院，刘觉入法国国立工艺学院。抗战胜利后定居台北。1980年，陈翔冰因心脏病不治去世。

陈翔冰的文学创作包括散文、诗歌、小说等，曾以陈翔冰、翔冰、北溟、陈北溟等笔名，在《秋野》月刊上发表小说《阿陀婆》、《老太伯的悲哀》、《老牛将近赌场》、《心》、《保普支》，诗歌《埋愁的黄花》、《秋野上彷徨》、《山谷百合花及其他》、《春夜小曲》、《玛妮扬娜》、《狂舞之夜》、《我是朵严冬的白雪》，散文《纪事珠》、《湖边的月夜》、《风云月》，论文《刘彦和论文》、《八指头陀的生平及其诗》、《印度女诗人陀露哆》、《爱尔兰戏剧家辛格》、《中国新文学的途径》，翻译《出塞贻所欢》、《浮浪人》、《马来恋歌译》，神话《缅甸神话三种》，以及《编辑后话》等。亦在鲁迅和郁达夫合编的《奔流》、傅东华主编的《文学》、温梓川主编的马来亚《槟城新报》副刊《诗草》上发表文学作品。短篇小说集《一个叛逆的女性》由上海真美善书店出版，诗集《春的夜曲》作为秋野社丛书之一出版。

郑吐飞，原名郑泗水，别号崇源，祖籍福建永春，荷属东印度（今印尼）泗水侨生，笔名"吐飞"为其绰号"土匪"的谐音。原为上海暨南大学侨生，1926年秋为了追随鲁迅，

图46　陈翔冰主编的《秋野》月刊创刊号（1927年11月）封面[1]

1.本图片由洪惠云提供。

与同学陈翔冰一起转学到厦门大学。1927 年鲁迅离开厦门大学后，郑吐飞也与陈翔冰一同复学上海暨南大学。为"景风社"、"秋野社"社员。在《秋野》月刊上发表的作品有小说《爱的坟墓》、《橡园之玫瑰》、《你往何处去》、《阿述哥》、《狂雨之夜》、《禁食节》，以及辑录的《闽南情歌》等。另在新加坡《南洋商报》文艺副刊《曼陀罗》发表马来古典文学译作《皇冕》。此外，1929 年在上海真美善书店出版短篇小说集《椰子集》，内收《人头》、《鲨鱼》、《阿述哥》、《橡园之玫瑰》、《你往何处去》、《新犹太人的悲哀》、《狂雨之夜》等 7 篇短篇小说，其中有 4 篇小说最先发表于《秋野》月刊。

陈雪江，祖籍福建晋江，菲律宾马尼拉侨生。在上海暨南大学读书时，为"景风社"、"秋野社"社员，曾参与《秋野》月刊的编刊工作。因长相清秀，颇似女性，故而"秋野社"每次参加暨南大学校庆演出独幕剧时，都要反串女角。后因肺病返回马尼拉养病，终因不治而殁。在《秋野》月刊上发表的作品有小说《一封遗信》、《秋后的落叶》，散文《秋的赐予》、《红梅白雪》、《过去的迷梦》，杂文《坚韧与受气》、《西湖小杂感》等。

陈妤雯（约 1904—？），原名陈希文，后改名陈谷川，祖籍广东梅县，马来亚侨生。原为南京暨南学堂师范毕业生，曾回马来亚吉隆坡，任教于尊孔学校。后北上武汉，入中央军事政治分校读书。宁汉分裂后，重返上海暨南大学教育系学习。为"景风社"、"秋野社"社员。《秋野》月刊创办后期，赴日本早稻田大学学习。1933 年回上海，任职于暨南大学南洋文化事业部。20 世纪 60 年代起担任贵州大学校长。在《秋野》月刊上发表的作品有小说《流浪》、《残冬》、《东风正怨侬》、《东新桥》，诗歌《狂歌一首》、《山歌》、《嘉应民歌》，杂文《略论背不向天的》，论文《建设海外中国文学的反应》，译作《巴布亚王日记》等。

温梓川（1911—1986），原名温玉书，祖籍广东惠州，马来亚槟城侨生。1926 年负笈广州中山大学文学院预科甲组，次年转入上海暨南大学，从高中部师范科一直读到大学毕业。为暨南大学文艺社团"秋野社"社员、"暨南文艺研究会"会员、"暨南剧社"发起人之一、"槟榔社"五人委员会之成员、《槟榔》月刊主编，并参与上海戏剧协社的戏剧演出活动。在负笈广州中山大学和参与上海暨南大学文艺社团活动期间，受教于叶公超、梁实秋、梁遇春、汪静之、沈从文、顾仲彝、洪深、张资平、潘光旦、章衣萍等名师，与鲁迅、徐志摩、戴望舒、胡适、郁达夫、蒋光慈等也有接触或往来。其客家山歌集《恋歌二百首》（1929）、译作《托尔斯泰短篇小说集》(1933)分别由上海的现代书局、女子书店出版。
1934 年回返马来亚槟城，在当地教育界和新闻界工作，曾
任《槟城新报》文艺副刊《热风》和《诗草》编辑。此后
数十年间出版 10 余部文学著作和译著，其中包括与中国师
友相关的文坛回忆录《文人的另一面》。该书对于研究中
国现代作家、中国与东南亚文学交流史等具有重要的意义。

胡秋甫，马来亚马六甲侨生。入读上海暨南大学之前，
曾在上海美术专门学校学习美术。为暨南大学"秋野社"
社员。《秋野》月刊每期的封面均为其所画。20 世纪 60 年
代末期，因心脏病突发而病逝于槟城。

戴淮清，祖籍广东大埔，马来亚侨生。上海暨南大学
西洋文学系学生，有深厚的西洋文学修养。为"秋野社"社员，
并为《秋野》月刊撰文介绍外国文学作品。后转学北平燕
京大学。抗战胜利后，在新加坡担任《星洲日报》翻译主任。

张嘉树，祖籍福建晋江，菲律宾侨生。为"秋野社"社员，
在《秋野》月刊上发表诗歌《离泪》等。

赵伯顺，广东人，马来亚吉隆坡侨生。为"槟榔社"社员。
曾与后期"创造社"人员过从甚密，先后邀请冯乃超、许幸之、
朱镜我等人到暨南大学演讲。后因失恋等原因自杀。[1]

图 47　温梓川与吴逸凡合编的马来西亚《槟城新报》副刊《诗草》第 33 期（1934年 11 月 27 日）

1. 上述有关陈翔冰、郑吐飞、陈雪江、好雯、温梓川、胡秋甫、戴淮清、张嘉树、赵伯顺的生平简介及发表作品情况，主要参见钦鸿：《谈笑有鸿儒——关于温梓川的文坛回忆录》，［马］温梓川：《漫谈暨南的秋野社》、《暨南文艺研究会·槟榔社》，见［马］温梓川著、钦鸿编：《文人的另一面——民国风景之一种》，第 1—9 页，第 149—157 页，第 164—165 页，桂林：广西师范大学出版社，2004 年版；陈翔冰等主编：《秋野》，上海暨南大学秋野社，1927—1929 年。

从总的方面来看，上海暨南大学的南洋侨生作者群之
所以能够组织"景风社"、"秋野社"、"槟榔社"、"暨
南剧社"等文艺社团，创办文学刊物《景风》季刊、《秋野》
月刊、《槟榔》月刊等，并积极从事各种文学活动，这与
当时浓厚的中华传统文化氛围、五四以来的中国新文学运
动分不开，也与当时云集上海的中国现代学者和著名作家
的影响、支持和激励密不可分。同时，作为中国第一所华

侨高等学府的暨南大学，也为南洋侨生提供了良好的学术和文学环境，如当时被延揽到该校任教的中国现代著名作家和学者有汪静之、叶公超、梁实秋、梁遇春、沈从文、顾仲彝、洪深、张资平、潘光旦、章衣萍、林语堂等人。此外，鲁迅、胡适、郑振铎、徐志摩、沈从文、曾朴等人或受邀前往讲学，或给该校文艺社团的学生们演讲。暨南大学的学生文艺社团及其社刊还受到学校老师的扶持，如"秋野社"的社员就包括暨南大学教师章铁民、夏丏尊、顾仲彝、章衣萍、汪静之、张凤、叶公超等，他们大都在《秋野》月刊上发表过作品，如章铁民的小说《悲哀的少女》、诗歌《大风歌》，张凤的诗歌《红叶》，夏丏尊的散文《黄包车礼赞》，汪静之的《李杜比较论》等，章衣萍还为《秋野》月刊撰写了《发刊词》。鲁迅、梁实秋、徐志摩、余上沅等文坛名家也对"秋野社"及《秋野》月刊给予大力支持。其中鲁迅与郑吐飞、陈翔冰有着深厚的师生关系，如郑、陈二人曾经为了追随鲁迅而联袂转学厦门大学，而鲁迅于 1927年 6 月至 1929 年 11 月间的日记中有关陈翔冰、郑吐飞、陈好雯的记载也达 20 余处。[1] 鲁迅还于 1927 年 12 月 21 日接受"秋野社"的邀请，在暨南大学发表了一篇题为《文艺与政治的歧途》的演讲，该演讲记录稿后来也在《秋野》月刊上发表。此外，《秋野》月刊的前 4 期由上海开明书店印刷发行，后面 8 期改由徐志摩、梁实秋等创办的新月书店统一批发。《新月》月刊作者群中的梁实秋、徐志摩、余上沅也有作品发表于《秋野》月刊。

1. 参见洪惠云：《东南亚华文文学与中国现代文学的碰撞与交流——〈秋野〉月刊研究（1927—1929）》，第 20 页，第 29 页，第 32 页，厦门大学中文系硕士学位论文，2010 年。

　　南洋侨生作者群在暨南大学的文学活动，实际上直接参与了中国现代文学的发展进程，他们也以自己的"南洋色彩文学"丰富了中国现代文学的内容和题材。陈翔冰、郑吐飞、陈好雯等人发表在《秋野》月刊上的作品包括散文、诗歌、小说等多种体裁形式。小说方面有陈翔冰的《阿陀婆》、《老太伯的悲哀》、《老牛将近赌场》、《心》、《保普支》，郑吐飞的《爱的坟墓》、《橡园之玫瑰》、《你往何处去》、《阿逑哥》、《狂雨之夜》、《禁食节》，陈好雯的《流浪》、《残冬》、《东风正怨侬》、《东新桥》，陈雪江的《一封遗信》、《秋后的落叶》等；诗歌方面有陈翔冰的《埋愁的黄花》、《秋野上彷徨》、《山谷百合花及其他》、《春夜小曲》、《玛妮扬娜》、《狂舞之夜》、《我是朵严冬的白雪》，陈好雯的《狂歌一首》、《山歌》、《嘉应民歌》，张嘉树的《离泪》等；散文方面有陈翔冰的《纪事珠》、《湖边的月夜》、《风云月》，陈雪江的《秋的赐予》、《红梅白雪》、《过去的迷梦》等。

　　南洋侨生作者群的创作还十分注重反映南洋华侨与其他民族的社会风貌，以及东南亚的风土人情等。陈翔冰等人在编辑《景风》季刊和《秋野》月刊时，即致力于将南洋色彩引入中国现代文坛，因为当时的中国作者很少接触到"海外的侨民"，无法或者未能理会"他们的苦痛"，而南下东南亚的中国文人则多半忙于谋生而无暇涉及文学，即使偶尔涉及，也是"将国内的老古董再卖弄一回"，与南洋的新环境、新色彩和新生活毫无干涉，因此陈翔冰等人希望能够替海外"流浪的人"、"开山劈地的苦工"和"血汗粒积的店友""说话"，由此创造出一种能够反映海外侨民、异族生活及展现南洋"特有风格"的文学，并希望能够将这种理想进一步扩大，继而形成一种"伟大的运动"，并将《秋野》月刊办成"海外青年的刊物"。为此他们呼吁海外（南洋）的青年共同努力，相信他们中间将能够产生"华侨文学"的创造者。[1] 此外，温梓

1. 参见翔冰：《编后》，载《秋野》，1928 年 8 月第 2 卷第 3 期。

川改版和主编的《槟榔》月刊，其内容也是着重于描写"南洋情调"的创作小说，以及介绍"弱小民族"的文学作品。[2] 在创作方面，陈翔冰等人也努力实践这种具有"南洋色彩"的文学，

2. [马] 温梓川：《暨南文艺研究会·槟榔社》，见 [马] 温梓川著、钦鸿编：《文人的另一面——民国风景之一种》，第 162 页，桂林：广西师范大学出版社，2004 年版。

如陈翔冰的小说《阿陀婆》反映缅甸华人石金吉与异族女性妈妮通婚后家破人亡的悲剧命运，郑吐飞的小说《橡园之玫瑰》、《你往何处去》描述被卖身到印尼充当"猪仔"的华人契约劳工的悲惨生活，以及陈翔冰的《缅甸神话三种》、夹际的《马来情歌选译》等这类表现东南亚神话和异域风情的作品等，这些都为中国现代文学提供了新鲜的创作题材和内容。

南洋侨生作者群创办的文学刊物《秋野》月刊、《槟榔》月刊等，也为中国现代作家开拓了新的发表园地，如鲁迅的演讲稿《文艺与政治的歧途》、梁实秋的论文《汉烈的〈回音集〉》、徐志摩的诗歌《秋阳》、余上沅的论文《中国戏剧之现在及将来》等都发表在《秋野》月刊上。

从另一方面来看，南洋侨生作者群大多是在暨南大学求学期间走上文学创作道路，或是在暨南大学的文学历练中进一步提升了原有的文学创作水平。其中部分侨生作者毕业后将其积累的文学经验带回东南亚，在当地积极从事文学创作和文学活动，并与中国文坛保持着密切的关系。如温梓川于 1934 年回返马来亚后，在主编《槟城新报》文艺副刊《热风》和《诗草》期间，除了在该刊上刊载白宁引介和推崇中国现代派诗人戴望舒、姚篷子的文章《〈我的记忆〉》、《篷子的〈银铃〉》外，还发表傅尚杲的《烟筒》和《夏天》、白宁的《梦》和《笛》，以及温梓川的《在记忆里》这类接受中国现代派诗歌影响的马华现代诗，由此展开了 20 世纪 30 年代马华现代诗的探索。此外，温梓川还在上述文艺副刊上发表中国作家刘大杰等人的作品，并与郁达夫、徐悲鸿、萧乾等中国作家和艺术家保持着联系。温梓川还于 1960 年在新加坡出版

文坛回忆录《文人的另一面》，回忆其在广州和上海求学时的经历、文学活动以及与师友的往来，其中涉及傅斯年、鲁迅、叶公超、徐志摩、张凤、梁实秋、张资平、汪静之、蒋光慈、曾朴、章克标、张竞生、戴望舒、腾固、梁遇春等中国学者与作家。至 2004 年，中国学者钦鸿以该书为底本，另外收集温梓川续写的其他文坛史料，以《文人的另一面——民国风景之一种》为书名，交由广西师范大学出版社印行，这对于中国现代作家、中国与东南亚文学交流史的研究都具有重要的价值和意义。

二、 马来西亚、新加坡和文莱留台作者群的文学交流活动

20 世纪中叶以后，由于新中国的建立以及世界冷战格局的形成，东南亚华人与中国大陆的文学和文化交流也受到极大影响，而台湾当局却适时出台若干鼓励和刺激海外侨生留学台湾的政策和举措，如 1950 年《华侨学生申请保送来台升学办法》、1958 年《侨生回国就学及辅导办法》的颁布和实行，因而吸引了许多的东南亚华人子弟负笈台湾。这些东南亚留台生中有相当一部分学子选择入读台湾师范大学、台湾大学、台湾政治大学等高校，主要修读中文（国文）系、外文系、新闻系、教育系、哲学系等人文社科专业，还有部分修读工课、理科和商科等专业。他们在课内或课余时间，大都热衷于文学创作和文学活动，而这又与台湾特殊的文化与文学氛围密不可分，因为 20 世纪五六十年代的台湾正处于复杂的政治、社会、思想和文化环境，这一时期也是台湾文学最为活跃的时期，缤纷林立的民间文学社团，前仆后继的同仁文学刊物，追逐新潮的文学作品和此起彼伏的文学论争，都深深吸引和影响了这些负笈台湾的东南亚青年学子和华文作家。[1]

1. 参见刘登翰、刘小新：《论五六十年代的台湾文学及其对海外华文文学的影响》，载《台湾研究集刊》，第 50 页，2003 年第 3 期（总第 81 期）。

从 1950 年以来的半个多世纪，前往台湾留学，之后在台港、新马、北美等地从事文学活动和文学创作的新加坡和马来西亚作者至少在数十人以上，其中五六十年代留台的有笔抗、林枫、张逸萍、张子深、刘祺裕、潘雨桐、洪流文、黄怀云、赖观福、郑良树、钟夏田、林绿、王润华、淡莹、陈慧桦、陌上桑、李永平、周唤、杨升桥、孟仲季等人，70 年代留台的有李苍、温瑞安、方娥真、李宗舜、殷乘风、周清啸、廖雁平、洪而亮、张贵兴、商晚筠、赖瑞和等人，八九十年代以来留台的有张锦忠、陈强华、方路、傅承得、林金城、林幸谦、柯思仁、林建国、

黄锦树、钟怡雯、陈大为、安焕然、辛金顺、胡金伦等人。

从 20 世纪五六十年代以来，在台湾浓郁的文学氛围的浸濡下，一些新马留台生组织了"星座诗社"、"神州诗社"、"海洋诗社"、"喷泉诗社"、"大地诗社"等文学社团，并创办了《星座诗刊》、《神州诗刊》、《海洋诗刊》等文学刊物，同时以其文学活动和创作实绩参与了台湾现代文学的发展进程，促进了中国台湾与东南亚文学的双向交流。

"星座诗社"创办于 1964 年，由王润华、淡莹、陈慧桦、林绿、陌上桑、洪流文，以及来自香港的黄德伟、许定铭等人共同组成。该社还创办社刊《星座诗刊》，前后出刊 5 年，共计 13 期。以下简介其中部分社员：

王润华（1941—　），祖籍广东从化，出生于马来西亚吡叻（霹雳）州金宝，中学时代开始文学创作。1962—1966 年在台湾政治大学外文系学习，与淡莹、陈慧桦等人组织"星座诗社"。1967 年赴美留学，后获威斯康辛大学文学博士学位。学成后前往新加坡，先后执教于南洋大学、新加坡国立大学。退休后转赴台湾高校执教。现返回马来西亚，担任南方大学学院副校长。曾任新加坡作家协会会长。著有诗集《患病的太阳》、《夜夜在墓影下》、《内外集》、《橡胶树》、《南洋乡土集》、《山水诗》、《秋叶行》、《把黑夜带回家》、《地球村神话》，学术专著《中西文学关系研究》、《司空图新论》、《沈从文小说理论与作品新论》、《鲁迅小说新论》、《老舍小说新论》、《从新华文学到世界华文文学》等。

淡莹（1943—　），原名刘宝珍，祖籍广东梅县，出生于马来西亚吡叻州瓜拉江沙，中学时代开始文学创作，与陈慧桦、慧适等人合办《海天诗页》。负笈台湾后就读于台湾大学外文系，参与组织"星座诗社"与创办《星座诗刊》。1967 年赴美国威斯康辛大学攻读硕士学位。1971 年在美国加利福尼亚大学任教。70 年代之后在新加坡南洋大学、新加坡国立大学执教，现已退休。1978 年与新加坡诗人南子、谢清、文恺等人发起成立现代诗社"五月诗社"，曾任该社社长。已出版诗集《千万遍阳关》、《单人道》、《太极诗谱》、《发上岁月》、《也是人间事》等。

陈慧桦（1942—　），原名陈鹏翔，祖籍广东普宁，出生于马来西亚吉打州居林，60 年代初期为马来西亚《海天诗页》创办人和编辑，先后就读于台湾师范大学英语系、台湾大学外文研究所，获台湾大学比较文学博士学位。在大学及研究所时期，曾与友人创办"星座诗社"、"喷泉诗社"、"大地诗社"，并合编《现代文学》。后执教于台湾师范大学英语系。著有诗集《多角城》、《云想与山茶》，散文评论集《板歌》，文学评论集《文学创作与神界》，学术论著《马华文学史论述》等。

林绿（1942— ），原名丁善雄，祖籍海南文昌，出生于马来西亚柔佛州昔加末，16岁开始创作。1964年留学台湾，1968年毕业于台湾政治大学西语系。在台湾获"优异诗人奖"、"海外文艺学术奖"、"中山文艺奖"等。后赴美留学，获西雅图华盛顿大学比较文学博士学位。后执教于台湾师范大学英语研究所。著有散文集《蔷薇花》、《森林与鸟》（合著），散文小说集《西海岸恋歌》，诗集《十二月的绝响》、《手中的夜》、《复信》，以及编著《郁达夫选集》、《许地山选集》、《夏丏尊选集》等。

陌上桑（1941— ），原名叶观仕，祖籍广东惠阳，出生于马来西亚彭亨州关丹甘孟。小学五年级开始创作新诗，中学时曾任《韩风半年刊》创刊号主编，兼任《教与学月刊》编辑。1963年赴台湾留学，1967年获台湾政治大学新闻学系文学士学位。留台期间曾任马来西亚同学会出版的《南岛月刊》总编辑。大学毕业后回马来西亚，先后服务于报界和教育界，并兼编各种文艺副刊。1978年与一班文友成立"马来西亚写作人（华文）协会"。著有散文集《旅台小笺》、《凌晨诗笺》，诗集《飞渡神山》等，其中《旅台小笺》由中国著名女作家谢冰莹作序。

"神州诗社"创立于1977年，其成员温瑞安、方娥真、黄昏星、殷乘风、周清啸、廖雁平等人原为马来西亚文艺社团"天狼星诗社"社员。温瑞安等人于留台期间退出"天狼星诗社"，另行创立"神州诗社"，并出版社刊《神州诗刊》。以下简介其中部分社员：

温瑞安（1954— ），祖籍广东梅县，出生于马来西亚吡叻州美罗埠。初中时创办"绿洲社"，其社员有黄昏星、周清啸、廖雁平等。1973年赴台留学，为《天狼星诗刊》创办人。1976年与黄昏星、方娥真、周清啸、廖雁平、殷乘风等人退出"天狼星诗社"。1977年创办"神州诗社"，任诗社社长及《神州诗刊》总编辑。1983年赴香港居住和创作。主要从事诗歌、散文、评论、武侠小说等创作。已出版诗集《将军令》、《山河录》、《楚汉》，散文集《狂旗》、《龙哭千里》、《中国人》、《天下人》、《神州人》，评论集《回首暮云远》，小说集《凿痕》、《今之侠者》，以及武侠小说等200余部作品。

方娥真（1954— ），祖籍广东潮阳，出生于马来西亚吡叻州怡保。中学时开始文学创作，曾任"天狼星诗社"绿林分社执行编辑。赴台留学后肄业于台湾师范大学英语系。为"神州诗社"成员。后赴香港居住与写作。已出版诗集《娥眉赋》，散文集《日子正当少女》、《重楼飞雪》、《人间烟火》、《生命要转入小说》、《寂寞一点红》等，长篇小说《画天涯》、《就在今夜》，小说集《白衣》，推理小说《艳杀》、《桃花》、《佳话》等。

黄昏星（1954— ），原名李钟顺，易名李宗顺，笔名李宗舜，祖籍广东揭西，出生于马来西亚吡叻州美罗。为"绿洲社"社员，"天狼星诗社"总务。1974年赴台湾，就读于台湾政治大学中文系。留台期间主编过《天狼星诗刊》，为"神州诗社"副社长及《神州诗刊》主编，亦曾任台湾政治大学《大学文艺》诗组组长。曾获台湾政治大学创作比赛第二名、《大学文艺》征文比赛诗歌及散文创作双料冠军奖。1982年返回马来西亚。已出版诗集《诗人的天空》、《风的颜色》（合著）、《两岸灯火》、《风依然狂烈》（合著），散文集《岁月是忧欢的脸》（合著）等。

殷乘风（1959— ），原名殷建波，祖籍广东台山，出生于马来西亚霹雳州冷甲。中学时加入"天狼星诗社"，并创立"绿野社"分社。1975年赴台湾留学，后毕业于台湾政治大学中文系。1977年与温瑞安等人创立"神州诗社"。1981年赴美国留学，并于1983年获硕士学位。

1. 上述有关王润华、淡莹、陈慧桦、林绿、陌上桑、温瑞安、方娥真、黄昏星、殷乘风的生平简介及发表作品情况，主要参见下列文献的相关资料：[马]马仑：《新

1992年返回马来西亚。已出版诗集《激流》、《江水悠悠》、《草岸青青》，散文集《殷建波

马文坛人物扫描（1825—1990）》，Skulai, Johor：书辉出版社，1991年版；[马] 马仑：《新马华文作者风采（1875—2000）》，Johor Bahru：彩虹出版

散文集》，小说集《小城雨城大学城》等。[1]

有限公司，2000年版；[马] 叶啸主编：《当代马华作家百人传》，吉隆坡：马来西亚华文作家协会，2006年版。

新马留台作者群在台湾求学期间，深受台湾蓬勃发展的文艺运动和文学潮流的激荡。在台湾现代主义文学运动的冲击下，王润华、淡莹、陈慧桦、辛金顺、陈大为等人的诗歌汲取了现代主义表现方法。陈慧桦坦言自己在留台之前已经借由"台湾现代诗人的中介而接受现代主义的影响"，他与马华文友们通过阅读夏菁、余光中、覃子豪、周梦蝶等台湾诗人的作品而感觉到现代主义才是他们"饥荒心灵的出路"。[2] 王润华在台湾出版的诗集《患病的太阳》大多抒

2. [马] 叶啸主编：《当代马华作家百人传》，第81页，吉隆坡：马来西亚华文作家协会，2006年版。

写诗人内心的感觉和体验，表现出受西方现代派影响的痕迹。潘雨桐、张贵兴、黄锦树等人的小说在挖掘、渲染热带"南洋"的神奇魅力和异国情调时，也采用了现代（后现代）主义的表现方法。此外，林幸谦和钟怡雯的散文，温瑞安的武侠小说等，也与台湾现代派散文和台港新派武侠小说的影响不无关系。从另一方面来看，留台作者群在台湾创作和发表文学作品，也为台湾文学增添了新型的文学题材和独特的异国风情。有学者认为，从严格意义上来说，旅台（留台）文学跟马华本地文学只有血缘上的关系，极大部分的旅台（留台）作者都是"台湾制造"。

他们的创作源泉，或来自中国古典文哲经典，或来自在台湾出版的中国大陆、台湾、香港现代文学著作，以及各种翻译书籍。所以从另一个角度而言，马华旅台（留台）文学也算是台湾现

1. 参见［马］陈大为：《序·鼎立》，见［马］陈大为、［马］钟怡雯、［马］胡金伦主编：《赤道回声——马华文学读本 II》，第 VII 页，台北：万卷楼图

代文学的一环，尽管他们关注的题材、文学视野、发声的姿态有异于一般台湾作家。[1]

书股份有限公司，2004 年版。

　　新马留台作者群的文学活动也进一步沟通了东南亚与台湾文坛的双向交流。马华诗人温任平于 1972 年创办的"天狼星诗社"虽然成立于马来西亚，但其社刊《天狼星诗刊》却在台北创刊和出版，其执行编辑黄昏星、周清啸亦为留台生。"天狼星诗社"另一社刊《天狼星双月刊》也创办于台北，其主编洪而亮也是马来西亚留台生。《天狼星诗刊》、《天狼星双月刊》与《星座诗刊》、《神州诗刊》等同在台湾出版发行，这有助于加强新马作者与台湾文坛的互动与交流。其次，新马留台作者在台湾发表或出版大量文学作品（集），如王润华的《患病的太阳》，淡莹的《千万遍阳关》，陈慧桦的《云想与山茶》，陌上桑的《旅台小笺》，温瑞安的《将军令》、《山河录》、《龙哭千里》，黄昏星的《两岸灯火》，殷乘风的《激流》、《江水悠悠》，张贵兴的《伏虎》、《群象》，李永平的《吉陵春秋》、《海东青》，黄锦树的《梦与猪与黎明》、《乌暗暝》，钟怡雯的《垂钓睡眠》等。其中林绿、陈慧桦、李永平、张贵兴、林幸谦、黄锦树、商晚筠、陈大为、钟怡雯、辛金顺、木焱、胡金伦等人获得不少台湾文学奖项。无论学术界如何看待这类作品的归属问题（台湾文学抑或马华文学），但不可否认的是这些作品（集）发表或出版于台湾文坛，它们在开阔台湾读者视野、丰富台湾文坛生态和样貌的同时，也开拓了马华文学的活动和发展疆域。

　　新马留台作者群最终的去向主要有两类：第一类是留居台湾，即留台作者在台湾完成学业后留居于当地，或是到美国等西方国家的高等院校深造后返回台湾工作和居住，这类作者有林绿、陈慧桦、李永平、张贵兴、张锦忠、林建国、黄锦树、陈大为、钟怡雯等人；第二类是离开台湾，即留台作者结束留学生涯后直接回到新马，或是留居台湾一段时间后仍然返回新马，或是转往香港、美国等地居住和工作，这类作者有笔抗、林枫、陈强华、孟仲季、潘雨桐、陌上桑、王润华、淡莹、李苍、方路、傅承得、黄昏星、温瑞安、方娥真、林幸谦、殷乘风、商晚筠、钟夏田、郑良树、赖敬文、柯思仁、安焕然、辛金顺等人。

　　第一类选择留居台湾的留台作者大多在台湾高校从事教学与学术研究工作，并在台湾学术界和文坛展露其学术研究成果和文学创作实绩，其学术研究也大多集中于英美文学、中国文学、

新马华文文学领域。他们虽然旅居或定居于台湾，但仍然积极参与新马华文文艺界的活动，与新马华文文坛和学术界保持着密切的关系。第二类选择离开台湾的留台作者，他们有的将留学期间积累的文学经验带回新马，推动着新马华文文学向前发展，并积极推进新马华文文学的研究工作。这些留台作者在新马和台湾的文学与学术活动，进一步沟通了两地文学和文化的双向交流。

此外，与东马来西亚紧邻的文莱从 20 世纪 50 年代也开始出现华人留台生。不过，由于居住在文莱的华人仅有少数人能够获得文莱国籍，而一部分文莱留台生实际上属于新加坡、马来西亚等地的公民，因而所谓的文莱留台生也只是相对的称呼而已。

文莱首批留台生出现于 1958 年，此后文莱华人青年陆续前往台湾各大专院校深造，并在当地成立"婆罗乃旅台同学会"，还出版《婆罗乃青年》期刊，以此报道文莱留台生对世界、国家和社会的关怀之情，以及浓郁的思乡之情。

留台生返回文莱后，因其获颁的台湾学位不被文莱政府所承认，因此大部分留台生只能进入文莱华校担任教职。为了团结群体力量与智慧，共同开创未来前程，回归文莱的留台生于 1968 年成立了"文莱留台同学会"。

1988 年，文莱作者谢名平筹组"文莱作家协会"，却不获政府批准注册。有鉴于此，谢名平于 1990 年在"文莱留台同学会"名下成立了"文莱留台同学会写作组"。2004 年 3 月，"文莱留台同学会写作组"脱离母会，自立门户成立了"文莱华文作家协会"，由此文莱华文作家有了自己独立的组织。

"文莱留台同学会写作组"成立伊始，留台作者就参与文莱国内的各项文学活动，其中包括："文莱留台同学会写作组"的"五周年庆"；文人雅集："端午雅集"、"春的雅集"、"夏的突破"、"青少年文艺交流"；文莱华校主办的 5 次文学活动；举办文学创作研习会等。此外，写作组的代表们还于 1992 年 7 月前往台北参加了首届"世界华文作家会议"。

从"文莱留台同学会写作组"脱胎出来的"文莱华文作家协会"，还于 2005 年 4 月与厦门大学东南亚华文文学研究会联合举办了"第六届东南亚华文文学研讨会"，促进了中国与文莱华文文学之间的相互交流。

以下简介部分文莱留台作者：

魏巧玉，女，笔名语桥，祖籍福建古田，出生于东马沙捞越美里。在美里廉律中学毕业后，

前往台湾深造，获台湾政治大学文学士学位。后在文莱诗里亚中正中学任教。著有散文、诗歌、

小说及戏剧合集《思索起》。

1. 本部分有关文莱留台作者的资料参见：［文］陶馨：《留台生与文莱华文文学之拓展（1960—2000）》，见厦门市东南亚华文文学研究会、厦门大学东南

何少明，笔名无肠。毕业于台湾政治大学新闻系，后回文莱从事教职，主要创作诗歌。

亚华文文学研究中心：《回顾与展望：东南亚华文文学研究 20 周年》，第 75—83 页，厦门：厦门大学出版社，2007 年版。

何信良，笔名山川。1967 年毕业于台湾大学，后回文莱，主要作品有诗歌、散文。[1]

三、　东南亚其他留中作者的文学交流活动

除了上述暨南大学南洋侨生作者群，马来西亚、新加坡、文莱留台作者群外，尚有其他赴

中国留学的东南亚华人学子，其中包括 21 世纪出现的泰国留中写作群体。

在泰国方面，从 20 世纪 40 年代至今，陆续有泰国华人子弟负笈中国的南方商专学院、复

旦大学、厦门大学、西南联大、清华大学、北京师范大学、北京语言大学、台湾师范大学等高

等院校。他们在中国留学后选择回返泰国，有的在泰华文坛积极从事文学活动，如曾心、范模

士等人。

曾心（1938—　），原名曾柄心，学名曾时新。祖籍广东普宁圆山乡，出生于泰国曼谷。

1956 年赴中国留学，1962 年考入厦门大学汉语言文学系，1966 年毕业。1982 年返回泰国。现为

厦门大学东南亚华文文学研究中心兼职研究员、泰华作家协会理事、东南亚华文诗人笔会理事、

广东校园文学网顾问、"小诗磨坊"召集人、泰国留学中国大学校友总会办公室主任、厦门大

学泰国校友会秘书长。著有散文小说集《大自然的儿子》，散文集《心追那钟声》，微型小说

集《蓝眼睛》，文学评论集《给泰华文学把脉》，以及《曾心文集》、《曾心短诗选》（中英

对照）、《凉亭》（中英对照）、《曾心小诗一百首》、《曾心自选集》等。

范模士（1938—　），原名翁泰安，祖籍广东潮阳，出生于泰国。幼年时即被父亲送回中国读书，

后肄业于广州暨南大学数学系。20 世纪 70 年代活跃于泰华文坛。曾任泰华作协常务理事、泰

国暨南大学校友会秘书长。著有散文小说集《春风吹在湄江上》（与他人合集）、《尽在不言

2. 上述有关曾心、范模士的生平简介及发表作品情况，主要参见下列文献的相关资料：陈贤茂主编：《海外华文文学史》，第 2 卷，厦门：鹭江出版社，1999 年版；

中》（与他人合集），小说集《董事长来了》等。[2]

高伟光：《泰华文学面面观》，曼谷：留中大学出版社，2010 年版；张长虹：《曾心作品评论集》，曼谷：留中大学出版社，2009 年版。

自 2001 年泰国留学中国大学校友总会成立后，从 20 世纪 40 年代以来的泰国留中作者逐年

聚拢，形成一支较有特色的文学队伍，其中有老作家，也有年轻学子。泰国留中作者群的创作既有回忆其在中国的留学岁月和游记，也有反映其在泰国创业、扎根的随笔和诗歌，如泰国留学中国校友总会于 2003—2009 年出版的文集《留中岁月》、《湄南情怀》、《窗里窗外》等。此外，留中大学总会还出版两套系列丛书，第一套丛书为曾心的诗集《凉亭》、金沙的散文集《活着多好》、赖锦廷的散文诗歌集《爱的世界》和游记言论集《情系大地》、吴佟的报告文学选集《她用爱情谱写生命》、刘助桥的文集《路灯》、苏林华的文集《共饮长江水》、伍启芳的文集《我的母亲》、许家训的散文集《青青河边草》，第二套丛书为老杨和杨玲的《迎春花》、博夫的《情怯》、林太深的《今夜韩江如梦无》、李润新的《佛国尊师甲天下》、张长虹编的《曾心作品评论集》等。

2007 年 7 月 8 日，泰国留学中国大学校友总会文艺写作学会成立，张永青担任会长，由此标志着泰国留学中国大学生写作群体已经形成。该学会每年举行一次文学讲座会和新书发布会，至今已发布了《平台试步》、《湄江漫步》、《河边风景》三本文集。

2007 年 10 月，泰国留学中国大学生校友总会与厦门市东南亚华文文学研究会、厦门大学东南亚华文文学研究中心在厦门大学联合主办"第七届东南亚华文文学研讨会"，主要探讨 20 世纪 80 年代以来的东南亚华文文学创作和研究的状况，以及泰国留学中国大学生的创作特色问题。

有研究者认为，随着留中大学生群体数量的日益扩大和越来越频繁的中国对外汉语教师的派出，必然会有越来越多的泰华写作者加入泰华文学队伍中来，泰华文学也将被推向新的发展阶段。[1]

1. 参见 [泰] 曾心：《一部泰国学生留学中国史雏形——读〈留中岁月〉、〈湄南情怀〉、〈窗里窗外〉》，见庄钟庆主编：《东南亚华文文学研究》，第 10 辑，第 95 页，曼谷：留中大学出版社，2010 年版；高伟光：《泰华文学面面观》，第 99—100 页，曼谷：留中大学出版社，2010 年版。

在印尼方面，林义彪也是留学中国大陆的印华作者。林义彪（1941— ），祖籍福建福清，出生于印尼，1959—1963 年在福建师范学院中文系学习，后返回印尼。其长篇小说《千岛之梦》完稿于 20 世纪 80 年代初期，2005 年由厦门鹭江出版社出版，2009 年印华作协再版时改回原名《椰风蕉雨白楼梦》。另外出版文集《三宝太监郑和七次下西洋及其他》、《七彩拼盘》，书法篆刻集《尊贤阁墨余》，中国民歌选集《中国历代壮歌选》，小品文集《谈古说今系列》，中国古代哲学评介集《遥望诸子百家》，文学评论集《走进中国古代四大名著〈三国演义〉、〈水浒传〉、〈西游记〉、〈红楼梦〉》等。曾多次赴中国南京、厦门、南宁等地参加文学研讨会和学术交流活动。

此外应该提及的是，随着改革开放以来中国大陆与东南亚各国在政治、经济、文化、文学等方面交流活动的日益频密，负笈中国大陆的东南亚作者也与日俱增，其中包括马来西亚的谢诗坚、潘碧华、郭莲花、许文荣、安焕然、曾维龙、林宛莹，新加坡的丘柳漫、高凡、君盈绿、方桂香等人。

第二节　东南亚归侨作者的文学交流活动及其南洋题材创作

东南亚归侨作者系指中国移民及其后裔以侨民身份居住或旅居于东南亚，之后又回归中国的作者。

自1919年以来，从东南亚回返中国的归侨作者人数众多，其中包括许地山、吴钝民、张叔耐、曾圣提、许杰、陈炼青、张楚琨、张天白、王炎之、李铁民、吴广川、林岩、马宁、吴天、陈残云、丘士珍、张曙生、高云览、杜边、白塔、胡愈之、沈兹九、秦牧、丁家瑞、杨嘉、汪金丁、莹姿、杨越、洪丝丝、杜运燮、萧村、王啸平、韩萌、米军、白寒、黄流星、刘少卿、黄浪华、司马文森、杜埃、林林、白刃、邹访今、巴人、杨骚、黑婴、艾芜、聂绀弩、王雨亭、黄绰卿、鲁藜、梁披云等人。东南亚归侨作者大部分为中国南下作者，但也有小部分为东南亚当地出生的作者，如出生于马来西亚吉打州的韩萌、米军，吡叻州的杜运燮、刘少卿，柔佛州的黄浪华，新加坡的王啸平、萧村，印尼棉兰的黑婴，缅甸仰光的黄绰卿等。不过，无论是南下作者还是东南亚当地出生的作者，他们最终都选择回归中国，并为中国和东南亚文学的双向交流作出了贡献。

一、　东南亚归侨作者的侨务、外交和文学交流活动

东南亚归侨作者回归中国后，由于他们在东南亚的生活和工作经历，因而在中国的侨务、外交和文学交流等方面发挥着重要的作用。

归侨作者中的李铁民、王炎之、张楚琨、洪丝丝、胡愈之等人都担任过新中国侨务和外交等方面的工作，其中李铁民曾任中国中央侨务委员会副主席，王炎之曾任福建省侨联主席，张楚琨曾任中国华侨历史学会会长，洪丝丝曾任中国侨联副主席、华侨大学董事，白寒曾任全国侨联宣传部副部长、中国致公党中央华侨知识分子工作委员会副主任，胡愈之曾任中国人民外交学会副会长，丁家瑞曾任广东省归侨作家联谊会副会长，王雨亭曾任中国侨委委员、中国侨联秘书长，林林曾任对外文化联络委员会司长、中国人民对外友好协会书记，梁披云曾任全国侨联常委、澳门归侨总会主席、华侨大学副董事长，巴人曾任中国政府驻印尼第一任大使，等等。这些归侨作者以自己居住或旅居东南亚的生活、工作、创作和斗争经验，为新中国的侨务、外交等事业作出了独特的贡献。

东南亚归侨作者回归中国后，有的继续从事文学创作和文学活动，或与文学相关的教学和编辑工作。如马来西亚归侨作者许杰于 1929 年底回到上海，随后出版两部带有新兴文学色彩的书《椰子与榴莲》、《新兴文学短论》，新中国成立后还担任过全国作家协会上海分会副主席、上海复旦大学中文系教授、华东师范大学中文系主任等职。越南归侨作者鲁藜在抗战期间积极从事诗歌创作，成为中国现实主义抒情诗歌流派"七月派"的代表性诗人。马来西亚归侨作者杜运燮考入西南联大外文系，成为 20 世纪 40 年代中国现代主义诗歌流派"九叶派"诗人。新加坡归侨作者高云览不幸于 1956 年英年早逝，但其遗作长篇小说《小城春秋》于 1957 年出版，并被译成多国文字。另一位新加坡归侨作者吴天后来成为中国著名的戏剧家和导演，曾执导新中国早期电影《走向新中国》。同样是从事戏剧工作的杜边，1949 年从新加坡归国后，继续从事编辑和导演工作。另外两位新加坡归侨作者杨越和杨嘉都曾参与编辑广东省归侨作家联谊会会刊《回音壁》，其中杨越还主编过中国大型文学刊物《当代文学》。另一位从新加坡归国的汪金丁，曾担任中国人民大学中文系教授。菲律宾归侨作者杜埃曾任广东省文联第一副主席、全国作协广东分会副主席。另一位菲律宾归侨作者林林担任过中华诗词学会副会长和中国作协理事。此外，从印尼移居澳门的梁披云曾任澳门笔会会长等职。

另一方面，有的归侨作者仍然与东南亚文坛保持着文学联系，促进了中国与东南亚文学的互动与交流。如吴广川于 20 世纪 80 年代初在新马报刊上刊登数篇以南洋为背景的短篇小说；曾圣提于 1980—1981 年间在新加坡和马来西亚的《乡土》、《文艺春秋》、《读者文艺》等副刊上发表不少创作和译文；白塔于 20 世纪 80 年代在马来西亚报刊上发表新作；许杰于 1984 年将《椰子与榴莲》的影印本寄交新加坡国立大学图书馆保存；杜埃的长篇小说《风雨太平洋》于 1986 年 10 月开始在菲律宾华文报《世界日报》上连载；张楚琨于 20 世纪 90 年代前往新加坡交流访问；萧村于 20 世纪 90 年代应新加坡南洋学会邀请，赴新加坡参加该会主办的国际学术研讨会，其中篇小说《雅宝路重逢》于马来西亚《南洋商报》副刊《小说天地》连载；米军的散文《重回马来亚行迹》从 1995 年 1 月开始在马来西亚《南洋商报》副刊《商余》上连载；杨越十分重视东南亚华文文学的介绍和研究工作；等等。

二、 东南亚归侨作者的南洋题材创作

由于东南亚归侨作者均有过南洋当地的生活经验和情感体验，因此他们归国后的一些文学创作总是或多或少地呈现出独特的南洋地域色彩，或者有意识地以南洋的社会、政治、经济、文化等作为创作题材。而他们的南洋题材创作，也以其独特的异国情调，为中国现当代文学提供了新鲜的文学题材和异域风采。

从五四时期开始，许地山根据自己旅居缅甸、印度的生活经验，创作了具有南洋地域色彩的短篇小说《命命鸟》、《缀网劳蛛》、《商人妇》等。此后，其他东南亚归侨作者也以其南洋题材创作拓展了中国现当代文学的新视域。如艾芜以其在缅甸克钦山区等地的流浪经历创作的自传体散文《南行记》，洪灵菲在大革命失败后流亡香港、新加坡、泰国后创作的自传体小说《流亡》，许杰以无产阶级革命文学理论分析南洋事物的散文集《椰子与榴莲》（又名《南洋漫记》），马宁以其在南洋的革命、文学活动为题材创作的中篇自传体散文《南洋风雨》，老舍反映新加坡多元种族和多元文化社会的童话小说《小坡的生日》，胡愈之、沈兹九追忆他们夫妇与郁达夫等一批中国南下作者在新马沦陷时期流亡印尼情形的散文集《流亡在赤道线上》，巴人根据印尼华人契约劳工反抗荷兰殖民统治的故事而创作的历史剧《五祖庙》、歌颂和支持印尼人民反殖独立斗争的长诗《印度尼西亚之歌》、回忆自己在印尼流亡生活的散文集《印尼散记》等，以及 20 世纪 80 年代以来出现的一系列南洋华侨题材长篇小说，如洪丝丝的《异乡奇遇》、王啸平的《南洋悲歌》、刘少卿的《霹雳山风云》、陈残云的《热带惊涛录》、白

刃的《南洋漂泊记》、黑婴的《漂流异国的女性》、黄浪华的《漂泊南洋》和《南洋丛林历险记》、杜埃的《风雨太平洋》、萧村的《柔佛海峡两岸》、黄流星的《椰风习习》等。

归侨作者的南洋题材创作十分关注东南亚华侨工人的群体命运和生存状态。从近代以来至20世纪中期，东南亚大部分地区沦为西方列强的殖民地，西方殖民统治者为了便于开发东南亚和掠夺当地的各种资源，于是从中国东南沿海的福建、广东等地引进大量的华人移民。这些移居南洋的华人大都属于出卖苦力的劳工阶层，如矿场的矿工、橡胶园里的胶工、烟草种植园里的工人、建筑行业的工人、开芭种地的农民、拉车的人力车夫、商店里的伙计和学徒等，而西方殖民统治下的南洋能够得到开发和持续发展，与中国华工的辛勤劳动和血泪汗水密不可分。然而，这些以血汗开辟南洋的华工，尤其是丧失人身自由的契约劳工（即所谓的"猪仔"），却常常遭受西方殖民者、资本家、种植园主、工头们的残酷剥削和压榨，他们的悲惨生活也引起归侨作者的极大关注，并成为其重要的创作题材之一，如巴人的四幕历史剧《五祖庙》、洪丝丝的长篇小说《异乡奇遇》、刘少卿的长篇小说《霹雳山风云》、黄浪华的长篇小说《漂泊南洋》等。巴人在《五祖庙》中描绘了契约华工在印尼烟草种植园里的悲惨生活和非人待遇：中华苦力们在荷兰资本家及其雇佣的工头监督下从事着繁重的体力工作，还得不时忍受荷兰工头的残暴虐待，如工头随时监督着苦力们，让他们"一刻不休息地整天工作着"，而且"相互之间不许说话"，工作中稍有不慎，就用鞭子抽打，而且"抽打时不许你哼一声"，如果苦力们稍微表示违抗，工头"就可以用手枪打死你也不要偿命"。洪丝丝的《异乡奇遇》中南下马来亚的契约华工在原始热带雨林中从事繁重的开芭及种植烟草工作时，除了毒蛇猛兽的侵袭外，还往往不能自拔地出入于公司开设的赌摊、烟馆和娼寮等。公司开设赌摊的目的，就是为了榨尽苦力们的金钱和血汗："让蛮律（即管工）他们在赌摊上榨取苦力的钱，既可以少给他们工资，又可以引诱苦力多借债，迫使苦力不得不延长卖身契的期限。"而烟馆和妓寮的开设，也是为了让华工在吸毒、嫖妓后不得不重新举债，并继续签订卖身契约，直到他们的劳力被榨取完为止。即使是刘少卿的《霹雳山风云》中那些没有签订卖身契约的自由华工，也同样在恶劣的生存环境中从事强体力劳动，如华工们住的是用亚答树叶做屋顶的"亚答屋"，很早就得起床到山芭里砍伐树木，有的工人不是在缺乏安全保护的情况下被大树压死，就是在缺医少药的状况下病死。

　　归侨作者在揭露西方殖民者的残酷剥削和华工的悲惨命运时，有的还着重反映被压迫者的反抗意识和斗争精神。巴人《五祖庙》中的五位中国苦力陈炳益、吴蜈蚣、杨桂林、吴士升和李三弟，由于不堪忍受荷兰资本家的压榨及工头们的残暴虐待而奋起反抗，他们一起杀鸡祭神、歃血盟誓，最终合力杀死荷兰大工头，并将其五马分尸，然后各执其部分肢体前往苏丹法庭自首，声称独自一人承担法律责任。他们在审判席上面对司法当局的审判时，一面揭露西方殖民主义者残害中国同胞的滔天罪行，一面表现出强烈的反抗精神，如其中的陈炳益慷慨陈词道："我们再也受不了你们的压迫、剥削和践踏了！你们这批洋鬼子，在咱们中国杀咱们同胞还不够，还把咱们当猪仔买到这里来割呀杀的！喝干咱们的血汗，还说你们养活了咱们！你们是连咱们骨头上的骨髓都给吸干了！""人，与其死得像一条爬虫，还不如死得像一只野兽。野兽会用它的牙齿和爪子，撕咬敌人，保护自己，哪怕它是最后也被打败了。……所以，我要杀死这个洋鬼子，救救咱们中国来的受苦受难的兄弟！"尽管陈炳益等五位中国华工最终被判处绞刑，但其强烈的反抗精神和勇于自我牺牲的精神，却无法被西方殖民主义者所泯灭。如果说《五祖庙》主要反映华工的自发反抗精神，那么洪丝丝的《异乡奇遇》则更侧重于表现华工的集体反抗力量。如小说中的华工们为了保护自身的权益而加入华人帮会"三义会"和"三兴会"，以集体的力量和种植园主进行斗争，并最终杀死公司的总巡、管工及随从，还把工人们的卖身契以及公司的账簿烧成灰烬，由此展现了华工们集体斗争的巨大力量。

　　归侨作者的南洋题材创作还反映出海外中国人的爱国激情和民族主义精神。在 20 世纪中叶之前，南下东南亚的华人移民及其后裔绝大多数为中国籍民，伴随着近代以来中国日渐式微的国势和内忧外患的局面，以及中华民族日益严重的生存危机，生活在海外的南洋华人无法不在西方殖民统治下感受着弱国子民的悲哀，也无法不被激起强烈的民族主义情绪，而东南亚归侨作者也在他们的南洋题材创作中充分展现出南洋华人的爱国主义激情，如王啸平的《南洋悲歌》、刘少卿的《霹雳山风云》、白刃的《南洋漂泊记》、黑婴的《漂流异国的女性》、黄浪华的《南洋丛林历险记》、杜埃的《风雨太平洋》、胡愈之和沈兹九合著的《流亡在赤道线上》等。白刃的《南洋漂泊记》描写菲律宾华侨通过抵制日货、宣传演出等活动支援中国的抗战事业，小说还叙述了男主人公阿宋从菲律宾返回中国，决心参加中国人民抗战救亡运动的感人事迹。杜埃的《风雨太平洋》也表现了菲律宾华侨筹款捐助新四军和八路军抗击日本侵略者的事迹。

黑婴的《漂流异国的女性》也反映了印尼华侨对中国抗战事业的大力支持，如印尼华侨组织筹赈会，以义卖、演出等活动筹款捐助中国抗战军民，其中普通的华侨工人、小商小贩、商店职员等也出资捐助中国抗战事业。刘少卿的《霹雳山风云》则描写 1937 年卢沟桥事变后，马来亚华侨掀起轰轰烈烈的抗日救亡运动，青年矿工廖雄等人在河沙埠组织"抗战后援会"，许多华人青年积极参加抗日宣传和筹赈演出活动，有力地支援了祖国的抗战事业。王啸平的《南洋悲歌》也反映出新加坡底层华人深厚的爱国热情，其中大小摊贩、黄包车夫展开义卖活动，把"终日汗水换来的钱"捐献出来，"他们那一毛、五分的捐献，要比富人们捐献几千几万还高尚、伟大"，"这些在饥饿线上挣扎的劳动者，他们是流着热爱祖国的苦血"。此外，黄浪华的《南洋丛林历险记》还描写缅甸华侨李方舟、郑延庆、林福庚、玉香为了支援新中国的工业发展，冒着生命危险将两万多颗橡胶籽偷运回中国的感人故事。

有的归侨作者还从文化视角来反映南洋题材创作，如许地山的《缀网劳蛛》和《商人妇》、老舍的《小坡的生日》、巴人的《印度尼西亚之歌》、黑婴的《漂流异国的女性》、白刃的《南洋漂泊记》、王啸平的《南洋悲歌》、刘少卿的《霹雳山风云》等。许地山的《缀网劳蛛》写虔诚的基督教徒尚洁因救助受伤的窃贼而遭致丈夫的误解，之后被放逐到马来半岛的西岸。她从观察当地采珠人的劳动生活中获得心灵的慰藉，并总结出人生启示："人生就同入海采珠一样，整天冒险入海里去，要得着多少，得着什么，采珠者一点把握也没有"，但采珠者却不会因此放弃"每天迷蒙蒙地搜求"，因为"她的本分就是如此"。《商人妇》中的女主人公惜官从福建闽南乡村前往新加坡寻夫，却被狠心的丈夫转卖给一位印度商人为妻。印度商人病死后，惜官离家出逃，这位漂流异乡的中国女性坚持着"独立生活的主意"，独自带着混血儿子谋生，并自称为"女鲁滨逊"。有学者认为，在许地山的文化观中，"东亚"地区是有共同的（或接近的）文化背景与传统的，而许地山在五四时期创作的几乎每一篇作品，都在宣扬和肯定一种人生哲学，即"人类的命运是被限定的，但在这限定的范围里当有向上的意志。所谓向上是求全知全能的意志，能否得到且不管它，只是人应当去追求"。《缀网劳蛛》和《商人妇》中的两位华人女性正是展现出这样的人生哲学与性格：她们都以极其平静的态度对待面临的苦难，既不违抗"命运"，又不屈从"命运"，在"顺应自然"中表现出内在的顽强与韧性，而这显然融汇着印度文化中的佛教思想与中国文化中的儒家思想。许地山笔下的女主人公不仅主要继承了这种东亚文化的传统精神，而且受到了西欧文化不同程度的影响，她们身上所体现出来的东亚文化与西欧文化的汇合，既表现了 20 世纪 20 年代（中国的五四时期）的时代特点，也表现了作家的一种文化理想和见解。另外，老舍在童话小说《小坡的生日》中展现了作者对东南亚地区生活的独特观察与理解，以及对东方民族命运的独特思考，作者站在民主主义与民族主义的立场上，既强调各民族自身弱点的克服与改造，又突出了被压迫民族团结、联合的思想。这种对东方各民族团结一致的强调，既同许地山作品中对东亚文化共同性的强调存在着内在的一致，又具有更为鲜明的政治倾向性。[1]

1. 参见王瑶：《中国现代作家笔下的东南亚》，见庄钟庆等：《东南亚华文文学与中国现代文学》，第 4—8 页，厦门：厦门大学出版社，1991 年版。

　　另一位归侨作者巴人在太平洋战争期间流亡印尼时，由于接触到印尼人民多灾多难的现实，在给予印尼人民深切同情的同时，也在长诗《印度尼西亚之歌》中对当时缺乏理性自由的印尼人民进行文化启蒙，引导他们严肃地审视自我、剖析自我与批判自我。荷兰殖民统治者认为印尼人民是个邪恶、野蛮、落后的民族，如果不用武力征服，就无法使顽固僵化的印尼人开化，因此荷兰殖民印尼不仅不应受到指责，而且是正义的，是文明征服野蛮，光明战胜黑暗，自由进步的西方战胜专制停滞的东方的正义的战争。巴人在长诗中驳斥了西方殖民者对印尼各民族的各种污蔑之词，如"全未开化"、"浑身野蛮"、"文化沙漠"、"番鬼"、"奴才"、"懒虫爬透了骨髓"、"不配独立和解放"等，赞美了印尼爪哇民族、马来民族、米南加保民族、亚齐人优秀的民族性，如"坚忍耐劳"、"善斗勇搏"、"忠诚天真"、"悍猛坚韧"等，由此激发印尼人民的民族自信心和自豪感，激励他们团结起来反抗西方殖民统治，争取民族的自由和解放。[2]

2. 参见陈栓：《巴人旅居新印（尼）及其南洋题材创作研究》，第 12—15 页，厦门大学中文系硕士学位论文，2009 年。

　　由于归侨作者大多具有良好的中国文化背景，他们在旅居或居住东南亚期间也大多从事过与文化教育和舆论宣传有关的工作，因此不少归侨作者的南洋题材创作也涉及到中国文化人在南洋从事新闻、教育等文化工作的情形，如黑婴的《漂流异国的女性》、白刃的《南洋漂泊记》、王啸平的《南洋悲歌》、刘少卿的《霹雳山风云》等。这些作品描写了中国文化人在南洋当地开办华文学校、创办华文报纸的具体情形，其中《漂流异国的女性》中的女主人公袁丽萍和廖洁分别为印尼华文中学教师和华文报馆编辑，另一位男主人公英子健则是雅加达《晨光报》的编辑。此外，小说还涉及郁达夫、王莹、金山、刘海粟、徐悲鸿、巴人等中国南下文人的文化活动。因此，上述小说为我们展现了中国文化如何借助华文教育、华文媒体以及南下文化人的努力耕耘而在东南亚华人社会中顽强传承的情景，由此使得这类南洋题材创作具有深厚的文化内涵和意蕴。

关于归侨作者的南洋题材创作在联结中国现当代文学与东南亚文学之间的价值和意义，或许可以借用学者王瑶在讨论中国南下作者的东南亚题材创作时的论述："大量的文学史事实表明：从'五四'中国现代文学诞生时开始，东南亚地区华人的生活、命运，以及他们所创造的文化，即已引起了现代作家的关注，并进入中国现代文学的描写领域"，这些作品不仅"为中国现代文学提供了许多新的东西，丰富了我们的文学宝库，而且在不同程度上对东南亚地区各国自身的文学，特别是以汉语为表达工具的华文文学，产生了重大的影响"，"显示了中国与东南亚国家之间文学的互相渗透、影响的特征，也显示了作为文学语言的汉语所具有的表现不同生活内容的深厚潜力"，因此它具有某种"特殊的研究价值"。[1]

1. 王瑶：《中国现代作家笔下的东南亚》，见庄钟庆等：《东南亚华文文学与中国现代文学》，第3—4页，厦门：厦门大学出版社，1991年版。

第三节　东南亚其他民族语种作者与中国的文学交流活动

在中国与东南亚文学的双向交流中，除了以汉语 / 华文为创作语的东南亚留中作者、归侨作者的积极参与外，东南亚其他民族语种作者如越南的邓台梅、潘魁，印尼的普拉姆迪亚·阿南达·杜尔等，也以其文学活动和译介活动促进了中国现当代文学与东南亚文学的相互交流。

以下简介越南的邓台梅、印尼的普拉姆迪亚·阿南达·杜尔与中国的文学交流活动。

一、　越南作者邓台梅与中国的文学交流活动 [2]

2. 本部分"越南作者邓台梅与中国的文学交流活动"主要参见孟昭毅：《东方文学交流史》，第239—248页，天津：天津人民出版社，2001年版；饶芃子主编：《中国文学在东南亚》，第25页，第29页，广州：暨南大学出版社，1999年版。

越南作者邓台梅（1902—1984），又译作邓泰梅、邓台枚，为越南当代著名的文学家、文艺评论家、翻译家和汉学家。

邓台梅祖籍义安省（今义静省）清章县良田乡，其父邓元谨为20世纪初期越南文坛著名的诗人和革命志士。邓台梅自幼攻读汉文，深受中国维新派梁启超、康有为等人思想的影响，

20 世纪 20 年代开始接触马列主义学说，1929 年参加新越革命党。邓台梅在从事革命活动的同时，还以越南文和法文为越南报刊撰写文章。1948 年以后，邓台梅历任越南国会代表、教育部部长、越南文化协会会长、越南文学艺术联合会主席、国家科学院文学院院长等。其主要著作有《潘佩珠诗文》、《二十世纪初期的越南革命诗文》、《在学习和研究的道路上》等。

邓台梅除了致力于文艺研究外，还大量译介了中国文学，其中包括中国现代文学。他被认为是最早接触中国新文学的越南作家之一，以及最早向越南读者和学术界评介中国现代文学的越南学者。据邓台梅回忆，他在 1926 年就读印度支那高等师范学校期间，首次从中国朋友处听到"五四运动"、"五卅运动"，以及朱自清、冰心、郁达夫、茅盾、郭沫若、鲁迅等中国现代作家的名字。十年后，邓台梅购得一册《鲁迅先生纪念特集》，才知道鲁迅已经逝世，此后四处寻读鲁迅的作品。日本侵华期间，邓台梅从一位逃难到河内的中国文艺工作者那儿阅读和了解鲁迅、巴金、冰心、茅盾、曹禺、郭沫若等人的作品，并以鲁迅作品作为学习汉语的教材。此后，邓台梅开始将鲁迅、郭沫若等人的作品译介给越南读者。在越南的抗法战争期间，邓台梅曾在第四联区大学文科班和预备班讲授中国现代文学课程。1954 年以后，他在河内师范大学任教时，也向学生讲授鲁迅、郭沫若等中国现代作家作品。邓台梅翻译的中国现代文学作品有鲁迅的《阿 Q 正传》、曹禺的《雷雨》和《日出》、田汉的《关汉卿》等，其中于 1958 年完成的越南文剧本《关汉卿》，还被越南电视台文艺部摄制成电视剧，向越南观众播映。其他有关中国现代作家作品的编著有《鲁迅的生平与文艺》（1944）、《中国现代文学史中的杂文》（1944）、《中国现代文学简史》（1958）等。

邓台梅在译介和传播鲁迅作品方面作出了积极的贡献，并对越南文坛和翻译界产生了影响。越南翻译家张政于 1988 年回顾自己翻译鲁迅作品的事业时道："邓台梅先生是我国翻译鲁迅的第一人，是他引起了我阅读、然后翻译鲁迅作品的兴趣"；"多少年来，我将自己的全部身心倾注到鲁迅作品的翻译中。其结果是，几乎鲁迅文集中最有价值的作品都被我译成越语并多次再版重印。在鲁迅爱好者的书橱里，必然会有《呐喊》、《彷徨》、《故事新编》、《野草》、《朝花夕拾》等译本……"。[1]

1. ［越］张政：《我译鲁迅》，载越南《文学杂志》，1988 年第 5、6 期合刊，转引自饶芃子主编：《中国文学在东南亚》，第 29 页，广州：暨南大学出版社，1999 年版。

邓台梅曾于 1960 年当选为越中友好协会副会长，也曾数次到中国交流访问。他认为中越两国的文化交流对彼此双方都是有利的。他在 1961 年撰写的《越南文学与中国文学密切而悠久的关系》中指出："毛泽东同志的《在延安文艺座谈会上的讲话》以及中国文艺界领导同志的讲话等，都是对我国文艺工作提高思想意识很有裨益的研究材料。"对于中国专家前往越南河内大学讲授中国古典文学、现代文学及鲁迅文艺思想，以及越方派遣留学生前往中国各大学研究中国文学的现象，邓台梅认为这样的文学交流活动为越南的中国文学研究打下了坚实的基础。他说："对于越南读者和越南作家来说，中国文学界的新文学理论和文学创作都是值得自己参考、思考、学习的丰富经验，正和中国朋友常常研究学习我们在文学上所取得的成就一样"，"我们完全有理由相信：在未来，两国的文化与文学关系会日益密切，并取得更加圆满的结果"。[1]

1. 转引自孟昭毅：《东方文学交流史》，第247—248页，天津：天津人民出版社，2001年版。

二、 印尼作者普拉姆迪亚·阿南达·杜尔与中国的文学交流活动

印尼作者普拉姆迪亚·阿南达·杜尔（Pramoedya Ananta Toer，1925—2006）是印度尼西亚独立以来最负盛名、最有代表性的作家，曾多次获诺贝尔文学奖提名，并曾被誉为"东南亚在世的最伟大作家"。

普拉姆迪亚·阿南达·杜尔于1925年出生于印尼中爪哇布洛拉镇的一个教师家庭。在长达81年的生命历程中，普拉姆迪亚曾于1947—1949年、1965—1979年分别被荷兰殖民当局和印尼执政当局逮捕入狱，然而牢狱之灾并未摧毁他的意志，反而激发起他旺盛的创作热情。他创作并出版了《追捕》、《被摧残的人们》、《游击队之家》、《人

图48 普拉姆迪亚·阿南达·杜尔

世间》、《万国之子》、《足迹》、《玻璃屋》等小说，由此奠定了其在印尼文坛上的崇高地位。

在普拉姆迪亚漫长的文学生涯中，其政治思想、文学观念等都经历过发展变迁，其中1956—1959 年是他的政治、文化思想发生演变的重要时期，而这与他和中国的政治和文学交流有着密切的关系。

普拉姆迪亚在二战期间为日本通讯社工作时，因为负责中日战争的报道而对中国共产党军队、毛泽东、周恩来等有所了解。20 世纪 50 年代上半期，他开始关注中国的文学理论。他在1952 年写的《文学作为工具》中引用毛泽东的文章来支持自己的观点，即文学只是人们用来实现自身目标的工具。此外，他还于 1954 年和 1956 年分别翻译了周扬的《社会主义的现实主义——中国文学的前进之路》和丁玲的《生活与创作》，其中丁玲认为要创作有价值的作品，作家必

1. 参见刘宏：《普拉穆迪亚 · 阿南达 · 杜尔与中国：一个文化知识分子的变迁》，见刘宏：《中国—东南亚学：理论建构 · 互动模式 · 个案分析》，第 59—60 页，

须"走进生活，与人民生活在一起"。[1]

北京：中国社会科学出版社，2000 年版。

1956 年 10 月，普拉姆迪亚应中国文联主席郭沫若、作协主席茅盾等人的邀请赴华访问，并参加鲁迅逝世 20 周年纪念大会。他在大会发言中盛赞鲁迅道："世上数以百计的作家被公认为是伟大的，因为他们成功地表达了自己，表达了自己的心灵：愿望、爱情、哀忧、思忆、幻想和希望。但是，鲁迅是他的民族的喉舌，是他的人民的声音。鲁迅体现了充满对全人类有良好愿望的人们的道德觉悟。他不仅仅停留在希望上，他正是采用了他认为好的和恰当的方式——文学，而积极斗争，来实现它。……他的作品表达出来的道德觉悟，不仅在中国可以听到，而且在整个地球上都有反响。"他还说："有着能够表达和反映自己的感情和思想，而且为此而斗争的作家的民族是幸运的。但是能够尊崇曾经对自己的民族有贡献的作家——鲁迅的民族更是幸运的。"[2]

2.《印度尼西亚作家普拉姆迪亚 · 阿南达 · 杜尔的讲话》，载《文艺报》，1956 年第 20 号附册。

在这次访问中，普拉姆迪亚见证了新中国取得的经济建设成就、中国人民高昂的精神面貌，以及中国作家和艺术家享有的崇高的社会政治地位，因而对新中国的政治、经济、文化成就大加赞赏。他还与中国著名作家和文化官员周扬、茅盾、巴人、杨朔、刘白羽、刘之侠、郭小川、李锐等有过频密的接触。他在与中国文艺界的会谈中主要涉及两个主题，即中国"社会主义的现实主义"、"艺术应该为人民服务"的文艺路线。在此之前，他曾在"艺术为艺术本身"和"艺术为人民服务"这两种观念之间矛盾徘徊，而这次对中国的访问和与中国文艺界的交流，却使他完全倾向了后者。

　　有学者认为，在 1956 年访问中国之前，普拉姆迪亚是一位普遍的人道主义者，如他在小说《游击队之家》中不仅谴责了荷兰和英国，而且也批评印尼共产党发动的茉莉芬暴动，而他在 20 世纪 50 年代早期创作的其他作品也都展现出"人类的普遍孤独感"这一沮丧主题。而当普拉姆迪亚于 1956 年 11 月从中国回到印尼之后，他不仅从独善其身的知识分子变成一个政治活跃人士，而且也从普遍人道主义者转变成主张"艺术为人民服务"的左翼作家，而中国文学的理论与实践是促使普拉姆迪亚转变成为印尼左翼文学运动旗手的重要动力。[1]

1. 参见刘宏：《普拉穆迪亚·阿南达·杜尔与中国：一个文化知识分子的变迁》，见刘宏：《中国—东南亚学：理论建构·互动模式·个案分析》，第 56—57 页，第 67—72 页，北京：中国社会科学出版社，2000 年版。

　　此后，普拉姆迪亚进入左翼文化团体"印尼人民协会"的领导层，并兼编其机关报《东星报》的文学论坛《灯笼》。他从中国回到印尼后写作的第一部小说《南万丹的故事》（有的译为《南万丹发生的故事》），其创作观念即受到中国的社会主义现实主义文学理论的影响。他意识到"与农民和工人一同生活"以准确描写他们生活的重要性，因而"深入基层"到万丹的乡下与农民和矿工一起生活。[2] 该小说以"伊斯兰教国"的叛乱为故事背景，描写了印尼贫苦农民与

2. 参见刘宏：《写在"民族寓言"以外：中国与印尼左翼文学运动》，载《文艺理论与批评》，2001 年第 2 期。

恶霸地主的阶级斗争，具有浓厚的政治色彩。这部小说后来被改编成舞台剧，深受农民的欢迎。普拉姆迪亚还在 1980 年出版的小说《万国之子》中描写了清朝末年的反清志士许阿仕与印尼土著人士明克和温托索罗姨娘之间超越种族和文化的真诚情谊，而这应该与中国对他的影响有关。1985 年 10 月，中国《文艺报》在报导普拉姆迪亚出版的历史小说《足迹》和《前驱》时，曾如此表示："这两部作品中所述及的事实与印尼官方的史籍观点相异。官方认为，一批受西方文化影响的爪哇知识分子是印尼的建国之父。而阿南达以为，印尼民族主义的精神最初表现可溯源于华裔。"[3]

3. 《印尼两部历史小说问世》，载《文艺报》，1985 年 10 月 19 日。

　　另一方面，从 1958 年开始，中国陆续翻译了普拉姆迪亚的多部小说，其中包括《游击队之家》(1958)、《人世间》（1982）、《万国之子》（1983）、《一个官员的堕落》（1985）、《诱惑与堕落》（1986）、《足迹》（1989）等。中国学者居三元还于 1987 年专门撰写了《呕心沥血巨著惊人——印尼著名作家普拉姆和他的〈足迹〉》一文，以推介普拉姆迪亚的小说，由此可见中国文坛对印尼作家普拉姆迪亚文学成就的重视与肯定。[4]

4. 本部分"印尼作者普拉姆迪亚·阿南达·杜尔与中国的文学交流活动"除了已注明的资料出处外，另参见梁立基：《普拉姆迪亚·阿南达·杜尔及其创作》，见北京大学东方语言文学系：《东方研究论文集》，第 206—224 页，北京：北京大学出版社，1983 年版。

结语

由于中国与东南亚在地理位置、民族血脉、政治外交、经济贸易、文化宗教和文学艺术等方面存在着深厚的地缘、血缘、政缘、商缘和文缘关系，因此从公元前207年赵佗建立南越政权，输入中国文化典籍《诗》、《书》作为"化训国俗"的教化工具开始，中国与东南亚之间的文学交流已经历了两千余年的发展历程。

中国与东南亚的文学交流首先是中国汉语文学与同一语种的东南亚汉语/华文文学的交流与互动，其中包括中国传统文学、现当代新文学与东南亚华文文学的交流。

中国传统文学从公元前3世纪传播到越南后，对越南汉文文学及喃文文学产生了巨大的影响，越南汉文诗歌、散文、小说的各种体制基本上都仿效、借鉴中国传统文学的体裁形式，而越南自13世纪产生的喃文文学也同样深受中国传统文学的影响，其喃文韩律诗、六八体诗、诗传也与中国诗歌及各类著作和民间传说有着密切的关系。中国传统文学在晚清时期也随着汉文化的传播而扩散到新马地区，并在中国南下官员及文人作者的参与和创造下衍生出新马华文旧体文学。中国传统文学的体裁形式、文学精神和文学观念也对新马华文旧体文学产生了巨大的影响。

中国现当代新文学对东南亚华文文学的影响始于1919年五四新文化运动。在五四新文化的传播与影响下，新加坡和马来西亚最早出现具有新精神和新形式的华文新文学。尽管泰国、缅甸、菲律宾、印尼等东南亚国家的华文新文学发端时间并不一致，但仍然与中国五四新文学的影响分不开。此后，中国无产阶级革命文学运动、抗战文艺运动、"文化大革命"文艺思潮等都对东南亚华文新文学产生了重大影响。

中国现当代作家鲁迅、刘半农、丁玲等人，以及数以百计的南下作者，也都对东南亚华文新文学产生了深刻的影响。此外，东南亚留中作者如上海暨南大学的南洋侨生作者群，马来西亚、新加坡和文莱留台作者群等，也参与了中国大陆和台湾文学的发展进程，促进了中国与东南亚之间的文学交流。

其次，中国与东南亚文学的相互交流还包括中国汉语文学在东南亚传播和移植的过程中对东南亚其他民族语言文学的影响。

中国传统文学在 19 世纪已被翻译成泰文并移植到泰国，如著名的《三国演义》于 1802 年被改译成泰译本《三国》。此后，中国传统小说被陆续翻译成泰文、越南文、柬埔寨文、马来文、爪哇文、望加锡文、巴厘文、马都拉文等文字，并在泰国、越南、柬埔寨、新加坡、马来西亚、印尼的土生华人及其他东南亚民族中广泛流传，有的还对东南亚民族的文学艺术和社会生活产生了重大的影响。此外，20 世纪五六十年代兴起的港台新派武侠小说也被移植到泰国、印尼、越南、柬埔寨、缅甸等东南亚国家，并激发起当地华人和土著作家以泰文、印尼文等创作武侠小说的热情。

中国现当代新文学在东南亚传播的过程中，鲁迅、郭沫若等中国现当代作家的作品也被翻译成东南亚其他民族语言，并受到许多东南亚读者的欢迎和喜爱。而越南的邓台梅、印尼的普拉姆迪亚·阿南达·杜尔，也以其文学译介和文学交流活动促进了中国与东南亚不同语种文学之间的交流。

此外应该说明的是，除了中国汉语文学与东南亚文学的交流和互动外，中国少数民族与东南亚其他民族语言文学之间也存在相互交流的现象，因为中国与东南亚存在不少跨界而居的民族，如中国景颇族与缅甸克钦族同属于一个民族，中国傣族、壮族与泰国泰族、越南汰族也有血缘关系。因此，中国与东南亚各民族之间的神话传说也存在相互交流与影响的关系，如"龙的族源神话传说"、"谷物起源神话"、"洪水后兄妹 / 姐弟再殖人类神话"等。

从中外文学交流史的视域来看，中国与东南亚文学交流历史之悠久、人员往来之频密、血缘关系之密切、文化和文学影响之深厚，都是中国与其他国家地区的文学交流史中所少见的，而中国与东南亚也在漫长的文学交流和互动中取得了互补互利的效果。

从中国文学的角度来看，作为文学 / 文化输出方的中国在向东南亚传播文学 / 文化和输出作者的同时，也丰富并拓展了自身的内涵和外延。如唐代诗人杜审言、沈佺期等人在流放越南期间创作的诗歌，20 世纪 50 年代之前中国南下作者在新加坡、马来西亚、泰国、菲律宾、印尼等地的文学创作等，均丰富了中国文学的社会和文化内涵，极大地拓展了中国文学的活动疆域。另一方面，作为文学 / 文化输入方的中国，也因为东南亚留中作者、归侨作者等的文学活动而丰富了自身的文学色彩。如被称为"安南三贤"的姜公辅、姜公复、廖有方在中原时创作的诗文就丰富了唐朝的文学宝库，20 世纪以来留学中国大陆和台湾的东南亚作者群，以及众多的东南亚归侨作者，也都参与了中国现当代文学的发展潮流，并以其独特的南洋题材创作，为中国现当代文学增添了新型的文学题材和绮丽的异域风情。

从东南亚文学的角度来看，作为文学 / 文化接受方的东南亚，由于中国文学 / 文化的输入，而使当地民众汲取了中国悠久灿烂的文学 / 文化滋养，同时也由于中国文学的传播、渗透和影响，而获得进一步发展、创造本民族文学的重要资源和参照系。如中国传统文学直接开启了越南汉文文学史，以及新加坡和马来西亚华文旧体文学史，越南喃文文学也是在仿效、借鉴中国传统文学中发展前行，新加坡、马来西亚、菲律宾、印尼、缅甸、泰国、越南等国的华文新文学更是受益于中国五四新文化运动以来的汉语新文学。另一方面，作为文学 / 文化输出方的东南亚，也因为负笈中国大陆和台湾的留学生，而获得观照和借鉴中国文学，并由此提升和发展本国文学的重要契机。如毕业于上海暨南大学的马来西亚作者温梓川对马华现代主义文学的探索，新马留台作者王润华、淡莹、陈慧桦、辛金顺、陈大为等人所接受的台湾现代主义文学潮流影响等，而这些留中作者在中国大陆和台湾的文学活动和文学创作，也进一步开拓了东南亚文学的活动疆域。再者，东南亚各国为中国输送的归侨作者，也以其南洋题材创作而丰富了中国现当代文学的题材和内容。

从客观的立场来看，在中国与东南亚文学的交流过程中，中国现当代文学思潮中的某些流弊也对东南亚文学产生过负面影响，如无产阶级革命文学运动的非艺术化倾向、"文化大革命"的极左文艺思潮等，而东南亚文坛在对中国文学进行文化选择和文化利用时，也出现过囫囵吞枣、消化不良等现象。但不可否认的是，在两千多年的文学交流和互动过程中，中国与东南亚双方大多是互补互利的，因为在人类文明的历史进程中，文学 / 文化不可能在单一和孤立的环境中获得良性的发展，它需要纵向的继承和横向的移植，需要外来文学 / 文化的刺激、渗透、滋养、启迪和影响，由此创造出更为丰富、更为优秀和更具色彩的本民族文学 / 文化，而正是在这样的文学 / 文化交流和互动中，中国与东南亚的文学取得了互利双赢的结果，这也显示出国家和民族之间文学 / 文化交流的必要性和可行性。

对于这种跨越国家疆域的文学交流所具有的价值和意义，在此引用一些著名学者的相关论述，如中国著名学者王瑶在论及中国南下作者的东南亚题材作品时曾如此表述："这些作品不仅以自己独特的绚丽色彩，例如异域情调、热带风光、生活习俗和活动场景等，为中国现代文学提供了许多新的东西，丰富了我们的文学宝库，而且在不同程度上对东南亚地区各国自身的文学，特别是以汉语为表达工具的华文文学，产生了重大的影响。正是这些作品显示了中国与东南亚国家之间文学的互相渗透、影响的特征，也显示了作为文学语言的汉语所具有的表现不

1. 王瑶：《中国现代作家笔下的东南亚》，见庄钟庆等：《东南亚华文文学与中国现代文学》，第3—4页，厦门：厦门大学出版社，1991年版。

同生活内容的深厚潜力，因此它具有某种特殊的研究价值。"[1]

对于中国文学与同一语种的东南亚华文文学之间的交流意义，另一位著名的美籍华人学者周策纵教授也发表过精辟的论述，他说：

> 任何有成就的文学都有它的历史渊源，现代文学也必然有它的文学传统。大家知道，中国本土的文学，自先秦的经典发展下来，自有一个完整的文学传统……（东南亚）地区的华文作家，自然不能抛弃从先秦发展下来的那个"中国文学传统"（*Chinese literary tradition*）。没有这个根源，东南亚以至其他海外华文文学，便像无根无干的树枝，开不了花，结不了果。然而单凭这个根源传统，也是很不充足的，因为东南亚或其他海外华人多是生活在别的国家里，自有他们的土地、人民、风俗、习惯、文化和历史。这些华文作品，都多多少少反映着这些不同的特殊经验，本身自然会形成一个"本土文学传统"（*native literary tradition*）。东南亚华文文学今后一定会融

2. [美] 周策纵：《总结辞》，见 [新] 王润华、[德] 白豪士主编：《东南亚华文文学》，第359页，新加坡：Goethe—Institut Singapore

合这"中国文学传统"和"本土文学传统"而发展，即使在个别实例上可能有不同的

and Singapore Association of Writers，1989年版。

偏重，但不能有偏废。这就是我所说的"双重传统"。[2]

综上可见，在中国与东南亚的文学交流过程中，无论是中国汉语文学与东南亚其他民族语言文学之间的交流与影响，还是中国汉语文学与同一语种的东南亚华文文学的交流与互动，都显示出不同国家、不同民族之间跨文学／文化交流的重要性，以及同一民族、同一语种文学之间交流和对话的必要性，而中国与东南亚正是在这种交流和互动过程中进一步丰富、发展了自身的民族文学，并为世界文学／文化的丰富性和多样性作出了独特的、不可替代的贡献。

附录：中国－东南亚文学交流大事记（1919—2009）

1919 年

5—6 月，马来西亚吉隆坡《益群报》和新加坡《国民日报》的编辑积极呼应中国五四新文化运动，在新马华文文坛提倡"新文学"和"新思潮"，由此开启新加坡和马来西亚的华文新文学史。

1921 年

许地山在《小说月报》上发表南洋题材短篇小说《命命鸟》。

1922 年

泰国华文报《中华民报》辟设文艺版《纪事珠》，后改名《小说林》，常转载中国五四新文学作家作品。

陈菊侬、林籁余在菲律宾创办《小说丛刊》，主要转载中国小说等文艺作品。

许地山在《小说月报》上发表南洋题材短篇小说《缀网劳蛛》。

1925 年

中国南下作家拓哥在新加坡《新国民日报》创设第一份新马华文新文艺副刊《南风》。

1926 年

上海暨南大学的南洋侨生陈翔冰、陈妤雯、陈雪江、郑吐飞等人成立文艺社团"景风社"，并出版社刊《景风》季刊。

1927 年

5 月，洪灵菲从广州南下新加坡、泰国等地避难。其后根据这段流亡生活创作了带有自传色彩的小说《流亡》、《在俱乐部里》、《在木筏上》。

10 月，上海暨南大学原"景风社"成员陈翔冰、陈妤雯、陈雪江、郑吐飞、张凤、刘觉等人，加上章铁民、夏丏尊、顾仲彝、余秋楠、汪静之、章衣萍等 20 余人，共同组成文艺社团"秋野社"，并于 11 月出版社刊《秋野》月刊。

1928 年

7 月，许杰自上海南下马来西亚吉隆坡，担任《益群报》总编辑及其文艺副刊《枯岛》编辑，并大力提倡无产阶级革命文学（或称"新兴文学"）。其后于 1930 年在上海出版散文集《椰子与榴梿》、文艺论著《新兴文艺短论》。

1929 年

上海暨南大学的印尼侨生郑吐飞的短篇小说集《椰子集》由上海的真美善书店出版。

上海暨南大学的马来亚侨生温梓川的客家山歌集《恋歌二百首》由上海的现代书局出版。

1931 年

2 月，马宁从上海南下新马，仿照中国左翼作家联盟的形式成立"马来亚普罗艺术联盟"（简称"马普"），编辑《南洋文艺》、《马普》、《马反》等刊物，与其他马华作者发起"南洋新兴戏剧运动"，创作独幕剧《夫归》、《凄凄惨惨》、《女招待的悲哀》等。

1932 年

7 月，马宁在丁玲主编的左联机关刊物《北斗》第 2 卷第三、四期合刊上发表《英属马来亚的艺术界》一文，向中国文坛介绍新马文艺界及其左翼文艺运动。

中国南下文人曾梦笔为"提倡风雅"及"保存国粹"，在新马组织诗歌团体"蕙风诗社"。

1934 年

泰国作家符开先的小说《孤霞》由上海汉文书局出版。

1935 年

中国南下新马作家林参天的长篇小说《浓烟》由上海文学出版社出版。

1936 年

11 月 2 日，泰国各界华人 1 000 余人在曼谷中华总商会大礼堂光华堂举行"暹罗华侨文化界追悼鲁迅先生大会"。

根据《三国演义》改译的柬文本《三国》在柬埔寨杂志《那尕拉哇塔》(Nagara vatta)上连载。

1937 年

1 月 7 日，新马文化界 100 余人在槟榔屿明新社礼堂举行鲁迅纪念大会。

10 月 19 日，新马文化界在新加坡大世界体育场举行鲁迅逝世一周年纪念大会，约有 30 余个文化社会团体出席纪念大会。

1938 年

12 月，郁达夫南下新加坡，主编新加坡报章文艺副刊《晨星》、《繁星》、《文艺》、《文艺周刊》等。

1939 年

中国南下新马作家铁抗主编的文艺刊物《文艺长城》在上海印刷出版。

1946 年

马宁的自传体散文《椰风胶雨》由香港椰风社再版。

巴人创作的大型话剧《五祖庙》由印尼华侨青年组成的新中国剧艺社在苏门答腊岛巡回演出，受到当地华侨和印尼人民的热烈欢迎。

1947 年

7 月，中国南下作家杜若主编的第一本菲律宾华人青年文艺著作《钩梦集》在上海出版。

10 月 19 日，新马文化界在新加坡海员联合会举行鲁迅逝世 11 周年纪念大会，约有数百人出席纪念大会。

11 月，中国南下新马诗人铁戈的诗集《在旗下》由香港新民主出版社出版。

1949 年

马来西亚归侨作家韩萌的小说《芭场》由香港赤道出版社出版。

1950 年

马来西亚归侨作家韩萌的小说《七洲洋上》、《在古屋里》、《海外》，散文集《南洋散文集》在香港出版。

马来西亚归侨作家米军的诗集《热带诗抄》在香港出版。

中国南下新马作家白寒的小说《新加坡河畔》、戏剧《头家哲学》在香港出版。

泰国作家萧天的短篇小说集《湄南河边岸》在香港出版。

1951 年

中国南下新马作家林参天的短篇小说集《头家和苦力》由香港赤道出版社出版。

马来西亚归侨作家萧村的短篇小说集《国术师》由香港学文书店出版。

马来西亚归侨作家韩萌的小说《红毛楼的故事》、诗集《再会，马来亚》由香港赤道出版社出版。

1952 年

马来西亚归侨作家萧村的散文集《山芭散记》、新加坡作家郑子瑜的散文集《剪春集》在香港出版。

1954 年

马来西亚作家萧遥天的散文集《东西谈》由香港南国出版社出版。

泰国作家陈仃的小说《三聘姑娘》在香港出版。

1955 年

马来西亚作家温梓川的散文集《郁达夫南游记》由香港世界书局出版。

1956 年

10 月 19 日，缅甸作家吴登佩密、印度尼西亚作家普拉姆迪亚·阿南达·杜尔、越南作家潘魁参加中国作家协会等举办的鲁迅逝世 20 周年纪念大会，并在大会上发言。

1957 年

马来西亚作家云里风的小说集《黑色的牢门》由香港文汇出版社出版。

泰国作家许子由的《泰国游记》在台湾出版。

1958 年

10 月，第一届亚非作家会议在前苏联塔什干举行，中国、泰国均派作家参加会议。中国作家代表团团长茅盾、作家杨朔在大会上发言，泰国作家瓦纳什撰写评论文章。

泰国作家西巫拉帕原著、北京大学东语系翻译的《泰国现代短篇小说选》由北京外国文学出版社出版。

缅甸作家貌廷原著、北京大学东语系翻译的《鄂八》由人民文学出版社出版。

梁羽生的《塞外奇侠传》、金庸的《碧血剑》被译成印尼文在印尼出版。

印尼作家普拉姆迪亚·阿南达·杜尔原著、倪志渔和朱秉义合译的小说《游击队之家》由上海文艺出版社出版。

印尼作家慕依斯原著、陈霞如翻译的《错误的教育》由作家出版社出版。

金庸的《射雕英雄传》泰译本《玉龙》（译者针隆·披那卡）在泰国曼谷发行。

印尼作家许平和受港台新派武侠小说影响，开始以印尼文创作其首部武侠小说《白龙宝剑》

（*Pek Liong Pokiam*）。

1959 年

越南作家阮攸原著、黄轶球翻译的《金云翘传》由上海文艺出版社出版。

印尼作家宋塔尼原著、黄元焕翻译的《丹贝拉》由人民文学出版社出版。

泰国作家落叶谷的小说《吹心》、短篇小说集《一江春水向东流》、散文集《风光明媚的泰国》由香港艺美图书公司出版。

泰国作家新苗的诗集《森林升起的炊烟》由香港智明书局出版。

1960 年

泰国作家林间的《湄南河交响曲——泰华散文集》、徐嗣的《湄南河记游》由香港艺美图书公司出版。

泰国作家王诚等的诗集《湄江诗集》（第 2 辑）在香港出版。

越南胡志明的《"狱中日记"诗抄》由人民文学出版社出版。

越南阮公欢原著、谭玉培翻译的《黎明之前》由上海文艺出版社出版。

1961 年

4—5 月，应中国作家协会邀请，以西托尔·西杜莫朗为团长，尤巴尔·阿尤普为副团长的印尼全国作家代表团赴中国访问，并与中国作协领导就文学和文化的交流合作问题交换了意见。5 月 1 日，中国作协与印尼全国作家代表团发表共同声明，表示愿意支持中印（尼）两国政府所签订的"文化合作协定"。

越南翻译家潘武、汝成合译的越文本《儒林外史》由河内出版社出版。

台湾作家王蓝、余光中、王生善应聘到菲律宾主持文艺讲习班。

泰国作家李望如的小说《还乡记》在台湾出版。

泰国作家落叶谷的游记《春到中州》、小说《乌夜啼》由香港知识半月刊杂志社出版。

泰国作家李栩等七友的短篇小说集《醋海遗恨》由香港艺美图书公司出版。

泰国作家徐翩编的《泰国民间故事选》（第 1 册）在香港出版。

1962 年

2 月，第二届亚非作家会议在埃及首都开罗举行。中国作家茅盾、夏衍、严文井，越南人民民主共和国文联主席邓台梅、诗人瞿辉瑾，缅甸小说家沙瓦纳，婆罗尼作家阿札里，印尼文化联盟主席、诗人西图莫朗，印尼人民文协书记处书记尤巴尔·阿尤普等出席了会议。

中国文联委派作家马可赴印尼，祝贺印度尼西亚人民文化协会举行的全国代表会议。

台湾作家覃子豪、王蓝、王怡之、李雄应聘到菲律宾主持文艺讲习班。

马来西亚诗人吴岸在香港出版第一部诗集《盾上的诗篇》。

泰国作家克开达云原著、魏宾翻译的小说《两姐妹》由香港南洋文学出版社出版。

马来西亚作家韦晕的散文集《东海·西海》由香港维华出版社出版。

泰国作家沈逸文的小说集《羔羊泪》、倪长游的小说集《新的一代》由香港艺美图书公司出版。

泰国作家徐翩编的《泰国民间故事选》（第 2 册）、林总等的短篇小说集《失去了的春天》在香港出版。

1963 年

7 月，亚非作家会议执行委员会在印尼巴厘岛举行会议。中国代表团团长杨朔在会议上发言，并引用印尼著名诗人西杜莫朗的诗歌《亚非团结》。

台湾作家谢冰莹、纪弦、黎东方、李辰冬应聘到菲律宾主持文艺讲习班。

武培煌、陈允泽、阮育文、阮文煊翻译的越译本《红楼梦》由河内出版社印行。

泰国作家黄凌中翻译的小说《湄滨江畔》由香港蓝天书屋出版。

泰国作家谭真的小说《座山成之家》由香港集文书店出版。

1964 年

12 月 19—20 日，中国作家协会、亚非作家中国联络委员会、亚非作家常设局访问亚洲代表团在北京联合召开亚非文学交流座谈会。中国、柬埔寨、泰国、印尼等 9 个亚非国家的作家们热烈讨论了亚非人民和亚非作家共同的战斗任务，广泛交流了亚非人民斗争和亚非文学工作的经验。毛泽东主席、刘少奇主席、周恩来总理接见了出席会议的全体成员。

马来西亚留台作家王润华、淡莹、陈慧桦、林绿、陌上桑、洪流文，以及来自香港的黄德伟、许定铭等人在台湾创办"星座诗社"，并出版社刊《星座诗刊》。

1965 年

台湾作家王宏钧、蓉子应聘赴菲律宾主持文艺讲习班。

缅甸作家巴莫丁昂原著、戚继言翻译的《鄂奥》由中国作家出版社出版。

1966 年

台湾作家墨人、彭歌应聘赴菲律宾主持文艺讲习班。

1967 年

台湾作家颜廷阶应聘赴菲律宾主持文艺讲习班。

马来西亚留台诗人林绿获台湾五十六年度优秀青年诗人奖。

1968 年

台湾作家穆中南受聘前往菲律宾主持文艺讲习班。

马来西亚留台诗人陈慧桦获台湾五十七年度优秀青年诗人奖。

泰国作家沈牧翻译的《泰国短篇小说选》由香港上海书局出版。

1969 年

台湾女作家尹雪曼应聘至菲律宾主持文艺讲习班。

新加坡诗人絮絮的诗集《呼吁》由香港宏智书店出版。

泰国作家余多幻的小说《鬼蜮正传》、倪长游的小说集《温暖人间》由香港上海书局出版。

泰国作家林亚良的散文集《湄公河风土画》在香港出版。

1970 年

台湾作家易君左受聘赴菲律宾主持文艺讲习班。

泰国作家李英昂的《泰国拳之秘密》、乃真的《泰国内外》在香港出版。

1971 年

6 月，马来西亚留台作家陌上桑的散文集《旅台小笺》获台湾侨委会的出版奖金，台湾女作家谢冰莹为该书作序。

台湾作家钟雷应聘至菲律宾主持文艺讲习班。

1972 年

马来西亚作家雅波的短篇小说集《崩》获台湾海外文学奖。

台湾作家吴敬模应聘至菲律宾主持文艺讲习班。

1973 年

泰国作家陌·沙拉兀等人著、沈逸文翻译的小说《我不再有眼泪》由香港海洋出版社出版。

泰国作家许征鸿的杂文集《囚首集》，史青的小说《波折》、《沉沉的钟声》、《灰色的楼房》，胡图的小说《"侨领"业正传》由香港上海书局出版。

1974 年

台湾作家司马中原应聘至菲律宾主持文艺讲习班。

《马华文学》由香港文艺书屋出版，内收马来西亚诗人沙禽、温任平、子凡、李有成等人的诗作，以及温瑞安、方秉达、林绿、温任平等人的诗论。

1975 年

8 月，马来西亚"天狼星诗社"社刊《天狼星诗刊》创刊号在台北出版，马来西亚留台诗人黄昏星、周清啸执编。

马来西亚留台作家林绿的文学评论《隐藏的景》获台湾第五届中山文艺创作奖文艺批评奖。

马来西亚留台作家温瑞安的诗集《将军令》在台湾出版。

台湾作家陈祖文应聘赴菲律宾主持文艺讲习班。

泰国作家高桐的小说集《沉船》由香港上海书局出版。

1977 年

7 月，马来西亚作家温任平的《黄皮肤的月亮》由台北文化事业公司期刊部出版。

马来西亚"天狼星诗社"社刊《天狼星双月刊》在台北创刊。

马来西亚留台作家温瑞安、方娥真、黄昏星、殷乘风、周清啸、廖雁平等人在台湾创办"神州诗社"，并出版社刊《神州诗刊》。

马来西亚留台女作家商晚筠的小说《木板屋的印度人》、《君自故乡来》分别获台湾幼狮文艺全国短篇小说大竞写优等奖、第二届《联合报》小说奖短篇小说佳作奖。

马来西亚女作家艾斯的小说《野女人》获香港《当代月刊》主办的丹华文学奖短篇小说佳作奖。

新加坡作家章翰的《鲁迅与马华新文艺》由新加坡风华出版社出版。

菲律宾黎萨尔的《起义者》（柏群译）、《不许犯我》（陈尧光、柏群译）由人民文学出版社出版。

1978 年

新加坡作家原甸的长篇叙事诗《水流千里》由香港新马文化社出版。

新加坡学者林万菁的论著《中国作家在新加坡及其影响（1927—1948）》由新加坡万里书局出版。

马来西亚留台作家李永平的小说《归来》、女作家商晚筠的小说《痴女阿莲》获台湾第三届《联合报》小说奖短篇小说佳作奖。

马来西亚留台作家张贵兴的小说《侠影录》获台湾第一届《中国时报》文学奖短篇小说佳作奖。

1979 年

马来西亚留台作家李永平的小说《日头雨》获台湾第四届《联合报》小说奖短篇小说第一名。

马来西亚留台作家张贵兴的小说《伏虎》获台湾第二届《中国时报》文学奖短篇小说优等奖。

1980 年

2月，台北各报副刊主编团赴马来西亚访问，台湾女作家三毛受到马来西亚报章的特殊报道。

10月，根据中菲文化协定交流计划，以菲律宾作家联盟秘书长安德鲁斯·克里斯多巴尔·克鲁兹为团长的菲华作家代表团一行11人到中国访问。

马来西亚留台作家张贵兴的小说《出嫁》获台湾第三届《中国时报》文学奖短篇小说佳作奖。

新加坡归侨作家洪丝丝的南洋题材小说《异乡奇遇》由人民文学出版社出版。

1981 年

6月10日，丁玲、冯至、朱子奇、袁鹰、毕朔望、许觉民、谌容等中国作家、诗人和翻译家在对外友协会见以泰国作家合作社主席、常务理事察·波亚西里差为首的泰国作家代表团。

11月中旬，应菲律宾作家同盟邀请，以于黑丁为首的中国作家代表团一行10人赴菲律宾马尼拉进行为期两周的友好访问。

新加坡作家王润华的散文《天天流血的橡胶树》获台湾第四届《中国时报》文学奖散文组推荐奖。

马来西亚留台作家潘雨桐的小说《乡关》获台湾第六届《联合报》小说奖短篇小说奖。

泰国作家符徵符（传文）的小说《东风与西潮》由台湾欣华文化事业中心出版，散文集《学成归来》在台湾出版。

林煌天翻译的《缅甸短篇小说选》由北京外国文学出版社出版。

1982 年

4月，台湾作家柏杨受邀为马来西亚作协、留台校友会、钟灵校友会联合举办的"柏杨文学讲座"主讲者。

6月6日，台湾作家余光中受邀为马来西亚文化协会主办的"余光中现代诗的新动向"文学讲座主讲者。7日，余光中为马来西亚作协、南洋商报等机构联合主办的"余光中文学讲座"主讲《近十年来的现代散文》。

7月，泰国作家合作社副主席通迈·通包，著名诗人纳瓦·蓬拍汶，女作家素帕·沙瓦迪拉、兰蕾·潘查班4人赴中国访问。

10月，以泰国作家协会秘书长庵内·素乍伦为团长的泰国作家代表团一行6人赴中国访问。

12月，马来西亚作协主办国际文学讲座，探讨华文文学未来的趋向，主讲者之一为台湾作家司马中原。

台湾女作家丹扉应聘赴菲律宾主持文艺讲习班。

马来西亚留台作家张贵兴的散文《血雨》获台湾第五届《中国时报》文学奖散文佳作奖。

马来西亚留台作家潘雨桐的小说《烟锁重楼》获台湾第七届《联合报》小说奖中篇小说奖。

柏杨主编的《新加坡共和国华文文学选集》在台湾出版。

姜继编译的《东南亚民间故事》（上、中、下）由福建人民出版社出版。

泰国作家西巫拉帕原著、栾文华与邢慧如合译的《画中情思》由北京外语教学与研究出版社出版。

缅甸作家貌阵昂编著、殷涵翻译的《缅甸民间故事选》由中国民间文艺出版社出版。

印尼作家普拉姆迪亚原著、北京大学普拉姆迪亚研究组翻译的小说《人世间》由北京大学出版社出版。

1983 年

1月，中国作家协会副主席、诗人艾青和作家萧乾应邀赴新加坡，参加由新加坡人民协会《民众报》、《星洲日报》、新加坡写作人协会、新加坡文艺协会联办的国际华文文艺营讨论会活动。

2月，应泰国作家协会邀请，以陈残云为团长，碧野、彭荆风、韦其麟、凌力等人为团员的中国作家代表团一行7人赴泰国进行为期两周的访问。代表团访泰期间，受到泰国作家协会主席等人的欢迎。3月10日，泰华写作人协会全体成员设席与中国作家代表团欢宴，并交换写作意见。

台湾作家穆中南应聘赴菲律宾主持文艺讲习班。

菲律宾归侨作家白刃的小说《南洋流浪儿》由香港南粤出版社出版。

印尼归侨作家黑婴的小说《漂流异国的女性》由黑龙江人民出版社出版。

马来西亚归侨作家黄浪华的小说《漂泊南洋》由人民文学出版社出版。

泰国作家方思若、白翎等人合著的接龙小说《风雨耀华力》由香港地平线出版社出版。

泰国作家巴尔的小说《绘制钞票的人》由中国友谊出版社出版。

印尼作家普拉姆迪亚原著、北京大学普拉姆迪亚研究组翻译的小说《万国之子》由北京大学出版社出版。

许友年翻译的《印尼民间故事》由中国民间文艺出版社出版。

印尼作家阿尔敏·巴奈原著、居三元翻译的《爱的枷锁》由贵州人民出版社出版。

1984 年

3 月 10—27 日，应中国作家协会邀请，由菲律宾儿童文学协会副主席玛丽·弗洛拉·马利克西夫人、理事阿尔比娜·费尔南德斯夫人为首的菲律宾儿童文学代表团赴北京、上海、广州访问，与中国作家交流儿童文学创作、儿童文学书籍和刊物出版，以及儿童教育工作的情况和经验。

10 月 30 日至 11 月 13 日，根据中泰两国政府的文化交流计划，以泰国作家协会副主席、著名语言和文学博士屏开·翁沙崖·萨西蓬巴沛女士为团长的泰国作家代表团一行 8 人赴中国访问，并受到中国作协副主席丁玲、冯牧的会见。代表团在中国诗人杜运燮的陪同下访问了西安、昆明、桂林、广州等地。

12 月 14—18 日，应菲律宾作协联盟的邀请，以冯德英为团长，陈国凯、李玲修等为团员的中国作家代表团访问了菲律宾马尼拉、宿务、碧瑶、老洼、拉古恩等地，与当地作家进行了文学交流。

许友年的《论马来民歌》由福建人民出版社出版。

马来西亚留台作家潘雨桐的小说《何日君再来》获台湾第九届《联合报》小说奖短篇小说

第三名。

菲律宾作家柯清淡的散文《五月花节》获北京《华声报》和中华全国侨联举办的"月是故乡明"征文比赛一等奖。

台湾作家严友梅应聘至菲律宾主持文艺讲习班。

马来西亚归侨作家刘少卿的小说《霹雳山风云》由香港长堤出版社出版。

新加坡归侨作家陈残云的小说《热带惊涛录》由广州花城出版社出版。

泰国作家牡丹的《南风吹梦》由中国友谊出版社出版。

泰国作家巴莫原著、谦光翻译的小说《四朝代》（上、下）由山西人民出版社出版。

1985 年

1 月 5 日，由香港作家刘以鬯担任总编的《香港文学》月刊创刊。该刊致力于沟通海内外文艺创作及评论的交流，以及刊登台港澳、东南亚、欧美等地各种文学流派的文艺作品、文学评论、文学史料研究。

1 月，应新加坡《联合早报》邀请，中国作家姚雪垠、秦牧及萧乾夫妇赴新加坡参加第二届金狮奖颁奖活动，以及一年一度的国际华文文艺营活动。此前姚雪垠、秦牧分别应邀担任新加坡第二届金狮奖征文小说与散文评委。在参加活动期间，姚雪垠等人介绍了中国文学界形势，与新加坡等海外华文作家进行了广泛接触。

5 月，缅甸作家纳奈将中国作家吴强的长篇小说《红日》由英文版转译成缅文版《朝霞》，并由仰光《摩威》文学杂志出版社出版。

9—10 月，菲律宾新潮文艺社访华团团长蔡沧江率领菲华作家柯清淡、陈国恩等人前往北京、上海、福建等地交流访问，此为新中国成立以来第一个访问中国大陆的菲律宾纯文学团体。

台湾作家张放应聘赴菲律宾主持文艺讲习班。

菲律宾作家云鹤的《野生植物》由中国友谊出版社出版。

菲律宾归侨作家杜埃的小说《风雨太平洋》（第一部）由广州花城出版社出版。

缅甸作家加尼觉·玛玛礼原著、姚秉彦和计莲芳合译的《不是恨》由贵州人民出版社出版。

缅甸作家詹姆斯·拉觉原著、李谋等翻译的《情侣》由山西人民出版社出版。

印尼作家普拉姆迪亚·阿南达·杜尔原著、康昭翻译的小说《一个官员的堕落》由中国世界知识出版社出版。

印尼作家卢比斯原著、羽飞和张志荣合译的《虎！虎！》由山西人民出版社出版。

1986 年

6 月，以焦作尧为团长的中国作家代表团访问泰国。7 月 2 日，泰华写作人协会设席欢宴。双方互相交换国内的文艺创作问题以及当时的泰华文学情况。中国代表团团员郑万隆在泰华报章上发表短篇小说《空山》。

11 月，泰国作家代表团在团长巴通的率领下访问中国，中国作协副主席冯牧宴请泰国作家并主持了文学座谈会。

巴人的南洋题材作品集《五祖庙》由广州花城出版社出版。

马来西亚留台作家李永平的小说《吉陵春秋》获台湾第九届《中国时报》文学奖小说推荐奖。

台湾作家王传璞应聘至菲律宾主持文艺讲习班。

新加坡学者方修的《新马文学史论集》由三联书店香港分店、新加坡文学书屋联合出版。

马来西亚作家黄崖的《迷蒙的海峡》由中国友谊出版公司再版。

马来西亚作家田思的《犀鸟乡之歌》由香港国际出版社出版。

新加坡归侨作家王啸平的小说《南洋悲歌》由作家出版社出版。

沈逸文翻译的《泰国作家短篇小说选》由中国友谊出版社出版。

泰国作家马胜荣的散文集《泰国漫忆》由安徽文艺出版社出版。

泰国作家张海鸥等的诗集《潮阳灵山寺》在中国出版。

泰国作家克立·巴莫原著、觉民和春陆合译的《断臂村》，泰国作家吴继岳（胡图）的小说《"侨领"坐正传》由中国友谊出版社出版。

泰国作家吴继岳的《六十年海外见闻录》由香港南粤出版社出版。

印尼作家普拉姆迪亚·阿南达·杜尔原著、孔远志和陈培初合译的小说《诱惑与堕落》由湖南人民出版社出版。

中国与缅甸两国开始派作家团互访。

1987 年

3 月 5—8 日，厦门大学举办首届东南亚华文文学研讨会（原名"华文文学研讨会"）。这是中国大陆首次研讨东南亚华文文学与中国现代文学关系的学术性会议。与会代表有来自东南亚的作家及厦门大学海外中文函授生，以及中国专家学者等共计 50 余人，收到论文近 30 篇。王瑶、秦牧、郭风、杨嘉这些中国著名的教授、作家在会上作了学术报告或专题发言。菲律宾作家云鹤、楚复生，新加坡作家郭永秀、贺兰宁、林也，泰国作家巴尔等也在会上发言。与会代表相互介绍了各所在国华文文学的情况，交流了发展华文文学的经验，就共同感兴趣的学术问题进行了认真的探讨，并就今后如何进一步加强联系和合作交换了意见。研讨会论文结集成《东南亚华文文学与中国现代文学》，于 1991 年由厦门大学出版社出版。

4 月 4—6 日，马来西亚华文作家协会举办第二届全国文艺营，台湾作家林焕章、香港作家东瑞分别主讲《诗、童诗、少年诗写作》、《学写十五年点滴》。

6 月 4—5 日，马来西亚写作人（华文）协会、南洋商报、马来西亚华人文化协会联合主办港台名家文学讲座，邀请香港作家李怡主讲《华文文学与世界文学》，香港诗人戴天主讲《诗与社会》，台湾小说家黄春明主讲《文学与电影》，台湾小说家陈映真主讲《华文文学与中国文学》。

9 月 30 日，泰华写作人士团在方思若的带领下探望中国老作家冰心，并与中国作协书记处常务书记唐达成、书记处书记邓友梅等人交流了中泰文学界的情况，表示将加强两国文学之间的联系。

马来西亚归侨作家黄浪华的小说《南洋丛林历险记》由河南省中原农民出版社出版。

马来西亚留台作家张贵兴的小说《柯珊的女儿》获台湾第十届《中国时报》文学奖中篇小说奖。

菲律宾华人文艺工作者联合会成立，中国作家冰心、秦牧、雁翼、邓友梅、舒婷等受聘为文学顾问。

泰国作家陆留的《家在椰林》由中国友谊出版公司出版。

泰国作家方思若、白翎等著的小说《风雨耀华力》由湖南文艺出版社出版。

马来西亚女作家方娥真的散文集《生命要转入小说》、《小方砖》分别由香港香江出版社、明天出版社出版，散文集《寂寞一点红》、小说集《白衣》和《佳话》由香港华汉文化事业公司出版。

马来西亚留台作家潘雨桐的小说集《因风飞过蔷薇》由台湾联合文学出版社出版。

新加坡学者姚梦桐的论著《郁达夫的旅新生活与作品研究》由新加坡新社出版。

栾文华、顾斗庆合译的《泰国当代短篇小说选》由北京外国文学出版社出版。

沈逸文翻译的《泰国作家短篇小说选》由中国友谊出版公司出版。

泰国作家落叶谷的小说集《樊樊山上松》在台湾出版。

泰国作家李兆乾的散文集《泰国风情》由陕西人民出版社出版。

1988 年

1 月，菲律宾作家黄春安的散文集由福州海峡文艺出版社出版。

5—6 月，马来西亚全国作家协会首任主席乌斯曼·阿旺、作家夏赫努·诺尔等人抵达中国交流访问。他们是中马建交后首批访华的马来西亚作家访问团。马来西亚作家与中国文化部部长、作家协会副主席王蒙，剧作家曹禺等人进行了交流。

8 月 15—19 日，由新加坡歌德学院与新加坡作家协会共同主办的第二届华文文学大同世界国际会议在新加坡召开。来自中国大陆、香港、台湾，以及美国、西德、新加坡、马来西亚、菲律宾、韩国的学者与作家出席了会议。

9 月 7—21 日，以泰国作协主席素瓦为团长的泰国作家代表团赴中国北京、上海、厦门、泉州、福州、广州等地访问。

菲律宾归侨作家杜埃的小说《风雨太平洋》（第二部）由广州花城出版社出版。

新加坡学者杨松年的《新马早期作家研究（1927—1930）》由香港三联书店、新加坡文学书屋联合出版。

泰国作家查·勾吉迪原著、栾文华翻译的《判决》由长江文艺出版社出版。

菲律宾黎萨尔原著、陈尧光和柏群合译的《社会毒瘤》由人民文学出版社出版。

新加坡学者周维介的《新马华文文学散论》由香港三联书店、新加坡文学书屋联合出版。

1989 年

泰国作家张海鸥的散文集《盐卤里的人》由汕头日报社出版。

泰国作家张海鸥的诗集《曼谷天空下》由汕头师侨作联出版。

泰国作家克立·巴莫原著、高树榕和房英合译的长篇小说《四朝代》由上海译文出版社出版。

马来西亚留台作家林幸谦的散文《赤道线上》获台湾第十二届《中国时报》文学奖散文甄别奖、第六届吴鲁芹散文奖。

菲律宾作家柯清淡的散文《两代人》获台湾侨务委员会和亚华作协菲律宾分会合办的"海华奖"第一名。

菲律宾作家云鹤等编选的《菲律宾、泰国、新加坡华文诗选》由中国文联出版公司出版。

菲律宾作家云鹤的《诗影交辉》由香港摄影画报有限公司出版。

法国学者克劳婷·苏尔梦编著、颜保等翻译的《中国传统小说在亚洲》由中国国际文化出版公司出版。

印尼作家普拉姆迪亚·阿南达·杜尔原著、张玉安和居三元合译的小说《足迹》由北京大学出版社出版。

1990 年

4 月，马来西亚女作家戴小华赴中国访问。这是中马两国民间往来解禁前首位正式受邀赴华访问的马来西亚华文作家，因而被称为"破冰之旅"。

5 月，新加坡作协名誉主席周颖南应邀访问大连、长春、沈阳、唐山、北戴河、北京等地，并拜会中国作家俞平伯、冰心、艾青、萧乾等人。

泰国作家木易水的小说《金三角血泪》由中国友谊出版社出版。

泰国作家巴尔的小说《沸腾大地》、《湄河之滨》分别由厦门大学出版社、鹭江出版社出版。

泰国作家司马攻、女作家梦莉的散文集《烟湖更添一段愁》在中国出版。

泰国作家思维的散文集《半生缘》在台北出版。

菲律宾作家柯清淡的散文《命名记》在北京"中华文化散文奖"征文比赛中获二等奖。

1991 年

5 月，应中国作协福建分会邀请，由菲律宾作家林海、江一涯、寒冰、兴智、郑绍隆、英奇、桐江、王锋、文志、王勇等人组成的菲华文联访问团，赴福州、厦门、泉州等地交流访问。

6 月 7—17 日，应新加坡锡山文艺中心邀请，中国湖南作家代表团夏赞忠、未央、孙健忠、肖育轩、石太瑞一行五人访问新加坡。

6 月，马来西亚华人文化协会、华社资料研究中心文学组联合主办文学讲座会，特别邀请中国作家莫言主讲《文学的历史性，历史性的文学》，中国女作家王安忆主讲《文学与现代化》。莫言和王安忆除在吉隆坡主讲外，还到怡保、槟城、新山作巡回主讲。此次为中国作家首次赴马来西亚巡回演讲，被视为中马两国文学交流的一大突破。

7 月，新加坡诗人秦林的诗集《逢君拂晓中》由中国华侨出版社出版。

7 月，中国作家俞平伯、叶圣陶分别与新加坡作家周颖南合著的《俞平伯周颖南通信集》、《叶圣陶周颖南通信集》由河南教育出版社出版。

7 月 24 日至 8 月 7 日，应缅甸政府邀请，以罗洛为首的中国翻译家代表团赴缅甸访问，并与缅甸著名翻译家、《红楼梦》的缅文译者缪但丁，以及其他缅甸翻译界同行互相交流。

12 月 4—18 日，应泰国作家协会邀请，以包明德为团长的中国作家代表团赴泰国访问。

12 月，以缅甸文化工作者协会主席吴梭纽为团长的缅甸作家代表团赴云南参观访问。

马来西亚作家协会组团访问中国，成为中马建交以来第一个访华的文学组织。

马来西亚潮籍作家参加由汕头大学举办的"海内外潮人作家研讨会"，这是马来西亚华人作家第一次组团出席中国召开的研讨会。

马来西亚语文出版局代表团访问中国，并出席马来西亚短篇小说《瓶中的红玫瑰》中译本发售礼。

马来西亚留台女作家钟怡雯的诗歌《我这样素描一镇山色》、散文《天井》分别获台湾《新闻报》文学奖新诗首奖、散文佳作奖。

马来西亚留台作家陈大为的诗歌《回乡偶诗》获《台湾新闻报》文学奖新诗佳作奖。

赖伯疆的论著《海外华文文学概观》由广州花城出版社出版。

苏卫红的论著《战后二十年新马华文小说研究》由暨南大学出版社出版。

洪讯涛主编的《世界华文儿童文学·新加坡作品选》由重庆出版社出版。

新加坡女作家尤今的《浪漫之旅》、《迷失的雨季》、《那一份遥远的爱》、《太阳不肯回家去》、《沙漠中的小白屋》由浙江文艺出版社出版。

新加坡作家郑子瑜的《郑子瑜散文集》由人民文学出版社出版。

新加坡文艺协会编的《新加坡当代华文文学大系》（诗歌集、散文集）由中国华侨出版公司出版。

泰国作家征夫的小说集《红粉》由中国华侨出版社出版。

泰国作家司马攻的散文集《水仙！你为什么不开花》、女作家梦莉的散文集《人在天涯》在台湾出版。

泰国作家剑曹（司马攻）的《冷热集》在中国出版。

泰国作家岭南人的诗集《结》在香港出版。

黎青主编的《泰华文学》由香港文学世界社出版。

1992 年

5 月 20 日至 6 月 3 日，缅甸作家团团长吴拉吞率领吴昂登、吴貌纽、吴貌莱等 5 位作家来华，并赴京、昆明等地访问。

8 月，泰国华文作家协会访问团团长司马攻率领梦莉、姚宗伟、曾天、范模士、陈博文、白令海等泰华作家访问北京、山东、上海等地，并与中国作家邓友梅、李国文、赵大年、葛翠琳、高洪波、陈喜儒、栾文华等人就中国的文学现状，以及泰国华文文学的发展等问题进行了座谈。

9 月，由中国海外交流协会、《四海——台港澳海外华文文学》杂志社、新加坡文艺协会等联合举办的首届台港澳暨海外华文文学游记征文徐霞客奖揭晓，获奖作家有马来西亚的戴小华、泰国的梦莉、菲律宾的柯清淡、新加坡的陈美华。29 日，中国国家领导人李瑞环在北京人民大会堂向来自世界各地的 10 位获奖作家颁奖，老作家冰心也为颁奖大会题词。

12 月，以葛洛为团长的中国作家代表团赴新加坡访问，受到当地文学界及报界人士的热烈欢迎。

马来西亚留台作家陈大为的诗歌《尸毗王》、《治洪前书》分别获台湾第十四届《联合报》

文学奖新诗佳作奖、《中国时报》文学奖新诗评审奖。

老挝作家代表团第一次组团访华。

泰国作家司马攻的散文集《司马攻散文集》、女作家梦莉的散文集《梦莉散文选》由天津百花文艺出版社出版。

泰国作家王微之的诗集《乡梦集》在中国出版。

1993 年

3月初，马来西亚南马文艺研究会、麻县发展华小工委会联合举办第一届全国儿童诗创作比赛，中国大陆作家金振林、台湾作家林焕章获邀担任比赛决审评委。

6月，厦门市东南亚华文文学研究会成立，庄钟庆、庄明宣任会长，彭一万、蔡师仁任副会长。

9月15日，马来西亚作家姚拓陪同中国儿童文学作家姜华等人访问南马文艺研究会，双方相互交流了创作经验。

10月，南京大学、江苏台港与海外华文文学研究中心、中国妇女出版社联合举办马来西亚女作家戴小华作品研讨会。与会专家学者结合戴小华新近由中国妇女出版社出版的《沙城》和《戴小华散文集》，对戴小华作品的创作特色及文学成就进行了探讨。

11月31日，马来西亚南马文艺研究会、马来西亚教总等机构联合举办儿童文学讲座，中国儿童文学家洪讯涛受邀为主讲者。

12月5日，马来西亚华人文化协会邀请中国女作家航鹰担任文学讲座会主讲人。

12月11日，中国文联、中国作协在北京联合举办"周颖南海外创作40年研讨会"。程思远、陈荒煤、玛拉沁夫、孟伟哉、季羡林、张炯、邓绍基、张洁、舒乙、孙武臣等人出席了研讨会，冰心、夏衍、艾青等人为研讨会题词。

以中国作协书记处书记邓友梅为团长的中国作家代表团一行五人访问老挝，与老挝作家协会建立了交流关系。

总部设在菲律宾马尼拉的亚洲华文作家文艺基金会为中国老作家巴金、冰心颁发敬慰奖牌和敬慰奖金。

马来西亚留台作家陈大为的诗歌《尧典》获台湾八十一年度"教育部"文艺奖新诗佳作奖。

马来西亚留台女作家钟怡雯的散文《回音谷》、《人间》、《尸毗王》等分别获台湾八十一年度"教育部"文艺奖散文第三名、第五届《中央日报》文学奖甄选奖、第一届《台湾新闻报》年度最佳作家奖副奖。

马来西亚留台作家黄锦树的小说《落雨的小镇》获台湾第七届《联合文学》小说新人奖推荐奖。

中国作家西飏的小说《平常心》、张国擎的小说《葱花》分别获马来西亚第二届《星洲日报》花踪文学奖世界华文小说首奖、佳作奖。

马来西亚女作家戴小华获台湾中兴文艺奖。

马来西亚作家吴岸获中国"南湖杯"世界华人《我的一天》征文大赛第三名。

陈贤茂、吴亦锜等著的《海外华文文学史初编》由厦门鹭江出版社出版。

广东省社会科学院文学研究所主编的《台湾、香港、澳门暨海外华文文学论文选》由福州海峡文艺出版社出版。

新加坡作家郑子瑜的《郑子瑜墨缘录》由中国作家出版社出版。

新加坡女作家尤今的《尤今自选文集》由中国友谊出版社出版，《风情万种的小城》、《无形的篮子》、《一袭舞衣》、《结局》、《最佳配搭》由吉林人民出版社出版。

北京现代出版社为马来西亚作协理事会及会员出版《海外华人文学作品集·马华文学选集》，其中包括小说集《最初的梦魇》、散文集《异乡梦里的手》、诗歌集《阳光·空气·雨水》。

姚秉彦、李谋、蔡祝生合著的《缅甸文学史》由北京大学出版社出版。

泰国作家周新心主编的《泰华小说集》由广州花城出版社出版。

泰国作家司马攻的散文集《明月水中来》、女作家梦莉的散文集《片片晚霞点点帆》分别由中国友谊出版社、中国文联出版公司出版。

1994 年

6 月 22 日，应中国作家协会邀请，以缅甸印刷出版事业局总经理吴梭敏为团长的缅甸作家代表团一行五人赴华访问。6 月 24 日，中国作协书记处书记杨子敏等与缅甸作家进行了座谈，诗人纪鹏与缅方两位作家即席赋诗。

6月，以越南作协创作室副主任春韶为团长，陈红柔、阮克长为团员的越南作家代表团赴北京、上海、杭州、广州等地访问，并与《文艺报》、解放军文艺出版社、《解放军文艺》杂志社编辑进行交流。

6月，应上海作家协会、江苏省作家协会联合会邀请，以帕克鲁他威博士为团长的泰国僧人代表团赴北京、江苏、上海等地访问，双方就佛教、散文创作、出版等问题交换了看法。

6月，应中国作家协会邀请，以老挝作家协会秘书长、著名小说家占蒂·伦萨万为团长的老挝作家代表团赴华访问，意在了解改革开放新形势下中国文学的现状及发展趋势。在京期间，老挝作家与中国作家邓友梅、崔道怡、周明、丁国成、陈喜儒等人进行了工作会谈。

8月22—24日，厦门市东南亚华文文学研究会主办第二届东南亚华文文学研讨会——"东南亚当代华文文学暨周颖南创作研讨会"。与会代表有中国专家学者以及新加坡、马来西亚、菲律宾作家等80余人。

12月，新加坡作家黄孟文主编的《新加坡当代小说精选》由中国沈阳出版社出版。

马来西亚作家姚拓获台湾"中国文艺协会"第三十五届文艺奖。

马来西亚留台作家陈大为的诗歌《西来》获台湾创世纪四十周年诗创作奖优选奖。

马来西亚留台作家林幸谦的散文《繁华的图腾》获台湾第十七届《中国时报》文学奖评审奖。

马来西亚女作家戴小华获中国"海峡情"散文特别奖。

马来西亚女作家朵拉获中国首届路遥青年文学奖。

马来西亚留学香港作家林幸谦获1994年度香港市政局中文文学创作奖散文组冠军。

马来西亚作家郑百年的历史小说《青云传奇》、《石叻风云》由香港中文大学海外华人研究社出版。

新加坡作家长风葛的《穿上阳光》由中国长江文艺出版社出版。

新加坡文艺协会编的《赤道上的恋歌》、《赤道上的情韵》由中国文联出版公司出版。

新加坡作家陈瑞献的《峇厘魔》由中国文联出版公司出版。

泰国作家段立生的散文集《走遍美国》由岭南美术出版社出版。

泰国作家岭南人的诗集《我是一片云》由人民文学出版社出版。

泰国作家陈炳辉的《陈炳辉诗词选》在中国出版。

海华编的《茉莉花串——评梦莉散文》由中国文联出版社出版。

1995 年

1 月，厦门大学东南亚华文文学研究中心成立。6 月，厦门市东南亚华文文学研究会、厦门大学东南亚华文文学研究中心主编的《当代东南亚华文文学面面观》、《周颖南创作探寻》由厦门大学出版社出版。

4 月 8—12 日，台湾作家刘墉在马来西亚新山、吉隆坡、吉打州双溪大年主持以《这个叛逆的年代》为主题的巡回讲座。该讲座由马来西亚《南洋商报》、董总《中学生》月刊和堂联文化部联合主办。

4 月 9—11 日，中国文艺评论家李希凡、盛英在马来西亚吉隆坡、新山举行《三国演义》的讲座。该讲座由马来西亚三国演义研究会筹委会主催，马华中央文化局、马来西亚关氏公会、雪兰莪华人行团总会联合举办。

4 月 20 日，应马来西亚《星洲日报》邀请，中国作家余秋雨在槟城举行的“花踪”文学讲座上发表有关散文的演讲。

4 月，以林忠民为团长的亚洲华文作家文艺基金会访问团专程赴上海、北京两地，向老作家施蛰存、柯灵、王辛笛、钱锺书、萧乾、曹禺、卞之琳、艾青致敬并颁发敬慰奖牌和敬慰奖金。

5 月 19 日，中国作家苏童在马来西亚《南洋商报》总社主讲《男人和女人的命运》。

5 月 20 日，台湾作家陈映真在马来西亚《南洋商报》总社主讲《台湾文学思潮的演变》，次日在马六甲举行的讲座上发表演讲。

5 月 23 日，苏童、陈映真在马来西亚槟州华人大会堂文教组主办的文艺专题讲座上发表演讲。

5 月 28—31 日，台湾作家苦苓在马来西亚吉隆坡、槟城、吉打双溪大年发表演讲。

6 月 16 日，台湾女作家杏林子在马来西亚槟城举行《爱·文学·生命》的演讲。

6 月 19—30 日，越南作家代表团阮光亲、阮东式、梅国连等人赴北京、天津、上海、广州等地访问。中国作协党组成员郑伯农、作协书记处书记陈建功等人与越南作家代表团进行了座谈。越南作家希望中越两国作协加强联系，相互翻译出版两国优秀的当代诗歌作品和短篇小说，以及加强两国作协下属期刊杂志及地方作协之间的联系。

11 月 2—16 日，应泰国作家协会邀请，以李国文为团长、李兴叶为副团长的中国作家代表团一行八人赴泰国访问。

11 月 13—22 日，根据中越两国文化交流协议，由中国作协书记处书记陈建功为团长，范咏戈、韩梦杰、宗仁发等为团员的中国作家代表团访问越南河内市、广宁省、岘港市、承天—顺化省、胡志明市、头敦省，与越南文学界同行进行了交流。

中国作协书记邓友梅、美学家陈望衡、香港小说家黄易赴马来西亚访问。

马来西亚留台作家黄胜的诗歌《惶恐滩头》获第三届《台湾新闻报》年度最佳作家奖副奖。

马来西亚留台作家陈大为的诗歌《再鸿门》获台湾第十七届《联合报》文学奖新诗第三名。

马来西亚留台女作家钟怡雯的散文《门》、《乱葬的记忆》、散文集《河宴》分别获台湾第一届《中央日报》海外华文文学奖第一名、八十三年度"教育部"文艺奖第二名、八十四年度"新闻局"金鼎奖推荐优良图书奖。

马来西亚留台作家黄锦树的小说《说故事者》、《鱼骸》、《貌》分别获台湾第十七届《联合报》文学奖短篇小说佳作奖、第十八届《中国时报》文学奖短篇小说首奖、幼狮文艺世界华文成长小说奖首奖。

中国作家马毅杰的小说《三寸金莲》获马来西亚第三届《星洲日报》花踪文学奖世界华文小说首奖。

《东南亚华文文学大系》"新加坡卷"、"马来西亚卷"由中国厦门鹭江出版社出版。"新加坡卷"包括新加坡作家王润华、淡莹、黄孟文、陈华淑、林锦、张挥、林高、周粲、南子、孙爱玲等的文集，"马来西亚卷"包括马来西亚作家碧澄、甄供、马仑、马汉、曾沛、陈政欣、孟沙、驼铃、李忆莙等的文集。

新加坡作家李龙的《梦的风帆》由云南人民出版社出版。

泰国作家曾心的小说集《大自然的儿子》由云南民族出版社出版。

古远清的《恨君不似江楼月（梦莉散文点评）》由天津百花文艺出版社出版。

1996 年

1 月，新加坡旅居香港作家骆宾路的微型小说集《她说蓝的是天空》由香港获益出版事业有限公司出版。

4月，台湾女作家张曼娟在马来西亚《星洲日报》安排下举行全马巡回"花踪"讲座会，在吉隆坡、马六甲、新山、关丹发表题为《我的文学我的爱》的演讲。

5月，台湾作家刘墉赴马来西亚演讲和交流。

5月，中国作家刘心武、台湾女作家廖辉英在马来西亚《南洋商报》礼堂举行的"南洋文艺讲座"上分别主讲《两性关系的描述看中国小说新动向》、《情爱空间》。

5—6月，应中国作家协会邀请，以缅甸出版局局长吴丹貌为首，包括缅甸文学社主编戚乃和作家耶乃、吴翁佩、杜钦钦盛的缅甸作家代表团一行五人来华进行为期两周的访问。

6月，新加坡诗人槐华编的《半世纪的回眸：1938—1988 热带诗选》由中国首都师范大学出版社出版。

11月6日，中国作家张承志受邀在马来西亚华人文化协会主办、《南洋商报》协办的"中华文化对亚洲当代社会的影响"讲座上发表演讲。

11月14日，台湾女作家杏林子为马来西亚《星洲日报》主办的"花踪文学奖讲座"主讲《爱、文学与生命》。15日，杏林子在马华三春大厦礼堂主讲《我的心路历程》。

新加坡女作家、学者孙爱玲的《论归侨作家小说》由新加坡云南园雅舍出版。

马来西亚留台作家陈大为的诗歌《会馆》获台湾八十四年度"教育部"文艺奖新诗第一名。

马来西亚留台女作家吴龙川的《城市考古》、马来西亚作家吕育陶的《你所未曾经历的支离感》获台湾《中国时报》情诗征文新诗佳作奖。

马来西亚留台女作家钟怡雯的散文《渐渐死去的房间》获台湾第八届《中央日报》文学奖散文第二名。

钟怡雯主编的《马华当代散文选》由台湾文史哲出版社出版。

马来西亚留台作家黄锦树的小说《鱼骸》获台湾第十四届洪醒夫小说奖。

马来西亚女作家黎紫书的小说《蛆魇》获台湾第十八届《联合报》文学奖短篇小说首奖。

马来西亚女作家戴小华获中国"南湖杯"世界华人文学奖。

马来西亚女作家戴小华主编的"金蜘蛛丛书"在北京、石家庄、天津等地举行推介礼。该丛书由河北教育出版社出版，其中包括戴小华的散文集《深情看世界》、马来西亚女作家柏一的短篇小说集《荒唐不是梦》。

印尼女诗人谢梦涵、袁霓、茜茜丽亚的诗歌合集《三人行》由香港绿岛文艺社出版。

泰国作家司马攻等主编的《世界华文微型小说名家名作丛编》由上海文艺出版社出版。

泰国女作家梦莉的散文集《心祭》由陕西人民出版社出版。

潘亚暾的《海外华文文学现状》由人民文学出版社出版。

1997 年

5 月，由庄钟庆、陈育伦任主编，周宁任副主编的"东南亚华文文学丛书"编辑工作启动。该丛书旨在出版东南亚华文文学创作及理论著作。

6 月，中南财经大学、新加坡作家协会在武汉联合主办"新加坡作家作品国际研讨会"。会议以新加坡作家黄孟文、王润华、张挥、南子、淡莹、陈华淑、林高、林锦、孙爱玲、杜红的作品为研讨对象，对新加坡华文文学的走向和艺术特征进行了探讨。中国作家协会副主席王蒙，以及来自中国、德国、日本、新加坡、马来西亚、泰国、菲律宾和香港地区的 60 余人出席了研讨会。

9 月 22 日，应中国人民对外友好协会邀请，以伊斯迈尔·侯赛因为团长的马来西亚作家代表团一行五人赴湖北省作家协会访问交流。

10 月 23 日至 11 月 6 日，应云南省作家协会邀请，以缅甸《光明日报》副总编吴温丁为团长的缅甸作家代表团一行六人赴云南访问。

11 月，中国女作家张抗抗应邀担任马来西亚第四届《星洲日报》花踪文学奖小说评委，赴吉隆坡参加花踪文学奖决审投票及颁奖典礼。

11 月，香港作家黄碧云的小说《桃花红》获马来西亚第四届《星洲日报》花踪文学奖世界华文小说首奖，台湾作家谢芷霖的小说《一则关于 F 与 M 的故事》，中国大陆作家杨邪的小说《小说》、钟松君的小说《张望城市》获世界华文小说佳作奖。

11 月 29 日至 12 月 1 日，马来西亚留台校友会联合总会在吉隆坡举办"马华文学国际学术研讨会"，中国大陆和台湾的部分学者参加了研讨会，台湾作家柏杨受邀发表主题演讲《马华文学的独立性》。

12月6—8日，厦门市东南亚华文文学研究会、厦门大学东南亚华文文学研究中心、厦门大学海外教育学院在厦门大学联合举办第三届东南亚华文文学研讨会。来自中国内地、香港，以及新加坡、菲律宾、马来西亚、泰国、印尼、文莱的100多位代表出席了会议。会议论文结集为"东南亚华文文学丛书"之《世纪之交的东南亚华文文学探视》（上、下），于1998年由厦门大学出版社出版。

12月，"东南亚华文文学丛书"之《南国情思——周颖南海外创作四十五周年》（周颖南著）由厦门大学出版社出版，《骆明文集》（骆明著）、《风沙雁文集》（风沙雁著）由海峡文艺出版社出版。

12月，新加坡作家黄孟文主编的《新加坡当代散文精选》由沈阳出版社出版。

12月，以中国作协书记处书记施勇为团长，峭岩、邓仪中、李锦琦等为团员的中国作家代表团赴越南和老挝访问。代表团参观了越南著名诗人阮攸的纪念馆，与越南作协、越南《文艺报》举行工作会谈，并会见了越南各地的文学工作者。代表团也与老挝作协、老挝作家举行了工作会谈。

马来西亚留台女作家钟怡雯的散文《蟒林·文明的爬行》、《给时间的战帖》、《垂钓睡眠》、《说话》分别获台湾第一届华航旅行文学奖优等奖、第九届《联合报》文学奖散文第一名、第二十届《中国时报》文学奖散文首奖、第十届梁实秋文学奖第三名。

马来西亚女作家戴小华获中国首届"四海华文笔汇"散文特别奖。

印尼作家严唯真主编的诗集《翡翠带上》、印尼作家莫名妙的散文集《妙语人生》、印尼女作家袁霓的短篇小说集《花梦》、印尼作家林万里选编的《印华短篇小说选》、印尼作家阿伍的《人约黄昏后》由香港获益出版事业有限公司出版。

印尼作家立锋的小说散文选集《风雨千岛长奇花》由香港花城出版社出版。

泰国作家博夫的小说《圆梦》由中国华艺出版社出版。

泰国作家小民、春陆编的《海外华人传说故事选》在中国出版。

泰国作家司马攻的散文集《小河流梦》由辽宁教育出版社出版。

李润新的《文化之花——梦莉评传》由中国文联出版社出版。

1998 年

2 月，应马来西亚华文作家协会邀请，以李国文为团长，何来、彭见明、赵玫、向前、韩梅青为团员的中国作家代表团赴马来西亚访问。中国作家代表团在吉隆坡、槟城、怡保等地与马华作家进行了交流。

5 月 28 日，马来西亚新任驻华大使马吉拜会了中国作家协会，中国作协书记处书记金坚范接待了马吉大使。双方就推动两国作协建立稳定交流关系事宜交换了意见，并一致认为应该加强文化方面的交流工作。金坚范还向马吉介绍了中国作协和中国文学界的情况。

6 月 10—20 日，应中国作家协会邀请，以盛觉博士为团长的缅甸作家代表团一行五人赴昆明、北京、上海、苏州、深圳等地访问。

6 月 17 日，中国社会科学院侨联海外交流中心、《诗探索》编辑部在北京联合举办"吴岸诗歌研讨会"。李瑛、邵燕祥、牛汉、杨匡汉、雷抒雁、谢冕、吴思敬等诗人及诗评家对马来西亚诗人吴岸诗歌的思想内容、艺术成就、理论思考，及其对世界华文创作所作的贡献给予了积极的评价。

7 月，香港作家东瑞编选的《印尼微型小说选》由香港获益出版事业有限公司出版。

11 月，应中国作家协会邀请，以安朋·苏万萨达为团长的泰国作家代表团赴北京、西安、成都、昆明、西双版纳等地访问。泰国作家代表团与中国作协书记处书记金坚范、作协主席团成员李国文、作家雷抒雁、牛玉秋等人就中国文学界、出版界、中国作家协会机构设置等问题进行了交流。

12 月，以杨益言为团长，贺绍俊、鲁庆彪、韩小蕙、江晓燕为团员的中国作家代表团赴缅甸访问。

《东南亚华文文学大系》"泰国卷"由中国厦门鹭江出版社出版，内收泰国作家司马攻、佟英、姚宗伟、黎毅、曾心、马凡、老羊、陈博文、倪长游、梦莉等的文集。

新加坡学者李庆年的《马来亚华人旧体诗演进史》由上海古籍出版社出版。

栾文华的《泰国文学史》由社会科学文献出版社出版。

泰国女作家梦莉的散文集《相逢犹如在梦中》由北京人民出版社出版。

印尼学者耶谷·苏玛尔卓（Jakob Soemardjo）著、印尼作家林万里翻译的《印尼侨生马来由文学研究》由香港获益出版事业有限公司出版。

马来西亚留台作家陈大为的诗集《再鸿门》获台湾八十六年度"新闻局"金鼎奖推荐优良图书奖，散文《茶楼消瘦》获台湾八十六年度"教育部"文艺奖散文佳作奖。

马来西亚留台作家辛金顺的散文《土》获第一届台湾文学奖散文佳作奖。

马来西亚留台女作家钟怡雯的散文《垂钓睡眠》、《热岛屿》分别获台湾九歌年代散文奖、第二届华航旅行文学奖佳作奖。

马来西亚女作家黎紫书获冰心文学奖短篇小说首奖。

1999 年

4 月，以唐爱文、王润华为团长的新加坡作家访问团一行 16 人赴北京、西安、上海、杭州、苏州等地访问，并与中国文学界、学术界就"走出殖民地的新加坡文学"这一主题下的后殖民文学写作经验进行了探讨。新加坡作家访问团拜访中国作家协会时，中国作协书记处书记陈建功、金坚范代表中国作协表示热烈的欢迎，双方也就两国的文学状况进行了交流。

5 月，以束沛德为团长的中国作家代表团赴缅甸访问。

9 月，黄万华的《新马百年华文小说史》由山东文艺出版社出版。

10 月，应中国作家协会邀请，以缅甸宣传部宣传与群众关系局局长吴漆奈为团长的缅甸代表团一行五人赴北京、上海、昆明等地访问。该团是对当年 5 月以束沛德为团长的中国作家代表团访问缅甸的回访。在北京期间，缅甸作家代表团拜会了中国作家协会，并与中国作协书记处书记陈建功和作家韩作荣、贺绍俊、韩小蕙、陈喜儒等人就作家组织、诗的形式和韵律等问题进行了交流。

11 月，"东南亚华文文学丛书"之《中国南来作者与新马华文文学》（郭惠芬著）、《六十年风雨历程——周颖南文坛商海履痕》（周颖南著、朱开源编）由厦门大学出版社出版。

12 月 4—6 日，由厦门东南亚华文文学研究会、新加坡文艺协会、厦门大学东南亚华文文学研究中心、厦门大学海外教育学院联合举办的第四届东南亚华文文学研讨会在厦门大学举办。来自中国内地、香港、澳门，以及新加坡、马来西亚、菲律宾等国家和地区的专家学者及华文作家 70 余人出席了研讨会。会议论文后结集为"东南亚华文文学丛书"之《新华文学的历程及走向》一书，于 2001 年由厦门大学出版社出版。

陈贤茂主编的《海外华文文学史》由厦门鹭江出版社出版。

饶芃子主编的《中国文学在东南亚》由广州暨南大学出版社出版。

张玉安主编的《东方神话传说·东南亚古代神话传说》（上、下）由北京大学出版社出版。

马来西亚作家马汉主编的"世界华文少儿文学系列"出版，其中收录中国大陆、台湾、香港，以及马来西亚、新加坡的儿童作家的作品。同年 12 月，中国儿童文学研究专家樊发稼受邀前往吉隆坡，在马来西亚国家书展上为这套大型华文儿童文学丛书主持推介礼。

马来西亚留台作家陈大为的诗歌《在南洋》获台湾第十一届《中央日报》文学奖第一名、第二届台北文学奖台北文学年金，诗歌《还原》、散文《木部十二划》分别获台湾第二十一届《联合报》文学奖新诗和散文第一名，散文《僵硬》、《从鬼》分别获第二届台湾文学奖散文佳作奖、第二十二届《中国时报》文学奖评审奖。

马来西亚留台女作家钟怡雯的散文《芝麻开门》获台湾第二十二届《中国时报》文学奖散文评审奖。

香港作家黄燕萍的小说《又见甚子红》获马来西亚第五届《星洲日报》花踪文学奖世界华文小说首奖。

泰国作家程景的小说《泰国坤沙黑手党》由中国北方文艺出版社出版。

2000 年

8 月 7—8 日，应中国社科院侨联海外交流中心邀请，马来西亚华人作家访问团吴岸、驼铃等一行 12 人赴北京出席中国社科院举办的"马华作家作品研讨会"。中国社科院侨联主席黄侯兴、诗人邵燕祥等人参加了研讨会。

8 月，新加坡诗人秦林、马来西亚诗人何乃健合著的诗集《双子叶》由台湾文史哲出版社出版。

9 月，印尼女诗人茜茜丽亚的诗集《只为了一个承诺》由香港获益出版事业有限公司出版。

10 月，中国社科院文学所海外华文文学研究中心、《诗探索》编辑部在北京联合举办新加坡华文诗人适民的汉语诗歌研讨会。

10 月，印尼诗人冯世才的诗集《遥寄》由香港获益出版事业有限公司出版。

11月，由《世界华文文学》、云南盘龙房地产经营开发公司联合主办的"盘房杯世界华文小说优秀奖"在云南昆明颁奖。该奖项以1998年1月至2000年7月发表于《世界华文文学》的各类小说为评选对象。获奖作品有菲律宾作家吴新钿的小说《定时炸弹》、泰国作家黎毅的小说《卧虎藏龙》。

12月中旬，由香港中文大学文学院主办的新纪元全球华文青年文学奖在香港举行颁奖典礼。该奖项以全球掌握中文的在校大学生为对象，分设短篇小说、散文、文学翻译三个组。除了主办单位外，中国大陆、台湾的一些著名大学，以及马来西亚的马来亚大学、南方学院、新纪元学院、华社研究中心，新加坡的南洋理工大学、新加坡国立大学，菲律宾的华文教育研究中心等也受邀为协办机构。王蒙、白先勇、齐邦媛、余秋雨、林文月、柯灵、余光中、高克毅、杨宪益等中国大陆、台湾的作家学者受邀担任评审。马来亚大学中文系的陈志鸿获该奖项的短篇小说组冠军。

《东南亚华文文学大系》"印度尼西亚卷"、"菲律宾卷"由厦门鹭江出版社出版。"印度尼西亚卷"包括印尼作家立锋、刘昶、袁霓、阿五、明芳、白放情、严唯真、广月、林万里、高鹰的文集。"菲律宾卷"包括菲律宾作家莎士、施柳莺、林泉、陈琼华、明澈、晨梦子、若艾、和权、施约翰、秋笛的文集。

梁立基、李谋主编的《世界四大文化与东南亚文学》由中国经济日报出版社出版。

中国留学新加坡学者王志伟的《丘菽园咏史诗研究》由新加坡新社出版。

马来西亚作家吕育陶的诗歌《只是穿了一只黄袜子》获台湾第二十三届《中国时报》文学奖第三名。

马来西亚女作家黎紫书的小说《山瘟》获台湾第二十二届《联合报》文学奖短篇小说首奖。

马来西亚留台作家张草的小说《北京逃亡》获台湾第三届皇冠大众小说奖首奖。

马来西亚留台作家陈大为的散文集《再鸿门》获台湾八十八年度"新闻局"金鼎奖推荐优良图书奖。

马来西亚留台女作家钟怡雯的散文集《听说》获台湾《中央日报》"出版与阅读2000年十大好书"、八十九年度"新闻局"金鼎奖推荐优良图书奖。钟怡雯本人亦获台湾第四十一届"中国文艺奖章"、第十八届吴鲁芹散文奖。

泰国作家钟子美的微型小说集《飞天》由香港日月星制作公司出版。

2001 年

许友年的《马来民歌研究》由香港南岛出版社出版。

印尼作家林万里的短篇小说集《托你的福》由香港获益出版事业有限公司出版。

泰国作家云昌冼、吴声的诗集《琼曳吟草》在香港出版。

新加坡作家周颖南的《漪澜盛会——周颖南集》由厦门大学出版社出版。

马来西亚作家周若鹏获台湾九十年度优秀青年诗人奖。

马来西亚留台作家辛金顺的诗歌《写诗》、《过阜城门鲁迅故居》分别获台湾第一届乾坤诗奖第二名、第十三届《中央日报》文学奖评审奖。

马来西亚留台作家陈大为的诗集《尽是魅影的城国》获台湾《中国时报》"网络票选 2000 年十大好书"。

马来西亚留台作家李永平的小说《雨雪霏霏》获台湾《中央日报》"出版与阅读 2000 年十大好书"、《联合报》"读书人 2000 年最佳书奖（十大好书）"。

马来西亚留台作家张贵兴的小说《猴杯》获台湾第二十四届《中国时报》文学奖推荐奖、《联合报》"读书人 2000 年最佳书奖（十大好书）"、《中国时报》"2000 年开卷好书奖（十大好书）"、《中央日报》"出版与阅读 2001 年十大好书"。

马来西亚女作家郑秋萍获中国冰心儿童文学奖佳作奖。

中国女作家王安忆获第六届《星洲日报》花踪文学奖世界华文文学奖，中国内地杨邪的小说《弟弟你好》、褚俊虹的小说《生》以及香港廖伟棠的《唐柯，或那一年夏天的故事》获世界华文小说佳作奖。

2002 年

3 月，"东南亚华文文学丛书"之《新马华文文学的现代与当代》（郭惠芬著）由厦门大学出版社出版，菲律宾作家庄鼎水的《庄鼎水诗文选》、新加坡作家高凡的《高凡文集》由福州海峡文艺出版社出版。

4 月 14—17 日，厦门市东南亚华文文学研究会、亚洲华文作家文艺基金会、厦门大学东南亚华文文学研究中心等六家单位在厦门大学联合举办第五届东南亚华文文学研讨会。来自中国大陆、香港、台湾，以及新加坡、马来西亚、菲律宾、美国等国家和地区的 100 余位海内外学者和作家出席了会议。会议论文后来结集为"东南亚华文文学丛书"之《菲华文学在茁长中》，于 2005 年由厦门大学出版社出版。

7 月，新加坡诗人史英的诗集《史英诗歌精选》由中国沈阳出版社出版。

11 月，台湾学者龚鹏程、新加坡学者杨松年、马来西亚学者林水檺主编的《21 世纪台湾、东南亚的文化与文学》由台湾宜兰南洋学社出版。

12 月 10—19 日，应马来西亚华文作家协会邀请，以谭谈为团长，胡辛、张明照、郑继平、吴欣蔚为团员的中国作家代表团赴吉隆坡、新山、怡保、槟城等地访问，并与马华作家、华人文化团体及学校进行了交流。

钦鸿的《遥望集——东南亚华文文学漫评》由中国三峡出版社出版。

新加坡学者叶钟铃的《黄遵宪与南洋文学》由新加坡亚洲研究学会出版。

新加坡诗人梁钺的诗集《梁钺短诗选》由香港银河出版社出版。

马来西亚留台作家木焱的诗歌《旅远》获台湾第二届乾坤诗奖佳作奖，木焱本人亦获台湾九十二年度优秀青年诗人奖。

马来西亚作家贺淑芳的小说《别再提起》获台湾第二十五届《中国时报》文学奖评审奖。

马来西亚留台作家胡金伦的文学评论《论舞鹤小说〈拾骨〉与〈一位同性恋者的秘密手记〉之"性狂欢嘉年华"》获台湾第十四届《中央日报》文学奖佳作奖。

泰国作家夏马的小说《风雨湄南河》由香港文学报社出版。

2003 年

2 月下旬，新加坡国立大学艺术中心、新加坡作家协会在新加坡联合主办"当代文学与人文生态——2003 年东南亚华文文学国际研讨会"。来自中国大陆、台湾、香港，以及马来西亚、新加坡、日本的数十位华文文学研究者和作家参加了研讨会，众人就"都市变迁与文学"、"科技与文学"、"消费文化与文学"、"移民意识与文学"等议题进行了探讨。

11 月初，由中国作家协会台港澳暨海外华文文学联络委员会主办的第二届世界华文文学优秀散文盘房奖在昆明颁奖。获奖的散文作品有马来西亚留台作家陈大为的《青色铜锈》、新加坡女作家尤今的《无锡的八叔》。

12 月，庄钟庆的《新加坡等华文文学在前进中》、周宁的《新华文学论稿》、杨怡的《从新华文学论及印华文学》由新加坡文艺协会出版。

马来西亚作家冼文光的诗歌《一日将尽》获台湾第二十五届《联合报》文学奖新诗组大奖。

台湾作家陈映真获马来西亚第七届《星洲日报》花踪文学奖世界华文文学奖。

马来西亚留港作家林幸谦获香港中文文学双年奖推荐奖。

马来西亚作家周锦聪获中国冰心儿童文学奖佳作奖。

2004 年

"东南亚华文文学丛书"之《东南亚华文文学语言研究》（李国正等著）由厦门大学出版社出版。

罗长山的《越南传统文化与民间文学》由云南人民出版社出版。

郭惠芬的《战前马华新诗的承传与流变》由云南人民出版社出版。

马来西亚作家温梓川原著、钦鸿编辑的《文人的另一面——民国风景之一种》由广西师范大学出版社出版。

中国留学新加坡学者朱崇科的《本土性的纠葛——边缘放逐·"南洋"虚构·本土迷失》由台北唐山出版社出版。

新加坡学者朱成发的《红潮——新加坡左翼文学的文革潮》由新加坡玲子传媒私人有限公司出版。

马来西亚留台作家陈大为、钟怡雯、胡金伦主编的《赤道回声——马华文学读本Ⅱ》由台北万卷楼图书股份有限公司出版。

2005 年

1 月 15 日，新加坡热带文学艺术俱乐部召开庆祝新马文学史专家、作家方修文学生涯 60

周年庆祝会，同时表彰方修为新马文学所作的贡献。中国作家谢冕、杨匡汉等人参加了庆祝会。

4 月 15—19 日，由厦门市东南亚华文文学研究会主办，文莱华文作家协会和厦门大学东南亚华文文学研究中心、中文系、海外教育学院等单位联合举办的第六届东南亚华文文学研讨会在厦门大学召开。会议着重讨论了文莱华文文学的创作特色、东南亚华文文学及其研究的新进展等议题。会议论文后结集为"东南亚华文文学丛书"之《回顾与展望：东南亚华文文学研究20 周年》，于 2007 年由厦门大学出版社出版。

泰国作家曾心的《给泰华文学把脉》、刘小岩编的《周颖南新世纪文集》由厦门大学出版社出版。

中国作家唐歌、侯曜原著，新加坡学者关辰整理的《宝船搜海记、民族英雄三宝公外传》由新加坡网络学堂天际制作私人有限公司出版。

2006 年

11 月，越南作家协会给中国作家协会发来贺信，祝贺中国作协第七次全国代表大会召开，并祝愿大会圆满成功。

12 月，中国留学新加坡学者张克宏的《亡命天南的岁月：康有为在新马》由马来西亚华社研究中心出版。

12 月，林清风、郭济修、张平、许均铨编的《缅甸华文文学作品选》由澳门缅华互助会出版。

2007 年

3 月，应越南作家协会邀请，以中国作协主席团委员、辽宁省作协主席刘兆林为团长，孙少山、吉米平阶、王青风、吕先富、郭晓力等为团员的中国作家代表团赴越南访问交流。

7 月，新加坡诗人长谣的《长谣诗选》由香港明报出版有限公司、新加坡青年书局联合出版。

10 月 26—29 日，由厦门市东南亚华文文学研究会、泰国留学中国大学生校友总会、厦门大学东南亚华文文学研究中心联合主办的第七届东南亚华文文学研讨会在厦门大学召开。会议主要探讨 20 世纪 80 年代以来的东南亚华文文学创作和研究的状况，以及泰国留学中国大学生的创作特色问题。

庄钟庆任主编，陈育伦、周宁、郑楚任副主编的《东南亚华文新文学史》由人民文学出版社出版。

周宁主编的《东南亚华语戏剧史》由厦门大学出版社出版。

刘玉珺的《越南汉喃古籍的文献学研究》由中华书局出版。

2008 年

4—5 月，以叶延滨为团长，赵恺、田禾等为团员的中国作家代表团赴新加坡访问交流。

12 月，以中国作协书记处书记高洪波为团长，李佩甫、寇宗鄂等为团员的中国作家代表团赴新加坡访问交流。

中国寓言文学研究会会长樊发稼的寓言集《石狮子》、中国儿童少年电影学会副会长林阿绵的报告文学《护鹤仙子》被纳入马来西亚作家年红主编的"彩虹世界少年儿童文学百页丛书"，由马来西亚彩虹出版有限公司出版。

陆凌霄的《越南汉文历史小说研究》由北京的民族出版社出版。

2009 年

张长虹编的《曾心作品评论集》由泰国留中大学出版社出版。

参考文献

一、 报刊

［1］柬埔寨：《棉华日报》，1966—1967.

［2］马来西亚：《光华日报》，1927—1941.

［3］马来西亚：《南洋时报》，1927—1930.

［4］马来西亚：《益群报》，1919—1934.

［5］新加坡：《国民日报》，1919.

［6］新加坡：《叻报》，1919—1932.

［7］新加坡：《南星导报》，1938.

［8］新加坡：《南洋商报》，1923—1941.

［9］新加坡：《南洋周刊》，1938—1939.

［10］新加坡：《新国民日报》，1919—1940.

［11］新加坡：《星中日报》，1935—1940.

［12］新加坡：《星洲日报》，1929—1941.

［13］新加坡：《总汇新报》，1919—1941.

［14］越南：《新越华报》，1966—1967.

［15］中国：《秋野》，1927—1929.

［16］中国：《文艺报》，1949—1966，1978—2009.

二、 专著

［1］鲍晶.刘半农研究资料.天津：天津人民出版社，1985.

［2］北京大学东方语言文学系.东方研究论文集.北京：北京大学出版社，1983.

［3］　巴人 . 五祖庙 . 广州 : 花城出版社，1986.

［4］　白刃 . 南洋漂泊记 . 广州 : 花城出版社，1983.

［5］　［马］碧澄 . 马来班顿 . 吉隆坡 : 联营出版有限公司，1992.

［6］　陈达 . 南洋华侨与闽粤社会 . 长沙 : 商务印书馆，1938.

［7］　陈残云 . 热带惊涛录 . 广州 : 花城出版社，1984.

［8］　［马］陈大为，［马］钟怡雯，［马］胡金伦 . 赤道回声——马华文学读本 Ⅱ . 台北 : 万卷楼图书股份有限公司，2004.

［9］　陈汉平 . 抗战诗史 . 北京 : 团结出版社，1995.

［10］　［新］陈妙华 . 马来文坛群英 . 吉隆坡 : 学林书局，1994.

［11］　陈鹏 . 东南亚各国民族与文化 . 北京 : 民族出版社，1991.

［12］　陈寿 . 三国志 . 北京 : 中华书局，1999.

［13］　陈贤茂 . 海外华文文学史：1—3 卷 . 厦门 : 鹭江出版社，1999.

［14］　［新］崇汉 . 赤道鼓声 . 新加坡 : 群山出版社，1972.

［15］　［新］冬琴 . 演出与创作的若干问题 . 新加坡 : 而今出版公司，1975.

［16］　杜埃 . 风雨太平洋：第 1 部 . 广州 : 花城出版社，1985.

［17］　杜埃 . 风雨太平洋：第 2 部 . 广州 : 花城出版社，1988.

［18］　范伯群 . 中国现代通俗文学史 . 北京 : 北京大学出版社，2007.

［19］　范宏贵 . 同根生的民族——壮泰各族渊源与文化 . 北京 : 光明日报出版社，2000.

［20］　范晔 . 后汉书 . 北京 : 中华书局，1965.

［21］　［新］方修 . 马华新文学大系：1—10 集 . 香港 : 世界出版社，2000.

［22］　［新］方修 . 马华新文学史稿：上、下卷 . 修订稿 . 新加坡 : 新加坡世界书局，1975.

［23］　［新］方修 . 老蕾作品选 . 新加坡 : 上海书局，1979.

［24］　［新］方修 . 战后新马文学大系：小说二集 . 北京 : 华艺出版社，1999.

［25］　［新］方修 . 战后新马文学大系：诗集 . 北京 : 华艺出版社，2001.

［26］　［新］凤妹 . 放声歌唱 . 新加坡 : 万里文化企业公司，1972.

［27］　伏胜 . 尚书大传 . 上海 : 商务印书馆，1937.

[28] ［新］傅无闷. 南洋年鉴: 丙. 新加坡: 南洋商报, 1939.

[29] 高伟光. 泰华文学面面观. 曼谷: 留中大学出版社, 2010.

[30] 郭惠芬. 中国南来作者与新马华文文学. 厦门: 厦门大学出版社, 1999.

[31] 郭惠芬. 新马华文文学的现代与当代. 厦门: 厦门大学出版社, 2002.

[32] 郭惠芬. 战前马华新诗的承传与流变. 昆明: 云南人民出版社, 2004.

[33] 郭茂倩. 乐府诗集. 北京: 中华书局, 1979.

[34] 黑婴. 漂流异国的女性. 哈尔滨: 黑龙江人民出版社, 1983.

[35] 洪丝丝. 异乡奇遇. 北京: 人民文学出版社, 1980.

[36] ［越］胡志明. 狱中日记. 河内: 越南外文出版社, 1960.

[37] 黄浪华. 漂泊南洋. 北京: 人民文学出版社, 1983.

[38] ［新］江宏. 灯火万家. 新加坡: 四月出版社, 1973.

[39] 柯叔宝. 柯叔宝自选集. 台北: 黎明文化事业股份有限公司, 1985.

[40] ［法］克劳婷·苏尔梦. 中国传统小说在亚洲. 颜保, 等译. 北京: 国际文化出版公司, 1989.

[41] 孔远志. 中国印度尼西亚文化交流. 北京: 北京大学出版社, 1999.

[42] 赖伯疆. 海外华文文学概观. 广州: 花城出版社, 1991.

[43] ［马］李锦宗. 马华文学大系: 史料 1965—1996. Johor Bahru: 彩虹出版有限公司, 2004.

[44] ［新］李庆年. 马来亚华人旧体诗演进史. 上海: 上海古籍出版社, 1998.

[45] ［新］李拾荒. 近代马华诗歌选集 (1965—1975). 新加坡: 风云出版社, 1977.

[46] ［新］李元瑾. 东西文化的撞击与新华知识分子的三种回应. 新加坡: 新加坡国立大学中文系、八方文化企业公司联合出版, 2001.

[47] ［新］李焯然. 汉学纵横. 香港: 商务印书馆, 2002.

[48] 梁立基, 李谋. 世界四大文化与东南亚文学. 北京: 经济日报出版社, 2000.

[49] ［新］廖建裕. 印尼华人文化与社会. 新加坡: 新加坡亚洲研究学会, 1993.

[50] ［新］林焕文. 马来班顿三百首. 新加坡: 创意圈出版社, 2006.

[51]　〔新〕林康.路.新加坡：奔流出版社，1971.

[52]　林清风，张平.缅华社会研究：第4辑.澳门：澳门缅华互助会，2007.

[53]　〔马〕林水檺，〔马〕骆静山.马来西亚华人史.吉隆坡：马来西亚留台校友会联合总会，1984.

[54]　林伟民.中国左翼文学思潮.上海：华东师范大学出版社，2005.

[55]　林远辉，张应龙.新加坡马来西亚华侨史.广州：广东高等教育出版社，1991.

[56]　刘宏.中国—东南亚学：理论建构·互动模式·个案分析.北京：中国社会科学出版社，2000.

[57]　刘玉珺.越南汉喃古籍的文献学研究.北京：中华书局，2007.

[58]　陆凌霄.越南汉文历史小说研究.北京：民族出版社，2008.

[59]　栾文华.泰国文学史.北京：社会科学文献出版社，1998.

[60]　罗长山.越南传统文化与民间文学.昆明：云南人民出版社，2004.

[61]　〔新〕骆明.七月流火.新加坡：新加坡文艺协会，2002.

[62]　〔新〕骆明.南来作家研究资料.新加坡：新加坡国家图书馆管理局、新加坡文艺协会，2003.

[63]　〔新〕马德.隔着长堤.新加坡：万里文化企业公司，1972.

[64]　〔马〕马苍.新马文坛人物扫描(1825—1990).Skudai, Johor：书辉出版社，1991.

[65]　马宁，卓如.马宁选集.福州：海峡文艺出版社，1991.

[66]　孟昭毅.东方文学交流史.天津：天津人出版社，2001.

[67]　聂绀弩.脚印.北京：人民文学出版社，1986.

[68]　〔新〕潘受.潘受诗集.新加坡：新加坡文化学术协会，1997.

[69]　钱理群，温如敏，吴福辉.中国现代文学三十年.修订本.北京：北京大学出版社，1998.

[70]　钦鸿.文坛旧话.上海：上海世纪出版股份有限公司远东出版社，2008.

[71]　饶芃子.中国文学在东南亚.广州：暨南大学出版社，1999.

[72]　任明华.越南汉文小说研究.上海：上海世纪出版股份有限公司、上海古籍出版社，

2010.

[73]　［泰］珊珊．海外五十年——一个新闻记者的回忆录．曼谷：吴继岳，1972.

[74]　宋哲美．东南亚建国史．香港：东南亚研究所，1976.

[75]　［新］孙爱玲．论归侨作家小说．新加坡：云南园雅舍，1996.

[76]　孙怡让．新编诸子集成：上．北京：中华书局，2001.

[77]　郭茂倩．乐府诗集．北京：西苑出版社，2003.

[78]　唐歌，侯曜，［新］关辰．宝船搜海记、民族英雄三宝公外传．新加坡：网络学堂天际制作私人有限公司，2005.

[79]　铁抗．马华文艺丛谈．新加坡：维明公司，1956.

[80]　［澳］王赓武．海外华人的民族主义．新加坡：UnPress，1996.

[81]　王桧林．中国现代史．北京：高等教育出版社，1988.

[82]　王家平．文化大革命时期诗歌研究．开封：河南大学出版社，2004.

[83]　王家平．鲁迅域外百年传播史：1909—2008.北京：北京大学出版社，2009.

[84]　［菲］王礼溥．菲华文艺六十年．Edsa, Quezon City M. M.：菲华艺文联合会，1989.

[85]　王丽娜．中国古典小说戏曲名著在国外．上海：学林出版社，1988.

[86]　［新］王润华，［德］白豪士．东南亚华文文学．新加坡：Goethe-Institut Singapore and Singapore Association of Writers，1989.

[87]　王啸平．南洋悲歌．北京：作家出版社，1986.

[88]　王瑶．中国新文学史稿．上海：上海文艺出版社，1982.

[89]　［新］王志伟．丘菽园咏史诗研究．新加坡：新社，2000.

[90]　［马］温梓川，钦鸿．文人的另一面——民国风景之一种．桂林：广西师范大学出版社，2004.

[91]　吴凤斌．东南亚华侨通史．福州：福建人民出版社，1994.

[92]　席宣，金春明．"文化大革命"简史．北京：中共党史出版社，2006.

[93]　［新］夏桦．盼望．新加坡：万里文化企业公司，1972.

[94]　厦门市东南亚华文文学研究会，厦门大学东南亚华文文学研究中心．回顾与展望：

东南亚华文文学研究 20 周年 . 厦门：厦门大学出版社，2007.

［95］ ［新］徐艰奋 . 铁笔春秋——马来亚《益群报》风云录 . 新加坡：新社，2003.

［96］ 徐瑞岳 . 刘半农评传 . 上海：上海文艺出版社，1990.

［97］ 徐松石 . 东南亚民族中的中国血缘 . 香港：东南亚研究所，1974.

［98］ 许友年 . 论马来民歌 . 福州：福建人民出版社，1984.

［99］ 许友年 . 马来民歌研究 . 香港：南岛出版社，2001.

［100］ 严从简 . 殊域周咨录 . 北京：中华书局，1993.

［101］ 严奇岩 . 竹枝词中的清代贵州民族社会 . 成都：四川出版集团巴蜀书社，2009.

［102］ 杨健 . 文化大革命中的地下文学 . 北京：朝华出版社，1993.

［103］ ［新］杨松年 . 新马华文文学论集 . 新加坡：南洋商报，1982.

［104］ ［新］杨松年 . 战前新马报章文艺副刊析论：甲集 . 新加坡：同安会馆，1986.

［105］ ［新］杨松年 . 新马早期作家研究（1927—1930）. 香港：三联书店，1988.

［106］ ［新］杨松年，［新］王慷鼎 . 东南亚华人文学与文化 . 新加坡：新加坡亚洲研究学会、南洋大学毕业生协会、新加坡宗乡会馆总会，1995.

［107］ ［新］姚梦桐 . 郁达夫的旅新生活与作品研究 . 新加坡：新社，1987.

［108］ ［印尼］耶谷 · 苏玛尔卓 . 印尼侨生马来由文学研究 . ［印尼］林万里，译 . 香港：获益出版事业有限公司，1998.

［109］ ［马］叶啸 . 当代马华作家百人传 . 吉隆坡：马来西亚华文作家协会，2006.

［110］ ［新］叶钟铃 . 黄遵宪与南洋文学 . 新加坡：新加坡亚洲研究学会，2002.

［111］ 游国恩，等 . 中国文学史：一 . 北京：人民文学出版社，1963.

［112］ 郁达夫 . 郁达夫文集：第 10 卷 . 广州：花城出版社，1985.

［113］ 袁良骏 . 武侠小说指掌图 . 北京，新华出版社，2003.

［114］ ［泰］曾心 . 给泰华文学把脉 . 厦门：厦门大学出版社，2005.

［115］ 张长虹 . 曾心作品评论集 . 曼谷：留中大学出版社，2009.

［116］ ［新］张克宏 . 亡命天南的岁月：康有为在新马 . 吉隆坡：华社研究中心，2006.

［117］ 张玉安 . 东方神话传说：东南亚古代神话传说 . 北京：北京大学出版社，1999.

［118］　［新］章翰.文艺学习与文艺评论.新加坡:万里文化企业公司, 1973.

［119］　［新］章翰.鲁迅与马华新文艺.新加坡:风华出版社, 1977.

［120］　赵景深, 杨扬.半农诗歌集评.北京:书目文献出版社, 1984.

［121］　［新］赵戎.论马华作家与作品.新加坡:青年书局, 1967.

［122］　赵振祥, ［菲］陈华岳, ［菲］侯培水, 等.菲律宾华文报史稿.北京:世界知识出版社, 2006.

［123］　郑祥鹏.黄绰卿诗文选.北京:中国华侨出版公司, 1990.

［124］　《中国》编辑部.丁玲纪念集.长沙:湖南人民出版社, 1987.

［125］　中国社会科学院文学研究所现代文学研究室."革命文学"论争资料选编.北京:人民文学出版社, 1981.

［126］　中国社会科学院文学研究所《左联回忆录》编辑组.左联回忆录.北京:中国社会科学出版社, 1982.

［127］　钟贤培, 陈永标, 刘伟森.康南海诗文选.广州:广东高等教育出版社, 1988.

［128］　周南京.华侨华人百科全书:文学艺术卷.北京:中国华侨出版社, 2000.

［129］　周宁.东南亚华语戏剧史.厦门:厦门大学出版社, 2007.

［130］　［新］周颖南.漪澜盛会——周颖南集.厦门:厦门大学出版社, 2001.

［131］　［新］朱成发.红潮——新加坡左翼文学的文革潮.新加坡:玲子传媒私人有限公司, 2004.

［132］　朱栋霖, 丁帆, 朱晓进.中国现代文学史:1917—1997.北京:高等教育出版社, 1999.

［133］　朱光灿.中国现代诗歌史.济南:山东文艺出版社, 2000.

［134］　朱杰勤.东南亚华侨史:外一种.北京:中华书局, 2008.

［135］　庄钟庆, 等.东南亚华文文学与中国现代文学.厦门:厦门大学出版社, 1991.

［136］　庄钟庆, 陈育伦.世纪之交的东南亚华文文学探视.厦门:厦门大学出版社, 1999.

［137］　庄钟庆.东南亚华文新文学史.北京:人民文学出版社, 2007.

三、　学位论文

[1] 陈栓.巴人旅居新印（尼）及其南洋题材创作研究.厦门：厦门大学中文系，2009.

[2] 洪惠云.东南亚华文文学与中国现代文学的碰撞与交流——《秋野》月刊研究（1927—1929）.厦门：厦门大学中文系，2010.

[3] 李奎.新加坡《叻报》小说初探（1887—1919）.上海：上海师范大学，2010.

[4] ［泰］王苗芳.中国武侠小说对泰国的影响.杭州：浙江大学中文系，2009.

[5] ［马］谢诗坚.中国革命文学影响下的马华左翼文学（1926—1976）.厦门：厦门大学中文系，2007.

[6] 肖怿.二十世纪二三十年代中国南下的革命作家与南洋的关系——洪灵菲、许杰、马宁研究.厦门：厦门大学中文系，2008.

四、　期刊论文

[1] ［印尼］阿尔蒂宁西•W.“不健康”的文学.张志荣，译.鲁迅研究年刊，1985.

[2] 陈春陆，［泰］陈小民，［泰］陈陆留.泰国华文文学史料（上）.华文文学，1988(2).

[3] ［越］陈廷史.鲁迅——中国人民伟大的爱国主义者和国际主义者.李翔，译.鲁迅研究年刊，1990.

[4] 郭惠芬.刘半农与东南亚华文文学关系谈片.新文学史料，2004(4).

[5] 郭惠芬.丁玲与新马文艺界.新加坡文艺，2004(88).

[6] 郭惠芬.论新马华文旧体文学的形成与建构——以中国汉文化的传播与影响为研究视域.厦门大学学报：哲学社会科学版，2013(1).

[7] 李翔.鲁迅在越南.鲁迅研究年刊，1985.

[8] 李志.鲁迅及其作品在南洋地区华文文学中的影响述论.西南民族学院学报，2003(3).

[9] 李志.境外的新文学园地——五四时期南洋地区文艺副刊《新国民杂志》研究.中国

现代文学研究丛刊，2004(4).

[10]　［泰］李少儒.“五四”爆开的火花——泰华新诗发展简史.华文文学，1989(1).

[11]　［缅］林容尼.《阿 Q 正传》缅甸文译本序言.施振才，译.鲁迅研究年刊，1991—1992.

[12]　刘登翰，刘小新.论五六十年代的台湾文学及其对海外华文文学的影响.台湾研究集刊，2003（3）.

[13]　刘宏.写在“民族寓言”以外：中国与印尼左翼文学运动.文艺理论与批评，2001（2）.

[14]　［缅］貌廷.文学革命之父.施振才，译.鲁迅研究年刊，1991—1992.

[15]　M.N.（马宁）.英属马来亚的艺术界.北斗，1932，2（3、4）.

[16]　戚盛中.鲁迅作品在泰国流传的意义.鲁迅研究年刊，1991—1992.

[17]　施振才.鲁迅作品在缅甸.鲁迅研究年刊，1991—1992.

[18]　［泰］小民.谈泰国文学翻译.泰华文学，2007（1）.

[19]　［泰］曾心.一部泰国留学生留学中国史雏形——读《留中岁月》、《湄南情怀》、《窗里窗外》.东南亚华文文学研究，2010（10）.

后记

本书行将付梓，而我也终于有了如释重负的感觉。

数年来，虽然没有时时在研究本课题和撰写本书，但精神上却从未放下过这本书稿。从事东南亚文学研究十多年来，这是我最不能承受"生命之重"的一段时光，现在终于完成书稿，似乎也映证了卞之琳《白螺壳》诗中的生命启示："檐溜滴穿的石阶，／绳子锯缺的井栏……／时间磨透于忍耐！"

本书能够最终完稿，还得感谢在我的研究和写作过程中给予帮助的人们：

首先感谢钱林森老师和周宁老师，因为他们的邀请，我才加入《中外文学交流史》的写作团队，并成为《中国—东南亚卷》的撰稿人。

同时感谢新加坡的关瑞发先生、刘宏教授、秦林先生，泰国的曾心先生、杨玲女士，印尼的林万里先生、林义彪先生，菲律宾的秋笛女士，马来西亚的曾维龙博士，台湾的李瑞腾教授，美国的郑力人教授、韩孝荣教授，厦门大学的杨春时教授、李明欢教授、王烨教授、张长虹博士，新加坡国立大学中文系的同窗徐艰奋、王志伟、张克宏，我的研究生肖怿、温慰、洪惠云、杨荣珍、黄秋韵、张雅博，山东教育出版社的编辑祝丽老师和孙金栋老师，以及给予我各种帮助的人们。

本书也得益于诸多海内外学者的研究成果，而本书也在引文、注释和参考文献部分铭记了他们的学术贡献。

十多年来，从厦门走向新加坡，再从新加坡回到厦门，我最终听从心灵的召唤溯源回归自己的文化母体和精神家园，也最终成就了本书的写作工作，而这也正源于我与新加坡／东南亚的学术渊源。

最后，谨以此书奉献给我的亲人们，由于他们的关爱和扶持，我的生命中才有了这枚小小的"白螺壳"。

郭惠芬

于鹭岛蘭棻小筑

编后记

　　随师兄去府上拜访钱林森教授，满怀激动与期望，已是九年前的事了。那天讨论的出版项目，占去此后我编辑生涯的主要时光，筹划项目、联系作者、一次又一次的编写会，断断续续地收稿、改稿，九年就这样在焦急的等待、繁忙的工作中过去了，而九年，是一位寿者生命时光的十分之一，是我编辑生涯中最美好的日子……每每想到这里，心中总难免暗惊。人一生有多长，能做多少事，什么是值得投入一生最好时光的事业？付诸漫长时光与巨大努力的工作，一旦完成，最好的报偿是什么呢？这些问题困扰着我，只是到了最后这段日子，我才平静下来。或许这些困惑都是矫情，尽心尽力、无怨无悔地做完一件事，就足够了。不求有功，但求告慰自己。

　　《中外文学交流史》17 卷终于完成，钱老师、周老师和各卷作者们付出了巨大的努力，我心怀感激。在这九年里，有的作者不幸故去，有的作者中途退出，但更多的朋友加入进来。吕同六先生原来负责主持意大利卷，工作开始不久不幸去世。我们深深地怀念吕同六先生，他的故去不仅是中国学术界的巨大损失，也是我们这套丛书的损失。张西平先生慷慨地接替了吕先生的工作，意大利卷终于圆满完成。朝韩卷也颇多波折，起初是北大韩振乾先生承担此卷的著述，后来韩先生不幸故去，刘顺利先生加入我们。刘顺利先生按自己的学术思路，一切从头开始，多年的积累使他举重若轻，如期完成这本皇皇巨著。还有北欧卷，我们请来了瑞典的陈迈平（万之）先生，后来陈先生因为心脏手术等原因而无力承担此卷撰著。叶隽先生知难而上。期间种种，像叶隽所说，"使我们更加坚信道义的力量、人的情感和高山流水的声音"。李明滨、赵振江、郅溥浩、郁龙余、王晓平、梁丽芳、朱徽先生都是学养深厚的前辈，他们加入这个团队并完成自己的著作，为这套丛书奠定了坚实的学术基础，也提高了丛书的品位。卫茂平、丁超、宋炳辉、姚风、查晓燕、葛桂录、马佳、郭惠芬、贺昌盛先生正值盛年，且身当要职，还在百忙之中坚持写作，使这套丛书在研究的问题与方法上具备了最前沿的学术品质。齐宏伟、杜心源、周云龙都是风头正健的学界新秀，在他们的著述中，我们看到了中外文学关系史研究的美好前景。

这套书是个集体项目，具有一般集体项目的优势与劣势，成就固然令人欣喜，缺憾也引人羞愧。当然，最让人感到骄傲与欣慰的是，这套书自始至终得到比较文学界前辈的关心与指导，乐黛云教授、严绍璗教授、饶芃子教授在丛书启动时便致信编委会，提出中肯的指导意见，以后仍不断关心丛书的进展。2005 年丛书启动即被列入"十一五"国家重点图书出版规划项目，2012 年，本套丛书获得国家出版基金资助，这既为丛书的出版提供了保障，我们更认为这是对我们这个项目出版价值的高度肯定，是一种极高的荣誉，因此我们由衷地喜悦，并充满感激。

丛书是一个浩大的学术工程，也得到了我们历任领导的高度重视和大力支持。2005 年策划启动时，还没有现今各种文化资助的政策，出版这套丛书需要胆识和气魄。社领导参与了我们的数次编写会，他们的睿智敬业以及作为山东人的豪爽诚挚给我们的作者留下了深刻的印象。丛书编校任务繁琐而沉重，周红心、钱锋、于增强、孙金栋、王金洲、杜聪、刘丛、尹攀登、左娜诸位编辑同仁投入了巨大热情和精力，承担了部分卷次的编校工作，周红心协助我做了许多细致的工作，保证了丛书项目如期完成。

感谢书籍装帧设计师王承利老师，将他的书籍装帧理念倾注到这套丛书上。王老师精心打磨每一个细节，从封面到版式，从工艺到纸张，认真研究反复比较，最终将传统与现代、中国与世界、文学与学术和书籍之美完美地融合在一起。丛书设计独具匠心而又恰如其分。

《中外文学交流史》17 卷在历经艰辛与坎坷之后，终得圆满，为此钱老师、周老师付出了巨大的努力。钱老师作为项目的发起人、主持人，自然功德无量，仅他为此项目给各位老师作者发的电子邮件，连缀起来，就快成一本书了。2007 年在济南会议上，钱老师邀请周老师与他联袂主编，从此周老师分担了许多审稿、统稿的事务性工作。师兄葛桂录教授的贡献是独特而不可替代的，没有他的牵线，便没有我们与钱老师、周老师的合作，这套丛书便无缘发生。

大家都是有缘人，聚在一起做一件事，缘起而聚、缘尽而散，聚散之间，留下这套书，作为事业与友情的纪念，亦算作人生一大幸事。在中国比较文学学术史上，在中国出版史上，这套书可能无足轻重，但在我自己的职业生涯中，它至关重要。它寄托着我的职业理想，甚至让我怀念起 20 多年前我在山东大学的学业，那时候我对比较文学的憧憬仍是纯粹而美好的，甚至有些敬畏。能够从事自己志业的人是幸福的，我虽然没有从事比较文学研究，但有幸从事比较文学著作的出版，也算是自己的志业。此刻，我庆幸自己是个有福的人！

祝 丽

图书在版编目（CIP）数据

中外文学交流史. 中国 - 东南亚卷 / 郭惠芬著. --
济南 ：山东教育出版社，2014
ISBN 978-7-5328-8498-8

Ⅰ. ①中… Ⅱ. ①郭… Ⅲ. ①文学—文化交流—文化
史—中国、东南亚 Ⅳ. ① I109

中国版本图书馆 CIP 数据核字 (2014) 第 152858 号

中外文学交流史　　中国 - 东南亚卷

钱林森　周　宁　主编
郭惠芬　著

总 策 划：祝　丽
责任编辑：孙金栋
装帧设计：王承利

主　管：山东出版传媒股份有限公司
出版者：山东教育出版社
　　　　（济南市纬一路 321 号　　邮编：250001）
电　话：(0531) 82092664　传真：(0531) 82092625
网　址：http://www.sjs.com.cn
发行者：山东教育出版社
印　刷：济南大邦印务有限公司
版　次：2015 年 12 月第 1 版第 1 次印刷
规　格：787mm×1092mm　16 开本
印　张：33 印张
字　数：594 千字
书　号：ISBN　978-7-5328-8498-8
定　价：92.00 元